Beatles

CAPPELENS UTVALGTE BILLIGBØKER – NYE CUB

Ambjørnsen, Ingvar: 23-salen
Ambjørnsen, Ingvar: Brødre i blodet
Ambjørnsen, Ingvar: Det gyldne vakuum
Ambjørnsen, Ingvar: Elsk meg i morgen
Ambjørnsen, Ingvar: Hvite niggere
Ambjørnsen, Ingvar: Jesus står i porten
Ambjørnsen, Ingvar: Sarons ham
Ambjørnsen, Ingvar: Utsikt til paradiset
Ambjørnsen, Ingvar: Galgenfrist
Ambjørnsen, Ingvar: Den siste revejakta
Ambjørnsen, Ingvar: Den mekaniske
    kvinnen
Ambjørnsen, Ingvar: Stalins øyne
Ambjørnsen, Ingvar: San Sebastian blues
Ambjørnsen, Ingvar: Sorte mor
Ambjørnsen, Ingvar: Heksenes kors
Ambjørnsen, Ingvar: Fugledansen
Ambjørnsen, Ingvar: Natt til mørk morgen
Andric, Ivo: Broen over Drina
Bomann-Larsen, Tor: Livlegen
Bye, Erik: Fløyterens hjerte
Christensen, Lars Saabye: Amatøren
Christensen, Lars Saabye: Beatles
Christensen, Lars Saabye: Billettene
Christensen, Lars Saabye: Bly
Christensen, Lars Saabye: Hvor er det
    blitt av alle gutta?
Christensen, Lars Saabye: Herman
Christensen, Lars Saabye: Ingens
Christensen, Lars Saabye: Jokeren
Christensen, Lars Saabye: Jubel
Christensen, Lars Saabye: Noen som
    elsker hverandre
Christensen, Lars Saabye: Sneglene
Christensen, Lars Saabye: Den
    misunnelige frisøren
Dahle, Gro: Karneval
Doyle, Roddy: En stjerne ved navn Henry
Doyle, Roddy: Paddy Clarke Ha ha ha
Fossum, Karin: De gales hus
Fossum, Karin: Evas øye
Færøvik, Torbjørn: India
Garland, Alex: Stranden
Greene, Graham: Slutten på leken
Grimsrud, Beate: Å smyge forbi en øks
Guðmundsson, Einar Már: Ridderne av
    den runde trapp
Guðmundsson, Einar Már: Universets
    engler
Guillou, Jan: Veien til Jerusalem
Guillou, Jan: Tempelridderen
Hansen, Erik Fosnes: Salme ved reisens
    slutt
Hansen, Erik Fosnes: Falketårnet
Hanssen, Arvid/Arthur Arntzen: Småkarer
    under frostmåne
Hawking, Stephen: Univers uten grenser
Heller, Joseph: Catch 22
Herrmann, Richard: Mine gleders by
Hjorth, Vigdis: Fransk åpning
Hjorth, Vigdis: Død sheriff
Hjorth, Vigdis: Hysj

Hjorth, Vigdis: Takk, ganske bra
Holt, Anne: Blind gudinne
Holt, Anne: Salige er de som tørster...
Holt, Anne: Demonens død
Holt, Anne: Mea Culpa
Jacobsen, Roy: Det nye vannet
Jacobsen, Roy: Fata morgana
Jacobsen, Roy: Seierherrene
Jacobsen, Roy: Fangeliv
Jacobsen, Roy: Grenser
Jacobsen, Roy: Det kan komme noen
Jacobsen, Roy: Den høyre armen
Jacobsen, Roy: Hjertetrøbbel
Jacobsen, Roy: Ismael
Johannesen, Georg: Høst i mars
Johnsgaard, Magnar: Svart regn
Joyce, James: Ulysses
Jørgensen, Morten: Sennepslegionen
Karim, Nasim: Izzat - for ærens skyld
Kristiansen, Tomm: Mor Afrika
Kristiansen, Tomm: På Parfymefloden
Kurland, Roger: Lekestue
Lagerlöf, Selma: Jerusalem
Lloyd, Josie/Rees, Emlyn: Sammen
Loe, Erlend: Tatt av kvinnen
Loe, Erlend: L
Loe, Erlend: Naiv. Super.
Lord, Walter: Titanic
Nabokov, Vladimir: Lolita
Nilsen, Tove: Skyskraperengler
Nygårdshaug, Gert: Himmelblomsttreets
    muligheter
Nygårdshaug, Gert: Mengele Zoo
Nygårdshaug, Gert: Prost Gotvins
    geometri
Pollestad, Kjell Arild: Maten er halve føda
Pollestad, Kjell Arild: Veien til Rom
Salinger, J.D.: Hver tar sin
Saramago, José: Beleiringen av Lisboa
Saramago, José: En beretning om blindhet
Saramago, José: En flåte av stein
Saramago, José: Jesusevangeliet
Saramago, José: Klosterkrønike
Skagen, Kaj: Hodeskallestedet
Sontag, Susan: Mannen som elsket
    vulkaner
Tunström, Göran: Berømte menn som har
    vært i Sunne
Tunström, Göran: Juleoratoriet
Tunström, Göran: Ventetid
Tønseth, Jan Jakob: Hilmar Iversens
    ensomhet
Tønseth, Jan Jakob: Et vennskap
Vatle, Sylvelin: Alle kjenner vel presten?
Vik, Bjørg: Roser i et sprukket krus
Vik, Bjørg: Små nøkler store rom
Vik, Bjørg: Poplene på St.Hanshaugen
Vik, Bjørg: Elsi Lund
Welsh, Irvine: Trainspotting
Welsh, Irvine: Dritt
Wolfe, Thomas: Finn veien engel

LARS SAABYE CHRISTENSEN

Beatles

1829

CAPPELEN

© 1984 J. W. Cappelens Forlag a·s
Utgitt i CUB-serien første gang i 1985
Omslagsillustrasjon ved Malvin M. Myhrvold
Design ved Séan Brewer
Trykt i AIT Trondheim 2001

ISBN 82-02-09305-8

20. opplag

INNHOLD

DEL 1

I FEEL FINE

vår 1965

Jeg sitter i et sommerhus og det er høst. Den høyre hånden irriterer meg, stingene på kryss og tvers, og særlig pekefingeren. Den er krokete og skeiv som en klo. Jeg kan ikke la være å se på den. Den klamrer seg til kulepennen som tegner rød skrift. Det er en ualminnelig stygg finger. Det er synd jeg ikke er keivhendt, jeg ønsket en gang at jeg var det, keivhendt og spilte bassgitar. Men jeg kan skrive speilvendt med venstrehånden, akkurat som Leonardo da Vinci gjorde. Likevel skriver jeg med høyre og bærer over med den skamferte hånden og den frastøtende pekefingeren. Det lukter epler her inne, det stiger en sterk duft av epler fra det gamle bordet jeg sitter ved, midt i det mørke rommet. Det er kveld den første dag og jeg har bare tatt bort lemmene fra ett av vinduene. I karmen ligger det fullt av døde insekter, fluer, mygg, hveps, med tørre, tynne bein. Og eimen av frukt gjør meg litt bløt i hodet, det blanke hodet mitt slipper noe løs i meg, skygger danser langs veggene, i lyset fra månen som nå skinner inn av det eneste vinduet og omgjør rommet til en gammeldags diorama. Og liksom faren til Ola, barbereren på Solli, som alltid satte filmen feil i framviserapparatet når det var bursdag og vi fikk se tre Chaplin-filmer baklengs, slik snur jeg nå ryggen til og begir meg bakover. Og uten at jeg tenker meg om stanser rullen bak øynene mine ved ett bestemt bilde, jeg holder det fast noen sekunder, fryser, så gir jeg det bevegelse, for jeg er allmektig. Jeg gir det skemmer, lyder, lukter og lys. Jeg kan tydelig høre singelen som knaser under skoa der vi lusker over Vestkanttorget, jeg kan føle den yre svimmelheten etter et magadrag, og ennå kan jeg kjenne albuen til Ringo som treffer meg mjukt i siden, og vi stanser på rekke og rad alle fire, og John peker på en svart, blankpolert Mercedes som står parkert utenfor Naranja.

Det var George som først sa noe. Han sa:

11

— Den er din, Paul.

Alle visste at jeg var spesialisten når det gjaldt Mercedeser. Trengte ikke verktøy engang på dem. Det var bare å vri det runde stemplet tre ganger mot venstre, slippe brått og trekke det opp, for da hadde festet røket for lengst. Vi spurta opp trappene og det kribla varmt under genseren. Vi tok forholdene i øyesyn.

— For mye folk, hviska John.

De andre var enige. Det stod to menn under epletrærne på hjørnet, og det skrådde en gammel dame over gata like ved.

— E'kke no vits å ta s-s-sjanser, mumla Ringo.

— Vi har allerede en Opel og to Ford, sa George.

— Det er jo en 220 S, jo! sa jeg.

— Vi tar'n en annen kveld, sa John.

Men det var ikke sikkert at den stod der imorgen. Og så kjente jeg det suget i meg som jeg har kjent så ofte siden, og jeg hørte ikke lenger på de andre. Jeg gikk rolig over gata, aleine, bøyde meg over panseret, ennå slo hjertet med slappe, likegyldige slag, det kom et par ned bakken fra Berle, de to mannfolkene under epleblomstene skottet mot meg, papegøyene i vinduet skreik stumt. Så vrei jeg mercedesgeviret tre ganger rundt, slapp brått, dro til og smøyg det under genseren. John, George og Ringo var allerede langt på vei, de skulle liksom gå så naturlig, men bakfra ligna de tre lyktestolper med røde pærer. John snudde seg og vinka rasende, jeg smilte og vinka tilbake, så la de på sprang bortover mot Urra. Jeg stod fremdeles på åstedet, så meg omkring, men ingen hadde reagert. Jeg begynte å gå etter de andre, sakte, som for å drøye det hele, kjenne ordentlig hvordan det vår, gi bileieren en sjans til å fakke meg. Den deilige nervøse varmen spredde seg i kroppen. Og ingen kom etter meg. Jeg dro fram byttet, svingte det triumferende i lufta og løp etter de andre.

De venta ved Mannen på Trappa, med hver sin saftpose.

— Du er s-s-sprø, sa Ringo.

— Faen om vi blir tatt en dag, mumla John.

Han så opp på meg, smilte ikke, virket litt oppgitt, nesten ulykkelig der han satt, med den frosne saftposen og en vippende sigarett.

Klokka var snart ni. Det var blitt mørkt uten at vi hadde lagt merke til det. Mannen på Trappa slukket lysene i butikken og vi tusla nedover Bondebakken. Jeg ga mercedesmerket til George, det var han som gjemte dem, under ukeblader i en kasse under senga.

— Vi har seks sånne nå, sa han.

— Men ingen 220 S!

— Se'kke no f-f-forskjell, mente Ringo.

— Ha'kke noe å si om du ikke *ser* det, bare du *veit* det, sa jeg.

— Hvor mange Fiater har vi, å? lurte John.

— Ni, sa George. Ni fitter.

— Bruttern hadde med et pornoblad fra København, sa John.

Vi bråstansa, så på ham.

— Fra Danmark? hvisket Ringo, glemte å stamme.

— Spilte håndball i København. Fy faen.

— Åssen . . . åssen er'e?

— Stilig, sa John. — Må stikke nå.

— Ta're med i morra, sa George.

— Gjør'e å! ropte Ringo, svingte med skrutrekkeren i lufta.
Gjør'e å!

Jeg tok følge med John. Vi skulle samme vei. nedover Løven-
skioldsgate, George og Ringo labba over mot Solli plass. Ingen av
oss sa noe. Sanden fra i vinter knaste under skoa, og størkna
hundedrit lå på rekke og rad bortover fortauet. Det var sikre
vårtegn, enda det var ganske kjølig og mørkt og bare midt i april.
Jeg så ned på skoa mine og gledet meg, for muttern hadde lovet
et par nye til mai, og de jeg hadde nå ligna mer på beksømstøvler
og var tunge som blylodd. Skoa til John var heller ikke noe særlig
bedre, for han arva alt han gikk og stod i etter broren sin, Stig, og
han var to år eldre og 1.85, så skoa til John var alltid så svære at
han først måtte ta ett skritt inni dem før han kunne komme seg
videre.

— Syns vi b'yner å få nok bilmerker, sa John uten å se på meg.

— Kanskje vi bare skulle samle på forskjellige merker, foreslo
jeg.

— Vi har mange nok, gjentok han.

— Vi kan jo selge dem vi har flere av.

John bråstansa og greip meg hardt i armen.

— Se! ropte han og pekte på fortauet.

Jeg stivna. Det lå en snor foran oss. En snor. En hvit snor på
bakken rett foran oss.

— Granatmannen, hvisket John.

Jeg sa ingenting, bare stirra.

— Granatmannen, gjentok John og rygget et skritt bakover.

Jeg blei stående en meter, kanskje enda mindre, fra tråden. Den

13

forsvant inn i en hekk og var surra fast til sprinklene i en kum i rennesteinen.

— Er vel ikke sikkert det er granatmannen, sa jeg stille.

— Hva skal vi gjøre? stotra John bak meg. Ringe til purken?

— Bøver ikke være granatmannen selv om det er en snor, fortsatte jeg, mest for meg selv.

— De to gutta oppå Grefsen ringte til purken, hveste John. Vi kan bli sprengt i filler!

Så var det akkurat som jeg smelta. Jeg smelta og var ingen steder. Jeg tok et skritt fram, bøyde meg ned, hørte John brøle bak meg, og så dro jeg av all kraft.

Det bråkte noe jævlig, men det var fordi det var festa seks blikkbokser i den ene enden av snora. John var forlengst over på det andre fortauet, forskansa bak en lyktestolpe. Jeg viste fram fangsten og han kom opp av skyttergraven. I det samme hørte vi latter og knis bak hekken. John var hvit i trynet og kjevene knakte, og i ett sprang var han over hekken og trakk to fostre ut i lyset. Han dytta dem mot en Opel, kroppsvisiterte dem, pekte på meg og snora og sa:

— Veit dere hvor mange års fengsel det er for å gjøra sånt!

Pygmeene svingte på huene.

— Fem år! ropte John. Fem år! Dere blir sendt til Jæren, det veit dere vel ikke hvor er engang, men det er helvetes langt unna, og der blir dere satt til å rulle steiner! I fem år. Forstått!

Og gulrøttene nikket.

Så tok John og bandt dem sammen med snora og jagde dem nedover gata. De løp som gale, og alle kom til vinduene og trodde det var bryllup. Vi hørte skranglingen fra blikkboksene mange kvartaler unna.

— Åffer tar de dem ikke av? lurte John og klødde seg i øret.

— Syns vel det er gøy, sa jeg.

— Gjør vel det.

Vi labba videre. Etter en god stund sa John:

— Du er sprø! Du kunne gått rett i lufta!

— Åssen bilder er'e i bladet til bruttern din?

— Svære fitter. Dobbelt så svære som i Cocktail.

Han tidde brått. Jeg hadde ikke krefter til å spørre om mer, så jeg bare venta på at John skulle komme med resten.

— Og så er'e ikke hår på dem, slapp det ut av ham.

— Ikke hår?

— Niks. Barbert bort.

— Går'e an?

— Ser sånn ut.

— Fattern til Ringo er barberer, sa jeg.

— Kan se alt, sa John.

— Alt?

— Jepp.

Vi skiltes ved Gimle. John dro ned til Thomas Heftyes gate, jeg fortsatte mot Skillebekk. Jeg kunne ikke få de skallete fittene ut av tankene. Jeg prøvde å forestille meg dem, men det var plent umulig. Det nærmeste jeg kom var til det bildet av den nakne dama i Familieboka, men det bildet tror jeg det var fiksa på, i hvert fall var fitta bare en glatt flate, det så ut som om det ikke var hår på den, men da var det heller ingen sprekk der, og en sånn dame kunne de vel ikke vise fram i Familieboka.

Da jeg svingte inn Svoldergate, begynte det å regne, et sånt varmt, lett regn som nesten ikke gjør deg våt, og som det ikke går an å se, og jeg syntes det var akkurat som om masse hår traff ansiktet mitt, små korte mørke hår, og det lukta merkelig i hele gata, omtrent som i dusjen på gymmen, og det var ikke et menneske å se noen steder. Jeg la på sprang det siste stykket, for jeg var allerede tre kvarter for seint ute.

Men ved postkassene bråstansa jeg. Der lå en brun konvolutt. Ved siden av hadde postmannen skrevet en etterlysningslapp. Det var ingen i oppgangen som het Nordahl Rolfsen. Om noen kunne hjelpe ham? Jeg kunne. Brevet var til meg. Jeg stakk konvolutten under skjorta, lista meg opp og snodde meg inn på rommet mitt. Der pakka jeg brevet forsiktig opp, satt med øra på vidt gap, ingen i anmarsj. Det var riktig som det hadde stått i annonsen i Nå. Diskret og godt innpakka. Fra Alt i Ett. Et dusin Rubin-Extra, rosa. 11 kroner. Men det behøvde jeg ikke betale. Ingen visste hvem Nordahl Rolfsen var. Snedig. Jeg turde ikke ta opp den glatte pakka, holdt den bare i hånden, hørte det lette regnet utenfor, hårene som daska mot vinduet. Så gjemte jeg hele greia i tredje skuff, under Pop-Extra, Beatles-blader og en Conquest-bok.

Det var torsdag, det er sikkert, for vi hadde stil til dagen etter, den siste før eksamen, og stilene skulle alltid leveres på fredager så klasseforstander Lue hadde noe å more seg med i helgene. Jeg hadde ennå ikke skrevet et ord. Planen hadde nemlig vært å

15

begynne å hoste allerede i kveld, lange surklende desperate host som holdt mor og far våkne til langt over midnatt. Og neste morgen var det bare å varme opp panna mot puten, så ville muttern konstatere 39.5 i feber og beordre fravær på stedet. Men jeg ville ikke være sistemann som fikk se pornobladet til bruttern til Gunnar. Jeg bestemte meg for å skrive stilen etter at muttern og fattern hadde lagt seg. Og så stod mor der i døra med kveldsmaten min og et glass melk.

— Du kan godt kikke inn til oss når du kommer hjem, sa hun.

Jeg tok imot tallerkenen og glasset.

— Vi sitter i stuen. Det er ikke så langt unna.

— Jeg vet det, sa jeg.

— Hvor har du vært hen?

— I skolegården.

— Så sent?

— Vi slo stikkball.

Hun kom et skritt nærmere og jeg visste at nå ville det drøye. Og jeg visste akkurat hva hun ville si og hva jeg skulle svare for å være flink.

— *Må* du klebe opp alle disse skrekkelige bildene på veggen?

— Jeg syns de er fine, sa jeg.

— Er *de* fine! nesten ropte mor og pekte på et bilde like under taket.

— Det er Animals, sa jeg.

Mor så rett på meg igjen.

— Du må klippe deg, sa hun. Det går snart ut på ørene.

Jeg tenkte på far som nesten var skallet og så rødma jeg, fordi en ubehagelig figur, et monster av et hode, en vanvittig krysning, plutselig stod klart for meg og mor kom nærmere, spurte hva det var.

— Hva det er? sa jeg hest.

— Ja. Du ble plutselig så rar.

Nå tok samtalen en aldeles uventa og farlig vending. Jeg begynte demonstrativt å spise, men mor blei stående, lent opp mot dørkarmen.

— Har du vært sammen med en pike i kveld? sa mor.

Spørsmålet var vanvittig, malplassert, idiotisk, skutt ut i løse lufta, og i stedet for å le henne sønder og sammen blei jeg rasende.

— Jeg har vært sammen med Gunnar! Og Sebastian og Ola!

Mor klappa meg på hodet.

— Jeg syns nå likevel du skulle klippe deg.

Likevel? Hva mente hun? Hvilken felle blei lagt ut nå? Jeg mobiliserte mine siste krefter og kom med argumentet som alltid hadde en viss virkning på mor, fordi hun en gang ville bli skuespillerinne.

— Rudolf Nurejev har også langt hår!

Mor nikket sakte, smilet bredde seg utover ansiktet, og så la hun gudhjelpemeg hånden sin på hodet mitt for andre gang.

— Du må gjerne ta henne med hjem.

Jeg var sikker på at jeg var det rødeste bleikansiktet i vesten, bortsett fra Jensenius, operasangeren i etasjen over, som drakk tredve eksport om dagen og som sa at det var panten og kunsten som holdt verden igang.

Far satt som vanlig i stolen foran bokhylla med et Nå hvor det var bilde av Wenche Myhre på forsida. Han arbeidet intenst med kryssorden. Så løfta han det smale, bleike ansiktet og så på meg.

— Har du gjort leksene?

— Ja.

— Hvordan ligger du an til eksamen?

— Bra. Tror jeg.

— Du skal ikke tro. Du skal vite.

— Jeg ligger bra an.

— Gleder du deg til realskolen?

Jeg nikket.

Far smilte kort og falt ned i kryssorden igjen. Jeg sa godnatt og da jeg snudde meg var fars stemme der igjen.

— Hva heter trommeslageren i The Beatles?

Han så veldig rar ut da han sa det og jeg tror til og med at han rødma litt. For å rettferdiggjøre seg pekte han ivrig på bladet.

— Ola, begynte jeg, men tok meg i det. Ringo. Ringo Starr. Men egentlig heter han Richard Starkey, brifte jeg.

Far skreiv iherdig i rutene, nikket og sa:

— Utmerket. Det stemmer.

Jeg lå og venta på at mor og far skulle legge seg. Tente jeg lyset nå, ville de komme og spørre hva det var, for de kunne se om det var mørkt hos meg i sprekken under døra. Jeg hørte det regne utenfor, jeg hørte togene som peste forbi bare hundre meter unna, mellom rommet mitt og Frognerkilen. Jeg visste nøyaktig hvor de

17

skulle, men så var det heller ikke så mange linjer å velge imellom. Og selv om de ikke skulle så langt og bare holdt seg i Norge, fikk de meg alltid til å tenke på fjerne land, slik de hang på ruller bak kateteret, når jeg hørte togene tenkte jeg på stjerner også, og verdensrom, og da blei alt fjernt for blikket mitt og jeg falt bakover, liksom inn i meg selv, og hvis jeg skreik kom mor og far styrtende, de var små prikker langt, langt borte, og de trakk meg sakte fram igjen. Men jeg skreik ikke nå. Jeg hørte togene, og Gullfisken som hvinte over Olaf Bulls plass. Og midt mellom alt dette var mors og fars lavmælte stemmer og radioen som alltid stod på og alltid var det opera på radioen og det hørtes så ensomt ut, tristere enn alt jeg visste om, de sang fra en annen verden, en verden som var grå og uten bevegelse, de sang så kaldt og dødt. Og på veggene rundt meg hang det bilder av ansikter som også sang, men det kom ikke en lyd, gitarene og trommene var tause. Rolling Stones, Animals, Dave Clark Five, Hollies, Beatles. Beatles. Bilder av Beatles. Og jeg drømte om Ringo og John og George og Paul. Jeg drømte at jeg var en av dem, at jeg var Paul McCartney, at jeg hadde hans runde, sørgmodige blikk som alle jenter skreik seg forderva av, jeg drømte jeg var keivhendt og spilte bass. Jeg reiste meg brått i senga, lysvåken. Men jeg er jo en av dem, tenkte jeg høyt, og lo. Jeg er en av The Beatles.

Klokka var halv tolv og mor og far hadde lagt seg. Jeg skred til verket. Det var tre oppgaver. Den første var utelukket. *Familien min.* Far er bankmann og løser kryssord. Mor ville bli skuespillerinne da hun var ung. Jeg heter Kim. Det gikk bare ikke. Neste oppgave lød: *En dag på skolen.* Utelukket. Selv løgnen har grenser, selv for meg har løgnen grenser. Man kan juge inntil et visst punkt og få det bra til, etter det blir det bare vanvittig. Jeg måtte skrive den siste: *Planene dine etter folkeskolen.* Jeg fant stilboka mellom en haug med gamle matpakker. Den forrige stilen fikk jeg nuggen på. Men den var det far som skreiv. *Min hobby.* Han fant ut at jeg selvfølgelig måtte skrive om frimerker, enda jeg bare hadde to trekantete fra Elfenbenskysten. Det ble nuggen på fattern. Så tok jeg en sjanse. Jeg ladet fyllepennen med en patron og begynte å føre rett inn med blekk. Ingen vei tilbake. Det kilte nedover korsryggen, spenningen gjorde meg nesten genial. Først skulle jeg gjøre meg ferdig med realskolen og gymnaset. Så skulle jeg studere medisin og bli lege i et fattig land hvor jeg skulle leve og dø for syke negre. Jeg greide tre og en halv side og sluttet med noe om Nansen, men fikk ikke helt Nordpolen og negre til å stemme, og så kom jeg på at det var Albert Schweitzer jeg skulle nevnt, men da var det for seint. Jeg klappet boka igjen uten å lese igjennom, og tida måtte ha gått usedvanlig fort, for det siste toget til Drammen hamret forbi, og så blei hele verden stille. Regnet hadde holdt opp. Trikkene hadde sluttet å gå. Mor og far sov. Og jeg er like ved å sovne selv da en klar fistelstemme fyller rommet, den kommer ovenfra, men det er ikke Gud, det er Jensenius som har begynt nattevandringen, den nattergale, fram og tilbake, mens han synger de gamle sangene fra den gangen han var verdensberømt.

Og med Jensenius som sang over meg var det umulig å sove, selv om det ikke var på langt nær så trist som stemmene i radioen. Det var heller litt skummelt å høre Jensenius, men når man så ham ble det nesten bare komisk. Han var så kolossalt stor, han lignet ikke så lite på han fyren det var bilde av på IFA-saltpastiller, og han var jo også operasanger forresten. Der kom jeg på noe. I femte klasse klippa jeg ut navnetrekket til typen på pastillesken, Ivar Fredrik Andresen, og sa til Gunnar at det var en sjelden autograf av en verdensberømt operasanger. Gunnar kjøpte den for to kroner, han samla nemlig på autografer, helt fra Arne Ingier til Kamerat Lin Piao. Men Gunnar lurte på hvorfor den var skrevet på så tjukt papir. Ikke papir, sa jeg. *Kartong.* Fineste av alt. Men hvorfor var det så jævla lite? Klippa ut fra et hemmelig brev, forklarte jeg. Tre dager seinere kom Gunnar til meg og spurte om jeg ville ha saltpastiller. Og så dro han fram en IFA-eske og stakk den opp i trynet på meg. Han var ikke sinna. Bare forbløffet. Han fikk tilbake penga sine og siden den gangen har det ikke vært flere forretninger mellom oss.

Men altså, Jensenius, oppgangens operasanger, han lignet et luftskip, og ut av dette kolossale fartøyet kom det en stemme så høy og tynn og hjerteskjærende som om det satt en liten skolepike inni ham og sang i stedet. En gang var han visst baryton. Det går mange historier om Jensenius, og jeg veit ikke helt hvilken jeg skal tro, men de sier at han ga drops til småjentene, og guttene også, og likte å klemme dem inntil seg. En gang var han baryton, så fikla de med understellet hans, og nå er han sopran, drikker som en bjørn og synger som en engel. Og jeg har lyst til å kalle ham Hvalen, for hvalene synger også, de synger fordi de er ensomme og havet er så altfor stort for dem.

Og så sovner jeg, den første dag.

19

Stilen blei levert i første time, etter vi hadde bedt Fadervår, med Dragen i forbønn. Men han kom aldri lenger enn til «vorde ditt navn», da blei han stum og rød og pressa knokene hvite, og så måtte Gåsen overta, det gikk glatt som smør, og vi andre stod rake ved plassene våre og mumla med så godt vi kunne. Ordensmann den uka var Seb, han durte opp og ned langs radene og samla inn stilbøkene og la dem i en pen bunke på kateteret foran lærer Lue som stirra forbløffet utover klassen.

— Alle levert? sa han lavt.

Seb nikka og trakk seg nedover mot plassen sin. Han satt bakerst på vindusrekka, mens jeg satt bak Gunnar på midterste rad og Ola satt forrest ved døra og var alltid først ute og sist inne. Det var forresten bra å ha plass bak Gunnar, ryggen hans var brei nok til å skjule hele Familieboka. Han snudde seg og hvisket:

— Hvilken skreiv du?

— Framtidsplanene.

— Hva skal du bli for noe?

— Lege i Afrika.

— Seb skal bli misjonær. I India.

— Hvilken skreiv du?

— Skal bli pilot. Og Ola skal bli damefrisør.

— Har'u bladet med, eller?

Gunnar nikka raskt og snudde seg.

Lue så fremdeles utover klassen som om vi var et nytt landskap som hadde åpenbart seg i all sin prakt, og ikke 7a, toogtjue grønnskollinger med fett hår og kviser og hånden i lomma.

— Har *alle* levert? gjentok han.

Ingen reaksjon.

— Hvem har *ikke* levert? forandra han spørsmålet til.

Stille i klasserommet. Knappenål. Bare Briskebytrikken skrangla forbi, dypt nede i verden, for vi var de største og holdt til i øverste etasje.

Lue reiste seg og begynte å vandre fram og tilbake på podiet foran oss. Hver gang han nådde kateteret, klappa han stilbunken og smilte breiere og breiere.

— Dere lærer, sa han. Dere lærer og min gjerning har kanskje ikke vært forgjeves. Dere vil snart få brakt i erfaring at *punktlighet* er en av hjørnestenene i de voksnes verden. Når dere nå skal over på realskolen, stilles andre og langt hardere krav til dere, for ikke å snakke om de av dere som sikter mot gymnaset og universitetet, dere vil snart forstå, og best er det om dere forstod det allerede nu, noe denne vakre stilbunke kanskje bærer bud om, nemlig at dere *har* forstått, om ikke alt, så en del.

Jeg satt på midterste rad, bak Gunnars trygge rygg. Lue marsjerte der oppe på scenen sin, og han snakka med varm, dirrende røst. Og ingen hørte etter en stavelse, men vi var glad til, så slapp vi å analysere hovedsetninger og lese Terje Vigen. Og etter en stund forsvant stemmen hans, det er et trikk jeg har, jeg kan liksom koble ut lyden, det kan være ganske behagelig noen ganger. Lærer Lue blei stumfilm, bevegelsene hans var brå og overdrevne og munnen arbeida med stor flid slik at det åndsforlatte publikumet i salen kunne gjette seg til hva han hadde på hjertet. Og innimellom kom forklarende tekster på tavla. *Når dere nå skal ut i den store verden, vær beredt — Kjemp for fedrelandet og det norske sprog — Øvelse gjør mester — Vend det venstre kinn til og spør alltid først — Bjørnstjerne Bjørnson.* Og like før det ringte ut, skjønte jeg at han var glad. Han var så glad fordi vi en eneste gang, den siste gangen, hadde levert stilene til rett tid. Lærer Lue var glad og han var glad i oss. Da ringte det ut og alle styrta på dør selv om Lue var midt i en setning, og slik jeg ser ham nå, ser jeg ham som en liten, grå skikkelse, med den altfor store arbeidsfrakken vridd rundt seg, det tynne håret har falt fram i panna og han er blank i ansiktet av anstrengelse og lykke. Han står der fremdeles og snakker stumt mens 22 gærne gutter er på vei ut, et hesteslipp, og han står der ennå, i sin egen verden, like ensom som Jensenius må være, men lykkelig, fordi ironien endelig har sluppet tak i ham, og han er oppriktig og varm og glad i oss.

Men det er nå og ikke da. Den gangen stansa stumfilmen brått da klokka ringte, Lue blei borte med det samme, som en teknisk feil, og jeg hang meg på Gunnar. Kursen gikk rett ned på dassen hvor det omsider var samla en ti-femten stykker, så noen måtte ha slengt alvorlig med leppa og den leppa tilhørte Ola, for Ola hadde verdens dårligste pokerfjes, han fikk leamus over hele trynet bare han satt med par i treere.

— Hvor har'u det! maste Dragen.

— Dette e'kke sirkus, sa Gunnar.

— Du bløffer, sa Dragen. Du har'e ikke!

Gunnar bare så på ham, lenge, og Dragen blei urolig, han var feit og svett og vippa fra fot til fot.

— Når bløffa jeg noen? spurte Gunnar.

21

Jeg kom på den gangen med IFA-pastillene og så en annen vei, for alle visste at Gunnar bløffa ingen, og Dragen blei sakte, men ubønnhørlig pressa ut av ringen, skamfull, rød og pesende.

Gunnar så på oss en stund. Så trakk han opp genseren og skjorta og fant fram en svær hvit konvolutt. Og ringen stramma seg rundt ham da han endelig åpna konvolutten og tok ut bladet. Og plutselig, som om han ikke gadd mer, ga han bladet til meg i stedet, uten et ord, og forsvant inn på en bås og låste døra.

Så blei jeg sentrum i sirkelen og alle skynda på meg og dytta og klengte, for frikvarteret var snart over. Jeg begynte å bla. Jeg merka uroligheten med det samme, jeg blei urolig sjøl også, det var ikke slikt jeg ville se. De første bildene var nærstudier av barberte fitter og det kom ikke en lyd fra forsamlingen, ingen lo, ingen flirte, det var stumt som i et gravkammer. Jeg bladde fortere, det var fitter ovenfra og nedenfra, hele sider med svære sprekker diagonalt fra hjørne til hjørne. Men mot slutten begynte det endelig å ligne seg, hele damer, svære mugger, masse hår, men plutselig kom det bilde av en kis som lå med hele trynet mellom låra på en dame.

— Hva gjør'n for noe? spurte en stemme.

— Han sleiker, sa en annen stemme og det var Gunnar, han stod utenfor båsen og flirte.

Det blei stille en stund, helt stille.

— Sleiker?

— Sleiker fitta til dama, ser'u vel! sa en ny stemme.

— Sleiker'n fitta!

Dragen stod i ytterkanten og rullet med øya.

— Jepp.

— Åssen . . . åssen . . . smaker det, á?

— Det smaker som gress, sa jeg strakt. Hvis du har flaks. Men får'u ei sur en, så smaker'e som gammal salami og gymsko.

Det kom noen ned trappa, det blei uro i den store hvite flokk. Gunnar så forfjamsa på meg, ga meg plutselig konvolutten og begynte å gå mot utgangen sammen med de andre. Jeg stod med ryggen til, la bladet i konvolutten, og da greip overlæreren skulderen min og vrei meg rundt.

— Hva har du der? spurte han.

Et øyeblikk så jeg hele verden falle, alt falt, og alt falt i samme fart, så det tok aldri slutt. Overlæreren stod bøyd over meg som en gallionsfigur og jeg måtte lene meg bakover for å se ham i øya. Alt falt, vi falt sammen og det var deiligere enn å stå ytterst på tier'n på

Frognerbadet, like før det store hoppet, selv om jeg ennå ikke hadde stupt fra så høyt.

— Et blad fra far, sa jeg. Som jeg skal vise til lærer Lue.

— Hva slags blad?

— En reisebrosjyre fra Afrika. Onkelen min var i Afrika i påsken. Overlæreren så lenge på meg.

— Så onkelen din har vært i Afrika?

— Ja, sa jeg.

Han bøyde seg enda lenger over meg, ånden var uutholdelig, sild og tran og tobakk. Så tok han et skritt bakover og ropte:

— Men så se og kom deg ut, da gutt!

Og jeg løp opp trappene, til solskinnet. I det samme ringte det, og det var akkurat som om klokkene var inni meg, et sted midt mellom øra. Resten av stinkdyrene stod ved gymbygningen, de stirret på meg som om jeg nettopp hadde landa og var liten og grønn og glatt.

— Åssen . . . åssen, fikk Dragen pressa fram.

— Han liker'em glatte med kefir på, sa jeg og slentra stødig forbi dem.

Og plutselig kjente jeg at jeg var utmattet, dønn pumpa. Gymlæreren maste på oss i døra, og vi subbet ned til de svette garderobene med trebenker og jernknagger og golv som alltid var glatt av damp fra dusjen. Og fikk vi ikke utegym i dag kunne det være det samme. Med ett var Gunnar ved siden av meg. Vi sakka litt etter de andre. Jeg smøyg konvolutten over til ham, og han rulla den inn i genseren han hadde tatt av seg.

— Jeg er en jævel, mumla Gunnar.

Vi stansa.

— Jeg lot deg i stikken, fortsatte han. Jeg er en forræder.

— Det var jeg som holdt bladet, sa jeg.

— Jeg ga deg konvolutten og gikk. Jeg er en dritt.

— Du hadde ikke greid å juge, sa jeg.

Gunnar retta seg opp, et svakt smil vida seg ut i det breie ansiktet.

— Nei, sa han. Det hadde jeg ikke.

Vi lo, Gunnar krøkte seg sammen, boksa litt i løse lufta med ene neven, så blei han plutselig alvorlig igjen, alvorligere enn noen gang før. Han sa lavt, nesten formanende:

— Husk på det, Kim, sa han. Du kan alltid regne med meg!

Og så tok han hånden min, det var ganske høytidelig, og de sterke fingrene hans klemte mine sammen som en bunt persille, og jeg lurte på om jeg hadde sett noe lignende i Illustrerte Klassikere, var det Lord Jim eller Den siste Mohikaner, men så kom jeg på at det var i en episode av Helgenen og jeg begynte å glede meg til kvelden allerede, for det var fredag og detektime.

— Og så seks-n-n-null, á! ropte Ringo da vi runda ved Bislett, på vei til Kåres Tobakk i Theresesgate. Han satt på bagga, for sykkelen hans var nemlig uten eiker etter at bremsene svikta i Bondebakken og Ringo stakk skoa i forhjulet i rein panikk. Så ut som han hadde snubla i en eggdeler etterpå.

— S-s-seks null, á gett! gjentok Ringo. *Seks n-n-null!*
— Hadde're vært England eller Sverige, men Thailand, á, sa jeg.
— Likavæl! Seks m-m-mål!

Nå brakk Theresesgate enda brattere oppover og jeg hadde ikke pust til å snakke. John og George sykla slalåm foran oss og heia og brølte, og helt nederst kom trikken, så det var bare å trå på så vi kom fram til Kåres Tobakk før den tok oss igjen.

— Hvor er e-e-egentlig Thailand? spurte Ringo.
— Til venstre for Japan, peste jeg.

Og vi kom fram før trikken, jeg gleda meg allerede til nedover-turen, da var det George sin tur til å ha Ringo bakpå.

— Faen om jeg blir satt på vingen i år, sa John.
— Må vel være fornøyd om vi kommer med på laget i det hele tatt, vel, mente George.
— Hvis jeg må spelle b-b-back, så gidder jeg ikke, sa Ringo. Blir så nervøs av å stå s-s-stille.

Så gikk vi i samla tropp inn til Kåre, i hans mørke butikk, Kåres Tobakk, og det lukta rart der inne, av frukt og røyk, svette og sjokolade og lakris. Og vi visste at under disken lå Cocktail og Kriminaljournalen, men det var liksom ikke noe tess lenger, ikke etter bladet til bruttern til Gunnar, hadde liksom mista noe der, synd på en måte.

Kåre kom til syne i mørket, det snille bokseransiktet med hareskår, og jeg tror han kjente oss igjen fra ifjor.

— Kontingent? spurte han.

Vi nikka og la hver vår tier på disken, og så henta han fire kort og vi dikterte navnene våre.

— Født 51, mumla Kåre. Guttespillere i år, altså.
— Mange som har meldt seg på, eller? spurte John.
— Vi får gode lag på alle nivåer, smilte Kåre.

24

— Åssen g-går'e med F-Frigg i h-hovedserien, á? ville Ringo vite.

— Vi vinner, sa Kåre bestemt.

— Og vi som slo Thailand s-s-seks null, á! fortsatte Ringo begeistra, han kom ikke over det.

— Treninga starter tirsdag, sa Kåre. Klokka fem på Friggjordet.

— Blir'e noe Danmarks-tur i år? lurte George,

— Det gjør det nok. Tren hardt så kommer dere med.

Vi fikk medlemskortene våre, kjøpte en cola på deling, men turde ikke kjøpe røyk, for kanskje Kåre ikke likte at Frigg-gutta røykte, og ingen av oss ville gå glipp av Danmarks-turen.

Da vi stod ute på gata igjen, så Ringo på John og sa lavt:

— Hvor har'u gjort av b-b-b-bladet?

— Pælma det, svarte John.

— Har'u p-p-pælma det!

— Jepp.

Og egentlig pusta vi alle letta ut, men Ringo ga seg ikke.

— Hva sier b-b-bruttern din til d-d-det á?

— Bruttern syns det var ålreit at jeg pælma det.

Så slengte vi oss på syklene og spant nedover Theresesgate. Den varme lufta sang i øra og vi brølte *I feel fine* så det ljoma mellom husveggene, og George ropte at speedometeret hans dirra på 80, det var ikke alltid helt til å stole på, men det gikk like fort for det og vi behøvde ikke trå før vi kom til Bogstadveien.

— Nå er'e ikke en måned engang til søttende mai, sa John.

— Da er'e ikke lenge til eksamen heller, la George til.

— Og ikke til s-s-sommern! ropte Ringo.

Vi blei tause en stund, for det var litt rart å tenke på sommeren, at etter sommeren var det ikke sikkert vi kom i samme klasse, eller på samme skole engang. Men vi hadde sverga troskap, ingenting kunne skille oss og Beatles skulle aldri bli oppløst.

Først løp vi rundt hele jordet, så nikka vi litt og etterpå blei vi delt inn i to lag, åtte på hver. Vi fikk bruke de svære gållene til seniorene og Politiskolen og keeperne følte seg ganske småvokste mellom de stengene, selv om de hoppa alt de kunne nådde de aldri opp til tverrliggeren, de minna om sild i et digert garn. John og jeg kom på samme lag, han var senter, jeg spilte høyreback. Mot meg hadde jeg Ringo som venstreving. George var midtstopper og han så ikke helt ut til å like seg når John kom stormende som en tanks og feide

25

all motstand unna. Jeg stod på plassen min og måkte baller ut på midtbanen. George greide å stanse John et par ganger, men jeg lurer på om ikke John bare ga ham ballen for at vi skulle komme med på laget alle mann. Mot slutten fikk Ringo klort til seg kula og kom fresende oppover langs sidelinja. Da han var nær nok, hviska han så bare jeg hørte det.

— S-s-slepp meg forbi! S-s-slepp meg forbi!

Jeg stod breibeint på plassen min, rørte meg ikke av flekken, kunne godt sleppe Ringo forbi, for jeg hadde gjort noen solide tacklinger allerede og regna med at plassen var sikra. Så jeg blei stående, dønn stille, Ringo kunne bare runde meg som en bøyle og sende ballen inn til en strøken skalle foran mål. Men så skulle han selvfølgelig spille over evne, han begynte med noen vanvittige triksinger og trodde helt han var i Brasil, medspillerne brølte og skreik til ham, og så gjorde han det endelige framstøtet, krumma ryggen og fløy rett på meg. Vi ramla på trynet begge to og ballen trilla ut og jeg fikk innkastet.

— F-f-faen, hveste Ringo. F-f-faen i hælvete!

— Jeg rørte meg ikke jo!

— K-k-kunne vel ikke jeg v-v-vite vel. Er vel ikke vanlig at b-b-bekka står k-klin stille vel!

Jeg tror laget til John og meg vant 17—11, og etterpå var det oppsummering og kritikk. Et par mann var allerede bomsikre, Aksel i mål, Kjetil og Willy i angrepet. Og John var vel også klar, brøyteren. George så ganske sliten ut og Ringo var sur.

— Det er kamp førstkommende helg, ropte Åge. På lørdagen. Mot Slemmestad. I Slemmestad.

Ingen sa noe. Alvoret var over oss.

Treneren fortsatte:

— Og den kampen skal vi vinne!

Vi brølte.

— Bra gutter! Og alle som er her i dag møter på samme sted lørdag klokka tre. Vi kjører i buss til Slemmestad. Og de aller fleste skal få prøve seg på banen. Men om noen av dere ikke får spille første kampen, så kommer sjansen seinere, ikke sant!

Laget spredde seg, noen aleine, noen i flokk. Vi blei stående igjen midt på det svære jordet, vurderte hverandre.

— Trur vi kommer med hele gjengen, sa John.

— Han tufsen der slapp meg ikke f-f-forbi enda jeg s-spurte'n, sa Ringo og pekte på meg.

— Men jeg rørte meg jo ikke jo!

— Akkurat d-d-derfor! Klart jeg t-t-trudde du skulle gå mot venstre, og så gikk jeg r-r-rett på. Skittent k-k-knep!

John ble plutselig helt stille, stirra som en fuglehund i retning NRK og hviska med sprukken røst:

— Er'e ikke, er'e ikke Per Pettersen som kommer der, á!

Vi stirra vi også. Det var. Det var Per Pettersen. I egen person. Han kom slentrende mot oss, i hvite kortbukser, blå og hvit trøye og en bag slengt over skulderen.

— Må ha autografen hans, ropte John. Har dere noe å skrive med?

Selvsagt hadde vi ikke med blyant på fotballtreninga, ikke papir heller. Per Pettersen nærma seg og John begynte å lete desperat i gresset, for han kunne ikke la denne sjansen gå fra seg, og det eneste han fant var et tyggegummipapir, Zip, og det glatta han ut på låret og nå var Per Pettersen der.

— Autografen, stotra John og rakte fram tyggegummipapiret.

Per stansa og så blidt på oss. Så satte han fra seg bagen og lo.

— Ha'kke noe å skrive med, sa John.

Per rota fram en kulepenn fra bagen og skreiv navnet sitt på papiret det dufta søtt av, Per Pettersen, med to flotte p'er. Men da han skulle gå igjen, var plutselig Ringo frampå, han hadde stått og trippa hele tiden.

— Kan'ke du skyte på meg en gang, á!

Pettersen stansa og skjøv den strie luggen bakover.

— Joa. Ta plass.

Ringo stirra på oss andre, rød i trynet, så sprinta han bort til målet, stilte seg så midt i han kunne, krøkte seg sammen som en hummer. Per Pettersen la ballen på plass, gikk noen skritt bakover og sparka litt i gresset.

— Stakkars Ola, sa George stille. Han er blitt sprø. Får'n tak i ballen, kommer'n til å følge med gjennom nettet.

Per Pettersen var i farta og knalla til og plutselig satt Ringo på bakken med ballen i fanget. Han hadde ikke rørt seg av flekken. Han så veldig forbauset ut, som om han ikke skjønte hva som hadde skjedd. Så krabba han opp og kom sjanglende mot oss. Per Pettersen slengte bagen over skulderen, vippa luggen bakover og ropte til Ola:

— Bra tatt, den der!

Og dermed gikk Per Pettersen.

Ola så sliten ut. Han greide nesten ikke holde ballen. Men han var lykkelig.

— Var'e hardt? spurte George forsiktig.

— H-h-hardeste skuddet jeg har kjent, sa Ringo. Gordon B-b-banks ville hatt problemer med b-b-balansen.

— Feberredning, sa John. Perfekt.

— Åssen visste du hvor han skulle skyte? lurte George.

— Jeg f-f-finta'n ut, sa Ola. Jeg l-l-lot som jeg gikk mot høyre. Og så vridde jeg mot v-v-venstre, og da hadde jeg kula i f-f-fanget.

Vi slentra mot syklene som lå i det høye gresset ved Slemdalsveien.

— Trur dere Per P-p-pettersen forteller det til K-k-kåre og Åge? spurte Ola.

— Mulig det, sa John. Hvis de treffer hverandre.

— Da får vel jeg keeperplassen da. Fast på l-l-laget!

Ola var ennå litt fjern i blikket, det så ut som han ikke kjente oss helt.

— Det gjelder å ha b-b-blikkontakt, hørte vi Ola si. Jeg så det hvite i øya på'n. Og da b-blei'n usikker og b-b-ballen var min.

Vi trilla syklene bort til kiosken ved Politiskolen og spanderte en cola på Ringo. Han syntes han fortjente den og drakk hele flaska i ett drag. Da vi hadde fått panten, titta vi på bilvrakene innafor plankegjerdet, og vi tenkte på de som hadde sittet inne i bilene, det var skummelt å tenke på, det var akkurat som de satt der ennå, blodige og moste, gjenferd i bilvrakene. Vaktschäferen knurra mot oss ved porten, de hvite tenna lyste i den røde kjeften. Vi hutra litt og dro mot Majorstua, pekte på durexreklamen på Vinkelgården over klokka som snart var sju. Og så ropte Ringo så høyt han kunne, han satt bakpå hos meg igjen, og han begynte å få bakkekontakt etter fantomredningen:

— Du ... du ... d-d-du ...

Og Seb svarte:

— Rex!

Og Gunnar skrålte av all kraft:

— Balla-balla-balla-balla-

Og jeg svarte:

— Ballangrud!

Og det var ikke det eneste vi kunne, vi hadde pultost på maten og vi hadde ståplass på trikken også, men så forstumma alle

28

stemmer, for på Valkyrien stod Nina og Guri fra C-klassen, og vi skrensa inn til fortauskanten med hvinende dekk og hamrende hjerter.

— Hvor har dere vært hen, á? spurte Guri.

— På danseskolen, svarte Seb.

Jentene lo og Seb blei ganske svær på setet.

— Kan'ke vi sitte på til Urraparken? ba Nina.

Vi skulle samme veien, så det var greit, og selv om vi skulle til Trondheim hadde det vært like greit. Men nå var det i hvert fall en ting som var sikkert, og det var at Ola måtte få reparert sykkelen sin, og det litt kjapt, for han satt altså bakpå hos meg og Nina og Guri hoppa på hos Gunnar og Seb, og dermed var den sjansen spolert. Vi drønte nedover Jacob Aalls gate, jentene hvinte og bar seg, og kanskje var jeg litt letta over at Ola hadde ødelagt sykkelen sin likevel og satt bakpå hos meg, for ellers måtte Guri og Nina valgt mellom alle fire, og da ville to tapt, og selv om vi ga blanke faen i småjenter med musefletter og rosinmugger, så hadde det ikke vært noe moro heller å kjøre med tomt bagga og plystre og myse mot solnedgangen og late som ingenting.

Jentene blei parkert i Urraparken, og så hang vi over styrene igjen og så forbi hverandre, venta liksom på at noe skulle falle ned fra himmelen, inntil Ola sa med brumlebass:

— R-r-redda straffe av Per P-p-pettersen!

— Hvem? spurte Nina.

— Jeg! Jeg r-r-redda straffe av Per P-p-pettersen!

— Hvem er Per Pettersen?

Ola så tomt på oss, trygla om hjelp, men dette fikk han greie selv. Han kunne like godt sagt at han hadde redda fjorten skudd på rappen av Pelé, det hadde ikke gjort noe større inntrykk.

— P-p-per Pettersen! Spiller på l-l-landsl-laget, jo!

— Så fint, á gitt, sa Guri.

Og mer snakk blei det ikke om Olas torpedoredning. Jentene beveget seg over mot en benk, vi lot dem gå, så fulgte vi etter likevel. Og på trærne var det små grønne knopper som var klisne å ta på, og mørket kom glidende som en svær skygge og dekte oss alle. Det var kaldt å stå der i kortbukser, med grønne knær og albuer. Og selvsagt skjedde det ingenting. Faktisk husker jeg bedre alt det som ikke skjedde. For det som ikke hendte, men kanskje kunne ha hendt, var langt mer fantastisk enn det som faktisk skjedde en aprilkveld i Urraparken, 1965.

Man kan si mye om lærer Lue, men fallhøyde, det hadde han. Allerede da han kom bortover gangen, forstod vi at skuffelsen på ny hadde tatt ham i kragen og rista spott og ironi fram i den tørre, bitre kroppen. Han kom med stilbunken under armen, gikk med forte, hoggende skritt, som lederen for et janitsjarorkester. Blikket brant gjennom oss som røntgenstråler, et vanvittig smil krølla seg under den dunete nesa, og han sa ikke et ord. Han bare låste oss inn, satte seg ved kateteret med stilbunken som et truende tårn foran seg og der blei han sittende, stum som en sko.

Jeg kunne ikke dy meg, jeg hviska til Gunnar:

— Han har mista stemmen. Sjokk.

Lue var oppe med det samme, byksa ned mellom radene og stilte seg over meg med hendene i siden, og musklene i ansiktet hans var harde knuter under huden, og jeg tenkte et øyeblikk på onkel Hubert, at stakkars onkel Hubert ikke var helt bra i hodet, enda han var fars bror, og jeg lurte på om Lue heller ikke var helt frisk. Men stum var han altså ikke.

— *Hva sa du!*

Jeg så opp på ham. Jeg hadde aldri lagt merke til at han hadde så mye hår i neseborene før. De stod ut som svarte barberkoster.

— Jeg spurte Gunnar om noe.

— Og *hva* spurte du Gunnar om!

Plutselig greip han Gunnar i nakken i stedet og skreik:

— Gunnar! Hva spurte Kim deg om!

Dette kunne ikke gå bra, for Gunnar var altså slik at han ikke greide å si annet enn sannheten. Hvis han prøvde å juge, gikk det dønn i stå, han fikk det rett og slett ikke til. Jeg så hvordan rødfargen sprutet ut fra nakken hans som et glødende strykejern.

Jeg svarte høyt for ham:

— Jeg bare spurte Gunnar om han hadde et viskelær.

Lue bråsnudde seg mot meg igjen, munnen hans var helt borte i ansiktet, så kom den til syne samtidig som en skjelvende pekefinger blei retta mot pannen min. Jeg var glad for at den pekefingeren ikke var ladd.

— Når jeg spør Gunnar, så skal *Gunnar* svare og ikke du! Forstått!

— Det er vel det samme hvem som svarer når svaret er det samme, sa jeg, nesten svimeslått av min egen logikk.

Lues hånd kom nærmere, den tok meg i skulderen, halte meg opp fra stolen og trakk meg opp til kateteret. Der måtte jeg stå mens Lue bladde rasende gjennom stilbøkene. Og mens jeg stod slik fikk jeg jo litt medfølelse med Lue, for det var et sørgelig syn å skue utover, klasse 7a. Tilslutt fant han stilheftet mitt og vifta med det foran meg.

— Du som er så flink til å svare for deg, kan ikke du nå fortelle hele klassen, alle disse intelligente, våkne, interesserte og kunnskapstørste medelever hva dine fremtidsplaner er!

Jeg sa ingenting, så bare rett over myra og ut av vinduet. Det var noen som arbeidet på taket på den andre siden av gata. De hadde bundet seg fast med tau til pipa i tilfelle de skulle ramle. Jeg skulle gjerne balansert der oppe, uten tau, jeg kjente det klø nedover korsryggen og det var akkurat som om hjernen var ved å koke over. Balansere slik, ytterst, ytterst. Så var stemmen til Lue der igjen, som et varmt pust mot kinnet mitt.

— Du som alltid svarer så kjapt og kvikt, fortell nå hva du skal bli?

— Jeg skrev i stilen at jeg skal bli lege, men det skrev jeg fordi jeg ikke vet hva jeg skal bli. Og så skrev jeg at jeg skulle reise til Afrika for å få stilen lang nok.

Lærer Lue bare stirret på meg, og jeg så at han var iferd med å miste kraften, det varte ikke lenge nå før han ga opp. En stund syntes jeg synd på ham, jeg ville gjerne ha hjulpet ham, men jeg visste ikke hvordan.

— Sett deg, sa han. Og ti stille når ingen ber deg om å snakke.

Stemningen i klassen var litt ledigere nå, alle tegn tyda på at Lue var overgivelsen nær. Men han kjempet ennå tappert, desperat og stakkåndet. Han måtte til og med en tur ut på gangen for å trekke frisk luft. Han kom inn igjen med knyttede never, bøyde seg over kateteret, plirte med øynene.

— Det er 22 i klassen her, ikke sant. 22 oppvakte, intelligente, høflige, renslige, ærlige og ikke minst ærgjerrige gutter. Er dere enige?

Han venta ikke svar. Klart vi var enige.

— Ti av dere skal bli prester. Kan alle som skal bli prest rekke opp hånden.

Nølende kom fingrene i været. Fnisingen steig samtidig. Dragen skulle bli prest.

31

Lue pekte mildt på Dragen.

— Du skal altså bli prest. Da må du lære deg Fadervår først. Utenat! Og så må du pusse tennene dine bedre, ellers vil menigheten omkomme ved første halleluja!

Dragen så ned i pultlokket og nakkeflesket duva. Vi visste at han hatet Lue nå, at han kunne blitt morder på stedet. De andre prestene så heller ikke særlig pigge ut. Jeg var glad for at jeg skulle bli lege i Afrika.

— Altså ti prester, sa Lue. Og dere kan senke de velsignede armene deres nå. Og så har vi fem misjonærer. Fem. Det er langt over gjennomsnittet. Kan dere gi tegn fra dere!

Fem hender i været. Sebs hånd var blant dem.

— Dere skal altså bli misjonærer. I India. Afrika. Australia. Si meg, hvorfor gå over bekken efter vann. Hvorfor ikke begynne her hjemme. Hvorfor ikke kristne Norge først. Eller denne klassen. Hvorfor rett og slett ikke begynne her og nå med å kristne klasse 7a, klasseforstander inkludert!

Ingen av misjonærene svarte. Seb satt med et skeivt flir og lente seg bakover mot veggen. Lue hadde ham i kikkerten, pekte og brølte.

— Du! Sebastian! Fortell oss hvorfor du skal bli misjonær! Hva! Snakk!

Seb vippa fram på stolen igjen, fliret var der ennå, og det fliret var ikke alltid like lett å bli klok på, visste ikke helt om det var deg eller seg sjøl eller ingenting han flirte av.

Seb sa rolig:

— Jeg har lyst til å reise.

— Og da må du bli misjonær! Hører ørene mine riktig!

— Jeg kom ikke på noe annet.

— Gjør du narr av meg?

— Nei. Jeg kunne blitt sjømann også, men fikk det ikke til.

— Gjør dere narr av meg!

Nå henvendte han seg til hele klassen, ja, hele verden for den saks skyld. Han slo med flat hånd på stilbunken så kateteret gynget. Så inntok han podiet. Der blei han stående, akkurat der hvor sola falt inn i rommet som en prosjektør, men det var akkurat som om han hadde glemt replikkene sine, og det var ingen sufflører til stede. Han fant fram et lommetørkle, men det kom ingen duer eller kaniner til syne heller, og så tørka han seg over ansiktet, og det var et lite ansikt og et digert lommetørkle, en duk, falmet og gult og ikke helt reint. Så

32

forlot han lyskjeglen og kom ned i salen, til det hjernetomme og gudsforlatte publikumet. Lærer Lue stilte seg foran Ola. Ola sank sammen som en punktert fotball. Lue klappa ham på hodet.

— Her har vi en som har gjort et skikkelig yrkesvalg, et valg som ser ut til å stå i rimelig forhold til evnene. Men si meg, hvorfor *dame*frisør?

Latteren bølget som en feit sleik over klassen. Det var snart ikke mer luft igjen i Ola. Han kunne umulig komme seg ut av denne floken uten øyeblikkelig assistanse. Gunnar og jeg forsøkte desperat å finne på noe, men han kom oss i forkjøpet, det blei sprett i fotballen igjen. Ola retta seg opp og sa med tørr og fremmed stemme:

— For far sier at snart kommer g-g-g-gutter til å slutte å k-klippe seg.

Lue nikket, han nikket bedrøvet flere ganger. Gunnar og Seb og jeg pusta lettet ut, Ola hadde greid seg og resten av knehønene godtok svaret, de blei sittende og trekke håret ned i panna og tvinne det over øra, og Lue travet tilbake til plassen sin i sola.

— Og så har vi en racerbilsjåfør, et par piloter, en fallskjermhopper og — han satte seg bedre til rette — så har vi én som har skrevet om en dag på skolen.

Det blei bråstille og alle stirret på Gåsen. For selvsagt var det Gåsen, og han blei halt opp til kateteret. Lue bladde i boka hans og leste høyt:

— «Klasseforstanderen vår heter Lue og er verdens beste lærer.»

Det gikk et gisp gjennom rommet. Gåsen krympa som en ullgenser i kokende vann og alle var enige om at det var den dristigste påstanden siden den om Jesus som gikk på vannet.

Lue bare så utover klassen, leppene tegnet et tynt, blodløst smil og øynene var dype og uten håp. Han snudde seg sakte mot Gåsen.

— Er jeg verdens beste lærer?

Aldri hadde det vært så stille i 7a. Pulsen stod, tida lå over oss som et kjempelokk og vi var en gryte som snart måtte eksplodere.

— Er jeg verdens beste lærer? gjentok Lue, roligere enn han noensinne hadde snakket.

— Nei, sa Gåsen og da ringte det ut.

Jeg fikk nuggen pluss, samme fikk Seb. Gunnar og Ola fikk G.

— Når vi slutter til sommern, må vi kjøpe en presang til Lue, sa Gunnar.

— Hva da? spurte Ola.

— Det veit jeg vel ikke. Vi må bare kjøpe noe, så blir'n litt glad.

— Vi kan gi'n en Beatles-plate, foreslo Seb.

— E'kke sikkert han har platespiller, sa Gunnar.

— Det er tanken bak som teller, det sier alltid fattern, sa jeg.

— Da behøver vi ikke k-k-kjøpe noenting, da, sa Ola.

Stemningen i bussen var høy og tett. Åge stod framme ved sjåføren og prata taktikk, det var på midtbanen slaget skulle vinnes. Jeg så for meg en lang dag som høyreback, heldigvis var det sol. Jeg satt ved siden av John og bak oss satt Ringo og George. George bare kikka ut av vinduet og hørte ikke etter, sånn var det alltid med George, hørte ikke etter, men fikk det til på en måte likevel, medfødt, antar jeg. Ringo derimot så veldig bekymra ut, den historiske redninga hans lå fjernt i minnet nå, enda det bare var noen dager siden, han hadde faktisk begynt å tvile på om det hadde hendt i det hele tatt, kanskje det bare var noe han hadde drømt. Dessuten var Aksel fast keeper på laget, en lynrask skyvedør fra Hoff, den plassen kunne ingen true foreløpig.

Ringo lente seg sørgmodig fram mellom John og meg.

— Detta gå'kke b-b-bra, sa han lavt.

— Gå'kke bra! utbrøt John. Vi skal dunke de kålhuene ned i gresset!

— Med m-m-meg, fortsatte Ringo tonløst. K-kommer til å l-l-lage sjølmål. Kjenner'e på m-m-meg.

— Det e'kke *så* lett å skåre på Aksel, sa jeg.

— Det er beina, mumla Ringo. De l-l-lystrer ikke. K-k-kommer til å l-l-lage sjølmål.

Ringo falt tilbake i setet igjen og vi nærma oss Slemmestad, Slemmestad som bare var hvit røyk for meg, slik jeg så den stige fra sementfabrikken når jeg stod på brygga på Nesodden om sommeren og kasta med boks.

Men det var først i garderoben at alvoret stod som spikra i magesekken. Det lukta steinaldersvette og gamle gymsko, vi satt på trebenkene med bøyde huer, stirra på de ennå reine fotballstøvla, knottene, de lange hvite lissene. Åge stod ved døra med notisboka i hånden og så fra den ene til den andre. På golvet ved siden av stod kassa med de blå og hvite draktene. Det var stille. Det var så stille at vi kunne høre fuglesangen utenfor. Endelig begynte Åge å snakke. Han trakk opp keeperdrakta og slengte den til Aksel. Ingen

34

hadde venta noe annet. Men venstreback blei til alles overraskelse en kis fra Nordberg, som mange mente var spion og agent for Lyn. Jeg blei høyreback, trædde drakta over hue, stiv og nyvaska, med nummer to på ryggen. George blei venstreving og John senter. Ringo blei veggpryd sammen med sju andre og så nesten letta ut, han slo oss på ryggen og mente at dette måtte gå jævla bra, for alle i Slemmestad var pygmeer og vi kom til å vinne 25—0, minst. Så løp vi ut på rekke og rad, og Slemmestadkøddene var allerede i gang med oppvarminga, og langs sidelinja stod elleve fedre og brølte og vinka.

Gresset hadde ikke festa seg helt, det var mest løs jord på banen. Vi sparka litt til hverandre og skøyt noen skudd på mål for å bli vant med læret. Så blåste en feit bonde i fløyta og Kjetil og lagkapteinen til Slemmestad møttes på midten, slo kron og mynt, og så måtte vi bytte side og det tok meg et par timer å forklare Nordberggeniet at han hadde stilt seg på feil plass, min plass. Endelig fant vi formasjonen, stod der som statuer, ballen lå midt på jordet, dommeren blåste og John satte spillet igang. Alle begynte å bevege seg langsomt. Ballen kom over på vår halvdel, midtstoppe-ren, en lang slåpe fra Ruseløkka, svingte med beinet og mælte den over til fiendens mål. Alle storma dit, men keeperen kasta seg ut i mølja og landa oppå ballen med hele kroppen. Trampeklapp fra hjemmepublikumet. Den målmannen måtte fintes, det nytta ikke bare å storme rett på der. Så kom ballen over mot oss igjen, på midtbanen gikk det litt fram og tilbake, den feite dommeren var alltid på feil side av åkeren, og hver gang han nådde pesende fram, blei ballen spilt tilbake igjen. John fikk nappa til seg læret, akselererte med kurs for mål, men en Slemmestadbølle strakk ut en ettersleng og John gikk på trynet i gressfjona. Dommeren stod selvsagt med ryggen til og hadde ikke peil på hvor ballen var. Slemmestad fikk spillet og kom stormende mot oss. Bøllen trakk ut på min side, fikk en pen løpepasning, henta opp ballen og var på vei mot meg. Inne ved mål stod det tett med folk som ropte og skreik og veiva med skallene. Bøllen kom nærmere, han var vill i blikket, jeg lurte på om jeg skulle rive av ham drakta eller dunke inn nesa hans, men jeg fikk ikke tid til å tenke nøye gjennom det. Jeg møtte ham med skulderen, satte hælen i skoa hans, med andre foten trilla jeg ballen bakover, bråsnudde og runda den fallende fienden, fikk øye på John som var på full fart over banen, sendte en høy pasning som fulgte ham i lufta og dalte ned på vristen og satt

35

klistra som tyggegummi. Jeg var ikke lite imponert selv heller. John hadde fri bane, Slemmestad-sinkene kom pesende bak ham, han hadde bare keeperen igjen nå, men den idioten kasta seg rett i beina på John, begge rulla rundt og Slemmestaddesperadoen reiste seg vaklende med ballen i arma og svær blodig nese. Han blei reparert med vattdotter og solo, han måtte fintes, det var sikkert.

Nå gikk kampen ned i en bølgedal. Det var bare å måke baller ut på midtbanen hvor det endte i klyngespill og nærkamp. Men så var det en Slemmestadgjøk som kom seg fri over på venstresida, la alle bak seg og storma nedover mot dødlinja. Jeg spurta over for å hjelpe venstrebacken og demme opp bak ham. Men det skulle jeg aldri ha gjort. Da han oppdaga at jeg var over på hans side, begynte han å hoje at jeg skulle pelle meg unna, dette var hans plass, hva faen hadde jeg der å gjøre. Han glemte helt Slemmestadgjøken som drønte forbi ham. Aksel hylte til oss og så måtte jo jeg trå til likevel. Jeg møtte gjøken i fart, vrei kroppen mot høyre samtidig som jeg spissa venstre albu i nyrehøyde. Fuglen sa farvel, ballen var i føttene mine og jeg skulle trille den rolig inn til Aksel, men da fløy venstrebacken på meg bakfra. Han sparka meg i leggen, dytta meg unna og var hvit i trynet. Og da kom det selvsagt en ny Slemmestadkødd, nappa ballen til seg og løp mot mål. Aksel gikk ikke i beina på ham, niks, han venta til skuddet kom og lå som en linjal i lufta. Ballen satt limt mellom nevene hans, så folda han ut fallskjermen og dalte mykt ned på bakken. Nordbergagenten så litt tafatt ut, men mente fortsatt at dette var hans side. Burde sette opp skilt med privat område, foreslo jeg surt og pigga tilbake til plassen min igjen.

Det var bare et par minutter igjen av første omgang. Aksel trilla ballen ut til meg, jeg gikk så langt jeg kunne med den opp mot midtlinja, den var det umulig å passere for en back. Så sendte jeg ballen over til Kjetil, han dribla tre påler, Willy kom opp på sida av ham, de veggspilte gjennom resten av forsvaret, og veggspill var noe som ennå ikke hadde kommet til Slemmestad. Keeperen gjorde det eneste han kunne, slang seg i beina, men hverken beina eller ballen var der han slang seg, og Willy kunne dytte ballen over målstreken med nesa, så god tid hadde han, total finte. 1—0 og krigsdans og kollbøtte. Fuglene overdøvte dommerfløyta, de holdt med oss, måtte være trekkfugler fra Tørtberg, så klart.

I pausen samla vi oss rundt Åge. Han var ikke helt fornøyd selv om vi leda. Det var forsvaret som var svakt, ubesluttsomt, sa han. Han tok ut den sleivete midtstopperen, trakk John ned på midtbanen og satte inn en sprinter fra Majorstua med pers på 7.6 på sekstimeteren som senter. George fikk fortsette på venstrevingen, han hadde ikke gjort så mye ut av seg, men hadde ikke gjort noen brølere heller. Og så blei selvsagt spionen fra Lyn pelt ut. Åge tok et blikk over reservene, stansa ved Ringo, pekte på ham. Ringo kom et skritt fram, låra hans var allerede i helspenn. Han fikk drakta til Nordbergfjotten og skalv sånn på henda at han nesten knøyt seg dønn fast.

Da pausen var over og vi skulle løpe ut på banen igjen, holdt Åge meg igjen og sa lavt:

— Det er ikke alle dommere som ser like dårlig. Spill med beina og hue, ikke albuene!

Jeg luska etter de andre og fant plassen over på høyresida. Jeg prøvde å få kontakt med Ringo, men han var ikke helt tilstede, stirra bare dypt i gressmatta og tviholdt på låra sine. John vinka og gjorde seierstegnet og så gikk avspark. Det blei mølje med det samme, ingen så ballen, men alle sparka vilt. Så kom den fykende til værs, over mot oss. John gikk opp til en heading, og selv om han ikke var særlig høy, fikk han knuffa Slemmestadkleggene unna likevel og nikka ballen mot Ringo som hadde trukket opp på banen. Ringo tok fart og måkte til alt han kunne, traff litt skrått og ballen forsvant over mot garderoben. Perfekt uthaling. Fedrene peip, men fuglene var på vår side og plystra dem sønder og sammen. Vi trakk nedover i forsvar igjen, innkastet havna i ny klynge, og plutselig kom George stormende ut av den med ballen på tuppa, dro den med seg langs sidelinja, lurte av en sementstang og sendte en skrudd banan inn foran mål. Kjetil møtte den med brasken og læret smalt i tverrliggeren, keeperen stod bare og stirra mot himmelen, så dalte ballen ned foran ham og han stupte ned i de rasende beina som sparka til alle kanter. Og av en eller annen mystisk grunn kom han opp av fotbadet med ballen i klypene denne gangen også, han var verre enn en japansk dødspilot.

Nå foregikk det meste av spillet over på Slemmestads halvdel. John trakk lenger framover, men Åge brølte til Ringo og meg at vi måtte holde plassene våre, i tilfelle kontring. Og det var akkurat det som skjedde. Jeg var så vidt oppe og snuste på midtlinja da en lang ball blei måkt over på vår halvdel. Ringo virra rundt som en kompassnål, to Slemmestadsebraer hadde starta en langspurt, jeg begynte å løpe etter ballen jeg også, den var på vei gjennom lufta, dette var kamp om sekunder. Det var ved sekstenmeteren det hendte. Ringo hadde fått kontroll over ballen, myk demping. Jeg og John hadde avskåret de to Slemmestad-angriperne og det hele skulle egentlig ha vært veldig enkelt. Vi venta bare på at Ringo skulle sy ballen inn til Aksel. Men i stedet la han hele kroppen til og sendte en praktfull skruball rett opp i venstre hjørne, utakbart. Vi bråstansa alle mann, blei bare stående og stirre. Aksel skjønte null, glante på ballen som duva i nettet. Slemmestadkujonene brølte og kasta seg om halsen på hverandre, og Ringo stod med bøyd hue og gravde i bakken med skotuppen. Jeg kunne ikke helt se hva som foregikk med trynet hans, men det kom noen rare lyder derfra og ryggen rista. Dommeren blåste i den sure fløyta si og fuglene krøyp sammen på greinene og gjemte nebbene i fjøra.

Så gikk Ringo. Han bare gikk rett av banen, forbi Åge, rett ned til garderoben. Ny mann blei sendt inn på matta, en fyr fra Frøn som var så hjulbeint at halve Slemmestadlaget kunne spasere mellom låra hans. Vi så etter Ringo, men han var borte. Det var ti minutter igjen å spille.

Hjemmelaget hadde fått blod på tann nå, de kom rullende i angrep etter angrep. John sloss som en løve og jeg var ikke helt borte jeg heller, for det var bare én ting å gjøre nå, rette opp Ringos flause. Vi måtte vinne. Langt borte vinka George etter ballen, men det var umulig med lange pasninger, spillet klumpa seg sammen som sur melk. Det var mann mot mann, uansett hvor ballen var. Og klokka gikk. Åge brølte fra sidelinja, men ingen kunne høre hva han sa. Det var ikke mer enn et par minutter igjen, alle spillerne var over på vår halvdel, Aksel løp som en kenguru mellom stengene og fekta med armene, da fikk jeg klort til meg ballen, rygga baklengs ut av mølja og så at John starta en kjempespurt over mot Slemmestads tomme halvdel. Jeg la all kraft i sparket, lente kroppen bakover og sendte en løpeball som skar gjennom lufta som en fjernstyrt måke. John samla den opp på lissa i fart, ti mann kom dundrende etter, keeperen stod klar til å kaste seg i beina på ham, men John bare lobba ballen over, ti mann sklei etter kula, men for seint, den dalte ned i buret, som hånd i hanske. Og det blei regndans og høydehopp og hjemmepublikumet reiv av seg håret og sementblanderne rakk såvidt å ta avspark før dommeren blåste av og fuglene letta fra greinene og plystra seier'n var vår.

Vi storma ned i garderoben for å finne Ringo. Men det var ingen der. Og drakta, med nummer 14 på ryggen, lå pent sammenbretta på benken. Klærne hans var borte. Vi styrta opp igjen.

— Kanskje han sitter i bussen, sa George.

Vi spurta rundt huset til parkeringsplassen. Bussen var tom. Vi gikk tilbake til Åge og spurte om han hadde sett Ringo.

— Ringo?

— Ola, sa John.

— Praktfull skåring, sa Åge og klappa ham på skulderen. Gull verdt. Skal kjøre deg fram i angrep igjen.

— Har'u sett Ola? spurte George utålmodig.

— Er han ikke i garderoben?

— Niks.

Ringo var søkk borte. Vi lette høyt og lavt, men det var ikke spor etter ham. Tilslutt måtte vi bare ta bussen hjem, uten Ringo. Og stemningen var liksom ikke som den skulle være. Åge så nervøs ut, alle hadde en eller annen skade de måtte pleie. Det stinka svette og sement av draktene, som vi måtte ta med hjem og vaske sjøl.

— Det er noe som heter vardøger, sa Seb lavt.

— Vardøger? Gunnar snudde seg mot ham.

— Ja. Det er sånne varsler. Han sa at han kjente det i beina allerede på utoverturen, ikke sant.

Vi tenkte oss om, så usikkert på hverandre.

— Kanskje det var bestemt på forhånd at han skulle lage sjølmål, fortsatte Seb.

— Bestemt på forhånd? sa jeg. Av hvem da?

— Av ... av ... jeg veit ikke, jeg, Gud, kanskje, svarte Seb og rødma.

Vi blei stille igjen, tanken på at Gud hadde blanda seg inn i kampen mellom Slemmestads og Friggs guttelag var ikke helt lett å gripe.

— Var'e Gud som skåra for meg også, da, kanskje! sa Gunnar forbanna.

— Neida, sa Seb spakt. Jeg bare tenkte at det var ... ganske rart.

— Han hadde bare uflaks, mente Gunnar. Det kunne hendt hvemsomhelst.

— *Uflaks*! Med *det* skuddet!

— Han e'kke vant til å spille i forsvar, sa jeg. Kanskje han glemte seg. Trudde at han var i angrep.

Vi slo oss til ro med det. Bussen kjørte forbi Sjølyst. Vi skulle gå av ved Frogner kirke. Vi satt hver for oss og tenkte på hvor det hadde blitt av Ola. Enten hadde han begynt å gå, eller så hadde han tatt toget, hvis han hadde penger. Eller så var han igjen der ute. Jøss.

Åge kom bakover til oss og satte seg på huk.

— Jeg skal ringe hjem til foreldrene hans og høre om han er kommet.

Vi nikka i kor.

— Og pass på at han kommer på treninga. Alle kan ha en dårlig dag. Vi skal nok finne en plass til ham.

— Han er bra i mål, sa Seb.

— Jaså. — Åge så på oss. — Det er vel vanskelig å ta plassen fra Aksel.

— Han kan være reservekeeper, foreslo Gunnar.

Åge reiste seg.

— Det er en idé. Jeg skal tenke på det.

Og så stansa bussen ved kirken og vi ramla ut. Det var bare én ting å gjøre. Vi dro i samla tropp ned til Observatoriegata. Men Ola hadde ikke kommet hjem. Det var faren som åpnet.

— Kom ikke Ola sammen med dere? spurte han.

Gunnar og Seb så forvirra på hverandre. Jeg klarna stemmen og sa:

— Vi hadde trening på Tørtberg etter kampen. Ola dro sammen med noen fra klassen som vi møtte på Majorstua.

— Nei, han er ikke hjemme ennå.

Frisør Jensen trakk opp skjorteermet og så på klokka, hevet de kjemmede brynene og rista forsiktig på hodet. — Vet dere ikke hvor han er?

— Han er sikkert sammen med Putte eller Gåsen, sa jeg fort.

I det samme var moren der også, en tynn liten dame med fullt av krøll i håret og bekymrede øyne.

— Er det noe galt?

Og så ringte telefonen langt inne i leiligheten, og det var sikkert Åge, så vi trakk oss baklengs ned trappa og storma på dør.

Vi kunne jo ikke gå til Slemmestad. Det var ikke annet å gjøre enn å dra hjem. Men vi drøyde det, i et svakt håp om at Ola skulle dukke opp. Det gjorde han ikke. Det var rart å tenke på at han kanskje gikk aleine langs veien nå, kanskje han gikk gal vei også. Og snart var det mørkt. Vi hutra, avtalte å møtes i morgen, klokka fem i Moggaparken. Så dro vi hver til vårt. Sola var på vei ned bak de røde skyene over Holmenkollen, sendte et flatt dunkelt lys over byen. Da gjaldt det å komme seg i hus, for nå hadde lørdagskrigen begynt. Frognergjengen kunne slå til når som helst nå. Jeg sneik meg langs husveggen, titta skremt rundt hvert hjørne, jeg tenkte på

40

Ola, og på slåsshansker, skaller, nesebein som blir slått opp i hjernen, en fyr i gata fikk en krampe i øyet for noen år siden, stod og dirra midt i øyeeplet, mens typen skreik og skreik.

Det siste stykket løp jeg.

Jeg dusja og vaska av meg Slemmestad-driten og satte meg i stua sammen med mor og far og måtte fortelle om kampen, og jeg fikk pølse og lompe og pommac og greier. Men jeg kunne ikke sitte stille. Kanskje Ola blei kidnappet, puttet i en sekk og dumpa i fjorden. Eller kanskje han blei solgt som slave til Arabia, det hadde hendt før. Jeg måtte ringe. Fingrene skalv over tallskiva.

Det var moren som tok telefonen.

— Er Ola hjemme? spurte jeg. Det er Kim.

— Ja.

Ola levde. Jeg datt ned i nærmeste stol.

— Kan jeg få snakke med ham, hviska jeg.

— Han ligger til sengs. Han er syk.

— Syk?

— Han sier så.

— Er han frisk i morgen? spurte jeg lurt og krympa i klærne.

— Du kan jo prøve, sa den lyse, litt matte stemmen. Og før hun la på røret kunne jeg vedde på at jeg hørte en saks som klippet og klippet i bakgrunnen, det måtte være Valdemar Jensen som tørr-trente til frisørenes norgesmesterskap i Lillesand, eller kanskje det bare var mitt eget hjerte som pumpa blodet i korte, harde støt gjennom hue, brått som den første akkorden på *A hard Day's Night.*

Avtalen var å møte Gunnar og Seb i Moggaparken klokka fem, men det holdt hardt, for søndag kom nemlig onkel Hubert til middag, klokka tre stod han i døra og fra da av gikk alt i halv fart. Jeg veit egentlig ikke helt hva det var med onkel Hubert, det var bare disse knutene oppi hue hans som ikke ville løsne, og noen ganger var de knytta hardere enn ellers, og denne søndagen var de ualminnelig stramme. Det startet allerede i døra. Han stakk hånden fram 34 ganger, uten å si noe, tilslutt måtte far hale ham inn og presse ham ned i en stol og begge var røde og svette i trynet, og mor skyndte seg ut og dekka på til én til.

Onkel Hubert bodde aleine i en av blokkene ved Marienlyst, han tegna illustrasjoner til ukeblader og dameromaner, så det var kanskje ikke så rart at han var som han var. Far var skallet, men Hubert hadde alt håret på plass, og nå satt han i stolen ved bokhylla, hadde falt litt til ro, var slapp i hele kroppen og han pusta tungt og lenge. Men da han fikk øye på meg, blei det liv i ballongen igjen.

— Kom nærmere, kom nærmere, ropte han og svingte med armene.

Jeg gikk bort til ham. Han tok hånden min med begge sine, begynte å riste den og jeg regna med å måtte stå der et par timer. Heldigvis slapp han taket etter bare et kvarter.

— Unge Kim, familiens håp, hvordan har du det?

— Jeg har det fint, sa jeg og gjemte hendene i lomma.

— Godt å høre. Synes du jeg skulle gifte meg?

Far tok et stormskritt nærmere og bøyde seg med dirrende hode mellom oss.

— Skal du gifte deg!

— Jeg har tenkt på saken, kjære bror. Nå, hva synes dere?

Far retta seg opp og sa med gjenlukket munn:

— Kim. Gå ut på kjøkkenet og hjelp mor!

Det var ingen vei utenom. Jeg fant muttern over hellefisken. Det dampet opp i ansiktet hennes. Det så ut som hun gråt.

— Onkel Hubert skal gifte seg, sa jeg.

Jeg måtte ta fatet for henne.

— Hva! Hva sier du!

— Han sa han vil gifte seg.

Hun var borte med det samme. Jeg blei stående med den rykende fisken, mellom persillesmør og poteter og karamellpudding. Jeg hørte at de snakket intenst inne i stua, fars stemme var lav og hissig, akkurat som når jeg kom hjem med karakterkortet. Mors stemme var oppgitt, men onkel Hubert bare lo.

Litt etter var mor der igjen og vi bar inn på bordet.

Det gikk fint i begynnelsen. Vi forsynte oss alle sammen og alt var som det skulle være, unntatt ansiktet til far, han var stram som en tennisracket. Da vi skulle forsyne oss andre gangen, kunne jeg ikke dy meg lenger.

— Hvem skal du gifte deg med? spurte jeg.

Fars stemme kuttet setningen, han snerret navnet mitt, i'en forsvant helt, det ble bare to forvrengte konsonanter. Km! Mor krympa seg og onkel Hubert så fra den ene til den andre, og da han skulle ta poteter, låste det seg helt igjen. Jeg så det på ham. Da han hadde fått skjeen med poteter halvveis over til tallerkenen stansa han, holdt den der, det virka som han kjempet, han knaste tennene sammen og kinnene skalv, så begynte skjeen med poteten å gå fram og tilbake over bordet, og det gikk fort, han måtte minst være verdensmester i å balansere poteter. Far var like ved å eksplodere, mor forsvant ut på kjøkkenet, og onkel Hubert satt der og løftet poteten fram og tilbake, jeg skulle ønske jeg visste hva det var som skjedde inni hue hans, han så veldig ulykkelig ut, samtidig målbevisst, og da han endelig var ferdig, etter 43 ganger, sank han utmattet og fornøyd sammen i stolen, duken var grønn av persille, far var blå i ansiktet og mor kom inn med mere hvit fisk.

Da klokka nærmet seg fem og vi ennå ikke hadde begynt på desserten, var det umulig å sitte stille lenger. Jeg tok sjansen og spurte, enda jeg visste det var dødssynd å gå fra bordet i utide.

— Jeg har avtale med Gunnar og Sebastian, sa jeg fort. Klokka fem. Får jeg lov å gå?

Til min store forbauselse så far helt letta ut.

— Det er i orden, sa han. Ikke kom for sent hjem.

Jeg spratt opp, turde ikke ta Hubert i hånden en gang til, mor kom med noen milde formaninger, og alle virka glade for at jeg forsvant. Jeg hoppa ut av vinduet, landa mjukt overskrevs på hesten, som Zorro på Frogner, og galopperte bort til Moggaparken.

John og George satt lent over styrene og dampa på hver sin Craven. Jeg trilla ned til dem og skrensa skrått i singelen.

— Har'u hørt fra Ola? spurte John.

— Ligger i senga. Sier'n er sjuk.

George knipsa sneipen i en diger bue over mot klatrestativet, tørka seg om kjeften og sa:

— Jeg veit åssen vi skal få'n opp.

— Åssen da? John sugde gloen helt inn til leppa og spytta den ut.

— Vent og se, sa George.

Vi svingte ut på Drammensveien og runda UB i samla felt. Dette var dristig prosjekt. Det var ikke lett å helbrede de sjuke, særlig ikke når foreldrene var hjemme. Hadde man først lagt seg sjuk, måtte man for syns skyld bli der en stund, ellers kunne det få katastrofale følger for seinere anfall.

Det var faren som tok oss imot.

— Vi må snakke med Ola, sa jeg andpusten.

— Han ligger til sengs.

— Det gjelder noen lekser, fortsatte jeg.

Nå kom mora også. Hun stilte seg ved siden av frisøren.

— Dere får være raske, da, avgjorde hun.

Vi fant Ringo dekket av en diger lyseblå dyne. Øya hans var så vidt synlige. Vi lukket døra og stilte oss ved senga. Det lukta kamforatum der.

— Hvor har'u gjort av alle bildene? spurte jeg og så på de tomme veggene.

— Fattern reiv dem ned, sa dynen. K-k-kødden!

Han sank enda dypere i madrassen.

— Hva feiler'e deg? spurte George.

Ringo begynte å hoste. Dyna fløy opp og ned.

— Jeg er s-s-syk, sa han med sprukken stemme. Jeg k-k-kommer til å s-s-smitte dere.

Vi var stille en stund. Dette var alvorligere enn vi hadde trodd. Det lå en bunke med Donald og en halvspist melkesjokolade på golvet.

— Hvor blei det egentlig av deg? spurte John forsiktig.

Det kom ikke noe svar. Vi blei nervøse alle mann, finkjemma hjernene for å finne på noe lurt å si. Da begynte Ringo å snakke, han snakket med en oldings røst, den var hul og tørr og bitter.

— Jeg er ferdig på f-f-fotballbanen. Det er f-f-forbi. D-d-det er s-s-slutt.

Nå forsvant han helt. Vi svelga en klump hele gjengen, jeg sverger. Nå måtte håndspåleggelsen starte for alvor.

— Alle kan ha uflaks, sa jeg. Du e'kke den første som lager sjølmål. Og når'e først skal gjøres, så·var'e et jævla bra skudd!

Vi forsøkte å le. Det kom ikke en lyd fra senga.

— Åge snakka med oss på bussen innover, fortsatte jeg. Og han hadde prata med Per Pettersen. Han vil bruke deg som reservekeeper.

En hårtust kom til syne. Det snakket under dyna, svakt, men tydelig.

— R-r-reservekeeper? S-s-sa'n det? Var'n ikke d-d-drit-forbanna?

— Vi vant jo 2—1!

— V-v-vant v-v-vi?

— John skåra, sa jeg. Soloangrep fra midtbanen.

Hele ansiktet til Ringo kom fram. Han så på John.

— S-s-skåra du?

44

— Jepp. Niks å snakke om. Hovedsaken er at vi vant. Køddene fra Slemmestad greide jo ikke skåre sjøl engang!

Vi slapp oss løs i en befriende latter. Ringo rista i senga, enda så sjuk han var. Vi hørte det tasse utafor døra.

— Bli med ut, sa jeg.

— K-k-kan'ke. E'kke f-f-frisk.

George lente seg fram, la hånden på pasientens skulder og holdt den der.

— Jeg har en gave til deg. Det står . . . det står en Volvo Spesial bak Slottet.

Det gikk et gisp gjennom rommet. Ringo var allerede ute av senga.

— En sånn . . . en s-s-sånn som H-h-helgenen h-h-har! stotra han himmelfallen.

— Akkurat. Den er din.

Det var ikke mer å snakke om. Ringo kledde på seg og fire desperate menn trampa gjennom leiligheten. I entréen stod frisøren med kone.

— Hva er det du gjør? utbrøt mora forskrekket.

— Jeg skal u-u-ut, sa Ringo og feide all motstand til side.

— Du er syk, sa faren.

— Jeg er f-f-frisk, sa Ringo.

— Da skal du gå på skolen i morgen, sa mora spisst. Bare så du vet det.

— Jeg vet d-d-det, sa Ringo.

Og så slapp vi ut, sklei ned gelenderet, og sykkelen til Ringo var ennå ikke istand, så han slengte seg bakpå hos John og vi satte kurs mot Parkveien.

— Åssen kom du deg hjem fra Slemmestad? ropte jeg.

— H-h-hajka, sa Ringo kry. Med en t-t-trailer. Flyttelass. Fikk r-r-rullings og greier.

— Fy faen.

— Hadde Cocktail i hanskerommet, h-h-hadde'n.

Vi kutta krysset før den amerikanske ambassaden og trilla forsiktig opp bak Slottet.

— Den står i Riddervoldsgate, sa George. Så'n da jeg gikk tur med muttern i dag. Svenske skilt.

— Det er ganske mye purk her i strøket, sa John.

— Vi skal t-t-ta'n likavæl, snerra Ringo fra baksetet. Vi skal t-t-ta'n!

Det kom liksom et hulrom i magen, som brått blei fylt med forventning og søt angst, det vokste og vokste inni meg, det var godt å kjenne. Vi svingte bedagelig inn Riddervoldsgate og der, like ved hjørnet av Oscarsgate, stod den, en skinnende hvit Volvo Spesial. Vi hoppa av syklene, stilte oss i en tett klynge, myste til alle kanter. Det kom en mann med hatt gående nedover på det andre fortauet, vi sa ikke noe før han var ute av verden. To kråker letta fra et tre like bak oss, vi fór sammen. Hjertene banka svære og røde i den lumre ettermiddagen.

— Vi stiller oss med syklene på hjørnet, hviska jeg. Når Ringo har merket, slenger'n seg på hos John og så sykler vi ned Oscarsgate, forbi Vestheim og rett til Skillebekk. Ingen kan ta oss igjen på den ruta.

De andre nikka. Ringo fikk skrujernet av George og vi trilla syklene opp mot hjørnet. En katt lå på et steingjerde og stirra på oss med smalt blikk, men den kom ikke til å sladre, den var på vår side. Trikken skrangla oppover Briskebyveien, klokkene begynte å hamre i kjerka. Så blei alt stille. Vi trilla forbi Volvoen, Ringo blei stående igjen, venta noen sekunder, så gikk han til angrep. Det kom noen fæle lyder, akkurat som når man skraper neglene over tavla, selv kongen måtte vel høre det. Vi turde ikke snu oss, og det tok uendelig lang tid, hele verden stod på sprang. Blodet rant ned fra hue mitt som et styrtregn. Jeg tror aldri jeg har vært så nervøs før. Og jeg var sikker på at jeg ikke hadde vært redd i det hele tatt hvis det var jeg som hadde stått der nede ved bilen i stedet for Ringo. Det var rart.

Endelig skjedde det noe bak oss. Ringo kom løpende, vi hadde pedalene parate, han slengte seg på bagga til John og så drønte vi ned til Skillebekk og satt på benken ved springvannet før Helgenen hadde fått skoa på. Vi tørka svetten og stirra målløse på Volvo-merket, veide det i hånden, var letta og lykkelige. George trakk opp Craven-pakka og sendte den rundt.

— Beste vi har hittil, sa John. Fy faen så nervøs jeg var.

— Åffer d-det, å? sa Ringo og trakk et magadrag som fikk øya hans til å krysse seg som en saks.

Og så satt vi der, det var søndag og kvelden tetna til rundt oss, blei varm og klam, og før vi visste ordet av det hølja det ned, spruten stod en meter opp fra bakken og hestene vrinska bak oss.

— Vi drar hjem til meg, ropte John. Muttern og fattern er borte.

Vi sykla så skvettlappene flagra om øra og pressa oss inn på rommet hans, søkkvåte og slitne. John satte platespilleren midt på golvet og la den siste Beatles-platen på hølet. *Ticket to ride.* Vi lytta andektig, membranene var fininnstilte som flaggermus. Vi holdt pusten, helt til de siste gitartonene forsvant og stiften skrapa over de innerste rillene.

Gunnar satte den på en gang til. Vi lå på golvet med øra inni høyttaleren, det dunka gjennom hele kroppen, og vi kunne da såpass engelsk at vi skjønte hva det handla om, og vi lurte på hvem faen det var som ville stikke av på den måten, den jenta måtte være passe teit. Vi blei bitre og tenkte grusomme tanker om alle jenter på hele kloden. Stiften skrensa inn mot midten igjen og vi pressa de våte luggene ned i panna.

— Vi skulle starte band, sa Seb.

Vi så på hverandre. Et band. Klart det. Vi kunne starte et band og da skulle Nina og Guri og alle knehønene i 7c stille temmelig langt bak i køen.

— Hva skal d-d-det hete? lurte Ola.

Gunnar henta en engelsk-norsk ordbok og begynte å bla.

— Hva med The Evilhearted Devils and Shinings Angels, foreslo Seb. Uttalen var litt uryddig, men vi skjønte hva han mente.

— For langt, sa jeg. Må være kort når folk skal spørre etter platene. Dirty Fingers er bra.

— Dirty Fingers and Clean Girls, tilføyde Seb.

— Vi-vi skal vel ikke ha med j-j-jenter, vel! ropte Ola.

— Jeg har'e, sa Gunnar og titta opp fra boka. Vi skal hete *The Snafus.*

— S-s-snemus? Ola så forvirra på Gunnar.

— Snafus, gjentok han.

— Hva betyr'e? spurte Seb.

— En forkortelse for situation normal all fouled up, leste Gunnar sakte og tydelig.

— Men hva b-b-betyr'e? lurte Ola.

— Det betyr faenskap og rot og smørje.

Vi tenkte oss om og var enige. Ingen hadde noen bedre forslag. Det var kort, satt bra og vi stod inne for tolkninga. The Snafus.

— Jeg rapper en sigar fra fattern, sa Gunnar. Dette må vi feire!

Han kom tilbake med en kjempestokk med magebind, beit av tuppen og spytta den ut av vinduet. Rommet blei røyklagt ved første drag, vi hosta og harka og hang over karmen, men alle var enige om at det var jævla godt, beste vi noensinne hadde smakt.

— Hva skal vi s-s-spille? sa Ola gjennom røyken.

Det var verre. Med Ola var det jo greit, han slo skarptromme i guttemusikken. Det hørte vi hver søttende mai. Gunnar kunne to grep på gitaren til bruttern sin, men til gjengjeld var han ganske flink til å øke tempoet. Seb spilte blokkfløyte og jeg kunne ingenting.

— Du kan synge, sa Seb.

— Synge! Jeg kan vel for faen ikke synge.

— Du kan lære, sa Gunnar.

— Jeg skal altså være vokalist, fastslo jeg.

— Du må lære å *hyle* skikkelig, sa Seb. Akkurat som på *I wanna be your Man* og *Twist and Shout*.

Jeg tenkte på sangtimene på skolen. Mellom bakkar og berg. Tre små tamburer. Nå livnar det. Kanskje stemmen min aldri hadde fått skikkelig materiale å jobbe med. Kanskje Jensenius kunne lære meg å synge.

— Ålreit! Jeg stiller som vokalist!

Gunnar fyrte opp sigaren igjen og sendte den rundt. Tårene spratt, men det var det ingen som så gjennom røyken. Og så begynte vi å spille gjennom alle Beatles-platene, starta med *Love me do*.

Midt i *Can't buy me Love* gikk døra opp. Gunnar blei så forskrekka at han lagde hakk i plata. Det var bare bruttern hans, Stig, men det var ikke bare bare det, han skulle begynne i første gym på Katta, var 1.85 og hadde håret halvveis over øra. Han stod i døråpninga, myste og sa:

— Har dere Castro på besøk, eller?

Den skjønte vi ikke, men vi lo likevel, for såpass skjønte vi. Stig lukket døra og kom inn til oss, foldet den lange kroppen sammen og satte seg på golvet. Vi var stumme av ærefrykt, turde nesten ikke åpne kjeften, for vi visste at vi dreit oss ut så snart det trilla en lyd over de såre tungene våre. Gunnar så litt forlegen ut, men kry også, var ikke alle som hadde storebrutre som gadd menge seg med småpoteter som bare såvidt hadde panna over åkeren.

Stig så på oss, tok et brådypt drag av sigaren, det kom ikke en dott ut av kjeften hans, vi venta og venta, men røyken bare blei der nede, var det verste vi hadde sett.

— Spiller dere Beatles? spurte han vennlig.

Vi nikka og mumla ja, at det gjorde vi, Beatles var jævla bra, og særlig den siste singelen, Ticket to ride.

48

— Har dere hørt denne? spurte han og viste fram en lp han hadde med seg, var bilde på coveret av en hengslete kar med stive krøller og kjempekrum nese, syltynn utgave. Vi hadde ikke hørt den.

— Bob Dylan, forklarte Stig. Sterkeste som noensinne har truffet kloden.

Han trakk platen forsiktig ut og la den på spilleren, skifta til 33 og hysja på oss enda vi var stille som nysnø.

— Hør på denne, hviska Stig. *Masters of War.* Og så tenker dere på Vietnam samtidig.

— V-v-viet hva? slapp det ut av Ola. Rødfargen stod som et nordlys over trynet hans. Stig måtte ta ham i skole.

— Vietnam, forklarte han. Et lite land på andre sida av planeten. Der bomber amerikanerne uskyldige folk. De bomber med noe som heter napalm. Veit dere hva napalm er?

Platespilleren var igang. Han holdt stiften en millimeter over rillene. Vi visste ikke hva napalm var.

— Det er et stoff som kleber seg til huden og så brenner det. Ha'kke nubbsjans. Det brenner under vann! Hører dere. Napalm brenner *under vann.*

Han lukket munnen brått. Det suste i høyttaleren og like etterpå kom den harde, akustiske gitaren, akkordene jeg aldri kommer til å glemme, og stemmen som kutta opp hue som et barberblad. Vi skjønte ikke alt, men vi skjønte det viktigste, det var skummelt og jeg frøys på ryggen. *And I'll stand over your grave till I'm sure that you're dead.* Vi skjønte det. Og vi fikk lyst til å gå ut på gata og jule opp noen voksne kødder. Det var høytidelig, for nå kunne vi aldri bli dem vi var, nå visste vi bedre.

Stig la platen i hylsteret igjen og reiste seg, han raget over oss, og uansett hva han hadde bedt oss om, hadde vi sagt ja, vi lengta sårt etter at han skulle gi oss en ordre, et livsviktig og livsfarlig oppdrag, og vi skulle gå gjennom ild og vann for ham.

Men han sa bare, ytterst i munnviken:

— Luft godt før muttern og fattern kommer, á, gutter.

Jeg sykla hjemover og prøvde å synge den nye sangen, men jeg fikk ikke helt tak på melodien, den glapp hver gang jeg skulle begynne, som om jeg allerede hadde glemt den. Men det er ikke sant at man glemmer så lett, man lagrer alt inni seg, og så dukker det opp en dag, når som helst, hvor som helst, slik jeg nå brått kan kjenne lukten av våt syrin, av syrin etter regn, enda det er langt på høst. Jeg tråkka bortover Drammensveien og prøvde å huske ordene, melodien, stemmen. Men da jeg svingte inn Svoldergate, fikk jeg andre ting å tenke på. Jeg bråbremsa, for ut av porten kom onkel Hubert. Han stansa, blei stående, stirra ned på føttene sine, så rygga han inn igjen, kom ut, rygga tilbake, og sånn fortsatte det og jeg begynte å telle, for kanskje var det et system i alt han gjorde, kanskje det var en hemmelig kode. Onkel Hubert gikk ut og inn av oppgangen 21 ganger, så forsvant han i full fart rundt hjørnet. Jeg satte hesten i stallen, ga den en pose høy og tusla opp trappene. Da jeg stod med nøkkelen klar, hørte jeg fars stemme inne fra stua. Den var høy og hysterisk, kom som en sag gjennom veggene. Jeg blei stående, lente meg forsiktig inntil døra.

— *Det går ikke. Det går rett og slett ikke an. Det er skandale! 21 år!*

Jeg hørte ikke mors stemme, hun satt sikkert i sofaen med hendene i fanget og så litt ulykkelig ut.

Fars stemme fortsatte:

— *Hun kunne vært hans datter. Det er . . . det er motbydelig! 21 år!*

Så ble det stille i hele huset. Jeg trakk pusten, åpnet døra så forsiktig jeg bare kunne og sneik meg inn på rommet mitt. Og i natt har jeg lyst til å fly, eller falle, falle bakover, der ingen tar imot, i et svart hull inn i himmelen.

Bomben falt dagen etter, mandag, restemiddag. Plutselig la far gaffel og kniv fra seg og tørka seg omhyggelig om munnen.

— Filialsjef Ahlsen var rasende i dag, kan dere tro. Han hadde en meget viktig bankforbindelse fra Sverige på besøk i helgen, og i løpet av søndagen ble kundens bil ramponert.

— Ramponert? sa mor.

— Ja. Noen pøbler hadde brukket av merket foran og laget riper i lakken. Og det var en meget eksklusiv bil. En Volvo Spesial. En slik Helgenen har, sa han til meg, venta på at jeg skulle bli imponert over alle grenser.

— Åja, sa jeg bare.

— Du vet ikke om noen som holder på med slikt? spurte han brått og holdt blikket mitt fast.

— Jeg? Hvordan da? Hvordan skulle jeg vite det?

— Nei. Selvfølgelig kjenner du ikke til det. — Far så over på mor. De meldte det selvfølgelig til politiet. Og der hadde de fått flere lignende anmeldelser i det siste. Det er skammelig!

Jeg fikk landlov etter middagen og sykla som en gal over til Gunnar, fortalte hva som hadde skjedd, vi dro videre til Ola, halte

50

ham ut og peste bort til Seb, han bodde rett rundt hjørnet. Mora hans lukket opp, åpnet latterdøra samtidig da hun så oss.

— Kommer dere rett fra månen, lo hun.

— Gjelder søttende mai, sa jeg. Vi skal kanskje bære flaggborgen.

Ola så dumt på meg, men Gunnar fikk uskadeliggjort ham med en finger i korsryggen. Det kom et lite hikst, så blei han stum.

— Sebastian er på rommet sitt. Han gjør lekser.

Vi durte inn, hørte moras latter bak oss, og holdt på å skremme vannet av Seb da vi braste gjennom døra.

— V-v-vi er oppdaga, peip Ola. Det er o-o-oppdaga!

— Ikke snakk så høyt, for faen! freste Gunnar.

— Hva er oppdaga? spurte Seb.

Jeg fortalte ham hele greia. Gunnar stod ved døra og passet på at ingen lytta.

— Men de veit vel ikke at det er oss, sa Seb tilslutt.

— Ikke ennå. Men vi må bli kvitt tjuvgodset!

Seb halte fram kassa. Vi stimla rundt den. Øverst lå det noen blader, så skinte det i metall, blankpussa som sølvtøyet til muttern og fattern, det var helt Greven av Monte Cristo.

Jeg tok avgjørelsen.

— Vi må dumpe det i sjøen.

— Hvor d-d-da? Ola stod med Volvo-merket i hånden.

— Filipstad, foreslo Gunnar.

— Bygdøy, sa jeg. Mindre folk.

De andre nikka alvorlig. Vi beundra jakttroféene i høytidelig stillhet, så stappa vi dem ned i alle lommer vi hadde og stavra ut med stive smil som fire overvektige skraphandlere.

Mora dukket opp igjen, plutselig, helt stille, og jeg blei litt ør i kroppen liksom, for hun hadde digre mugger som duva lenge etter at hun hadde stansa, og skjørtet var stramt over hoftene og det var splitt og greier.

— Har du gjort leksene? spurte hun.

— Ja, svarte Seb med hendene låst fast i lomma.

— Får håpe dere skal bære fanene, da.

Han så litt forvirra på henne, Ola skulle til å åpne kjeften. Jeg kom ham i forkjøpet.

— Det er tre fra hver av sjuendeklassene som får bære flaggene, sa jeg fort. Og Ola spiller jo trommer, så han kan ikke.

Og så kom vi oss løs, rant ned trappa og flådde ut til Bygdøy.

Vi parkerte syklene bak restauranten og gikk ned mot vannet. Vi var de eneste, bare en hund gjødde langt borte. Herfra kunne jeg se over til Nesodden, brygga, Hornstranda, det røde badehuset. Jeg hutra, kanskje ikke våren hadde kommet på ordentlig ennå likevel, det var akkurat som å være i et varmt rom hvor noen plutselig åpner døra og kald luft strømmer inn. Den kom fra fjorden, som var mørk og ligna bølgeblikk.

— S-s-skal vi pælme a-a-alle? spurte Ola forsiktig.

— Alle, sa Gunnar hardt.

Ola sparka i en tangklase.

— T-t-trur dere de t-t-tar fingeravtrykk?

— Fingeravtrykk! lo Seb. Hvor da?

— På V-v-volvoen vel!

— De ha'kke noe bevis, sa jeg. Ikke når vi er kvitt disse.

Vi løp langs stranda over til de ruglete bergene. Der stansa vi og så oss omkring. Det var ingen i nærheten, bikkja var borte, ikke en båt å se, bare en mudderpram som blei slept inn Bunde-fjorden.

— Vi pælmer stein først, sa Gunnar. Og så hiver vi merkene innimellom.

Det hagla utover vannet, Fiater, Mercedeser, Opeler, Peugeoter, Morriser, en Vauxhall, Renaulter, en Hillman, til og med en Moskwitch.

— Trur dere noen finner d-dem? mumla Ola til slutt.

— De blir tatt av strømmen, sa Gunnar, og dratt langt faenivold. Kanskje helt til Afrika.

— Og så sitter fattern på frivakta en dag og fisker, og plutselig får'n en Volvo på kroken, hiksta Seb.

Vi hoja og lo og sprinta over til den andre siden av bergene, men der bråstansa vi igjen, stirra på noe som lå på steinene nede ved vannkanten.

Det var en haug med klær.

— Er'e noen som b-b-bader nå! stamma Ringo. Må være jævla k-k-kaldt!

Vi speida utover fjorden, men kunne ikke se noen. Det kolde draget slo mot oss med full styrke nå som vi ikke var i le.

— Må minst være isbader, hviska George.

Men det var ingen i vannet, og ingen på land heller. Så begynte vi å gå mot klærne, sakte, hadde aldri gått så sakte før og vi holdt pusten. Kanskje noen hadde sett oss likevel. Da vi nærma oss, så vi

52

at det var en dress som lå der, en hvit skjorte, et slips, undertøy, og et par sorte blankpussa sko som stod pent parkert ved siden av. Og oppå dressen lå det en lapp, under en stein. Vi bråstansa igjen. Hjertene våre klapra som papp i sykkeleiker. Det var jeg som gikk videre, tok opp lappen, forsiktig, som om det var en såra sommerfugl. Jeg leste høyt, det smakte vondt av stemmen min: «Jeg har tatt livet av meg. Jeg har ingen familie. Det lille jeg etterlater meg skal gå til Frelsesarméen. Ingen sørger. Jeg har fred nu.»

Jeg la lappen ned igjen og byksa opp til de andre, klamra meg til Gunnar.

— Fy . . . faen! Han har gått på sjøen!

Vi bråsnudde og beinfløy opp til restauranten og dundra på døra, men det var stengt, ingen åpna. Vi slengte oss på syklene og råkjørte bort til parkeringsplassen og stansa ved telefonkiosken. Vi pressa oss inn og fant nummeret til politiet på første side i katalogen. Jeg løfta av røret, Gunnar la på mynten, Seb slo nummeret. Jeg fikk forbindelsen med det samme, kneskålene smelta.

— Det er en mann som har drukna seg, sa munnen min.

— Hvem snakker jeg med? hørte jeg.

— Kim. Kim Karlsen.

— Hvor ringer De fra.

— Fra telefonkiosken. På Huk.

— Gjenta hva som har skjedd.

— Det er en mann som har drukna seg. Klærne hans ligger der og så har han skrevet en lapp.

— Bli hvor dere er *og ikke rør noe*. Vi kommer straks.

Vi sykla tilbake og løp over til berget igjen. Klærne lå der fremdeles, pent lagt sammen, akkurat som om kvelden når man skal legge seg. Vi satte oss på betryggende avstand, holdt utkikk over fjorden, men den røpet ingenting. Jeg grøsset, tenkte på vann som lukker seg brått, og hår som flyter, akkurat som tang, når bølgene ruller mot land.

— Håper de ikke finner b-b-bilmerkene, hviska Ola.

— Jeg skal hvertfall ikke bade mer her, sa Gunnar og skutta seg.

Like etter var purken der. De kom i to biler og det var ambulanse med også. Konstablene småløp ned til oss. To begynte å undersøke klærne, to snakka til oss.

— Var det dere som ringte?

— Ja, sa jeg.

— Når oppdaget dere klærne?

— En halv time siden. Minst.

— Hvor lenge hadde dere vært her før det?

— Et kvarter eller noe sånt.

— Og dere hørte ingenting, så ingenting?

— Nei.

— Hva gjorde dere her?

De andre begynte å fomle med hendene, Ola fikk leamus i venstre lår, jeg så opp på politimannen.

— Vi lette etter skjell, sa jeg.

Nå skjedde noe annet. En svær politibåt kom inn mot land. På dekk stod det to dykkere. Konstablene rusla ned til vannkanten, vi fulgte etter dem, stansa et godt stykke bak.

Det tok ikke lang tid før de fant ham. Han lå like ved land. De kom opp av vannet med en naken, blå kropp, som om vannet hadde farget av. Den var helt stiv og munnen var svær og åpen. Han var sikkert ikke så gammel, yngre enn far. De la ham på en båre, måtte presse kroppen på plass, dekket ham med et ullteppe og skjøv ham inn i ambulansen.

Det var første gang jeg så et menneske som ikke levde.

Gunnar spydde da vi sykla hjemover. Ingen av oss sa noe, vi bare dro hver til vårt. Den natta lå jeg og tenkte på døden, lysvåken, jeg lå langt bak øynene mine og stirra i et digert mørke, og det gikk opp for meg, uten at jeg egentlig skjønte det, at jeg allerede var begynt å dø, det var en motbydelig tanke, og jeg grein.

Det var vår og vi venta. Vi venta på at Frognerbadet skulle åpne, de hadde allerede begynt å rense bassengene. I år skulle jeg stupe fra tiern, banna bein, jeg hadde spranget i meg nå. Men jeg fikk konkurrenter. Jeg klippa ut bildet av russeren Alexei Leonov, der han hang i rommet, et grumsete, spøkelsesaktig bilde, jeg trodde ikke helt på det i begynnelsen. Det ligna litt på de første fotografiene far tok før han lærte å stille inn riktig. Ti minutter svevde han slik, i det uendelige blå sluket, festa til fartøyet sitt med en tynn tråd, en navlestreng. Og ikke lenge etter var det amerikanernes tur. Denne gangen var bildet klarere, til å tro på, for i bakgrunnen kunne man nemlig se jordkloden. Edward White hang 21 minutter utenfor kapselen sin. Etterpå sa han at han ikke blei svimmel i det hele tatt, det var nesten som å svømme. Og da så jeg for meg det enorme havet, at jeg stod på bunnen av en kolossal sjø, og langt der oppe, om natta, svømte gullfisk, ti ganger større enn oss, svære, gyldne skip, i langsom fart. En gang hadde de vært deler av sola. Slik hadde kanskje selvmorderen på Bygdøy også sett det, før øynene hans sluknet. Og vi venta på granatmannen, men det var stille i byen, bare sykkelbjeller, fugler og korps som øvde.

Og så venta vi selvsagt på søttende mai. Den kom på dagen, med striregn. Vi stilte opp ved fontenen i Gyldenløvesgate klokka tre om morgenen, det hølja ned og blåste fra vest, men det hadde ikke så mye å si, bare vi fikk tent fyrstikkene. Tilsammen hadde vi 35 kinaputter, 20 knallperler og 16 edderkopper. Vi smalt av to kinaputter for liksom å komme igang, det lød litt matt i regnet, men høyt nok til å vekke de nærmeste. Så dro vi opp mot Urraparken. Det var nesten ingen ute, vi hørte bare noen spredte knall og noen russebiler som tuta i regnet.

— Vi må finne et tørt sted, sa George.

— En oppgang, foreslo jeg.

Vi lista oss inn nærmeste dør. Det var bra akustikk, steingolv og steinvegger. Ringo tente fyrstikken og stakk den bort i lunta, det freste, så kasta jeg hele greia innover mot trappa og postkassene. Det smalt før vi kom oss ut, noe helt jævli, vi fikk nakkeskill hele gjengen.

— Den våkna de b-b-brått av, peste Ringo mens vi spurta bortover Briskebyveien, forbi Albin Upp. Vi stansa ikke før vi var i Urraparken. Klokka på kirketårnet viste halv fire. Det regna fremdeles. Vi pælma noen knallperler på muren, men de blei for våte før de traff. Vi stansa bombardementet, lytta, det var en russebil nedi Holtegata. Vi løp bort til gelenderet og fikk øye på den røde lastebilen som hompa oppover mot Hegdehaugsveien. På planet satt det et lass søkkvåte russ og ropte så godt de kunne. Så var det bare regnet vi hørte, jevnt, kaldt regn, som falt loddrett ned fra himmelen, vinden var borte.

— Vi sparer resten til seinere i dag, sa Seb. Når'e blir bedre vær.

Vi tente hver vår røyk i stedet, og den tomme magen reagerte som en sentrifuge, jeg svirra rundt, og det gjorde de andre også, vi dulta borti hverandre og raste i alle retninger før vi kom oss på rett kjøl ned mot Briskeby.

— Kanskje granatmannen slår til i dag, sa Seb plutselig.

— Fy faen, hviska Gunnar. I toget. En granat midt i toget. Ikke faen om jeg går i toget i år.

— Tenk på meg som skal slå t-t-tromme, á! sa Ola. Dere k-k-kan'ke bare s-s-stikke av sånn, vel!

— Klart vi går i toget, vi også, sa jeg.

Og så var spenningen der igjen, akkurat som om ryggraden var en høyspentmast. Det durte i hele meg. Og i et ekkelt glimt så jeg blodige menneskekropper, knuste ansikter, døde barn som tviholdt på de små flaggene sine. Og i det samme hørte jeg den sangen inni meg, den som bruttern til Gunnar hadde spilt for oss. Masters of War.

Så var det hjem til frokost og omkledning, ingenting nytta, jeg stirra mot et punkt i framtida da jeg kunne ta på meg de klærne jeg ville, men det virka uendelig langt borte, og mors og fars stemmer var veldig nær øret mitt. Og så stod jeg der tilslutt, blankpussa svarte sko, for å starte nederst, grå innoverbukser med strykejerns-press, hvit skjorte og blått slips, blazer med sølvknapper, kjempe-sløyfe på brystet, flagg i handa og matroslua øverst. Nei, ikke lue, men vannkjemma hår som lå som en gryteklut over skallen, fy faen, muttern dansa rundt meg og klappet i henda og fattern kom med det mann-til-mann-blikket, og da fløy jeg på dør før kinaputtene selvantente.

Det regna ikke lenger da vi marsjerte ut av skolegården mot Stortorget, men himmelen var mørk og truende. Jentene hadde hvite kjoler og røde sløyfer i håret, de skalv i kulda, og selvsagt gikk vi ikke i flaggborgen, det kunne streberne gjøre, men Ringo spilte trommer, det hørte vi, han hadde lyseblå uniform, trikkelue og nesten like mange medaljer som Oscar Mathisen. Lue spankulerte ved siden av, med svart dress, gjennomsiktig regnfrakk og dusken på studenterlua festa på skulderen med en svær sikkerhetsnål. Bak oss gikk Nina og Guri og alle flettene fra 7c, de var observert, og det hadde vært bedre om de gikk foran oss, det var ikke bra å ha dem i ryggen, lumske som de var. Og der begynte hele orkestret å spille, surere enn i fjor, og brølene og flaggene fór til værs.

— Hvor mange is har'u penger til? spurte George.

— Gidder ikke kjøpe is i dag, sa jeg.

— Gidder'u ikke!

— Skal bruke dem i Urraparken i stedet.

— Fattern sendte en konvolutt med fire tiere, fortsatte George. Fra Den persiske gulf. Det holder til atten is, femten pølser og seks cola.

— Vi kan ete is hos meg, sa John. Fattern har lagt til side en kasse med nøtteis.

På Stortorget var det kuldegrader og snø i lufta. Vi var borte og titta på Ringo, han så flott og forlegen ut, men så begynte det å regne igjen og troppssjefen delte ut gjennomsiktige kapper, akkurat sånn som Lue hadde på seg, og da så ikke Ringo så flott ut lenger.

— Han ligner en dong, lo George, men da blei Ringo farlig sur.

— Faen i hælvete om jeg gjør! Se'rei i speilet, så skal du få se p-p-pikk!

— Vakke sånn ment, beroliga George. Har en pakke Consulate til etterpå.

— Og hvis granatmannen slår til, stoler vi på deg, sa jeg. Greit! John blei grå som et flatbrød i trynet.

— Ikke snakk om granatmannen á, for faen!

Toget begynte å røre på seg. Vi fant plassene våre og marsjerte bortover mot Karl Johan. Alle orkestrene spilte i instrumentene på hverandre, det ene verre enn det andre, og langs ruta stod det hysteriske foreldre som hylte og vinka, og jeg lot som om jeg var en soldat, vi var vendt tilbake fra krigen og seieren og blei hylla av menneskemassene. Vi var helter, jeg lot som jeg halta litt, jentene så på meg og kunne ikke holde tårene tilbake, de stod med hvite lommetørklær med border på og sendte slengkyss til meg, tapre, sårete soldat. Og plutselig så jeg et bilde for meg, helt klart, det hadde stått i avisen for ikke så lenge siden og vært vist på tv'n også, i Dagsrevyen: En liten vietnamesisk jente, hun hinker avsted med en stokk, barbeint, naken overkropp, den ene armen full av bandasjer. Og bak henne er noe som ligner ruiner, det er ikke helt tydelig, men jeg forestiller meg at det ligger døde der, døde og brente og lemlestede mennesker, familien hennes. Den lille jenta stavrer seg bort fra ruinene, forbi meg, og hun skriker så jævlig, jeg kan høre det inni meg, eller er det bare mitt eget skrik, og hun er så redd og fortvila, jeg lurer på hvor hun går, til hvem.

— Det er her det skjer, hviska John.

— Hæ?

— Granatkødden. Det er her han hiver'n. Midt på Karl Johan.

Vi var ved Studenten. Jeg hørte hjertelige rop fra fortauet og der stod muttern og fattern og hoppa opp og ned og vinka, jeg var glad for at de i hvert fall ikke hadde tatt med seg gardintrapp.

John var bleik og stum da vi nærma oss Slottet. Spenningen begynte å få tak i meg også, forventningen om et eller annet, om katastrofe, søt og ekkel på samme tid. Det stod to sjukebiler og en Røde Kors-buss ved en av sideveiene, men de stod der vel hver søttende mai. En kinaputt blei fyrt av inne på plenen, det lød som

57

bomberegn, vi klamra oss til hverandre. Nå var det bare hundre meter igjen. Kongen stod på verandaen og veiva med flosshatten, Harald var der også og noen damer, vi trakk pusten og smøyg oss forbi, der borte ved vaktstua løste toget seg opp som en forvirra maursti, og vi kom oss i sikkerhet oppe hos Camilla Collett, satte oss på steinen, la flaggene i det våte gresset og tente hver vår mentolsigarett.

Ringo kom tuslende etter et kvarter, med tromma over skulderen og lua i neven. I det samme glei skyene til side og sola rant over Slottsparken og det blei tre ganger tre hurra.

— Dere spelte surere enn i fjor, sa George. Men dere var bedre enn Ruseløkka.

— Tubaen fikk en kinaputt i r-r-røret, forklarte Ringo. I det s-s-stilleste p-p-partiet. Trudde det var g-g-granatmannen, jeg!

Vi titta bort mot Slottet. Toget var gått nå. Men han kunne slå til seinere, når som helst.

Sola forsvant igjen, tok med seg fargene og ropene. En mørk sky lukket seg over oss og de første dråpene hamra i hue.

— Vi stikker til meg og eter is, sa John.

Folk fløy i alle retninger, storma forbi oss med barnevogner og unger og hunder på slep. Trompeter og sløyfer lå igjen i søla, nedtrampa flagg, et par sko som noen hadde løpt ifra. Vi var så våte allerede at det ikke var noen vits i å beinfly. Vi bare subba ut av parken, opp til Briskeby, kjøpte pølser hos Mannen på Trappa, møtte noen fnisefitter fra C-klassen, de stod på tå under en diger paraply og drakk cola av sugerør. Vi gikk bare rett forbi dem, ned Bondebakken, snudde oss ikke, for hadde vi kanskje ikke ære i livet.

Da vi runda hjørnet, sa Ringo:

— Det er bedre med flette på musa enn m-m-mus på f-f-fletta!

Den lo vi lenge av, stakk en kinaputt i en hundedrit, tente på og spurta i skjul bak bassenget. Det var største spredning siden vi var i skolehagen og spiste tre kilo plommer og to kålhuer.

Hjemme hos Gunnar åt vi opp en kasse pinneis og så plasserte vi oss rundt platespilleren. Ola la tromma mellom beina, greip stikkene og hamra løs. Det gikk tålelig bra på From me to you, men Can't buy me Love greide han ikke å holde følge med. Han blei hengende etter, svetta og sleit. Men A hard Day's Night fikk han bra sving på, nesa hans vibrerte som en fornøyd hare, mot slutten gikk han løs på andre ting i rommet, lampa, modellbåten, mecanosettet, balltreet, medaljene klapra som kastanjetter på brystet hans, det var det største vi hadde hørt og sett siden sløydlærer Treskalle satte fast den svære nesa si i dreiebenken i fjor.

Vi pusta ut. Ola lå strak. Brått gikk døra opp og åpningen blei fylt av kolonialhandler Ernst Jespersen, en mild mann i en altfor stor dress, høy og hengslete, kretsmester på 1500 i 48.

— Dere hygger dere, sa han.

Joa, vi nikka i kor.

— Regnet har gitt seg, sa han.

Vi så ut. Visst hadde det det.

— Apropos, sa han og blikket skrådde gjennom rommet, rett ned på Gunnar. Apropos, sa han, vet du noe om en sigar som er blitt borte, Gunnar?

Ola begynte å hoste. Trynet til Gunnar gikk i ett med den hvite skjorta, perfekt vinterkamuflasje.

— Gjør du? fortsatte faren, stemmen var litt skarpere i kantene.

Gunnar hadde allerede røpet seg, uttrykket i øya, i ansiktet, munnen, i hele kroppen, det sa alt som var å si, presist, uten å trekke fra, uten å legge til. Likevel prøvde han seg og det lød ynkelig.

— Hvilken sigar? sa Gunnar.

— En havanasigar, sa faren. En havanasigar som jeg hadde gjemt akkurat til i dag.

Gunnar skulle til å si mer, jeg krympa meg på hans vegne, håpet at han skulle si det rett ut. Men da kom Stig ut fra rommet sitt, bak faren. Håret hans var lengre enn noensinne, ligna litt på Brian Jones. Og så hadde han noen dønn stilige bukser, brune striper og sleng og greier. Han så på faren, trakk munnen ut i et digert flir og sa:

— Sorry, fattern. Det var meg. Røyka'n sammen med Rudolf og Gampen.

— Min havanasigar!

— Visste ikke at den var så verdifull, fattern. Lå jo så mange der.

Faren klødde luften med en krum pekefinger.

— Du visste ikke at den var så verdifull, nei. Det var vel derfor du tok akkurat den, da, fordi den ikke så så spesiell ut. Narrer du meg til å le?

— Sorry, fattern. Skal tenke meg bedre om neste gang.

Stig blunka inn til oss og døra blei smelt igjen.

— Jeg får'e ikke til, mumla Gunnar skamfull.

— Enten må'ru si sannheten, sa jeg. Ellers så må'ru juge. Det e'kke noe midt imellom.

Gunnar tenkte seg om. Vi hørte faren romstere inne i stua. I etasjen over spilte noen Ja vi elsker.

— Da må jeg si sannheten, sa Gunnar. Greier ikke juge.

Etter russetoget dro Ringo for å slå tromme utenfor gamlehjemmet. John, George og jeg labba rundt i byen, venta på at klokka skulle bli fire, for da åpna det i Urraparken. Vi smelte av noen putter, heiv en knallperle inn et åpent vindu, hørte et jævla brak, men da var vi allerede tre kvartaler unna.

Vi stansa rundt et hjørne, lente oss mot murveggen, passe svette.

— Fy faen, sa George. Nå gidder jeg ikke gå med slips lenger.

Vi reiv av oss tøystrimlene og knepte opp i halsen, trakk pusten dypt, og da kjente vi det, vi var i Pilestredet, det lukta malt fra bryggeriet og tobakk fra Tiedemann, søtt og litt kvalmt. Vi været ut i lufta som tre overspente dådyr, og så trakk vi pusten på nytt, så dypt vi bare kunne, og holdt den der til blazeren stramma over brystet, for kanskje blei vi brisne, med litt flaks og riktig vindretning blei vi helt sikkert brisne.

Klokka fire stilte vi i Urraparken, ganske edru. Det var fullt av folk der, samme opplegg som i fjor, sånn som det skulle være. Blikkbokser, ringkast, spiker i planke, tombola, is, pølser og cola. Vi starta med blikkboksene, fikk hver vår tøyball, tre kast og bort med dem. Så stod vi der med en kjempe-teddybjørn, men den kunne vi ikke være bekjent av å drasse rundt på, så vi ga den til en liten bunadjente, en god gjerning passa bra på en dag som denne, nå kunne vi finne på litt faenskap.

Og vi banka spiker, kasta ringer, åt pølser og klokka fem kom Ringo, i full mundur, med tromma over skulderen og stikkene i beltet.

— Åssen går'e? spurte vi.

— Å-å-ålbings. Gamlingene hørte jo ingenting, jo. Klappa m-m-midt i støkkene, jo.

Han kjøpte seg en cola, og plutselig stod Dragen der, Dragen og Gåsen. Dragen hadde på seg verdens minste dress, så ut som han gikk i kortbukser, låra og armene bulte ut under det tynnslitte, blanke stoffet. Han virka fornøyd og virra med hue. Vi så på hverandre. Gåsen så på oss, likbleik og skjelvende. Dragen var pærefull.

— Sjerri serru, sa han med tunga på tvers.

Gåsen trippa nervøst og skotta til alle kanter, om noen av lærerne var der.

— Han satt hos Mannen på Trappa, hviska Gåsen. Han bare fulgte efter. Han fulgte efter meg.
— Du bør stikke av før Lue kommer, sa John vennlig.
Dragen samlet øya til ett blikk, snerra:
— Jeg skal *drepe* Lue!
Vi tok Dragen mellom oss og trakk ham over til en roligere plass, fikk ham ned på en benk og ba ham bli edru.
— Jeg skal *drepe* Lue! ropte han, pressa munnen sammen til et kaldt og hatsk flir vi aldri før hadde sett maken til.
— Skal vi følge deg hjem? spurte John forsiktig.
— Ska'kke hjem, for faen!
Brått folda et smil seg ut i ansiktet hans. Han stakk hånden i lomma og dro opp en kinaputt og fyrstikker.
— Ikke her, sa George og ville ta den fra ham. Dragen trakk hånden til seg.
Så stakk han kinaputten i kjeften, strøyk av en fyrstikk og tente lunta. Det freste, gloen krøyp innover mot kruttet. Dragen lukket øya, lunta var halvveis brent av, Gunnar sa noe, Ola bare stirret, Gåsen rygga bakover, Seb og jeg så på hverandre. Så løfta Dragen den tunge hånden sin og skulle ta kinaputten ut av kjeften og pælme den, vi holdt pusten, men leppene hans hang fast på papiret, jeg så helt tydelig at huden på leppene blei tøyd ut, limt fast til det røde papiret rundt kruttet. Øya til Dragen var vidåpne og redselsslagne, det tok bare et sekund, ikke det engang, så smalt det midt i trynet på Dragen. Han blei slått bakover, satt klistra til den hvite benken med et digert blodig høl rett under nesa, tenna var borte, leppene var borte, hele munnen, han stirra på oss, skjønte liksom ingenting, mens tårene strifossa nedover kinnene mot det røde krateret. Folk kom løpende, Gunnar spydde bak et tre, Seb og jeg forsøkte å forklare hva som hadde hendt. Ikke lenge etterpå kom ambulansen og Dragen blei kjørt bort med blått lys og sirener.
Urraparken blei langsomt tømt for mennesker. Vi var de siste som stod der, da alle bodene var pakka sammen og alle premiene båret vekk. Det var blod på den hvite benken.
— Gi meg kinaputtene, sa Gunnar plutselig. Og knallperlene og edderkoppene.
Vi gjorde som han sa, la ammunisjonen i hånden hans og vi visste hva han kom til å gjøre. Han gikk bort til kummen og slapp én og én nedi, vi protesterte ikke, for nå lå Dragen under et hvitt lys og gapte rødt mens det blinka i skalpeller og kniver.

Vi trakk over mot Frognerparken. Det var liksom ikke søttende mai lenger. Mørket la et teppe over himmelen, pølsene og isen og colaen lå som et søkke i magen. Flaggene som hang fra verandaene og vinduene ligna blodige faner.

Da vi passerte Frognerbadet, sa Ola:

— Angrer på alt d-d-drittet jeg har sagt til D-d-dragen.

Gjorde vi også, det var riktig å få sagt det, vi var glad for at Ola snakka sånn.

— Skal være g-g-gem mot ham når han kommer på s-s-skolen igjen.

Det letta liksom, inni oss, vi pusta ut alt det vonde. Ola slo et slag på tromma, Dragen blei sikkert helt fin igjen.

— I år skal jeg stupe fra tiern, sa jeg.

— Tør'u ikke, sa Seb.

— Skal vi vedde?

— Tjuepakning.

— Ålreit.

Det var nesten ingen folk ute nå, ingen gamle damer som lufta pudlene sine, ingen som spilte fotball med velta benker som mål, ingen som klinte under trærne, selv soperne var borte, ingen pusta tungt bak løvverket, det var tomt i buskene ved Hundejordet. Bare de døde på den andre siden av gjerdet holdt oss med selskap. Vinden rasla i medaljene til Ringo.

— Veit dere hva jeg trur? sa jeg lavt. Jeg trur at han som drukna seg på Bygdøy var granatmannen.

De andre glante på meg.

— Trur'u det? hviska Ola. Åffer det?

— Han hadde pælma en granat i toget i dag hvis han hadde levd, sa jeg.

— Trur jeg også, sa Seb.

I det samme eksploderte et fyrverkeri på himmelen. Vi så skremt opp. Det rant blod i tynne striper over byen.

Og langt borte hørte vi musikk.

En fredag, etter en uke vi hadde vært flittige og snille, dro vi på klassetur. Vi tok trikken til Majorstua og derfra vandra vi til Vindern, over jordene og opp bak Gaustad. Det var ikke bare oss, C-klassen var også med, med Nina og Guri i spissen. Det var sabla langt å gå, Lue var blank i trynet før Politiskolen, og trakk pusten som om det var en gjedde på femten kilo, og han gumla små pastiller. Og Blekka var der, klasseforstanderen til flettene, hun gikk alltid i brunt, i dag hadde hun svære brune eplenikkers og ligna en krysning av Harald Grønningen og Wenche Myhre. Enda en lærer var også med, en ganske ung spjæling som virra rundt som en skjødehund og snakka i ett sett, naturfaglærer Holst.

Vi slo oss ned på en slette, en grønn port i skogen, og Lue begynte å mase med det samme. Først telte han oss tre ganger, men ingen mangla, unntatt Dragen, han lå på sykehuset fremdeles, det hadde blitt noe gæernt med ganen også. Stemmen til Lue tordna gjennom naturen. Ved siden av ham stod Blekka og Holst oppmarsjert.

— Og så skal hver og én av dere finne en *blomst*, en *plante*, og den skal fremvises til naturfaglærer Holst. Og *ingen* går langt unna. Dere har et kvarter på dere.

Forsamlinga kom seg på beina og strena til alle kanter. Vi gikk den veien vi hadde kommet, lengst bort fra Lue, og da han var ute av syne, satte vi oss ned og pirka i gresset.

— Skulle tatt med en f-f-fotball, mumla Ringo.

Det kom en bille forbi. Vi lot den gå. Over oss flaksa noen digre fugler med lang hals, sikkert gjess på vei til Sognsvann. Plutselig reiste Ringo seg og stirra.

— Snodig hus der nede, sa han og pekte.

Vi reiste oss og stirra samme veien.

— Det er Gaustad, hviska George. Der alle gærningene bor.

Vi så et høyt nettinggjerde, bygningene var gamle og skumle, nesten uten vinduer. Opp fra ett av dem stakk det en diger skorstein, en svær fabrikkpipe.

— T-t-trur dere, stamma Ringo, t-t-trur dere at de b-b-brenner dem?

Det kom ikke noe røyk. Himmelen over var blå og rein.

— Det er bare kjøkkenet, sa John. Tenk på all den maten á!

— Gærninger eter noe jævla mye, sa George.

Vi satte oss. Billen hadde klatra opp på et høyt strå. Der hang den mens strået bøyde seg mot bakken, et svart skjold ytterst på et gult strå.

Det rørte seg noe bak en busk og plutselig kom Lues hode til syne.

— Og dere har funnet fire blomster allerede?

— Nei, sa jeg. Men vi har fanget en kjempesvær bille.

— Vi vil ha blomster, ropte Lue. Slipp billen fri øyeblikkelig og finn en blomst!

Han snudde på hælen og forsvant som en ånd mellom trærne.
Vi luska rundt og stirra i bakken. Det var ikke blomster her inne
i skauen, vi måtte ut på sletta. Og plutselig var jeg for meg selv, de
andre stod ved en busk langt bak meg. Men så var jeg ikke aleine
lenger, det knirka i en kvist, jeg bråsnudde og der stod Nina.

— Hvordan blomst har du funnet? spurte hun.

— Ingen, sa jeg.

— Jeg har funnet to.

Hun stod der rett foran meg, ikke mer enn en meter, for jeg
kjente pusten hennes. Og jeg kunne se at hun hadde lyse hår under
armene, for blusen hennes var ganske vid, og brystene, hun hadde
ikke skolens største, de hadde Klara vel forvart, men likevel, jeg
svelga en gråstein og så etter de andre, men de var ikke der.

— Hvordan så han ut, han dere fant på Bygdøy? spurte hun
plutselig.

— Veit ikke. Så ikke så mye på'n.

Det skjedde noe ute på sletta. Alle kom løpende og stilte seg i
en diger ring og stirra på et eller annet. Midt oppe i det hele hørte
vi naturfaglærerens opphissede stemme.

— Vi går og ser, sa jeg fort.

— Du kan godt få den ene blomsten min, sa Nina og rakte fram
hånden.

Jeg så på hånden. Den var liten og smal. Den holdt en blomst.

— Jævla gemt av deg, sa jeg og tok forsiktig om den grønne,
fuktige stilken, telte fire røde kronblad som folda seg sammen til
en svær dråpe.

— Valmue, hvisket Nina.

Og så løp vi alt vi kunne ned på sletta. Holst stod midt i klynga
og pekte på bakken. Der lå det en slange kveila sammen.

— Det er i naturen dere kan hente de viktigste kunnskapene,
prekte han. Naturen selv er den beste av alle bøker!

Vi var stille som knappenåler, stirra skremt på slangen.

— Her i Norge har vi bare én giftslange, fortsatte Holst. Nemlig
hoggormen. Buormen derimot er helt ufarlig. Og stålorm er ikke en
riktig orm, den hører til øglefamilien. Og den som ligger her er en
buorm og altså helt ufarlig.

Han så seg triumferende omkring. Lue tok et skritt fram,
modigere nå, men Blekka holdt seg på avstand, eplenikkersene slo
som vimpler.

— Nå skal jeg vise dere, nesten sang Holst. Jeg skal løfte den opp

64

efter halen. Det er ikke farlig, fordi det er en buorm. Og hvis det skulle vise seg, noe som selvfølgelig ikke er tilfelle, å være en hoggorm, er det heller ikke farlig å løfte den opp efter halen, for en hoggorm kan ikke heve hodet og bite i luften!

Ringen blei større da Holst bretta opp skjorteermene.

— Det ligner en hoggorm, sa John, han stod rett bak meg.

— Ja, sa jeg. Det må være en hoggorm.

— Er'e lurt å holde en hoggorm i halen? spurte John.

— Nei, sa jeg.

Holst bøyde seg ned, løfta slangen lynraskt opp og viste den fram med et strålende smil. Da snodde ormen seg i lufta, skjøt hue opp og hogg i armen hans. Alle skreik. Holst skreik, rista slangen hylende av seg, og ringen var spredd til alle kanter. Slangen forsvant i et høyt kratt, Holst sank ned på bakken, Lue stod rådvill og fekta med armene.

— Jeg dør, rallet Holst, hvit som sukker. Jeg dør.

Vi bar ham ned til Ringveien, fikk stansa en bil som frakta ham til legevakten. Naturfaglærer Holst overlevde. Etterpå sa Lue at det er gjennom prøving og feiling vi høster våre største kunnskaper. Han var helt sikker på at ingen av oss ville holde en slange etter halen i framtida.

På veien hjem stansa John plutselig og pekte på hånden min.

— Hva har'u der? spurte han.

— En blomst ser'u vel, sa jeg.

— Hva skal du med den, å? lurte George med et flir.

— Gi den til muttern, sa jeg. Bursdag.

— Jøss, sa de andre.

Foran oss gikk Nina. Jeg fikk ikke øya bort fra ryggen hennes, og den smale, høye halsen.

Jeg klemte forsiktig rundt den røde kjempetåren.

Og noen begynte å synge:

Det er høl i gjerdet på Gaustad, det er høl i gjerdet på Gaustad!

Vi hadde sett døden på Bygdøy. Nå var døden der på en annen måte. Eksamen. Eller kanskje det var ventetida som lignet på døden, et slags forværelse, hvitt og lydløst. Det er sånn det er, ventetida er døden, når det man har venta på kommer, er det allerede over, akkurat som vi grua oss i fem år til gaffelstikket, den sprøyta vokste til vanvittige dimensjoner etter som tida gikk, tilslutt forestilte vi oss en høygaffel i ryggen. Men da vi endelig stod på legekontoret, på rad og rekke i bar overkropp og en sjukesøster gnei oss på skulderen med en våt vattdott og det ikke gjorde vondt i det hele tatt da doktoren stakk, da blei vi nesten skuffa, var som om vi blei holdt for narr. Og sånn var eksamen også. Da jeg først satt i det solfylte klasserommet og oppgavene lå foran meg, da var det liksom over allerede, eller noe helt nytt hadde begynt. Stillheten var øredøvende, ikke engang skoleklokkene ringte, helt til matpakkene blei tatt fram og vinduene blei slått på vidt gap, da datt sommeren inn til oss med fugleskrik, sykkelklokker og et helt orkester av lukter. Første dagen hadde vi regning og romlære, andre dagen var det engelsk og tilslutt kom stilen. Da vi var ferdige tredje dagen, storma vi ned trappene og spurta til byen, til Studenten, med femten kroner hver i lomma og tenna i vann. Vi starta med sjokolademilk-shake og fortsatte med banana-split.

— Hvilken skreiv dere? spurte jeg omsider.

— Fortell om noe spennende du har opplevd, svarte John og George og Ringo.

Selvsagt hadde de også skrevet den, og hva annet hadde vi skrevet om enn fyren som drukna seg på Huk.

Jeg svelga bananen og så på Ringo.

— Du skreiv vel ikke at vi pælma bilmerkene på sjøen?

— Err'u s-s-sprø! Kunne vel ikke s-s-skrive det, vel!

Vi avslutta med sundaesoda, eplesaft og softice med krokan. Så rusla vi trinne og trøtte oppover mot Slottet, forbi Pernille hvor det var stappfullt av gærne folk som veiva med ølglass, to gardister kom mot oss, jentene plystra og vinka til dem, og de blei knallrøde under de digre luene. Det var liv.

Og så møtte vi Gåsen på Drammensveien. Han kom sammen med muttern sin, var stasa opp med slips og blåjakke og nyklipt hår, nakken hans så ut som en slipestein, og mora var høy som et mirakel, hun bøyde seg ned over oss og snakka med lange vokaler.

— Stå her og prat litt, dere, så kan du komme efter.

Hun svingte seg opp og fortsatte ned Glitnebakken.

— Hvor ska'ru? spurte George.

— Halvorsens Konditori, mumla Gåsen.

— Åssen gikk det? spurte John.

— Ålreit, svarte Gåsen og flakka med blikket.

— Hvilken oppgave skreiv du, å?

— Treer'n, sa han lavt.

— Hva spennende har du opplevd, å? flirte George.

Nå så Gåsen på ingen av oss, skulle til å løpe etter mora, men fikk det liksom ikke til.

— Jeg skrev om ... jeg skrev om han som druknet seg på Bygdøy.

Vi hørte ikke riktig.

— Skreiv du ... s-s-skreiv du om det som v-v-vi opplevde, stotra Ringo.

Gåsen nikka fort. Den stramme skjortesnippen skar inn i halsen.

— Men for f-faen, du var jo ikke der! ropte John. Helvete heller, det er ikke *du* som har opplevd det!

— Du kan for faen ikke juge til eksamen! freste Ringo.

Gåsen åpna de tørre leppene, festa blikket et sted over i Slottsparken.

— Det er ikke løgn, sa han høytidelig. Det er *diktning.*

Nå syntes John at han blei lovlig frekk, tok tak i skulderen hans og skrudde ham fast i den mjuke asfalten.

— Du må vel for faen skjønne at du ikke kan skrive om det som vi har opplevd! Hva i helvete trur'u *vi* har skrevet om, á?

Gåsen stod bøyd under vekten av Johns hånd.

— Alle i klassen har skrevet om det, hviska han. Alle!

John slapp taket og så på oss.

— Har alle i klassen skrevet om det som hendte på Bygdøy? spurte jeg forbløffet.

— Ja! Alle! Unntatt Dragen.

Så løp Gåsen etter mora si og vi blei stående igjen på Drammensveien og følte oss ganske grundig lurt og pelt på nesa. Men de som retta stilene måtte vel skjønne at det var *vi* som hadde vært der og at de andre bare hadde hørt historien av oss. Klart det. Vi slo oss til ro og rusla hjem, henta badetøy og håndkle og dro på Frognerbadet.

— Du husker veddemålet, sa George da vi stod ved stupebassenget.

Jeg snudde meg. Tårnet fór til værs, høyere enn skorsteinen på Gaustad. Så kom kriblinga, jeg glødet, som om jeg var en elektrisk ål.

— Ja, sa jeg. Klabern.

Jeg var aleine, på toppen av tiern. Jeg kunne se hele Oslo. Varmedisen dirra i horisonten. Jeg gikk ut på brettet. Det var langt ned, men det virka lenger enn det var, for man så gjennom vannet også, helt ned til den grønne bunnen. John, George og Ringo stirra opp på meg, og ikke bare de, alle de andre der nede fulgte også

67

med, badevakten blåste i fløyta og fikk folk unna så det skulle bli fri bane for meg. Det slo meg brått: Alle venter på meg. Nå var det umulig å trekke seg. Jeg var fanga. Det var ingen vei tilbake. Det gjorde meg rolig. Jeg trakk pusten, kjente det som et fall inni meg først, hundre timetre gjennom hue, så lukket jeg øya og slapp meg ned, traff vannet med det samme.

Jeg blei trukket opp på kanten. Jeg hiksta klor, men var ellers i fin form, bare litt rød i panna og med nypløyd midtskill.

— Du lå som en ørn i lufta! sa George og ga meg røykpakka, hadde selvsagt kjøpt den på forhånd.

Da jeg kom hjem, stakk jeg det ømme hue mitt ut av vinduet, kjente sjølukten fra Frognerkilen, og så hørte jeg noen rare lyder over meg. Jeg løfta blikket og trudde jeg hadde oppdaga en ny klode, lyserød, med tre kratere og et svært fjell. Det var Jensenius.

— Hei, sa han.

— Hei, sa jeg.

— Vil du gjøre meg en tjeneste?

— Hva da?

— Kjøpe øl.

Jeg stakk opp til ham og han stod allerede klar i døra, en hval, et luftskip, han måtte gå sidelengs for å komme ut.

— Femten export, hviska han og ga meg en neve mynt.

Jeg kjøpte ølet hos Jacobsen på hjørnet, de kjente meg der, betalte hos Clark Gable-typen i luka og slepte lasten ned til Svolder. Jensenius stod klar igjen og slapp meg inn gjennom dørsprekken. Han tok nettet og marsjerte inn i stua. Der dalte han ned i en diger skinnstol og åpnet den første flaska. Han drakk halve, slikket skummet rundt munnen og snudde seg sakte mot meg som stod på terskelen.

— Behold vekslepengene, sa han. Du er en snill gutt.

På veggene var det fullt av fotografier, det måtte være fra den gangen Jensenius var ung og verdensberømt. Det lukta litt vondt der. Det var mugg på vinduene.

— Kan du lære meg å synge? spurte jeg.

Jensenius så lenge på meg, med flaska nær kjeften. Så satte han den fra seg og rakte ut hånden, samtidig som et digert smil skar gjennom flesket som en sløv kniv.

— Om jeg kan lære deg å synge? fløytet han.

— Akkurat.

Jeg gikk bort til ham.

— Hvorfor vil du lære å synge, unge venn?

— Jeg skal bli sanger, sa jeg greit.

Han dirigerte meg ned i en stol, åpna fem ølflasker i slengen, og så satt jeg der i to timer og hørte på Jensenius fortelle om sang, om sang og skjønnhet.

— Å synge er et spørsmål om å slippe seg løs, sa han tilslutt. Slippe seg løs og samtidig ha kontroll. Du må ha kontroll! Men ikke vær redd for stemmen din. Alle har en stor stemme inni seg. Her! Han banka seg på brystet, det hvirvlet støv opp fra den falmete skjorta. — Slipp den løs! Skrik! peip han.

Siste dagen på skolen var svære greier. Lue hadde mørk dress med blanke knær og albuer. Han virka oppstemt, nesten brisen. Først tenkte jeg at han sikkert var overlykkelig for at han var ferdig med oss, men siden skjønte jeg at han bare var lei seg og prøvde å skjule det med ville fakter og smil. Han holdt tale til oss og den var ikke snau, og etterpå vakla Gåsen opp til kateteret med en ganske urolig presang, den bråkte noe jævlig. Lue kledde av papiret og stod tilslutt med en gullfiskbolle mellom hendene og oppi den svømte det en rasende gullfisk. Da rant det over for Lue, han måtte en tur på gangen hvor han dro pusten i hvinende hiv og snøt seg.

Så durte vi ned i filmsalen hvor resten av kålhuene satt og skalv, og langs veggene var mutrene vagla opp, de blinka og vinka, i sommerkjoler og permanenter og tre meter lommetørkle parat i fanget. Muttern min satt like ved døra og stirra sånn på meg at jeg fikk brennmerke på ryggen, og to rader lenger framme satt Nina, hun snudde seg mot meg og viste meg et kjede med hvite tenner, jeg var under kryssild og krøkte meg sammen.

Nina lente seg mot meg.

— Stuper du fra tiern, hviska hun.

— Åssen det? Jeg var rød i knollen.

— Så deg.

Overlærerens stemme dundra mot oss, og han sa det samme som Lue, og langs veggene snufsa og smatta det. Det var ord vi måtte legge oss på hjertet, fra nå av var det blodig alvor, fra nå av blei kravene større, fra nå av, fra nå av, jøss, ellers ønsket han oss en god sommer, hvis vi ikke fikk nervesammenbrudd før sankt-hans. Og så var det full fres opp i klasserommet igjen og der delte Lue ut vitnesbyrdene og trøkka oss i hånden. Gullfisken svømte rundt og rundt og gapte mot alle som kom i nærheten. Jeg fikk M i engelsk, G i regning. Og G i norsk. John fikk det samme som meg, bare M i regning i stedet. George fikk også G på norsken, mens Ringo stod og banna over en feit nuggen.

— Nuggen, freste han. Jeg fikk n-n-nuggen på stilen!

Han jumpa over til Gåsen som stod og gliste for seg selv.

— Hva fikk du på s-s-stilen? ropte han.

— Meget, svarte Gåsen.

Ringo så ut som et spørsmålstegn, var like ved å fly på Gåsen. Vi fikk stansa ham.

— Skjønner ingenting, jeg, babla Ringo. Det ekke r-rektig!

Vi var ganske forbanna alle mann, og lurte på om vi skulle gå løs på Lue for siste gang, men vi ga faen, fulgte strømmen som labba ut av klasserommet, og det siste vi så av Lue var at han stod med hendene rundt glassbollen og så litt forvirra og rådvill ut, lurte vel på åssen han skulle få balansert den hjem.

Mutrene venta ved Harelabben, så vi sneik oss ut i Holtegata, og la skolen bak oss. Vi feira begivenheten med å kjøpe nitten punsjekaker på deling hos bakeren, det var største partiet vi hadde satt til livs siden tannlegen døde for tre år siden.

— Fikk nuggen i religion, gumla John.

— Og jeg fikk nuggen i sløyd, sa jeg.

Og så sammenligna vi karakterer, fant ut at det ikke hadde gått så verst likevel. Jeg hadde bare én nuggen til, i skjønnskrift, og G i oppførsel, samme hadde George.

Det var først da jeg kom hjem til middag at jeg skjønte at dette måtte være et vendepunkt. Fra nå av, sa det i øra mine. Muttern hadde dekka på i stua enda det bare var hverdag, og fattern tok meg i hånden, som om vi aldri hadde sett hverandre før.

— Gratulerer, sønn, sa han. La meg se karakterene. Og vask deg på hendene.

Jeg gikk på badet, og da jeg kom inn igjen, var fars ansikt stramt og ganske hvitt. Pekefingeren svaiet over oppførselskarakteren.

— Hva betyr det? sa han. At du får G i oppførsel!

— Jeg vet ikke, sa jeg tamt.

— *Vet* du ikke! Du må vel vite hva du har gjort, gutt!

Jeg tenkte meg om. Holder det ikke å være god, tenkte jeg.

— Gunnar og jeg har hviska sammen, sa jeg. Han sitter bak meg.

— Hvisk*et*, retta far. Jaså. Han fikk G han også, da.

Og så blei jeg plutselig dum og ærlig.

— Nei. Han fikk Meget.

Far så på meg med store øyne, munnen var på vei opp, men endelig kom mor med maten, og da hun hadde sett på karakterene, klemte hun rundt meg og det lukta parfyme og sitron av henne.

— Meget i engelsk skriftlig, det er da flott!

Hun så på far, far nikka og et forsiktig smil rykket i munnviken, og så la han en stiv hånd på skulderen min og rugga meg fram og tilbake, og da gikk det opp for meg at noe virkelig var på gang, at det var fra nå av, fra nå av.

Kokt ørret, og mor og far drakk hvitvin til og blei litt blanke i ansiktene. Jeg fikk til og med smake en slurk av mors grønne glass, det freste på tunga som gjæra bruspulver, men jeg svelga det uten en mine. Og jeg hadde ikke særlig matlyst etter alle de punsjekakene, jeg satt og tenkte på Lue og gullfisken, hvordan han balanserte gjennom gaten, det var ganske komisk å tenke på, så jeg blei vel litt fjern i blikket der jeg satt og dro fiskebein ut mellom tenna.

— Hvem var den piken? spurte mor plutselig.

— Piken? harka jeg.

— Hun som satt like foran deg i filmsalen.

— I filmsalen?

Det ringte på døra, det var i grevens tid. Jeg spratt opp og åpna. Det var Gunnar.

— De har kommet! peste han og fekta med armene. De har kommet!

Jeg snudde på en toøring og løp inn i stua igjen.

— De har kommet! sa jeg. Jeg må dra!

Fattern trudde ikke sine egne ører.

— *Hvem* har kommet?

— Rolling Stones!

Tallerknene var fulle av skinn og fiskebein, glassene var halvfulle, under stolen min lå det en skive agurk, serviettene ligna sammenkrøllete blomster, bekkeblom, jeg hadde sølt på duken.

— Du får gå da, smilte far og da hadde jeg allerede gått, vi spant innom Ola og Seb og rakk Gullfisken ned til byen.

— De landa på Fornebu for en time siden, peste Gunnar. Bruttern sa det. Bor på Viking.

— Trudde de skulle komme imorra, sa Seb.

— For å unngå bråk, forklarte Gunnar. Det er nesten ingen som veit at de har kommet nå, veit du.

71

Vi gikk av på Østbanen og sprinta alt vi kunne over til Viking. Vi hørte ropene da vi nærma oss, taktfaste rop og tramping. Vi var ikke de første. Vi var de siste. Det stod hundrevis av folk der allerede, de skreik, stirra opp i været. Vi stansa og stirra vi også, men så ingenting, bare himmel og masse vinduer.

— De ligger sikkert i badekaret og drekker sjampanje, sa Seb.

— M-m-med m-m-massevis av jenter!

Plutselig blei det helt stille rundt oss, dønn stille en brøkdel av et sekund, så braka det løs igjen, enda verre enn før, og alle pekte og stirra i samme retning. I åttende etasje kom et ansikt til syne, med massevis av langt, blondt hår.

— Det er Brian! ropte Gunnar inn i øret mitt.

Det var Brian Jones. Jeg var stum. De andre skreik. En jente foran oss segna om på fortauet, sa bare sukk og datt i asfalten. Ansiktet i vinduet var borte igjen. To purk bante seg vei gjennom mengden og løfta opp piken.

— Der er Mick, var det én som skreik. Det er Mick!

En ny skikkelse stod i vinduet i åttende etasje, nesten umulig å se, men det er klart det måtte være Mick. Skrikene nådde himmelen, jeg stod og brølte jeg også, men det kom ikke en lyd over leppene mine.

— Nå er de der alle sammen! ropte Seb.

Fem konturer i åttende etasje på Hotell Viking. Så blei plutselig en gardin trukket for, som det siste bildet i en film. Skrikene fortsatte enda en stund, så sank lydene ned over oss, tilbake til kroppene.

— Det er klart de må hvile, sa Ola saklig. Til k-k-konserten på Sjølyst.

— Klabern, sa Gunnar. Skulle gitt ganske mye for en billett.

— Pussycats skal varme opp, sa jeg.

— Gåttabanen!

Plutselig stod det noen bak oss. Det var Dragen. Det var første gang han kom så nær, Gunnar så en annen vei.

— H-h-hei, stamma Ola.

Dragen kunne ikke flire med munnen lenger, han flirte med øya istedet. Han viste fram det skamferte ansiktet uten å nøle.

Det lukta øl av ham.

— Hva er'e som skjer her, å? spurte han, forbausende klart.

— Veit du ikke det! sa Seb. Rolling Stones bor på Viking!

Dragen så seg omkring. Såret i ansiktet gjorde ham nesten umenneskelig.

— De bo'kke på Viking, sa Dragen.

— Hæ!

— De bo'kke på Viking, gjentok han, det kom et varmt pust av øl mot oss.

— Hva mener'u? nesten ropte Gunnar. Klart de bor på Viking!

— Vi har s-s-sett dem! sa Ola.

— Avledningsmanøvre, snøvla Dragen. Øya hans var smale og røde. De bor et helt annet sted.

— Åssen veit du det å? spurte Gunnar, litt spakere.

— Jeg veit det, sa Dragen.

— Hvor bor de å? ville jeg vite. Du som veit alt.

— Kan'ke si det. Hemmelighet.

Det blei for mye for Gunnar.

— Hemmelighet! Er'u klin sprø, eller!

Dragen var urokkelig.

— Hemmelighet mellom meg og Mick.

Vi stirra stumt på ham, det skamferte ansiktet vek ikke en tomme.

— Du bløffer! ropte Gunnar. Du bløffer som bare faen!

Dragen stakk hånden i lomma og trakk opp en liten blokk.

— Se her, sa han, nesten høytidelig.

Vi glodde på arket. Det stod et navn der. Mick. Mick Jagger. Flat reserskrift. Dragen kunne umulig ha laga den selv. Han fikk Ikke i skjønnskrift, kunne aldri smøre ut sånne strøkne g'er.

Gunnar blei grønn i fleisen, underleppa falt en etasje ned. Han fikk ikke fram en lyd.

— Trur dere meg nå? smatta Dragen og stakk hånden i lomma på ny, trakk opp noe annet. — Fikk'n for å holde kjeft. — Han vifta med den foran nesa på oss, stakk den lynraskt ned i lomma igjen. Det var billett til konserten på Sjølyst.

— Du bløffer! sa Gunnar for siste gang.

— Tru hva dere vil, sa Dragen lavt, uhyggelig lavt.

Så snudde han på hælen og forsvant, svære Dragen, som måtte gå sjuende om igjen og som prøvde å ta livet av Lue og seinere gjorde andre og verre ting, han var listigere enn vi trudde, Dragen, der han forsvant, en svær feit rygg, et digert hue og altfor korte bukser.

— Hva trur dere? sa Seb etter en stund.

— Veit da faen? sa jeg.

— Vi så'rem jo! tviholdt Gunnar. Vi så'rem med egne øyne!

Vi heva blikket mot åttende etasje. Det var langt opp dit.

— Kanskje det bare var noen som lot som de var Rolling Stones, sa Seb stille.

Vi trakk på skuldrene og labba bort, kryssa Karl Johan hvor det krydde av folk, og alle uterestaurantene var smekkfulle, og jentene hadde lyse skjørt, tynt, tynt stoff, som sommerfuglvinger, og alle lo, det var vel ingenting å le av, men alle lo likevel, og mørket begynte såvidt å sive ned fra himmelen, flak for flak, og det lukta sigaretter og syrin.

Vi gikk ned til Vestbanen, vi sa ikke et ord, bare vandra avsted, utover mot Filipstad, forbi Banan-Matthiessen, og da vi kom til Kongen, satte vi oss på en benk og speida utover Frognerkilen. Seilbåtene var på vei inn. Det labba lurvete folk utover brua til Club 7.

— Vi drar i morra, muttern og jeg, sa Seb. Skal møte fattern i Göteborg.

— S-s-samma her, sukka Ola. Vi skal til bestemuttern på Toten. Blir g-g-gørr.

Toget dunka bak oss, trakk lyden etter seg, vestover, blei borte bak Skarpsno.

— Vi skal til Arendal, sa Gunnar trist. Stig bli'kke med. Skal på hyttetur.

— Jeg drar i morra, sa jeg. Til Nesodden.

Og så sa vi ikke mer. Men vi tenkte på det samme, at til høsten var det ikke sikkert vi kom i samme klasse, eller på samme skole. Vi sa ingenting om det, men vi visste at vi tenkte på det alle mann, og at uansett hva som kom til å skje, skulle vi aldri svikte hverandre.

Mørket var blitt tydeligere nå. En vind runda oss, varm og mjuk.

Og slik begynte sommeren, først med et hyl, så med en lang, grønn stillhet som sakte skifta til blått.

SHE'S A WOMAN

sommer 65

Det var den kaldeste sommeren siden krigen. Jeg lå på rommet i annen etasje og spilte plater, leste gamle ukeblader, eller gjorde ingenting, bare lytta til skjæra som skratta hysterisk i treet utenfor, og brått flaksa bort, som en svart saks i regnet.

Sånne ting husker jeg: Tennisskoa som blei grønne og trange i det våte gresset, en snegle som dro blankt slim etter seg over trappa, stikkelsbærenes ovale form, og ekle, hårete overflate (som minte meg om noe jeg aldri hadde gjort), hvit rips og magaknip, utedassen og et falmet fotografi av oldefar som kjøpte Huset i 1920. Og stillheten. Stillheten innenfor regnet, under dynen og bak huden, en svær, gravid stillhet. Fattern dro med båten inn til byen hver morgen før han også fikk ferie, og kom tilbake klokka fem, presis. Og mor tassa rundt på lydløse tøfler, med et digert sjal omkring seg, hun frøys hele tida, og kjeda seg, akkurat som jeg.

En sånn dag, med vegger av regn utenfor rutene, fant hun på noe ganske sprøtt.

— Jeg kjeder meg sånn, sa hun plutselig, tok seg til hue med begge hender. Det er så mørkt her. Kan vi ikke finne på noe!

— Kommer ikke far snart? sa jeg bare.

Hun reiste seg og gikk rastløst over golvet.

— Han blir i byen til i morgen, sukket hun og stirra ut på regnet. Møte.

— Vi kan spille kort, foreslo jeg tynt.

— Nei, uff! Jeg hater kortspill! Det vet du vel!

Jeg lurte på om jeg skulle stikke ned på brygga og prøve noen kast med den nye sluken.

Muttern kom meg i forkjøpet

— Jeg har det! sa hun høyt. Vi kler oss ut! Leker karneval!

— Karneval? mumla jeg. Hvilke klær da?

— Det ligger masse gamle klær i skapet på loftet!

Hun trippa ut av rommet og blei borte ganske lenge. Jeg hadde mest lyst til å stikke av, kanskje dra og plukke markjordbær, de var sikkert modne nå, med alt det regnet. Men jeg blei sittende, og mor kom tilbake med et lass klær over armen.

— Her! strålte hun og slengte alt fra seg på det digre bordet midt i rommet.

Det lukta rart av plaggene, møllkuler, støv, døde mennesker, innbilte jeg meg, det var litt skummelt. Mor rota gjennom haugen, la til side det hun likte, og hele tida lo hun, hadde ikke ledd sånn i hele sommer. Jeg fant en gammel dobbeltspent jakke og hengte den over en stol.

Mor kledde av seg. Jeg så forskrekket på henne og snudde meg bort.

Mor lo bak meg.

— Er du sjenert, Kim?

Det knitra i silke. Jeg snudde meg brått og så på henne igjen. Hun møtte blikket mitt, i det halvmørke rommet, det var masse av angst og ømhet i de øynene, huden på armene hennes nuppet seg, hun stod der avkledd, det var lenge stille, hun visste vel at hun mista meg litt nå.

Etterpå sprada hun rundt på golvet i en trang, rett kjole, kølsvart, som rakk henne til anklene, og rundt panna hadde hun et like svart bånd, og opp av håret stakk det en diger, gul fjær. Hun lagde trutmunn og leppene hennes var knallrøde. Jeg stod breibeint i oldefars gamle linjakke og ligna vel en gartner eller en lettmatros. Så deklamerte mor vers for meg, og roller hun hadde øvd inn for lenge siden, før hun møtte far, men aldri fått bruk for. Og jeg innbilte meg at det var så kort mellom latteren og gråten hennes, for selv om hun var munter og gjorde masse rart, så var det en ensom forestilling, ensom og panisk.

Jeg klappa alt jeg kunne.

Den natta hadde jeg en vond drøm: Jeg lå i et dypt mørke, mørkere enn jeg noensinne hadde forestilt meg. Når jeg slo ut med hånden, traff jeg noe hardt, like ved. Jeg slo og slo, kjente at jeg begynte å blø. Da hørte jeg noe utenfor mørket, det var først stemmer, lave, summende stemmer uten tydelige ord, etterfulgt av musikk. Jeg slo mot mørket, skreik alt jeg kunne, men ingenting hjalp. Så hørte jeg en ny lyd, samtidig som jeg begynte å synke: lyden av jord som renner over planker, tre ganger.

Dagen etter visste jeg at tida var inne. Utpå kvelden, da far hadde kommet fra byen, tok jeg badebuksa og rusla ned til stranda. Det var oppholdsvær, men sterk vind, den stod rett inn fjorden og skjøv vannet foran seg i krappe, hvite bølger. Jeg skifta og tasset ut på stupebrettet, nølte brått før jeg heiv meg uti. Vannet snørte meg inn i grå kulde. Strømmen og bølgene tvang meg utover, jeg måtte bruke alle krefter for å stå imot. Et øyeblikk fikk jeg panikk, ville rope om hjelp, men det var ingen der likevel som kunne høre det. Så kom kontrollen, jeg svømte skrått ut fra strømretningen og dro meg inn til land.

Jeg frøys som en hund da jeg kom opp, vinden flerret gjennom kroppen, jeg gikk hutrende bortover svaberget. Jeg stansa et sted hvor jeg hadde vinden og bølgene rett imot meg. Jeg trakk pusten flere ganger, fylte meg opp, og så skreik jeg. Jeg skreik til tårene spruta, men jeg hørte det nesten ikke selv, for vinden hadde større lunger enn jeg. Det var iferd med å løsne inni meg, et ras, jeg skreik og skreik, ulte, og innimellom sang jeg, kom bare på noen ord, jeg sang det om og om igjen, uten melodi:

> Ikke tenk på følgene.
> Ri bort på bølgene.
> Ikke tenk på følgene.
> Ri bort på bølgene.

Jeg var helt pumpa etter en kort stund. Jeg sank sliten og lykkelig ned på de våte steinene. Jeg var helt tom for lyd. Jeg hadde skreket den ut, for første gang, nå var skriket mitt, sangen min, på vei ut i verdensrommet, som en sputnik i bane rundt jorda.

En dag ville det komme tilbake.

Jeg fikk på meg klærne, stavra lemster hjem. På altanen stod far og speida, så ganske vill ut.

— Hvor har du vært hen? ropte han.

— Bada, sa jeg.

— Du vet at du ikke får lov til å bade alene!

Jeg orka ikke å svare.

Mor kom også ut, så mistenksomt på meg, hun hadde liksom vært litt forlegen i hele dag.

— Nå blir du forkjølet, Kim, sa hun bare.

Og det blei jeg. Jeg lå seks dager til sengs, i feber og milde fantasier, hele tida mens skjæra skratta i treet utenfor. Og da jeg stod opp, uthult og sulten på den sjuende dagen, var sola i brann, sommeren hadde endelig kommet. Vi satt på altanen og spiste formiddagsmat, og da kom onkel Hubert også. Og han kom ikke aleine. Han hadde med seg en jente.

Vel. Fattern blei hummer og muttern kanari. Og jeg. Jeg blei sommerfugl. I magen. De trampa og stønna opp til oss, svette og varme etter turen fra brygga. Stemningen var på bristepunktet.

Hun var det peneste jeg hadde sett.

Og hun hilste på meg først.

— Hei. Jeg er Henny, sa hun og tok hånden min.

Og så gikk hendene hele runden, og mor sa noe om at hun måtte hente flere kopper så de kunne få seg litt te eller kaffe, men onkel Hubert ropte på øl og så forsvant han og Henny inn på soverommet under trappa.

Muttern og fattern blei stående og se på hverandre.

— Det er hyggelig å få besøk, sa mor. Og den piken så da veldig søt ut.

Far satte seg uten å svare, fant en avis å bla i. Mor henta øl i kjelleren.

Og jeg tok fluktstolene ut i gresset.

Jeg telte 123 seilbåter på fjorden, og det fløy seksten måker over hue mitt, og maurene var ekstra flittige den lørdagen, det var 468 av dem bare rundt skoene mine og alle bar på barnåler. Og rhododendroen hadde 29 blomster, men 8 av dem var i ferd med å visne.

Det blei en merkelig dag.

De andre drakk øl. Jeg fikk solo. Det var sprøtt å se far drikke øl rett av flaska. Henny stirra opp i himmelen med store, lukkede øyne. Onkel Hubert lå strøken i fluktstolen med skyggelua på nesa. Mor satt med ryggen til sola, skuldrene hennes var røde.

Henny sa:

— Vi har med masse reker!

— Og hvitvin, la Hubert til. Jeg satte flaskene i kjøleskapet.

— Hvor lenge blir dere? spurte far plutselig. Mor så skrått på ham.

— Vi drar i morgen, kjære bror. Ikke vær redd.

— Det var ikke slik ment, lo far og rodde sterkt.

— Alt i orden, bror.

Røde ansikter i sola. Tomme ølflasker i gresset. Jeg hadde aldri sett onkel Hubert så rolig, han lå bløt som en pute i stolen, av og til kom det lyder fra ham, bare godværslyder, murring og glade sukk. Alle knutene var løst opp, jeg innbilte meg at alle trådene i hue hans lå glatte og fine som silke på rekke og rad.

Far sa:

— Jeg tror det blir torden i kveld. Det er lummert.

— Skal være visst, sukket Hubert. Det rant fra ansiktet hans.

Nederst på himmelen, til alle kanter, hopet skyene seg opp.

— Jeg har lyst til å bade, sa Henny plutselig.

— Jeg orker ikke, kom det dypt fra Huberts stol. Få med deg Kim.

Hun så på meg. Jeg blei solbrent av det blikket.

— Vil du?

Badestranda var tom nå. Bare papir, tomflasker, appelsinskall lå igjen. Og en rød badeball, den spratt bortover steinene. Vind. Jeg stupte uti, dukka ned til bånn, det fossa rundt øynene, en bergnebb stakk avgårde, en glassmanet glei langs låret. Jeg vendte oppover, så det tynne skillet mellom hav og himmel, gjennombrutt av sol.

Henny stod og vakla i tangklasene. Bikini. Hvit og smalere enn et strå. Hun var lysebrun og blank over hele kroppen. Håret hadde hun bundet opp i en blond knute i nakken. Hun la seg ned i vannet med et hyl.

Og skyene kom nedenfra, omringa oss.

Henny var ved siden av meg.

— Vi svømmer utover, sa hun og dro fra meg med lange, seige tak.

Jeg kom etter henne som en pram, og jeg lurte på hva man prata om sånn uti vannet, eller om det var vanlig å prate i vannet i det hele tatt, men hva skulle man prate om på land da?

— Bor du her hele sommeren, Kim? spurte Henny.

— Ja, gulpa jeg.

Vi måtte minst være midtfjords. Vinden økte. Små, krappe bølger slo mot trynet. Over oss tetna det. Skyene kom i mørke formasjoner. Det var kaldere i lufta enn i vannet.

— Skal vi ikke snu snart? sa jeg lavt.

Henny stansa brått, så på meg og lo.

— Jeg glemte meg, sa hun. Klart vi snur nå.

Vi svømte innover igjen. Det lå en stim av spørsmål på tunga, men jeg fikk dem ikke ut, munnen min var en not. Jeg skulle gjerne spurt om Hubert, om de var, om de var kjærester, om de skulle gifte seg, og om, og om hvorfor, når hun var så mye yngre enn ham, og om hva som skjedde i hue på Hubert, om knutene, om Henny, om alt.

Vi nærma oss land.

Jeg spurte:

— Liker du Beatles?

— De er søte, svarte hun.

Jeg holdt på å gå under. Søte. Saltvannet bruste ut av nesa. Jeg så på henne. Profilen hennes skar gjennom bølgene som en haifinne.

— Hvem liker du best? stotra jeg.

— Det er så mange. Miles Davis. Charlie Parker. Lester Young. Og John Coltrane.

Hvem var det? Jeg var på gyngende grunn, hadde svømt meg skikkelig opp i et hjørne, armene visna, haken sank ned i vannet.

— Åja, sa jeg bare. Men Bob Dylan er bra! la jeg til.

— Kjempebra. Og Woody Guthri. Det er han Dylan har lært av.

Jeg var en dott og en trekork. Jeg beit tenna sammen og strevde med å holde følge.

Så krabba vi opp på land og jeg løp og henta håndklærne. Sola var borte nå. Henny hukte seg sammen.

— Det er kaldt, grøsset hun.

I det samme begynte det å regne. Henny fór opp.

— Vi går inn i skuret, ropte jeg.

Hun var allerede på vei, regnet hamra som spikerslag, vi kom oss i ly i det falleferdige treskuret hvor det lukta ikke helt godt fra dassen ved siden av, hvor det var skrevet og tegna endel på veggene som ikke akkurat var pensum.

Henny lente seg mot døra, andpusten.

— Det varer sikkert ikke så lenge, sa hun.

— Nei, sa jeg og håpet det varte resten av sommeren.

— Du må ikke stå i våt badedrakt, fortsatte hun. Du blir syk.

Og så tok hun av seg bikinien og stod naken foran meg. Det varte bare et øyeblikk, før hun fikk på seg olabuksene og skjorta. Alt sank brått i meg, helt til fotsålene, jeg stod vel der og måpte, for hun lo og løsna på håret, rista det på plass, og med masse slit og bevegelse fikk jeg klærne mine på, det banka overalt, det var for trangt, huden var et nummer for liten, blodet hamra fra innsiden og regnet slo mot taket.

— Skal du begynne på realskolen til høsten? spurte Henny.

— Ja, fikk jeg fram.

Nå var det min tur. Måtte si noe. Sa noe:

— Hva gjør du?

— Jeg tegner. I det samme bladet som onkelen din.

— Åja.

— Men det er bare noe jeg gjør nå, for å tjene penger. Jeg skal begynne på kunstakademiet til neste år.

— Skal du bli kunstner! utbrøt jeg.

Henny lo.

— Jeg skal lage bilder, sa hun.

Trommingen på taket blei svakere og svakere. Enten var det regnet som holdt opp, eller så var det jeg som forsvant. Henny åpnet døra og avgjorde saken.

— Nå slutter det, sa hun. Skal vi gå hjem?

Far fikk rett i værvarslene sine. Mens vi satt og pelte reker, blei rommet brått opplyst av et flammegult blaff, og i samme øyeblikk hørte vi et sabla brak. Vi fløy ut på altanen, og oppe ved flaggstanga fikk vi se noe rart. Det gløda i noe som lå på bakken. Onkel Hubert mente det var en meteor som hadde falt ned, muttern trudde det var marsmenn og fattern var heller ikke særlig høy i hatten. Henny holdt meg hardt i armen. Etter en stund døde gloen ut, som en svær sigarett. Vi fikk på oss regnfrakker og labba i flokk og følge opp til stedet.

Det var lynet som hadde kløyvd en stein. Og det var ikke en hvilkensomhelst stein, den veide godt sine hundre kilo. Og far fortalte at farfar med egne hender hadde båret den fra brygga og opp hit. Det var et veddemål. Og farfar hadde vunnet.

Nå hadde lynet hakka på den, som om den var et egg.

Vi småløp ned igjen og priste oss lykkelige for at det ikke var Huset som blei truffet. Men strømmen hadde gått. Vi tente massevis av stearinlys og fyrte på peisen, satt engstelige og lytta til drønnene, telte sekunder og ganga for å finne ut hvor lynet var nå. Været dreiv vestover. De som sa noe, prata lavmælt, som om luften omkring oss var høyeksplosiv. Hubert mista kontrollen over venstre øyelokk en stund, måtte ut på kjøkkenet for å roe seg. Henny satt på divanen med føttene krølla under seg. Mor rydda av bordet, far stod ved altandøra og så ut.

— Vi går og spiller plater! sa Henny plutselig, så høyt at alle fór sammen. Hun reiste seg, rakte hånden mot meg.

Vi spilte de skarve platene mine. Henny satt stille og lytta, eller tenkte på noe helt annet, gjorde sikkert det, bladde litt i et Beatles-blad jeg hadde tatt med, *Meet the Beatles*, med bilder fra Beatles i Paris. Hun fortalte at hun hadde lyst til å dra dit, til Paris, det var der det skjedde, sa hun. Oslo var så kjedelig. Hun smilte. Jeg skifta plater. Gammal Cliff. Henny lo, hun hadde vært forelska i Cliff en gang, betrodde hun meg. Lucky Lips. Summer Holiday. Hun tente en røyk og ga meg et drag. Det smakte rå hud av filteret. Og regnet rant skrått forbi vinduet.

Lyset kom brått tilbake, ansiktene våre var bleike og skinnende. Stiften skrapa på de innerste rillene. Batteriene var like ved å dø ut. Jeg pusta på stearinlyset, så på henne, slik jeg ser henne nå, som et negativ på øynenes film, brent fast av sommernattas blitz.

Henny og Hubert reiste hjem igjen, og dagene kom på løpende bånd, den samme dagen hele tida, men en dag blei annerledes, helt annerledes. Det var etter at fatterns ferie var over, så han dro som vanlig på jobb. Og muttern skulle selge lodd på Sunnaas Sykehus, og tok bussen like etter at far hadde dratt.

Og der stod jeg, med tjue kroner i lomma og en svær, blank dag helt for meg selv.

Jeg tok båten inn til byen.

Jeg kunne jo prøve, småløp forbi Vestbanen og Ruseløkka, ringte på hos Ola og Seb. Ingen hjemme. Dro over til Gunnar. Samme resultat der. Butikken var stengt. På en plakat i vinduet stod det med blokkbokstaver: Vi har ferie til og med 7/8.

En sånn tom, rar følelse. Alt var liksom annerledes. Jeg tusla bortover Drammensveien, mot Skillebekk, ingen ute, ingen inne, en ny, fremmed lukt hadde inntatt strøket, den ligna litt på den som var i leiligheten når vi kom hjem i august. Søt, ekkel, av noe dødt, forlatt, og vi måtte liksom begynne å bruke rommene på ny, puste dem inn, snakke i dem, ta dem i besittelse igjen. Gata mi var ikke som den hadde vært. Jeg stod der, helt dønn aleine, ikke et menneske, tomme vinduer, og en vind feide mot meg, blåste sand i øya mine.

Jeg dro ned til byen. Der var det i hvert fall folk. Og is. Jeg venta en halv time i kø på Studenten og fikk meg en jordbærmilkshake. Stemmene omkring meg snakka på fremmede språk. Jeg stakk fort ut igjen.

Det var bare å labbe fram og tilbake. Titta i platesjappene, men så ingen plater som ligna på de navnene Henny hadde nevnt. Jeg gikk over på den andre sida, det var bedre der, i skyggen under trærne. Asfalten dampa. En gammel dame mata en skokk duer. En fyr som gikk foran meg trampa hardt i bakken, duene letta med et brak, flaksa rundt damen og forsvant over Wergeland.

Og da var hun også vekk, borte fra benken. Fyren foran meg snudde seg, trakk på skuldrene, rusla videre.

Men det var ikke det rareste.

Nedenfor Stortinget stod ganske mange mennesker og titta på et bilde som var utstilt i en glassmonter. *Månedens Bilde*, leste jeg på et skilt. Jeg tenkte på Henny. Kanskje det var Henny som hadde laget det. Jeg bante meg vei, men det var ikke Hennys bilde, klart ikke. Det stod et merkelig navn der som jeg nesten ikke greide å stave. Og det var et sprøtt bilde. Hadde aldri sett noe sånt før. Det var en dukke midt på bildet, som nesten var helt ødelagt, akkurat som den var smelta over et bål. Og så var det masse rødfarge, men ikke sånn som på vanlige malerier, dette ligna blod, tjukt blod som klumper seg sammen utenpå et svært sår. Og så rant det rødfarge ned på et flagg, det amerikanske flagget. Og bak hele bildet, ja, for det var liksom rom i det, ikke bare sånn flat natur som muttern og fattern hadde på veggen, bak bildet stod det skrevet: VIET NAM. Jeg leste tittelen, det var den lengste tittelen jeg noensinne hadde lest. *En rapport fra Vietnam. Barn overskylles av brennende napalm. Deres hud brenner til svarte sår, og de dør.*

Brenner under vann. Det var det Stig hadde snakka om. Masters of War. Sola svei i nakken. Det gikk surr i hue mitt, dukken skreik etter meg, akkurat som den jenta som stavra bort fra ruinene, blodet rant foran meg, sola stekte, blodet levra seg i groteske formasjoner.

Da skjedde det noe. Jeg hørte et brøl, en hånd greip meg i skulderen og skubba meg til side. Jeg trudde ikke mine egne øyne. En mann på fatterns alder stilte seg foran bildet, han hadde dress og kontormappe og greier, og opp av mappa tok han en øks, en øks, og så dundra han løs på monteren, glasset spruta, og med ett slag knuste han dukken og spjæra lerretet. Og nå hendte noe som nesten var enda rarere. De som stod der og så, de klappa, de stansa ham ikke, de klappa. Jeg tok meg til hue, hadde lyst å skrike, trakk meg skremt bakover. Og da mannen endelig hadde fått ødelagt hele bildet, kom to purk og førte ham sakte bort.

Jeg gikk ned til brygga og venta på båten. Det var noe jeg ikke skjønte. Det var noe som falt sammen. Noe hadde gått i stykker. Jeg blei redd.

Jeg sa ikke noe til muttern og fattern. Men mannen med øksen dukket ofte opp om natta, han drepte små barn, han gikk rundt og drepte små barn.

I radioen hørte jeg meldinger om bombing, offensiver, tap, seire. Jeg følte meg så underlig fjern og fremmed når jeg satt på altanen og spiste kveldsmat, helkorn, mjuk geitost og Hapå.

Og sola var på vei nedover. August kom med en snev av høst. Det var oppbrudd overalt. Det var akkurat som om jeg blei for stor for meg selv.

Den siste dagen sa mor at jeg hadde vokst veldig den sommeren, minst tre centimeter.

HELP

høst 65

— Fioliner, mumla Gunnar. Fioliner?

Moggaparken, kvelden før skolen begynte. Vi stod lent over styrene og stirra på lp'en som Seb hadde kjøpt i Sverige. Først trudde jeg det stod eple. Så fikk jeg øya på plass. *Help.*

— *String quartet*, retta Seb.

— Mener'u *fioliner*, altså?

— Akkurat. Jævla bra!

Vi var ganske på tuppa etter å høre den, men Ola var ikke kommet ennå, skulle vært der for en halvtime siden. Vi fyrte opp noen sure sneiper, en fugleflokk ploga ut av landet over oss.

— Hvor blir'e av Ola! sa Gunnar utålmodig.

Vi venta enda en stund, så kunne vi ikke vente lenger, og dro på hjul bort til Observatoriegata. Det var mora som lukket opp, lysebrun og lett på tå, men to rynker i munnvikene trakk leppene nedover.

— Ola har vært utsatt for en ulykke, sa hun stille.

Vi stivna i skjortene, ulykke?

— Han er på rommet sitt. Dere kan godt gå inn til ham.

Ola satt ved vinduet. Ola hadde brukket begge armene. De hang i to fatler, gipsa til langt over albuene. Han skar grimaser, for det klødde noe inni hælvete, og hva i hælvete skulle han klø seg med.

— Kræsja med en traktor på T-t-toten, hviska han deprimert. T-t-tok bakken h-h-håndstående.

Gunnar rensa stemmen, knakk litt, prøvde igjen.

— Åssen ... åssen gjør'u det når'u eter?

Øya til Ola var smale og matte.

— Muttern mater meg, sa han lavt.

Vi så på hverandre, men snudde oss straks en annen vei, for det bobla bak de alvorlige trynene våre, og Ola var ikke moden for latter.

Seb kremta, han kremta unødig lenge.

— Men åssen . . . åssen blir'e når'u skal på dass, á?

Kinnene til Gunnar bulte ut som to seil, og Seb stirra på hendene sine, og plutselig åpna han kjeften på vidt gap, men svelga brølet i det samme, det kom bare et tynt hikst, og så blei han sittende sånn med tomt gapskratt midt i trynet og var ganske rød fra panna og ned.

— Dere kaller dere k-k-kamerater! sa Ola hest.

— Men åssen gjør'u det!

Ola senka hue.

— M-m-muttern, sa hán ulykkelig og det var lenge stille i rommet.

Seb fomla med sykkelbagen. Vi andre stirra i golvet. Seb fant stemmen sin igjen.

— Vi har med noe til deg, sa han. Håper'e er batteri på spillern.

Seb dro opp plata og Ola trakk pusten med et hvin.

Og så spilte vi Help resten av kvelden, mens mørket utenfor datt ned fra himmelen som en grå gardin og sommeren liksom størkna i oss. Høsten hadde allerede begynt, og for første gang likte vi fioliner.

Før vi gikk, skreiv vi navnene våre på gipsen: John, George, Paul.

Vi hadde kommet på samme skole, Vestheim, men i forskjellige klasser. Vi sneik oss forbi gymnasiastene som stod ved porten mot Skovveien, og vi lurte på når de skulle døpe oss, det virka i hvert fall ikke som de ville slå til i dag. De så ikke på oss, de så ikke ned på oss engang. Langs nettinggjerdet ved Oscarsgate venta flere bleikansikter. I en annen flokk stod Guri og Nina, kneskålene til Nina var mørkebrune, hun så visst ikke meg.

Så ringte det inn. Vi tok hverandre i hånden og skilte lag, Gunnar og jeg, Seb og Ola. Langsomt blei skolegården tom, som om de mørke, breie dørene var digre støvsugere.

Gunnar og jeg fikk kjempa oss til plassene bakerst på midtrekka. Ryggen hans var større enn noensinne, lærerne kom ikke til å få øye på meg i det hele tatt. Gåsen satte seg helt forrest, vannkjemma og nypressa. Og jentene, det var jenter i klassen også, de satt langs vindusrekka, svære og utilnærmelige, og når sola skinte inn på dem, ligna håret på sukkerskum og de blei hvite og mjuke i ansiktene.

Så gikk døra opp og klasseforstanderen kom inn, Iversen, kalt Kers Pink, han hadde et stykke åker utenfor rekkehuset på Tåsen, en spjæling i lagerfrakk, men han hadde digre, hårete hender og stemmen kom nede fra gulvet et sted og tøt ut av munnen som jern.

Han ropte opp navnene våre, og alle målte hverandre, noen var kjente, noen kom fra andre steder i byen, stirra i pultlokket, hviska fram navnene sine, som om de betrodde noe stort og farlig.

Etterpå kom de andre lærerne og viste seg fram, det var en ganske normal forsamling, ingen hadde pukkelrygg, ingen hadde klumpfot, alle hadde nesa midt i trynet og øra på hver side av hue. Tysklæreren het Hammer, en trinn, liten dame med masse firkanta ord i munnen og hun sang likså greit et par lieder for oss og preika tysk over en lav sko. Og så husker jeg gymlæreren, Skinke, han het Skinke, en høy staka, med smalt hue, tjukke briller, cutting og tre norgesmesterskap i kappgang. Han rulla så vidt innom og peip at gutta skulle ha med gymtøy neste dag, så kappgikk han ut igjen mens hoftene roterte som en nysmurt globus. Tilslutt kom rektor, ham husker jeg, jøss, han ligna litt på Hitler, eller Arnulf Øverland, samme barten, knalltett bust under nesa, og så skarra han, det kilte i øra og en lutrygga fyr nede ved døra fikk nysekule av alle de r'ene, det var ganske spetakkel.

Så var det over, den første dagen på realskolen. Vi putta de nye bøkene i de nye ranslene og labba ut. Seb og Ola venta ved drikkefontenen. De hadde kommet i klasse med Nina og Guri.

Mens vi stod der og dreit ut lærerne, kom det noen mot oss, en ganske glatt gjeng vi ikke kjente.

Ola fikk leamus i gipsen.

— Nå skal de d-d-døpe oss, stotra han. P-p-putte oss i renna p-p-på p-p-pissern!

— Gå'kke på gymmen, de, hviska Seb.

De stilte seg opp foran oss, virka passe høye på pæra, slips og tyggegummi og tipakning i skjortelomma.

— Har du pelt på jentene, eller? sa den ene og pekte på Ola.

Ola blei knallrød og luggen stod rett ut.

— Eller har du runka for mye? sa en annen og flirte skeivt.

Vi sa ingenting. De andre som stod igjen i skolegården kom nærmere.

— Hva gjør du når du skal drite, småen? Må muttern din tørke deg, eller?

Da tok Gunnar av seg ranselen. Det der var noe vi kunne fleipe med, men ikke andre. Han planta ranselen rolig på bakken, stilte seg tre centimeter fra kødden, stirra ham i hvitøyet og sa:

— Hva sa du?

Fyren fomla litt, blei plutselig usikker, slipsknuten dirra i halsgropen.

— Hva sa du? sa Gunnar.

Kjevene hans knakte.

— Hva sa du? sa Gunnar for tredje gang, gikk to centimetre nærmere og fyren var allerede knekt. Han trakk seg unna, prøvde med en slengbemerkning, den falt pladask til jorda som en slapp klyse. Gunnar stirra etter dem til de var utenfor rekkevidde.

— Kødder, sa han mellom tenna.

Jeg lo inni meg, en stor, uhyggelig latter, og akkurat da elska jeg Gunnar, fikk lyst til å ta rundt ham.

Vi durte ut av skolegården, og da vi nådde trappa, kom det en liten type forbi oss, han liksom sneik seg langs gjerdet, bleik, tynn, med vide, grå bukser og en altfor stor anorakk med glidelås, enda så varmt det var. Han gikk med bøyd hue, og så spurta han oppover gata, akkurat som om han var redd for noe. Han gikk i klassen til Gunnar og meg. Jeg hadde lagt merke til at det var noen som flirte da han sa navnet sitt.

Jeg husket ikke hva han het.

Han het Fred Hansen.

Vi pusla ned mot Filipstad, stilte oss på brua over Strandpromenaden, gugga på bilene som drønte under oss.

— Når trur dere vi blir d-d-døpt? spurte Ola.

— Veit ikke, sa Gunnar. Kanskje de venter til vinteren.

— Vil heller bli dynka i snø enn å svømme i piss, mumla Seb.

— Trur aldri jeg får til den tysken, sukka Gunnar, sendte en klyse over rekkverket.

— Fattern sier at det hadde vært bedre om vi lærte spansk, sa Seb.

— Spansk?

— Mange fler som snakker spansk enn tysk. Alle sjøfolk gjør det. Og i Sør-Amerika.

Ola satte seg på ranselen.

— Åssen ... åssen trur dere det går med t-t-tromminga nå, á? Trur dere jeg kan slå t-t-tromme igjen, eller?

— Klabern, sa Seb. Åffer skulle du ikke det?

— Tenkte at armene kanskje blei for s-s-svake.

— Charlie Watts brakk armen da han gikk på skøyter en gang, sa Gunnar plutselig.

— Brakk Charlie Watts armen! hviska Ola og krøkte seg opp.

Gunnar nikka.

— På *skøyter?* spurte Seb.

— Ja. Han tryna. Vrei armen under seg.

Gunnar var rød og utslitt.

— De går vel ikke på skøyter i England, vel!

Gunnar så på meg, hadde kjørt seg helt fast.

— Gjør de vel, sa jeg. London har et sabla bra ishockeylag.

— Og han ble helt f-f-f-fin igjen?

— Hører vel det, triumferte Gunnar.

— Men han b-b-brakk bare én arm!

Gunnar var på gyngende grunn igjen, så på meg, men nå fikk han greie seg selv.

— Bedre å brekke begge, sa han fort, rød og varm i trynet. For da er'e lettere å holde takta etterpå!

Ola slo seg til ro med det. Og så sa vi ikke så mye på en stund. Sola sneik seg bak en sky, fjorden mørkna, sigaretten gikk på rundgang, en lunken Kent som Seb hadde rappa fra muttern sin.

— Skal lese lekser i år, sa han. Banna bein.

— Samma her, sa Gunnar.

— Samma her, sa jeg.

— Må stikke, sa Ola, virka ganske stram i trynet og urolig i beinføringa.

— Kan vi ikke dra over til Banan-Matthiessen, å? foreslo Seb.

— Må stikke, gjentok Ola og trippa.

Vi så på ham alle tre.

— Jeg må p-p-pisse, sa Ola.

— Kan du ikke bare . . . begynte Gunnar, stansa.

Vi så på hverandre.

— Vi stikker, sa Gunnar.

Og så labba vi innover igjen, med sola i ryggen og ranslene på slep.

Det blei innegym dagen etter, styrtregnet piska i bakken. Vi satt i den svette garderoben, Skinke myste ned på oss mens han tøyde ut bukmusklene. Plutselig brølte han med ualminnelig høy stemme:

— Husk det! Man kan *stryke* i gymnastikk! Hører dere! Man kan *stryke* i gymnastikk!

Vi løp på rekke og rad inn i gymsalen. Skinke dirigerte oss i diverse formasjoner, og da han hadde fått oss slik han ville, tordna han med den spinkle stemmen sin:

— Og én ting må vi alltid ha klart for oss. Oppvarming! Oppvarming er grunnlaget for alle gode prestasjoner! Oppvarming er selve medaljens bakside!

Han stoppet brått, tok seg til hue, bak brillene flakka de forstørra øynene som planeter ute av bane. Vi så på hverandre, trakk på skuldrene, og noen stakk pekefingeren mot tinningen og tunga ut av kjeften.

— Og så løper vi da! ropte han, og vi løp, rundt og rundt, med Skinke i midten, som om vi var et hjul og han et usmurt nav.

Endelig stansa han oss, beordra oss til ribbeveggen hvor vi hang og dingla noen minutter. Så trakk han den største bukken ut på golvet, la matta og springbrettet på plass, pekte på oss og sa:

— Nå skal vi prøve oss på saltomortale!

Det blei murring blant akrobatene. Skinke kom mot oss, la fra seg brillene og tøyde lårene.

— Nå skal jeg vise dere! Følg med!

Føttene hans trampa i vei, smalt mot springbrettet, han svingte seg i en elegant bue over bukken og landa lett på matta. Der snudde han seg like fort, sa med et svært smil:

— Sånn skal det gjøres, gutter! Nå er det deres tur.

Det blei en slags rekke av det. Alle ville bakerst, snart måtte det vel ringe ut. Og plutselig var jeg først. Jeg trakk pusten og løp alt jeg kunne. Jeg glemte helt hvor jeg var, løp liksom gjennom en svett drøm, landa på springbrettet med et kjempebrak, kasta meg mot det brune dyret, svingte meg opp og skjøv ifra alt jeg orka, jeg styrta ut i rommet som en astronaut, og like etter, eller med det samme, stod jeg som en påla på matta og Skinke ropte inn i øret mitt:

— Bra! Bra, gutt! Hva er navnet ditt?

— Kim, hviska jeg.

— Bra! Det var bra, Kim!

Nå var det Gunnars tur. Han kom i lange kliv over golvet, svingte seg over bukken, men fikk ikke nok luft under leggene. Han dro Skinke med seg i fallet. De blei liggende på matta, heiv etter pusten begge to.

— Du må jobbe med høyden! ropte Skinke. Med høyden! Ellers var det bra.

Og så kom de én og én, alle jeg har glemt, som har glemt meg:

Frode, lutrygga og feit, landa overskrevs midt på bukken og skreik stygt. Ottar spratt over, men ga liksom opp i svevet og buklanda. Rune, som skarra fordi han var fra Ris, greide å lande på ryggen oppå bukken og rulla ned på gulvet. Men så stansa det. Det kom ingen. Det var Fred Hansens tur.

— Kom igjen! brølte Skinke.

Fred Hansen kom ikke. Han stod langt der nede, en bleik fyrstikk i kjempesvære kortbukser. Alt han gikk i var kjempesvært, han hadde sikkert en kjempesvær bror som han arva alle klærne etter. Nå stod han først i køen og var selvlysende.

— Få opp farta! skreik Skinke.

Fred Hansen stod, hendene rett ned langs siden, svai i ryggen, og litt kalvbeint, de spisse knærne dunka mot hverandre.

— Han får'e ikke til, hviska Gunnar. — Han er livredd.

Da dundra det lett i gulvet. Fred Hansen kom, stiv i draget, med armene i vinkel.

— Bra! Det er bra! heia Skinke.

Fred Hansen stupte mot bukken, dytta ifra, han ligna en utsulta måke over en sildestim der han et sekund hang leddløst i lufta, så landa han med et brak på ryggen, utenfor matta.

Stillheten kom like brått. Fred Hansen blei liggende, rørte seg ikke, øya var klistra igjen. Han var mindre enn noensinne, og hvitere, han virka helt overjordisk der han lå, som en nedstyrta engel, i altfor svær kortbukse. Skinke stod på kne ved sida av ham, fomla med hendene, lette etter pulsen, fant den ikke, så opp på oss som stod i foroverbøyd sirkel rundt dem.

— Hva heter han? hviska Skinke.

— Fred, var det noen som sa.

Skinke pressa håndflatene over hjertet til Fred, åpna på øyelokkene, men Fred stirra bare hvitt og blast ut i rommet.

— Fred, sa Skinke forsiktig. Fred. Kan du høre meg?

Ikke en lyd.

— Han er død, mumla en stemme.

Da begynte Skinke å skrike, han skreik mens han rista i den livløse kroppen.

— Fred! Fred! Fred!

Det hjalp ikke. Skinke brøyta seg vei mellom oss, skulle hente lege. Da smilte plutselig Fred Hansen, leppene krumma seg i det bleike, tynne fjeset, og han reiste seg, slik måtte det ha sett ut da Jesus våkna tredje dagen, og gikk over golvet, som om han var vektløs. Skinke hadde stansa i døråpningen, stirra nesten vettskremt på Fred, som kom mot ham med lange, duvende skritt. I det samme ringte det ut, klokkene ljoma i salen, og det hele var ganske skummelt og høytidelig.

I garderoben spydde Fred Hansen og blei kjørt hjem i drosje med hjernerystelse. Han var borte i ti dager, og da han kom tilbake, var han enda mindre enn før, klærne var et telt rundt ham og han sa ingenting, satt bare ved veggen og stirra ingen steder, fjerne Fred Hansen.

Ola og Seb stod ved fontenen og venta. Det var store fri, regnet hadde gitt seg. Armene til Ola var fulle av navn og hilsner og tegninger, alle jentene i klassene hadde rispa i gipsen også. Det var visst ikke så verst å brekke armene likevel. Ola hadde kvikna til, slapp skriftlige lekser og blei aldri hørt. Han grua seg faktisk til han skulle på legevakten og brekke opp gipsen om en måned.

— Har dere hatt g-g-gym? ropte han da vi nærma oss.

— Jepp.

Vi fortalte om Fred Hansen. Kunne like gjerne ha brukket nakken. Bare flaks at han overlevde.

— Gymlærern er s-s-sprø, sa Ola. Trudde jeg skulle få f-f-fri, jeg. Så måtte jeg ta s-s-søtti knebøyninger!

— Har vi råd til en flette, eller? lurte Seb.

Vi rota i lommene. Det var like dritt hver gang. Det var alltid jeg som hadde minst gryn, hadde bare en femogtjueøring fra en flaske jeg panta dagen før. Gunnar tjente penger i kolonialen. Seb fikk alltid sendt penger fra fattern sin. Det var Ola og jeg som var dårligst ute. Men nå hadde han fått dobla lommepengene etter at han brakk armene, og han regna ikke med å gå ned i lønn når han blei bra igjen. Da skulle i hvert fall ikke han tømme et jævla søppelspann mer. Og jeg fikk ti kroner uka, det rakk så vidt til Poprevyen og en kino.

Jeg la femogtjueøringen i potten, Seb telte over.

— Det blir flette og cola. Og en karamell til Kim, flirte han.

Da skjedde det noe bak oss, ved porten mot Skovveien. Det kom rop derfra og folk stimla sammen i en svær klynge.

— Slåsskamp! sa Gunnar.

Vi pigga ned dit. Det var ikke slåsskamp. Det var noen gymnasiaster som holdt et svært amerikansk flagg i været, og så hadde de et gult flagg også, med røde striper. De ropte: Bomb Hanoi! Bomb Hanoi!

— Hanoi er hovedstaden i Nord-Vietnam, hviska Gunnar. — Bruttern fortalte at Amerika har landsatt 200 000 soldater i Vietnam.

Ropene blei høyere og høyere, folk trampa og klappa. Jeg tenkte på napalm, at napalm brenner under vann. Jeg tenkte på bildet i sommer. Jeg tenkte på mannen med øksen.

— Knus kommunismen! Knus kommunismen! Drep kommunistene!

Det lukta blod der. De mente det de sa. De ville drepe. Det lukta blod, blod og etterbarberingsvann.

— Vi stikker, sa Seb. — Det ringer inn snart.

Vi kom oss forbi klyngen og spurta nedover Skovveien til bakern. Men det var nesten plent umulig å komme fram. Alle kom løpende mot oss for å se hva som foregikk oppe ved porten. Vi måtte bane oss vei, kjempe oss fram, nesten slåss mot de som ville ha oss til å snu.

Det hjalp ikke å ha bankbok med 400 kroner på når jeg ikke fikk ta dem ut før jeg var myndig. Etter tre knallharde kvelder bestemte jeg meg, fikk tak i en diger pappkasse hos Jacobsen Kolonial, bandt den fast på bagga og trilla bort til blomstersjappa på Drammensveien, like ved den russiske ambassaden.

Om de hadde bruk for et blomsterbud?

— Kan skjønne det, kvitra innehaversken, en tynn, eldre dame i blomstrete kjole.

Sånn blei jeg blomsterbud, sykla byen rundt med kassa full av pakker, fikk en krone for hver jeg leverte. Jeg tjente omtrent 20 kroner uka og fru Eng kokte te til meg og fôra meg med Mariekjeks. Til de andre sa jeg ingenting. Jeg sa bare at jeg hadde begynt å lese lekser før middag, dessuten var vaktmesteren sjuk, han lå i respirator og gispa på Rikshospitalet, så jeg måtte vaske trappene og feie fortauet, jugde jeg. For jeg ville helst ikke at Gunnar og Seb og Ola skulle se meg tråkke rundt i gatene med en pappeske full av kvaster. Niks.

Så jeg feide hjem etter skoletid, trilla ut blomsterekspressen, og brakte roser og nelliker og tulipaner over hele Oslo. Og det var en ålreit jobb, for alle blei så glade når jeg kom, og det hendte til og med at jeg fikk driks. En dame som stinka røyk og øl og bare hadde nattkjole på seg midt på blanke dagen, ga meg fem kroner og spurte om jeg ville komme inn og drikke brus.

Men det ville jeg ikke.
Angra visst litt på det.

En fredag i store fri, med skrått regn og vind fra nord, kom Seb og Ola byksende over i skuret hvor Gunnar og jeg stod og pugga geografileksa. De virka ganske ville, begge stirra lurt på meg, og så sa Ola:

— Nina har navnet ditt på h-h-hånden, sa Ola.

Hva sa Ola?

— Hva sa du? sa jeg med grøtete stemme.

— Nina h-h-har navnet ditt på h-h-hånden! gjentok Ola og spratt opp og ned.

— På hånden?

— På hånden *sin*, skjønner'u vel! flirte Seb. Han pekte på håndbaken. — Der. Med diger rød tusj!

— Jaså, sa jeg bare, prøvde å lese i geografiboka, men bokstavene var så urolige, jeg kunne ikke plassere Afrika på kartet, om noen hadde spurt meg om det.

Jeg tok snarveien hjem den dagen, slengte fra meg ranselen og flådde bort til blomstersjappa. Der fikk jeg te og Mariekjeks, og den teen smakte annerledes enn teen hjemme, lukta annerledes også, fremmede land og eventyr, tusen og én natt og Kina. Fru Eng dyppet den tørre kjeksen i den søte teen og smatta lavt. Etterpå røykte hun en lang sigarett, og hun brukte munnstykke, et svart skinnende munnstykke.

— Det er visst ikke noe å gjøre for deg i dag, sa hun.

Jeg telte over lappene jeg hadde samla opp og ga henne. Det var 28 i alt, en bra uke likevel.

Hun fant fram tre tiere fra en lomme i skjørtet og det var to kroner for mye.

— Siden du er så rask og flink, sa hun og klappa meg på hue.

Jeg så på pengene. Det var svære penger. Mye kunne kjøpes for dem.

Fru Eng begynte å rydde sammen avispapir og stilker. Jeg blei sittende. Det dryppet fra de våte klærne mine. Fru Eng dusjet potteplantene og klippet av brune blader. Det dampa som i en jungel i det trange bakrommet.

— Er du der fremdeles? sa hun, med ryggen til meg.

Jeg tenkte på Nina, på blomsten Nina hadde gitt meg den gangen.

98

— Hvordan blomst er valmue? spurte jeg.

— Det er en sjelden blomst her i Norge, sa fru Eng og snudde seg mot meg. — Og farlig. Mange valmuer er giftige. — Hun smilte rart. — Giftige og vakre.

— Jeg tror jeg ber henne med på kino, falt det ut av meg.

— Gjør det, sa fru Eng og gikk inn i jungelen igjen.

Morgenen etter stod jeg opp grytidlig, hadde ikke sovet noe særlig den natta og var lysvåken og trøtt. Først lurte jeg på om jeg skulle bli hjemme fra skolen, hoste opp en drøy forkjølelse og stikke panna opp i lampa. Niks. De andre ville le seg i hjel. Det var nå eller aldri. Jeg lista meg ut på gangen og henta Aftenposten, leste gjennom kinoannonsene. Det var ganske mange jeg kunne tenkt meg å se. *Dukkene* med Gina Lollobrigida, *Älskande par, I Villmarkens klør*, med Ann-Margret. Eller *Hvordan få suksess hos kvinnen*. Det gikk bare ikke. Jeg ville bli stoppa før jeg fikk hånden opp av lomma. Hånden. Magen snørte seg sammen som en gammel gympose. Kanskje Seb og Ola hadde blingsa helt. Kanskje det bare var en huskelapp, at hun skulle kjøpe noe. Eller navnet på et band. Kinks. Ikke pokker om jeg gikk på limpinnen før jeg hadde sett det med egne øyne. At navnet mitt stod på hånden hennes. Men hva om hun hadde vaska seg? Klart hun hadde vaska seg på hendene! Jeg fortsatte med kinoannonsene. *Donald i ville Vesten*. Jeg var ikke helt på jordet. *Mary Poppins* på Colosseum. Jeg var ikke idiot. Hva gikk på Frogner? *Zorba the Greek*. Zorba, sa jeg inni meg, det kilte nesten. Voksen, men vakta på Frogner var ganske nærsynt. Hvis jeg gredde lugg og stod på tå. Zorba. Det hørtes bra ut.

— Du kommer for sent! sa mor bak meg. Klokken er over halv åtte!

Men jeg rakk det. Vi hadde norsk i nullte. Kers Pink var sprek som en fole, leste høyt fra Nordlands Trompet og fortalte om Petter Dass, mens vi lå på lokkene og snorka.

Jeg snoka rundt i skolegården for meg sjøl i friminuttene. Jeg så ikke Nina. Jeg begynte nesten å bli letta. Kanskje hun var sjuk, borte fra skolen. Men i siste frikvarteret stod hun der, ved drikke-fontenen. Jeg rusla bort dit jeg også, jeg var helt tom inni meg og skoa veide flere hundre kilo. Jeg bøyde meg over strålen og skrådde venstre øye over på henne. Og jeg så at hun smugtitta på meg, og det så vel hun også, at jeg smugtitta på henne. Jeg fikk vann i hele trynet. På hånden hennes stod navnet mitt. Med røde bokstaver.

Siste time gikk treigere enn noensinne. Det var religion med Steiner, lektor St., han brukte tre kvarter på å forklare hvorfor Jesus blei så forbanna på den busken som ikke bar frukt, selv om det var midtvinters. Og tilslutt ville han ha oss til å synge, de vanvittige sangene vi aldri skjønte et kvekk av. Jesus din søte forening at smake. Men da ringte det ut og jeg storma ned trappene, overmodig og rik.

Jeg fant Nina i Colbjørnsensgate. Hun var på vei hjem, bodde i Tidemandsgate. Jeg fulgte etter henne fem kvartaler, var ikke så tøff lenger, var like ved å gi opp, rømme inn i et portrom. Men da snudde hun seg plutselig, som om hun visste at jeg var der, og stod dønn stille og venta.

— Hei, sa hun da jeg nådde henne igjen, og fortsatte å gå.

Jeg skotta ned på hånden hennes. Den var i lomma. Kanskje jeg hadde sett feil likevel. Det beste var å gå rett ned Løvenskioldsgate, men beina mine ville noe annet. De fulgte etter henne, forbi fontenen, vi var snart ved der hun bodde.

— Bor ikke du på Skillebekk? sa Nina.

— Joa.

Hun så på meg og smilte.

— Hvor skal du hen nå da?

Fersk gjerning. Driti ut og tråkka på.

— Til onkelen min, sa jeg fort. På Marienlyst.

Tidemandsgate. Timeglasset rant ut. Vi stansa på hjørnet.

— Jævla kaldt, sa jeg.

— Jeg liker vinteren bedre enn høsten, sa Nina.

— Har dere også Helgenen i religion, eller?

— Ja.

— Vil du bli med på kino i kveld, eller?

— Ja.

Vi avtalte å møtes ved fontenen halvsju. Jeg var ganske nummen i beina. Jeg skulle til å snu og pigge hjemover, da stansa Nina meg og var helt alvorlig og sa:

— Bodde ikke onkelen din på Marienlyst?

— Jo, sa jeg, begynte å gå riktig vei, gloheit i nakkehvirvlen.

Nina lo og vinka etter meg med den hånden hun hadde holdt i lomma, og de røde bokstavene lyste, blenda meg i senk.

To gubber som dansa sammen på en strand! Det var temmelig sprøtt. Nina gikk ved siden av meg og sa ingenting, det var mørkt etter sjuern, våt asfalt bølga under gatelyktene. Jeg hadde en Japp til i lomma, men hun ville ikke ha, det var den fjerde. Jøss, så letta jeg var, kom strakt inn på voksen, behøvde ikke juge engang!

Så var vi ved fontenen igjen. Den spruta til værs bak oss, en skinnende søyle som falt og falt hele tida, men som likevel blei stående. Vi satte oss på kanten, ganske tett, og stirra ut i luften.

— Jeg syns synd på ham, sa Nina alvorlig.

— Synd? På hvem da?

— Han gamle.

— Åssen da?

— Det var jo han som var ulykkeligst!

Zorba, sa det inni meg. Om vi hadde vært på en diger strand, og havet dundra mot oss og musikk kom alle steder fra, full guffe, og vi dansa, dansa nakne! Jøss, tankene mine fløy. Jeg tenkte brått på Henny og blei litt ør i knollen. Henny dansa sikkert sånn, banna bein!

Nina var nær meg med hånden. Jeg svelga og sa:

— Har'u lyst på et eple?

— Eple?

— Ja.

— Har du epler med deg også?

— Nei. Men jeg kan hente et i hagan til Tobiassen.

— Tobiassen?

Jeg hadde allerede reist meg.

— På hjørnet der, pekte jeg med tommelen.

— Nå?

— Ta'kke lang tid!

Jeg sprinta bort til Bondebakken. Det var ingen å se, så jeg klatra over gjerdet og ålte meg bort til trærne. Det lyste i to vinduer i den svære trevillaen. Jeg hørte fontenen som spruta og så skyggen av Nina der hun satt på kanten.

Det var jævla så høyt eplene hang i år. Jeg rakk ikke opp til de nederste engang. Jeg måtte klatre. Jeg skrubba oppover stammen, fikk tak i en tjukk grein og halte meg opp. Jeg ville enda høyere, de beste eplene hang øverst, klart det. Jeg snodde meg gjennom bladverket, leta meg fram, til det aller flotteste eplet, et svært og grønt et, som jeg pussa mot jakken og stakk i lomma.

Da hørte jeg stemmer. Jeg satt bom stille. Tobiassen var ikke god å ha med å gjøre. En fyr i gata sa at han skøyt med luftgevær. Men stemmene kom ikke fra huset, de kom fra gjerdet. Det var noen som lista seg gjennom gresset. Ute på fortauet stod noen vakt, han holdt armene i kors og trippa.

— F-f-få opp farta, hørte jeg Ola hviske.

— Ti stille, mumla Gunnar nede i gresset.

Seb krøyp opp ved siden av ham, hadde en svær pose med seg.

Jeg tenkte ingenting, jeg bare gjorde det. Jeg pælma et eple opp mot huset. Det landa på noen kvister.

Det blei brått stille nede på bakken.

— Hørte'ru det? mumla Gunnar.

De lå på huk, rørte seg ikke av flekken.

Jeg kasta et eple til, nærmere nå.

— Der var'e igjen!

— Kanskje det er ei jordrotte, sa Seb. Eller et pinnsvin.

De begynte å bevege seg igjen. Da la jeg hendene som en hule foran munnen og ropte ut i natta:

— Ingen epler til tyver! Ingen epler til tyver!

Det blei liv i gresset. De fór opp, skreik i munnen på hverandre, spratt over gjerdet og forsvant nedover Gyldenløvesgate.

Jeg venta en stund, så klatra jeg forsiktig ned og løp bort til Nina.

— Så lenge du ble, sa hun og var visst litt sur.

— Måtte finne det fineste, forklarte jeg og ga henne det svære, grønne eplet.

Hun satte tenna i det, det knaste, og det silte saft nedover haken hennes. Hun pusta tungt, holdt eplet med begge hendene, smatta, sugde eplet grådig i seg. Og da vi kysset, smakte det eple, det lukta eple, overalt, og fontenen rant og rant.

Ola stilte på skolen uten gips. Armene hans var slappe og tynne og han visste ikke helt hvor han skulle gjøre av dem. De dingla som to snorer ned fra skuldrene. Han så ganske forvirra ut. Men han regna med å slippe skriftlig enda et par uker, han kunne knapt heve en blyant, og det var klart han ikke måtte overanstrenge seg.

— Du må gjøre fingergymnastikk, forklarte Gunnar, viste fram neven. — Sånn. Det var det Charlie Watts gjorde, veit du.

Ola prøvde å knytte neven, men det gikk seint, han var utslitt allerede etter tommelen.

— Trenger t-t-tid, stønna han. Vent til j-j-jul. Da b'yner vi å øve!

Det ringte inn og vi gikk hver til vårt. Utenfor klasserommet stansa Gunnar meg.

— Hva er'e du driver med for tida? spurte han.

— Driver med? Ingenting.

— Vi ser'ei jo nesten ikke!

— Lekser, sa jeg.

Gunnar så nøye på meg.

— Lekser! Ikke drit. Du visste jo faen ikke hvor Afrika var på kartet, jo!

— Uflaks.

— Og du va'kke på avslutninga på treninga heller.

— Glemte det, sa jeg.

— Det bli'kke noe Danmarks-tur i høst. Det blir til våren istedet.

— Ålreit det vel, sa jeg.

Så kom Hammer, tysklærerinna, og minuttene krabba avgårde som skada maur. Fred Hansen stod ved tavla og blei hørt i gloser. Han forsvant nesten i den digre jakka og han var helt skamklipt på hue. Jentene fniste og Hammer gneldra.

— *Hode*, ropte hun. Hva heter *hode* på tysk?

Fred Hansen var stum, ubevegelig, jeg innbilte meg at bak leppene beit han tenna sammen.

Hammer slo oppgitt ut med armene og pekte på Freds skeive sveis.

— Dummkopf! sa hun og dytta ham ned mot pulten.

Så blei Gåsen kalt til podiet og Gåsen kunne reglene på rams og Fred Hansen blei enda mindre og dukknakket i lyset fra Gåsens blankpussa glorie.

I store fri stod vi igjen i skuret. Ola hadde fått litt futt i armene, det gjaldt bare ikke å vise det til lærerne. Fred Hansen smøyg seg langs nettinggjerdet med en diger matpakke i hendene, kanskje han hadde arva den etter bruttern sin også.

— Alle kødder med ham, sa Gunnar stille. — Lærerne også. Det er faen meg for kvalmt!

Vi skotta bort på ham, han stod for seg sjøl, klistra til gjerdet, ligna på et bilde i historieboka fra en konsentrasjonsleir.

— Skulle gjerne sett bruttern hans, sa jeg. — Han må være temmelig svær.

— Vi stikker og kjøper flette, sa Seb. — Har noen penger?

Jeg lirka glatt opp en tier av lomma og la den i potten. De så forbausa på meg.

— F-f-får'u *penger* av Nina? spurte Ola og så brakk de sammen i krampelatter, og Nina som stod ved drikkefontenen så bort på oss og blodet føyk fram i trynet mitt som om huden var trekkpapir.

— Skal vi stikke før det ringer inn, eller! sa jeg og så labba vi mot utgangen, og Gunnar og Seb og Ola flirte så det bobla i munnvikene, og Nina lo også, jeg var omtrent den eneste i hele skolegården som ikke lo, jeg og Fred Hansen.

En søndag dro vi ut til Nesodden for å plukke epler. Jeg stod på dekk, i vindjakke og digert skjerf enda sola skinte og det ikke hadde vært så varmt på lenge, men muttern sa alltid at det var en skummel tid, det gjaldt å passe seg og kle godt på seg. Noen seilbåter var fremdeles på fjorden, kritthvite lakener over det svarte vannet.

På vei opp til Huset stansa far og tørket svetten av panna.

— Indian Summer, stønnet han mildt.

— Hva er det? spurte jeg.

— Det er når det plutselig blir varmt om høsten igjen. Som om sommeren kommer tilbake.

Jeg løp ned til frukthagen. De fire trærne stod tunge av epler, greinene tøyde seg mot bakken. Lukten slo mot meg som en mjuk vegg, frukt, jord, tre, jeg løp gjennom den, hoppa opp og fanga et eple. Og når jeg satte tennene i det, da var Nina der, da kjente jeg pusten hennes gjennom det saftige, rennende kjøttet.

Så kom mor og far med to river som vi kunne nå de øverste greinene med. Klatre fikk jeg ikke lov til. Vi la eplene i kasser og bar dem opp til Huset. Midt i den mørke stua stod et svært bord. Muttern la på en voksduk og festa den med fire klyper. Så tømte vi eplene utover bordet og gikk tilbake med de tomme kassene for å fylle dem på nytt. Da vi hadde gjort unna to trær, spiste vi rosinboller og drakk te fra termosen, og jeg spytta ut alle sukatene, for det er noe av det verste jeg veit, sukater, snerk og skall i eplemosen. Fattern gikk blid omkring, humra for seg sjøl, hadde til og med tatt med pipa si. Mor var også glad, ordna på skjerfet mitt, for det var ikke så varmt som vi trodde, sa mor alltid.

Og så tømte vi de siste trærne. På bordet i stua lå det et fjell av epler. Vi fylte opp i sekker og nett så langt det rakk.

— Vi får hente resten senere, sa far. Når vi skal stenge for vinteren.

Vi skyndte oss ned til brygga. Sola hang over Kolsås, kald og utbrent. Jeg blei stående på dekk innover også. Det lukta epler av hendene mine.

En kveld blei jeg sendt til onkel Hubert med blomsterkassa full av epler. Han bodde i femte etasje og kunne se rett ned på Store Studio. Mens jeg sykla gjennom de mørke, våte gatene, tenkte jeg at kanskje Henny var der, og da blei jeg så merkelig tung i beina og pedalene peip under meg.

Vi bar kassa ut på kjøkkenet og der tømte vi alle eplene over i skittentøyskurven. Onkel Hubert så litt sliten ut, høyre armen var ganske urolig. Henny var i hvert fall ikke der, det var sikkert. Etterpå satt jeg i sofaen og drakk nesquick, mens Hubert vandra fram og tilbake over golvet, kunne ikke være i ro. Og det var alltid rotete hos Hubert, det lå strødd med klær og tallerkner og tegninger av slott og damer og leger. Jeg likte det sånn, men jeg blei litt svimmel av å se Hubert vandre i ett sett. Han var ikke sånn som i sommer, nå var han sånn som han var før, før Henny.

— Hvordan går det på skolen? prata han.

— Fint, sa jeg.

Og han sa ikke mer. Jeg gikk bort til vinduet og titta ned på den hvite kringkastingen, lurte på om det ikke var Erik Bye jeg så i ett av vinduene.

Hubert hadde satt seg på min plass og drakk opp nesquicken.

— Kan ikke dere komme på besøk til oss? spurte jeg fort.

Han så forvirra på meg, hodet gikk i sirkel.

— Hvem?

— Du og Henny.

Det var gråvær i øynene hans.

— Kanskje det, sa han og pressa fram et krøllete smil.

Noe var gæernt, men jeg turde ikke spørre. Jeg bar den tomme blomsterkassa ned til sykkelen og satte den på bagga. Jeg trilla nedover Kirkeveien og vinden blåste den gule regnfrakken opp som en ballong. I Tidemandsgate stansa jeg og ringte med bjella. Etter en stund smalt det i en dør og Nina kom løpende ut den smale grusgangen.

Muttern fikk rett. Det var en skummel tid. Oktober kom og jeg gikk omtrent baklengs, lå våken om nettene og lytta til Jensenius' høstsang og regnet som stod flatt i lufta og togene som drønte omkapp med vinden langs Frognerkilen. Jeg sykla blomster over hele byen og på bakrommet stod fru Eng og lagde kranser, for høsten, det var tida da folk trengte kranser. Og så var det Nina. Det var Nina opp og Nina i mente. Jeg var ganske sliten. Vi trava i gatene hver kveld, tygde tyggegummi, men jeg glemte ikke smaken av epler for det, og en sånn kveld vi gikk krumbøyde oppover Bondebakken, traff vi Guri, og hun var sammen med en kis som gikk i annen real på Maja, og han var tre huer høyere enn meg og hadde modsveis og lenke rundt håndleddet. Guri var stiv i trynet av sminke og leppestift, og så viste det seg at de skulle på Kåken i Thomas Heftyesgate, og de lurte på om vi ville være med, og da var det jo ganske vrient å si nei. Så vi blei med, det krølla seg varmt i magen og hånden til Nina var som en krampe rundt min.

— Bjørnstjerne Bjørnson har bodd i Kåken før, sa kisen fra Maja. Datterdatterdatra bor på kvisten og ha'kke peil.

Det var et svært trehus, mørkebrunt, inni en ganske uryddig hage. Nina var stum, majakisen spytta ut en sneip og slo Guri på rompa, og så tusla vi etter dem inn porten og ned en bratt kjellertrapp. Tilslutt stod vi i et kaldt og mørkt rom, men vi kunne da se at det satt og lå noen folk der. På golvet var det madrasser og det lukta sprit og røyk og noe helt annet, jøss, jeg hadde munnen full av rødt hjerte.

Guri og kisen var klin borte. Jeg stod med Nina inntil meg. Noen tente en fyrstikk og i det korte blaffet så vi hva noen holdt på med. Vi blei stående, hva skulle vi gjøre, og så sank vi bare ned på madrassen ved siden av oss, regnfrakkene var våte og glatte, vi var kokvarme under, vi kyssa, Nina gapte og vridde på seg, hendene våre durte som brøytebiler over kroppene, sånn lå vi, Ninas hånd var bestemt og klam, gjorde ting med meg, men plutselig blei det et kjempebråk og alle storma gjennom mørket. Vi kom oss på beina, og da kjente jeg hva som hadde skjedd med meg og jeg var glad det var klin mørkt. Noen ropte: De kommer, de kommer. Jeg holdt Ninas hånd og slepte henne etter meg, fant endelig døra og trøkka oss opp trappa. Det blinka i blå lamper, purken, de hadde allerede fakka noen, datterdatterdatra til Bjørnson skreik og hylte og slo med stokken mot vinduskarmen. Vi løp den andre veien, hoppa over et gjerde og kom inn i en hage hvor det knurra skummelt bak et ribba epletre. Vi fikk farten opp og stilte oss i dekning ved den amerikanske kjerka. Nina lente seg mot meg og grein og sa at Guri hadde forandra seg sånn den siste tida, etter hun blei sammen med den fyren, og at hun aldri skulle gå på et sånt sted mer, at hun aldri hadde vært så redd, og om jeg syntes det var godt.

— Ja, sa jeg temmelig forvirra, stirra i asfalten. Joa.

— Kan ikke du spise middag hos oss på søndag?

— Joa, sa jeg enda mer forvirra, og sånn blei det. Først da jeg kom hjem, huska jeg at på søndag var det cupfinale mellom Frigg og Skeid. Faen i helvete! Faen. Faen. Faen!

Fattern til Nina var dansk. Han var liten og butt og hadde masse skjegg, så munnen hans blei helt borte, men det var den ikke, for et eller annet sted der innefra kom det merkelige lyder, og de kom fort og lenge. Og selvfølgelig spiste de tidlig om søndagen, klokka to allerede, og så satt jeg der i den digre, kjølige stua og fikk omtrent ikke ned en potet, for nå var første omgang over på Ullevål, og Gunnar og Seb og Ola stod i svingen og brølte, og der satt jeg som en sidrompa søndagsskoleelev og skjønte ingenting av hva faren sa, men lo når de andre lo, sølte på skjorta og spissa ørene for å høre om det var en radio i nærheten, eller om brølet fra Ullevål nådde ned til Tidemandsgate.

Men så var det jo ganske høytidelig også, for jeg hadde aldri spist middag hos en jente før, jeg glemte nesten hvordan jeg skulle stokke kniv og gaffel. Heldigvis var moras latter av den svale sorten som smørte inn alle røde tryner med solkrem. Så det blei da ganske trivelig etterhvert, og faren drakk dram av små og mange glass, så joda, hadde det bare ikke vært cupfinale, det klødde over hele skrotten.

Etterpå satt vi på rommet til Nina, veggene var fulle av bilder og vi begynte å krangle om band, hun holdt mest med Rolling Stones og Yardbirds, jøss, hun hadde ganske peil, hadde visst en eldre fetter i København som spilte elektrisk gitar og bodde på hybel. Jeg sa ganske glatt at det var ikke noe gæærnt med dem, i og for seg, men Beatles var Beatles, ingen over, ingen ved siden. Nina runda av med å si at Beatles var best til å lage låter, men ikke så flinke til å spille.

Jeg begynte å mislike den fetteren i København, var vel han som hadde vært ute og yppa seg og slengt med leppa. Men vi hadde snakka så mye om basspillet til Paul McCartney at jeg ikke orka ta opp tråden. Jeg lå på golvet, lukket øya og så for meg gressmatta på Ullevål istedet, kjente lukta av kamfer, så Per Pettersen drible over hele midtbanen og lobbe over Kasper som bare blei stående som en krøpling og stirre etter månen.

Da så Nina dønn alvorlig på meg og sa lavt:
— Kan du holde på en hemmelighet, Kim?
— Jøss da.

— Du lover ikke å si det til noen?

— Kors på halsen.

— Guri skal ha barn.

Jeg satte meg brått opp.

— Fy faen. Med kisen fra Maja?

— Ja.

— Hva skal'a gjøre å?

— Hun har ikke sagt det til foreldrene ennå. Jeg skal hjem til henne i kveld.

— Gått a banen, sa jeg og la meg ned på golvet igjen. Gått a banen!

Nina så tankefull ut, bekymra, forandra seg liksom der hun satt, la flere år på seg. Jeg svelga og sa:

— Hva sier f . . . faren, å?

— Ingenting! Han er en drittsekk!

Det hadde jeg sett med én gang. Sleip støvel. Et par dager etter vi hadde vært der på Kåken, fikk alle på skolen brev med hjem som advarte foreldrene om hva som foregikk på det stedet. Muttern tok meg i øyesyn og sa at noe sånt visste vel ikke jeg noe om, klart ikke, svarte jeg og balanserte inn på rommet mitt med glødende mage og tenkte at hårfinere var det vanskelig å komme unna.

Nå var kampen over forlengst. Jeg var den siste i verden som fikk vite resultatet. Nina satte på en plate, Swinging Blue Jeans, passa liksom ikke helt til stemninga. Hun la en hånd på magen min.

— Hva tenker du på? spurte hun plutselig.

— Hvem som vant i cupfinalen, slapp det ut av meg, og der forsvant den hånden.

— Jaså, sa hun bare og så en annen vei. Det er liksom så viktig det, altså.

— Ikke akkurat, begynte jeg å ro, — men det hadde vært ganske artig å vite, jeg mener, altså, hvem som vant.

— Gutter tenker bare på én ting, blåste hun, munnen hennes var smal som et snøre.

Det var ingenting å si og det blei ganske trykkende stille. Nina satt der som en lukket dør og jeg fant ikke nøkkelen.

— Jeg må gå nå, sa hun brått og reiste seg. Jeg skal nemlig til Guri.

Jeg hadde glemt å ta blomsterkassa av bagga, den stod der som et tårn og så ganske dum ut. Men hun ville ikke sitte på likevel. Den var temmelig kald den klemmen jeg fikk. Jeg trilla nedover den humpete gata og det var ganske rart å tenke på at Guri skulle ha barn. Men hvem hadde vunnet cupfinalen?

Jeg kom ikke lenger enn til Frognerveien. Der stod tre pirater på hjørnet og da de så meg, storma de ut på brolegningen og tvang meg inn på fortauet. De stirra med svære blikk på meg og sykkelen.

Ola pekte på kassa.

— Kjører'u N-Nina rundt i den, eller!

— Hvem vant? ropte jeg.

— Er'u blitt blomsterbud, flirte Seb.

— Kanskje han har starta fløttebyrå, sa Gunnar.

— Hvem vant, skreik jeg.

Gunnar stakk hendene i lomma og sparka i asfalten.

— 3—3 etter ekstraomganger.

— Uavgjort! brølte jeg.

— Jepp.

Jøss, der hadde jeg flaks. Pose og sekk. Om jeg blei med på omkampen neste søndag? Klabern!

Hjemme møtte jeg Jensenius i trappa. Han slepte seg opp trinn for trinn, og det knakte under ham, svetten silte fra det tjukke hue. Han stansa da jeg kom, peste som en sekkepipe.

— Synger du ikke mer, gutt? spurte han.

— Jeg øver, sa jeg.

— Jeg hører jo ingenting!

— Jeg øver inni meg, forklarte jeg.

— Du må få det ut, gutt! Jensenius banka seg bløtt på brystet.

Og så kasta han seg ut i en kolossal tone, ansiktet hans blei dyprødt, tonen steig og steig, murpussen falt og alle dører blei slått på vidt gap. Men Jensenius sang til det ikke var en dur igjen, og det lukta øl og svette og karbonade i hele oppgangen.

— Du må få det ut, hviska han etterpå. Sann mine ord!

Fattern sa det var fordi Beatles hadde retta opp den engelske handelsbalansen at de fikk MBE-ordnene. Og muttern syntes at Yesterday var veldig nydelig, og dronning Elizabeth visste vel hva hun gjorde. Vi gikk vrede og forvirra inn på rommet mitt og stengte døra forsvarlig.

— Det er noe som ikke stemmer, mumla Ola. L-l-liker ikke når foreldra våre liker det som vi l-l-liker.

Vi tenkte oss godt om og nikka. Vi var enige. Ola hadde sagt det. Det var noe skummelt på gang.

— De mener'e ikke, sa Seb. — Det er bare noe de sier. De mener aldri det de sier. De bare sier det.

Vi tenkte oss enda bedre om og var enige. Det var sånn det hang sammen. Vi hadde gjennomskua dem ganske grundig. De lurte ikke oss.

Først skulle i hvert fall medaljene utdeles. Vi skøyt brystet fram og festa nålene på hverandre. Ringo fikk en sølvmedalje i Holmenkoll-stafetten som faren til Gunnar hadde vunnet i 52 for Ready. Seb fikk femårs-svømmeknappen som jeg hadde svømt iland på Nesodden året før. Gunnar fikk en gullmedalje for premiekyr på Toten som bestefaren til Ola hadde vunnet to år på rad rett før krigen. Jeg endte opp med en Røde Kors-nål som mora til Seb hadde fått på lokallagets årsmøte i 1961. Vi stod rett opp og ned på rekke og rad, det blinka og rasla i edle medaljer, og så rakte vi fram hånden, bukket dypt og den engelske dronninga gikk som en ånd gjennom rommet.

Etter seremonien var det konsert. Gunnar og Seb og Ola hadde tatt med alle platene sine, tilsammen hadde vi 10 singler, 4 ep'er og 5 lp'er. Det var bare å komme igang hvis vi skulle rekke gjennom hele repertoiret. Jeg hadde kjøpt nye batterier til Philipsen.

Vi starta med *Love me do*, klistra ørene til høyttaleren.

— Åssen går'e med tromminga? spurte vi Ola i pausen.

— Trener med blyanter. Venstrehånden er verst.

— Skal ønske meg elektrisk gitar til jul, sa Gunnar. — Med vibrator.

Vi snudde plata. *P.S. I love you.* Fattern stønna inne fra stua. Sånn skulle det være. Vi skrudde opp guffen.

Midt i *Do you want to know a Secret* banka det på døra. Der stod muttern og bak henne stod Nina.

— Hei, sa jeg hest, Nina kom inn og muttern lukket døra saktere enn Dragen ba Fadervår.

Hun satte seg ved siden av meg på golvet. Hun så seg rundt.

— Spiller dere plater? sa Nina.

— Vi spiller kort, flirte Seb, Nina geipte til ham, jeg blei så fryktelig tung i magen.

— Vi feirer at Beatles har fått MBE-ordnene, sa jeg fort.

— Hvorfor er det bare de som får dem? sa Nina.

Vi sperra gluggene opp.

— Hvem andre skulle fått dem, a!

— Byrds, sa Nina uten å nøle.

— De er jo amerikanske, jo! brølte Seb.

— Eller Rolling Stones, da. Og Yardbirds! Eller Manfred Mann! Nina ga seg ikke. Det var kamp på kniven.

— Bare B-b-beatles som har retta opp den engelske h-h-handelsbalansen, pressa Ola ut og diskusjonen var over.

Vi spilte gjennom resten av singlene, og så satte jeg på ep'en med *Long tall Sally* for å vise Nina en gang for alle at Beatles kunne spille, jøss for en gitarsolo, Gunnar vrei seg som en meitemark over golvet og Ola tromma med fingrene på alt som stod i nærheten.

Da det blei stille, var det noe Seb ville ha sagt.

— Åffer skal Guri slutte i klassen? spurte han.

Nina kasta skrå blikk på meg. Jeg så ut av vinduet. Jeg hadde ikke plapra.

— Hun skal begynne på ny skole, sa Nina.

— Liker'a seg ikke i klassen vår?

Nina skrudde oppmerksomheten over på en annen historie.

— Vet dere at Dragen prøvde å ta livet av Lue?

Vi fór sammen.

— Det var moren min som fortalte det, for hun kjenner sykesøsteren på skolen.

Vi satt i helspenn. Dragen. Morder.

— Lue har dårlig hjerte, ikke sant. Og derfor trenger han sånn medisin han må ta flere ganger om dagen. Og de pillene har han i jakkelommen, i høyre lomme, for når hjertet blir dårlig, blir nemlig venstrearmen nesten helt lam.

— Var derfor han fløy så mye ut på gangen, hviska Gunnar.

— Ja, og så byttet Dragen om, la medisinen i venstre lomme i et frikvarter.

— Åssen gikk det, å? Seb fikk så vidt orda fram.

— Lue ble funnet bevisstløs ute i gangen, men de fikk liv i ham på legekontoret.

— Åssen oppdaga de at det var Dragen, å?

— Han sa det selv. Han skrøt av det til alle.

— Kommer'n i f-f-fengsel nå? stotra Ola.

— Han skal på Berg, sa Nina.

Nå bar det utfor med Dragen, Dragen uten tryne. Vi blei iskalde inni oss, hjalp ikke at Ola satte på *Help*.

— Hadde ikke trudd at Dragen var så smart, hviska Seb.

Jeg fulgte Nina hjem. Vi gikk med små skritt oppover Løvenskioldsgate. Det var glatt og sleipt på fortauet.

— Skal Guri slutte i klassen? spurte jeg.

— Ja. Hun skal ta abort.

Vi gikk et stykke videre. Jeg fikk et klissvått blad midt i fleisen.

— Han fyren, mumla jeg. — Er'e ikke ulovlig?

— Hun vil ikke si hvem det er.

Vi var ved fontenen. Den var stengt nå, med digre lemmer over bassenget. Vi satte oss på kanten. Det var kaldt i rompa. Vi blei sittende. Nina virka så rar, fjern liksom, rakk nesten ikke bort til henne.

— Det er noe jeg ikke har sagt deg, begynte hun.

Nå kom det. Jeg prøvde å finne et sted for hendene mine. De ville ikke ligge stille.

Ninas øyne var hvite i mørket.

— Jeg skal flytte, sa hun.

— Flytte? Hvor da?

— Til Danmark.

— Til Danmark, gjentok jeg helt rolig.

— Ja. København. Far skal arbeide ved ambassaden der.

— Når da?

— Om tre uker.

Det var høst. Fontenen var stengt. Og jeg var så sabla kald på hendene. Jeg gjemte dem under genseren til Nina.

— Kanskje jeg kommer på besøk til våren, sa jeg. — Vi skal spille fotball i København, nemlig.

Hendene mine var så varme og jeg fikk alt håret hennes over meg.

Det gikk slag i slag. Jeg var sammen med Nina hver kveld, enten dreiv vi i gatene, har aldri gått så mye før, eller så satt vi på rommet hennes og spilte plater og så på kartet over Danmark. Det var ikke så sabla langt dit, gikk man gjennom Sverige kunne man nesten komme tørrskodd over. Jeg visste om en fyr fra Ruseløkka som hadde sneket seg med danskebåten, men han blei oppdaga før Dyna Fyr og slengt av i Horten. Men til våren kom jeg. Det var brennsikkert. Med nummer to på ryggen. Byens beste bekk. Og når jeg tenkte på det, så var det kanskje ikke så verst likevel. Klart det var leit, men det var ikke så verst likevel, å ha ei jente i København. Jeg sa det inni meg når jeg gikk hjemover. Jeg har ei jente i København. Det lød ganske flott. Ei jente i København.

Gunnar og Seb og Ola begynte å skule på meg, lurte på om jeg var helt fortapt. Men vi gikk da på cupfinalen neste søndag, utstyrt med Frigg-vimpler og kastanjer som vi kunne pælme på Skeid-snikene. Men så blei det uavgjort etter ekstraomgangene nå også, og Seb sa at hvis det fortsatte sånn, så måtte de spille på truger til slutt. Søndagen etter troppa vi opp igjen, med vimpler og kastanjer, det var tele i bakken og Ullevåls-matta så ut som en åker, og det var klart Skeid måtte vinne på en sånn bane og med den dommer-kødden, annullerte drømmescoring av Frigg i siste minutt, angrep på keeper, Kasper følte seg tråkka på tærne, fy faen. Vi subba slukøra hjemover, stirra på himmelen og lurte på når snøen kom.

— Hvor lenge er'e til Nina fløtter? spurte Gunnar.

— Uke.

— Skal du f-f-fløtte etter, eller?

— Kjeften.

Vi stua oss inn på Sognsvannsbanen og kom i krangel med noen Torshov-gjøker som selvsagt oppdaga Frigg-vimplene under jak-kene våre.

— Per Pettersen skyter som en tordivel, sa et fregnetryne.

Da stakk Ola hue fram og leppene dirra.

— Per Pettersen skyter som en p-p-puma. Og K-k-kasper er en kødd.

— Dra til hælvete!

— Dra sjøl! Kanke spelle fotball på en sånn b-b-bane!

— Forholda var like for begge laga, fnyste fregnene.

— Skeid er bedre orienteringsl-l-løpere! Og d-dommeren var b-bestukket!

Det kom til litt håndgemeng, men vi fikk Ola uskadd av på Valkyrien, og subba tafatte gjennom de kalde og steikduftende gatene.

Jeg blei med oppom Seb og lånte en stil om Trygg Trafikk. Den var ganske vill. Seb foreslo at alle biler skulle rygge. Da kunne de ikke kjøre så fort. Men det krevde større speil. Jøss. Han hadde fått nuggen min, men når jeg retta opp de verste brølerne var en G innen rekkevidde.

— Fattern kommer hjem til jul, sa Seb og strålte i øya.

Han blei med helt ut på gangen, stod og vippa den tynne skrotten fram og tilbake.

— Får'n igjen imorra, sa jeg.

— Haster ikke. Du . . .

Han sa ikke mer. Jeg stansa og så opp på ham.

— Ja?

— Blir'e noe på deg, eller? Med Nina.

Jeg svarte ikke og hoppa nedover trinnene.

— Bare fleiper, jo! ropte Seb og hang over gelenderet.

Så kom han plutselig løpende etter og holdt meg igjen. Øya hans var plutselig så jævla triste.

— Veit du . . . veit du at Guri skal ha . . . unge?

— Hørt rykter, sa jeg.

— Alle preiker om det. Det var derfor hun slutta i klassen.

Seb var hvit i panna.

— Det er jævlig for henne, sa han og begynte å gå sakte opp trappene. Ba henne med på kino engang, forresten, sa Seb med ryggen til.

Andre søndagen i november reiste Nina.

Men om lørdagen var det premiere på Help og jeg stod tre timer i kø på Eldorado og fikk revet til meg to billetter ytterst på fjortende rad. Og så satt vi der, Nina og jeg, salen var helt i kok, jeg lurte på om Gunnar og Seb og Ola hadde fått tak i billetter, men jeg hadde ikke sett dem i køen. Jeg var ganske sliten, det skjedde for mye på én gang. Jeg ville være sammen med dem, og jeg ville være sammen med Nina, så der satt jeg, med Ninas hånd i fanget, en klam sjokolade i lomma og en ganske forvirra hjerne i hue, midt i et rabalder av hyl og fektende armer, parfyme og trampende boots, satt der og fikk med null og niks av det som skjedde på lerretet.

Og plutselig var vi på vei hjemover. Vi sa ikke stort, vi sa ingenting. Siste kvelden. Det var iskaldt, kulda reiv i ansiktet. Vi nærma oss Tidemandsgate. Huset var tomt nå, flyttefolka hadde allerede kjørt med to svære lass. Og etterhvert som vi nærma oss, klemte vi hendene hardere og hardere sammen, helt til Nina sa au og trakk armen til seg.

— Det gjorde vondt, sa hun.

— Va'kke meningen.

— Vet jeg vel!

Hun dulta meg i siden og så trakk hun et digert eple opp av lomma, det var helt blankt og skinte som en rød måne. Hun satte tenna i det og lukten strømma ut i mørket. Og så fikk jeg en bit, og sånn spiste vi eplet, fra hver vår kant, vi lo og sikla, helt inn til kjernen, da stod vi munn til munn, skrotten falt ned mellom oss, det

114

var ganske flott gjort, og så kyssa vi lenge, eplekyss, det varte og rakk, endelig slapp vi taket, Nina var dønn våt i trynet, og jeg visste ikke helt om det var tårer eller eple eller kanskje bare meg.

— Jeg skal skrive brev, sa hun.

— Fint.

— Lover du å skrive, du også?

Jeg nikka, fomla litt med hendene og renska stemmen.

— Husker du den blomsten? sa jeg.

Nina så opp.

— Den du ga meg den gangen Holst holdt på å bli spist av en slange.

— Ja.

Jeg sparka en stein bortover fortauet. Den traff en hjulkapsel. Det bråkte noe jævlig.

— Har'n ennå, sa jeg.

Vi kyssa igjen, så reiv hun seg løs og forta seg inn grusgangen, og i det svære tomme huset lyste vinduene som elektriske høl i natta.

Mens jeg løp hjemover begynte det å snø.

RUBBER SOUL

vinter 65/66

Muttern vekka meg med værmeldingen. 40 centimeter nysnø på Tryvann. Rullegardinen smalt opp og vinteren ramla inn av vinduet. Jeg lå i senga og kjente etter, kjente etter og kjente ingenting. Så hoppa jeg ut til telefonen og ringte til Gunnar, men Gunnar var ikke hjemme, han var på ski med Seb og Ola. Det var bruttern som snakka.

— De skulle visst til Kobberhaugen. Amerikanerne kommer.

— Hæ?

— Amerikanerne kommer!

Jeg skjønte null.

— Nordmarka er det første de tar, sa Stig.

— Kobberhaughytta, sa jeg.

— Nettopp.

Jeg durte ned i kjelleren og henta Bonna-brekkene, og stavene var blitt altfor korte. Så dro jeg til Frogner-seteren og kasta meg inn i skauen, pigga og kleiv, satte utfor bakkene uten å blunke, tok Slaktern strak, det peip i Kandaharbindingene, drønte over Blank-vann uten å tenke på om isen holdt, det knaka og dundra under meg og noen hoja inne fra land, men det holdt, klart det holdt, og nå var det bare de siste klivene opp til Kobberhaughytta og der satt de svette ved peisen med solbærtoddy og sigaretter.

Jeg satte meg hos dem og de målte meg opp og ned.

— Hvem er det? spurte Gunnar.

— Kanskje han bor her, foreslo Seb.

— Jeg trur det er b-b-bruttern til Ole Ellefsæter, sa Ola.

— Kutt ut, sa jeg.

— Han snakker norsk, konstaterte Gunnar. Lurer på hvor jeg har sett ham før.

Og sånn holdt de på ganske lenge, men tilslutt kjente de meg igjen og Gunnar spurte:

119

— Hvor var'u i går kveld? Vi prøvde å få billetter til Help.

— Jeg var på Help, sa jeg lavt.

De var over meg med det samme, røde i trynet, de brølte og bar seg, det blei et jævla bråk.

— Var'u . . . har'u vært på Help allerede! stønna Gunnar.

— Med Nina, sa jeg.

— Uten oss! Åffer i hælvete kjøpte du ikke billetter til oss også, å?

— Var bare to igjen, prøvde jeg.

— Den kan du dra lenger ut på landet med!

Det var stille rundt bordet en stund. Jeg var helt tom inni meg. Dette var på linje med høyforræderi. Jeg ville bli skutt på Appelsinhaugen, brent på stedet og asken ville bli strødd utover Bjørnsjøen.

Da sa Seb til de andre:

— Siste kvelden med jenta, da får'n gjøre hva'n vil. Ikke sant?

Gunnar og Ola nikka motvillig, det blei enda mer stille.

— Men åssen var'n! ropte plutselig Ola. — Åssen v-v-var'n!

— Veit ikke, mumla jeg.

— Veit du ikke! — Gunnar var over meg. — Hva mener'u med det?

— Husker ingenting. Æresord.

De så på hverandre, og så begynte de å le. Det var ikke grenser for ydmykelser. De hang over bordet og rista i anorakkene. Jeg bestemte meg for å gå, men da blei jeg holdt ettertrykkelig igjen.

— Husker'u ingenting? hiksta Gunnar.

— Niks.

— Men da går vi i kveld da, for faen. Alle mann!

Klabern det! Det rant varmt gjennom meg. Vi la penga våre i en haug på bordet, det var nok til både billetter og en tjuepakning, og så kasta vi oss på plankene og satte ny pers til Sognsvann, enda Ola så vidt orka lene seg mot stavene, men vi dytta ham i motbakkene og nedover gikk det av seg selv, så klart.

Vi fikk billetter på første rad på Eldo, troppa opp med medaljene på brøstet og strake lugger. Skrikene bak oss kom som kastevinder mot nakken og det hagla sjokoladepapir og pastiller fra galleriet. Vi satt på første benk og var ikke lenger fra lerretet enn at vi kunne reise oss og ta på dem.

Snøen lyste i gatene da vi kom ut. Vi blei stående og se på bildene, var matte, slitne og lykkelige.

— En ting er sikkert, sa Gunnar. — Vi er hvert fall bedre enn Beatles til å gå på ski!

— Sånne b-b-badebukser må vi skaffe oss til sommern, sa Ola.
— Med s-s-striper!
— Veit dere hva vi gjør til sommern, foreslo Gunnar. — Vi drar på fisketur i Nordmarka. Med telt og greier.

Så rusla vi hjemover. Snakka om alt vi skulle gjøre. Om The Snafus. Om hvor berømte vi skulle bli. Om sommeren, enda vinteren bare såvidt hadde begynt, om alle somrene i våre liv. Vi snakka om når vi skulle begynne på gymnaset og om når vi blei ferdige med skolen for godt. Vi blei svære i kjeften og vakre fugler fløy ut av ansiktene våre. Vi tok framtida på forskudd og den så sabla bra ut.

Snøen lå i tre dager, så rant den vekk og det var bart og mildt en uke. Så kom det ny ladning, og den snøen fikk lov å ligge. Brøytekantene hopa seg opp, man måtte gå hele kvartalet rundt før man fant en åpning, kvikksølvet skalv på tjue minus, isen la seg på fjorden så vi kunne gå på skøyter til Nesodden og pilke torsk ved Dyna Fyr. Og snøen la seg i skolegården. Ola var sikker på at nå skjedde det, men det skjedde ingenting, de kom ikke for å dynke huene, gymnasiastene, de gikk bare rett forbi oss, vi var luft og null og niks, pusta lettet ut så frostrøyken stod som tåkebanker rundt huene, men innerst inne følte vi oss litt snytt, akkurat som med gaffelstikket. Sykkelen var det bare å sette i kjelleren, nå var jeg blomsterbud til fots, med uværstillegg på femti øre pakka, eller jeg tok trikken, men alltid var det en gjøk som hadde parkert på skinnene, for dem kunne man ikke se under all snøen, og det var ringing og roping og et leven og et liv, for det var den gangen det var skikkelig vinter i Oslo.
En sånn dag jeg hadde vært med blomsterpakke på plastisk kirurgisk i Wergelandsveien og kom svett og kvalm ut, tålte ikke se alle de maltrakterte trynene der inne, tryner uten nese og hake, uten munn og øyne og ører, som å være på et lasarett i Vietnams jungel, jeg stod og svaia i Wergelandsveien og dro luft inn i systemet, da var det noen som ropte navnet mitt. Jeg snudde meg etter lyden og utenfor Kunstnernes Hus stod en skikkelse og vinka til meg, det var Henny, Henny, i svær frakk og lue ned i panna. Jeg småløp bort til henne, hun var på vei til Nasjonalgalleriet og spurte om jeg hadde lyst til å være med, og det hadde jeg, for det var ikke flere blomster den dagen likevel. Vi rusla forbi Aars og Foss, og Henny prata om bilder, om Munch, om jeg hadde vært på Munchmuseet, det hadde

121

jeg ikke, det måtte jeg, nå skulle vi i hvert fall beskue Munchsalen. Vi vandra opp i annen etasje, forbi svarte, glinsende kropper, minna meg om sommeren, og jeg fulgte lydig etter henne over det knirkende golvet, passe mo i knærne. Så var vi der. Det sprang hester ut av veggen. Pikene stod på broen. Henny pekte og snakket.

— Ser du det grønne ansiktet, sa hun. Et ansikt er ikke grønt, er det vel. Men likevel er det som om akkurat det ansiktet *må* være grønt!

Hun så på meg, om jeg hadde skjønt det.

— Ja, sa jeg og var grønn i trynet.

— Ser du *angsten?* spurte hun.

— Ja, sa jeg, og så angsten.

Da *hørte* jeg plutselig et bilde. Det er sant. Jeg *hørte* det. Jeg bråsnudde og så rett på en vanvittig skikkelse som stod på en bro og holdt seg for øra og skreik av all kraft. I bakgrunnen brant landskapet og det rant blod fra himmelen. Jeg hørte det. Det er sant. Jeg stod spikra foran bildet, *Skrik* stod det på ramma, det frøys inni meg, skriket, det skar i øra mine, og det var ikke bare hun som skreik, åsene bak henne gjorde det, og himmelen og vannet og broen hun stod på, hele verden var et svært skrik, det måtte være mora til den lille jenta fra Vietnam. Det bygde seg opp inni meg, et kjempebrøl, det kom som en søyle opp halsen, jeg svelga og bar meg, kunne ikke skrike sånn her, i et museum, det gikk ikke an, jeg reiv meg løs og løp bort til Henny og var sliten inn til margen.

— Jeg har lyst på kakao, sa hun plutselig. Har du?

Vi trava ut igjen og fant et smalt vindusbord på Ritz. Henny kjøpte napoleonskaker, vi spiste med små teskjeer og drakk av tynne blå kopper.

— Har du sett sånne bilder før? spurte hun.

— Jeg så et bilde i sommer, fortalte jeg andpusten. Foran Stortinget. Om Vietnam.

— Hva syntes du om det?

— Jeg veit ikke. Det var . . . det var stygt. Stygt og fint på én gang.

Henny så på meg over koppen, alvorlig.

— Det syns jeg også, sa hun. Det er det som er meningen. Man kan ikke lage et pent bilde av noe så jævlig, vel.

— Amerikanerne bomber med napalm, sa jeg lavt.

Hun nikket langsomt.

Jeg tenkte meg om, stirra ned i den tomme koppen.

— Det var en gubbe der som slo istykker bildet. Åffer gjorde han det?

— Fordi han var uenig med bildet.

Skjønte jeg ikke.

— Uenig med et bilde?

— Ja, han holder med amerikanerne i Vietnam.

— Men er det ikke sant det med napalmen, å?

— Jo.

— Men hvordan . . .

Henny avbrøt meg.

— Fordi han er reaksjonær, en fascist. Han vil gjerne drepe alle kommunister hvis han får sjansen.

Jeg skrapte tallerkenen og slikket skjeen. Klokka over døra viste at jeg kom for seint til middagen. Og vi hadde haugevis av lekser og det nærma seg tentamen, og i kveld var det møte hos Gunnar hvor vi skulle planlegge repertoiret til The Snafus. Men jeg kom aldri til å gå, selv om hun satt der en uke.

— Jeg skal reise til Paris i overimorgen, sa hun plutselig. Skal gå på kunstskole der.

— Hvor lenge da?

— To år. Men jeg kommer hjem til sommeren.

Det var derfor Hubert var så utafor da jeg kom med epler. Og jeg følte meg plutselig ganske svær, jeg hadde også ei jente i utlandet, som jeg hadde lovet å skrive brev til og som jeg skulle besøke til våren.

— Det blir sikkert fint, sa jeg lavt. Paris. Det er langt dit.

Hun fikk øye på klokka hun også og fór opp, holdt nesten på å velte bordet.

— Jeg må løpe, lo hun. Hadde en avtale for en halvtime siden.

Jeg fikk et svært, vått kyss på kinnet og så strøk hun på dør i den digre frakken. Jeg satt der ganske forvirra, hørte noen le ved et annet bord, stirra etter henne, hun var borte for lengst, først nå oppdaga jeg at julegatene var rigga opp. Det snødde.

Julaften hos oss, det var sånn jeg alltid hadde opplevd julaften, jeg visste ikke om andre julaftner. Det var oss tre, pluss onkel Hubert, og så kom muttern til muttern og fattern til fattern, for fattern til mutter var død og det var muttern til fattern også, dem husker jeg bare som svære trær over en barnevogn som det var masse fugler og lyder i, og av og til falt det en kongle ned på meg. Nå var de

123

døde for lengst, men det var mer enn nok med de andre. Mormor var en liten kvinne med lange røde negler, tynt blått hår og en grønn undulat i bur. Hun kunne trekke pusten i de mest tragiske sukk jeg har hørt, og hun holdt alltid kniven og gaffelen som om de var smittebærere. Farfar var av det grovere slaget, mormor tok ham aldri mer i hånden etter at han brakk tre negler på henne julaften 62. Han var gammel jernbanemann, slo sviller da han var atten, satt på kontor da han var femti, nå satt han i stolen ved vinduet på gamlehjemmet på Alexander Kiellands plass og bladde i ruteboka. Øra hans skalv hver gang han hørte et tog, og han hørte det alltid først lenge etterpå, for han var tunghørt og litt senil, men det kom vel som en sang til ham, smått om senn, lenge etter at lyden og toget var dratt forbi, sangen om skinner, sporveksler, rytme og reiser.

— Det var ekspressen, sa han alltid. Nå kommer de vel snart og henter meg også.

Det var når vi åpna presangene det alltid skar seg for onkel Hubert. Da han hadde fått av alt papiret, pakka han presangen inn igjen. Og sånn holdt han på 21 ganger, jeg telte, av og på med papiret. Mormor måtte gå inn i et annet rom, og farfar slo seg på låret, skratta og sa høyt:

— Nei, han Hubert er seg selv lik! Nå har han glemt å pakke inn gavene igjen!

Jeg fikk mest bløte pakker, skjorte, genser, nye nikkers. Og et par harde, en gammel bok av mormor, Hamsun, fiskesnelle av Hubert, åpen Abu, midt i blinken. Og en ishockeykølle av fattern; da jeg skulle pakke opp den, var hjertet på høygear, jeg trudde selvsagt det var et mikrofonstativ, for det hadde jeg ønska meg øverst, men det var en ishockeykølle, og fattern stod der så strålende at jeg bare måtte svelge hardt og ta ham i hånden og juble jeg også.

Og helt til slutt var det min tur til å knyte meg. Det var tomt under granen, og muttern ga meg den siste pakka, en flat firkanta sak, ikke til å ta feil av, lp. Jeg hoppa i stolen og reiv av papiret.

— Les hvem det er fra, sa muttern.

Jeg så på kortet og julen kom omsider til ansiktet mitt også. Jeg trudde ikke mine egne øyne. Fra Nina.

— Hvem er det fra? ropte Hubert.

Hadde ikke røst.

— Det er fra venninnen til Kim, forklarte mor velvillig. Hun har sendt den fra København.

124

Jeg var passe forvirra, men midt i det hele gikk det en strak søyle av glede. Det var den nye Beatles-lp'en. *Rubber Soul.* Jeg holdt den opp foran meg. Og så blei gledesøylen knust. Tempelet den bar blei ruiner. Jeg visste ikke hva det kom av, jo, jeg visste det, men skjønte det ikke. Jeg kjente nesten ikke igjen de fire ansiktene som stod bøyd over meg, ja, de stod over meg og så ned på meg, fire fiendtlige, fremmede ansikter på plateomslaget.

Seinere på kvelden stod jeg på rommet mitt og stirra meg blind på platen. Jeg turde ikke spille den. Jeg turde ikke spille den uten at Gunnar og Seb og Ola var der. Da kom onkel Hubert inn også, han sugde på en sigarett, hadde sot under øynene og panna hans var trist og blå.

— Står du her, sa han bare.

Jeg nikket.

— Skal du ikke spille platen?

— Jeg tror jeg venter litt, sa jeg.

Vi sa ikke mer på en stund. Det var det som var så fint med onkel Hubert, at man ikke behøvde å prate støtt selv om han var der. Men så sa jeg likevel:

— Du, onkel Hubert.

— Ja. Han så på meg.

— Du, onkel Hubert. Jenta mi har også reist.

Et sekund flakka blikket hans, så kom det en stor klarhet over ham, stor og rein, vi to, vi to hadde skjønt alt nå, og han trakk meg inntil seg, over oss sang Jensenius, den feteste blant engler, Deilig er jorden, og vi knøyt oss opp, tråd for tråd, julaften 65.

Det var annen juledag og vi satt på rommet til Seb og stirra på Rubber Soul. Ingen sa noe på lenge. Vi satt bøyd over plata, stumme, nesten sinna, akkurat som John, George, Ringo og Paul stod bøyd over oss og stirra hardt tilbake.

Vi kjente oss ikke igjen.

— Åssen er'n? spurte Seb lavt.

— Ha'kke hørt på'n ennå.

De så på meg og nikka, nå hadde jeg gjort opp for Help-fadesen. Jeg tok plata forsiktig ut av hylsteret, Seb la den på den nye Gerard-spilleren, trykka på on og pickupen løfta seg opp av seg selv og dalte ned på rillene, mjukt som en kattepote.

Vi blei sittende resten av kvelden, spilte den om og om igjen, øra våre var digre skjell og vi lå på bånn av havet, lytta og lytta, prøvde

125

tyde sangene som kom til oss. Gunnar pekte fortvila på bildet av John i granskauen mens vi hørte på *Norwegian Wood* og ikke skjønte et døyt.

— Norsk skau! stønna Gunnar. Norsk skau! Og hva faen er *sitar* for noe!

Seb var inni høyttaleren og leita etter sitaren, måtte være noen ganske merkelige greier. Men Ola var fornøyd med *What goes on*, hadde fått tak i et par blyanter som han slo rundt seg med, var på bedringens vei. Jeg syntes Michelle var lovlig blaut, mens *Girl* satt som et skudd, gjorde meg bitter og varm. *Nowhere Man* gikk hus forbi og langt over, Gunnar var nesten på gråten, svetten pipla ut av panna og munnen var åpen og fullstendig tom.

— Hva er'e egentlig som har s-s-skjedd? mumla Ola.

Da gikk det brått i døra og faren til Seb stod der, kapteinen, brunbarka i trynet, med den hvite skjorta bretta og knappa opp så alt håret på brøstet og armene velta fram som svart mose.

— Heisan. Molefonkne dere ser ut!

— Du fattern, begynte Seb. Hva er en sitar?

Han kom helt inn i rommet og stilte seg godt til rette, som om det var høy sjø.

— Sitar. Jo det skal jeg fortelle dere. En gang kom vi med olje til Bombay. Og kokken vår var indisk, han. Jobbet som en helt, det går ikke så reint lite mat ombord på en skute, må vite. Og den inderen, vet dere, indere spiser jo ikke kjøtt de, for de tror forfedrene deres plutselig en dag kan dukke opp som kuer og gresshopper, derfor spiser de ikke kjøtt. Men inderen vår måtte jo tilberede kjøttet hver eneste dag, og dere kan tenke dere hvordan det måtte ha vært for ham, hver dag å tro at man serverer farfaren sin. Men likevel var det aldri noe bråk med denne inderen.

Seb kremta.

— Du fattern. Hva er en sitar for noe?

— Ikke mas. Det var ikke noe bråk med denne gutten, nei, det vil si, det var et helvetes bråk, for han spilte nemlig sitar, hver kveld. Det var hans trøst. Et svært instrument. Sikkert hundre strenger. Lyder som sære kvinnfolk.

— En indisk gitar, altså, sa Seb.

— Nettopp. Hyggelig å hilse på dere, gutter.

Dermed var kapteinen borte. Vi satte på Norwegian Wood enda en gang.

Jøss. India?

Det blei en rar romjul. Vi gjorde det samme som vi alltid pleide gjøre, fløy på ski i Nordmarka, spelte ishockey i Urraparken, kasta snøballer inn av vinduer. Men likevel var det annerledes. Det kom mer snø enn noensinne, brøytekantene vokste mot himmelen, folk måtte overnatte i snøhuler bare de skulle krysse gata. Akkurat sånn var det. Svære brøytekanter på alle sider. Det var som om vi hadde mista noe, en del av oss selv. De fire fremmede ansiktene, forvridde, stirra alltid på oss, og vi unngikk å møte blikkene deres. Om kveldene lå jeg og så på de gamle bildene på veggene, Beatles på Arlanda med hver sin bukett, Beatles med medaljene, Ringo på ryggen til John, med Paul og George på hver side. Det var lenge siden nå, jeg lengta tilbake til da, da alt var ordna og greit. Men samtidig var det spennende, jeg kjente det som elektriske støt langs ryggen. Og når jeg lukket øya, spinte Rubber Soul i meg, og jeg falt bakover, lenger enn før, og en natt skreik jeg i søvne og vekka hele byen, i hvert fall muttern og fattern, de kom styrtende, men da var det over.

Jeg sendte nyttårskort til Nina, satt en hel dag og streva med fire linjer. Tilslutt skreiv jeg det hele speilvendt med venstrehånden, akkurat som Leonardo da Vinci gjorde. Og kortet var et bilde av Munchs Skrik.

Nyttårsaften kom, vi var hos Gunnar og spiste is med sjokoladesaus om kvelden. Vi satt på rommet hans med de samme blikkene og de samme forvirra huene og på spilleren lå Rubber Soul og vi begynte å bli ganske desperate.

— Den sitaren er ganske stilig, prøvde Seb.

Vi så på ham.

— Jeg mener, det er ganske tøft å prøve noe sånt, jeg mener, der er faen ingen som har gjort det før!

Stig stod plutselig i døra, med en øl i hver neve.

— Rubber Soul er det beste Beatles har laga, sa han. Jeg bøyer meg i støvet.

Han bukka mot golvet i en svær bue. Vi skjønte niks.

— Er dere enige, eller! sa han da han kom opp.

— Joa.

— Men faen heller, å! Hva er dere for noen pyser! Sammenlign Love me dass og Piss piss me med Nowhere Man og Norwegian Wood! Hva!

Det blei stille. Stig stirra forbløffet på oss, så skratta han høyt, satte fra seg ølet på bokhylla og kom ned til oss.

— Det var Bob Dylan som sa at Beatles faen meg måtte skjerpe tekstene sine! Hør bare på Nowhere Man. Det er sånn det er, ikke sant. Alle folk går bare rundt med skylapper og gir faen i alt, gir faen i at vi har atombomben rett over hue, lukker øya for all jævelskap og tenker bare på plast og materialisme. Det er det den handler om, ikke sant!

Vi satte plata igang igjen. Stig var helt med.

— Hør på det barokkpianoet! Svinger som bare faen! Og Norwegian Wood betyr ikke skau og tømmer. Betyr tobakk, skjønner dere. Sånn tobakk som indianerne røyker. Fredspipe, folkens.

Sånn satt han til Michelle saktna farten og tona bort, da reiv han med seg ølet og fløy på dør. Vi fortsatte å spille, vi spilte helt til det smalt utenfor vinduet, svære fargesprakende eksplosjoner. Klokka var tolv.

Vi gikk ut på verandaen. Der stod mora og faren også. Lufta var kald og god og vi var ganske varme inni oss. Godt nyttår! Joa. Det kom seg nå. Det holdt. Vi var i rute. Faren ville ta bilde av oss, vi bretta opp kragene, sugde inn kinnene, senka øyelokkene og bøyde oss alvorlige over den splitter nye blitzen hans. Han sa vi måtte smile og ikke se så sinna ut. Han kjente oss nesten ikke igjen.

Det var sånn det skulle være.

Siste dagen i ferien vada vi oppover Thomas Heftyesgate, nynna på Norwegian Wood og pønska på framtida til The Snafus. Det var et år til vi skulle konfirmeres, da måtte vi i hvert fall få utstyret iorden. Det holdt ikke å tørrtrene med blyanter og syltetøystrikker og badminton-racketer. Da hørte vi plutselig et sabla leven, i en garasje rett bortenfor den engelske ambassaden. Det var ikke bare en platespiller på full speed, det var et band. Vi bråstansa i snøfonnen, lista oss nærmere. Et band. De begynte å synge, det lød klin surt, men det var et band. Vi stod ganske lenge og lytta, og da de holdt på med en gitarutgave av Lappland, kom det noen bak oss og vi hoppa i været.

— Skal dere bli med i fanklubben, eller, brekte en tjukk bolle med fett hår og blå, dobbeltspent frakk.

— V-v-vi bare gikk f-f-forbi, stamma Ola.

Musikken stansa og garasjedøra gikk opp. Vi titta inn, og der stod alt vi ønska oss, elektriske gitarer, mikrofoner, svært batteri, forsterkere og masse ledninger på kryss og tvers over steingolvet. Typene som spilte hadde røde jakker, håret loddrett ned i brasken, og bretta ut på øret og var minst tjue år.

— Fanga disse fænsene, sa typen.

— Smekk igjen låva før balla er bånnfrossen, ropte batteristen, og så blei vi dytta inn og garasjedøra smalt ned.

— Har spillejobb, sa manageren, tente en sigarett og blåste femten ringer opp mot taket. Kremjobb med jordbær. Soire på Vestheim.

Han snudde seg mot oss.

— Hvilken skole går dere på, boys?

— Vestheim, sa jeg.

Han kom nærmere.

— Snadder, sa han. Snadder med sukker på. Dere stiller opp i første rekke.

— Joa, sa jeg. Hvis vi slipper inn.

— Si at Bobben sa det, så kommer dere inn. Bare si at Bobben sa det.

Bandet tro til med en låt, Cadillac. Bobben knipsa. Sologitaristen jobba ganske intenst, men vokalisten knakk som en fyrstikk på refrenget.

— Må bli kvitt den katarren, ropte Bobben etterpå. Ellers svingte det stilig.

— Hva heter b-b-bandet? spurte Ola.

— Snowflakes, sa Bobben. Merk dere navnet.

— Snowflakes, gjentok Ola. Speller dere bare om v-v-vintern?

Nå måtte Ola holde kjeft før vi blei pælma på trynet ut. Seb hadde en finger i ryggen på ham allerede.

— Neida, smarten. Vi heter Raindrops om sommeren.

Snowflakes starta opp igjen, en instrumental, Apache. Sologitaristen svingte på en girspak og tonene bølga ut i rommet i langsom kino. Bobben trava fram og tilbake foran dem, bøyde seg ned og bretta ut øra.

— Lydbildet er bra, erklærte han etterpå.

Det hamra på døra. Bobben veiva opp og inn storma det tre jenter som kasta seg over Bobben og etterpå kyssa de bandet, men da de kom til oss stansa de brått.

— Fænsen, forklarte Bobben. Styret i fænklubben på Vestheim. Skal spelle der på soire.

— Stilig altså, sa en av jentene. Kan vi ikke gå og gjøre en øl, á?

— Stjerneidé, sa Bobben. Kom igjen, boys. Vi gjør noen øl på tampen.

Han så ned på oss.

— Og da er vi enige da, sa Bobben.

Vi nikka. Visste ikke helt hva vi var enige om.

— Kan'ke vi få prøve å spelle litt, spurte Seb plutselig.

Bobben satte øya på ham, tenkte seg lenge om.

— Spelle?

— Bare prøve litt.

— Ålreit det, sa bassen. Men ta det isi. Ømfintlige greier.

— Det er iorden, sa Bobben og rynka brasken. — Men ta det kuli. Dyrt stoff.

Så durte de ut og jentene hadde gensere med Snowflakes på ryggen.

Ola kasta seg over trommene, Gunnar og Seb tok hver sin gitar og jeg stilte meg ved en mikrofon og så hamra vi løs. Vi hylte og ropte, jeg stønna og skreik i mikken og stemmen kom ut et helt annet sted og lød helt annerledes. Gunnar dundra på de to grepene han kunne og Seb var i ferd med å ryke en streng. Sånn holdt vi på minst en halvtime, det lød helt jævli og helt flott.

Plutselig brølte Gunnar stans.

Det blei brått stille. Vi var ganske pumpa. Ola hang over settet som et gammalt laken.

— Vi må vite *hva* vi speller, sa Gunnar. Sånn at vi kan spelle *sammen*.

— Hva skal vi spelle, å? lurte Seb.

Vi tenkte oss om.

— Vi lager våre egne sanger, sa jeg.

Seb var med.

— Klart det! Vi lager egne låter! Faen, at vi ikke har tenkt på det før!

— Men vi har jo ikke lagd no'n ennå jo, for faen. Må finne ut hva vi kan spelle *nå*!

— Norwegian Wood, sa Seb.

— Uten sitar?

— Vi prøver.

Vi prøvde, men vi fant aldri melodien. Og så begynte vi likeságodt forfra igjen. Det dirra i magesekken, skulle minst hatt nyrebelte, vi hoppa rundt, jeg lå på golvet og skreik vilt, stortromma til Ola gikk som en mølle, Seb gnudde på strengene så det nesten låt som førti sitarer og ti kåte katter og Gunnar slo stødige akkorder og holdt det hele noenlunde på plass.

— Akkurat som i Cavern! brølte Seb. — Akkurat som i Cavern!

Vi sklei over i noe som ligna Twist and Shout, svetten dampa rundt oss, jentene i salen reiv seg i håret og ville opp på scenen til oss, vi ga alt vi hadde, alt og det siste og litt til, da smalt garasjedøra opp, jeg lå på ryggen og stillheten falt over meg som et snøras. Der stod jentene på en snurr, Bobben måpte og Snowflakes flirte skeivt.

Jeg krabba opp, Gunnar og Seb krøyp ut av gitarene og Ola la stikkene fra seg og kom fram bak stortromma.

— Hva i drøbakk er det dere holder på med, sa Bobben.

— Speller, hviska jeg.

— Speller! Kaller dere det å spelle?

— Hva heter dere, á? spurte en av jentene og lente seg mot meg.

— The Snafus, sa jeg enda lavere.

Da begynte de å le. Alle lo. Vi sneik oss mot døra.

— Stopp en halv, ropte Bobben. Dere husker soireen?

Vi nikka.

— Og så forteller dere alle dere kjenner om The Snowflakes. Oppfattet?

Vi nikka.

— Dil er en dil, boys.

Vi kom oss ut, slitne og svette, kulda frøys klærne våre til kroppen.

— Tenk å ha en sånn garasje å øve i! sa Gunnar da vi hadde roa oss litt ned. Da skulle vi hvert fall blitt bedre enn Snowflakes!

— Vi *er* bedre enn Snowflakes, ropte Seb. — De speller bare dritt.

Jeg pælma en snøball til værs og jeg kan banne på at den ikke kom ned igjen.

— De veit vel ikke hva s-s-sitar er engang! fnyste Ola.

Skolen begynte, jula var over. Juletrærne stod brune og ribba, som fiskebein, i portrom og bakgårder. Stjernene forsvant fra vinduene og dukka opp på himmelen i stedet, i kalde, kølsvarte kvelder. Et nytt år. Alt var forandra. Alt var det samme. Bare gymlærer Skinke hadde fått en ny idé. Vi skulle svømme. I slike kalde tider, forkynte han, var det viktig og riktig å svømme. For da får vi et nytt fettlag på kroppen, innenfor huden, som beskytter oss mot kulda. Se på isbjørnen. Og dermed dura vi ned på Vestkantbadet og jumpa uti kloren. Skinke marsjerte langs kanten og blåste i ei fløyte og skreik ordrer.

— Hvor er Fred? gurgla Gunnar og spytta grønt vann.

Jeg tok en titt.

— Der kommer'n, sa jeg.

Der kom Fred Hansen. Ribbeina stod ut som trappetrinn på hver side over de kantete hoftene hvor tarzanbadebuksa hang og slang. Han nølte noen sekunder, så gikk han rakt ut på stupebrettet og slengte seg uti, som en vridd sel, knakk på midten og traff vannet uten en sprut, uten en lyd. Og der blei han. Fred Hansen kom ikke opp. Skinke fekta med armene og brølte, vi skimta Fred Hansen på bånn, som en grå skygge, en skinnmager dypvannsfisk. Det varte og det rakk og Skinke var like ved å gå uti, da kom Fred Hansen opp som en torpedo, stod nesten oppreist i vannet, han gjorde det, Fred Hansen vakte som en ørret, så la han på svøm, krålte, det er den flotteste krålen jeg har sett, han rulla som en tømmerstokk, rørte seg liksom ikke, de tynne armene trakk ham framover som om han hadde en propell under fotsålene.

— Det er bra! ropte Skinke. Det er bra, Fred! Fortsett sånn!

Fred Hansen fortsatte, fram og tilbake, rygg, butterfly, maga, vi andre bare lå der og plaska som invalide flodhester, men Fred Hansen var en sel, var en sel!

I dusjen etterpå stirra vi alle på ham. Det var ikke til å tro.

— Jævla bra du er til å svømme, sa vi.

Fred Hansen rødma og blei borte i dampen.

Og så sprinta vi opp til skolen igjen. Håret blei dypfryst før Skovveien og luggen stod rett ut fra panna som en skyggelue. Og da vi kom inn i klasseværelset smelta den sakte og rant nedover trynet, og jentene satt ved vindusrekka og lo.

Den dagen Gjermund tok gull på femmila, var det soire på Vestheim. Vi møttes hos Seb, to timer før avspark. Mora hadde fulgt med faren til Marseille hvor den nye båten hans lå og venta. Nå bodde bare bestemora der imens og hun satt innerst i stua og broderte og hørte ikke at det klirra i veska til Gunnar da vi lista oss over teppet.

— Lagerøl! sa Seb da vi hadde barrikadert døra.

— Eneste jeg fant, sa Gunnar.

— Hvis vi tar armbøyninger etterpå, så b-b-blir vi brisne, sa Ola. Vi så på ham.

— For å få blodet v-v-varmt. Så går'e fortere til h-h-hue.

Seb lirka opp flaskene med beltespenna og vi tok hver vår slurk. Det smakte gympose.

— Ganske godt, sa Gunnar.

Vi nikka og Seb delte ut røyk. Så satt vi der og dampa og pimpa lagerøl, i blazere med blanke knapper og grå gulrotbukser, og på platespilleren brølte Paul *When I saw her standing there*. Det var sånn det skulle bli, det var ikke tvil.

Klokka åtte subba vi gjennom gatene, kræsja med lyktestolper, snubla og flirte og holdt rundt hverandre, gaula mot himmelen, og strødde navnene våre i gullskrift, så langt det rakk, det rakk til etternavn og adresse, jøss for en kveld det skulle bli.

Folk stod i mørke klynger i skolegården. Vi hørte musikk fra en platespiller. Bak et hjørne gikk en firkanta flaske på omgang. Det lyste i røde ansikter. Vi var plutselig ikke så svære i kjeften lenger, gikk rake som flaggstenger ned trappa, med seigt dunkende hjerte bak skjorta og en femmer i neven. Vi hengte dyffelcoatene i garderoben, som ikke lukta svette og fotsopp, men parfyme, rosiner og noe annet eventyrlig. Skinke stod vakt ved inngangen, med armene over kors, dobbeltspent sølvdress, gult slips og bryl i cuttingen.

— Bra salto, sa han til meg da vi passerte.

Og i gymsalen lukta det heller ikke fjøs, det var blitt et annet rom, med girlander fra taket, på veggene hang svære fiskegarn, og det var ballonger, stearinlys, en lang disk hvor det blei solgt cola og boller og pølser, og i hjørnet var det et svært podium hvor utstyret til Snowflakes stod parat. Vi roa ned med cola og myste forsiktig omkring. Jenter i breie kjoler, jenter i trange kjoler, svære jenter, med høyt hår og sorte øyne og tynne sko som de stod helt stille på. Og gutta i skinnende dresser, gymnasiastene, noen hadde Beatles-jakker, og vi stod der i blazere og stive skjorter og strikkslips og følte oss ganske krympa.

Det velta folk inn hele tida, det begynte å bli fullt, noen var uvørne og rava omkring som glade elefanter. Overalt blei det preika om Gjermund og femmila, og om Wirkola. Navn blei ropt, ballonger sprakk, jentelatter. Så falt lyset et hakk og det blei brått stille. Snowflakes kom på rekke og rad, og inntok scenen, i røde jakker, grønne bukser og hvite sko. Bobben stilte seg på siden og ordna med noen ledninger. Så satte de igang, med A hard Day's Night, vi stengte øra og trakk oss lengst mulig unna, for dette kunne ikke være lov, de kunne ikke ha lov til å spille Beatles på den måten.

— Kram versjon, stønna Seb og tetta igjen kanalene med to korker.

Jakten begynte. Leopardene krøyp i gresset, fant vindretninga og bevega seg skritt for skritt mot antilopene. Pumaene satt i ribbeveggen og venta på at en uskyldig hare skulle hoppe forbi. Sebraene hoppa omkring og elefantene la seg til å sove. Og ute i mørket skreik hyenene og ulvene, de som ikke fikk komme inn.

Det stod noen jenter fra klassen til Gunnar og meg like ved, stivpynta og sminka. De lo lavt og rulla blikket ut i rommet som klinkekuler.

— Skal dere ikke by opp? flirte Seb.

— Har jenta mi i København, sa jeg.

Snowflakes tro til med *Där björkorna susa*. Bobben var oppe på podiet og skrudde på noen greier og sjefa demonstrativt. Jentene hadde stilt seg langs ribbeveggen og stemninga begynte å bli hektisk. Vi gikk på dass, skrudde av slipset på veien, og på dass var det like stint med folk. Midt i en klynge stod Roar, fra B-klassen, stjerneramp og oppvigler.

— Hysj! freste han til oss da vi kom inn.

Han hadde en ruglete flaske i neven og helte innpå en kjempeslurk og tørka svetten fra panna.

Vi stilte oss ved renna og kneppa opp.

— Hu derre Guri, sa Roar plutselig, stemmen hans var uvanlig høy. — Hu derre Guri som gikk i C-klassen, hu er kåt som en katt. Spriker på en femøring.

Gjengen lo lavt. Seb stirra ned i det mørkegule pisset hvor det fløyt brune sneiper.

— Var derfor a slutta! Bolle i ovnen. Puler på flatmark. Største fitte i byen!

Seb bråsnudde og stilte seg foran ham.

— Kjeft! snerra han.

Roar så forbauset opp.

— Hørte ikke klart.

— Knip igjen rasset i trynet ditt, sa Seb.

Det blei stille på dassen. Det blei ring rundt Seb og Roar. Stemninga var forventningsfull.

— Du sa hva? sa Roar og ga fra seg flaska til en medløper.

— Rass, sa Seb tydelig.

Nå visste alle at noe måtte skje, ringen ga større plass til dem. Ola stod med åpen munn. Gunnar knytta nevene og så på meg. Jeg lukka øynene. Da brølte det bak oss.

— Og hva foregår her!

134

Skinke. Ringen smuldra opp, Roar fikk flaska og smatt inn på en bås. Vi slentra tilbake til gymsalen.

Snowflakes var i siget. De spilte *Apache* med vibrator, det bølga og skalv. Bobben hadde arrangert hylekor som stod og hoppa opp og ned foran scenen, det var de tre jentene fra garasjen. Vi sneik oss unna Bobbens blikk og fanga en cola.

— Forsiktig med Roar, hviska Gunnar.

— Han ha'kke lov å preike sånn dritt, freste Seb, beit tenna sammen over en rosinbolle.

— Han er d-d-dritings, sa Ola.

— Hjælper ikke!

Skinke var på plass ved døra igjen, breiskuldra, med panna i folder. Noen gymnasjenter klinte seg innpå ham og ville ha ham med ut på golvet, men Skinke var urokkelig. Kers Pink dukka opp i stedet, i blådress og perforerte sko, jentene kasta seg over ham og Kers Pink blei trukket ut på dansegolvet under trampeklapp og jubel.

Plutselig var Ola borte. Søkk borte.

— Hvor er Ola? spurte Gunnar.

— Ha'kke peil, sa jeg. Han skulle bare kjøpe en bolle.

Vi spurte Seb, han hang med hue og var like forbanna.

— Er'n ikke her?

— Niks.

— Der er'n, jo, ropte Gunnar og pekte.

Der var han. Ola var på dansegolvet. Ola var på dansegolvet med skolens største, Klara, fra B-klassen, keeper på håndballaget. Vi stirra, vi stirra så brynene stod rett til værs. Ola var nesten borte i hele Klara, hun dro ham med seg rundt og rundt, mens Snowflakes spilte *Dancing Shoes*, og av og til så vi at Ola kasta hue bakover og snappa etter luft.

Vi sa ikke et ord, ikke et kløyva ord. Det var ikke mer å si.

Musikken tok slutt og Ola ålte seg ut av grepet. Klara holdt hue hans som en håndball, men Ola smatt unna, godt han hadde brukt hårvann før vi dro, pilte mellom parene og kom bort til oss med redsel i blikket.

— Hjelp, sa han.

— Det er ikke noe vi kan gjøre, sa Gunnar alvorlig.

— Der kommer hun, sa jeg.

Klara var på vei.

— Hjelp, sa Ola og vi slo ring om ham og smugla ham over til et tryggere hjørne.

135

Kers Pink hadde kommet seg opp på podiet og nå holdt han tale, han snakka om ungdom og livsglede, om lek og alvor. Han blei ganske varm i dressen etterhvert og folk begynte så smått å pipe. Bobben satte igang hylekoret, Kers Pink blei halt ned og Snowflakes hamra løs med en sur jenka.

Da var Seb borte.

— Vi må lete, sa Gunnar bekymra.

Vi tråkka rundt i salen, men ingen hadde sett noe til Seb.

— Kanskje han har gått ut, sa jeg.

Og på vei mot utgangen møtte vi en skeiv gjeng, med Roar i spissen, og modstypen som var sammen med Guri den gangen, og de to silketypene som hadde kødda med Ola første dagen. De dulta borti oss og jeg kjente det suget i magen som jeg var så redd for, det dro gjennom kroppen som en kastevind, og jeg visste at nå kunne alt skje.

Gunnar heiste opp skuldrene så hue liksom sank ned i ryggen.

— Kom an! sa han med lukket munn og vi storma forbi Skinke og opp trappa.

Det var iskaldt og mørkt i skolegården. Stillheten blei bare brutt av lav latter og tett hvisking. Vi så ikke en kjeft.

— Sebastian! ropte vi.

Ingen svarte.

Vi begynte å lete. Det tok ikke så lang tid. I snøfonnen ved skuret lå Seb, med trynet rett ned i snøen. Vi halte ham opp og frakta ham bort til lyset fra et vindu. Det rant blod fra nesa hans, skalle, og det var et svært sår tvers over panna. Gunnar orka ikke se, for blod, det tålte han ikke.

— Kødden hadde slåsshanske, stønna Seb.

Jeg fløy ned i garderoben og henta dyffelcoatene, og så bar vi Seb hjem. Bestemora var ikke det minste forbauset da vi avleverte ham.

— Snubla i en trapp, sa jeg.

Hun fant fram jod og gasbind og bomull.

— Det er det jeg alltid har sagt, sa hun. Trappene er altfor bratte i dag. Altfor bratte. Dere må være forsiktige herefter!

En kveld fant vi ikke Ola. Han var ikke hjemme og mora trodde han hadde dratt til en av oss. Vi durte ned trappa og lette etter fotavtrykk i nysnøen. Olas botfor med tversstripa såler pekte opp mot Drammensveien, men der stansa alle spor.

— Kanskje han har tatt trikken, sa Seb.

— Trikken? Hvor skulle Ola ta trikken hen, á?

Gunnar så bekymra ut, pakka sammen en snøball og sendte den mot Nobel.

— Kanskje han har rota seg borti noe, sa han.

Vi stirra på hverandre.

Silkegjengen? Frognergjengen?

Det var bare å begynne å lete igjen. Vi stakk nedom Moggaparken, ikke tegn til Ola, fortsatte oppover Bygdøy Allé, det begynte å snø, nå ville de siste sporene etter Olas botforer bli utsletta for alltid.

— Vi prøver Frognerparken, sa Gunnar.

Vi dro dit. Vi ropte, men det kom ikke noe svar, bare raslinga når greinene ikke greide holde på snøen lenger. Vi subba opp til Hundejordet. Vinden la snøen vannrett i lufta. Det knirka i porten til kirkegården og grantrærne stod som digre damer i side, svarte kjoler, en hel flokk, og de sang ganske skummelt.

— Han e'kke her. Vi stikker, sa Seb.

Da hørte vi en lyd, ikke så langt unna, noen som lista seg gjennom snøen.

— Ola, ropte vi forsiktig.

Lyden blei borte igjen, så dukka den opp et annet sted, under lyktestolpen rett foran oss. Og i lyskjeglen stod en soper med buksa nede og pikken rett ut, trynet hans var helt blått. Vi skreik av forskrekkelse, så knadde vi noen knallharde snøballer og bombarderte soperen. Han spratt bortover stien, med buksa på knærne, hylte og bar seg.

Vi gikk over mot Colosseum og bort til Majorstua.

— Må være sabla kaldt å stå sånn, sa Seb.

— Vi drar til Urraparken, sa Gunnar.

Kirkeklokka lyste gul, som en ekstra måne. Snart åtte. Nede på skøytebanen lekte dvergene hauk og due. Ola var ikke der, klart han ikke var. Hvor kunne Ola være?

Vi tusla ned til Briskeby. Det knaka i veggene hos Albin Upp. Mannen på Trappa hadde stengt. Tida gikk. Det begynte å bli kritisk.

— Hvis de har krølla et hår på hue hans, sa Gunnar. Han sa bare det. Hvis de har krølla et hår på hue hans, sa han.

Da så jeg noe. Midt i Bondebakken. Jeg pekte.

— Se der, hviska jeg.

137

Vi bråstansa og stirra. De kom oppover mot oss. En svær, breiskuldra skikkelse og en lav, tett en. Vi stirra og stirra. Det var Ola og Klara.

— Det er Ola og Klara! ropte vi i munnen på hverandre, spurta rundt hjørnet og gjemte oss i porten hos Slakteren.

Det drøyde en stund, så kom de forbi. Ola og Klara. De holdt hverandre i hånden. Eller Klara holdt Ola. Og vi holdt pusten.

— Han er kidnappa! sa Gunnar da de var forbi. Vi må befri ham!

Vi stansa Gunnar i spranget, venta litt og lista oss ut på fortauet. Der forsvant Ola og Klara i snødrevet.

Vi lot dem gå.

— Det hadde jeg ikke trudd, sa Gunnar.

Vi rista på hue og gikk tause hjem.

Og hjemme var ting på gang. Fattern leste til førerprøven, hadde pugga siden jul, satt i stua med masse bøker i fanget, tegna trafikkskilt og veikryss, var rød i panna og ganske amper hvis man kom for tett innpå og spurte for mye. Jeg lurte på når vi skulle få bil, men heller ikke det fikk jeg svar på. Muttern hysja på meg og vi gikk ut på kjøkkenet og lukka alle dørene etter oss. I det hele tatt, alle var hemmelighetsfulle, men jeg fikk som vanlig ikke vite noenting, slik jeg alltid har vært den siste som lyset går opp for.

Fred Hansens stjerne dalte igjen. Selen blei glemt, han stod og mumla oppe ved tavla, mumla med lukket munn, han hadde alt der inne, det kom bare ikke ut. Skriftlige prøver greide han, men muntlig, da gikk bommen ned. Kers Pink trålte rundt ham i norsktimene og skulle lære ham å snakke, for det het ikke vårs og demses og hanses, man snakka ikke slik. Øra til Fred glødet og han sank over pultlokket, så liten at han kunne krype ned i hølet til blekkhuset.

Og i frikvarterene var de etter ham. Det samla seg en hel gjeng, ikke bare fra klassen vår, det var alle silkegutta fra Skarpsno og vestover, og en dag en silkekødd sparka matpakken hans tilværs så det regna med servelat og geitost, begynte kjevene til Gunnar å rulle og vi gikk bort til gjerdet hvor Fred stod klistra til nettingen.

Silken så på oss.

— Vi lærer niggern folkeskikk, sa han som hadde sparka.

— Pigg av, sa Gunnar.

Silken så litt forbausa ut.

138

— Sier *du* hva *jeg* skal gjøre, undra han.

— Akkurat, sa Gunnar. Du skal pigge av. Kvikt.

Silken så seg om. Det var blitt albuerom.

— Og hvis jeg ikke gjør det. Hva skjer da?

Gunnar er ikke rask. Men han er treffsikker. Høyrehånden kom opp av lomma, armen tøyde seg ut og silken knakk sammen med et hulk. De andre larvene begynte å knuffe litt, men det var halvhjerta, de hadde sett Gunnars høyrearm i sving. Så tok vi Fred med oss over til skuret og ga ham en brødskive hver.

Den dagen venta Fred på oss etter skoletid. Han så litt forlegen ut, spurte om vi ville bli med ham hjem en tur. Det var klart vi ville, vi trava etter Fred Hansen gjennom byen. Det var langt å gå, for han bodde på den andre sida, i Schweigaardsgate.

Det var jeg som dreit meg ut først.

— Hva gjør bruttern din for noe? spurte jeg da vi passerte Østbanen.

Fred så lenge på meg, fikk det kloke draget over trynet som gjorde ham tjue år eldre, som om han hadde skjønt alt.

— Ha'kke no'n brutter, sa han.

— Har'u ikke no'n brutter?

Han smilte ørlite, så nedover klærne, vifta med det ene bukse-beinet.

— Muttern kjøper klærne på Elevator, sa Fred.

— Elevator?

— Frelsesarméen. De selger gamle klær.

Det lukta fremmed i oppgangen hvor Fred bodde. Jeg veit ikke helt hva det var. Det lukta bare ikke som hjemme. Det stod en tom brennevinsflaske på postkassene. Malingen hang på veggene som visne blader. Han bodde i første og hadde nøkkelen i en snor rundt halsen. Han fomla den fram under genseren og brakk nesten nakken da han låste opp.

Han var aleine hjemme. Vi tok av oss på beina, titta forsiktig omkring, holdt nesten pusten. Alt var liksom annerledes, møblene, luften, lyset. Fred sa ingenting. Han lot oss se. Etter en stund sa han:

— Muttern og jeg bor her.

Nå visste jeg hva det lukta. Gamle klær, som på loftet på Nesodden.

— Hvor er f-f-fattern din, å? spurte Ola rett ut.

— Ha'kke fatter, sa Fred.

— Har'u ikke fatter! Ola så forvirra ut.

— Nei, sa Fred kort.

Seb prøvde å uskadeliggjøre Ola, men det var for seint.

— E-e-er'n død?

— Veit ikke, sa Fred.

Vi tusla inn på rommet hans, en trang koffert med masse bilder av svømmere på veggene. Vi satte oss på senga, en madrass med grønt, falma pledd over.

— Svømmer'u mye? spurte Gunnar.

— Torggata et par ganger i uka, sa Fred.

Og så sa vi ikke så mye mer, satt bare og flirte litt og kødda med lærerne. Fred så rolig og glad ut, titta på oss som om vi hadde gjort ham en stor tjeneste. Men plutselig begynte golvet å riste, det klirra i ruten og madrassen hoppa opp og ned.

— Hva var det? ropte jeg.

Fred så på klokka.

— Stockholmstoget, sa han.

Vi fløy til vinduet. Rett der ute, bare noen meter unna, gikk skinnene. Like etter kom Trondheimstoget, vi kunne se rett inn i kupéene, som allerede lyste i skumringen. Det satt folk der og leste, spilte kort, løfta kofferter; akkurat som en film, masse gule bilder etter hverandre, så var det brått slutt, og lyden trakk seg unna, men det dirra i golvet ennå.

— Det går vel tog til hele verden her, sa jeg imponert.

Fred nikka.

— Hos meg går'e bare til Drammen og Sørlandet.

— Går til Moskva her, sa Fred stolt.

— Moskva! Er'e sant!

— Hver fredag. Transsibirske Jernbanen.

Transsibirske Jernbanen. Det sang i meg. Det var noe annet enn godstog til Skøyen.

— Åssen ser'e ut? spurte jeg.

— Det er blått. Og innmari mange vogner.

Mora hans stod plutselig i døra, en liten dame i svær grå kåpe, tynt gjennomsiktig hår. Hun så litt forbausa på oss, så smilte hun og vi sa navnene våre og hun var framme med hånden, en svær, knudrete neve som var altfor tung for den lille kroppen hennes.

Og så vanka det Villa Farris og en bolle på hver, og hun prata som en foss, om Fred som skulle på gymnaset, da blei han den aller første i familien som tok artium, om hvor flink Fred var til å svømme, og hvis han blei enda bedre og leste enda mere lekser, da

140

kunne han kanskje komme til Amerika og studere der. Amerika. Fred stirra ut av vinduet, nakken hans var tynn og stram, han bare stirra ut og vekk, og mora fortalte at hun måtte vaske trapper døgnet rundt, men det gjorde ikke noe, for Fred var framtida hennes, og hun snakka om den digre, gyldne framtida med så spinkel stemme, men i de grå, trøtte øynene hennes fantes det ikke tvil.

— Det er møte i The Snafus imorra, sa Gunnar da vi gikk av trikken på Solli Plass.

Ola så en annen vei.

— K-k-kan'ke, sa han.

— Hva mener'u med det? spurte Seb.

— K-k-kan'ke, sa Ola.

Vi tok ham alvorlig i øyesyn.

— Bør ha en bra unnskyldning, sa jeg.

Ola senka blikket.

— K-k-klara.

Da jeg kom hjem, satt muttern og fattern i stua og venta på meg. Det var dekka på bordet med høye glass og arvetallerkener og det var blomster i alle karmer.

— Hvor har du vært? spurte mor.

— Hos en fyr i klassen. Fred Hansen.

Fattern satt som en statue i stolen, i mørk dress og med svetteperler på nesa. Så trakk han fram en liten grønn sak fra innerlomma og vifta i luften. Førerkort!

— Gratulerer, fattern! sa jeg og fikk bla i det.

— Du kan gratulere far enda en gang, sa mor høytidelig.

— Kan jeg?

Mor nikka.

— Gratulerer, fattern, sa jeg. For hva da?

Far var bare stum. Mor måtte ta ordet.

— Far skal bli filialsjef.

Det sa meg ikke så mye. Men det hørtes flott ut.

— Når da? spurte jeg.

— Over nyttår, sa muttern.

— Får vi bil da!

Far nikket sakte. Han var Kongen av Svolder nå.

— Gratulerer, fattern, sa jeg for tredje gang og plutselig stod jeg med hånden hans i min og det hele blei litt for høytidelig. Kongen av Svolder reiste seg, muttern grein litt og endelig var det middag,

141

festmiddag med hønsegryte og vin, og cola til meg. Fattern tødde opp, smelta, det rant ut av ham. Hvor langt kunne ikke *jeg* komme, når han hadde kommet så langt med *sitt* beskjedne utgangspunkt. Framtida mi blei stukket ut der og da, som en VM-løype gjennom Nordmarka, med knallharde spor og røde sløyfer i annenhver gran. Handelshøyskolen. NTH. Bygg. Bank. 70-åra blir tiåret for de praktiske og realistiske menn, sa fattern. Kanskje jeg burde studere i utlandet. England. Tyskland. Amerika! Arveprinsen i Svoldergate hadde allerede begynt sin karrière. Det var rett og slett ingen grenser.

— Hvem var det du var hos? spurte mor.

— Fred. Fred Hansen.

— Hvor bor han? spurte fattern.

— Schweigaardsgate, sa jeg.

Muttern og fattern sendte blikk over bordet, usynlige tråder rett forbi meg.

— Schweigaardsgate, sier du, sa far rolig. Det er langt dit.

— Ja! sa jeg ivrig. Togene fra Østbanen går rett forbi der. Vi så den transsibirske jernbanen!

— Den transsibirske jernbanen? Fattern måpte.

— Nemlig. Skulle gjerne bodd der!

Det blei brått stille. Fars øyne dalte ned mot tallerkenen. Muttern stirra på meg med et blikk jeg ikke kjente igjen.

— Kim! smalt det. Sånt må du ikke si. Sånt må du aldri si mer!

Jeg pelte litt i maten, kjente blodet rulle forvirra gjennom hue.

— Nei, sa jeg spakt.

— Og du får *aldri* gå dit om kveldene. Hører du!

Jeg hørte. Jeg stirra på duken hvor en flekk hadde spredd seg utover til en merkelig figur, det ligna et skamfert ansikt, eller et troll, en skummel krysning. Det var lenge stille rundt bordet, jeg tenkte på Fred som ikke hadde noen brutter likevel, som ikke hadde noen far heller, jeg tenkte på moras svære røde never. Og jeg tenkte at den framtida Fred bar på, var dobbel så tung som min.

— Jeg tror det blir en Saab, sa fattern.

Om kvelden var vi på Colosseum og så Sound of Music. Det var vel der jeg mista sansen for film. Vi satt på første rad på Colosseum og så Sound of Music og når jeg snudde meg, så jeg to tusen mennesker med hver sitt hvite lommetørkle, det ligna et fuglefjell, jo, det var der jeg mista sansen for film. Jeg skjønner det nå. Jeg burde skjønt det lenge før.

142

Og dagene kom med mere snø, mere lekser. I ønskekonserten hørte jeg Zorba, blei litt tung i magen og kjente smaken av eple regne fra ganen. Muttern snakka om at nå skulle jeg snart få være med henne på teater, det var visst store greier, jeg begynte allerede å grue meg. Jeg lå om kveldene og fikk ikke sove for fem øre. Folk bare later som, tenkte jeg. På fiks. Film. Teater.

Og jeg bar blomster rundt i byen, og på en tur støtte jeg på Guri i Jacob Aalls gate. Hun så tynn og herja ut, en ribba fuglunge, med et blikk som snøen rundt henne. Hadde lyst til å stanse, prate med henne, men hun glei forbi uten å se opp. Og jeg stansa henne ikke, for det er en del sånne ting man veit man burde gjort, men som man aldri gjør.

Det var forresten den dagen jeg fikk femti kroner av fru Eng, fikk bare en femtilapp, jeg trudde ikke mine egne øyne. Fordi det aldri var noe tull med meg, sa hun. Byens beste blomsterbud, sa hun.

Femti kroner.

Dem skulle jeg gjemme til våren, når jeg skulle til København! Byens beste bekk.

I påsken var det bare Seb og meg tilbake i byen. Ola var på Toten. Gunnar var i Heidalen, de pleide leie en hytte der. Og farfar var på Hjemmet. Vi dro på besøk til ham, han satt ved vinduet med rutete pledd over beina, og skjeggstubber i ansiktet, stirra ut på bilene som spant over Alexander Kiellands plass.

— Nå kommer ekspressen og henter meg, sa han og så sakte på oss, virka ikke særlig skrekkslagen over det.

— Ikke snakk slik, sa mor og pusla rundt ham, la appelsiner på nattbordet.

— Jeg hører den allerede, fortsatte han. Jeg hører den allerede.

På veggen hang det ovale bilder av Jesus. Det var et mørkt kors over sengen. I vinduskarmen stod en sinna kaktus.

— Jeg har sett den transsibirske jernbanen, sa jeg inn i øret hans. Farfar snudde seg etter lyden.

— Sier du det, sa han. Det var flott. Jeg kom meg aldri lenger enn til Sverige. Men det var under krigen og langt nok den gangen. Var det veldig dyrt?

Mor rettet på pleddet. Fattern prøvde å skrelle en appelsin, men ga opp. Farfar var blitt gammel, dobbelt så gammel siden jul. Jeg lytta etter ekspressen, syntes jeg hørte skinner som sang, ikke så langt unna.

143

Farfar kremta. Munnen hans var tørr og liten.
— Og Hubert som skal til Paris! Det får man si!
Fattern spratt opp, underleppa hans dirra som en gitarstreng.
— Hva sa du!
— Hører du også dårlig nå! ropte farfar opp i ansiktet hans.
— Når var Hubert her?
— I forgårs, ropte farfar. Eller en uke siden. Dagene går i surr for meg.
— Og han sa han skulle til Paris?
— Han hadde planene klare, sa farfar og så mystisk på oss. Planene klare, sa han. Hva kunne han mene med det?
Fattern fikk det travelt. Farfar merket visst ikke at vi gikk. Vi vinka til ham fra fortauet, men han så et annet sted, en annen vei.
— Dette må det bli en orden på, sa far.
Dermed strente han rett til Marienlyst, mens muttern og jeg besøkte mormor på hjemoverveien. Hun bodde i Sorgenfrigate, i mørke rom med masse puter og en undulat som peip inni buret sitt og som hver natt fikk et brodert teppe over seg så den kunne sove godt.
Jeg stakk en finger inn i sprinklene, men da blei den sabla redd og jeg kunne se hjertet som slo mot det grønne brystet.

Onsdagen før skjærtorsdag dro Seb og jeg en tur over til Fred. Han så ganske forundra ut da han åpna døra, så smilte han det breieste gliset jeg har sett, og slapp oss inn.
Vi slo oss ned på rommet hans, prata litt om tog og svømming. På bordet lå skolebøkene oppslått. Fred leste i påsken. Jøss.
— Har'u platespiller? spurte Seb plutselig.
— Nei. Men jeg skal få når jeg er ferdig med realskolen. Det har muttern lova.
— Kan bli med hjem til oss en gang og høre plater, sa Seb fort.
— Kan jeg det?
— Klart, sa Seb. Vi tar med alle platene til meg og så spiller vi hele kvelden.
Fred begynte å le. Trur han satt der og lo av glede.
— Hvilket band liker'u best? spurte jeg.
Han blei litt usikker, tørka seg over munnen.
— Veit ikke helt, sa han.
— Veit du ikke! sa vi i kor.
— Joa.

144

Vi venta spent. Han fukta leppene.

— Beatles.

Det var det. Han var en av oss. Saken var biff.

— Hva syns du om Rubber Soul? spurte Seb.

Fred så fortvila på ham.

— Røbber?

— Ja. Rubber Soul.

— Hva er det? spurte Fred lavt.

Seb titta på meg. Jeg så i fanget. Fred pusta tungt.

— Siste lp'en til Beatles, sa Seb rolig. Jævla bra. Skal få høre'n hos meg.

— Har nesten ikke hørt no'n plater, sa Fred stille. Bare på radioen. Når muttern ikke er hjemme.

— Åffer liker'u Beatles best da? falt det ut av meg, og jeg angra med det samme, for det var ganske dustete spurt.

— Fordi de har greid det, sa Fred.

— Hæ? Greid hva?

— Greid det. Jeg mener, blitt millionærer og verdensberømte og sånn. Vanlige arbeidergutter.

Vi tidde bomstille. Vanlige arbeidergutter. Greid det. Det surra i hue. Sånn hadde vi aldri tenkt før. Fred Hansen hadde nesten ikke hørt en Beatles-plate. Fred var vel arbeidergutt?

— Jeg må på dass, sa Seb og reiste seg.

— Nøkkel'n henger på kjøkkenet, sa Fred.

— Nøkkel'n?

Vi fulgte hakk i hæl med Fred ut til kjøkkenet. Han tok ned en svær nøkkel som hang på en spiker ved siden av døra.

— Du må gå i andre eller tredje etasje, sa Fred.

Øya til Seb vida seg ut, så smilte han skeivt, tok nøkkelen og spratt opp trappa.

Det tok ganske lang tid. Så kom han durende ned igjen, andpusten og rød i fleisen.

— Har aldri driti så høyt før, ropte han. Hørte ikke at det landa, jo!

— Må på dass jeg også, sa jeg og fikk nøkkelen, sprinta opp den skeive trappa og fant båsen.

Det lukta jævlig. Det var aviser til å tørke seg med, rullen var tom. Akkurat sånt høl som på utedassen på Nesodden. Men i en gård? I byen? I tredje etasje! Det var ikke til å tro. Jeg skulle ikke på dass likevel, drøyde en stund, så løp jeg ned igjen.

— Tenk på de som må måke ut all den driten! sa Seb. Tenk på det, á!

— Skal vi gå ned i kjeller'n? foreslo Fred.

— Kjeller'n?

— Er rotter der.

Fred henta en flat lommelykt og så lista vi oss ned trappene, ned i mørket og mugglukten. Han lirka opp en tredør, det knirka passe skummelt. Han sveipte rundt med lykten, men det hjalp ikke så mye. Det blei bedre når vi vente oss til mørket. Da steig kjelleren fram, murvegger, kokssekker, gamle sykler, ski, en madrass.

Fred lyste.

— Er ei jente som har pult på den, sa han.

Vi så på madrassen. Grønn og skitten, med svære brune flekker. Det dryppet fra taket.

Vi fortsatte innover, lista oss på tå, fór skremt sammen da et tog passerte, vi var under linja, under toget. Det rista rart i kroppen.

Fred pekte på murveggen. Det var høl i pussen.

— Kulehøl, sa Fred. Fra krigen. Dem skøyt en nazist her. Angiver.

Vi glodde på veggen, senka blikket sakte mot golvet. Fy faen. Der stod han. Der falt han. Det var høl i veggen etter kulene. Jøss. Da fikk vi øye på den. Rotta. En feit, svart rotte med lang hale og spisst tryne. Den så på oss, krøkte seg liksom sammen. Fred greip et kosteskaft, lista seg mot den med flagrende buksebein. Da pilte den unna. Vi hoja og løp etter den, inn i et nytt rom, vi fulgte etter rotta som løp i sikksakk over steingolvet.

— Vi har'n! ropte Fred. Vi har'n!

Vi hadde den. Vi jagde den mot veggen. Vi jagde den inn i et hjørne. Der snudde den seg og stirra på oss. Det lyste i de spisse hvite tenna. Rotte. Seb og jeg trakk oss litt bakover. Fred stod med kosteskaftet løfta til slag. Rotta freste. Så var den plutselig borte. Fred så forbausa på oss. Så skreik han. Har ikke hørt maken. Rotta var inni buksa hans. Rotta hadde løpt opp i buksebeinet. Vi så kulen som bevega seg oppover låret hans. Fred skreik og snurra rundt og rundt.

— Ta av deg buksa! ropte Seb. Ta av deg buksa!

Rotta var helt oppe ved hoften hans. Fred hylte, klamra hendene til ansiktet og hylte. Så løp han mot veggen. Han løp i full fart og kasta seg rett mot veggen. Vi hørte det knase da han traff muren med hofta. Så sank han ned på golvet og blei liggende dønn stille.

146

Bylten i buksa hans lå også stille. Etter en stund åpna han øynene, stirra på oss, knappa opp buksene og så dro vi dem forsiktig av ham. Det var blod på låret hans. En knust rotte ramla ut av buksene.

Vi fikk ham på beina, støttet ham ut av rommet, han hiksta og skalv. Jeg snudde meg og så den svære, blodige rotta ligge i lyset fra lommelykten.

På kjøkkenet stod mora. Hun så ganske forbløffa ut da vi kom slepende på Fred mellom oss, Fred i bare underbukser og med rotteblod nedover låret.

— Hvor er buksa di? spurte hun.

Fred greide ikke svare.

— Ligger i kjeller'n, sa jeg. Fred skulle vise oss noen kulehøl, og så kom det ei rotte.

Hun tok ham i armen og dro ham bort til åpningen og fant fram et røslig vaskefat. Vi henta klærne våre og tusla hjem, dagen før skjærtorsdag, 1966. Sov dårlig den natta. Drømte om rotter og syntes det rørte seg inni pyjamasen.

Vi hadde venta Gunnar hjem som neger, det pleide han å være etter påsken, men han var bare litt karamell på kinnene.

— Har'u vært inne hele da'n? spurte Seb, vi satt på rommet hans og venta som vanlig på Ola.

Neida, han hadde ikke det, i det hele tatt, det var ganske vrient å få ut av Gunnar hva han hadde gjort i påsken, var fjern og flirete, joa, gått litt på ski, hørt på Lux, e'kke lenge til sommer'n nå, hva. Sånn satt han og snøvla et kvarter. Seb og jeg så på hverandre og rista på hue.

— Fin påske, altså, sa jeg.

Joa. Helt topp. Knallfin påske. Gleda seg allerede til neste påske. Fine løyper. Og god melk. God melk på landet. Bedre enn i byen. Nærmere kua. Helt sant.

Gunnar hadde tørna. Vi prøvde å fortelle om Fred og rotta, men det prella liksom bare av. Satt bare med smilet sydd fast og sa det var for jævlig, med rotta, for jævlig, det var alt.

Så sa han ikke mer. Vi venta på Ola.

— Kan vel ikke ha kræsja med den traktoren igjen, sa Seb.

Etter en halvtime tok vi saken i egne hender og dura over til ham. Det var søsteren som lukket opp, Åse, sjette klasse på Urra og fregner over nesa. Vi bryska oss, klappa henne på hue, men det blei hun bare vrang og vrien av.

147

— Ola, kommanderte vi.

— Dere kan ikke gå inn til ham, sa hun.

Vi så ned på henne.

— Han ha'kke møtt traktoren igjen? spurte jeg.

Hun rista iherdig på fjeset.

— Hvorfor kan vi ikke gå inn til ham?

— Han vil det ikke!

— Er foreldra dine hjemme? spurte jeg.

— Nei. Men de kommer tilbake snart!

— Er Klara her? spurte Seb.

— Klara? Hvem?

Vi trengte oss inn, trampa over golvet og reiv opp døra til Olas rom. Det lukta stramt av sårsalve der. Han lå i senga. Under dynen. Vi så bare to knytta never som tviholdt på trekket.

— Hei Ola, sa vi. Står til?

— Gå! freste han. Han freste.

— Er'e hendt noe, eller? lurte Seb.

Ikke en lyd. Han lå dønn stille. Så begynte vi å hale i dynen. Det var ikke lett. Det var store krefter som lå i senga, han sparka vilt, men vi blei hans overmenn. Tilslutt ga han opp motstanden og vi bretta dynen pent til side.

Det er det rødeste jeg har sett. Trynet hans var rødt som et julelys. Han så ulykkelig ut.

— Gå, hviska han.

— Var'e så mye sol på Toten i år? spurte vi.

Han snudde seg bort. Det peip i ansiktstrekkene.

— Gå, gjentok han. Jeg skal aldri s-s-stå opp igjen.

Vi satte oss på sengekanten. Håret hans var nesten svidd av. Det krølla seg i tuppene. Kjempepermanent.

— Brant låven? spurte Seb.

Søsteren stod i døra, med hendene på ryggen, vagget og fniste.

— Ola, Ola, hvem er Klara?

Han snudde seg mot oss igjen. Det var umulig å rødme med den fargen i hue. Men øynene blei mørke.

— F-f-forrædere, sa han.

— Arbeidsuhell, forsvarte vi oss. Vi måtte gardere oss før vi storma rommet.

— Gå, stønnet han. G-g-gå!

Vi rusla hjemover. Det viste seg at bestefaren til Ola hadde kjøpt en høyfjellssol pr. postordre gjennom Allers. Siste dagen hadde Ola

148

sovna foran den og satt der over en time. Hadde brent seg gjennom tre hudlag og svidd av sveisen.

— Ses på skolen imorra, sa Seb og knipsa Ascoten over skulderen. — Drøyer vel litt før Ola kommer.

Gunnar og jeg gikk videre. Gunnar var taus og fjern. Et stykke oppe i Bygdøy Allé stansa jeg ham.

— Hva er'e som har hendt? spurte jeg.

— Møtt ei jente.

— Åssen var hun å?

— Unni. Heter Unni. Bor på gård. Jævla ålreit.

Vi fortsatte under de puslete kastanjetrærne.

— Sammen på orntlig, eller? lurte jeg.

— Joa. Trur det. Skal skrive brev. Skal besøke henne til sommer'n.

— Åssen ser hun ut, å?

Gunnar stirra opp i været, som om han skulle få øye på henne der.

— Jævla pen. Lyst hår. Lyst hår og . . .

Mer sa han ikke. Det holdt. Det holdt lenge. Han løp litt. Jeg tok ham igjen.

— Ålreit å ha dem litt på avstand, sa jeg.

Han så på meg.

— Åssen da?

— Jeg mener, ganske slitsomt når'u går på samme skole.

Gunnar tenkte seg om.

— Joa. Men skulle vært litt nærmere.

PAPERBACK WRITER

vår 66

Ola krøyp fram fra dyna etter fjorten dager, lyserød og fin. Han kom med sola og våren. Snøen rant bort i rennesteinene, alt flomma over og fuglene kom fra utlandet. En kveld jeg ikke fikk sove, åpna jeg vinduet og fylte lungene med natt. Da var det en lyd over meg, det var Jensenius som slo opp vinduet sitt, han hilste ned til meg og så lød stemmen hans over hele byen.

Jo. Det måtte være vår.

Onkel Hubert kom til middag en søndag. Han så bedre ut, virra bare litt omkring og trilla potet over bordet, men ellers gikk det helt bra. Hubert var glad, det var hovedsaken. Øya hans skinte rolig.

Da vi hadde spist, spurte jeg:

— Er det sant at du skal flytte til Paris?

Fattern var over meg som en saks.

— Skal ikke du ned i kjelleren og ordne med sykkelen din? sa han så blidt han bare kunne.

Hubert fant veien til stolen, sank bløtt sammen.

— Bare en liten tur, sa han. Et kort besøk.

Fattern fikk meg ut av stua.

— Og ikke kom for sent hjem, sa han.

Han var sær, som et viskelær. Jeg skulle til Paris, jeg også en gang. Det banna jeg på og smalt døra igjen etter meg. Jeg tassa ned til kjelleren, og før jeg fant lysbryteren jóg skrekken gjennom meg. Rottene. Så blei det lys og jeg pusta lettet ut. Det var ikke rotter her. Men Fred hadde kommet på skolen etter påsken i de samme buksene. De samme buksene. Han var litt skeiv i blikket da han så på meg. Jeg måtte se bort.

Så trilla jeg rokken ut i den tidlige søndagskvelden, satte kursen mot Gunnar. En varm vind feide støvet og sanden i hvirvler bortover fortauet. Jeg plystra fornøyd og fant Gunnar på rommet sitt, bøyd over et lyserødt ark, med et forstørrelsesglass foran trynet.

— Holder'u på med, å? spurte jeg og satte meg i vinduskarmen.
Han kremta og la fra seg forstørrelsesglasset.
— Hun skriver så sabla utydelig, sa han oppgitt.
— Kan prøve jeg, foreslo jeg.
Han så mistenksomt på meg, nølte et øyeblikk, så rakte han meg brevet.
Jeg så fort gjennom det, det var ganske knotete, verre enn en skolestil. Jeg stakk nesa nedi blekket og myste over på Gunnar.
— Parfyme, sa jeg.
— Les! sa han.
Jeg leste sakte:
— «Elskede Gunnar».
Sånn begynte ikke brevene jeg fikk fra Nina. Der stod det bare «hei» og «davs».
— Hva er'e? ropte Gunnar.
Jeg fortsatte.
— «Elskede Gunnar».
— Jeg har hørt det nå!
— «Elskede Gunnar. Eg tenkjer på deg hele tida. Om natta og.»
Jeg stansa og så på Gunnar. Han var borte ved døra, igang med manualene. Svetten silte.
— «Eg gler meg til du kjem hit att. Eg tel dagane på fingrane. Men kanskje kjem eg til byen fyrst.»
Gunnar skreik.
— Kommer'a hit!
— «Men kanskje kjem eg til byen fyrst», gjentok jeg. «Mora mi skal nemleg på bytur andre helga i mai.»
Gunnar lå på rygg, med armene ut til sida.
— E'kke det ålreit, å?
Han lukket øynene.
— Joa. Men mora. Så kommer de kanskje hit. Og så foreldra mine.
— Du kan vel bare treffe henne, vel.
— Blir nok vanskelig det. Mora var etter oss med raken hele tida.
Noen slo stikkball nedi gata, knuste ei rute og løp for livet.
— Slapp å, sa jeg. — Vi skal til Danmark da.
Han reiste seg brått.
— Det har'u rett i! Hvis vi blir tatt ut.
— Klart vi blir det. Vi drar til Kåre imorra!
Han la seg ned igjen og det var lenge stille. Så sa han:

154

— Uflaks med sånne sammentreff. Men det e'kke noe å gjøre med, er'e vel?

— Niks, sa jeg.

— Fortsett, sa Gunnar.

— «Eg trur eg er forelska i deg, Gunnar.»

— Du bø'kke si Gunnar hele tida, vel! Skjønner jo hvem det er!

— Det står jo her, jo!

Han bretta hendene under hue og stirra i taket.

— «Eg tenkjer mykje på den siste kvelden, da du . . .

Gunnar var over meg som en elg, reiv brevet til seg og krølla det ned i lomma.

— Va'kke ferdig, smilte jeg.

— Det holder, sa han.

— Hva gjorde du den siste kvelden, å?

Døra gikk opp, det var Stig, hadde den knæsje jakka, med innsving og striper, håret rett ned i panna, over bryna som en bølgekam, og boots som krølla seg i tuppene. Jøss. Han stod der lang og hengslete, rart det, at Gunnar og han var så forskjellige.

— Har'u en tier å låne? spurte Stig.

— Skar'u med den, å?

— Det hakk'e noe med saken å gjøre, vel. Du får'n igjen i morra. Pernille har åpna, la han til.

Gunnar fant en tier i en skuff.

— Bra, sa Stig. — Bra! Platene mine står til disposisjon.

Han hadde et merke på jakkeslaget, ligna en stjerne.

— Hva er det? spurte jeg og pekte.

— Seier for FNL, sa han.

— Bomber amerikanerne med napalm ennå? lurte jeg.

— Ja jøss. Men FNL jager'em snart.

Han gikk ned på huk og sprøyta rommet fullt av kuler. Så var han borte.

Gerilja.

Vi satt en stund og så på den åpne døra. Så trakk Gunnar opp det krøllete arket, glatta det pent ut på låret.

— Vi leser resten, sa han.

— Det gjør vi, sa jeg og satte meg ved siden av ham.

Vi kom med hele gjengen. Det kosta hundre kroner og det hadde muttern og fattern lova meg, og lommepenger, det hadde jeg jo sjøl, femti blanke. Klokka fem, første fredagen i mai, skulle vi reise.

155

Det var store greier. Det var det største. Været hadde bråsnudd, kom tilbake med isfront og kastevind. Men det gjorde ikke noe. Vi skulle til syden. Vi trava på rekke og rad opp landgangen, med ryggsekk og soveposer og nye fotballstøvler. Det var høytidelig, det var så høytidelig at vi blei rette i ryggen og stive i nakken. Men inni oss ulma en vill glede, et bål av forventninger som skulle sette fyr på hele Danmark.

Det var en halvtime til avgang. Vi blei beordra ned i bånn av skipet. Der skulle vi sove i flysetene. Åge stilte seg på en stol og ropte:

— Ålreit, gutter! Jeg har sagt det før, men jeg gjentar det: Dette e'kke no'n vanlig ferietur! Vi skal spelle fotball! Vi skal slå danskene!

Vi trampa taktfast og ropte Frigg-ropet. Åge dempa oss.

— Og dette veit dere også. Men jeg sier det én gang til likevel! Hører dere?

— Ja! ropte vi.

— Alle har matlapp?

— Ja! ropte vi.

— Og den får dere middag for i kafeteriaen bakerst i båten. Før klokka sju! Greit?

— Ja! ropte vi.

— Og alle! Alle skal være her nede før ti! Før ti!

— Ja, blei det sagt, litt lavere.

— Og alkohol! Alkohol er forbudt!

Det kom noen spredte rop.

— Den som blir tatt i å drikke alkohol blir utvist fra laget! Forstått!

Det rugga i skroget. Klokka nærma seg fem. Vi storma opp og ut. Nede på brygga stod alle foreldrene og vinka som gærne. Så blei landgangen tatt og båten glei fra, bakka ut og snudde på en femøring.

Vi lente oss over ripa, vinden piska tårer ut av øynene. Kong Olav hogg mot bølgene. Fjorden var forbanna. Gunnar og Ola var grønne i trynet før Nesodden.

Jeg pekte inn mot land.

— Der er Huset vårt! skreik jeg.

Så var vi forbi. Ola hang med skolten.

— N-n-når'e gynger her, tenk åssen det b-b-blir etter Færder! Gunnar stønna.

— Fattern har vært uti tjue meter høye bølger, skrøyt Seb. Atlantern. Var så svære at de ikke kunne se himmelen når de var nede!

Ola gikk først, ved Drøbak. Gunnar klamra seg til rekka.

Måkene duva over og under oss, kunne bare rekke ut hånden og klappe dem på nebbet.

— Vi stikker inn og eter middag, sa Seb.

Da forsvant Gunnar. Han holdt seg for munnen og sjangla vekk. Seb og jeg så på hverandre.

— Landkrabber! flirte han.

Gunnar og Ola var ute av spill. De hadde fått noen sjøsyketabletter av Åge og lå strake i bånn. Seb og jeg spiste røde pølser og potetmos, og seinere på kvelden fant vi midtbanen og angrepet oppe på soldekket. Det var mørkt, med måkeskrik og latter. De stod inne ved veggen og hadde fem miniatyrflasker med Larsen og tre tuborg.

— Alle danske jenter har bollefitte, sa høyrevingen. Det lyste i øya hans, røde rips.

— Veit dere hva pule heter på dansk? flirte midtstopperen. Kneppe!

— Kneppe?

— Jeg skal kneppe buksa mi! hylte høyrevingen og latteren rant i mørket.

Så stod det en svær skygge bak oss. Det blei brått stille. Åge. Hvite hender og røde blikk. Så tente han gudhjelpemeg en lommelykt og lyste fra ansikt til ansikt. Det kom flere og flere fram, de dukka opp av mørket, ansikt etter ansikt, skinnende hvite i lyset fra Åges lykt. Det var omtrent hele laget. Han kunne ikke komme til Danmark og utvise hele laget. Han kunne ikke la Fremad vinne på walk over.

Åge stønna.

— Hiv flaskene overbord, sa han.

Det gikk noen sekunder. Åge slukket lykten.

— Jeg ser dere ikke, sa han. Jeg vil ikke se dere.

Armer svingte i lufta. En måke skreik.

Åge tente lommelykten igjen.

— Dårlig gjort, sa han bare.

Så jagde han oss ned hvor lilleputtene satt og gispa med døde pupiller og magesekkene som sperreballonger ut av kjeften. Bølgene rulla gjennom oss. Aksel var den første som spydde. Det

157

plaska i golvet. Så kom turen til høyrevingen. Jeg klamra meg til magen, men det hjalp ikke. Jeg velta ut på dass, stilte meg sammen med resten av forsvaret og tømte meg som et spann. Bare Seb greide seg. Han lå med et lite flir og purka og sov, og et sted oppe i himmelen var det dansemusikk og måkeskrik.

Vi kom fram til Danmark på vranga, blei kjørt i buss gjennom København og installert på en skole. Banen lå like ved, grønn og mjuk. Første treningsøkt gikk treigt. Kampen skulle gå klokka fem.

Åge rusla rundt med nyver i panna, prata taktikk.

— Danmark er bedre teknisk, sa han. De spiller polsk. Men vi tar dem på kondisen. Vi sliter dem ut. Lange løpeballer. La dem jobbe. La dem løpe seg bort!

Klokka tolv var det pause. Jeg spurte Åge om jeg kunne få lov til å ta meg en tur, for jeg hadde nemlig familie i København, og så skulle jeg besøke dem.

Han så skeptisk på meg.

— Finner du fram aleine?

— Jøssda. Har vært der mange ganger.

— Tilbake før tre, da.

Jeg storma ned i garderoben, dusja og tok på meg reine klær, en ny høyhalser, burgunder. Var ikke så verst på håret heller. Når det var vått, kunne jeg tyne det ut på øra, og i nakken var det vipp. Jeg trava ut og fant en gate, klappa meg på lomma hvor pengene lå, femti norske blei seksti danske, fattern hadde skaffa meg beste kurs i banken. En drosje kom seilende, jeg hoppa inn, jøss, jeg var på vei til Nina.

Sjåføren plystra og spiste wienerbrød.

Taksameteret tikka som en klokke. Jeg ante ikke hvor langt det var til Strandvejen.

— Jeg har bare seksti kroner, stamma jeg.

Han så over skulderen, med smuler rundt den blide munnen.

— Nå, du har bare seksti kroner, dreng. Det holder sgu helt til Norge!

Jeg klistra nesa til ruten. Merkelig å være på et helt nytt sted. Det kilte. Duer. Pølseboder. Svarte sykler. Jeg rulla ned vinduet. Det lukta brød. Nybakt brød.

Jeg lente meg bakover i setet, lukket øynene og var lykkelig inni meg. Lykkelig og helt rolig, kunne ikke huske at jeg hadde kjent det sånn før. Jeg kunne balansere på line nå, uten sikkerhetsnett, uten stav, så rolig var jeg. Et øyeblikk hadde jeg glemt hvordan

158

Nina så ut, men nå tok hun form, ansiktet hennes var nær mitt, helt klart, jeg kjente pusten og håret hennes. Eple. Sånn var det. Jeg sank ned i setet igjen mens vi kjørte langs Øresund hvor hvite seilbåter vugga i den lyseblå himmelen.

Det kosta tjue kroner. Strandvejen 41 var et ganske staselig hus, med svær hage og utsikt helt til Sverige. Jeg var ikke så rolig lenger. Angsten lå som en nål i magen. Jeg retta på håret bak en stolpe, trakk pusten og gikk inn porten. Det var langt opp til huset, flere hundre meter, minst. Kanskje hun hadde sett meg fra vinduet allerede. Hun venta sikkert. Jeg begynte nesten å løpe, nådde endelig fram til døra. Jeg hørte ikke en lyd. Hun hadde ikke sett meg ennå. Så ringte jeg på. Det gikk en stund. Det kom noen. Det var mora. Hun mønstra meg blidt. Stemmen min var vekk.

— Skal du til Nina? spurte hun.

Var hun gal? Visste hun ikke hvem jeg var. Jeg sank sakte, men sikkert ned i skoa.

Så husket hun meg.

— Men er det ikke . . . er det ikke Kim!

Det var det. Jeg ante det verste.

— Kom inn, da. Nina er på rommet sitt.

Jeg fulgte etter henne. Det var for seint å snu. Merkelig nok var jeg helt rolig igjen, som om jeg hadde kommet over på en annen side, der jeg ikke hadde mer å tape.

— Nå blir nok Nina overrasket, pratet mora. Er du her med foreldrene dine?

Hadde hun ikke fått brevet? Hadde hun ikke lest det? Hadde hun ikke sagt til foreldrene at jeg var i anmarsj?

Jeg ga faen.

— Fotball, sa jeg. Skal spille fotball.

Vi var ved værelset til Nina. Mora banket på og åpnet, skjøv meg fram i åpningen.

Der satt Nina med svære øyne og stirra tafatt på meg. Ved siden av henne satt det en fyr med gitar i fanget og smilte skeivt. Det var i hvert fall ikke fetteren hennes.

— Kim, stammet Nina. Er det deg!

Det var det.

— Jeg henter noe å drikke til dere, plystra moren og forsvant.

Jeg stod på terskelen.

— Hei, sa jeg bare.

— Jeg hadde helt glemt, stotra hun, skamfull.

Jeg lette febrilsk etter noe å si.

— Går det buss herfra? spurte jeg.

— Det gør det, sa typen med gitaren. Rett ned i vejen. Den går lige til Rådhusplassen.

Jeg skjønte beskjeden. Nina så på oss begge, på én gang.

— Det er Kim fra Oslo, sa hun og pekte på meg. Og det er Jesper.

Jesper spilte gitar for oss. Det lange, lyse håret hang ned i panna. Jesper sang på engelsk.

Jeg så på klokka. Jeg var tom inni meg.

— Kommer du på kampen? spurte jeg.

Nina stirra i golvet.

— Hadde helt glemt det, hviska hun. Jeg kan ikke. Jesper skal spille i Hornbæk i kveld. Han spiller i band.

Vi sa ikke mer. Jesper spilte en ny låt. Så titta han opp på meg.

— Kamp? spurte han. Fotbold?

— Mot Fremad, forklarte Nina, ville vel bare vise at hun hadde lest det usle brevet mitt.

— Uha! Pas på! De er mæktig dyktig!

Jeg måtte gå før mora kom. Jeg kunne gått uten et ord, snudd på flekken. Jeg var i min fulle rett, men ikke ved mine fulle fem. I stedet sa jeg, og jeg hata meg sjøl i det samme:

— Hva med i morgen? spurte jeg.

Nina så en annen vei.

— Jeg hadde helt glemt det, gjentok hun. Vi skal være i Hornbæk i weekenden.

Jesper slo en akkord. Nederlaget var definitivt. Det var bare å karre seg vekk fra slagmarken, blodig, sønderknust, med skammens sikkel i munnvikene. Men kroppen var så tung. Jeg måtte bruke makt. Så greide jeg endelig å snu, stod ansikt til ansikt med mora som bar et brett med flasker på. Jeg gikk rett forbi henne, fant utgangsdøra og spaserte ned hagegangen, spaserte, løp ikke, snudde meg ikke.

Og ryggen min brant som kobbertaket på Kronborg Slott.

Jeg tok drosje tilbake. Det kosta tre kroner mer. En tier var alt jeg hadde igjen. Forventningene var svart aske. Jeg ville drepe en danske.

De het Jesper og Ebbe og Ib og Eske hele bølingen. De trudde de var på danseskole og skreik bare man kom i nærheten. De lå med nesa i gresset for et godt ord. De hadde vokst opp på wienerbrød og boller og kremfløte. Og dommeren var en partisk baker og langs linja stod hjemmepublikumet med øl og hengemager.

— Lange baller! skreik Åge. Lange baller!

Det var ikke snakk om å prøve å drible. De kunne gå med ballen på tunga, hvis de ville. Nå gjaldt det bare å stå mest mulig i veien for dem. Seb sleit ute på venstrevingen, men fikk aldri lagt skikkelig inn i midten. Gunnar var låst fast utenfor sekstenmeteren. Veggtil-veggspillet til Willy og Kjetil blei behendig åpna av den danske midtstopperen. Men Aksel var en kenguru i mål. Ballen smatt ned i lomma hans hver gang de skøyt.

Vi holdt null-null til pause. Åge samla oss rundt seg.

— Bra gutter, hviska han. Danskene begynner å bli slitne. Spiller upresist.

Vi fikk saft av Kåre fra en diger plastbøtte.

— Vi tar'em, sa han hver gang han skjenka et krus.

Annen omgang begynte med dansk flodbølge. De fossa mot mål, Aksel var som et garn mellom stengene, den flygende hollender fra Hoff. Danskene blei desperate. Aksel sleit dem ut psykisk. De hang med huene hver gang han sparka ut, orka nesten ikke løpe etter ballen.

Men da skjedde det. En sleip danske fikk nappa til seg ballen på midten, tverrvendte og kom stormende mot meg. Stopp ham, sa det inni meg. Stopp ham. Jeg stoppet ham. Jeg brukte det gode gamle knepet. I stedet for å trekke bakover løp jeg alt jeg kunne rett mot ham. Jeg møtte ham med skulderen, klippet lårene hans i to og så lå han i gresset som en sekk. Jeg trilla ballen til Aksel.

Men dommeren hadde blåst. Og alle wienerbrødene stimla rundt meg. Jeg lurte på hvem som ville slå først. Bakeren pressa seg inn i flokken, stilte seg tre centimeter fra ansiktet mitt og stakk det røde kortet opp i lufta. Jeg forlot banen under en dusj av skjellsord. Åge tok imot meg med mørkt blikk. Jeg satte meg på benken ved siden av Ola. Smørgutten hadde kommet seg på beina, hinka rundt mens han skar grimaser mot himmelen.

— Kommer ikke inn på teaterskolen, engang, sa jeg.

— Var Nina h-h-hjemme? spurte Ola.

— Nei, sa jeg.

Spillet blei satt igang igjen, et frispark som satt klistra som en kastanje i klypene til Aksel. Høyrevingen trakk ned mot plassen min. Seb fanga et langt utspill og trakk innover på banen, sendte ballen til Gunnar som storma forbi ham, og han passet videre til Willy som beinfløy mot dødlinja og der fikk han krangla seg til en corner.

Det var Finn som la den. Finn hadde lagets mest følsomme venstrebein. Han sendte en skru inn foran mål, Seb fikk hue høyest, nikka rett i nevene på keeper, men så snubla han og datt på rygg, rett over streken med ballen i fanget. Han prøvde å pælme den ut, men det var for seint, ballen var i mål. 1—0. Danskene stakk hue i gresset og publikum heiv ølflasker. 1—0. Det var tjue minutter igjen å spille.

Nå la hele laget seg i forsvar. Det var ikke en nordmann på Fremads halvkule. Åge løp langs linja og fekta med armene. Aksel dirigerte muren fram og tilbake, wienerbrødene løp som gærne, men det var ikke slu taktikk som dreiv dem nå, det var rein panikk. Da skjedde det. Ti minutter igjen, 1—0, og en danskepølse sender avgårde en kanon. Aksel ligger som en boa i atmosfæren, slår ballen til corner med neglen på lillefingeren. Men han lander gærnt, han lander oppå høyrearmen, skriker stygt idet han treffer bakken. Åge og Kåre styrter bort til ham med svamp og solo. Men det hjelper ikke. Aksel er ute av spill. Danskene gliser. Ved siden av meg sitter Ola, reservekeeper, grønn som en gammel tepose i trynet. Åge og Kåre kommer tilbake med Aksel mellom seg. Høyrearmen henger slapt ned.

Åge peker på Ola.

— Din tur, sier han. Gjør deg klar.

Jeg hjelper ham med snøringa, hendene hans skjelver som fuglevinger.

— Slapp av, sier jeg. Det går bra.

Aksel slår ham på ryggen med den friske armen.

— Lykke til!

Vi skyver ham utpå. Han sjangler bort til buret, stiller seg mellom stolpene. Corneren kommer susende. Ola styrter ut i feltet og bokser vilt etter ballen, som om han står midt i en myggsverm. Og han treffer. Kula seiler i en fin bue langt ut mot midtbanen, og danskene må løpe igjen.

— Bra! skriker Åge. Få ballen bort!

Det er fem minutter å spille. Det er det største slaget i København siden Napoleon. Det er minst femten mann rundt læret hele

162

tida. Det er nærkamp. To minutter igjen. Da styrter en stork og bakeren blåser og vralter bort til straffemerket. Åge prøver å hale av seg ansiktet. Ola står aleine mellom stengene, har aldri sett ham så liten. Jeg spurter rundt banen og stiller meg bak målet, bak Ola. Danskene gjør seg klar. Kapteinen legger ballen på plass og går ni skritt bakover. Ola krøker seg sammen, ligner en tordivel herfra. Jeg ser på kapteinen. Han klør seg på låret. Jeg ser på øya hans.

— Høyre, hvisker jeg til Ola. Sleng deg mot høyre, for faen!

Så kommer han løpende, Ola velter mot høyre, ballen treffer kroppen hans og spretter ut igjen, nitten mann stormer fram, Ola kommer seg på beina, vakler ut i feltet og faller over kula. Horden bråstopper en millimeter fra hårkronen hans. Ola blir liggende med armene rundt hue, som om det var ballen. Så blir han løfta opp, dagens helt. Åge danser krigsdans. Ola står med ballen i hendene og skjønner ikke helt hva som har skjedd. Så sparker han ut, rett over sidelinja. Men det gjør ikke noe, for gjæret har gått ut av bollene. De har gitt opp. Dommeren ser på klokka, legger til et minutt, så blåser han i fløyta til kinnene buler som røde tomater. Vi har vunnet. Norge—Danmark 1—0. Ola blir båret på gullstol og slengt i været, så vidt han kommer ned igjen. Åge går ned i knestående og folder hendene. Jeg snudde ryggen til alt og tusla ned i garderoben, satt der og hang med hue og var ikke mere verdt enn et grytelokk. Gunnar kom først.

— Ola er større enn Gordon Banks! ropte han.

Han så nærmere på meg.

— Gi fa'n á! Du e'kke sur fordi du blei utvist, vel!

Jeg tømte soloen.

— Du satte oss i respekt, for pokker! Én utvisning og puddingen skalv.

De andre kom bærende på Ola. Kåre trakk fram en kasse sodavand og alle falt utmatta ned på benkene.

Ola satte seg ved siden av meg.

— Nydelig redning, sa jeg. Feber.

Ola smilte matt.

— Jeg så ham i ø-ø-øya, sa han. Da har'n ikke t-t-tjangs!

Om kvelden var det sang og lek og servering på skolen. Danskene var med. Danskene var gode tapere. Det var ikke jeg. Klokka åtte la jeg støvlene på hylla og sa til Åge at jeg følte meg skral, sikkert feber. Han la to fingre på panna mi og nikka. Jeg gikk ned og la meg. Jeg har feber, tenkte jeg. Og så lå jeg der, aleine i

163

den svære gymsalen hvor lukten av kropp og svette og strømper hang som en tung gardin ned fra taket. Aleine i den lyseblå soveposen, klistra fast inni huden, følte meg plutselig så gammel og utblåst. Utvist. Tankene mine kom ikke bort fra Nina og Jesper. Jeg hata ham. Jeg hata dem begge. Jeg var jekka ut, driti ut og tråkka på. Utvist. Så må jeg ha sovna, i hvert fall våkna jeg av at noen røska i meg. Det var Gunnar. Det var blitt mørkere, jeg kunne så vidt se alle soveposene som lå spredd utover golvet, som svære larver om natta.

— Hei, hviska Gunnar. Sover'u?
— Jeg sov, sa jeg.
Han rulla nærmere.
— Er'u dårlig?
— Feber, sa jeg. Sikkert trekk på båten.
Han kom enda nærmere.
— Va'kke Nina hjemme?
— Niks.
— Men hadde du ikke skrevet, á?
— Joa. Hun var hjemme. Men hun va'kke hjemme likevel.
Det skjønte ikke Gunnar.
— Ikke fleip, á!
— Hun var sammen med en annen, sa munnen min.

Jeg våkna i et glovarmt basseng. Jeg var under vann. Det dansa og skalv der oppe ved vannflaten og det stod masse mennesker langs kanten og titta ned på meg. Så svømte jeg opp til dem og kjørte hue rett inn i sola.

Det var den dagen. Husker ingenting. Orka ikke pølse engang. Jeg satt på en benk og mata duene mens de andre løp opp i Rundetårnet. Jeg satt på en benk og mata duene mens de andre var i zoologisk hage. De fikk meg ombord på båten, men jeg ville faen ikke ned i bånn, ikke faen. Jeg satte meg i en fluktstol på soldekket og sovna. Da jeg våkna, var det ganske mørkt og noen hadde lagt to tjukke ulltepper over meg. Jeg kjente forsiktig etter. Hue mitt var klart som en fjellbekk. Jeg reiste meg opp. Jeg så en klynge med lys langt borte. Høyere oppe stod stjernene og vibrerte. Båten trakk en hvit løper etter seg. Et skip passerte til babord. Jeg hørte musikk og stemmer.

— Han har våkna! sa noen bak meg. Råtassen har våkna!
Det var Gunnar. Han kom sammen med Seb og Ola.

— Er'u bedre? spurte Seb.

— Bra, sa jeg.

— Tenkte det var best med ulltepper, mumla Ola. Så ikke m-m-måkene skulle drite på deg!

— Takk, sa jeg. Det redda meg.

Seb hadde noe i de svære lommene sine. Ølbokser. De flirte og drakk en slurk hver. Jeg ville ikke ha.

— Åge sitter i baren, sa Seb. Passe dritings.

— Sammen med den d-d-dama! stønna Ola. Dansk b-blondine. Én meter pupp!

— Ligner på Marilyn Monroe, drømte Gunnar og drakk av boksen.

Ola snubla litt bakover, tok seg for og kom fram igjen.

— Veit dere hva fattern gjør, flirte han. Hæ? Han vasker h-h-håret i øl!

Ola knakk på midten og svingte ølboksen i været.

— Hva gjør'n for noe, sa du? hylte Gunnar.

— V-v-vasker håret i øl! Hjælper på v-v-veksten!

Han lo lydløst med åpen munn, så helte han resten av ølet rett i hue på seg og så ganske gal ut.

Vi fikk ham bort til rekka hvor han mata måkene med noen røde pølsebiter. Dypt under oss buldra bølgene.

— Fytte f-f-faen, stønna Ola og sendte ut en snabb.

— Best vi står her en stund, sa Seb og flirte, trakk opp en ny boks, han hadde bokser overalt.

Jeg kjente feberen i bakhue igjen, nå som en kald redsel. Det var glassvegg mellom oss. Jeg kunne ikke nå dem. Jeg var utvist igjen. Ville ikke miste dem også.

— Trur dere jeg tør balansere på rekka? sa jeg.

De så på meg og lo. Ola løfta knollen og skratta han også.

— Ikke drit, var det eneste Gunnar sa.

Det var ganske bredt, men ovalt. Og helt sikkert glatt. Jeg hadde tennissko på meg.

— Skal vi stikke ned til de andre, foreslo Seb og drakk resten av ølet.

Jeg svingte meg opp på rekka, støttet meg med hendene. Det var ingen lys å se i horisonten nå, bare svart maling. Bølgene slo mot trommehinnene. Så fant jeg balansepunktet, retta meg opp, med armene ut til siden. Jeg begynte å gå. Gunnar og Seb og Ola rykka bakover, øynene deres var hvite kuler. Jeg gikk på rekka. Hjertet mitt stod mellom to slag. Tida tok pause. Bølgene stansa og blei stående foroverbøyd. Vinden la seg ned og døde. Så storma Gunnar fram fra mørket, tok rundt meg og reiv meg ned. Vi ramla over hverandre på dekket, Gunnar holdt meg i et jerngrep. Så slo han. Han slo meg midt i trynet.

— Drittsekk! ropte han.

Seb og Ola stirra ned på oss, trudde ikke det de så.

— Unnskyld, hviska Gunnar plutselig.

Jeg trakk ham inntil meg. Han var våt i ansiktet.

— Gjø'kke noe, sa jeg bare og kjente blodet som fløt ned i munnen.

Jeg satt på rommet mitt og pugga. Kveldene rulla forbi utenfor vinduet. Jeg ville kaste den tørre blomsten jeg hadde gjemt i skuffen. Giftig. I skuffen lå et dusin Rubin Extra. Over meg sang Jensenius, ikke så høyt nå, for det med våren var bare falsk alarm. Det hagla søttende mai. Men vi så Wenche Myhre i en russebil som drønte oppover Gyldenløvesgate. Feberen var borte. Først i juni smalt det på ordentlig. Trærne blei grønne maskingevær. En sånn kveld kom Gunnar innom. Han var lang i maska. Han satte seg tungt på sovesofaen.

— Det er slutt, sa han.

— På hva? spurte jeg.

Han trakk opp et brev fra lomma. Ikke parfyme denne gangen, bare et vanlig ark revet ut av en innføringsbok.

— Hun har funnet en odelsgutt fra Vågå, sa Gunnar, krølla brevet sammen til en hard kule og pælma den ut av vinduet.

Jeg smekka igjen matteboka og satte meg ved siden av ham.

— Jenter e'kke til å stole på, sa jeg.

Gunnar folda hendene og dunka dem mot kneet.

— Best det gikk som det gikk, sa han. E'kke noe å satse på en sånn knøl.

Jeg la armen over skulderen hans. Bitterheten strømma gjennom oss.

— De e'kke verdt skoa de går i, sa jeg.

— Ville ikke tatt i á med en høygaffel, sa Gunnar.

— Stinker sikkert møkk av sånne odelsgutter, sa jeg.

— Jenter e'kke til å stole på, sa Gunnar.

Vi satt tause en stund. Lydene fra gata pinte oss. Jeg lukka vinduet.

166

— Drar aldri til Heidalen mer, sa Gunnar. Aldri.

— Vi stikker bort til Seb, sa jeg.

Der satt Ola med hue mellom knærne.

— Var akkurat på vei over til dere, sa Seb.

Vi slo oss ned. Ola skrudde seg opp og stirra tomt ut i verdensrommet.

— Slutt med Klara, sa han. Er s-s-sammen med toppscorer'n i Njård.

Dette var dagen. Dette var våren.

— Fy faen, sa Gunnar og fortalte om Unni og odelsgutten.

— Jenter er no'n k-k-kødder, sa Ola og knytta nevene i været.

— E'kke verdt strømpene de går i, sa jeg.

— Først deg og Nina, begynte Gunnar å telle. Og så Unni. Og så Klara.

— Og Guri, la jeg til.

Seb så en annen vei.

— Og Guri, hviska han.

Vi satt uten å si noe, sikkert over en time. Ute kom det grå mørket mellom husene og grumsa til gaten. Plutselig kvikna Seb til og rota i platebunken.

— Fikk'n fra fattern i dag, plystra han.

— Hva da? spurte vi i kor.

— Den siste Beatles-plata!

Vi kasta oss over ham, fikk lagt skiva på hølet. *Paperback Writer*. Vi spilte den ti ganger på rappen. Det svingte. Baksida het *Rain*. Det passa bra.

— Hva betyr Paperback Writer? spurte Ola.

— Forfatter, sa jeg. En sånn som skriver pocketbøker.

Ola tenkte seg om.

— Kunne hvertfall skrevet en bok om oss, sa han. En svær b-b-bok!

YELLOW SUBMARINE

sommeren 66

Og en dag i slutten av juni stod vi endelig med en grønn bok i neven, utgitt på Cappelens forlag, skrevet av Kers Pink. Men den handla ikke så mye om oss. Jeg hadde God orden, men var Måtelig i sløyd. Seb var Særdeles God i sang og musikk. Gunnar hadde Meget God oppførsel, mens Ola var Nogenlunde i tysk og matte. Det ga vi faen i nå, alt vi tenkte på nå var agn. Vi måtte få tak i meitemark til den store fisketuren i Nordmarka.

Vi ruste ut av skolegården, men blei hekta av Gåsen som stod midt i veien og hadde visst noe på hjertet.

— Hei, sa han lavt.

— Mange S'er fikk du, å, Gåsen? spurte Seb.

— Hvorfor kaller dere meg Gåsen?

— Hæ?

— Hvorfor kaller dere meg Gåsen? gjentok han.

Var litt vanskelig å svare på det. Gåsen hadde hett Gåsen i alle år, han.

— Bare blitt sånn, sa jeg. Akkurat som vi kaller Dragen for Dragen.

— Jentene erter meg, sa Gåsen.

— Drit i j-j-jentene, sa Ola.

— Kan dere ikke kalle meg Christian, mumla han.

— Jo, jøss. Klart vi kan det, sa Gunnar. Men vi må stikke nå. Skal grave mark på Nesodden.

Vi storma forbi ham.

— God sommer, Christian! ropte vi nedi gata.

Han strålte over hele fleisen og ropte tilbake:

— God sommer!

— Snodig, sa Ola. S-snodig.

171

— Er'u sikker på at vi finner meitemark her? spurte Gunnar da vi traska opp til Huset.

— Ja jøss. Bak utedassen.

Gunnar stansa.

— Utedassen, sa du.

— Akkurat.

Jeg henta spade i skjulet og vi gikk over til det skeive hjerterommet. Det lukta sterkt fra den feite jorda. Øverst var det ganske tørt, men et spatak lenger nede var det bløtt og fuktig. Jeg velta til side en dynge og marken stakk hue ut og sprella og vrei på seg.

— Hva er det? spurte Gunnar og pekte.

— Mark, ditt kjøtthue.

— Ikke det, men *det*, sa Gunnar.

Jeg så der han pekte.

— Det. Det er bare litt dasspapir.

Gunnar gikk og satte seg på en stein ved epletrærne. Ola var heller ikke særlig høy i hatten.

— Skal fisken ete den m-m-marken, og så skal vi spise fisken etterpå. Ikke f-f-faen!

— Du får bruke garn, din pyse, blåste Seb og så blei det vi som måtte pelle agn. Vi la fin matjord i kaffeboksene og rundt regna fant vi tilsammen tusen mark. Så perforerte vi lokkene så de ikke skulle omkomme av luftmangel, for det var passe trangt nok fra før.

— Vi tar et bad før vi drar hjem! ropte jeg.

Jeg gikk en runde rundt Huset for å se om alt var iorden. Det krydde en maursti over kjøkkentrappa. Jeg fant en pil jeg hadde mista i fjor. Så kikka jeg inn av vinduet og så meg selv sitte der inne i stua, rygga vettskremt bakover av det forvrengte speilbildet i ruten og spurta etter de andre.

Stranda var tom. Vi kledde av oss og sola svei på de gråbleike skrottene. Vi mønstra hverandre forlegne, heiv oss uti fra brettet, dukka og henta hver vår stein. Etterpå lå vi på svaberget og blei røde på magene, og da vi gikk forbi det gamle skuret, hvor plankene sprikte og hvitmalingen skalla av, hvor det lukta surt av råtten tang, da tenkte jeg brått på Henny i Paris, og visste at noe slikt som hendte i fjor, i fjor sommer, ikke ville skje igjen, aldri ville skje igjen.

— Åssen er teltet? spurte Seb på båten innover.

— Stig sier det er bra, sa Gunnar.

— Bø'kke telt hvis det er fint vær, sa jeg. Kan ligge ute i soveposene.

Så vandra vi gjennom byen med hvert vårt spann med minst tre hundre mark i. Da vi kom til den amerikanske ambassaden, stansa vi og så på flagget som hang rett ned langs stanga.

— Bruttern sier det er en diger ørret der inne, sa Gunnar.

— Ørret? Ikke drit, á!

— Er sant. I bassenget.

Vi trava forbi dørvakten, han gadd ikke stanse oss, men så visste han heller ikke hva vi hadde i spannene våre. Vi kom inn i en svær hall og midt på golvet var det et basseng med springvann og lys og greier. Vi titta ned, så bare runde steiner på bånn. Det var ikke dypere enn tjue centimeter.

— E'kke no'n ørret her, sa Seb. Kanskje en ansjos.

Vi gikk sakte langs kanten. Da ropte Ola og holdt på å miste spannet.

— S-s-se der, á, gutter!

Bare en meter fra oss svømte en diger ørret. Den var så svær at ryggen stakk over vann. Den svømte sakte, som om den var dønn gammel, eller holdt på å kjede seg ihjel. Vi fulgte etter den, lista oss så stille vi kunne, men det var umulig å gå lydløst i en sånn steinhall. Ørreten kom nærmere kanten og la seg inntil, som om den kløidde på skulderen. Jeg bøyde meg ned og tok på den. Den lot meg gjøre det. Den var kold og seig, uten bevegelse. Så glei den bort under fingrene mine, ut til det spinkle springvannet, som kanskje minna den om en eller annen foss, hvis den noensinne i det hele tatt hadde svømt mot en foss.

— Synd på'n, sa Seb.

— Råttent å ha en svær fisk i et sånt drittbasseng, sa Gunnar.

Jeg spratt av kaffelokket og trakk opp en feit og fin meitemark og slengte den uti til ørreten. Den gadd ikke snu seg engang, svømte bare motsatte veien. Men vakten våkna. Han kom med pistol i beltet og heiv oss ut på Drammensveien.

— D-d-dyreplagier, sa Ola.

— Skulle tatt'n med til Skillingen og sluppet den ut der, sa Gunnar.

— Og f-f-fiska den etterpå, lo Ola.

Om kvelden var vi samla hos Seb og gikk gjennom utstyret. Faren til Gunnar sørga for provianten, en hel kasse med grovbrød, kjeks, kaviar, tørrmelk, te, kaffe, frukt, hermetikk og Død mann på boks, som han hadde igjen fra en repøvelse i 56. Ola hadde butanapparat og steikepanne. Telt og kompass lånte vi av Stig. Så

173

finpussa vi snellene. Jeg hadde fått stang av muttern og fattern da jeg stod til eksamen. Gunnar hadde kjøpt 400 meter 0.30 mm. Seb hadde tre spinnere, to andersdupper og seks vinkorker. Muttern min hadde skaffa fire bærenett som vi kunne træ over hue og bruke som myggnett.

Men Seb hadde visst noe bedre. Han trakk fram en pipe. Maispipe.

— Knotten og myggen tåler ikke tobakk, forklarte han. Bare å dampe løs, så stikker de.

Den lo vi en stund av, og så bretta vi ut kartet, fulgte ruta med fingeren og sank ned i landskapet, drømte oss dønn vekk.

— Vi ta'kke klokke med, sa Seb plutselig.

— Hæ?

— Vi ta'kke klokke med. Akkurat som indianerne.

Vi tenkte oss om. Vi visste at sola stod opp i øst og ramla i vest.

— T-t-tenk om det blir overskya, sa Ola.

— Vi veit når'e blir mørkt, sa Seb. Vi driter i klokkene.

— Mosen vokser mot vest, sa Gunnar.

— Og maurtuene mot øst, la jeg til.

— Hva med v-v-vekkerklokke, å? prøvde Ola seg.

Det ringte på døra. Seb gikk og åpna og kom tilbake med Fred. Han hadde klippa luggen og brukt sandpapir ved øra. Og så hadde han nye bukser, banna bein, nye Olabukser, med oppbrett helt til knærne og digert belte med selvlysende spenne. Zorro.

— Slå'rei ned! ropte vi.

Han satt og så seg omkring. Seb henta cola og røyk.

— Skal dere på fisketur? spurte Fred.

Vi viste ham på kartet hvor vi skulle. Han kikka på utstyret, prøvde snellene, veide spinnerne i hånden.

— De er lette, sa han.

— Åtte grams, forklarte Gunnar. Nesten flue.

Seb åpna vinduet og sommerkvelden falt inn i rommet. Noen jenter lo oppe i gata, vi stakk huene ut, men så ingen.

— Hva skal du gjøre i sommer? spurte jeg.

Fred blei litt tom i blikket.

— Feriekoloni, sa han. Hudøy?

— Lyst på å høre plater, eller? spurte Seb fort.

Og så spelte vi Beatles resten av kvelden, helt fram til Paperback Writer og Rain. Fred sa ikke et ord, satt bare og hørte, med øra på

174

stilk, øra hans var som digre, røde blomster, og av og til så han på oss, smilte, lo nesten.

Og ute drakk himmelen blod, jentene var gått hjem og hundene gjødde.

Fred så på klokka.

— Må stikke, sa han.

Vi tok følge opp til Solli alle sammen.

— God sommer, sa Fred og rødma litt.

— Ses til høsten, sa vi og dytta på hverandre og lo.

— Tvi tvi, sa Fred, og så spøtta vi hver vår klyse på fortauet.

Han småløp nedover Drammensveien, Fred Hansen, snudde seg, holdt på å tryne, kom seg på beina, fortsatte i full fart, og vi blei stående og se lenge etter han var borte.

Det var ganske stor uenighet om når vi kom fram til Skillingen. Gunnar mente klokka snart var seks, mens Seb og jeg var sikker på at den bare var fem, for toget var i alle fall på Stryken klokka tre.

— Det var jo forsinka, jo! ropte Gunnar.

Vi myste etter sola. Den var ikke der. Det var bare skyer. Vannet lå blankt og stille rett foran oss og lufta var varm rundt kroppen. En gjøk holdt på inni skogen og en elv fossa et sted vi ikke kunne se.

— K-k-klokka er halvseks, slo Ola fast.

— Åsen veit du det?

— S-s-ser'e på mosen.

Vi fant en bra leirplass på sørsida, det var bålplass der fra før. Teltet hadde sett sine beste dager, men etter et par timers hard jobbing stod det støtt. Så kasta vi oss over fiskeutstyret, skrudde sammen stengene, festa snellene, klemte på en feit bunt mark og heiv uti. Vi satte oss ved vannkanten og stirra på duppene. De stod rett opp og ned, som egg, rørte ikke på seg.

— Skulle være fisk her, sa Seb etter en stund.

— Blir bedre utpå kvelden, sa Gunnar.

— Er vel snart åtte nå, sa Seb og kikka omkring seg.

Skogen begynte å bli grumsete på den andre sida. Bak oss kom mørket ut mellom stammene.

— Halv n-n-ni, sa Ola. — Kjenner'e på lufta.

Vi dro inn og skifta agn.

— B'yner å bli sulten, sa jeg.

— Hvis vi ikke har fått no' før ni, spretter vi en boks, sa Gunnar.

175

Plutselig blei det lysere, som om en diger lampe blei tent over oss. Vi så opp. Skyene dreiv til side, enda det ikke var vind i det hele tatt. Himmelen blei blå og dyp. Og rett over trærne, innerst i bukta mot vest, stod sola som en plomme med blodflekker i, farga vannet gult og rødt. Vi stirra oss blinde og stønna av fryd. Gunnar henta fotoapparatet og knipsa løs.

Da fikk vi øye på en and midt ute på vannet. Den seilte bedagelig avgårde på solstripen, som om den var forheksa av lyset.

— Jeg tar'n! ropte Gunnar og vridde på søkeren.

Da skjedde det noe. Anda blei urolig. Den flaksa med vingene, men kom seg ikke opp. Den skreik vilt og begynte å synke.

— Jøss, sa Seb. — Det har gått høl på'n.

Anda flaksa og flaksa, det skumma rundt den, men ingenting hjalp. Den satt fast. Så kom det en diger kjeft til syne, rett opp av vannet, beit over anda og tråkk den ned.

Noen fjær hvirvla opp.

Det var det siste vi så av den fuglen.

— Jeg fikk det! skreik Gunnar. Fy faen.

Ola var bleik. Han begynte å sveive inn.

— Er'e hai h-h-her også, mumla han.

— Gjedde! ropte Seb. Største gjedde jeg har sett. Gått á banen!

— Derfor vi ikke får noe, sa Gunnar. Gjedda eter opp abboren og ørreten.

Vi halte inn alle mann. Plutselig begynte Seb å hoppe. Han hadde noe på. Snøret gikk i sikksakk gjennom vannet.

— Er svær! peste han. Drar som et lokomotiv!

Vi stod klare til å ta den imot. Seb lirka og dro, det var ikke mye bøy i stanga, men det var sikkert en slu fisk. Seb var svett på nesa og satte mer brems på så spolen ikke skulle slure. Så kom den til syne. En abbor på toppen femti gram. Men den så sinna ut.

— Må ha vært en større fisk på først, sa Seb da vi fikk beistet på land. Holdt på å ta meg, jo!

Helt sikkert. Men abbor var abbor. Den første fisk. Vi samla ved til bålet, rensa småen, stakk en pinne i kjeften på den og stekte skrotten over flammene. Smakte ikke så verst, var bare litt mye bein og ganske lite kjøtt. Gunnar henta en boks med bønner i tomatsaus som vi varma opp og langa i oss. Så kokte vi kaffe og Seb stappa maisen.

— Åssen tobakk har'u? lurte Gunnar.

— Karva Blad, sa Seb og prøvde trekken.

— Er'n s-s-sterk?

— Passe, sa Seb.

Han tok et magadrag, øya forsvant inn i hue og håret stod til værs. Så sendte han pipa videre. Vi lå på rygg en time eller to og gispa etter luft. Vi kom til hektene etterhvert, og satte oss tettere rundt bålet.

— Hjelper på fordøyelsen, harka Seb, og det minna oss om det vi grudde oss mest til. Gunnar var den første som måtte på tur. Han tok rullen og blei borte ganske lenge. Vi venta spent. Han kom tilbake med lyng i håret.

— Masse dyr inni der, jo! stønna han og satte seg forsiktig.

Vi stirra innover i skogen, blinde av lyset fra bålet. Men snart vente øynene seg til mørket, og trærne kom fram, rotvelter rykka nærmere, skumle busker og maurtuer og gigantiske fluesopper, svære som paviljonger. Det rasla og tusla der inne. En fugl skreik over oss. Vi fór sammen. Gjøken kalte. Det krøyp noe nede ved vannet.

— Vi tar kvelden, sa Seb.

Vi pissa på bålet og krøyp inn i teltet. Gunnar slukka lommelykten.

Og før vi visste ordet av det, sto sola gjennom teltduken, vi reiste oss forvirra og rista søvnen ut av håret.

Ola satt utenfor og venta, med kaffen klar. Han gliste.

— S-s-syvsovere! Klokka er over å-å-åtte, sa han og pekte triumferende mot sola.

Vi spiste frokost og fiska. Bakken var kald etter natta, klærne litt fuktige. Men sola strakte seg over skogen og spidda oss med varme spyd. Skillingen lå lysende, som en diger mynt midt i alt det grønne. Og duppene ga ikke tegn fra seg. Gunnar prøvde en spinner, men på tredje kastet satt den i bånn og snøret røyk.

— Vi drar videre, sa Seb. Til Daltjuven.

Vi pakka sammen, fant tilbake til skogsveien og traska etter hverandre. Sola stod midt på himmelen og tynte oss. Etter en drøy marsj fikk vi øye på vannet mellom trærne, tok av fra veien og hoppa over lyngen. Daltjuven. Ikke så stor akkurat, men så stod fisken desto tettere. Vi hadde flaks, kom rett ned på en bra leirplass, flatt terreng og gressbakke.

Vi smalt opp teltet, stramma bardunene og mekka sammen stengene. Marken holdt seg bra, hang bare litt med hue, eller halen. Når vi kom til Katnosa skulle vi bytte jord. Vi tusla bort til et svaberg som stakk loddrett ned i vannet. Så kryssa vi fingrene og slengte uti på likt.

Duppene gikk rett til bånns.

— Fisk! skreik vi i kor.

Vi røska til og slengte opp hver vår abbor. Og det var ikke et sånt beinrangel som Seb fikk i Skillingen. De var minst på fem hekto, trillrunde og med ryggfinner som en hanekam. Gunnar henta fotoapparatet og kniven. Det rant endel blod før slaget var over. Vi tok et bilde hver så alle fikk være med. Så klemte vi mer agn på og heiv uti og siden gikk det slag i slag. Det kokte. Abbor, ørret og sik. Vi kunne starte fiskebutikk. Gribbene begynte å sirkle over oss. Sola skrånet mot skogkanten og fargene blei klare og sterke.

Og med ett lå duppene dørgende stille i det dypsvarte vannet.

— Trur vi har nok likevel, sa Seb og telte over fangsten. Det var elleve abbor, fire ørret og tre sik.

Myggen begynte å bli nærgående.

Seb og jeg rensa fisken, mens Gunnar og Ola ordna bålet. Sulten knakte i magesekken. Vi starta med ørreten. Den vrei seg i stekepanna og sendte godlukt helt til Solli plass. Etter tre ørret, én sik hver og seks abbor var det like før vi la på svøm. Vi vakla ned til vannkanten, stakk huene under og la oss i gresset.

Myggen sirkla oss inn.

— Jeg henter pipa, sa Seb og rusla opp til teltet.

Himmelen skifta farge, blei mer svart enn blå. En kritthvit måke forsvant over skogen. Seb kom tilbake med pipa og stappa den med Karva Blad. Gjaldt bare å holde røyken over drøvelen. Vi patta og blåste ut svære skyer. Det svei i øya.

— Er jo sankthans i dag, jo, gutter! sa Seb og trakk fram en ruglete flaske og gliste. Rappa'n fra muttern!

— Dj-dj-djin! mumla Ola.

Seb skrudde av korken og drakk. Han hosta kraftig og sendte den videre. Jeg lot som jeg drakk. Leppene brant. Gunnar tok flaska fra meg. Han bælma og la seg bakover og flirte. Ola begynte å hikke og måtte ned og skylle fjeset. Flaska kom tilbake. Jeg pusta dypt, tok en slurk, den landa som en glødende murstein i magen.

— Det er sånn man skulle levd, sa Seb med hes røst. Akkurat som indianerne.

— Særlig om vintern, sa jeg.

Han hørte det ikke.

178

— I byen lever menneskene kunstig, fortsatte Seb. Fattern har fortalt om indianerne i Sør-Amerika.

Det kom et gyldent skjær over ansiktet til Seb. Han tente pipa og sendte den rundt. Vi blåste bort de nærmeste myggene.

— Lurer på åssen Fred har'e, sa jeg.

— Fred skulle vært med, sa Gunnar stille.

En varm vind satte skogen igang, det pusta og sang mellom trærne. Vannet ga også lyd fra seg. Jeg tusla opp til skogkanten for å pisse. Mørket var nærmere nå, det stod en svart vegg inni skogen og stengte for utsikten. En mygg landa på pikken, men før jeg fikk rista den av hørte jeg noe annet.

— Psst, sa det bak et tre.

Jeg så meg omkring, fikk ikke øye på noe.

— Psst, kom det en gang til.

Og så krabba det fram en gnom med masse skjegg og øyne som brant i natta. Jeg blei ikke redd. Det var akkurat som han hørte til landskapet der, var en del av det treet han hadde stått gjemt bak. Håret var mose, armene greiner og stemmen et grovt sus.

— Jeg gikk etter lukten, sa han. Dere har hatt fiskelykken.

Fiskelykken. Det hørtes snodig.

Jeg nikka.

— Da er det kanskje en beta igjen, da?

— Ja, jøss. Abbor.

Han pekte ned mot vannet og stakk mosehodet nærmere.

— De andre, er de, er de, klarerte?

— Klarerte? De er kameratene mine, sa jeg forvirra.

— Du går god for dem?

— Klart det!

Han fulgte etter meg til bålplassen hvor det ennå var glør.

— Hei! ropte jeg. Vi har fått besøk!

De kom småsjanglende opp til oss. Gnomen gjemte seg bak meg. Øynene hans gikk fra den ene til den andre.

— Han skal ha mat, sa jeg.

Vi fikk flammene opp igjen, henta resten av fisken og snart freste det i panna. Gnomen sa ingenting, satt bare med vaktsomt blikk og spytt i skjegget. Det lukta jord av ham.

Så klarte han ikke vente lenger. Han tok abboren med fingrene og stappa den rett inn i skjegget. Aldri sett maken. Han bare kjørte fisken inn i høyre munnvik, kjeften gikk som et hjul, og så kom bein og skinn ut i venstre munnvik og datt rett ned på bakken. Han var en hel

179

fabrikk. Etterpå rapte han kolossalt og smilte med fett overalt.

— Daltjuven er en fin plass, hvisket han. Men ingen har fiskelykken her mer enn én gang. Så i morgen må dere dra videre.

Vi skulte litt på hverandre. Bålet kasta skummelt lys i ansiktene våre. Så oppdaga gnomen flasken.

Han pekte med en svart og krum finger.

Seb ga den til ham. Han tok en durabelig slurk, blikket hans lyste enda sterkere.

— B-b-bor du her? spurte Ola forsiktig.

— Himmelen er mitt tak og jorden mitt golv. Og veggene er i øst og vest, nord og sør. Dere er velkomne.

Han tok enda en slurk og ga flaska tilbake.

— Jeg har bodd her siden krigen, gutter. Seilte i konvoi. Jeg går omkring i min stue og finner ikke ro.

— Om vinter'n også?

— Om vinteren også. Da hviler soldatene. Snøen er varm.

Bålet sank sammen. Myggen kom tilbake med nye styrker. Vi boksa i luften. Gnomen satt urørlig og lot dem drikke blod.

Så reiste han seg plutselig og ansiktet hans ble usynlig der oppe i mørket.

— Hils hvis dere møter Iris, sa han.

— Hvem er det? spurte jeg.

— Iris er engelen vår, sa han. Hun er vakker som solen. Når man treffer henne, da dør et menneske.

Så gikk han. Han gikk rett inn i mørket og var borte.

Vi satt lenge uten å si noe. Bålet slukna. Månen lyste matt på himmelen.

Seb skrudde av korken og tørka godt av tuten.

— Tulling, sa Gunnar. Jævla tulling!

Flaska gikk rundt. Jeg tok en slurk og spytta den ut.

Myggen var overalt. Det summa inni hue. Seb tente pipa, men det hjalp ikke stort. De kom tilbake hele tida og fant ansiktene våre, hendene, leggene. Vi ga opp. Vi måtte søke ly i teltet. Flaska gikk rundt. Jeg lot som jeg drakk. Den var snart tom.

Ola sovna. Hue datt ned, så fulgte resten av kroppen. Øynene var blodskutte og det kom noen sære lyder fra kjeften hans. Det begynte å boble i munnvikene. Det var bare én ting å gjøre. Vi halte ham ut og krøyp inn igjen.

— Kan'ke risikere å få teltet fullt av spy, kan vi vel? sa Gunnar utydelig.

180

Like etterpå blei det et sabla rabalder ved teltdøra. Veggene skalv, så fór glidelåsen ned og Ola stakk et grønt tryne inn og spydde av full hals.

Vi skreik i munnen på hverandre. Ola så opp på oss med vrengt blikk, skjønte null.

— T-t-trudde jeg var ute, stotra han.

— Du *var* ute, sa jeg. *Nå* er'u inne.

— Har jeg spydd i t-t-teltet?

Vi fikk ham ut og ned til vannet. Gunnar og Seb hadde fått latterkrampa, de satt på huk og hylte. Ola visste ikke helt hvor han var. Og i teltet lukta det dass, nytta ikke sove der i natt. Vi rulla ut soveposene rundt bålplassen. Gunnar snorka før han var nedi. Seb lå og humra i mørket.

Myggen holdt meg våken. Jeg stakk hue i bærenettet og fant en huskelapp full av drømmer.

Jeg våkna av at Gunnar skreik. Han hylte. Han satt rett opp og ned i soveposen og klemte på trynet sitt. Det så ikke ut. Han ligna en slalåmbakke.

Jeg kom meg bort til ham. Han virka ganske gal.

— Hva er'e som har skjedd! gråt han. Hva er skjedd!

— Mygg, sa jeg. Du har glemt å ligge med nettet i natt.

Han skreik enda høyere. Trynet var knallrødt og omtrent dobbelt så digert som vanlig. Nesa stod til alle kanter og øynene lå langt inne mellom kulene, to smale, skrekkslagne striper.

Jeg måtte holde ham. Han fekta med armene som en vindmølle og var like ved å rive istykker soveposen. Jeg fikk ham ut og lirka ham ned til vannet. Og ellers var det en fin morgen, med klar luft, vindstille og ennå et svalt drag fra natta. Daltjuven lå blank som en skøytebane. Gunnar satte seg på huk og titta ned i vannspeilet. Der besvimte han. Jeg måtte hale ham på land. Jeg lot ham ligge i gresset og gikk opp for å vekke de andre. De lå i bærenettene sine med kupler og dårlig ånde.

— Vask teltet, din gris, sa jeg til Ola og røska ham løs.

Seb gnei seg i øya og strøk fem sprikende fingre gjennom det feite håret.

— Er'e skjedd noe, eller? harka han.

— Myggen har spist opp Gunnar.

De kom seg omsider på høykant. Ola stakk to dupper i nesa og begynte på teltet. Seb og jeg gikk ned og henta Gunnar. Han prøvde å gjemme ansiktet. Øynene så skumle ut mellom fingrene.

Seb ville trøste.

— Bare sunt å bli stukket av mygg. Skifter ut det gamle blodet. Jentene har mensen. Vi har myggen.

Gunnar ville ikke høre.

Jeg tok ham i beina og Seb festa tak under armene.

— Blir man sånn når man er fyllesjuk? mumla Gunnar.

— Du glemte jo myggnettet, ditt kjøtthue!

Han sparka meg unna.

— Kall meg ikke kjøtthue! ropte han med sinnssvak røst. Kall meg ikke kjøtthue!

Ola kom ut av teltet og annonserte at klokka var åtte.

— Gjør'e v-v-vondt? spurte han og bøyde seg over Gunnar.

Gunnar slo vilt rundt seg. Tre mann måtte til. Vi dytta ham inn i teltet. Han la seg lydig ned, stirra hjelpeløst opp på oss.

— Er'u sulten? spurte jeg.

Han rista svakt på hue.

— Tørst?

— Ja, kom det hest.

Seb henta vann og Ola tente butanen. Jeg fant fram førstehjelps-utstyret.

— Gunnar, sa jeg. Hører du meg? Ikke klø. Selv om det klør, så må du ikke klø!

Han begynte å få feber. Vi vurderte å balsamere hele ham i gasbind, men ga ham tre globoider istedet. Seb telte stikkene og noterte på en lapp. Han kom til atten bare på nesa, 43 i panna og 36 på hvert kinn.

Da sola stod høyest, begynte Gunnar å fantasere. Trynet var større enn noensinne og han snakka i tunger. Det hørtes som svensk eller nynorsk. Han sa noe om en odelsgutt og en jente med langt lyst hår. Vi gikk ut og lot ham fantasere i fred. Seb hadde ikke vært på dass siden vi dro. Han følte seg litt tung i buken og satt i skyggen av teltet og småsov. Ola lå i soveposen med hue nederst. Jeg prøvde å fiske, men kanskje gnomen hadde rett. Det var ikke liv i vannet.

Seinere på kvelden oppdaga jeg noen rare spor rundt teltet. En fot var en vanlig støvel, den andre var et elgbein. De forsvant inn i skogen.

Jeg sa ingenting til de andre.

Neste morgen våkna vi av noen enda verre lyder. Vi spratt opp av soveposene, Seb, Ola og jeg, og stirra mot teltet hvor Gunnar lå. Det var ikke der bråket kom fra. Vi tømte øynene for søvn. Trompeter. Vi hørte trompeter. Ola pekte med gapende munn. Rett over på den andre siden krydde det av speidere. Vannet var fullt av kanoer. En brunkledt bolle med lyserøde knær blåste i trompet.

Vi så på hverandre. Det var ikke mer å si. Vi vekket Gunnar, trynet hans hadde flata litt ut. Han hadde klødd opp et par sår i panna.

— Vi må dra videre, sa jeg.

— Orker ikke, stønna han.

— Det er speidere her, sa jeg.

— Vi drar, sa Gunnar.

Vi rulla sammen teltet og kom oss avgårde. Det var bare å følge skogsveien rett til Katnosa. Ola slo fast at klokka var ni, han så det på blomstene. Jøss, vi var ikke lite imponert. Ola var et vandrende gjøkur.

Og så var vi der. Vi kasta fiskestengene til værs og løp det siste stykket. Det lukta ku og kaffe. På trammen stod en svær dame og smilte. Hun hadde en blå og hvit kjole på seg, akkurat som himmelen.

— Er det langveisfarende, sa hun.

Det var vi.

Vi blei med inn i stua og slo oss ned rundt et bord.

— Vafler, bestilte vi. Og åtte cola.

Seb forsvant på dass og gamlemor tok Gunnar i nærmere øyesyn.

— Du har vært uvenner med myggen, lo hun.

Gunnar nikka, hadde vært dumt å nekte på det. Hun henta en tube med et eller annet. Rosenglyserin, forklarte hun, og så smørte hun trynet hans fullt. Han satt med knepne øyne og folda hender. Det lukta rart, hadde kjent den lukten før et sted, hos Fred, av hendene til mora hans.

— La det være på noen timer, sa hun.

Og så kom hun med colaen og like etter kom lukten fra vaffeljernet og en stund etter det kom Seb. Han gliste som Kuppern i Squaw Valley og virka ti kilo lettere.

Han så på Gunnar.

— Skar'u på ski?

— Ski?

— Har'u ikke smurt med klister, á?

Den lo vi av helt til vaflene kom. Hun satte seg sammen med oss og vi fortalte om gjedda og anden, om Daltjuven og all fisken vi fikk, men ikke om den gærne gnomen, veit ikke helt hvorfor det, egentlig.

— Hvor skal dere nå? spurte hun.

— Ned til oset, sa jeg. Skal prøve elven.

— Dere kan låne koia der, sa hun.

— Flott! sa vi i kor og vaflene smelta på tungen og jordbærsyltetøyet smakte en hel sommer og en halv barndom. Og vi fikk bytta jord til marken. Og da vi dro, fikk vi med vafler og et svært ferskt brød, det brant mellom fingrene. Hun stod på trammen og vinka, i blå og hvit kjole, akkurat som himmelen, og vi fulgte stien langs vannet og blei borte for henne.

Vi balanserte over demninga. Det kalde vannet falt ut i elva og pusta svalt på oss. Regnbuene stod på rekke og rad nedover, helt dit elva rant ut i Storløken og hvilte seg litt før den durte videre til Sandungen.

Koia var ikke stor, men den var bedre enn teltet. Det lukta ikke spy der, men høy og hest. Gunnar la seg inn i skyggen og sovna. Seb og Ola og jeg prøvde marken i elva, men det beit ikke. Vi tente pipa i stedet, blanda ut tørrmelken, men det blei bare klumper. Ola prøvde dem som agn, mente han hadde et kjempenapp, men det var sikkert bare bånn. Og så kom mørket bakfra, seig over oss, omtrent som i en kinosal. Vi prøvde spinnerne, null napp. Og etterpå kom knotten. Den var verre enn myggen. Den krøyp inn i øra og nesa og munnen i flokk og følge. Vi dampa på maispipa som gale indianere, men det hjalp ikke. Vi flykta opp til koia, Gunnar lå og babla i søvne. Så sovna vi også og drømte om hester og fosser.

Jeg stod opp før de andre. Jeg var lys våken og skrubbsulten. Jeg lista meg ut. Været var klart, men jeg kunne ikke se sola. Først nå la jeg merke til bråket fra elva, en hard, tung dur. Klokka kunne ikke være mer enn seks.

Jeg tok fiskestanga og markboksen og rusla ned til bredden, fant et bra sted hvor jeg kunne vasse uti barbeint. Jeg klistra på en god klyse mark og kasta mot strømmen. Kroken fløyt nedover, jeg ga ut snøre, trakk inn og kasta ut igjen. Mens jeg holdt på, dukket sola opp bak meg og varmet ryggen. Fuglene begynte å kakle og blomstene åpna seg og regnbuene i elva dansa og skalv.

På fjerde kastet hogg det til. Det svei i håndleddet. Stanga stod som en binders i lufta. Jeg ga snøre over en lav sko og fisken dro

184

det med seg. Det måtte være ørret. Eller laks. Flere kilo. Minst. Jeg begynte å svette. Det var hundre meter på spolen, var allerede glissent. Jeg vassa baklengs inn på land og gikk forsiktig nedover langs kanten, festa stanga innenfor beltespennen. Så stramma det enda hardere til, snøret sang i lufta. Jeg bråstansa, lot det gå noen sekunder, så prøvde jeg å dra inn. Bom fast. Ikke nubb. Den stod på tvers av strømmen. Jeg lot den stå. Jeg hadde god tid. Men da fikk jeg øye på noe som skjedde nede ved Storløken. Jeg trudde ikke mine egne øyne. Det satt en naken dame på en stein, klin naken med kjempemugger og lysebrun hud. Jeg glapp stanga, snøret røyk. Jeg blei bare stående og måpe. Hun så ikke meg. Så glei hun ned i det sorte vannet og la på svøm utover. I det samme hørte jeg en hund gjø.

Jeg løp til koia. De sov. Jeg rista dem våkne.

— Naken dame i elva! ropte jeg.

De spratt ut av soveposene som sommerfugler og spurta etter meg. Vi fant to busker å gjemme oss bak.

— Der! sa jeg og pekte mot steinen i vannet.

Det var ingen der. Vannet lå blankt og ubrutt.

— Hvor! peste de.

Jeg gikk noen skritt fram.

— Hun var der, sa jeg spakt. Akkurat der. For noen minutter siden. Satt på steinen, dønn naken.

De andre så på hverandre og rulla med øynene.

— Det er sant! ropte jeg. Hadde digre mugger!

— K-k-klokka er bare sju, ymtet Ola og plukket en blomst.

— Trur dere meg ikke, eller!

De svarte ikke, tusla bare opp til koia. Jeg hentet stanga. Seb laget te da jeg kom. Ola skar blingser av det ferske brødet. Gunnar så ålreit ut, bare et par buler i panna.

— Vært oppe lenge, eller? flirte han.

— Jeg så det jo. Jeg så henne! Banna bein!

— Ja, ja, ja, sukket Seb.

— Hadde på en kjempeørret, sa jeg fortvilet. Sikkert fem kilo. Så skulle jeg ta'n på tvers av strømmen. Og så oppdaga jeg dama og så røyk snøret tvert!

Gunnar klappa meg på ryggen.

— Sikker på at det ikke var henne du hadde på?

De flirte godt og lenge.

Jeg gikk opp til demninga og satte meg der. Naken dame, hørte jeg nede fra koia. Naken dame i Katnoselva! Og så blei det mye latter og plystring.

I skogen hørte jeg en hund gjø.

Det blei ikke noe fangst den dagen, så vi måtte nøye oss med fiskeboller til middag. Vi satt på trammen mens boksen putra over butanapparatet. Seb ladet pipa i tilfelle innpåslitne mygg og knott kom og lagde kvalm. Ola speida utover landskapet og rynket panna, skulle finne ut hvor mye klokka var.

Men så fikk han øye på noe annet istedet. Han strakte hals og hysja på oss.

— Kommer noen, hviska han og pekte.

Vi fór opp og titta rundt hjørnet. Hun kom over demninga, en lav jente i rare klær, med en hund like etter seg, en tjukk, raggete buhund.

— Det er henne! sa jeg. Det var henne jeg så i elva!

Fiskebollene kokte over. Vi redda det som var igjen. Like etter stod hun på trammen. Bikkja snuste omkring og hadde tunga på tørk. Hun bare stod sånn, lenge, så på oss, og vi blei ganske febrilske.

— Lyst på mat? spurte jeg med tørr hals.

Hun nikka, hektet av seg sekken og satte seg. Jeg ga henne det som var igjen av fiskebollene. Hun delte det med hunden. Etterpå lo hun.

— Fin fangst, sa hun. Rett på boks.

Hun var rar. Hun var det rareste vi hadde sett. Hun var rarere enn gnomen. Håret hennes var langt og helt mørkt. Og så hadde hun putta masse blomster i det, prestekrager, blåklokker, bekkeblom. Hun var en hel bukett. Men det var øya hennes som var merkeligst. Utenpå var de intense, stirra all sin tyngde over på deg, men like bak det blå var det grått og matt, som et vann noen har tråkket i og virvla opp sand og slam.

Vi kokte kaffe. Hun blei sittende. Seb tente pipa og harka litt. Hun ville smake. Vi flirte inni oss. Karva Blad. Men hun dro røyken ned i kjempedrag og der blei den. Hun sendte pipa til meg, lea ikke på øyelokket.

— Fikk du noe i morges? spurte hun.

Jeg blei tomat på stedet. Alt blodet samla seg i hue. Og det var varmt. Det pipla ut av panna, blodrøde svettedråper.

— Nei, hviska jeg.

Men hun så ikke sinna ut. Hun smilte.

— I kveld skal vi få masse fisk, sa hun og begynte å rulle en røyk med kjappe bevegelser. Tobakken så tørr og mørk ut. Hun tente og sugde all røyken inn, holdt pusten og lukket øya. Når hun åpna dem, var de forandra. Det klare blå glei bort og det matte, grumsete bunnfallet kom opp. Det var akkurat som hun ikke så oss. Det lukta søtt og litt kvalmt av henne.

— I kveld skal vi få fisk, gjentok hun. Men først skal jeg sove. Og så la hun seg med hue oppå hunden og sovna der på trammen.

Vi gikk ned til elva og satte oss på hver vår stein.

— Hun ha'kke fiskestang, sa Gunnar.

Vi tygde på det en stund.

Ola fikk øye på en maurtue.

— Klokka er h-h-halvsju, sa han.

— Da hadde'ru rett likevel, sa Gunnar.

— Trur á er indianer, hviska Seb og blåste røykringer opp mot himmelen.

Etter en drøy stund våkna hun og bikkja. De kom ned til oss. Hun så seg omkring og nikket flere ganger.

— Har dere sett eller hørt noen? spurte hun.

— Nei, sa vi forvirra.

— Kom.

— Vi fulgte etter henne opp til demninga. Der stansa hun og pekte på en diger spak. Den ligna slåen for en dør.

— Vi skal stenge slusen, sa hun.

— Åffer det?

Hun smilte.

— Vent og se.

Vi måtte hale og dra alle mann. Det var bare så vidt det svære håndtaket rikka på seg. Men så fikk vi det på høykant og det glei ned mot andre sida. Vi rettet oss opp og lyttet. Det var akkurat som om elva rant bort. Det blei stillere og stillere.

— Kom, hviska hun.

Hun henta ryggsekken sin og Gunnar tok med lommelykten. Vi gikk ned til bredden.

— Vi må vente litt, sa hun og satte seg.

Det var merkelig. Lydene fra skogen kom tettere innpå nå som fosseduren var borte. Jeg så på Gunnar. Selv i mørket kunne jeg se at han ikke likte seg. Han var urolig.

187

Etter en stund reiste hun seg og smilte hvitt.

— Nå kan vi få fisk, sa hun.

Gunnar lyste. Mellom steinene lå ørreten og sprella, i kulpene som var igjen stod de tett som på boks. Det var sprøtt. Det var akkurat som å plukke bær. Seb henta nettene våre. Indianerjenta fylte opp sekken sin.

Gunnar tok meg i armen.

— Dette e'kke lov, snerra han.

— Sikkert ikke. Men det er første gang jeg har *pelt* fisk!

Han slapp meg og gikk opp mot koia. Vi fylte to nett før vi ga oss. Den gærne jenta hadde ryggsekken stappfull. Den sprella som en blekksprut.

Så åpna vi slusen igjen, la alle krefter til og løfta bommen opp. Og sakte kom verden igang igjen. Det sildra stille først, så falt vannet ut, duren satte seg i øret og elva rant inn i natta, med hvite skumflak på ryggen.

Vi tente bål nedenfor koia, rensa åtte ørret og stekte dem på spidd og drakk te til. Det smakte som vafler med bein i. Vi smatta og slurpa så det hørtes helt til Skillebekk. Bare Gunnar var ikke sulten. Han satt litt unna og så gretten ut og rensa neglene med kniven.

Seb fyrte opp pipa og sendte den rundt. Hun rulla en av sine egne, røyka lenge på den, og så begynte hun å snakke, nærmest med seg selv, eller til hunden som lå ved siden av henne med den røde, ruglete tunga over forlabbene.

— Livet er en elv, sa hun. Livet er en strøm.

Hun bøyde hue bakover og himmelen sank ned i ansiktet hennes. Så tidde hun bomstille igjen. Bålet knitra. Vannet rant bak oss.

— Få smake et drag? spurte Seb.

Hun rakte ham røyken. Seb tok et magahiv, øya stod som bandyballer ut av trynet hans.

— Fy faen! stønna han og storma ned til elva og drakk som en elefant.

Hun lo, dro gloen nesten helt inn til leppene, tok en blomst ut av håret og kasta den på bålet.

Gunnar spikka på en kjepp. Han sa:

— Hva heter'u egentlig?

Hun lente seg bakover igjen. Hunden rulla sammen tunga.

— Natten finnes ikke, sa hun opp i lufta.

— Hva driver'u med egentlig? holdt Gunnar på.

Hunden begynte å knurre. Øra stod stive rett opp fra det bustete hue. Tanngarden kom til syne bak den vrengte kjeften.

Hun blei urolig, reiste seg fort. Hunden fulgte med henne, stod lyttende en stund, så knurret den igjen og flekket tenner. Dyrekroppen skalv.

— Jeg må gå, sa hun og tok på seg sekken.

Og så gikk hun, inn i mørket, forsvant slik elva rant bort.

— Jøss.

Det var det eneste vi sa. Jøss.

Vi satt litt og frøys. Det stod en vegg av kulde opp fra elva. Så kom knotten. Den kom fort og uten nåde. Vi pøste vann på bålet og spurta opp til koia og stupte i soveposene. Gjennom det lille skitne vinduet skinte månen, kasta skummelt lys inn i rommet. Så glei den unna og mørket var der helt og holdent. Vi sov urolig, snakka i søvne, en underlig, nervøs samtale.

Gunnar var først oppe. Han kom tilbake med knasende tenner og smale glugger.

— Faen ta henne, sa han. — Faen i helvete ta henne!

Ola og jeg gikk ut og kikka. Nede ved bålplassen lå all fisken og råtna. Fluene stod som en tett stinkende klump over dem. Det var over og ut med bærenettene.

— Det er vår skyld at vi glemte fisken, sa jeg.

Gunnar sparka en stein så den fór gjennom lufta.

Det var kul umulig å få vekka Seb. Han mumla og våste og var helt i ørska. Skreik gjorde han også. Vi måtte bruke makt, halte ham på høykant og støtta ham mot veggen. Så pakka vi og úro vår kos. Vi hadde turens lengste etappe foran oss, helt til Kikut og Bjørnsjøen.

— All den fisken bortkasta! mumla Gunnar. Han var forbanna. Var det jeg visste!

— Hva var'e du visste? spurte jeg.

— At det blir dritt når man gjør sånt kødd. E'kke riktig å stenge demninga. E'kke noe gøy. Og tenk på alle dem som blei uten vann!

Det hadde vi ikke tenkt på. Ola mista brunfargen på stedet.

— Tru'u de har m-m-merka det n-n-nordover?

— Klart det, sa Gunnar. Maridalsvannet. Hele Oslo!

Kanskje det var best å gå noen omveier. Vi tok en titt på kartet, men stiene var ganske knotete. Vi ville ikke ende opp ved Hadelands Glassverk.

Jeg sa:

— Det va'kke oss. Vi sov.

Seb humra.

Gunnar gikk bakerst og klødde opp sårene i panna.

— Drømte noe sprøtt i natt, flirte Seb og gnei seg i øya. Drømte jeg var fisk.

— Åssen f-f-fisk, da? spurte Ola.

— Veit vel ikke åssen fisk, vel, ditt brød. Var bare fisk. Svømte som faen. Og så snakka vi med hverandre. Med andre fisk, altså. Snakka med sånne små ul. Kjenner'e i kroppen åssen det er å være fisk. Sprøtt, hva! Og så var'e helt lyst nedi vannet.

— Var'e ingen som fiska? spurte jeg.

— Joa. Fikk snusen på en svær krok. Og så beit jeg på akkurat da dere vekka meg.

Klokka var fem da vi endelig fant Bjørnsjøen. Det sa i hvert fall Ola. Han så det på fargene på skyene. Vi braste inn på Kikut og bestilte smørbrød med leverpostei, cola og Ascot. På veggen hang det en diger klokke. Den var fem over fem. Vi så på Ola. Han var tidsinnstilt.

Vi blei sittende en god stund, sårbeinte, brunbrente og trøtte. Det var bare en gammel gubbe bak disken og to damer inne på kjøkkenet. Og ingen av dem klaga over lavvann. Gunnar roa seg litt ned.

— Det er ingen som veit at *vi* gjorde det, hviska jeg over bordet.

Gunnar så rett på meg.

— Ha'kke noe med saken å gjøre det, vel!

Vi fant en leirplass et stykke nærmere elveoset, helt ute på en strøken odde som lå som en pekefinger ut i vannet. Vi bygga teltet og tok fram fiskeutstyret. Meitemarken begynte å bli slapp, gjorde ikke motstand når vi klemte den på kroken. Duppene stod stille. Vannet blei sakte farga svart av skyene som steig opp på himmelen. Et kuldedrag traff oss i nakken. Skogen begynte å klage.

Vi krøyp inn i teltet. Det var seint nok likevel og vi var stuptrøtte. Soveposene lå butt i butt. Teltet skalv i vinden. Langt borte, kanskje over Frogner, hørte vi torden.

— Er'e ikke d-d-dumt å ligge helt her ute, sa Ola.

— Verre i skauen, sa Seb. Kan få et tre i hue.

Vi lå og lytta, hørte vinden, og bølgene som slo mot steinene. Det var mørkt. Det var veldig mørkt.

— Vi teller band, foreslo Gunnar.

Seb begynte.

— Beatles, sa han. Så klart.

Så var det Olas tur.

— Beach B-b-boys.

Gunnar:

— Gerry and the Pacemakers.

Og meg:

— Rolling Stones.

Og sånn fortsatte det: Animals. Pretty Things. Who. Dave Clark Five. Manfred Mann. Yardbirds. Byrds. Lovin' Spoonful. Kinks. Snowflakes.

— Hvem sa det? ropte Seb.

Det var Ola.

— Gjelds ikke. Snowflakes gjelds ikke!

Vi fortsatte, for vi sov ikke ennå: Supremes. Pussycats. Treme-loes. Shadows. Dave, Dee, Dozy, Beaky, Mick and Tich. Swinging Blue Jeans.

— The Snafus! sa Seb og da braka det løs. Mørket blei hakka opp av blå kniver. Bakken rista under oss. Regnet hamra mot teltduken. Så hamra det mot oss. Det fossa inn fra alle kanter. Teltet var lekk som en sil.

Vi kom oss opp og ut. Himmelen skar tenner. Tordenen rulla i nedoverbakke. Vinden slo oss i trynet.

— Vi må dra til Kikut! skreik Gunnar.

Han tente lommelykten, men det hjalp ikke stort. Vi pakka sammen så godt vi kunne og kjempa oss gjennom stormen, snubla i søla, blei slått overende av vinden. Med ujevne mellomrom lyste det blått, som fra et digert sprakende tv-apparat.

Det var mørkt i alle vinduer på Kikutstua. Vi hamra på porten, men ingen hørte oss. Seb pekte på en annen dør. Det var dassen. Vi løp dit. Det var like kaldt der, men tørt. Det lukta surt fra båsene og blikkrenna.

— Imorra drar vi hjem, sa Seb.

Vi prøvde å sove, men posene var for våte. Vi prøvde å tenne pipa, men fyrstikkene var for våte. Vi prøvde å krangle, men vi var altfor våte. Så sovna vi kanskje likevel, for vi våkna og var tette i nesa og mo i råna. Og det regna ikke. Det var bare renna som sildra bak oss. Det var nemlig sol. Vi sjangla stivbeinte og mørbanka ut, kjøpte buljong og rundstykker og hang til tørk et par timer i den stigende sola.

— Kjenner'u den lukta? spurte Seb.

— Jeg kjenner'n, sa jeg.

Marken. Meitemarken hadde råtna. Vi gikk inn i skogen og tømte den ut. Et par trær mista nålene på stedet. Så hengte vi klærne og soveposene utenpå sekkene og begynte på hjemturen. Ved Skjærsjøen hvilte vi og spiste opp resten av Død mann i boks.

— Vært en fin tur, sa Seb.

Kunne vi skrive under på.

Gunnar fant fram apparatet, gikk ned i knestående og skrudde og myste. Da kom det en gubbe på veien og vi ba han ta det i stedet. Så fikk vi være med alle mann.

Vi spiste middag på Ullevålseter for de siste grynene, lapskaus og vørterøl. Nå var det bare bakkene ned til Sognsvann, og selv om det var ålreit å komme hjem til seng og plater og dass, så hadde vi lyst til å drøye det også. Vi tok en avstikker inn til Lille Åklungen, som lå mørk og dyp rett nedenfor den bratte ura på vestsiden. Vi slo oss ned på et grønt nes og mekka utstyret.

— Hvor mye er klokka? spurte vi Ola.

Han så seg litt rådvill omkring, telte på fingrene, mente den var fem.

Vi satte på spinnerne og kasta. Seb fikk bånn og røyk snøret. Han pakka sammen og gadd ikke fiske mer. Ola var inni skogen en tur. Gunnar ga også opp etterhvert.

Seb pekte.

— Se de høytspentmastene der oppe, á! Ligner på svære roboter!

De reiste seg over trærne, uten hue, med utstrakte armer, kolossale stålskjeletter. Når vi var helt stille, hørte vi at det sang i ledningene. Det lød skummelt.

— Den jenta var passe sprø, sa jeg.

— Gnomen også, sa Gunnar.

— Men han hadde rett i at vi ikke fikk mer fisk i Daltjuven, sa jeg.

Ola romsterte ved sekkene. Vi rusla opp til ham. Han skvatt som en frosk da vi kom, prøvde å skjule noe han holdt i hånden. Vi brakk den løs. Klokka hans.

Han rødma stygt og fikk leamus i venstre øre. Det flagra. Vi bare så på ham. En stjerne sluknet. En gjøk sa godnatt.

— H-h-hakke hatt den framme f-f-før nå! stotra han.

— Ånei, ikke det nei, sa vi. Hvor mye er klokka nå, á? Greier du å finne ut det, eller?

Han stirra på uret.

— Har s-s-stansa, sa han. — E'kke vanntett.

Så myste han mot himmelen, mens det ene øret slo vilt.

— Trur d-d-den er halvsju, sa han.

Jeg prøvde det siste kastet, fikk drag på stanga, spinneren fløy i en fin bue og landa med et sukk midt ute i bukta. Jeg lot den synke lenge og dro sakte inn. Så kjente jeg et nykk i armen. Snøret dirra og sang som høyspentledningene der oppe. Det var ikke bånn. Det dro.

— Jeg har'n! ropte jeg.

Jeg ga ut snøre. Fisken tok det. Jeg ga ut mer. Så stansa den. Jeg sveiva forsiktig inn. Den ville ikke være med, prøvde å svømme lenger ut, men den var for trøtt og kroken satt godt. Den ga opp. Den fulgte med snøret. Da den var nær nok, så vi at det skinte nede i det mørke vannet. Jeg fikk den på land. Den veide minst et halvt kilo. Det var en regnbueørret.

— Skal vi ete'n nå? spurte jeg.

— Ta'n med hjem, sa Gunnar og klappa meg på ryggen.

Vi la ut på det siste stykket, rusla forbi Gaustadjordene. Det hadde vært en fin tur. Alle var enige om det. Da kom det noen mot oss, et merkelig følge, ti femten mann, alle var likt kledd, og de hadde barbus og dype, mørke øyne og bleik blå hud. Foran og bak gikk to mannfolk som ikke ligna på de andre i det hele tatt, de hadde annerledes klær og så passe kraftige ut, ligna mer på vakter. De passerte oss uten å hilse, de så ingen steder, hendene deres var grå knuter og det eneste jeg hørte var subbingen fra føttene.

Jeg stansa og frøys tvers gjennom meg, blei spidda av en iskald søyle. Så løp jeg etter de andre.

— Så dere dem! sa jeg. Fytte faen!

— Hvem? spurte Gunnar.

— Hvem! Gærningene, vel. Det var gærningene fra Gaustad!

Jeg pekte oppover veien. De var ikke der. En fugleflokk letta brått fra den gule åkeren.

— Skal vedde på at England vinner VM, sa Gunnar.

— Hva med Brasil, á! sa Ola. P-pelé!

Jeg snudde meg enda en gang. Veien var tom.

Ola var i ekstase. Ringo var verdens største sanger. Ringo var den eneste. Han satt med armer og bein inni platespilleren til Gunnar og var svett i nakken.

— Når jeg skal i militæret, skal jeg i m-m-marinen! ropte han.

Vi satte den på omigjen. *Yellow Submarine*, full guffe, åpna vinduet og hele byen blei en gul undervannsbåt; himmelen var vannskorpa og vi var mannskapet.

— Må raska på ellers kommer vi for seint, maste Gunnar. Han hadde ennå et par arr i panna etter de verste myggstikkene.

Vi rakk andre sida også før vi løp. Og plutselig var stemningen en annen. Gata utenfor blei forvandla til en kirkegård, en stund var sola borte bak en sky og høsten sneik seg innpå. *Eleanor Rigby*. Vi satt tause og lytta, syntes det var rart at alt kunne skifte så brått i oss, like fort som vi snudde plata, akkurat som om vi var splitta i to: forside og bakside, gleden, sorgen.

Og så spurta vi til Vestheim. Det var første dag på skolen etter sommeren. Det var første dag i annen real.

Gymnasiastene stod i Skovveien og røyka og briska seg, og over ved nettingen stod dvergene og flakka med blikket og rakk så vidt over skoa. Vi rusla forbi dem, kjente igjen et par tryner fra Urra. De prøvde å si hei og kammerat, men den gikk ikke. Hadde kanskje ikke vi greid oss selv i første real. Nemlig. Vi gikk rett forbi dem. Men en innpåsliten klegg med høyvannsbukser og grisebust dilta etter oss.

— Åssen er'e å bli døpt? harka han.

Vi stansa og tok ham alvorlig i øyesyn.

— Har'u aldersbevis? spurte Seb.

— Hæ?

— Dette e'kke barnefilm, sa Gunnar.

— Men åssen er'e å bli døpt? maste han.

— Ikke tenk på det, sa jeg. For da kommer'u aldri tilbake.

Han blei hvit.

— Er'e så jævli?

— Verre, sa jeg. Enten tar'i deg nå, stapper igjen sluket på pissern med dasspapir og legger deg i renna til du har øra fulle av piss. System Ernst, heter'e. Eller så venter de til vintern og kjører'ei på hue inn i en snøfonn og skrur'ei fast. Kan velge sjøl.

Han sjangla bort til gjerdet og satte seg på bakken. De andre pygmeene stimla rundt ham.

Jentene hadde vokst. Jentene hadde vokst noe grønnjævlig. Vi skygga rolig unna.

Gåsen kom med press i buksa og eple under armen.

— Hei, sa han forsiktig.

— Hei, Christian, sa vi og han smilte fra øre til øre og sånn stod han helt til det ringte inn.

Pultene var blitt for små. Det lukta surt etter sommeren og vi åpna alle vinduene. Svampen lå hard og tørr på kateteret. Gåsen fukta den. Jentene sprøyta parfyme på ham. Joa. Alt var som før. Men det mangla noe. Det mangla en pult.

Fred mangla.

Kers Pink ankom, satte seg bak kateteret og fingra med noen bøker.

— Sett dere, sa han endelig.

Vi satte oss.

Kers Pink begynte å snakke.

— Jeg har noe trist å fortelle dere aller først. Vår klassekamerat Fred, Fred Hansen, er død. Han druknet i sommer.

Så stille tror jeg aldri jeg har hørt det før. Og så husker jeg ikke noe mer før vi fortalte det til Seb og Ola etter timen. Ordene var så tunge i munnen. Seb trudde ikke på meg. Han greip meg i skulderen og rista. Så trudde han det.

Vi gikk hjemover. Tankene kverna i hue. Det var Gunnar som sa det alle tenkte, men ikke orka tenke helt ut.

— Åssen kunne Fred ha drukna, han som var så god til å svømme!

Mer sa vi ikke. Jeg tenkte på de gamle klærne hans. Jeg tenkte på rotta og moras røde hender.

Fred var død.

Vi gikk innom fotobutikken i Bygdøy Allé hvor Gunnar hadde levert inn filmen fra fisketuren. Ekspeditøren fant fram pakka.

— Det må ha kommet lys på filmen, sa han og trakk ut negativene fra plastlommene.

Og alt som var igjen av sommeren var en rad med svarte bilder.

REVOLVER

høst 66

Det blei mye faenskap den høsten. Vi spilte Revolver den høsten. Det var den høsten vi blei konfirmert.

En gang i uka var vi hos presten i Frogner kirke, hver onsdag. Det lukta mugg og våte sokker i det trange steinrommet. Vi var minst tjue stykker, hadde hver vår bibel og hver vår salmebok. Presten var en sånn skitype, med dråpe under nesa og loddrette rynker. Stemmen hans var enorm. Han preika om alt det vi hadde lovet da vi blei døpt.

Og selvsagt var Gåsen der. Etter timen klemte han seg på da vi fyrte opp en pinne ute i Bygdøy Allé.

— Syns du om presten? spurte vi.

— Gørr, sa Gåsen.

— Ganske mye slit for de gavene, sa jeg.

— Ønsker meg hammondorgel, sa Gåsen.

— Jøss. Kan du spelle, eller? spurte Gunnar.

— Piano. — Han trakk på det. — Skal begynne i band.

— Band! Hvilket da?

Vi mista nesten pusten.

— Får se, sa han bare og stirra i bakken.

En meitemark krøyp over fortauet. Han tråkka på den.

— Åffer gjorde'u det, å?

Gunnar pekte på klysa og skar grimaser. Gåsen smilte merkelig.

— Hadde lyst.

Han trakk på skuldrene og gikk nedover gata.

Vi subba opp til fontenen. Den var stengt for vinteren, enda det bare var september. En fyr kom ridende på en hest langs alléen i midten, jøss, det var ganske flott, en blank, brun hest gjennom regnet.

— Hvor lenge skal fattern din være hjemme? spurte jeg.

— Tre måneder, sa Seb og pelte fram en Teddy. Han så sur ut.

— E'kke det ålreit, á? Gunnar tente en fyrstikk og skjerma den med de digre nevene sine.

— Joa. Men han og muttern krangler hele tida. Og så maser'n om at jeg skal klippe meg.

— F-f-fattern bråker også, mumla Ola og dro i fjona.

Vi fant fram kam og ordna sveisen. Vi prata ikke så mye den høsten, men noe måtte vi jo si, vi prata om Frigg som lå på fjerdeplass og hadde sjans på gull, om den nye Stones-lp'en, Aftermath, om treninga vi skofta. Men det vi alle ville snakke om, beit vi i oss. Om Fred.

Vi gikk hjemover, tause og forknytte i gule regnfrakker.

— E'kke sikkert jeg gidder fortsette hos presten, sa Seb plutselig.

Vi bråstansa.

— Ikke kødd, á, sa jeg. Det er jo til konfirmasjonen vi skal få instrumentene til The Snafus!

De andre nikka.

— Joa. Men åffer skal vi gå der når vi ikke trur en dritt på det?

— Sa jo det, ditt kjøtthue. Presangene!

Vi dro hjem til Gunnar og spilte Revolver. One two three four! Seb lå strak når han hørte de første grepene på Taxman. Og Eleanor Rigby var der igjen, vi pressa oss sammen rundt høyttaleren, som om vi frøys og platespilleren var et bål. Jeg var litt sur for at Paul alltid skulle ha med en sviske på hver lp, Here, there and everywhere, men For no one satt som en pil i hjertekammeret, vi tenkte på alle jentene, Unni og Klara, Nina og Guri. Vi måtte spille Girl i samme slengen, satt med knytta never og ga faen i alle jentene på hele kloden. Sitaren til George gikk gjennom marg og bein, var som å være hos tannlegen. Og Tomorrow never knows var passe sprø. Hørtes ut som John sang med hue i en blomsterpotte mens et helt orkester blåste på kinobilletter i bakgrunnen.

— John Lennon b'yner å bli feit, sa Seb da han hadde fått pulsen under hundre.

Gunnar blei sur og klemte på magen for å teste bilringene.

— Ikke faen. Ser bare sånn ut. Er skjorta som er svær!

— S-s-skal hvertfall ha sånne solbriller til sommer'n, sa Ola og pekte på Ringo.

Ute stod regnet skrått og jevnt.

September 66.

— Ja, sa vi. Til sommer'n.

Og enda en gang beit vi i oss det vi aller mest ville si, og luska hjem med hver vår tunge stein i brystet.

Muttern venta med kveldsmaten. Fattern leste i en tjukk bok med engelsk tittel. Etter jul skulle han bli filialsjef.

— Nå skal du snart få være med i teatret, sa mor.

Det lød som en utkallelse til krigen. Jeg ville ikke være med i teatret.

— Gleder du deg ikke!

— Jo, sa jeg, for mor så så glad ut.

Natta kom med Jensenius. Han gikk ikke så mye nå, satt bare i en stol, kunne jeg tenke meg, og sang. Noen kvelder kunne han synge i to timer av gangen, med kvarters pause. Så drømte han vel applaus og trampeklapp og lot seg lokke til ekstranummer.

Jensenius sang før vinteren kom og la snø på stemmebåndene.

Jeg fikk ikke sove. Det lyste under døra. Mor og far satt i stua og hvisket høyt. Jeg holdt pusten og lytta.

— Han er en idiot! hørte jeg far si.

Mor var taus.

— Si opp stillingen sin!

— Permisjon, skjøt mor inn.

— Og til Paris! Til denne . . . denne . . . piken!

Jeg krøyp under dyna igjen og lo i mørket. Hurra, Hubert! Så måtte jeg holde meg fast, for en drøm kom og sendte meg vegg imellom, det var den drømmen jeg drømte denne høsten, 66. Jeg drømte om krampekrigen i 1962, midt under Cuba-krisen, da jeg så fattern redd for første gang, redd, og da jeg så det, skyllet angsten dobbel så sterk over meg. Far kjøpte tredve kilo hermetikk, gjemte den i kjelleren på Nesodden, i tilfelle, i tilfelle, ingen fikk lov til å røre den, men etter hvert falt han til ro, glemte boksene og løste kryssord i stedet. Det er den hermetikken jeg lever på nå, så takk fattern, du var forutseende der, det er alltid en krig. Men altså, krampekrigen, tredagerskrigen, 62, da Skarpsno og Vika tørna sammen, og vi på Skillebekk blei stående midt imellom, med de puslete hårspennesprettertene, som ikke kunne måle seg med fiendens kanoner. Men vi hadde en fordel, vi var lommekjente på slagmarken, vi visste om hemmelige dører, høl i gjerder og underjordiske ganger. Det starta en torsdag. Lørdag ettermiddag var det brått slutt. Da hørte vi Jakken skrike, Jakken var en pusling som hadde en eller annen sjukdom, kunne ikke gå ordentlig, er flytta for lengst nå. Jakken skreik, han stod midt i gata med en jernkrampe rett i øyeeplet. Blodet fossa ut. Jakken skreik og skreik. Krigen var over. Vi kom opp fra skyttergravene, ut fra bunkersene. Han mista synet der, på begge øyer. Stod i en blodpøl og skreik. Krigen var over. Muttern fikk ha hårspennene i fred. Hermetikken stod i kjelleren på Nesodden.

Sånn lå jeg om natta.

Drømte om kramper og krig.

En dag, en dag som alle de andre den høsten, med lav surklende himmel og regnvind, tok vi mot til oss, kjøpte fire roser, som var så røde i alt det grå, så blendende røde, og dro opp til Nordre Gravlund, til Freds grav. Vi grudde oss som hunder og gikk tause den lange veien til kirkegården, som lå klemt mellom Ullevål sykehus og skolehagene.

Gravene stod på rekke og rad, svære steiner, trekors, kranser. En ambulanse ulte forbi utenfor hekken. De blankpussa skoa våre var grå av søle.

En gammel svartkledd gubbe kom nedover grusstien, myste på oss.

— Hvor skal dere? brummet han.

— Vi . . . vi ser etter graven til Fred Hansen, sa Gunnar.

Mannen skuttet seg, dro den svarte kappen igjen i halsen. Så gjorde han tegn til oss, vi fulgte etter ham, inn på en sti mellom steinstøttene. Det lukta våt jord.

Han pekte mot hjørnet av kirkegården, under de gule bjerketrærne.

— Der nede, der hvor den damen står. Det er moren hans. Er her hver dag.

Kunne ikke snu nå. Vi gikk sakte mot henne. Seb holdt blomstene. Regnet kom i kalde kast.

Hun fikk øye på oss da vi var like ved, kjente oss ikke igjen straks, så rant det et krumt smil over ansiktet hennes.

— Er det dere, hviska hun.

Vi gikk nærmere, tørket hendene mot lårene, og øvde på det ordet inni oss som vi hadde lært av Kers Pink da klassen sendte kortet og blomstene til henne.

— Kondolerer, sa vi etter tur, fram med hånden, og klumpen i halsen vokste til en granat, det var godt at det regnet.

— Vi har med noen blomster, sa Seb og fikk av det våte papiret.

Vi så på steinen, på de ubønnhørlige tallene som var hogget inn: 14/8 1951 — 25/6 1966.

202

— Dere må bli med hjem, sa mora plutselig. Vær så snill!
Vi mumla takk, og så fulgte vi etter henne gjennom hele byen, til Schweigaardsgate og den transsibiriske jernbanen.
Vi satte oss i stua, hun lagde te. Ennå lukta det gammelt tøy. Og døra til Freds rom stod åpen. Ingenting var forandra eller flytta på.
— Fred var den eneste jeg hadde, sa hun stille.
— Vi savner F-f-fred vi også, fikk Ola fram. Vi skottet takknem lig bort på ham. Ola sa de riktige tingene når det gjaldt.
— Han hadde ikke så mange venner, fortsatte mora. Dere veit ikke hva det betyr for meg at dere kommer hit, å prate med dere . . .
Og så fikk hun snakke om alt Fred skulle blitt, alt han skulle gjort, og hun pusta nesten liv i ham, og jeg tenkte at nå, nå kunne han i hvert fall aldri skuffe henne.
— Ta mer te, sa hun til slutt. Jeg skal hente noe å tygge på!
Hun kom tilbake med en skål full av kjeks.
— Bokstavkjeks, smilte hun.
Vi tygget de tørre kjeksene i oss, drakk den søte teen, som var blitt lunken. Og jeg syntes at de eneste bokstavene som fantes i skålen var F og R og E og D. Og jeg kom på noe, dette måtte vel være det presten hadde kalt nattverd, sånn føltes det i hvert fall, legeme, blod, og hele tida så vi mot den åpne døra og rommet der matteboka lå oppslått på logaritmer.
På hjemoverveien blei steinene i brystet for tunge. Regnet fosset rundt oss og vi var like ved å synke.
— Fred døde 25. juni, sa jeg.
De andre sa ingenting, sugde på de våte sneipene.
— Det var den dagen vi møtte jenta ved Katnosa, fortsatte jeg.
— Og så!
Gunnar hogg til.
Jeg svelga steinen.
— Kanskje det var hun gnomen fortalte om. Iris.
Gunnar beit tennene sammen i et kjempegrin.
— Hold kjeft! Han var helt oppi trynet mitt. Hold kjeft!
— P-p-presten sier at Gud har bestemt a-a-alt fra før, hviska Ola og strøk hånden nervøst gjennom håret.
— Åssen Gud kan det være, å! Som lar Fred drukne!
Gunnar fomla med en røyk, fikk det ikke til, pælma fyrstikkene i husveggen.
— Skal spørre presten om det neste gang, sa Seb og spytta.
— Fred drukna, sa Gunnar, lavt, så rolig han kunne. Fred drukna.

Det var vel ingen som bestemte det! Det drukner mennesker hver eneste sommer. Fred var en av dem. Ingen som kan noe for det!

— Nei, sa vi.

Fred er død.

Vi gikk hjem. Det var godt å ha fått sagt det. Uansett. Var godt å ha vært der. Følte oss liksom så lette, som om vi kunne svømme avsted i regnet.

Vi stod foran speilet i entréen, mor og jeg, og det var nesten som den sommeren på Nesodden da vi hadde kledd oss ut. Hun hadde på seg lang kjole og glinsa fra topp til tå, og jeg skar tenner, med blazer og blanke knapper, barbus og nybona.

— Du skal få dress til konfirmasjonen, sa mor, og så tuta det utenfor, for hun hadde gudhjelpemeg bestilt drosje også. Og bra var det, jeg sneik meg ut porten og smatt inn i baksetet, og satt med bøyd hue, ville nødig bli blinka ut i det kostymet.

Og i drosja hviska mor i nakken min:

— Gleder du deg ikke! *Brand* med *Toralv Maurstad!*

Jeg var livredd.

Vi hengte fra oss tøyet og mor måtte foran speilet igjen. Jeg ønska meg bort og vekk, jeg ønska meg uendelig langt avsted, men det hjalp ikke. Mor tok meg i armen og holdt meg fast, pekte og viste hvor fint det var, fortalte om Hauk og Alfred og Peer. Jeg prøvde å roe ned pumpa, her inne møtte jeg hvertfall ingen kjente, det måtte være sikkert.

Så ringte det i en bjelle og folk begynte å bevege seg mot inngangene. Vi ålte oss inn på raden og fant setene. Det lukta møll. Det lukta møll og parfyme og etterbarberingsvann, det var verre enn kjerke og gymsal tilsammen. Slipset pressa mot adamseplet, strikken var like ved å kvele meg. Så gikk teppet opp, noen begynte å snakke med vanvittig røst, og jeg besvimte.

Jeg blei vekket av sterkt lys og trampeklapp.

— Er det ferdig? spurte jeg.

— Det er pause, lo mor.

Vi skyndte oss opp i annen etasje, for mor ville ha Martini. Jeg fikk solo. Det var ikke sitteplasser, så vi måtte stå langs veggen. Mor lente hodet bakover og sukket fornøyd.

— Det er så mektig, sa hun.

— Joa, mumla jeg.

— Dere skal sikkert lese Brand på gymnaset. Eller Peer Gynt.

Så var det at jeg fikk soloen i halsen. Rett bortenfor oss stod foreldrene til Nina. Det var ikke til å ta feil av. Svetten rant ut av buksebeina.

— Jeg må på do, sa jeg.

Mor så på klokka.

— Da må du skynde deg. Det er nede i første.

Jeg sneik meg ut og kom meg usett forbi glassdørene. Jeg bante meg vei ned trappa og fant omsider Herrer. Hjertet løp sekstimeter. Jeg lente meg mot døra. Det var ingen der. Jeg pusta lettet ut. Dette var teater. Så stilte jeg meg ved renna og tappet i fred og ro. Men da smalt døra opp og det stilte seg en kortvokst skjeggpryd ved siden av meg. Strålen tørka inn. Det var faren til Nina. Han rota og fikla og kom igang, skotta bort på meg, og akkurat da jeg hadde fått pakka inn og snørt igjen, kjente han meg.

— Det er sgu Kim, sa han og fant fram et hull i skjegget.

Jeg nikka, visste ikke helt hvor jeg skulle se.

— Så du er i teater, fortsatte han blidt, rista og styrte og holdt på. Kunne ikke nekte for det.

— Er det ikke grusomt! sukket han og gjorde seg ferdig. Jeg har spist tre globoider allerede!

Vi stilte oss ved hver vår vask.

— Nå, og hvordan gikk fotboldkampen?

— Vant 1—0.

— Det var sgu mæktig godt! Men kom ut og hils på Ninas mor. Ja, vi er her kun på besøg. Nina er ikke med.

Han trakk meg ut og mora kjente meg igjen med det samme, tok hånden min og det var litt flaut, for jeg hadde ikke fått tørka meg. Hun blei klissvåt og måtte fram med et lommetørkle.

— Du forsvant så fort sist vi så deg, smilte hun.

Jeg stirra ned i det røde golvet, la merke til at lissene mine var satt feil i hølene.

— Nina var så lei seg, fortsatte mora. Hun kommer hjem til sommeren.

Og så ringte klokkene igjen, to ganger, friminuttet var forbi.

Jeg rota ganske lenge rundt, fant ikke døra til trappene, alle kjolene og smokingene strømmet mot meg og ville ha meg med den andre veien. Jeg stod som en laks mot fossen, begynte så smått å få panikk, og endelig kom jeg meg opp til restauranten hvor mor stod rasende og venta på meg.

Vi fant setene idet lyset tona ned. Teppet rullet bort og det var rart, og det er sant, da jeg så kulissene og hørte de høye stemmene der oppe som fikk lysekrona over oss til å klirre, da var jeg ikke med lenger, akkurat som på Sound of Music. Og jeg kunne ikke forstå at noen kunne gå på den limpinnen, bli så grundig lurt så lenge. Jeg lukket øynene, skrudde ned lyden og tenkte på Nina. En knipetang beit seg fast i magen. Nå var hun aleine i København. Aleine med Jesper. Jeg holdt på å skrike, men tok meg i det. Ga jeg kanskje ikke faen. Det gjorde jeg.

Da vi kom hjem, gikk jeg rett til køys, fikk varm melk med honning og var borte fra skolen en uke. Jeg var utmatta, drømmene lekte sisten med meg og jeg greide ikke komme unna. Bilder og lyder blanda seg sammen til et rødt mareritt: Jensenius' sang, krigen på TV, en flyalarm, en telefon som ingen tok. Og på veggene som omslutta meg: bildene av Beatles. Jeg kjente dem ikke igjen. De så ikke sånn ut lenger. Vi ligna ikke mer på oss selv.

Og når jeg står opp nå, like fremmed etter en urolig, men drømmeløs natt, kan jeg kjenne den samme feberen under skallen, knipetangen i mellomgolvet. Det er magen som ikke tåler brønn-vannet, det er brunt når det kommer fram til springen. Jeg må ut og smelte snø, koke. Jeg pakker meg inn i gamle klær og subber gjennom rommet. På bordet ligger hvite ark, som vinduer i mørket. Jeg går ut på kjøkkentrappa og blir blenda, må skygge for øynene, det hamrer. Og jeg fryser, jeg fryser på hue, det er det verste, for håret mitt vil ikke gro.

Da ser jeg det: fotsporene i snøen. Jeg følger etter dem. De kommer opp fra porten. Det har vært noen her. De fortsetter rundt Huset. De stanser ved det ene vinduet hvor lemmene er tatt bort.

Noen har sett inn på meg.

Vi fortsatte hos presten, satt og trøkka hver onsdag i den mugne kjelleren. Det blei ikke til at vi spurte om hvorfor Fred hadde drukna, om det var Gud som hadde bestemt det. Men en kveld hadde vi blod på tann. John hadde sagt at Beatles var større enn Jesus. Jøss, for et bråk! Det var verre enn Luther. Det skulle Seb slenge rett i trynet på presten. Men Father Mckenzie kom ham i forkjøpet og spurte i stedet om Seb kunne ramse opp innholdsfortegnelsen i Det Nye Testamentet. Det kunne ikke Seb. Han kom seg ned til Apostlenes Gjerninger, men så var det bom stopp. Prestens rynker blei stramme og harde. Jentene på første benk fniste. Jeg sneik fram gudeboka og tok en titt nedover, det var Paulus' korrespondanse nå, brevet til romerne, brev til korintierne, til galaterne. Seb blei beordra loddredd ned på krakken. Så pekte presten på meg.

— Fortsett, sa presten.

Jeg reiste meg.

— Paulus' brev til romerne. Paulus' brev til korintierne.

— Første!

— Hæ?

— *Første* brev til korintierne.

Jeg trakk pusten.

— Paulus' brev til galaterne.

— Annet brev!

— Hæ?

— *Annet* brev til korintierne. Nåde være med eder og fred fra Gud vår Fader og den Herre Jesus Kristus.

— Hæ?

— Fortsett!

— Paulus' brev til . . . til galaterne. Paulus' brev til efe . . . efeserne.

Lenger kom jeg ikke. Det var nesten halvveis. Det var stille i kjelleren. Jeg skotta ned på Gunnar. Han rista oppgitt på hue. Seb satt med en svær geip og ga faen. Ola så ut som han kunne få latterkrampa når som helst. Nåde ham.

— Har heller ikke du lest leksen til i dag?

— Joa. Fikk bare jernteppe.

Så forsøkte presten å mane det ut av meg. Men der strakk ikke hans evner til. Han måtte tilkalle hjelp fra en museflette på første benk, hun stod strak i plisséskjørt og ramsa opp filippenserne, kolossenserne, tessalonikerne, Timoteus, Titus og Filemon.

Da timen var over, stansa presten oss på vei ut og ba oss bli. Seb og jeg skulle sitte igjen. Og vi fikk ikke gå før vi kunne leksa utenat. Vi sleit oss gjennom de sprø navnene, det gikk greit i begynnelsen, Matteus, Markus, Lukas, Johannes. Men efeserne og tessalonikerne tok knekken på oss. Etter tjue minutter ba presten meg gjøre et forsøk. Jeg fikk til en ramse etter tre ganger, bytta bare om kolossenserne og Timoteus. Men med Seb blei det bare smørje igjen. Nakkehåret hans stod rett ut som en kost. Etter korintierne streika tungen hans totalt.

— Du kan gå, sa presten til meg.

207

— Jeg venter på Sebastian, sa jeg.
Presten så på ham.
— *Vil* du ikke lære det? spurte han.
— Nei! smalt det.
Seb reiste seg og slengte gudeboka over til presten.
— Jeg gidder ikke konfirmere meg! Tror du det er noen som tror på det du sier! De gjør det bare for presangenes skyld!
Presten mista sin tro. Han mista troen på sine ører. Seb toga ut i garderoben, jeg løp etter ham. Så kom presten. Han vifta med hendene.
— Kommer du ikke tilbake?
— Nei! sa Seb og smalt den tunge døra igjen etter oss.
Ute på gata fikk han den store skjelven, fomla fram en røyk, og så fikk han latterkula. Jøss, det var det største siden oppstandelsen. John Lennon var bare barnemat.
Gunnar og Ola venta ved Gimle.
— Seb har tatt rotta på presten! ropte jeg.
De kom løpende mot oss.
Jeg fortalte alt sammen. De lytta med åpen munn og svære glugger. Fortalte det en gang til. De stirra på Seb i frykt og beundring.
— Men åssen blir'e m-m-med instrumenter, d-d-da!
Seb knipsa sneipen ut i rennesteinen.
— Får presanger likevel, sa han. Muttern har sagt det.
Han hadde ordna seg! Ikke pokker om muttern og fattern hadde gått med på det. Var ikke noe vits i å spørre engang.
— Da ønsker'u deg elektrisk gitar! sa Gunnar.
— Jepp. Kawai. Med én mikk og vibrator. Kan bruke radioen som forsterker. 300 gryn.
Vi rusla opp mot Urra, kunne ikke gå hjem nå.
Seb blei plutselig alvorlig.
— Jeg mener, begynte han. Jeg mener, det e'kke rektig å ligge der på kne og bli velsigna når'u ikke trur en tøddel. Er'e vel?
Gunnar stansa.
— På kne? Hvor da?
— Ved alteret vel. På konfirmasjonen. Må ta imot velsignelsen og si at du trur.
Gunnar var hvit i trynet. Han beit tenna sammen.
— *Må* man det?
— Er det som er hele konfirmasjonen, jo! Reprise på dåpen.

Slepper bare vannet.

Gunnars stemme var svak.

— Jeg få'kke presanger hvis jeg ikke konfirmerer meg.

Seb banka ut fire Craven og sendte rundt. Vi tusla videre. Mannen på Trappa var iferd med å stenge. Men det var en sjappe lenger borti gata som var åpen til halvni. Vi svingte inn Briskebyveien, ligna alltid på en westernby der, sånn om kvelden, de lave trehusene som det knaka i, det gule lyset bak gardinene. Mangla bare vrinsk og en blodig duell. Så stod det plutselig noen foran oss, i mørket midt mellom to gatelykter.

Bråstansa.

Gåsen.

— Hei, Christian, sa vi. Hva gjør'u her á? Nesten midt på natta, jo!

Han kom nærmere. Så ut som han hadde gått gjennom en bilvask. Sveisen lå klistra til skallen. Han slikket seg rundt munnen hele tida.

— Satt dere igjen hos presten? spurte han.

— Jepp, sa jeg.

— Hva gjorde han?

Seb flirte.

— Han gjorde ikke no'! Det var vi som gjorde det. Stakk av. For godt.

Gåsen pusta med åpen munn.

— Fy faen, sa han.

Vi skulte til hverandre. Gåsen banna.

— Hadde han godt av. Den kødden! fortsatte Gåsen.

Ola var frampå.

— E'kke n-n-no' gæernt, vel, Christian?

Han hørte ikke.

— Kan godt stjæle et blad i butikken, sa han plutselig.

Stille. Ingen av oss sa noe.

— Kan godt stjæle et blad over i sjappa, gjentok han høyt.

— Tør'u ikke, sa jeg.

Gåsen tok et skritt nærmere.

— Gjør jeg ikke? hviska han.

— Nei, sa jeg.

— Tror du ikke jeg tør stjæle et blad! ropte han.

— Da må'ru raska på. Sjappa stenger halvni.

Gåsen så på oss alle. Så snudde han på hælen og gikk over gata, til den lysende butikken på hjørnet. Vi hørte det ringe i en bjelle da han tok i døra.

Vi så silhuettene innenfor vinduet. Det var bare en gammel kjerring bak disken og en kunde til. Gåsen stod ved bladstativet. Nå dro han ned glidelåsen på peau de pêche-jakka. Vi holdt pusten. Bare han nå ikke var så kørka at han storma rett ut. Måtte i hvert fall kjøpe en karamell først. Jøss. Gåsen stod med ryggen til disken og lirka et lite blad innenfor jakka. Joa. Det gikk. Bare å snøre igjen nå.

Da stansa verden. Det kom en sværing i sixpence forbi vinduet. Han stirra inn på Gåsen som fomla med glidelåsen.

Gunnar stønna dypt og sårt.

— Det er eier'n, for faen! Det er eier'n av sjappa!

Han reiv opp døra, vi så at Gåsen bråsnudde, så blei han borte i armene på branden, og etterpå løfta opp mot taket. Vi så at han skreik, Gåsen skreik som i en stumfilm, og så kom bladet fram, et Davy Crockett-blad til femti øre.

Vi begynte å bevege oss sakte bakover mot Holtegata, helt rolig, ingen panikk, så storma vi rundt hjørnet, holdt pusten og venta på Gåsen.

— Litt av en kveld, sa Seb.

— Kjeften! sa Gunnar.

Vi lytta etter sirener. Var dønn stille i hele byen.

— Hva skulle han med et D-d-davy Crocket-blad, å? mumla Ola.

Så kom han. Han kom snublende ut og landa på alle fire på fortauet. En stemme banna og svor inne fra sjappa. Gåsen karra seg på høykant og vakla langs husveggen som en sjuk hund. Vi fikk ham i sikkerhet rundt hjørnet.

— Åssen gikk det! spurte vi.

Han bare rista på hue. Jøss, som han så ut. Kinnene brant etter ørefikene. Det var sprekk i leppa, rant en stripe blod over haka. Peau de pêche-jakka hans var vrengt.

— Åssen gikk det, for faen!

Han grein uten tårer. Bare hiksta og hiksta.

— Han sa han skulle si fra til foreldrene mine og til skolen, fikk han pressa fram.

— Sa du navnet ditt!

Han gjemte ansiktet i hendene.

— Kødd, snerra Seb. — Jævla sjappekødd!

— Sa det bare for å skremme, sa jeg.

— Kanskje jeg blir utvist, hiksta Gåsen.

— For et Davy Crockett-blad! Ikke faen!

Han begynte å hulke igjen. Det lød vondt, som om han harka opp piggtråd.

— Går sikkert ålreit, prøvde jeg å trøste, dunka ham på skulderen.

Blikket hans møtte mitt. Han så nesten hatefull på meg. Så drukna øynene hans i nye tårer, de svei nedover kinnene.

Det lukta surt et eller annet sted. Vi så ned. Pressen var ute av Gåsens bukser for godt. Det var en svær våt flekk nedover låret.

Han gikk. Gåsen vralta hjulbeint bortover gata. Vi hørte hikstene som eksplosjoner. Og et sted stansa han rett under en lyktestolpe, blei bare stående og hvine, og lyset falt ned over ham som en gul, blendende sirkel.

Dagen etter huka vi Gåsen på vei til skolen. Han kom oppover Frognerveien. Vi venta ved baker'n.

Han gikk rett forbi.

Vi løp etter og stilte oss rundt ham.

— Åssen gikk det? spurte jeg.

Han så på oss med tømt blikk. Munnen var smal og lyserød. Han svelgde. Det spisse adamseplet hoppa opp og ned.

— Han ringte ikke.

— Faren over! ropte Gunnar og tok ham i armen.

— Kanskje han ringer til skolen, mumla Gåsen.

— Ikke når han ikke har ringt hjem til deg, sa jeg. Klart ikke det!

— Han sa han skulle si fra, mumla Gåsen. Han sa det. At han skulle si fra.

Gåsen blei hørt i fysikk den dagen. Kunne niks. Ingen trudde sine egne ører, unntatt Gunnar og jeg. Gåsen sank ned på pulten.

— Er du syk? spurte læreren vennlig.

Gåsen svarte ikke.

Så blei Flabben hørt og det tok som vanlig resten av timen. Jeg fulgte med Gåsen. Han var helt borte. Kasta sprengte blikk mot døra hele tida, som om han venta at purken skulle storme inn med håndjern og fotlenker.

I frikvarteret tok vi ham for oss.

— Det e'kke noe å være nervøs for nå, sa jeg. Når'n ikke har sagt fra hittil, så gjør'n det ikke i det hele tatt!

— Han sa kanskje, hviska Gåsen.

— Ja. Og så?

— Kanskje han ringer i morgen.

— Gidder vel ikke å v-v-vente så lenge, v-v-vel!

— Har sikkert glemt hele greia allerede, sa Seb.

Men det nytta ikke. Frykten stod som spikra i blikket hans. Neste time var norsk. Kers Pink benytta som vanlig sjansen til å fortelle om Petter Dass og leste fra Nordlands Trompet. Plutselig stod Sandpapiret i døra. Vi fór opp, retta ryggene og strakte armene langs sidene, alle, bortsett fra Gåsen. Han kom seg ikke opp. Han lå over pultlokket og pusta som en bardehval. Rektor kom inn i klasserommet, pekte på Gåsen og skarra:

— Hva er i veien med deg, gutt!

Gråt han? Det kom noen rare lyder derfra, han var våt i nakken. Kers Pink var nede ved pulten hans, løftet ham opp.

— Christian! Hva er det med deg!

Det rant nedover Gåsens kinn.

— Det var ikke meningen, hiksta Gåsen.

— Hva sier du?

— Jeg mente det ikke!

Sandpapiret la hånden på panna hans.

— Du har jo feber, gutt! Vi må nok sende deg hjem.

Kers Pink pakka ranselen hans og støtta ham ut av klasseværelset. Vi stod fremdeles i giv akt, ingen skjønte noe, unntatt Gunnar og jeg. Vi skulle akkurat til å slippe oss løs da Sandpapiret bråsnudde på terskelen og brølte under stålbarten:

— Det jeg skulle sagt var: Det er forbudt å forlate skolens område i andre friminutter enn det store. Forstått! Forbudt!

Døra smalt igjen etter dem. Vi hørte Gåsen hulke ute på gangen. Kers Pink spurte hele tida hva det var, hva som ikke var meningen, men Gåsen sa ingenting.

Han kom ikke mer på skolen den uka. Og onsdagen etter hadde han heller ikke dukka opp. Om kvelden satt vi og mugna hos presten. Klart jeg fortsatte, men Seb kutta ut, fikk jo presanger uansett. Gunnar ymta også frampå om å slutte, men vi fikk overbevist ham om at det var The Snafus' framtid som stod på spill. Vi satt altså hos presten, han var igang med å forklare om miraklene, da kom Gåsen. Han var nesten ikke til å kjenne igjen,

212

hadde skrumpa inn til det halve, en epleskrott var han blitt, tygga på og spytta ut. Han satte seg nærmest døra og så ikke på oss. Munnen hans gikk opp og ned hele tida, men det kom ikke en lyd ut av den.

— Snakker med seg sjøl, hviska jeg til Gunnar.

Han satt sånn til timen var ferdig, mumla stumt, slikka seg over leppene, mumla videre. Han var førstemann ut døra. Vi fikk med oss klærne og løp etter ham. Vi tok ham igjen ved Norum.

— Har'u hørt noe? spurte jeg.

Han rista på hue.

— Da er'u iallefall på den sikre sida, smilte Gunnar og bydde på Teddy. Gåsen ville ikke ha.

— Du har hatt ganske flaks! sa jeg.

Han så meg i øynene. Kjente ham nesten ikke igjen.

— Kanskje han ringer i neste uke, sa han.

— Hør nå her, á! Gunnar begynte å bli irritert. Har'n ikke ringt nå, så ringer'n aldri! Åffer skulle han vente så lenge, á?

Gåsen fukta leppene.

— For å . . . for å straffe meg.

Det gikk strake veien ned med Gåsen. Han kom på skolen igjen, satt ved pulten og mumla lydløst. Kjeften hans gikk som et stempel. Vi lurte oss blå på hva det var han egentlig sa. Og en lørdag etter skolen satt vi hos Gunnar og preika, det var blitt november og Gåsen virka tapt for alltid.

— Trur'n er blitt spenna gæærn, sa Seb. Tålte ikke sjokket.

Jeg frøys nedover ryggen.

Gunnar dundra hendene i golvet.

— Må vel skjønne at han kødden ikke ringer nå! Snart en måned siden, jo!

Vi satt stille en stund, tenkte på Davy Crockett, hadde en sånn lue en gang, med lang, lodden hale.

— Kommer ikke til å konfirmere meg, sa Gunnar plutselig.

— Hæ! Vi skreik i munnen på hverandre. Hva mener'u med det!

— Kan'ke, sa han bare.

— Kan'ke! ropte jeg. Åssen da?

— Kan'ke gjøre det når jeg ikke trur en dritt på det.

— Får'u presanger l-l-likevel? lurte Ola.

Gunnar rista på hue.

Jeg tok ham i skjorta.

— Var jo enige om det, jo! Vi konfirmerer oss ikke fordi vi trur, men fordi vi skal få instrumenter til The Snafus!

— Åssen skal du skaffe elektrisk g-g-gitar, å?

— Jobbe hos fattern.

— Det kommer til å ta ti år! ropte jeg.

— Kan'ke noe for det, mumla Gunnar.

— Kan du vel! Åffer kan du ikke konfirmere deg som alle andre. Trur du det er noen andre som trur!

— Kan'ke. Kan'ke ligge der på golvet. Kan'ke.

— Du har altså bestemt deg?

— Ja. Fattern har skrevet brev til presten.

Det var det. Snafus' framtid vakla.

— Kanskje vi må få en annen gitarist, sa jeg.

Dønn stille. Gunnar pelte på neglene. Ola klødde seg i nakken. Seb stirra ut av vinduet.

— Må vel det, da, sa Gunnar, stemmen hans var kald og likegyldig.

Da hørte vi et sabla rabalder ute i stua. Dører blei hamra igjen, skritt trampa, en lampe velta, det var helt jordskjelv.

— Du *skal* klippe deg! skreik kolonialhandleren.

Ikke noe svar.

— Hører du ikke hva jeg sier! Du skal klippe deg! Og det på dagen!

Ikke noe svar.

Farens stemme skar opp i en fryktelig fistel.

— Har du tenkt å ta livet av din mor!

— Slapp av, sa Stig. Jesus hadde også langt hår.

Jøss. Den skulle jeg huske. Det var bedre enn Rudolf Nurejev.

Faren prøvde å si noe mer, men det blei bare lyder. En dør smalt så rommet rista. Litt etter kom Stig inn til oss.

— Ingen panikk, gutter. Bare høvdingen som har gått av hengslene.

Hadde håret langt over øra, og luggen gredd til side så den rakk helt ned på kinnet. Og så hadde han skinnjakke og semskete boots og stripete bukser med sleng. Stod og gliste og hadde oversikten.

— Bra måte du takla presten på, sa han og pekte på Seb.

Seb rødma stolt.

— Amerikanske prestekødder velsigner soldatene, fortsatte han.

214

Hadde ikke Jesus gått med på, hvertfall.

Vi nikka, klart ikke det.

Stig så på oss, én etter én.

— Ha'kke tenkt å sløve bort her hele da'n vel!

Vi trakk på skuldrene.

— Er jo Vietnamdemonstrasjon fra Lysverker'n jo!

Vi labba etter Stig ned til Solli. Gunnar gikk ved siden av og så sur ut, sa ikke et ord. Jeg kjente et sånt sug i magen, dragsug, det blei et tomrom der inne som gjorde vondt. Hadde lyst til å si at jeg ikke mente det med ny gitarist, men fikk det ikke til. Fikk det bare ikke til.

— Jævla bra med folk! ropte Stig og pekte.

Sommerrogata var stappa. Måtte være flere hundre, kanskje tusen. Var nesten ikke plass til alle. Noen bar svære plakater: VIETNAM FOR VIETNAMESERNE. STANS TERRORBOM-BINGEN. FRED I VIETNAM NÅ. Faklene duva i mørket, lyste opp ansiktene.

— Må stikke, sa Stig. Skal bære transparenter.

Han skulle til å gå, kom på noe.

— Har dere hørt at Beatles kanskje skal oppløses?

Vi mista pusten.

— Kamerat i klassen som sa det. Har lest det i engelske aviser.

— Oppløses! Beatles!

— Krangling. Må stikke. Ha det!

Han veiva med de lange armene og bante seg vei mellom alle folka. Vi stod i ytterkanten, ut mot trikkeskinnene, fikk ikke fram et ord, så bare forbi hverandre. Ropene fra mengden bedøva oss. På andre siden av gata stod en flokk og peip og lo, kjente dem igjen, silken fra Vestheim, Ky og Anders Lange. Beatles? Oppløses? Noen begynte å snakke i en mikrofon, vi hørte ikke hva han sa. Plutselig gikk alle menneskene på rad og rekke bortover Drammensveien, mens de ropte taktfast, taktfast. Fire stykker blei stående igjen, oss, glodde etter toget som bukta seg avgårde, flaggene som var spent ut i vinden, transparentene og plakatene med svære, svarte boksta-ver, faklene. Vi hørte det singla i glass, en flaske blei knust, noen skreik og sloss borte ved Handelsbygningen. Det steig tjukk røyk opp fra bakken, svei i nesa.

Vi stod på den tomme plassen og måpte.

Beatles.

Forbi?

Desember, uten snø, bare klar, sølvaktig kulde. Og dragsuget var der hele tida, som når danskebåten kom forbi Nesodden og trakk strandlinja til seg og etterpå sendte inn et lass med møkk, råtten tang, flasker, papir, donger. Sånn hadde jeg det. Dragsuget reiv og sleit i meg. Fra veggene stirra ansiktene, kom ikke unna dem. Tilslutt orka jeg ikke mer, pelte ned alle bildene og la dem i en skuff. Den nakne tapeten geipte til meg. Oppløses? Muttern stod plutselig i døra og klappa vilt, ropte på fattern. Han kom omsider og var stum av glede, betrakta veggene som om han var i Nasjonalgalleriet.

— Det var fint, Kim, sa muttern. De skulle jo ned før konfirmasjonen likevel.

Hang dem opp igjen samme natt, blei liggende våken mellom alle de fremmede blikkene. Tenkte plutselig på Nina. Danskebåten seilte forbi og dro hjertet mitt ut i rommet. Det var i hvert fall sikkert. Skulle aldri se den veien mer, om hun lå på alle fire og gråt og bar seg, niks, det var opp og avgjort. Jeg hørte Jensenius gå natt-turen sin, skrittene subba rett over pannen. Det kunne ikke være sant. At Beatles skulle oppløses. Hadde ikke snakka med Gunnar siden den dagen. Seb var nesten ikke å se, ikke Ola heller, pugga tysk og matte. Og Gåsen. Gåsen blei bare verre og verre. Snakka som en foss. Med seg selv. Fulgte ikke med i timene. Kunne ikke leksene. Gikk omkring som et gjenferd. Jentene var nesten redd ham. Akkurat som Dragen. Dragsuget. Hvis Hubert hadde vært hjemme, kunne jeg kanskje spurt ham. For han måtte vel vite noe om sånt. Men Hubert var i Paris, hos Henny i Paris.

Sovner.

En dag fant vi ut hva Gåsen sa med munnen sin. I store fri kom Ola løpende over skolegården. Vi stod i skuret, hutra og frøys, prata ikke. Gunnar leste fysikkleksa, Seb stod og drømte.

— G-g-gutter! ropte Ola. G-g-gutter!

Vi så opp. Gunnar klappa igjen boka.

— G-g-gutter! Har vært på dass!

— Sier'u det, sa Seb. Gikk det fint? Seb var i perlehumør.

Ola fant igjen stemmebåndet.

— Var på d-d-dass. Og så hørte jeg noen l-l-lyder inne fra en bås!

— Ja?

216

— Ja. Og så var'e Gåsen! Han stod der inne og p-p-prata. Og veit dere hva han sa! Han b-b-ba!

— Hæ!

— Gåsen b-b-ba!

— Til Gud?

— Ja! Hele Fadervår! Og så var'e masse m-m-mer! Stod på båsen og b-b-ba!

Det ringte inn.

Dragsug.

Gåsen var blitt sprø.

Muttern og fattern ga seg ikke. De ville ta ned bildene. Jeg nekta. De ville jeg skulle klippe meg. Jeg nekta. Hadde klippa meg én gang for alle før det teaterstykket. Muttern begynte å grine. Fattern smelte med dørene, akkurat som fattern til Gunnar. Det var krig. Det var revolver. Blei nesten nekta middag. Men jeg tenkte bare på Gåsen, at jeg måtte snakke med ham, og en iskald fredag tok jeg ham igjen i Gyldenløvesgate på vei hjem fra skolen.

— Hei, Christian, sa jeg og saktna farten ved siden av ham.

Han nikka kort. Ranselen virka så diger på ham, som en pukkel.

— Du hadde griseflaks! sa jeg fort.

— Flaks?

— Ja! At fyren ikke meldte deg!

Gåsen stirra på meg med det gule blikket jeg ikke holdt ut.

— Hva mener du? spurte han.

Jeg blei febrilsk.

— At han ikke har ringt, vel!

Jeg så brått på ham.

— *Har'n* ringt, eller?

Gåsen skutta seg.

— Ikke ennå, sa han.

Den kvelden kunne jeg ikke sitte stille. Tenkte jeg skulle dra til Gunnar, men stakk oppom Seb i stedet. Han åpna døra med et brak og så passe molefonken ut da jeg stod der.

— Venter'u på julenissen, eller?

Han dro meg inn på rommet. Fra stua hørte vi lave, men hissige stemmer. Så smalt det i en dør og noen løp etter.

— Alle smeller med dørene for tida, sa jeg.

Seb nikka. Han så litt ulykkelig ut.

— Fattern til Gunnar, fortsatte jeg. Fattern min. Alle smeller. Lurer på åssen Ola har'e?

— Smeller der også, sa Seb. Ola fikk brev med hjem. Må gå om igjen hvis han ikke blir bedre i tysk og matte.

— Dritt alt sammen, sa jeg. Møkkabinge hele greia!

Platespilleren stod taus. Det var blitt stille inne i stua. Kunne begynne å snø når som helst. Var bare to uker til konfirmasjonen.

— Trur'u Beatles skal oppløses? hviska jeg.

— Veit ikke. Kanskje. Trur'e ikke, men.

Seb virka litt overnervøs.

— Hva blir'e med The Snafus, å? Når Gunnar ikke får gitar?

— Må finne ut hva vi skal spille først, likevel, sa Seb. Lage egne låter og sånn.

Jeg svelga og sa:

— Trur'u Gåsen er blitt gæærn?

Seb smilte kort.

— Ser sånn ut.

Dragsuget.

— Trur'u det hadde hjulpet hvis fyren i butikken ringte?

Seb tenkte seg om.

— Kanskje. Han går jo og venter på det. Hvis han ringte nå, så blei det masse bråk, men så var'e jo over. Ikke mer å grue seg til, hvertfall.

Akkurat sånn hadde jeg tenkt også.

Da ringte det på. Seb falt sammen som en pyjamas. Mora lukket opp der ute, vi hørte stemmer. Seb halte seg opp i sofaen.

Så stod hun i døra.

Guri.

Jeg reiste meg, så på Seb, smilte. Det var altså det han hadde brukt onsdagene til når vi var hos presten og grodde mose. Seb smilte tilbake.

Og Guri bare stod der og så glad ut igjen.

— Må stikke, sa jeg fort. Ha'kke begynt på matten.

— Jeg skal skrive brev til Nina, sa Guri. Skal jeg hilse fra deg?

Og så sa jeg ja.

— Ja, sa jeg. Klart det. Bare hils.

— Du er vel ikke sinna på henne?

Og så sa jeg nei.

— Neida, flirte jeg bredt. Åffer skulle jeg det?

Jeg storma opp til Solli. Telefonboksen var ledig. Jeg la på mynten og slo nummeret til Gåsen. På detektimen snakka de gjennom lommetørklær. Jeg hadde ikke lommetørkle, kremta sårt og prøvde å gjøre stemmen min dypere. Men de kjente vel ikke stemmen min, bortsett fra Gåsen. Signalene gnistra over Frogner. Så var det en damestemme i øret mitt.

— Ellingsen, sa den.

— Er herr Ellingsen der? spurte jeg.

Røret var en svamp i hånden.

Det blei en kort pause.

— Han er ikke hjemme nå. Hvem snakker jeg med?

Jeg tok sats.

— Det gjelder Deres sønn, sa jeg. Jeg er innehaveren av en tobakksbutikk ved Uranienborg skole. Og for en tid siden knep jeg ham i å forsøke å stjele et blad.

Det var stumt på den andre siden.

Jeg fortsatte.

— Jeg var nok litt hårdhendt mot ham, men De vet hvordan det er. Det er ikke første gangen det blir stjålet fra butikken min.

— Et blad?

— Et ... et Davy Crockett-blad. Jeg tror nok ikke han var alene om det.

— Alene?

— Det stod en gjeng utenfor butikken og ventet.

— Jeg forstår, sa hun.

Det tvilte jeg på. Jeg måtte skifte øre. Det første var i ferd med å smelte.

— Jeg tenkte De hadde interesse av å få vite dette, selv om det er lenge siden nå. Men selv anser jeg saken som ute av verden.

— Takk, sa hun. — Takk skal De ha.

Hun la på. Jeg hang opp. Hun gikk vel inn til Gåsen og slo ham fordervet. Jeg vakla ut, blei stående på fortauet, trikken kom over rundkjørselen, og plutselig syntes jeg det ligna et skip, det glei forbi meg med stemmer og musikk. Jeg kjente suget i hele kroppen, det veldige dragsuget, blei halt ut i det blå mørket under stjernehimmelen, jeg slo Aldrins rekord fra dagen før, da han hang utenfor Gemini 12 i to timer, ni minutter og 25 sekunder.

Så var jeg på jorda igjen.

Vi ligna albino-flaggermus der vi stod i to rekker oppover midtgangen, i hvite, side kapper og bleike tryner og digre adamsepler. Orgelet bruste over oss. Ola himla med øya og så ut som om han skulle kaste opp når som helst. Gåsen stod i giv akt, mumla bare litt innimellom, men øya var ikke så fulle av angst lenger. Orgelet fisla bort. Lydene fra benkeradene tok over, hosting og kremting, en pastill som falt på golvet, en unge som skreik, det var verre enn på kino. Muttern og fattern satt nede ved døra, sammen med den ene fadderen min, en gammel venninne av muttern fra den gangen hun skulle bli skuespillerinne. Hun var gift med en sports-bavian som visstnok blei Norgesmester i tikamp i 1947. Den andre fadderen min var ikke der. Hubert var i Paris.

Så kom presten ned fra alteret, gikk mellom oss på knirkende sko. Han stansa helt nederst, var en innflytter fra Hoff som stod der, kappen flagra rundt ham, like før oppskytning. Det blei stille i huset.

— Hva het byen hvor Jesus ble født? spurte presten.

Det skar seg helt. Jernteppe. Stålgardin. Stillheten i salen nærma seg bristepunktet. Presten gjentok spørsmålet, den rødhåra innflyt-teren skalv i kappen, en mann i salen var like ved å reise seg og rope et eller annet, sikkert faren. Fyren knakk i knærne, så bare et brennende hue synke ned i gevantene.

Presten gikk raskt videre og svarene kom greit etterhvert. Stem-ningen steig, det var like før det blei applaus. Gåsen svarte at den hellige treenighet består av Gud Fader, Sønnen og Den Hellige Ånd. Ola svarte at det var Barabbas som blei satt fri da Jesus skulle korsfestes. Og jeg, jeg svarte at Judas het han som forrådte sin Herre.

Etterpå blei det mer orgel, og så måtte vi opp til alteret og legge oss på kne i en halvsirkel. Presten gikk innenfor det lave gjerdet og la hånden på huene våre. Det var visst det som var konfirmasjonen. Jeg kjente ingenting, bare lå der, var ikke verre, og jeg skreik ikke, sånn som mor sa jeg gjorde til dåpen. Det eneste jeg tenkte var at det lukta harskt av gelenderet vi lente oss mot, av stoffet det var trukket med, det lukta sånn som det gjorde av de svarte skinnbin-dene på biblene og de gamle klærne på Nesodden.

Så var det over og vi durte ned i kjelleren og skifta, akkurat som etter en fotballkamp. Ola satte seg ved siden av meg og pusta lettet ut.

— S-s-så'ru leamusen jeg hadde i l-l-låret? peste han. Trudde kappa skulle dette av. Sikkerhetsnåla under armen l-l-løsna!

Vi flirte stille. Gåsen stod i et hjørne og ville ikke av med kappa, så ut som han trivdes bra i den.

— Han kødden ringte jo l-l-likevel, sa Ola.

Jeg nikka.

— Skulle vært s-s-skuddpremie!

Så var det prestens tur igjen. Han prata mildt, sa at han var stolt av oss. Han tok oss i lanken etter tur og vi fikk hvert vårt lommetestamente, liten rød bok, ikke større enn en almanakk. Og inni hadde han skrevet en liten hilsen til oss, og et skriftsted vi skulle ta med oss på veien. *Kim Karlsen. Konfirmert 1. des. 1966. Jak. 2.14. Hvad nytter det, mine brødre, om en sier han har tro, når han ikke har gjerninger? Kan vel troen frelse ham?*

Gåsen var plutselig ved siden av meg på vei ut. Han tviholdt på boka med begge hender.

— Gratulerer, sa jeg.

Han stirra rett framfor seg.

— Muttern var og snakket med butikkeieren, sa han.

Hjertet dro til meg. Jeg holdt på å knekke på midten. Ola var like bak, stakk hue fram.

— Blei det b-b-bråk?

— Han sa at han ikke hadde ringt, sa Gåsen og så litt forvirra ut i øya.

Ola pressa seg mellom oss.

— A-a-at'n ikke hadde ringt! Sa'n det!

— Ja. Men muttern hadde jo snakket med ham. Så han kunne jo ikke nekte for det.

Gåsen hørtes nesten lykkelig ut, pressa fram et smil i det pjuskete fjeset.

— Jeg er glad for alt som skjedde, sa han plutselig.

Vi så på ham. Han så på oss.

— Jeg ble frelst den kvelden.

Jeg kjente et fall inni meg, dypere enn noensinne. Frelst i frykt, tenkte jeg. Jeg tenkte virkelig det. Frelst i frykt.

Så åpna Gåsen den tunge, treige døra, og fra mørket og møll-lukten gikk vi ut i vinteren som blenda oss med alt sitt lys.

Snart stod jeg der, i min første dress, mørkeblå, innsvinga, dobbeltspent, jeg mangla bare sabelen, så kunne jeg overta Akershus. Jeg stod der, og alle målte meg opp og ned, mens jeg målte gavebordet sidelengs og så ingenting som ligna på forsterker og mikrofonstativ.

Jeg begynte å pakke opp. Det var Ballograf fyllepenn fra

221

fadderen og mannen hennes, en skinnlommebok med hundre kroner i fra mormor, et kompass fra farfar, og selv Jensenius hadde huska meg: Til Kim fra Jensenius, gratulerer på den store dag. En plate: Robertino. *O Sole mio*. Og så var det en liten greis fra muttern og fattern, jeg reiv av papiret og stod med en elektrisk barbermaskin i hånden. Fattern gliste og strøk seg over haken, jeg gjorde det samme og kjente ingenting, absolutt ingenting, jeg var ikke der. Og tilslutt var det en flat sak, det var en bankbok, det var satt inn fem hundre kroner på den. Fem hundre! Jeg var redda!

— Og de skal du spare til du er myndig og skal studere, sa mor.

Det var det. Det var en istid til. Jeg gikk runden og takka. Tikjemperen moste meg helt og sa noe om stavhopp, fadderen var rundt meg med tjukk leppestift. Og mormor kunne ikke holde tårene tilbake.

— Du er jo virkelig blitt en mann, snufset hun. Du må huske å barbere deg hver morgen!

Farfar var liksom ikke helt med, han så en annen vei, men han var flott i den gamle dressen sin.

— Takk for kompasset! ropte jeg opp i øret hans.

Han snudde seg sakte mot meg. Hadde gått litt i nedoverbakke med farfar den siste tida. Han klaget over alt bråket, alle togene som raste forbi rommet hans natt og dag. Og så hadde sykepleierne gitt ham en eske sov-i-ro. Bestefar spiste dem, han, måtte ta klyster tre døgn på rad.

— De må pense om snart, sa han. Ellers kolliderer vi. Det skjedde på Dovre. I 47.

Mor kom med sherry på brett, jeg måtte ta et glass. Jeg huska at jeg en gang i detektimen hadde sett en fyr som helte en drink i en potteplante for ikke å bli forgifta. Kunne ikke gjøre det midt i stua. Jeg fikk ålt meg ut til telefonen, sa jeg måtte ringe til Ola, høre hva han hadde fått. Jeg tømte glasset i en kaktus i entréen. Piggene skrumpa. Etterpå fikk jeg Ola på tråden.

— Åssen går'e? spurte jeg.

— S-s-slitsomt, hviska han. Dressen gnager.

— Hva fikk du?

— Fyllepenn. Og b-b-barbermaskin.

— Samma her.

— Seb fikk også fyllepenn. Og et m-m-munnspill.

Vi var stille en stund.

— Blir vel ikke noe av The Snafus, sa jeg tungt.

— S-s-se'kke sånn ut.

Vi la på. Jeg hadde det vonde tomrommet i magen som bare vokste og vokste. Og ikke var jeg sulten heller. Det så mørkt ut.

Jeg fikk rødvin til maten. Alle skålte med meg hele tida, og fadderen min, hun tenkte vel at nå hadde hun gjort jobben sin, sett til at jeg hadde fått en kristelig oppdragelse, hun pøste oppi glasset mitt og jeg greide ikke få øynene vekk fra brystene hennes som bulte ut i nedringningen og hoppa hver gang hun åpna munnen. Jeg drakk vinen og plutselig hørte jeg et klikk, akkurat som om noen skrudde på en bryter, eller av. Det sa klikk og jeg blei ganske redd der jeg satt, for jeg kunne ikke se ordentlig lenger. Alt glapp liksom unna, mor var blitt to stykker som satt oppå hverandre, fadderen lente seg over bordet og hadde kløyvd ansikt og fire pupper.

— Jeg *visste* det ville bli en flott kar av deg, hørte jeg henne si. Jeg så det allerede da du lekte naken på Nesodden!

— Det er *tennisspiller* du skulle blitt, brøt branden inn. Jeg husker den sommeren vi spilte badminton, når var det? For syv år siden, ja, i 59, du var jo bare pjokken da, men du hadde *slaget* Kim, du hadde *svinget*! Spiller du tennis, Kim?

Jeg rista på hue. Det skulle jeg ikke gjort. Alt raste sammen. Det starta en vaskemaskin der inne. Jeg kjente ikke programmet.

— Jeg spiller fotball, hvisket jeg.

— Fotball! blåste han. *Lag*idrett! Enerne kommer ikke til sin rett der, Kim. Tennis er bra. Løping. Boksing!

Noen prøvde å knuse et glass. Det var far. Han reiste seg sammen med en annen. Jeg spente øyemusklene og fikk ham på plass. Far stod bak stolen med en liten lapp i hånden, alle blei helt stille, men hjertet mitt satt i halsen og hakka som en gal kylling i et bløtkokt egg.

— Kjære Kim, begynte far.

Hadde aldri hørt ham så høytidelig før. Mor gråt litt.

— Kjære Kim, gjentok han.

Og så holdt han tale i tre kvarter, han kunne da umulig ha alt det skrevet ned på den lille lappen. Det måtte i så fall minst være verdensrekord, for det var visst en som hadde greid å skrive hele fadervår tjue ganger bakpå et frimerke som han sendte til Kina, og den slo far med glans. Og jeg tenkte på alle talene jeg hadde hørt, lærer Lues, overlærerens, prestens, det var ikke lite de venta av oss, vi var deres evige liv, hvorfor skulle ikke vi kunne bli president i Amerika. Hva? Så lett det ville bli å skuffe dem, når forventningene var så svære, når løypa de rigget opp var så bratt, og så rett, at selv det minste sidesprang var ensbetydende med katastrofe, sabotasje, tenners gnidsel og hjerteinfarkt. Tenkte jeg ikke da. Ikke da, for hue mitt var en sentrifuge, full av skitne klær, løse knapper, kammer, tyggegummier, trikkebilletter og døde frosker. Det er nå jeg tenker det, nå som jeg allerede har skuffet dem. Moi satt med en serviett i øyekroken, og da far hadde snakket så lenge at vi kunne gå på skøyter på viltsausen, da reiste bestefar seg, og ropte med skinne-leggerens veldige røst:

— Toget kommer! Toget kommer!

Far og fribryteren måtte bære ham inn på soveværelset hvor han sovna i mors seng. Vi spiste ferdig i taushet. Og etterpå greide jeg ikke reise meg. Jeg prøvde, men jeg satt fast. De andre så litt rart på meg. Mor kom og ga meg en klem. Mormor var over meg med de tynne, spisse armene sine. Alle snakket i munnen på hverandre.

Jeg satt fast.

— Gutten vil ha mere mat! lo bokseren.

— Kom nå da, sa mor.

Jeg prøvde, jeg prøvde, men kom ikke av flekken.

— Tusen takk for gavene, sa jeg og skrapte tallerkenen blank for is.

Ansiktene begynte å bli bekymrede. Far tok meg i skulderen.

— Nå skal vi inn i stuen og drikke kaffe og spise kake, lokket han.

Jeg trakk pusten og reiv meg løs. Det gikk. Jeg fór opp og datt bakover mot veggen, velta stolen og blei stående og svaie.

— Ble bare litt svimmel, sa jeg.

Mens vi drakk kaffe, ringte telefonen. Det var onkel Hubert som ringte fra Paris for å gratulere.

— Hei! ropte jeg.

— Du trodde vel ikke jeg hadde glemt deg!

— Klart ikke.

— Jeg skal ta med noe fint når jeg kommer til jul, ropte Hubert. Han hørtes så glad ut. Det var ingen knuter på tråden.

— Hvordan er det i Paris? spurte jeg.

— Du skulle vært her! Ubeskrivelig!

Det blei noe bråk i bakgrunnen, Huberts stemme for vant, så var det en annen stemme der, Henny, Hennys stemme.

— Hei, Kim.

— Hei, hviska jeg.

224

— Gratulerer! Og skål!

Jeg hørte det klirre i et glass i Paris.

— Takk, mumla jeg.

— Jeg ser deg vel når jeg kommer tilbake, sa hun.

— Ja, svelget jeg.

Så var Hubert der igjen.

— Nå må vi legge på. Ellers blir vi blakke. Ha det, Kim!

— Ha det, Hubert!

Vi pustet litt til hverandre over Europa, så la vi på.

Sentrifugen begynte å gå igjen.

I stua satt far og var morsk i ansiktet. Jeg kom meg ned i en stol. Alle så på meg.

— Jeg skal hilse fra Hubert, sa jeg så klart jeg kunne.

— Hva er det egentlig broren din gjør i Paris? spurte fadderen og så på far.

— Han arbeider med et reklameprosjekt for firmaet sitt, sa far med åpne øyne.

Jeg så på mor. Mor skjenket kaffe.

— Og så maler han og har en venninne der som også maler, sa jeg urimelig høyt, som om jeg snakket helt til Frankrike.

Far bomba meg med blikket sitt. Så begynte han å prate som en foss om noe annet, jeg husker ikke hva, for jeg husker nemlig ikke noe særlig mer, husker bare at det kom flasker på bordet, at farfar blei henta i folkevognbuss fra Hjemmet, at turneren ville ha meg til å stå på hendene, og under stor jubel gjorde jeg det, og det skulle jeg selvsagt aldri ha gjort, for etterpå var jeg ferdig. Hennys stemme summet i øret, jeg tenkte på The Snafus som det kanskje ikke blei noe av, Beatles som kanskje skulle oppløses, Gunnar som jeg nesten ikke hadde snakka med de siste ukene, Fred som ikke var, og Gåsen som var frelst. Og Nina som kom til sommeren. Det gikk over styr. Jeg tusla ut på kjøkkenet, tok en flaske og drakk. Bløtlegging og skylling. Jeg løp ut på dass, opptatt, fant veien til stua, satte meg hos mormor, og hun fortalte om bestefar som døde da jeg var fire, han jobba i et spareselskap og gikk rundt til folk og tømte spareklokkene deres én gang i måneden, det lød litt utrolig, tømme klokker for penger. Og tennisspilleren ville absolutt bryte håndbak med meg.

Så var alle gått. Mor og far pusta lettet ut i hver sin stol. Sentrifugen var ikke lenger i hue, men i magen. Det var snart tid for tømming.

— Det var en hyggelig kveld, syns du ikke? sa mor og lente seg bakover.

Nikka forsiktig.

De drakk ut av glassene sine.

— Hvordan føles det å være voksen? smilte far.

Jeg fór opp, raste ut på badet, fikk låst døra og brakk meg over skålen. Mor og far kom styrtende etter. Det rant ut av hue mitt, det bare rant og rant og svei overalt i kroppen. Det var alt slagget som hadde samla seg opp i løpet av høsten, den råtne høsten 1966. Nå kom det ut. Jeg blei liggende på kne der, sliten som mannen med ljåen, men av en eller annen grunn nesten glad; glad, letta, tom, mens mutter og fattern hamra på døra og ropte på meg.

STRAWBERRY FIELDS FOREVER

vår 67

Fattern brølte. Fattern brølte som jeg aldri hadde hørt ham brøle før. Han vifta med vottene og trampa med botforene. Jeg brølte jeg også, hamra på gjerdet og brølte. Svanen var i siste indre, skøytene blinka som kniver mot isen, men det var for seint. Verkerk var allerede på oppløpssida, Maier hadde ikke nubb. Men vi brølte likevel, hamra og trampa for å holde varmen, frostrøyken stod som tåkeheimer ut av huene på oss.

— 7.30.4! ropte speakeren.

Verkerk og Svanen glei rundt på indre bane, lente seg mot lårene, orka ikke rette ryggen. Lyskasterne fikk isen til å skinne under dem og de kasta tvekrokete skygger til alle kanter.

Fattern løfta vottene igjen og brølte som besatt. Pølsegubben kom vraltende med den rykende kassa på magen.

Etterpå gikk vi gjennom de hvite gatene, over Urraparken og ned Bondebakken. Fattern bar ryggsekken, stappfull av alle avisene vi hadde stått på.

— Verkerk vinner, sa han.

— Ser sånn ut, sa jeg. Bare han ikke vinner 1500. For da får'n tre distanser.

— Tror du han vinner 10 000 også?

— Kommer an på Svanen og Betong, det.

— Og Schenk, la han til.

Sånn prata fattern. Han var liksom blitt helt forandra etter jul, etter at han blei filialsjef i banken. Jeg skjønte det ikke helt, trudde han skulle bli helt konge, men nei, kjefta nesten ikke, smalt ikke med dørene, smilte. Rart.

— Vet du hvor mye penger vi hadde i hvelvet i går, Kim?

— Nei. Hvor mye da?

— 350 tusen!

— Tenk om det blei ran, á!

Fattern lo og klappa meg på ryggen.

— Det skjer bare på film, det. Og i detektimen!

Hjemme venta muttern med kakao og rundstykker, men vi var passe stappa, sikker på at fattern og jeg hadde spist minst tjue pølser tilsammen. Og i dagsrevyen var det opptak fra VM, og da Verkerk kom i siste ytre på 5000, med én arm på ryggen og stiv nakke, da kunne vi se fattern og meg i bakgrunnen, der vi stod og brølte og hamra på gjerdet, det gikk temmelig fort forbi, men vi hadde vært på tv. Lurte på hvor mange som hadde sett det. Kunne ikke være få.

Telefonen ringte. Muttern tok den. Hun kom lattermild tilbake.

— Ringo Starr vil snakke med Paul McCartney, sa hun.

Jeg blei litt flau og tusla ut til røret.

Ola hørtes ganske vill ut.

— Samling hos S-s-seb! stønna han.

— Hva står på?

— F-f-fattern hans har sendt den nye Beatles-plata fra E-e-england!

— Kommer! brølte jeg, hoppa i klærne og drønte ut, raskere enn Suzuki i siste ytre, rakk ikke å bli fotspor i snøen engang.

Hos Seb var stemninga på bristepunktet, verre enn Bislett. Han hadde ikke åpna pakka ennå. Den lå på bordet, flat, firkanta, magisk. Nå venta vi bare på Gunnar, kunne han ikke se å få opp farta!

— Fattern har vært i Liverpool, sa Seb stolt.

Endelig kom Gunnar, han kom med brask og bram og var minst like opphissa som vi. Han storma inn i rommet, rød i fleisen og hvit i håret.

— Gutter! peste han. Veit dere hva!

Han dalte ned i sofaen.

Ja, sa vi. Vi veit hva.

Vi pekte på bordet hvor platen lå.

Gunnar fikk tilbake stemmeleiet og reiste seg igjen. Han hadde en smal stripe snø oppover ryggen. Måtte ha løpt ganske kvikt han også.

— Bruttern fortalte at kameraten til bruttern som leser engelske aviser sa at Beatles ikke skal oppløses likevel!

— Er'e sant! Vi skreik i kor.

Gunnar trakk pusten. Øynene rulla.

— De har skrevet platekontrakt på *ni år!*

Vi dansa og brølte til mora banka i veggen. Da så vi alvorlig på hverandre, stod i en tett sirkel midt på golvet og så hverandre i øynene.

— K-k-klart Beatles ikke skal o-o-oppløses, sa Ola.

— Klart det, sa vi.

— Beatles skal aldri oppløses, sa jeg.

— Aldri, sa de andre.

— Ni år og for alltid, sa Seb.

— Alltid, sa vi.

— Ingen over. Ingen ved siden, sa Gunnar.

— Ingen!

Så la vi hendene oppå hverandre i en diger klynge, og sånn stod vi, i en tett sirkel, med hendene i en haug midt mellom oss.

Det varte lenge og godt.

Etterpå plasserte Seb Gerarden på golvet, låste døra og trakk ned rullgardinen. Så løfta vi pakken forsiktig og med hjertet i halsen, blikket på stilker og øra i full beredskap, bretta vi av papiret.

— Penny Lane, hviska jeg. Penny Lane.

— Strawberry Fields Forever, hviska Gunnar.

Vi satt omtrent en time og studerte coveret.

Seb var den første som sa noe.

— De har bart, sa han.

De hadde bart. Vi dro i overleppa. Det var ikke mye å dra i. Det var ikke noe.

Vi satt en stund og feide under nesa.

Så la Seb plata på hølet og trykka på ON. Armen glei over rillene, og da den sank, holdt vi pusten, hele verden stod stille, lydene fra gata angikk ikke oss, de kom fra en annen planet.

Øra våre var svære som paraplyer.

Etterpå lå vi strake, med øra folda sammen og fallende puls. Sånn føltes det. Sånn var det. Som å ha hørt Gud si Bli lys på den første dag. Det var lys.

Ola sa:

— Akkurat som med Eleanor Rigby og Yellow S-s-submarine. To s-s-sider av s-s-samme sak.

Ola kunne si det.

Vi lå en stund og grubla.

— Fattern skreiv i brevet at Penny Lane er en gate i Liverpool, sa Seb.

— Akkurat som Karl Johan, altså, foreslo Gunnar.

— De trompetene er hvertfall bedre enn den sure blåsinga på søttende mai, sa jeg.

— Vi k-k-kan ta sommerjobb, sa Ola plutselig. Og kjøpe instrumenter for p-p-pengene vi tjener!

Klart vi kunne! Vi snakka i munnen på hverandre, regna ut hvor mye vi hadde og hvor mye vi trengte. Jøss. Det var planer. Vi preika oss varme. *The Snafus*! Det var ikke grenser. Vi var på vei.

— Kanskje vi kan ha med Gåsen på orgel, sa jeg.

Gunnar og Seb og Ola målte meg opp og ned.

— Hva sa du?

— Hadde vært ålreit med et orgel! Animals har orgel!

— Gåsen speller jo bare salmer, jo! sa Seb.

De fortsatte å snakke om gitarer, trommesett, mikker og forster-kere, men jeg fikk ikke Gåsen helt ut av hue. Blikket hans som hadde vært gult av redsel, nå var det matt og stengt som om han hadde snudd øya og stirra rett inn i skallen. På juleavslutninga hadde han spilt orgel, det bruste og peip, og selv hadde han sittet som en statue midt i all den skjelvende lyden, innestengt, fanga i sine egne akkorder.

— Vi kan øve i kjeller'n hos oss, sa Gunnar.

— Kanskje v-v-vi får spelle på soiré til høsten!

Og så tok vi en ny runde med platen. Strawberry Fields Forever. Gunnar summa som en hveps rundt høyttaleren.

— Hva er'e som skjer helt på slutten der, å?

— Speller baklengs, foreslo jeg. Akkurat som på Rain.

— Jævla sterk tekst, sa Seb, slo opp øret og lytta med lukket blikk.

— Hva betyr S-s-strawberry? hviska Ola.

— Jordbær, sa jeg. Jordbærmarker for alltid!

Let me take you down, 'cause I'm going to.

— Knallsterk tekst, peste Seb.

Living is easy with eyes closed.

— M-m-monkees kan bare gå og l-l-legge seg, sa Ola. Monkees d-d-driter på d-d-draget!

— Og Herman Hermits!

Så studerte vi bildene igjen. Bart. George haddé skjegg også. Seb klødde seg på haka.

— Fattern sier at hvis man barberer seg hver dag, så får man mer skjegg, sa jeg.

— Selv om man ikke har skjegg?

— Akkurat.

Vi tenkte en stund på det. Så måtte vi gå. Ola smatt rundt hjørnet. Gunnar og jeg tok følge oppover Bygdøy Allé.

— Verkerk tar rotta på Maier og Betong, sa jeg.

— Så'rei i søndre på dagsrevyen, sa han. Visste ikke at fattern din var skøytegæern.

— Ikke jeg heller.

Det begynte så vidt å snø. Lova ikke bra for isen.

— Du veit han butikkeieren som tok Gåsen, sa Gunnar.

Jo. Jeg visste det.

Gunnar flirte.

— Han har stengt sjappa si.

— Åffer det?

— Fattern som fortalte det. Blitt klin kokos etter at mora til Gåsen var der og sa at han hadde ringt. Tørna tvert.

Vi skiltes ved apoteket. Jeg så etter Gunnar der han vralta oppover mot Gimle, med henda i lommene, skuldrene heist opp, lav og brei. Han snudde seg og vinka, ropte noe jeg ikke hørte. Jeg ropte et eller annet jeg også, hørte vel ikke det, han heller.

Først Gåsen. Så butikkeieren.

Jeg gikk tilbake til Seb.

I stua satt mora sammen med en mann. Det stod flasker på bordet og rommet var fullt av blå røyk. Seb trakk meg inn på værelset og smalt igjen døra.

— Han kødden kommer hver lørdag, snerra han. Drekker seg full og roper og spyr. Feite grisen!

Han knytta nevene og sank ned på sofaen. Så gikk det liksom opp for ham at jeg hadde kommet tilbake.

— Har'u glemt noe eller?

Jeg satte meg i sofaen, jeg også.

— Han som tok Gåsen, det var ikke han som ringte til mora. Det var meg.

— Har skjønt det, sa Seb og lo svakt.

— Nå er han blitt sprø også. Har stengt hele sjappa.

— Det går over, sa Seb. Blir bare litt forvirra, e'kke så rart det. Og så glemmer'n hele greia.

— Trur'u det?

— Helt sikkert.

— Gåsen, å?

— Gåsen har alltid vært sånn, han.

— Åssen da?

— Satte bare prikken over i'en det som hendte den kvelden. Gåsen har'e ålreit nå, han. Helt topp.

Hjertet banka roligere. Magen la seg til ro. Jeg så takknemlig på Seb. Han lo uten å åpne munnen.

— Har vel ikke tenkt å bli sprø du også, vel! flirte han.

Fra stua kom det en grumsete latter og noe datt i golvet. Seb rykka til, gikk bort til vinduet.

— Åssen går'e med Guri? spurte jeg.

Han stod med ryggen til.

— Ålreit, sa han. Ha'kke sett henne på en stund, forresten.

Jeg spurte ikke mer. Hadde tenkt å spørre om hun hadde sagt noe om Nina, men jeg lot være.

Seb snudde seg mot meg.

— Tør liksom ikke ta på henne, sa han plutselig. Etter det som skjedde med henne, aborten og sånn. Tør liksom ikke. Er redd . . . redd for å skade henne, liksom.

Jeg tenkte meg om, lette etter noe å si, det var min tur til å si noe nå.

— E'kke så rart det, sa jeg. Etter det hun har vært igjennom.

Seb bare så på meg.

— Jeg mener, kanskje hun også er redd. Og da kan du jo si det til henne, at du er redd også, mener jeg.

Seb smilte, trakk ut en skuff og fiska fram munnspillet. Han gjemte det i hendene, fukta leppene og lukket øynene. Så blåste han, blåste og sugde, det låt som en hund som står ute om natta og uler mot månen, eller noen som griner i svære hulk.

Seb stansa.

— Eneste jeg kan hittil, sa han.

— Jævla bra! sa jeg. Fy faen. Jævla bra!

Så gikk jeg hjem og barberte meg.

Onkel Hubert så flott ut etter han kom hjem fra Paris, med sort alpelue, rutete halstørkle og en lang frakk som subba langs bakken. Fattern holdt på å snu i døra da han dukka opp. Hubert hadde med en radio til meg, Kurér, den gikk på batteri, og når jeg skrudde på søkeren om kvelden, fikk jeg inn hele Europa, alle slags stemmer og språk og lyder fylte rommet. Noen ganger fikk jeg inn København også. Da slo jeg av. Så slo jeg på igjen.

En kveld var jeg hos Hubert på Marienlyst med en ladning julekaker, for muttern hadde alltid åtte sorter til langt ut i februar. Det var like rotete der som før, Hubert satt midt i en haug med ark da jeg kom, og like etterpå hadde vi nesten spist opp alle kakene.

— Kan jo ikke ha julekaker helt til mars, lo Hubert mellom smulene.

Så henta han cola til meg og øl til seg selv.

— Er faren din glad for den nye jobben? spurte han, og drakk.

— Gjett å! I forrige uke hadde han 350 000 kroner i hvelvet!

Hubert knipsa med fingeren.

— Oj! De skulle vi hatt, Kim!

Det var jeg enig i.

Hubert henta mer øl.

— 350 000, sa han da han kom tilbake med fullt glass.

— Det er mange penger, sa jeg.

Han lente seg bakover og tømte glasset.

— Det er nesten *for* mange penger, sa Hubert.

Han rapte og smilte trist.

— Ja, ja, mumlet han. Nå er det min tur til å arbeide igjen. Tjene penger.

— Tjener du ikke penger på bildene dine?

Han lo hult.

— Ånei. Slottsherrer. Overleger. Reserbilkjørere. Det er tingen nå. Vakre kvinner som driver iland på øde strender. Det er til å spy av, Kim.

Han viste meg en ufyselig tegning av en mann i hvit frakk og stetoskop rundt halsen. Bak ham stod to kvinner, en mørk og en blond.

Det gikk ikke så bra med Hubert nå. Fingrene rullet på armlenene, øya låste seg i et vilt blikk, knærne gikk opp og ned.

— Det er jo bare løgn og fanteri, Kim! nesten ropte han. Og tegningene mine er også løgn! Menneskene er ikke slik! Livet er ikke slik, Kim!

Knutene kom. Han snørte seg inn i en kjempefloke. Jeg så det. Han så at jeg så det. Jeg begynte å skjønne litt mer av Hubert nå.

— Når kommer Henny hjem? spurte jeg fort.

Og så smelta han som smør og sank dypt i stolen.

— Til sommeren, sukket han.

— Gjør Nina også.

Jeg gikk gjennom Frognerparken på hjemoverveien. Det var fullt av skispor i snøen, men jeg hørte ingen. Jeg rusla rundt Hundejordet, tomt der også, ikke en hund engang. Monolitten stod som før, og statuene lå på sprang i mørket. Jeg tenkte på Nina og Henny, og at en dag skulle snøen være vekk og kveldene skulle bli lyse og varme og nesten ikke til å holde ut. Da våkna plutselig fem statuer og kom mot meg fra alle kanter. Skrittene var lydløse, men jeg hørte pusten og så bevegelsene. Jeg stansa og kjente en sur, brennende smak i kjeften. En lommelykt blei tent og lyste rett i ansiktet mitt. Jeg så ingenting. De så meg.

— Ute og sjekker sopere, eller? sa en stemme.

Det brant i munnen og nesa. Frognergjengen.

De kom nærmere. De blenda meg med lykten. En knyttneve dunket lett mot hue mitt. Jeg kjente smertene på forhånd.

— Er ikke du en jævla kommunistfaen! sa en stemme.

Jeg prøvde å skygge for øya. De veivet hendene mine bort.

— Svar, for helvete! Er ikke du en bedriten kommunistrotte! Som går i tog for gulingene!

De lyste enda nærmere.

— Var det jeg sa! Han har skeive øyne!

Jeg løp alt jeg kunne rett fram, fant en luke og stupte videre. De kom rasende etter meg, lyskjeglen dansa gjennom mørket. Jeg snubla, lå på alle fire, hånden min kom borti noe, en stein, en stein midt på vinteren! Jeg tok den, reiste meg langsomt og bråsnudde, med armen hevet til kast. De stansa de også, lyste på hånden som holdt steinen. Så kom de nærmere igjen. Jeg kasta. Jeg kasta alt jeg kunne og hørte et skrik, så en skygge som tok seg til hue og sank sammen. Da var de over meg. To stykker holdt meg, én lyste og én slo. Den femte lå på bakken og ynka seg. Jeg spydde, fyren foran meg blei enda mer rasende og sendte et kne opp i balla mine. Så slapp de meg og jeg falt ned i snøen,·pressa hendene mot skrittet og grein.

Sistemann hadde våkna og kom mot meg. De blenda fremdeles, det svei i øya. Jeg blei halt opp igjen, de holdt meg bakfra og han jeg hadde kasta steinen på stod foran meg og pusta tungt. Så tok han høyrehånden min, jeg hadde ikke kraft til å gjøre motstand, ga labb som en feig hund. Han bøyde pekefingeren sakte bakover, da den ikke kom lenger, la han alle krefter til. Jeg hørte en ekkel lyd, så glei en svart plate brått gjennom hue.

Da jeg våkna, lå jeg i snøen og spytta blod. Husker ikke hvordan jeg kom meg hjem, husker bare at jeg hadde mista nøklene og at muttern skreik da hun åpna døra. Det tok ganske lang tid å forklare at jeg hadde snubla, gått rett på trynet og skrubba meg på en issvull under snøen, smalt nesa rett i bakken, jo. Hun vaska meg med jod, la plaster og gasbind på kryss og tvers. Det eneste stedet det gjorde skikkelig vondt var i fingeren. Men den sa jeg ikke noe om. Lå hele natta og kjente fingeren var full av smerte, jeg fikk ikke tanken bort fra den, og egentlig var det litt deilig, for det var så mye dritt å tenke på ellers, men nå var jeg bare en svær finger, en eneste diger finger det gjorde sabla vondt i.

Muttern fikk øye på den ved frokosten en morgen. Var ikke mulig å gjemme den. Skrubbsårene i fleisen hadde begynt å gro, men fingeren var der. Jeg prøvde å lirke den inn i hanken på tekoppen. Det gikk ikke.

— Hva har du gjort med fingeren din! ropte mor og bøyde seg over bordet.

— Forstuet den da jeg snubla den kvelden, sa jeg.

Fattern kikka over avisen.

— Du skulle vært på legevakten, sa han.

— Legevakten! Det gjør ikke vondt i det hele tatt!

Men den første uka hadde fingeren glødet av verk, kunne bruke den som leselampe om kveldene. Hver eneste natt lå jeg og kjente etter, bare kjente, og den lærte meg noe om smerte. Så rant verket bort, litt etter litt, det var nesten som å sovne, eller våkne, og tilslutt stod fingeren der som et spørsmålstegn, en flyktning på hånden min.

Sa ingenting til de andre heller, om det i Frognerparken. Veit ikke helt hvorfor. Kanskje det hadde noe med steinen å gjøre, at jeg kasta en stein. Eller at jeg likte å ha en hemmelighet. Jeg sa ingenting. Men fingeren kom jeg ikke unna. Selv om jeg hadde hånden i lomma, var det noen som oppdaga den.

— Hva har'u gjort med den fingeren der, å? spurte Gunnar en dag vi stod ved bakern i store fri.

— Pelt meg i nesa, sa jeg.

— Ikke kødd, å! Ser ut som en ødelagt binders, jo!

— Dro krok med onkelen min, sa jeg.

Heldigvis ringte det inn og vi spurta opp Skovveien. Så var det Kers Pinks tur. Han nekta å rette hjemmestilen min. *Hva betyr det å være modig* var oppgaven, og jeg var ganske fornøyd, hadde skrevet fem sider om at det ikke går an å være modig hvis man ikke er redd først.

— Griseri! brølte Kers Pink og klasket stilboka i pulten. Tror du jeg er utdannet paleograf! Hva! Dødehavsrullene er lettere å tyde enn dette sølet!

237

— Hva er paleograf? spurte jeg.

— Nå tøyer du min tålmodighet, Kim, ropte han, nå tøyer du min tålmodighet lenger enn fornuftig er!

Jeg viste ham fingeren min. Han stirret forbløffet på den, holdt den opp i lyset. Hele klassen lente seg over pultene og stirra på fingeren min.

Kers Pink blei smørblid igjen.

— Hvorfor sa du ikke det med én gang, Kim!

Jeg tok fingeren tilbake og la den i lomma. Etterpå viste jeg den til Skinke og fikk fri i gymtimen. Jeg bestemte meg for å ha vondt i fingeren helt til vi fikk utegym.

Det var en ålreit finger.

Men en dag kom Ola på skolen med noe som overgikk fingeren min. Han kom med lua trædd ned over øra, blikket var såvidt synlig.

Han prøvde å komme usett forbi.

— Hei, Ola! ropte vi. Går'u med lue, eller?

Han stansa med ryggen til.

— Ser'e sånn ut, eller!

Vi stilte oss rundt ham. Det var en flott lue, med svær dusk og rød bord med skiløpere rundt hele skallen.

— Har'u strikka den selv? spurte Seb og prøvde å dra i den.

Ola vrei seg unna med et brøl.

— Fryser'u, Ola? spurte Gunnar.

Han prøvde å stikke av. Vi løp etter og frakta ham inn i skuret.

— Er'e ikke litt varmt å gå med lue nå, á? lurte jeg.

Ola pekte rundt seg.

— Det er s-s-snø ennå, sa han.

— Sørpe, retta vi. Ingen som går med lue nå.

— *Jeg*! ropte Ola.

— Ikke nå lenger, sa vi.

Det var ikke lett å få av ham lua. Han dro den nedover trynet med begge hender, mens vi reiv og sleit i dusken. Han sprella vilt og ropte mye, men tilslutt måtte han gi opp.

Vi stod med lua hans i hånden.

Vi stirra på Ola, redselen pumpa gjennom oss i harde støt.

Vi gikk nærmere.

— Hva har'u gjort! spurte vi.

— Jeg! Ola skreik. Jeg har vel for faen ikke gjort en kødd! Det var fattern!

Vi ga tilbake lua.

— Åssen da?

— I natt, mumla Ola. V-v-våkna i morges, og da var'e skjedd. Klippa meg mens jeg s-s-sov.

På kryss og tvers. Det var verre enn bolleklipp og barbus tilsammen. Han var helt blank ved øra og i nakken, og luggen var dønn vekk.

Vi knytta nevene, stod lenge i taushet, var det verste som hadde skjedd på hjemmefronten siden Dragen spiste kinaputter.

Det ringte inn. Vi ga faen.

Ola trædde lua på.

— Tar'n ikke av meg i t-t-timen! T-t-tar'n faen ikke av meg i t-t-timen! Sier jeg har e-e-eksem!

— Si det, sa vi.

— Ikke faen om jeg går hjem i dag. Ikke f-f-faen!

Ola trakk lua enda dypere.

Vi dro til meg etter skoletid. Ola var svett i nakken, men han beholdt lua på til vi var trygt innenfor døra. Da vridde han den av og pusta lettet ut.

Muttern titta inn til oss, så på Ola og smilte.

— Så fin du er på håret, sa hun.

Hun flytta blikket til meg.

— Der ser du, Kim. Du kan vel klippe deg slik, du også.

Vi frøys henne ut.

— Foreldre, sa Seb. Foreldre er noen kødder.

— Fattern har nekta Stig lommepenger hvis han ikke klipper seg, fortalte Gunnar.

— Sku'kke vært lov, sa jeg.

— De er sure fordi de ikke har noe hår sjæl, sa Gunnar.

— Skal aldri g-g-gå hjem, sa Ola.

Muttern kom med te og de aller siste julekakene, fire pepperka-kemenn. Visste ikke helt om vi skulle ta imot matforsyninger fra fienden, men ga oss tilslutt.

— K-k-kommer aldri til å gå hjem mer, gjentok Ola.

Han mente det.

Ola blei sittende.

Gunnar og Seb så på klokka. Blei sittende de også.

Fattern kom hjem fra banken, hørte han plystre ute i gangen.

Muttern stakk hue inn.

— Skal du ikke ha middag? spurte hun.

— Mett, sa jeg.

Ola blei sittende.

Det blei kveld.

Så begynte telefonen å ringe.

— Er'e til meg, så e'kke jeg h-her, hveste Ola.

Muttern var i døra igjen.

— Foreldrene dine på telefonen, Gunnar.

Gunnar reiste seg sakte og muttern blei stående.

— Er det noe i veien? spurte hun.

Vi svarte ikke. Gunnar stirra rådvill på oss. Så gikk han ut sammen med muttern.

— H-h-håper'n ikke s-s-sier noe, mumla Ola.

Etter en stund kom Gunnar tilbake.

— Må hjem, sa han. Må hjelpe fattern å bære pottitsekker. Stig streiker når'n ikke får lommepenger.

— Du s-s-sa vel ingenting? spurte Ola.

— Sa hva da?

— At jeg var h-h-her, vel!

— Jo. Åssen det.

— Var jo det du ikke skulle, jo! sa jeg.

— Var jo bare muttern min, jo!

— Ja. Og åffer trur du hun spurte, á?

Gunnar skjønte at han hadde gått fem på. Han sank ned i sofaen med brennende panne.

Like etter ringte det på. Vi satt og venta. Var det fattern til Ola, skulle vi barrikadere døra. Vi lytta. En jentestemme. Et øyeblikk snørte magen seg sammen og alt blodet raste ut i fingeren min. Så gikk det over. Det var Åse, søsteren til Ola.

Jøss. Hun hadde vokst. Kjente henne nesten ikke igjen. Vi satt og måpte. Ola stirra ut av vinduet, ørene glødet.

— Skal du ikke hjem? spurte Åse.

— N-n-nei! sa Ola.

— Det er koteletter til middag. Vi venter på deg.

Ola snudde seg sakte.

— Koteletter?

— Ja. Kommer du, eller?

Ola svarte ikke.

Seb og Gunnar begynte å ta på seg. Åse stod på terskelen og smilte til storebroren sin.

— Det er kommet brev fra Trondhjem i dag, sa hun.
Olas ører glødet igjen, hendene blei urolige.
— Trondhjem, sa han som et ekko.
Vi så på hverandre, Gunnar, Seb og jeg. Trondhjem?
— Kommer du snart, eller?
Ola lirka på seg ranselen og trakk lua over skallen.
— På en b-b-betingelse, sa han. At jeg slepper å sitte ved s-s-samme bord som fattern!
Så vandra vi ut. Var ganske sultne hele gjengen. Ola gjentok betingelsen med høy røst.
— Sitter ikke ved s-s-samme bord som fattern! K-k-klart!
Det var kamp på kniven, det var enten eller. Det var enten Ola eller frisørdesperadoen på Solli.

Ola gikk lenge med lue det året. I det hele tatt gikk vi mye, var en rastløshet som jagde oss ut om kveldene, selv om det var sørpevær og nye batterier på platespilleren. Der ute lå gatene, i dem gikk vi.
En kveld sa Gunnar:
— By'ner å bli lei, sa han.
— Lei av hva?
— Å gå.
Men vi fortsatte. Særlig om lørdagskveldene, da gikk vi på kryss og tvers, hørte musikk fra åpne vinduer, hvor noen hadde fest. Da stansa vi, så opp, skyndte oss videre. Det gikk uhyggelige historier om de festene, om dørvakter som blei slått ned med kubein, tv'er som blei pælma ut av vinduet, vegger som blei malt svarte, bøker som blei brent i badekaret. Vi grøssa. Vi hørte musikk fra de åpne vinduene, Rolling Stones, Who, Animals, Beatles, Beatles, ekkoet av latter, skrål, noen ganger gråt, skyndte oss hjem.
Men snart var vi ute på vandring igjen. Det var bare en trøtt onsdagskveld, det var ikke musikk i gatene, og snøen lå skitten og våt i rennesteinene. Seb var som vanlig sammen med Guri, hadde sett lite til ham i det siste. Vi gikk forbi sjappa hvor Gåsen blei tatt. *Stengt pga sykdom.* Det var spikra opp en treplate innenfor døra. Det kom et lite dragsug, og et øyeblikk så jeg Gåsen stå der i skinnet fra gatelykten, urørlig i sirkelen av lys, og utenfor var alt mørket han før eller seinere måtte gå inni.
— Der er S-s-Seb! ropte Ola.

Det var Seb og Guri og en jente til. De var på vei opp mot Urraparken. Vi ropte og de stansa.

To jenter. Seb så litt vill ut i oppsynet. Han holdt Guri i hånden, og den andre jenta stod lent mot gelenderet, hadde langt mørkt hår, var brun i ansiktet, skinte liksom av henne, som en indianer.

— Hei, sa hun. Jeg heter Sidsel. Går i klassen til Guri på Fagerborg.

Vi mumla navnene våre og praten gikk i stå.

Guri fniste. Seb plystra. Vi stod og trampa og skrapte.

— Jeg fryser, sa Sidsel.

Og så fortsatte vi å gå alle sammen.

— Fryser visst, du også, sa Sidsel og så på Ola.

Han dro i lua.

— N-n-nei. Jeg har e-e-eksem.

Sidsel flytta seg over til den andre siden, ved siden av Gunnar. Ola banna og skar tenner.

Seb bød på røyk. Jeg fiska fram fyrstikk og tente for Guri. Hun så fingeren min i lysskjæret.

— Hva har du gjort med fingeren din? spurte hun.

— Satte den fast i en blyantspisser, sa jeg.

— Ikke tull, å!

— Tryna på gymmen.

Gunnar så på meg, sa ingenting.

Vi gikk over Vestkanttorget. Apene og papegøyene skreik bak vinduene hos Naranja. Gunnar lagde grimaser og fikk apene til å stå på hue. Sidsel lo så mye at hun måtte støtte seg til ham.

Visste ikke at Gunnar var så morsom.

Vi fortsatte til Majorstua, runda bortom Valkyrien, kikka i platesjappa i Jacob Aallsgate. Monkees i vinduet der også. Gunnar og Sidsel sakka litt etter. Ola så sur ut.

— Vet dere hva Dragen har gjort, å? sa Guri plutselig. Han har dratt til sjøs!

— Åssen veit du det?

— En i klassen som kjenner broren hans.

— Det skal jeg også, sa Seb.

— Hva da?

— Dra til sjøs.

— Det skal du ikke, sa Guri.

— Jo. Til sommer'n.

Hun trakk hånden til seg. Seb brukte ganske lang tid på å finne

242

den igjen. Og først måtte han love dyrt og hellig at han ikke skulle på sjøen.

— Æresord, sa Seb, han hadde beina i kryss.

— M-m-må stikke, sa Ola, og så bare gikk han, blei borte rundt hjørnet.

— Vent litt, å! ropte jeg, men han hørte det ikke.

Guri kom plutselig på noe, rota i lommene. Så fant hun en liten rosa konvolutt.

— Nina ba meg gi det til deg, sa hun.

Jeg stakk det i baklomma og tok det helt med ro. Stakk det bare i baklomma og var helt kuli.

Gunnar og Sidsel kom omsider, de hadde vikla et par fingre sammen. De var ikke særlig pratsomme, stirra i bakken eller på hverandre.

Følte meg litt til overs.

Men det brant i baklomma.

Seb fulgte Guri hjem. Sidsel bodde i Professor Dahls gate. Hun tok følge med oss, eller jeg tok følge med dem. Sa ikke et ord på veien, skulder ved skulder, hendene snoka seg sammen. Jeg pusla ned til fontenen mens de tok farvel. Jeg satt der og venta, og tenkte at det var ikke lenge til plankene blei tatt av og spruten stod til værs.

Da Gunnar kom var han blass i blikket.

Han tok følge med meg helt ned til Drammensveien. Trengte vel frisk luft.

— Det gikk raskt, sa jeg.

— Sidsel, sa han. Hun heter Sidsel. Med d.

— Snøret i bånn?

Han begynte plutselig å løpe, hoppa over et gjerde, hoppa tilbake igjen.

— Trur, sa han. Trur jeg er.

Han kom ikke lenger. Hengelås på tunga.

— Ser det, sa jeg og boksa ham i magen.

Sier ikke hva som stod i det brevet. Bare at hun skulle komme til sommeren. Utenfor hørte jeg togene som dunka gjennom natten. Jeg skrudde på radioen og søkte meg gjennom Europa, fikk inn København og tok den med meg under dyna.

Gunnar snoka rundt i Professor Dahls gate kveld etter kveld. Håret

243

til Ola grodde på plass. Seb var nesten ikke å se. Det gjorde ikke vondt i fingeren lenger, men den stod ut av hånden som en krøllete kvist og ligna ikke på noen annen finger. Jeg kjøpte nye batterier til Kuréren og lytta om kveldene.

Så kom meldingen. Den kom gjennom Seb, blei hviska i skuret i store fri en sur tirsdag: Fest.

— Sidsel er aleine hjemme i helgen, hviska Seb.

Gunnars blikk vokste som plommer.

— Kommer noen fra klassen deres også, fortsatte Seb.

Han så seg nervøst rundt. Ingen spioner i sikte.

— Ikke si're til noen!

Vi gikk rolig til hver vår kant, lot signalene synke. Det var nesten litt uvirkelig, at vi skulle være der musikken var, og andre skulle gå i gatene og høre oss, høre oss innenfor.

Vi møttes hos Gunnar før avgang på lørdagen. Seb smugla inn en halv Bordaux Blanc i ermet på en diger tweedjakke han måtte ha rappa fra fattern sin.

— Ølet står under trappa, hviska han.

— Åssen skal vi få opp vinen? hviska Gunnar nervøst.

— Hent en opptrekker, ditt hue, sa Seb.

— Muttern og fattern kommer til å merke det!

Ola dro i høyhalseren og pusta tungt, helt ny, burgunder ull, klødde som en nype, han var svett på haka allerede.

— Du greier vel å få opp den flaska, du som er så k-k-klok, flirte han til Gunnar.

— Hæ?

— Du som har vært så m-m-mye i Professor Dahls gate!

Den humra vi lenge og vel av. Gunnar gikk til motangrep.

— Og hva var det brevet fra Trondhjem som søstera di lokka deg hjem med, å?

Ola dro høyhalseren helt ut og lufta seg.

— Brevvenninna til Åse, mumla han.

— Og så leser'u liksom brevene som kommer til henne, da?

Gunnar hadde overtaket. Ola var på vei ned i høyhalseren. Et par blå øyne var synlige. Han snakka gjennom ull.

— J-j-jævla ålreit j-j-jente! To år eldre enn Åse.

— Har'u sett henne, eller?

— B-b-bare på b-bilde. Jævla ålreit! Heter Kirsten.

Seb begynte å bli utålmodig. Han fant en blyant og dytta ned

244

korken. Spruten stod rett i panna. Gunnar var borte ved døra for å høre om øglene var på vei. De satt i stua og så på tv.

— Skål, sa Seb, tok en slurk og sendte flaska rundt.

Det kom ingenting da jeg drakk, korken stengte. Jeg sendte vinen videre.

Gunnar satte på Strawberry Fields og så var lørdagen igang. Vi åpna vinduet, så kunne gatesliterne høre oss allerede. Flaska gikk rundt, men jeg fikk bare kork. Vi røyka litt på karmen, sa ikke så mye, kjente bare etter åssen det var, og visste ikke helt om vi gleda oss eller grua oss. Flaska gikk stille rundt. Da den var hos Ola, banka det på døra. Gunnar fikk panikk, stappa vinen ned i høyhalseren til Ola.

Det var bare Stig.

— Slapp av, gutter. CIA sitter i stua og eter peanøtter. Fin genser du har, Ola. Innesydd brystlomme, eller?

Ola trakk fram flaska mens svetten hagla. Gunnar dro den til seg og gjemte den bak en pute.

— Vorspielet er igang, ser jeg, sa Stig.

Vi nikka. Vorspiel. Det var det det var.

— Går rykter om at Frognergjengen har knust en leilighet i Colbjørnsensgate, sa han.

Fy faen. Tenna til Gunnar knaste. Ola fikk leamus i begge øynene. Seb var hvit i panna.

— Kom seg forbi tre dørvakter. Trilla et piano ned trappa, klippa et persisk teppe i strimler og helte ketchup i sengene til foreldra.

Fy faen. Fikk ikke fram et ord. Frykten gnagde på adamseplene.

— Dere veit at amerikanske krigsskip har angrepet Nord-Vietnam, ikke sant. Og det er ganske sikkert at de har atomvåpen ombord. Og dere veit hva det betyr. Det betyr nummer tre, det, gutter. Storeslem. Derfor er vietnamesernes krig mot imperialistene vår krig også, ikke sant. Skjønner dere? Og det er faen meg på tide at noen starter Solkom på Vestheim så ikke Unge Høyre får drive på med pisspreiket sitt. Hører dere?

Han stod en stund og stirra ned på oss, raga nesten til dørkarmen og hadde håret trædd bak øra så det vippa opp under flippen.

— Hvor har'u fått tak i den utgaven der, å? flirte han og pekte på fingrene mine.

— Steen og Strøm, sa jeg.

Han gliste.

— Må stikke, gutter. Skal på Club 7. Public Enemies spiller i kveld. Kommer til å bli høyvann i Frognerkilen.

Han var på vei ut, snudde seg igjen.

— Husk hva jeg sa, gutter. Etter oss kommer bakteriene.

Han smalt døra igjen, trava gjennom leiligheten. Det blei en kort, men knallhard konfrontasjon i stua før han fortsatte videre.

Flaska var tom. Seb knipsa og trakk ut en ny fra det andre ermet. Og sakte kom vi i siget igjen, glemte Frognergjengen, blodet kom tilbake til hjertene og forventningene, forventningene steig som kokende melk.

Jentene satt i sofaen og drakk cola. Vi fant hver vår stol og Seb trakk opp ølflaskene. Jentene skulte. Det var fire av dem. Guri og Sidsel. Og to til. Eva og Randi. Randi var en lubben utgave med ganske kort skjørt. Eva var tynn og hadde lengre skjørt. Seb og Gunnar sjefa litt, rota etter plater og satte på en Hollies-lp, *For certain because.*

— Kommer ikke Jørgen snart, sa Eva og Randi, første de hadde sagt.

Ola skulte bort på meg og mumla i munnviken.

— Jørgen? Hvem er J-j-jørgen?

— Aner ikke, hviska jeg.

— Han kommer sikkert snart, sa Sidsel og drakk gjennom sugerøret.

— Jørgen går i klassen vår, fortalte Guri.

Det ringte på døra og Eva og Randi spratt i sofaen, blei kortpusta og febrilske, plukka fram lommespeil og eyelinere og var på tuppa. Sidsel lukka opp og kom draende med en nyskrubba tass, ligna litt på Garfunkel. Han nikka kort til jentene og så tok han gudhjelpe-meg og håndhilste på oss, med navn og greier.

— Jørgen Rist, sa han, klemte bløtt rundt hånden min og bukka. Jøss.

— Kim, sa jeg. Med én m.

Han lo ikke. Øyevippene hans svingte ut, en dyp, lang bue, som om han hadde gredd dem slik. Kinnbeina var tydelige som en ønskekvist i det blanke ansiktet og håret var strøket rett bakover og virka elektrisk, men det skyldtes sikkert bare acrylgenseren min.

Jørgen var heller ikke av den pratsomme sorten. Randi og Eva satt bare og stirra høl på ham, la ikke merke til fingeren min engang. Jørgen så et helt annet sted og brydde seg visst ikke om noe.

Seb henta mere øl. Det lukta stekt ost fra kjøkkenet, og jentene snakka lavt sammen i sofaen. Jørgen satt og stirra framfor seg, Ola myste over høyhalseren og plutselig var Seb og Gunnar søkk vekk. Eva satte på en Monkeesplate, *A little bit me, a little bit you.* Øra mine skrumpa sammen som rosiner og Ola stupte ned i høyhalseren.

Konfrontasjon var uunngåelig.

— Veit dere at det egentlig er aper som synger, sa jeg og skulle være morsom.

Hvorfor lo ingen?

— Hvertfall bedre enn Beatles, sa Randi.

Ola kom opp av ulla. Vi så oss omkring. Seb og Gunnar var og blei borte.

— Kan'ke sammenligne Beatles og Monkees, vel! ropte jeg.

— Strawberry Fields er fæl!

Endelig kom Seb og Gunnar tilbake, temmelig skeive i stilen. Det lukta farlig svidd fra kjøkkenet. Jentene fløy ut og Jørgen tusla etter dem. Da fikk Seb samla oss og hviska med tung røst.

— Det står en *ballong* i kjelleren! Gunnar og jeg har funnet en *ballong!*

— B-b-ballong?

— *Vin*ballong, ditt brød. Full av vin!

De viste vei. Vi lista oss etter dem, gjennom et nytt rom med masse bøker og malerier og greier, kom ut i en gang hvor det gikk en bratt trapp ned til kjelleren.

Da stod Sidsel i en dør.

— Hvor skal dere? spurte hun.

— Spelle ping pong, sa Seb hest.

— Maten er snart ferdig.

— Ta'kke lang tid, mumla Gunnar og spraka som et nordlys i trynet.

Vi krøyp ned trappa. Det var pingpongbord der også, i kjellerstua. Innenfor var det to boder. I den ene stod det syltetøy. I den andre var det vin. Det var festa en gummislange til tuten på glassballongen. Seb flirte, la seg på kne og sugde. Det slura og peip. Så var det Olas tur. Han fikk en sprut rett ned i høyhalseren og skreik stygt. Jeg fikk ingenting i det hele tatt, pusta visst galt, kom bare sur luft.

Gunnar reiv slangen fra meg.

— Ikke drekk opp alt, å! flirte han og stakk røret i kjeften.

Etterpå sjangla vi opp trappa og fant jentene og Jørgen på kjøkkenet.

Smørbrødene var svære og glovarme, med masse ost og skinke. Vi bar dem inn i stua. Seb åpna de siste ølflaskene.

Eva satte på Herman Hermits.

— Melkepop, sa Seb og drakk.

— Randi og jeg var på konserten på Edderkoppen, sa Eva stolt.

— Og Vanguards spelte rotta av dem, sa jeg.

Eva blei sur.

— Herman Hermits er mye bedre enn Beatles!

Seb senka flasken.

— Kan'ke sammenligne Beatles og Herman Hermits, vel!

— Hvorfor ikke det?

— Fordi, sa Seb og klødde seg i hue. Fordi.

— Fordi du kan'ke sammenligne Apollo 12 og F-f-frogner-trikken!

Ola hadde det i kjeften. Gjaldt det, så smalt det.

Vi åpna vinduet og lufta, fikk smugla på en Beatles-plate, *I don't want to spoil the party*, og sendte musikken ut i kvelden og gatene. Sånn var det å være innenfor, mens de andre var ute og sleit skoa gate opp og gate ned. Plutselig kom Sidsel stormende og smalt vinduet igjen, ville ikke ha flere hit. Vi blei litt flaue, klart det var dumt å åpne vinduet, og så snakka vi om Frognergjengen, og da krøyp vi liksom nærmere hverandre, oppildna av en felles fiende, varme av en felles frykt. Et sted på Bygdøy hadde de sagd ned flaggstangen, kjørt scooter gjennom stua og kastet piler på male-riene.

— Hver for seg er de sikkert snille, sa Sidsel. Men når de kommer sammen, er de jævlige.

— Tru'kke de er snille i det hele tatt, blåste jeg. Trur de er drittsekker tvers igjennom.

Jentene og Jørgen bar ut tallerknene og vi sneik oss ned til kjelleren igjen. Ola og jeg spilte ping pong mens Gunnar og Seb drakk. Så bytta vi om. Skjønte meg ikke på den slangen. Kom ingenting ut. Så ramla vi opp trappa og brølte Penny Lane og gikk oss vill i alle rommene, men kom til kjøkkenet tilslutt. Eva og Randi og Jørgen vaska opp. Vi sjangla inn til stua, Seb og Gunnar var ganske høyrøsta, satte platespilleren på full guffe, dempa lyset og ville danse, var ganske i slaget. Like etter kom Eva og Randi og Jørgen også, men Jørgen så ikke ut til å ville danse, selv om Eva og Randi stirra på ham med alt de hadde av øyne. Ola og jeg var ikke der.

248

Danseløvene falt ned ved bordet og rista mankene. Det gikk noen forbi utenfor gjerdet, de skrålte og sang, en flaske blei knust. Gunnar slo av musikken og vi satt dryppstille til de var forsvunnet. Sidsel var hvit rundt munnen.

— Egentlig ganske sprøtt, sa Seb. Egentlig ganske sprøtt at vi er mer redde for den bedritne Frognergjengen enn krigen i Vietnam.

Jentene så på ham.

Seb lente seg over bordet.

— Veit dere kanskje ikke at amerikanerne har hele flåten sin utenfor Nord-Vietnam! Med hundrevis av atombomber ombord!

Jentene rista på hue, visste ikke det.

Det var stille i rommet.

Så sa Ola:

— Etter oss kommer b-b-bakteriene.

Det var stille enda en stund. Så skrudde Gunnar opp guffen. *And I love her*. Og to par stod på golvet som sammenvokste skygger.

Vi prøvde å dra igang en samtale over bordet.

— Hva skal dere gjøre etter gymnaset? spurte jeg og følte meg passe avlegs med mose på.

Eva og Randi kjeda seg.

— Flyvertinne, sukka Randi og så på Jørgen.

— Skal bli ferdig med gymnaset først, sa Eva.

— Skal bli skuespiller, sa Jørgen alvorlig.

— H-hæ? kom det fra Ola.

— Skal søke på teaterskolen, forklarte han.

— Skal bli sjømann! ropte Seb, men da gikk Guri til aksjon og han måtte love på nytt at han aldri, aldri skulle dra til sjøs.

Og Seb lovte over en lav sko.

— Spelte Frosken Frans engang på folkeskolen, sa jeg. Spratt rundt i grønn trikot og grønne svømmeføtter. Ola spelte Tommeliten.

Ola så surt på meg over høyhalseren.

— Jeg har spilt Jesus og Tordenskiold, fortalte Jørgen.

Vi snakka ikke mer om det. Eva og Randi maste seg til ny runde med Herman Hermits, Sidsel henta cola, og vi smøyg oss ut og ned i kjelleren. Det pipla i ballongen, var like før vi gikk rett til værs. Seb drakk. Gunnar drakk. Ola drakk. Da hørte vi stemmer bak oss. De kom fra mørket, uten varsel. Sidsel og Guri. Ola veiva med slangen.

— Så det er her dere spiller ping pong, altså, sa Sidsel kaldt.

249

Ingenting å si.

— Det var dårlig gjort, altså, sa Guri.

Fersk gjerning. Nytta ikke med ord. Seb og Gunnar gikk til direkte aksjon, kvalte protestene og forsvant inn i mørket med hver sin glødende skygge, hvor stillheten etterhvert talte sitt tydelige språk.

Jeg så på Ola.

— E'kke mer å hente her, sa jeg.

Vi tusla opp. Eva og Randi satt i stua og melkemannen gnålte på spilleren. Jørgen var borte. Ola datt ned i en stol og var litt uryddig i utseendet. Jeg måtte pisse og krabba opp i annen etasje. Det var ganske mange dører å velge imellom, men jeg fant badet tilslutt. Døra stod på klem. Jeg titta inn, bråstansa. Der stod Jørgen. Jørgen stod foran speilet, med leppestift og eyeliner, hadde tegna to svarte dråper under øya, akkurat som jentene på gymnaset. Inni granskauen, jeg holdt pusten, smøyg meg bakover. Verste jeg hadde sett. Jeg lista meg bort gangen, kom til et annet rom hvor døra var åpen, måtte være Sidsels rom, det ligna på Ninas værelse, kanskje alle jenteværelser var like. Lukta likt også. Reint. Lakener som har hengt ute i vind. Appelsiner. Og noe tungt samtidig, noe kropp, armhuler, hodebunn. Jøss, jeg var helt vettaskremt. Måtte se å komme meg ned og det ganske kvikt. For seint. Baderomsdøra gikk opp og Jørgen nærma seg, jeg stod med ryggen til, snudde meg ikke.

Han stansa like bak meg.

— Alle jenterom er like, sa han.

— Tenkte akkurat det samme, sa jeg.

— Kim er et pikenavn også, sa han lavt.

Jeg snudde meg sakte, trodde ikke mine egne ører, stirra på ham. Han hadde tørka vekk eyelineren.

— Hvem har kyssa deg på kinnet? flirte jeg.

— Ingen, sa han bare.

— Du har leppestift i hele trynet, sa jeg.

Han gnei det bort med håndbaken og smilte. Snål fyr.

— Jeg kjeder meg, sa han bare. Kjeder du deg ofte? Jeg kjeder meg nesten alltid. Det er derfor jeg skal bli skuespiller. Så kan jeg være hvemsomhelst. Og da slipper jeg å kjede meg.

Jøss, han hadde det klart.

— Skal bli sanger, falt det ut av meg, blei rødhette med det samme, ante ikke hvorfor jeg sa det.

Jeg gikk mot trappa. Han kom etter.

— Skal du det, sa han stille, så på meg med blanke øyne som lå gjemt bak en myk hekk av buete bryn. Så fint.

Stillheten blei brutt av et skrik. Jeg tok trappa i to hopp og storma inn i stua. Full panikk. Verre enn Titanic. Sidsel var hysterisk, de andre hadde det ikke godt de heller.

Isfjell babord.

Frognergjengen.

De stod i porten og brølte og pælma korker på vinduet. Det var fem stykker, like mange som i Frognerparken. En av dem hadde en svær bandasje rundt hue.

— De kommer til å ødelegge alt! gråt Sidsel.

Gunnar var bleik og fattet.

— Vi slepper dem ikke inn, sa han bare.

— Tror du de *spør* om å få komme inn! De bryter seg inn!

Et søppellokk blei sparka bortover veien, en planke brukket av gjerdet. Jørgen kom og skjønte hva som var på ferde. Ansiktet hans blei stygt av skrekk.

— Vi ringer til politiet! sa Guri og begynte å grine.

En flaske blei knust mot døra.

Seb og Ola sto på sprang, men det var ingen steder å løpe.

Da kjente jeg det store dragsuget, strandlinja i sjela mi ble dratt utover, hue blei nakent og tomt, det suste i en svær konkylie.

Jeg var ikke redd. De kunne ikke gjøre meg mer.

— Jeg skal ta dem, sa jeg og gikk mot entréen.

Gunnar byksa etter meg.

— Er'u sprø, eller! De dreper deg!

Jeg rista meg løs.

— Skal pælme dem vekk! sa jeg høyt.

De prøvde å holde meg igjen alle sammen. Jentene gråt. Gunnar banna. Jeg kom meg løs.

— Du er sprø! skreik Gunnar. De slår deg ihjæl!

Jeg gikk ut.

Et minutt seinere kom jeg inn igjen.

— Det var det, sa jeg.

Ingen trudde på meg.

— De stakk sin kos, sa jeg og satte meg i en stol. Faren over.

Jentene gikk bort til vinduet og titta ut. Gunnar kom helt opp i trynet mitt.

— Hva ... hva gjorde du?

— Ba dem pigge av, sa jeg.

251

Etter det tok festen en ny vending. Eva og Randi så ikke bare på Jørgen, de smugtitta litt på meg også. Seb fant gin i et skap, lysene blei slukket, musikken satt høyere, og jeg husker at jeg til slutt dansa med Randi, den lubne, dansa og dansa, vi stod nå der i mørket og lårene hennes var mjuke og varme, vi var de eneste i rommet. Vi kom oss ned på golvet og hånden min fant brystene hennes, og hånden min fant enda mer, men da var hun plutselig ikke villig lenger, satte seg opp med et brak, skjøt underleppa ut og pusta i taket.

— Er ikke du kjæresten til Nina, sa hun.

Likte ikke stemmen hennes.

— Nina? Hvem Nina?

Hun lo foraktelig og gikk. Jeg blei sittende i mørket. Det smalt i en dør. Noen gikk. Så hørte jeg lyder i etasjen over. Noen var på rommene. Så var vel ikke Seb og Guri redde lenger.

Jeg fant Ola i kjelleren. Han sov på ping pong-bordet.

— Festen er slutt, sa jeg. Vi drar hjem.

— Hvor er Seb og Gunnar? snøvla han.

Jeg pekte mot taket. Ola skjønte.

Vi subba sakte hjemover. Ved fontenen hvilte vi litt. Det var ingen andre ute. Vi var de eneste overlevende i hele byen.

— Stilig fest, mumla Ola.

Jeg nikka.

— Men han Jørgen var en b-b-bleikfis.

Vi tente en røyk.

— K-k-kommer Nina til sommern? spurte Ola.

— Ja, sa jeg. Til sommern.

— K-k-kirsten også. Fra Trondhjem.

Han lirka fram et bilde fra baklomma og viste meg. Det var et sånt automatfoto, en jente som lo med store tenner, midtskill og runde kinn.

— K-k-kirsten, sa Ola.

Da var det vi hørte det. Vi hørte orgel. En tung salme runga ut i natten. Det lyste i et vindu i Schives gate, det eneste vinduet som lyste i hele byen og det var der lyden kom fra.

— Det er der Gåsen bor, sa Ola lavt.

— Det er Gåsen som speller hammondorgel, sa jeg og skalv.

De tunge, treige akkordene velta ut i mørket. Snart kom det lys i andre vinduer også, folk stakk hue ut, ropte og hysja, banka med stokker, heiv toøringer, slo med lokk og alle hundene ulte om kapp.

Så forsvant orgeltonene bort og Gåsen slukka lyset. Like etter var alt som før, bare enda stillere.

Vi sneipa røyken, dilta videre, begynte å bli kaldt.

— Hva var'e egentlig du s-s-sa til Frognergjengen?

— Sa at du var der, sa jeg.

Ola flirte, var litt ustø ennå.

— H-h-håper ikke fattern sitter oppe og venter.

— Samma her.

— S-s-stilig fest, sa Ola.

— Knæsj, sa jeg.

Søndag kveld ramla Seb inn på rommet mitt, stod midt på golvet og lo, så stupte han ned i sofaen og fortsatte å le der.

— Fy faen, så dritings du var i går, sa han.

— Var jeg?

— Spenna gæærn!

Han sluttet å le.

— Hva var'e egentlig du gjorde med Frognergjengen?

Jeg tok hånden opp av lomma.

— Viste dem fingeren min, sa jeg.

— Hva er'e egentlig du har gjort med den finger'n der?

Jeg fortalte ham alt som hadde skjedd i Frognerparken, Seb lytta med svære øyne. Jeg tok meg god tid, glemte ingenting, fortalte om han jeg slo i panna så fingeren knakk, og at de stakk av, blei piss redde, Seb hadde sett ham med den svære bandasjen på hue, det var han jeg dunka ned, det. Seb måpte.

Og så fortalte han om alt han hadde vært igjennom, om det som skjedde på rommet med Guri, om det mest fantastiske, da festen var over, om hvordan, om alt. Og jeg veit ikke hvem av oss som jugde mest, hovedsaken var at vi trudde hverandre.

Vår. Ingen tvil. Orkestrene trampa gjennom gatene og øvde sure marsjer, løperne trente til Holmenkollstafetten, men det sikreste vårtegnet var Jensenius. Hvalen våkna og sang i det grønne havet. Og en dag stakk vi hue ut på likt og så på hverandre.

— Mer øl! ropte han.

Så slapp han ned en tung pengepung og et nett.

— Eksport! ropte han.

Han venta i døra da jeg kom slepende, vinka meg inn. Jeg fulgte etter ham til stua hvor han sank ned i den samme slitte stolen og tømte ølet i seg som en utslagsvask.

— Sett deg, sa han.

Jeg satte meg. Det hvirvla støv opp og lukta gammelt brød.

— Du spiller ikke Robertino-platen, sa han.

Jeg blei litt flau.

— Joa. Syns den er veldig bra.

Jensenius drømte seg bort bak skummet.

— En italiensk yngling, med strupe av pureste gull.

Han sukket tungt.

— Men nå har skjebnen tatt hans stemme. Livet kan være grusomt Kim.

— Er'n syk? spurte jeg.

— Stemmeskifte, sa Jensenius. Djevelen har pusset strupen hans med grovt sandpapir. Robertino er ikke lenger Robertino.

Han drakk mer øl. Magen velta ut over den skitne buksen. Skjorta var knappet skeivt.

— Det var det samme som skjedde med meg, sa han trist. Skjebnens lunefulle og grusomme partitur. Bare i omvendt rekke-følge.

Han tidde stille en stund, så framfor seg med et blikk som bare så bakover.

— Robertino mistet sin sopran og fikk gruvearbeiderens stem-meleie. Jeg mistet min baryton og fikk evnukkens stemmeprakt.

Han drakk lenge.

— Hva er evnukk? spurte jeg forsiktig.

— Livets slave, sa han. Frarøvet sin manndoms kraft, men med begjæret i behold. Noen ganger er det ikke til å holde ut, Kim.

Jeg så i golvet. Teppet var slitt av nattlige turer.

— Hva var det som skjedde? spurte jeg.

Jensenius åpna tre flasker. Under stolen var det et fjell av korker.

— Det skal jeg fortelle, Kim. Jeg skulle synge i Aulaen, i 1954, en brusende vårdag, nesten som denne. — Han pekte mot de gjengrodde vinduene. — Jeg skulle synge Grieg, og kong Haakon skulle være tilstede, kronprins Olav, hele kongehuset, Kim! Jeg tok drosje herfra to timer i forveien, for å ha god tid. Men jeg kom aldri frem, Kim. Kong Haakon fikk aldri høre Jensenius synge Grieg, Kim.

Han drakk, hånden skalv rundt flasken.

— Hva skjedde? hviska jeg.

— Det skjedde en ulykke, Kim. Der hvor Parkveien krysser Drammensveien. En lastebil fra venstre. Drosjesjåføren ble drept. Jeg fikk forsetet i fanget. Jeg ble knust, Kim.

Han tømte resten av flaskene uten å si noe. Sånn var historien til Jensenius. Og den var vel like sann som alt det jeg finner på.

Men på kaminen lå det en pose sukkertøy, grå av støv og grønn av mugg.

Han snudde seg brått mot meg.

— Men *deg* skal det bli noe av! sa han.

Jeg blei litt redd.

— Meg?

— Ja, Kim. Du skal bli den største av oss alle!

— Åssen da?

— Sangen, Kim. Sangen! Jeg har hørt deg om nettene. Jeg hører deg nesten hver eneste natt, Kim!

Jeg løp ned, raste inn på rommet mitt. Utenfor eksploderte trærne i grønn applaus, og orkestrene blei aldri ferdig med ekstranumrene.

— Radioen, tenkte jeg. Det er bare radioen han har hørt.

Den første lørdagen i mai tuta det noe drabelig ute i Svolder-gate, måtte minst være Jensenius som prøvde å karre seg over krysset. Jeg fløy til vinduet. Fattern! Det var fattern i ny bil, en knallrød Saab kom smygende inn Svoldergate som en kjempemarihøne. Jeg spurta ned, fattern krøyp ut, lente seg mot det varme biltaket, hadde kasta jakken og bretta opp skjorta, jøss, for en vår. Så kom muttern flyende, hun falt rundt ham, og slik er det jeg aller helst vil huske mor og far, ved siden av den nye bilen, den første bilen, en knallrød Saab V4, arm i arm, en maidag 1967.

Først henta vi Hubert på Marienlyst. Han ga seg over, skulle prøve samtlige knapper, starta vindusviskerne og blinklys og fattern blei litt febrilsk. Vi fikk roa ham ned i baksetet.

— Det får man si, sa Hubert og tok far i skulderen. Du har vel ikke forbrutt deg mot hvelvet!

Vi lo og rulla ned vinduene. Så kjørte vi gjennom den kokende byen, ut på Mosseveien, vi skulle til Nesodden. Fattern fikk opp farten, motoren summa som en fornøyd humle, ikke en eneste kjerre kjørte forbi oss, men fatter måtte overhale en lastebil ved Hvervenbukta, ganske nær en sving, det blei skrik og hyl i baksetet, men det gikk, det gikk, fattern klamra seg til rattet mens svetten silte over det digre smilet som sikkert ikke hadde vært helt framme siden han var guttunge og trodde på julenissen.

Og Bundefjorden var lyseblå, bak oss lå byen pakka inn i mørkegrønne åser med gule solbånd rundt.

Utover mot Tangen var veien verre, det humpa og spratt og småstein suste rundt panseret. Fattern lå krum over rattet, greide den biffen også, og snart trilla vi ned til brygga og parkerte på Signalen. Fattern krøyp rundt bilen, lå på alle fire for å finne riper i lakken, men da han tok fram lommetørkleet og skulle pusse kjerra, greip muttern inn og fikk ham med oss opp til Huset.

Det lukta som det alltid pleide gjøre den første vårdagen på Nesodden, harskt og litt surt fra de råtne bladene på bakken. Jeg syntes alltid Huset så litt skummelt ut med lemmer for alle vinduene, slik et dødt menneske ser ut, tenkte jeg, eller kanskje et menneske før det er født, for når vi tok av lemmene, strømmet lyset gjennom Huset, som om veggene var gjennomsiktige, og alt der inne begynte å leve. Fluene i vinduskarmen stanga mot glasset, det rasla og peip overalt, og støvet stod som melkeveier i solprosjektøren.

Jeg løp opp til det stedet jeg visste markjordbærene vokste, bak brønnen, i en grønn, fuktig hule. Jeg telte blomstene. Det ville bli en sommer full av markjordbær.

Mor lagde kaffe og vi satte oss på altanen. Sola var på vei over Kolsås, et blankt fly passerte skiven og runda forbi oss.

— Trives du i den nye jobben? spurte Hubert, fulgte flyet med blikket der det hasta sørover og blei borte.

— Stortrives, sa far.

Hubert gløttet over koppen.

— Kim fortalte at du hadde 350 000 kroner i hvelvet en gang, sa han imponert.

— Det hender rett som det er. Særlig om fredagene, når det er mye utbetalinger. Må ofte få sendt opp ekstraforsyninger fra hovedkontoret.

Hubert drakk mer kaffe.

— Det er mye penger, sa han stille. Er dere ikke redde for å ha så mye penger i kassen?

Far lo.

— Du og Kim har sett for mye på detektimen, det er sikkert!

Og så kjørte vi inn til byen igjen. I Hvervenbukta satt en langhåra gjeng og spilte gitar. Det brant et bål på svaberget. Mosseveien

256

dampa etter en hard dag. Kranene på Vippetangen stod stille som svære døde dyr, og over Holmenkollen lyste himmelen blodrød. Fattern ga gass og vi braste rett inn i solnedgangen, med åpne vinduer og vind som feide gjennom sveisen og piska øynene fulle av tårer, mens insektene eksploderte mot frontruta og rant til alle kanter.

Trudde først jeg var blitt forkjølet av den bilturen, våkna om natten med tett hals, feber i ryggen og igjengrodde glugger. Men da jeg så meg i speilet neste dag, fikk jeg et pent sjokk. Jeg ligna en forvirra pelikan, haka hang som en pose under trynet, var såvidt jeg kunne snakke. Feberen satte seg i bakhue, jeg sjangla tilbake til rommet mitt, og da muttern fikk se meg, skreik hun.

Det var dager på en hvit karusell. Jeg lå i ørska, med kalde kluter over panna, saft i svære glass og radioen på. Det begynte å gjøre vondt i balla også, akkurat som å ha tannverk i bjellene. Da blei muttern helt hysterisk og sendte bud på lege. Han kom med stetoskop, ligna ikke i det hele tatt på de legene som Hubert tegna til ukebladene. Han fingra og klussa med meg fra panna og ned. Etterpå prata han og muttern sammen, lavt og skummelt, men jeg hørte enkelte ord, jeg hørte kusma, kusma og barn, mor nevnte hele tida noe om barn.

Jeg kvikna til etterhvert, karusellen saktna farten, feberen rant ut i senga, posene skrumpa inn. Og egentlig var det litt deilig å ligge sånn, sløv og giddalaus, høre på gamle plater, Cliff, Paul Anka, Pat Boone, gjøre seg ferdig med de gamle skivene en gang for alle. Jeg spilte Robertino også, da trampa Jensenius fornøyd i golvet. Gunnar og Seb og Ola kom på besøk en dag også, ingen fare med dem, de var ferdige med kusmaen for lengst. De stilte seg rundt senga og flirte godt, fortalte om skoa til Skinke som noen hadde fylt med vann, og Kers Pink som hadde hatt med settepoteter til alle i klassen. Men så blei de alvorlige og la fram problemet.

— Åssen blir'e med Frigg i år, å? lurte Gunnar.

Vi hadde skofta treningen hele høsten, ville bli ganske hardt å spille seg inn på laget igjen.

— Veit ikke, sa jeg. Trur vi kutter ut.

De andre nikka.

— Bli'kke tid til fotball når vi kommer på gymnaset, sa Gunnar.

— Nei, sa vi.

— Men vi kan jo stikke innom og hilse på Kåre, sa Seb. Si fra liksom.

— Klart det, sa vi.

Da de hadde gått, kom feberen igjen, vridde meg som en svamp. Mor fikk lost meg inn i stua hvor jeg satt halvdød og venta mens hun skifta sengetøy og lufta. Etterpå var det som å legge seg i en vind, en vind full av sol og nyslått gress og saftige epler. Jeg sovna, våkna en gang av noen lyder, tog som stampa, trikken som skreik, bomber som falt. Så blei det brått stille igjen, og neste gang jeg våkna var jeg frisk som en fisk og fem kilo lettere.

Det var den siste barnesykdommen.

A DAY IN THE LIFE

sommer 67

Vi dro opp til Kåre i Theresesgate. Han skulle til å finne fram kontingentkortene, men Gunnar fikk stoppa ham.

— Bli'kke no' fotball i år på oss, sa han. — Få'kke tid til treninga når vi b'yner på gymnaset.

Kåre lente seg over disken og målte oss.

— Blitt svære karer, sa han.

Vi fløtta urolig på oss.

— Skulle bare si det, fortsatte Gunnar. Vært ålreit å spelle fotball på Frigg.

Kåre smilte trist.

— Altfor mange som slutter sånn som dere, sa han. Åssen skal vi holde Frigg i første divisjon når spillerne bare forsvinner.

Vi skrapte med skoa.

— Tru'kke vi hadde kommet med på h-h-hovedlaget, lo Ola usikkert.

To lilleputter kom inn for å betale kontingenten, i kortbukser, med plaster på knærne og nøkkelen rundt halsen, nådde såvidt opp til disken med haka.

Da de gikk, sa Kåre:

— Kan godt være en Pettersen eller en Solvang i de tynne beina der. Hvem veit?

Nei, man kunne vel aldri vite, men for oss var sesongen over.

Vi tok ham i hånden.

Kåre smilte det skeive smilet og pusta tungt gjennom den flate nesa.

— Lykke til, gutter, sa han. Lykke til!

Vi kjøpte ti Craven og rusla nedover mot Bislett. Tenkte på draktene, nyvaska, stive, blå og hvite. Åge som leste opp laget. Garderobene, sjølmålet i Slemmestad, utvisningen i København. Alle banene: Voldsløkka, Ekeberg, Dælenenga, Marienlyst, Grefsen. Gress, grus, og særlig fotball i regn, tungt, treigt spell, som i sakte film, mens regnet pøser ned, det tenkte jeg mest på, den glovarme dagen vi luska nedover Theresesgate fra Kåre for siste gang: fotball i silende regn.

På skolen var det full fart. Kers Pink leste Petter Dass, Hammer var proppfull av tyske verb og Skinke var en kruttønne i sola. Det eneste kjølige stedet var på sløyden. Jeg satt og filte på en teakring jeg hadde tenkt å gi til en eller annen, men en dag mista jeg den i golvet og der brakk den. Nytta ikke å lime. Kunne ikke gi bort noe sånt. Lurte en stund på om jeg skulle lage et fuglehus, men det var for seint likevel, ville ikke bli ferdig før sommeren. Det var forresten den dagen sløydlæreren hadde med seg et slangeskinn fra Afrika, digert som et golvteppe. Det var broren hans som hadde skutt slangen mens den lå i skyggen under et appelsintre og fordøyde en sau. Vi så kulehullet også. Broren til sløydlæreren var misjonær i Afrika. Etter timen blei Gåsen igjen. Gåsen hadde laget et kors på sløyden, han, nå ville han høre mer om misjonæren i Afrika. Like før det ringte inn til neste time, kom han bort til oss ved drikkefontenen og sa at slanger sover en hel måned når den har spist en sånn sau. Og slangen var djevelens dyr. Derfor hadde broren til sløydlæreren skutt den. Vi huska vel det som hadde hendt med lærer Holst?

— Joa, sa Gunnar og så en annen vei.

Gåsen skulle begynne på KG til høsten. Øya hans lyste. Gunnar bladde i engelskboka. Jeg drakk vann.

— Gud være med dere, sa Gåsen, han sa det, og gikk fra oss.

Og han var med oss, i hvert fall en stund. Det gikk bra med norsken, jeg skreiv om romferder og syntes jeg fikk bra sving på det. Jeg skreiv om menneskene som er så små og verdensrommet som er så svært, og jeg fikk til noe om en dør også, som må åpnes, ut til det blå rommet, jeg var i slag. At hvis det blei for liten plass her på jorda, kunne vi slå oss ned på andre planeter. Da jeg var ferdig med kladden og spiste matpakka, svett salami og våt geitost, tenkte jeg på Gåsen, han satt like bak meg og klorte som en gal, jeg tenkte at der ute i rommet var det kanskje en gammel Gud, med hvit kjortel og midtskill, kanskje han ligna litt på John Lennon, og han fulgte med i alt vi skreiv, og visste nøyaktig hva vi kom til å skrive og hvilken karakter vi skulle få. Men da var det vel ikke noe vits i å skrive i det hele tatt. Skreiv ikke det.

Overlevde engelsken også. Og tysken. Så kom muren. Matte. Kvelden før satt jeg og pugga ligninger og geometri, svetta over en lav sko, mens sommeren putra utenfor og måkene kom inn fra fjorden med hese skrik og brennende nebb og skeit på vinduet mitt. Jeg leste om x og y, snurra passeren, tegna trekanter og vinkler og streker, og utenfor skreik måkene. Jeg tenkte på slangeskinnet, at framtida var en sånn slange, en boa constrictor som kom ned fra trærne, og at vi allerede var slukt, var ikke nubbsjans å komme seg unna, vi lå allerede i framtidas varme buk og blei fordøyd. Umulig å konsentrere seg med de måkeskrikene rett utenfor vinduet. Da ringte det på. Det kunne ikke være Gunnar eller Seb eller Ola, for de satt hjemme og pugga og var minst like på tuppa. Jeg hørte muttern åpne, så hørte jeg ikke mer, for måkene skreik, sikkert bare en svett merkeselger. Men så banka det på døra mi, og da den gikk opp, glemte jeg alt jeg hadde lest, alt som hadde vært, alt som var.

Nina.

Hun stod på terskelen og så inn på meg.

Muttern var i bakgrunnen, skygga sakte unna.

Kjente henne nesten ikke igjen, håret nedover skuldrene, blomst bak øret, langt fargesprakende skjørt, smal om livet, som armen min nesten, jeg svelga, svelga, og tviholdt på maska.

Skulle bare ønske at det satt noen hos meg, sånn som det satt noen hos henne den gangen i Danmark. Jeg satt med matteboka og passeren. Skulle alt liksom være glemt nå, som om jeg hadde sittet og venta på henne et helt år. Jeg blei forbanna, kunne det ikke like så godt ha sittet noen hos meg også, hva trodde hun, bare komme, uten å blunke, stå på terskelen min og se på meg med de samme øya, det samme smilet, som likevel virka så fremmed, for hun hadde forandra seg, og var likevel den samme, var Nina.

Jeg var forbanna. Jeg var forvirra.

— Hei, sa jeg.

Hun kom inn.

Hun gikk rett på sak.

— Fikk du brevet? spurte hun.

— Ja.

Hun lukket døra.

— Leser du til eksamen?

— Matte.

— Er du sint? spurte hun.

— Sint? Åffer det?

— Jeg kan sitte helt stille, sa hun. Og så kan du lese.

Hun hadde en pakke med seg. Flat. Firkanta. Jeg ville ikke spørre, men kunne ikke la være.

— Hva er det? Jeg pekte på det hun holdt.

— Til deg, smilte hun og la pakken på matteboka.

Jeg kjente håret hennes over ansiktet. I natt ville det bli torden.

— Til meg?

— Ja.

Jeg bretta papiret til side, hendene var sleipe av svette.

Seargent. Seargent Pepper. Seargent Peppers Lonely Hearts Club Band.

— Den nye Beatles-lp'en, hviska hun like bak meg.

Fanga. Bundet på hender og føtter. Den nye Beatles-lp'en. Hvorfor var ikke de andre her, Gunnar og Seb og Ola. Alt var gæernt. Og likevel var alt som det skulle være.

Jeg bare stirra. Ansiktene stirra tilbake på meg, en hel forsamling av hoder, og forrest, i uniform, mellom rare planter, stod de, venta noe av meg, at jeg skulle gjøre noe, akkurat nå. De fire ansiktene når jeg bretta ut coveret, nært, påtrengende, de tvang meg til å gjøre noe. Baksida, tekstene på rødt, John, George og Ringo stirra på meg, mens Paul stod med ryggen til, jeg satt med ryggen til Nina, kjente henne bak meg, jeg bråsnudde.

— Takk, mumla jeg, lirka platen ut og la den på spilleren. Takk, mumla jeg igjen, blåste støvet av stiften, ba til Gåsens Gud om at batteriene måtte holde.

Tror noe blei forandra da, på rommet mitt, kvelden før eksamen i matte, med sommeren som en grønn, bankende puls utenfor vinduet. Nina ved siden av meg, og musikken, som først var fremmed, slik Nina var fremmed da hun plutselig stod i døra. Så lærte jeg dem å kjenne, Nina og musikken. Og da måtte jeg også forandre meg, la musikken renne inn i meg, som vann, åpne meg helt, som en dør som lenge har stått i vranglås, finner ikke annet å si. Som å løfte seg selv, eller bære hverandre. Hendene våre krøyp over golvet, følte seg fram. *A day in the life.* En sånn dag som det bare er én av, og jeg banna på at det smakte eple av munnen hennes fremdeles.

Jeg fulgte henne hjem. Hun skulle være i Norge til høsten. Alt var annerledes, gatene, trærne, vinduene, menneskene vi møtte, de smilte, bare smilte. Og Nina gikk barbeint på asfalten som var kjølig før natta. Vi satte oss ved fontenen, kjente vannet i nakken.

— Jesper er ingenting, sa Nina.

Svarte ikke.

— Ikke tenk mer på det, sa hun.

Som om jeg hadde tenkt på det.

Jeg lo rått.

— Du har vel møtt andre jenter, du også, sa hun, uten å se på meg.

— E'kke fritt, sa jeg og tente en røyk.

Så sa vi ikke mer på en god stund. Epletrærne i hagen på hjørnet lyste hvite, og alle hundene i hele byen samla seg i Gyldenløvesgate, peste og peip og kom bort og snuste på oss, knurra blidt, væra vel et eller annet.

Bak oss stod vannsøylen rett til himmels.

Klassen så langt etter meg da jeg slengte besvarelsen på kateteret foran den skjeløyde vakten og klokka ikke var mer enn kvart over tolv. Jeg spurta ut av det lufttomme torturkammeret, tok trappa i tre jump og løp rett i armene på Nina som venta i skolegården.

— Er du ferdig allerede! lo hun.

— Jepp. Førte rett inn. Skreiv av kladden til Gunnar. Vakten hadde bare en meter sikt.

Vi dro hjem til meg og henta badetøyet og Seargent Pepper. Platespilleren tok Nina under armen, og så sykla vi ut på Huk, Nina på bagga, og solen som nåler i ansiktet.

Lå der hele dagen, til de siste badegjestene dro hjemover, til vi var aleine. Spiste jordbær fra en grønn kurv og lå med øra oppi høyttaleren og ansiktene tett. Det brant på magen og skuldrene. Hun smurte meg med nivea. Jeg smurte henne. Hun hadde solbriller med, to stykker, runde og firkanta med blått og grønt glass. Vi lå på rygg og stirra på den fallende sola med åpne øyne.

Så var vi helt aleine.

Seilbåtene lente seg langs vannet.

En sandal lå igjen i strandkanten.

— Vent her, sa jeg til Nina og løp over på svaberget, trakk pusten og stupte uti. Vannet var svart mot øynene, en kald strøm dro i meg. Et øyeblikk fikk jeg panikk, så duvende skikkelser, med bølgende hår, kropper i langsomme, trette, nesten vakre bevegelser, som astronauter. Jeg var like ved å gi opp, det sprengte i hue, men jeg brøyta meg videre nedover og støtte mot bunnen. Jeg rota rundt i sanden, og mellom steiner og tang fikk jeg fatt i noe rundt og ruglete, tok spenntak og styrte opp mot den grønne himmelen.

265

Nina satt ved platespilleren. Jeg holdt hendene på ryggen, bøyde meg dryppende over henne.

— Hvilken hånd vil du ha?

Hun tenkte seg godt om og valgte den riktige.

Jeg ga henne det rustne mercedesmerket. Hun lo og spurte hva det var.

— En stjerne som har falt ned, forklarte jeg.

Hun la den i gresset og trakk meg ned til seg. Jeg satte på platespilleren. India. Det var magisk. Det var ikke til å tro. Jeg blei dratt med, flirte av Pauls *When I'm sixtyfour,* lytta intenst til stønnene på *Lovely Rita,* og blei vekka av hanene som gol på *Good Morning, Good Morning.*

— Batteriene er tomme, sa Nina.

Hun hadde rett. Musikken gikk i bølger, dypere og dypere, det lød passe surt.

— Ingen fare, sa jeg og hjalp til med fingeren, fikk rytme på skiva igjen, 33 1/3 omdreining i minuttet.

— Hva har du gjort med fingeren din? spurte Nina.

Jeg la meg ned ved siden av henne, musikken skar seg igjen, gikk i rykk og napp.

— Satte'n fast i sløydbenken, sa jeg.

— Sløydbenken! lo hun.

— Jepp. Skulle lage en ring.

Hun bøyde seg over meg.

— Til hvem da?

Jeg trakk henne ned, hviska i øret hennes.

— Men den virker helt fint nå. Fingern, altså!

— Bevis det, hviska Nina.

Og så satte jeg igang musikken igjen, med fingeren min, til rytmen dunka i oss, som snekkene som hakka utover fjorden, hardere og hardere, høyere og høyere, fingeren min var med hver eneste omdreining, til det siste skriket, nesten uhørlig, pressa hodet hennes bakover og A Day in the Life bråstoppa og glei ut på de rolige rillene.

Etterpå satt vi rygg mot rygg og hørte på stillheten, noen fugler, noen bølger, en vind, snekkene som var borte.

— Vi må dra innover snart, sa jeg. De venter hos Seb.

— Hvem da?

Nina lente hodet over skulderen min og smilte opp ned.

— De andre vel! Gunnar og Sidsel! Seb og Guri! Ola og Kirsten!

Det kom en lunken skur da vi sykla hjemover, tok ikke av oss solbrillene for det. Nina satt på bagga, prata om noen hun visste om i København som hadde vært i San Francisco og som skulle til India. Fikk ikke med meg alt hun sa. Tenkte bare, tenkte bare, at alt hadde tatt så lang tid, og likevel hadde det gått noe sabla fort.

DEL 2

Hello GOODBYE

host 67

Det var i mitt søttende år at jeg kavet gjennom en høstlig skog, jeg snublet i kvister, greiner pisket meg i ansiktet, kompassnålen dirret på ord syd, men Skinkes håndtegnede kart passa ikke til terrenget, jeg var i ferd med å gå meg vill, jeg tenker, at nå, nå som skrittene sirkler meg inn, fotsporene rundt huset, i januars og det nye årets kramme snø, noen har vært her igjen, prøvd å se inn, nå må jeg komme meg ut av dette kaos, men kompasset fra konfirmasjonen svinger menings-øst, fuglene skriker usynlig over meg, jeg brøyter meg vei, begynner få dårlig tid, begynner å få panikk, tida løper fra meg, jeg er sistemann ute, jeg skyver greinene til side, og endelig, der ser jeg Cecilie, hun sitter på en stein nedenfor Ullevålseter og mater en geit.

— Mange poster har du funnet? spurte jeg.

— Ingen, sier hun.

— Fant bare den tredje nede ved Sognsvann. Så mista jeg sporet.

— Orientering er det dummeste jeg vet, sa Cecilie og fortsatte å mate geita med brødskiver.

Jeg satte meg på steinen, en armlengdes avstand fra henne, prøvde å pønske ut noe smart å si.

— Trudde jeg hadde gått meg vill, sa jeg. Reine jungelen nedi her.

— Jeg gikk rett hit, sa hun bare.

— Var på fisketur innover her for et par år siden. Med Seb. Og Gunnar og Ola. De går i B-klassen. Reallinja.

Cecilie virka ikke særlig interessert. Cecilie virka ikke interessert det hele tatt. Geita sugde på fingeren hennes og hun så alle andre steder enn på meg, akkurat som i klasserommet. Cecilie satt ved siden av meg nest bakerst, og profilen hennes mot vinduet, profilen hennes, den kom jeg ikke utenom, rett og mjuk på samme tid, og øynene, brune tror jeg de var, brune, men de så aldri min vei, de så i taket, ut av vinduet, i pulten, over den mørkegrønne

273

skogen hvor høsthimmelen slapp et kaldt og gjennomsiktig lys
ned på jorda.

— Tar vi en øl på Setra, eller? spurte jeg fort og blåste bort en
slitsom maur fra håndbaken.

Cecilie bare reiste seg og gikk, jeg fulgte etter henne, opp til stua
hvor vi fant et vindusbord. Jeg kjøpte øl, Cecilie ville ha solbærtoddy.

— Trur vi er litt på avveier, sa jeg.

Cecilie smilte.

— Hvordan da?

— Har'u sett noen andre fra skolen her, eller?

Hun rista på hue. Og da ble håret hennes litt uryddig, og det likte
jeg, når knuten i nakken løsna litt og stråene stod ut til alle kanter,
jøss, var helt bly i magen.

Jeg drakk øl.

Lurte på hva jeg skulle si nå.

Jeg rulla en røyk. Cecilie røyka ikke.

— Åssen liker'u klassen? spurte jeg døvt.

Hun lo litt, jeg skjønte ikke helt av hva, så ut av vinduet, en
gammel gubbe kom travende oppover med ryggsekk og stokk
Geita stod på hue i gresset.

— Vet ikke helt, sa Cecilie.

— Sfinxen er sløv, sa jeg. Kunne stått i Frognerparken. Ha'kke
blunka siden vi begynte. Rart øya hans ikke tørker ut.

— Jeg liker fransk best, sa Cecilie.

— Kjenner ei jente i Paris, skrøyt jeg.

— Gjør du det, sa hun bare og varmet hendene rundt koppen.

— Ikke akkurat, rodde jeg. Ei dame. Kollega av onkelen min
Maler bilder.

Så ut som Cecilie kjeda ryggen av seg. Jeg blei litt desperat, drakk øle
og fikk det i nesa, hosta og bar meg så skummet stod ut av borene.

Da så Cecilie på meg, akkurat da, dønn rett på meg, og lo.

— Fikk det i vrangt rør, sa jeg.

— Skal ha klassefest neste lørdag, sa hun.

Jeg fikk ølet ut av bihulene og svelga.

— Jøss! Jævla gemt!

Cecilie så like sur ut igjen.

— Foreldrene mine som har bestemt det, sa hun.

Cecilie bodde på Bygdøy og faren dreiv visst med klokker og
kikkerter, og smykker, jøss, jeg gleda meg allerede, men det så ikke
sånn ut med Cecilie.

274

Hun geipte.

— De synes det er *plikt* å ha klassefest, så alle kan bli bedre kjent med hverandre, sa hun.

— Skal de være hjemme, eller? lurte jeg forsiktig og øyna et aldri så lite skår i gledene.

— Nei. De skal bort.

— Neste lørdag?

Cecilie nikka og fikk noen løshår fram i ansiktet. Det skjedde noe i buken min og jeg blei helt nummen i fingertuppene og gåsehuden skreik nedover ryggen. Cecilies mørke blikk streifa forbi meg, som en radiosender, hun oppfatta signalene og skrudde over på en annen frekvens med det samme.

— Gruer meg til matteprøven, sa hun bare og kjeda seg igjen og tida gikk.

Da blei det en sabla støy bak meg og der stod Seb, klissvåt til knærne, håret i en kjempebust og anorakkhetta full av barnåler og kvister.

— Her sitter dere, altså, peste han. Halve skolen er ute og går manngard.

Vi så på klokka. Snart fem. Vi skulle vært i mål seinest tre.

Seb satte seg ned.

— Sfinxen har lea på lokket. Tyder ikke bra.

— Vi gikk oss vill, sa jeg. Kan'ke noe for at vi gikk oss vill.

— Sier jeg fant dere i en myr, sa Seb, og så trava vi ut.

— Skinke flyr rundt med walkie-talkie oppe ved Skjennungen, fortsatte Seb. Sfinxen venter ved hovedkvarteret.

— Hvem vant? spurte Cecilie.

— Veit vel ikke jeg. Vi rota oss over til Bånntjern og så falt Ola i vannet.

— Åssen greide'n det, å? flirte jeg.

— Han falt ikke akkurat. Mista den siste langpilsen og hoppa etter. Kom opp med en knokkel.

— Knokkel!

— Dumpa unger i Bånntjern i gamle dager, veit du. Ola fikk den store skjælven. Vi bar ham til stasjonen og så kjørte Hammer ham hjem. Gunnar leter ved Gaustad.

Sfinxen var ikke blid da vi kom til hovedkvarteret ved Svartkulp, men han måtte vel være glad for at vi levde. Det var ikke helt lett å vite hvor man hadde klasseforstander Sfinxen, han hadde store hender og stort hue og han rørte på seg en gang hvert århundre. Nå

275

rørte han på seg. To ganger. Jeg fikk en skikkelig børste, prøvde å skylde på kompasset, men det hjalp ikke. Cecilie fikk ikke kjeft i det hele tatt og Seb fikk medalje for å ha funnet oss.

Så tok vi trikken ned til Majorstua, men Sfinxen måtte ut og lete etter Skinke, for Skinke var nemlig den eneste som hadde walkie-talkie, og da hjalp det ikke hvor mye han skrudde og skreik, kanskje han fikk inn en amatørsender fra Japan, var egentlig litt synd på Skinke.

Vi satte oss i røykekupéen, fyrte opp rullingsene og flirte. Så nært hadde jeg aldri vært Cecilie før. Jeg kjente låret hennes mot meg. Hun hørte ikke på hva Seb og jeg skravla om.

— Trudde aldri Ola skulle komme opp, sa Seb.

— Tok'n ikke av seg langstøvlene?

— Joa. Men det var det eneste. Gunnar var like ved å hoppe uti han også. Men så kom han opp som en sputnik med knokkelen i handa. Jøss. Største vaket jeg har sett siden gjedda i Skillingen.

Dritdumt at Gunnar og Ola begynte på reallinja, tenkte jeg, nå kom de ikke med på festen hos Cecilie.

— Cecilie skal ha klassefest neste lørdag, sa jeg.

Seb knipsa tre ganger og lente seg over meg.

— Kjempegreier! sa han og klappa henne på skulderen. Når skal vi komme?

— Syv, sa Cecilie, satt stiv ved siden av meg, stirra rett framfor seg, og jeg banna på at Cecilie, hun var en hard nøtt å knekke, men jeg skulle greie det, det skulle jeg, skulle visst ikke tatt den ølen på Ullevålseter.

Onkel Hubert tegna slottsherrer og overleger til ukebladene. Så ham lite den høsten. Henny var i Paris. Jensenius sang mindre og mindre, kjente vel allerede vinteren i seg. Når jeg kjøpte øl til ham, stakk han bare en dvask hånd ut av dørsprekken og forsvant. Noen ganger var han ute og gikk også, det knaka stygt i trappen, han rota seg visst langt nedover til byen, for han kom alltid hjem i drosje, en gang prøvde han å bryte seg inn i Aulaen. Det var noe med Jensenius. Alle sa at farfar kunne dø når som helst, men farfar døde ikke, han døde aldri, levde som bare det, satt i stolen ved vinduet og lo av noe ingen skjønte, trampa med foten. Undulaten til mormor forsvant en dag, fløy ut av vinduet, og mormor hengte opp etterlysninger på alle trær i Oslo vest, hun satte inn annonse i Aftenposten også, men fuglen var fløyet. Og muttern og fattern var litt hysteriske med den gamle jakka jeg hadde tatt med hjem fra Nesodden, den gråhvite, sløye linjakka etter oldefar, dobbeltspent og passe utslitt. Det var mas og haling hver morgen, hvorfor kunne jeg heller ikke gå med den tweedjakka muttern hadde kjøpt til bursdagen min. Mor hadde visst glemt det karnevalet vi hadde, den sommeren, for lenge siden. Men ellers gikk de på tå hev og syntes det var storartet å ha en sønn på gymnaset. Men når man først gikk der, så var det ikke så svært likevel. Bytta bare bygning, skifta ut noen lærere, kom i ny klasse. Akkurat som med gaffelstikket, følte oss egentlig litt snytt igjen, sånn var det alltid. Ventetida var best, eller verst, alt ettersom, når det først skjedde, når man var der, så var det liksom over allerede og noe annet som var sværere og finere eller styggere og jævligere vinka i det fjerne. Og så var det bare å gå i gang med å vente, glede, grue seg igjen.

Det var et mas.

Men nå visste jeg ikke hva det var jeg venta på.

Jo.

Festen hos Cecilie.

Og jeg har satt lemmen for det siste vinduet igjen.

Det starta pent med tweed og lårkort og et fingerbøll sherry til hver. Vi stod i den største stua jeg hadde sett, en hangar med klokker overalt, sju, de slo på likt, og faren til Cecilie holdt pinadø tale til oss, ønska oss lykke til og greier, visste ikke helt med hva. Mora stod tre skritt bak i fotsid og perlehals, og Cecilie venta med bøyd hue. Seb og jeg var ganske pissatrengte, for vi hadde slukt noen øller på forhånd for å få flying start, og det kunne vi trenge, for vi var seksten gutter og seks jenter og det ville bli knallhard kamp på kniven. Jeg hadde stygge mistanker om at Sleipe-Leif var som en høk etter Cecilie, men jeg anså ikke ham som den store trusselen, nærsynt og dobbelthaker. Verre med Peder, 400-meterløper, seiler og vinner av orienteringen, fremdeles brun i barken etter sommeren. Han var ikke å stole på. Han hadde allerede sikra seg plass farlig nær Cecilie, mens jeg stod med tvinna knær og venta desperat på at urmakeren skulle tikke ferdig.

Og endelig gikk han i stå, dro avgårde med divaen og det blei generell bevegelse i buskapen. Seb og jeg fløy på dass, det var tre å velge mellom i annen etasje, marmor og gullkraner og greske statuer i nisjer og innfelte klokker, jøss, var så vidt vi turde pisse.

Seb svingte ut den siste ølen fra jakkeermet, spesialist på den der, skjønte aldri helt hvordan han fikk det til. Vi drakk på styrten.

— Vi har kommet feil, sa Seb. Dette er Drammensveien 1.

Vi durte ned igjen for ikke å gå glipp av startfasen. Det stod noen spredte flasker på bordene, sigarettrøyken fløyt utover hallen som blå godværsskyer og noen balanserte tallerkener med rykende kjøttguff i. Vi følte hverandre på tenna, dreit ut lærerne, telte over jentene, alle var på plass, snusa opp en bande som stod i entréen med lerke, Leif og Krykka og Ulf. Vi krangla oss til en kule, og Leif så på meg gjennom de metertjukke brillene, blunka, som om han lurte på hvor Cecilie var, for ikke å si Peder, som om jeg visste det. Jeg daska inn i hangaren igjen og myste over landskapet, fem jenter i sofaen med elleve okser på ryggen, jeg rusla ut på kjøkkenet, og selvfølgelig var de der. Peder hjalp Cecilie med kjelene.

Jeg fikk en glovarm tallerken i hendene.

— Og du ble uplassert i orienteringsløpet, sa Peder, flirte til begge kanter.

— Akkurat, sa jeg. Snubla i Ullevålseter.

— Gjelder å ha navigeringen i orden, vet du. Og farten.

Orka ikke høre på seileren, skrubba ut igjen og det var blitt mer liv i lokalet. Låtanlegget var på full pinne, en eller annen sviskete jazzsak, tre par sklei over parketten og endel andre var i gang med forhandlinger. Seb lå på golvet og rota i platestativet, rista oppgitt på hue. Jeg fikk ikke Peder og Cecilie ut av systemet, og i forbannelsen greip jeg ut i lufta og fanga Vera i fart. Hun blei så forskrekka at hun klemte seg inntil meg og pusten hennes var varm og øynene streka inn av svart eyeliner. Fra høyttalerne hvinte det en fordømt tango og jeg holdt henne enda hardere, bretta henne bakover og greier og folket jubla. Da kom Peder og Cecilie med mer mat, Cecilie stansa og møtte blikket mitt, varte ikke lenge, men det var første gang, første gang vi *så* på hverandre. Jeg slapp Vera, satte meg i en stol og tente en røyk. Vera stod tilbake på golvet, aleine, som et lite barn, forlatt i en svær flokk.

Peder kom med mat til meg.

— Lukk øynene og pek mot vest, sa han.

— E'kke sulten, sa jeg og blåste røyk forbi skillen hans.

Han satte seg på bordkanten.

— Fin jakke du har i dag, sa han og gnudde på tweeden min. Helt ny, eller?

Det blei spisse ører i rommet.

— Arva'n etter onkelen til Jesus, sa jeg.

Peder fortsatte å gnikke på slaget. Blåjakka hans blenda meg.

— Var det jeg tenkte, sa han. For du kjøper jo klærne dine hos Frelsesarméen, gjør du ikke?

Det var lenge siden jeg hadde tenkt på Fred. Nå stod han dagklar for meg, i de vide buksene, og rotta, jeg så rotta ligge i lommelyktens skinn.

Det skjedde ganske fort. Jeg traff ham over nesebeinet, han falt bakover med blodet som en søyle over munnen og haka.

Jentene skreik, Cecilie kom løpende, Sleipe-Leif og Krykka holdt meg bakfra og Cecilie fulgte Peder opp på badet, jeg var for gemen til at han gadd ta igjen.

Det blei endel virvar, landet delte seg i to, for og imot meg. Jentene var på Peders parti. Sleipe-Leif prøvde å megle, glatte over, Krykka flirte så det skumma, Vera så hånlig på meg.

Seb tok meg til side.

— Hva skjedde? spurte han.

— Kødden kasta drit om Fred, sa jeg.

— Om Fred?

— Dreit ut Frelsesarméen, sa jeg.

Seb nikka, flere ganger.

— Fikk som han fortjente, sa han.

Det var noe inni helvetes lang tid Peder og Cecilie brukte på badet, måtte hun sy igjen nesa hans, eller? Det klødde i magen, jeg røyka til ganen kjentes ut som en spikermatte. Parene begynte å skille seg ut, Vera lå dypt i en stol med Morten, Astrid var i klinsj på parketten med Torgeir, Trude stod klint mot veggen med Atle som en banan over seg. Det var hektisk aktivitet rundt de siste skjørtene og Sound of Music skurra i luften som en dopa bisverm. Da kom Peder over golvet, med vattdott i det ene boret. I døråpninga stod Cecilie og fulgte med. Det blei stille i rommet. Han stansa fem centimeter fra meg. Jeg rakk ham til slipsknuten.

Peder stakk hånden fram.

— Beklager, sa han.

Jeg trodde ikke mine egne ører.

Han gjentok det.

— Beklager. Vi skværer opp.

Tok hånden hans, vi rista litt opp og ned.

— Beklager, sa jeg tamt.

Stemninga liksom eksploderte. Peder bråsnudde og gikk tilbake

279

til Cecilie, og jeg blei stående tafatt igjen, akkurat som Vera isted, og jeg skjønte at der hadde jeg tapt, der hadde Peder vunnet, jeg var banka ettertrykkelig ned i skoa, jeg var under mine egne såler.

Gikk noen timer jeg ikke helt har greie på. Satt, røyka, speida etter Cecilie. Parene var klare nå, et par utskiftninger blei gjort i siste liten. Vera kunne ikke håne meg nok med blikkene sine. Cecilie var vekk. Peder også. Seb kom bortom.

— Treige greier, sa han. Vi prøver å komme inn på Club 7.

Jeg rista på hue.

— Rett over kilen, jo. Kan svømme.

— Niks, sa jeg. Jeg blir.

— Sett den platereolen, eller. Frank Sinatra og Mozart og Floyd Cramer.

— Jeg blir, sa jeg.

— Skjønner det, sa Seb og vralta over til en annen kant på de lange, tynne beina sine.

Jeg tok meg en runde på Slottet. Det var ganger og rom overalt, trapper opp og trapper ned, måtte minst ha kompass, jeg flirte, prøvde i hvert fall, hadde sement i geipen. Det var et hus å være ensom i. Jeg begynte å skjønne litt av Cecilie. Jeg begynte å hate Peder. Jeg gikk nedover en lang korridor, med dører på begge sider og familieportretter på rad og rekke. Under meg hørte jeg musikken, stemmene, latteren. Da hørte jeg en annen lyd, fra en dør, en dør som stod på gløtt. Jeg lista meg inntil, hjertet bulte under skjorta, titta forsiktig inn, åpna døren helt, hjertet sank som en heis. Cecilie lå i senga, og et øyeblikk trodde jeg hun lå sammen med noen, Peder. Jeg mista alt blodet. Så oppdaget jeg at hun var aleine. Hun snudde seg sakte mot meg, ansiktet hennes var hovent og rødt og ligna ikke på den Cecilie jeg hadde visst om hittil.

— Noe gæernt, eller? stammet jeg.

Hun satte seg opp, tørket øynene, det tok et sekund, så var hun den gamle igjen, Cecilie med rustning.

— Nei. Hvordan det? Bare litt trett.

Jeg hadde ikke noe å stille opp. Jeg fulgte etter henne ned. Peder stod sammen med Sleipe-Leif og Krykka, diskuterte et eller annet. Seb satt i en stol og kjeda huden av seg. Cecilie gikk over til Vera og Atle, snudde bare ryggen til og forsvant. Jeg var så vidt verdt en rygg.

Jeg bomma en røyk av Seb.

— Lavt gir, sa han. Snart revers.

— Trur'u vi kommer inn på Club 7, eller?

— Kanskje. Gunnar og Ola skulle prøve. Men de gikk sammen med Stig.

Sleipe-Leif vinka på oss, vi labba over til hjørnet deres. Hadde ikke mye å tape på det. Peder røyka. Sjelden. 400-meter. Han skulte ned på meg med plaster over nesa.

— Barskapet, hviska Leif og himla med øynene. Vi må finne barskapet, boys!

Var ikke så dårlig idé, det. Vi avtalte å samles om et kvarter i samme hjørne og trava til hver vår kant. Ekspedisjonen vendte tomhendt tilbake.

Da var Seb gått. Skulle visst prøve å finne Guri.

— Han må ha spriten i safen, sa Peder.

— E'kke skapsprenger, sa Krykka.

— Kjøleskapet, sa Leif.

Vi rusla ut på kjøkkenet. Tomt der også. Bare melk. Masse melk. Vi satte oss rundt bordet. Det så svart ut. Etterhvert kom det flere, alle som var til overs. Tilslutt var det en pen gjeng som satt der ute og prøvde å legge huene i bløt.

Plutselig hadde Sleipe-Leif det. Han knipsa med de butte fingrene og flirte.

— Splinten i din nestes øye ser du, men ikke bjelken i ditt eget! sa han.

Vi lente oss over bordet.

— Hæ?

— Er dere ikke konfirmert ennå, eller? Fattern er lege. Tar en halvtime.

Han gikk og vi venta tre kvarter. Da kom Sleipe-Leif smygende med bulende jakke og plasserte to Norgesglass med blankt i på bordet.

— 96, sa han. Legesprit. Prima vare.

Vi spredde glass og stemninga var ganske intens.

— Hva skal vi blande med? lurte en av drankerne.

— Tar'n bar, sa Krykka og stakk tunga i muggen.

Krykka sa ikke mer den kvelden, han lå i et hjørne og freste.

— Melk, sa Leif.

Melkeflaskene kom på bordet og vi doserte noen skikkelige rivjern.

— Syns ikke, jo! flirte Pål og løfta glasset.

281

Vi drakk. Så på hverandre. Drakk igjen.

— Smaker ingenting, sa Ulf.

Vi smatta, lukta, drakk igjen.

— Bli'kke full av dette her, sa Tormod.

Vi fylte en ny runde. Drakk og kjente.

— Smaker melk, mente Peder.

Vi var enige. Smakte mest melk.

— Sikker på det er 96? lurte Leif.

Sleipe-Leif pekte på Krykka som lå under springen. Joa, måtte være 96. Ingen tvil.

Døra gikk opp og Cecilie titta inn.

— Drikker dere melk, sa hun bare.

— Akkurat, sa Leif. Melk er tingen.

Cecilie lo og gikk igjen.

— Jeg blir hvertfall ikke full av dette, sa Peder.

Leif skjenka ny runde.

Vi drakk og smatta, røykte og drakk.

Så var det at Ulf reiste seg, ellers en stødig type, plattfot og ordensmann. Han drønte tre ganger rundt seg selv og braste panna rett i veggen. Der blei han stående.

Vi så på hverandre. Så reiste vi oss sakte og det var vel egentlig da festen begynte, eller var over. Vi ramla rundt, krabba på alle fire, kræsja, trynte, Pål banna på at han gikk i taket, Tormod prøvde å komme inn i kjøleskapet. Vi lette desperat etter døra, Kåre forsvant inn i spiskammerset, Otto reiv opp et skap, søpla snødde i rommet, endelig fant noen håndtaket og vi storma ut i hallene som en døddrukken kalveflokk med sanktveitsdans. Det blei en viss oppstandelse i stua, jeg husker at jeg så Cecilies ansikt, som en hvit, lysende, livredd oval, så husker jeg ikke mer før jeg stod på taket. Jeg stod på taket på Cecilies hus og det var stjerneklart og blå vind. Nede i hagen løp folk og ropte og skreik. Det var langt ned dit, langt, dypt, mørkt. Jeg balanserte bortover de bratte taksteinene, noen gråt der nede i den mørkegrønne hagen. Jeg dansa over taket på Cecilies hus. Så hørte jeg noen like bak meg. Jeg bråsnudde, var like ved å falle, sklei med den ene foten og ramla forover. Et hyl skar som en vill fugl gjennom natta. Jeg kom meg opp igjen, stod stille. Stemmen var nær meg.

— Kim, for faen!

Et lys blei tent og jeg så ansiktet til Peder stikke opp av takluka.

— Du slår deg ihjæl! ropte han.

Ikke faen, ikke én gang til, den seieren skulle han ikke få hale i land. Jeg klatra helt opp på eggen, satte meg overskrevs der, så mot Frognerkilen, Nesodden, lysene utover fjorden, alle nattas lysende, sitrende punkter, som om stjernehimmelen speila seg på jorden. Så reiste jeg meg helt opp, stod rett opp og ned på den spisse kanten, og jeg hadde aldri følt meg så stødig. Peder var borte fra takluka og det var dønn stille i hagen. Mørket slukte alle lydene, bare mitt eget hjerte slo som rasende håndflater mot nattas pauker.

Så ålte jeg meg ned til takluka og inn på loftet.

Husker bare at festen var i oppløsning, jentene grein, gutta spydde, Cecilie stod klistra til en blå vegg med hendene langs siden.

— Skal jeg hjelpe å rydde, snøvla jeg.

— Forsvinn, sa hun og blikket hennes dypfryste meg.

Jeg forsvant.

Hadde ikke peiling på hvor jeg gikk, visste bare at jeg var i mitt søttende år og jeg kavet meg gjennom Kongeskogen, bortvist fra Slottet, høye, svingende trær stod truende på alle kanter, og jeg kom til et hav, la meg under en busk og sovna som en roterende stein i Paradisbukta.

Jeg våkna av frost, jeg frøys som en skabbete, skinnløs hund og tennene klapra. Det var grålysning, grått lys, bølgene slo krapt mot land. Skoa var klissvåte, jakka var full av spy, hue på halv stang, jeg var det eneste mennesket i verden og ikke til å stole på.

Så gjorde jeg det dummeste.

Idéen satte seg fast i den vasne og forrykte hjernen min.

Jeg fant veien tilbake til Cecilies hus.

Det lå som en koloss i den stigende dagen. Gardinene i Cecilies rom var trukket for. Jeg lista meg over plenen. Døra var ikke låst. Jeg sneik meg inn, stod i den svære stua hvor festen hadde satt sine tydelige spor. Jeg lista meg opp trappene. Korridoren med alle dørene virka uendelig. Jeg snubla, krabbet på alle fire på det mjuke teppet bort til Cecilies dør. Lytta. Hørte henne sove, jeg gjorde det. Hørte pusten hennes og drømmene hennes og at hun snudde seg på lakenet. Jeg skulle til å hale meg opp til dørhåndtaket, da kjente jeg en neve i nakken som halte meg enda høyere opp. En kald stemme slo mot meg.

— Hva i helvete tror du . . . !

Cecilies far vrei meg rundt og i det samme gikk to dører opp. Cecilies mor stod i morgenkjole med åpen munn. Cecilie så på meg, jeg innbilte meg at hun var ulykkelig. Så blei jeg slept ut som den

283

hund jeg var, ut i hagen og slengt over porten. Jeg hørte ikke alt han sa.

Så var det å sjangle hjem hvor det venta en annen far. Han satt på en skammel i entréen med forvåket ansikt og hvite knoker.

— Hvor har du vært? skreik han.

Hadde ikke noe å si.

Jeg snubla forbi ham.

— *Hvor* har du vært! gjentok han og fekta med armene.

— I selskap, hviska jeg.

Han slo. Han slo med flat hånd, og han blei like forskrekket som meg, trakk armen til seg som om han hadde brent seg.

Nå var mor der også.

Vi var tre for mange.

— Nå *skal* du klippe deg, Kim! var det eneste hun sa.

Vi stod der litt tafatte og så på hverandre. Far gjemte hånden på ryggen og prøvde med et merkelig smil.

— Jeg er trøtt, sa jeg og gikk inn på rommet mitt, låste døra.

Da først kom angsten, på etterskudd, for seint, kneskålene smelta og jeg spydde i papirkurven. I det samme blei vinduet fylt av sol, det ville bli en flott søndag, den aller siste i år med en rest av sommer, indian summer.

Jeg la meg i senga og blei plutselig redd den angsten, den angsten som kom for seint.

Var det alt. Ja. Jeg er en elefant og glemmer aldri.

Og mens jeg lå syk og våken, dro mor og far til Nesodden for å hente eplene, eplene.

Etter den festen var det ganske mange som var imponert. Karlsen på Taket kalte de meg. Men de hadde ikke sett avslutningen. Det hadde Cecilie. Og nå lot hun ikke bare være å se på meg, hun snakket ikke til meg heller, og det verste var at hun skifta pult også, flytta lenger framover, hadde bare utsikt til nakken hennes, den var stram som to trosser. Det nytta ikke komme i nærheten av henne engang, da forsvant hun, sklei vekk, og jeg følte meg som et råttent eple, mens de andre syntes jeg var storveies og lurte på om jeg hadde propell på ryggen og det blei ikke snakka om annet enn den festen resten av året.

Jeg lurte bare på hvordan jeg skulle sirkle inn Cecilie igjen, men det virka kul umulig, klokkene ringte hver gang jeg tok et skritt i hennes retning, jeg var spedalsk og gal. Eneste trøsten var at Peder også var ekskludert fra hoffet, sånn virka det i hvert fall. Men Sleipe-Leif hadde godfot og kom innenfor reviret, enda det var han som hosta opp det fordømte ildvannet, det fantes ikke rettferdighet i verden.

Vi satt hos meg om kveldene, for hos Seb og Gunnar og Ola var det spetakkel og spader. I Bygdøy Allé, like nedenfor Gimle, dreiv de på å bygge et svært hus, og der skulle det bli supermarked med selvbetjening og greier. Fattern til Gunnar fikk grå hår og lut rygg over natta, tenkte på den vesle kolonialen sin, hvordan det skulle gå med den. Stig hadde ikke klippa håret siden nyttår, lengste på Frogner, og rektor på Katta trua med å utvise ham hvis han ikke forandra frisyre, men Stig lot det gro, det var et sabla leven. Faren til Ola hadde bare skallete pensjonister igjen i kundekretsen, han var sikker på å gå konkurs hvis ungdommen ikke begynte å klippe seg igjen. Han gikk hjemme i stua og tørrtrente med saksen, eneste som kunne redde ham nå var en bra plassering i Norgesmesterskapet for frisører på Hønefoss. Og fattern til Seb var hjemme på tre måneders perm, krangla med muttern til Seb, han hadde visst pælma en tekanne i veggen en kveld, så der nytta det heller ikke å få fred. Vi satt hos meg, muttern og fattern hadde roa seg passe ned etter hjemkomsten den morgenen, vi satt på rommet mitt, røyka, drakk te og halte i barten.

Snakka ikke så mye om The Snafus nå, ikke etter Seargent Pepper, gikk liksom ikke. Etter Lucy in the Sky og A day in the Life. Vi flirte av Love me do og hadde pelt ned bildene fra veggene for lengst. Satt til seint på kvelden og prata om tekstene, det var det største som var skrevet siden Bibelen og sagaene.

Vi gikk ganske dypt.

— Lucy in the sky with Diamonds, sa Seb, betyr LSD.

Og BBC nekta å spille A day in the Life.

Det var nå det begynte.

Og sånn gikk kveldene. Med te og røyk og musikk. Ola prata om Kirsten. Når sommeren kom, skulle Ola til Trondhjem, banna bein. Det var litt hakk i plata mellom Seb og Guri, hun hadde truffet en slalåmsnik fra Ris og Seb grua seg til snøen kom. Gunnar og Sidsel vanka sammen, Gunnars rygg kunne vel ingen gå fra. Og jeg fikk et brev fra Nina, hun skreiv at det hadde vært en fin sommer, fineste sommeren hun hadde opplevd. Hun skreiv at hun hadde røykt hasj og drømt så rart om meg. Men jeg hadde nesten glemt den sommeren og svarte ikke.

Så var det en kveld at Gunnar dukka opp med en lp, hadde lånt den av Stig og Stig hadde sagt at den lp'en var en usikra granat, måtte ha sikkerhetsbelte og fallskjerm for å tåle sporene. Vi titta nysgjerrig på omslaget. *Doors*. Hadde aldri hørt om dem. Vi la skiva på hølet og skrudde full guffe. Da skjedde det noe. Etterpå lå vi blodige i hvert vårt hjørne og skreik etter luft. Det var det verste. Vi samla sammen restene og la oss rundt høyttaleren igjen. Vi var fisk på brygga med hamrende gjeller. Det orgelet fantes ikke i kjerka. Det var noe annet enn Gåsens klamme akkorder. Og den stemmen kom fra en annen klode.

Jim Morrison.

— Sterkt, sa Seb. Det var alt han greide si. Han lå på golvet og vaka i svette.

The End.

Da kjente jeg dragsuget. Lungene blei blåst opp som svære ballonger. Jeg venta på skriket. Jeg tenkte på korridorene i Cecilies hus, dørene på rekke og rad, portrettene.

Father, I want to kill you.

Etterpå, da Seb og Gunnar og Ola hadde gått og muttern og fattern hadde lagt seg, da åpna jeg vinduet og sang ut i høstnatta, sang alt jeg orka, som den gangen på stranda, men ingen hørte meg, ikke Jensenius, ikke mor og far, ikke engang Cecilie, enda vinden gikk mot Bygdøy og natta var stille som en kremert østers.

Den dagen Barbereren på Solli var i Hønefoss og klippa i Norges-mesterskapet satt vi hos Ola, det nærma seg vinter og tentamen og den nye Beatles-skiva var kommet. Vi tente ikke helt, prøvde å hisse hverandre opp, men Seargent Pepper lå som en slagskygge over sporene. Kunne ikke måle seg. *Hello Goodbye*. Det var ikke lett å løve etter Seargent Pepper. Baksida var det sprøeste siden Tomorrow never knows. Gunnar ga opp. Han holdt for øra. *I am the Walrus.*

— Låter jævli, mumla han.

Ola var enig.

— Hør på *teksten*, á! prøvde Seb og var allerede igang med å oversette til norsk. *Hør* på den, á! Det er sånn vi drømmer, ikke sant! sa han svært.

— Må stikke, sa Gunnar. Har en ligning som står fast.

Ola bladde i matteboka.

Vi spilte første sida om igjen. Jeg tenkte på Nina da, blei svimmel et øyeblikk, så tenkte jeg på Cecilie, fikk ikke snøret i bånn, fikk det ikke ut engang, total floke. Hun hadde ennå ikke snakka til meg. Så tenkte jeg på Nina igjen, og blei litt redd, for plutselig hadde jeg glemt henne, glemt hvordan hun så ut, uansett hvor mye jeg prøvde, greide jeg ikke se ansiktet hennes for meg. Det var rart. Det var skummelt. Så tenkte jeg på soireen. Det skulle være soiré på skolen etter jul og Public Enemies skulle spille.

Da skulle jeg bryte lydmuren.

Goodbye.

Hello.

REVOLUTION

68

Jeg hadde hjertet i halsen, men det var også det eneste jeg hadde, jeg var edru som en mumie, det skulle i hvert fall ikke Cecilie få på meg, at jeg dreit meg ut i fylla to ganger på rad. Jeg stod aleine i gymsalen, de andre var oppe i røykebula i 1d. Elevrådet hadde hosta fram militærpurk som dørvakter. Krigen var igang. Kunne ikke se Cecilie.

Så kom bandet, Public Enemies, kom rett fra steinhulene og inntok podiet i hjørnet, jøss, det var annen rase enn Snowflakes, de stod der oppe i de verste klærne jeg hadde sett, den gamle jakka mi fra Nesodden var reineste blazeren i forhold. De myste til hver sin kant, som om de ikke helt skjønte hvor de var, organisten velta en flaske over tangentene, bassisten rapte i en mikrofon. Så tro de til, plutselig, alle på likt, og vi fikk bakoversveis og gangsperre på stedet, inni hampen, for en fot! Seb var allerede fortapt, bana seg vei til podiet og stirra på munnspilleren og der blei han stående. Guri tørna litt sur og satte seg i et hjørne, Gunnar og Sidsel dansa, Ola tok det helt isi, for han hadde dame i Trondhjem, ikke noe stress der i gården.

Og i kaoset, i kaoset av dansende, lykkelige og kjempende mennesker, i musikkens knallharde labyrinter, rydda jeg meg vei, som om det var en skog, Norwegian Wood, jeg måtte finne Cecilie, men uansett hvor jeg kom, Cecilie var ikke der. Jeg kjøpte en cola og stod død og maktesløs og drakk. Det kunne ikke være sant, at hun ikke kom, at jeg hadde venta en hel vinter, at det var blitt et nytt år, 1968, at amerikanerne hadde sendt 15 000 nye soldater til Vietnam, at Che Guevara var død for lengst, at Doors hadde kommet med ny lp, at Forsytesagaen snart var slutt, at det første mennesket i verden hadde fått nytt hjerte og allerede var død, at Nord-Vietnam hadde innleda Tet-offensiven, og så kom hun ikke.

Sleipe-Leif banka på skallet.

— Karlsen på Taket, sa han. Ser du etter noen?

— Moren min henter meg klokka ti, sa jeg.

— Lurt, sa Sleipe-Leif. For dyrene på podiet er ikke i bånd.

Jeg gikk. Han fulgte etter.

— Komitéen møter på dassen om ti minutter, sa Sleipe-Leif. Vi har vedtatt enstemmig at colaen er for svak.

Han blunka tre ganger med høyre øye og blei borte.

Musikken snodde seg gjennom øregangene som rusten piggtråd. *Little Red Rooster*. Seb stod ved podiet og stirra seg blind. Cecilie var ingen steder. Jeg skulle på dass, men ville ikke gå dit nå. Guri var plutselig ved siden av meg og ville danse. Vi dansa. Hun var fin å holde i.

— Seb er morsom å gå ut med, sa hun.

— Seb har ting å lære i kveld, sa jeg.

— Det har du også, sa hun.

— Jeg? Åssen det?

— Hvorfor skriver du ikke til Nina?

Blikket mitt var på jakt, en overnervøs falk med vingene i fatler. Vi dansa en stund uten å si noe, best slik, vondt å skrike til hverandre hele tida.

— Hvorfor har du ikke svart på brevene hennes? gjentok Guri.

— Skal gjøre det, sa jeg feigt, og i det samme kom Cecilie. Hun kom ikke aleine. Hun kom sammen med Kåre, redaktøren for skoleavisa, 2. gym. Jeg slapp Guri og slepte meg bort til disken og beordra en cola og sugerør. Kunne heller latt være å komme i det hele tatt. Jeg var ferdig, over og ut med Kim Karlsen, med Kimse, jeg har mitt eget verb også, Kimse, over og ut, nedenom og hjem. Skulle skrive til Nina likevel, skulle gjøre det i kveld, visst faen, et langt, sugende brev til Nina.

Public Enemies tok pause og luska ned fra podiet, og det blei øredøvende stille i salen. Jeg kom meg unna før baren blei invadert av danseløver og hanegaler og knehøner.

Seb ville gå hjem og hente munnspillet, men Guri holdt ham igjen.

— Må bruke både tunga og leppene og henda! peste han. Hørte'ru Little Red Rooster, eller! Ganske stålull, hva!

Var litt ukonsentrert, så på Cecilie som satt midt i redaksjonen og blei traktert med latter og komplimenter. Redaktøren stod på en stol og holdt tale, og Cecilie lo som jeg aldri hadde sett henne le før. Blødende magesår. Hjertet falt ut av høyrearmen, det nye hjertet mitt, kroppen avviste det, jeg holdt den blodige, bankende klumpen i hånden, null verdt.

— Er'u der?

Seb knipsa foran nesa mi.

— Både og, sa jeg. Sjelen har forlatt legemet.

— Bra, sa han. Død over materialismen.

Sidsel kom løpende, hektisk og redd.

— Gunnar krangler, pusta hun.

Hun pekte mot døra. Der stod Gunnar, med en flokk ganske tett rundt seg og stemninga var amper.

Vi rydda oss vei.

— Jævla kommunist! var det første vi hørte. Det var en høy slåpe som sa det, han spytta tørt mot golvet da han hadde uttalt det. Jævla kommunist!

Gunnar var frampå.

— Hva inni helvete har vietnameserne gjort deg, å! Har de gjort deg noe, eller! Har de gjort faenskap i Amerika? Hva? Har'e vært en eneste vietnameser eller kineser og lagd krøll i Amerika?

Slåpen bøyde seg over Gunnar og vifta med slipset.

— Det er kamp mellom frihet og undertrykkelse, din kødd! Flytt til Russland hvis du ikke liker deg her!

Gunnar lo høyt.

— Russland! Hørte dere det? *Russland!*

Gunnar fortsatte å le mot Slåpen.

Veit ikke hvorfor, men jeg blei så klin forbanna, på hele den polerte gjengen med blåjakker, de glatte trynene, de ligna hverandre, på en prikk, et mangehoda uhyre.

Jeg tenkte på mannen som hadde gått løs på det bildet med en øks. Et bilde!

Jeg tenkte på napalm som brenner under vann.

Jeg tenkte på fotografiet av den gråtende jenta og den ødelagte landsbyen.

Jeg tenkte på Cecilie.

— Du forsvarer altså å bombe landsbyer sønder og sammen, sa jeg, og jeg måtte ha sagt det ualminnelig høyt, for alle bråsnudde seg mot meg på likt. Hva? Landsbyer hvor det bor barn, gamle, kvinner, du forsvarer altså det?

— Det er krig, sa Slåpen.

Jeg frøys.

— Krig? Mellom hvem da?

— Mellom den frie verden og kommunismen.

— Og den frie verden slepper napalm på unger?

— Det er krig, gjentok han. Vi forsvarer oss!

— Vi! Vi! Forsvarer! *Oss!*

Tror jeg ropte.

— Etter oss kommer b-b-bakteriene, sa Ola like bak meg, og så satte Public Enemies igang igjen, golvet dirra og den zoologiske hagen åpna.

Cecilie dansa med redaktøren. Cecilie dansa med elevrådsformannen. Jeg var ferdig. Skulle ønske jeg bare kunne sette igang propellen og sveve ut av rommet. Men jeg drømte ikke mer om å fly. Ikke etter den festen hos Cecilie.

Gunnar kom bort til meg.

— Den greide vi fint, gliste han.

— Hva da?

— Hva da! Ikke drit, á! Satte dem jo rett til veggs, jo, mann!

— Klart vi gjorde det, sa jeg, og Cecilie dansa forbi uten å spanse så mye som en øyekrok eller en munnvik.

Gunnar forsvant med Sidsel.

Ola prata med Guri.

Seb satt ved podiet og var hinsides.

Jeg kjøpte en cola og rusla på dass, møtte Sleipe-Leif og Peder på veien.

— Holder du deg på bakken fremdeles? flirte Peder og ånden breia seg over meg som sennepsgass.

— Mista propellen, sa jeg; holdt stilen.

— Vi har ekstrapropell her, hviska Sleipe-Leif og dunka seg på innerlomma.

— Niks, sa jeg og gikk på dass.

Tok en røyk i døråpninga. Himmelen var svart. Det var stemmer i mørket. Det lukta natt.

Subba ned i garderoben igjen. Satte fra meg colaflasken, lette i dyffelcoaten og fant en pakke Teddy.

— Ute og lekt med loppene, flirte Peder og pelte på jakka mi. Sleipe-Leif lo svakt og retta på slipset.

Gadd ikke bry meg om dem, tok colaen min og i det samme var Cecilie der, hun så på meg, for første gang siden festen, jeg blei så forfjamsa at jeg stakk flaska i kjeften og drakk på styrten. Cecilie så forskrekka ut, så blei hun dratt inn i buret av skoleavisredaktøren. Bak meg lo Peder og Sleipe-Leif. Musikken fra gymsalen mørbanka meg. Jeg falt framover og i det samme skjønte jeg det, lurt igjen, flammene slikka oppover halsen og karusellen begynte å gå.

Jeg sjangla inn i salen, den gikk rundt, måtte støtte meg til alle kanter. Jeg gikk så forsiktig som jeg bare kunne, som en katt, men en syk katt, med glasskår i potene. Nådde disken og fikk en solo, lista meg tilbake igjen, forbi Skinke og opp i friluft. Jeg slukket bålet og sugde natta inn, karusellen bremsa. Et kort øyeblikk blei jeg dønn klar, gjennomsiktig, forbanna og logisk. Så gikk månen over i en ny fase og jeg visste ikke lenger hvor jeg var og henda mine gjorde ting jeg ikke ba dem om, og hue mitt var et diorama, akkurat sånn som naturfaglæreren hadde snakka om, og skyggene dansa sin heksedans langs skallens vegger og jeg var ikke istand til å forstå varslene. Gikk oppover etasjene, de tomme korridorene, med krokene på veggene, som et stengt slakteri. Skrittene ga gjenklang i steinhallene. Langt borte, under meg, hørte jeg musikken, den hamra, som et froskehjerte, og jeg dansa min ensomme dans. Jeg kom til loftet, dro i en dør, låst, dro i en annen dør og den smalt opp, en ekkel dunst slo mot meg. Gikk inn likevel, fomla langs dørkarmen og fant lysbryteren. Jeg holdt på å gå i dørken, så lo jeg. Et skjelett hang på veggen, kraniet gliste til meg. På hyllene stod det norgesglass, med frosker, slanger og grisefostre på sprit, det var et sånt glass jeg måtte ha drukket. Jeg gikk langs hyllene, blei kvalm og rolig. Ekkelt, motbydelig, så motbydelig livet kan være, preparert, evig liv, som Gåsen lengta etter, fostre på sprit, frimerker, pressede blomster, latinske navn, insekter i en vinduskarm, relikvier etter en heit, litt kjedelig sommer.

Hørte musikken gjennom etasjene, gjennom golvet, gjennom mellomgolvet.

Dans.

Her skulle ingen være veggpryd! Jeg hekta ned skjelettet og bar det med meg under armen. Knoklene klapra, det hang med hue. Jeg bar skjelettet ned trappene, til garderoben, noen skreik, jentene klamra seg til gutta, gutta lo, Sleipe-Leif og Peder klappa. Jeg kom meg forbi militærvaktene. Det blei et leven. Jeg dansa. Med skjelettet i armene. I wanna be your man. Så var det over. Over meg. De kom fra alle kanter. Skinke. Kers Pink. Sfinxen. Vaktene, mp'ene. Jeg så ikke Cecilie. Det gikk veldig fort.

Husker at de sa mye, så fikk jeg dyffelen min og blei sendt ut i natta. Den var mørk og lydløs. Snøen. Nysnøen. Den var skummel. Den kunne man liste seg på, man blir ikke hørt, men man setter spor. Spor.

Musikken forsvant bak meg.

Jeg spydde under en lyktestolpe.

Jeg sjangla videre. Så hørte jeg noen likevel. Jeg har ører som en flaggermus.

— Kim, sa en stemme.

Jeg stansa.

Noen kom nærmere.

— Ja, sa jeg.

— Jeg så hva som skjedde, sa stemmen.

Det var Cecilie.

Hun hadde votter.

— Det var lusent gjort, sa hun.

— Veit det, sa jeg. Det var ikke snilt mot skjelettet.

Cecilie kom nærmere.

Hun hadde blått skjerf tre ganger rundt halsen.

— Jeg mente ikke det, sa hun rolig. At de helte sprit i colaflasken din. Jeg så det.

Jeg sa ingenting.

Hun hadde fulgt etter meg. Hun hadde gått fra soireen.

— Jeg prøvde si fra, men Kåre ødela.

— Redaktøren, sa jeg.

— Han er blærete, sa Cecilie. De er blærete alle sammen.

— Jeg blir utvist, sa jeg, som om det var noe å bry seg om nå. Holdt på å dette, traff en vegg.

— Jeg skal følge deg hjem, sa Cecilie.

Hun fulgte meg hjem.

Og i Svoldergate kyssa hun meg, kyssa meg, enda munnen min måtte stinke av magesekk og råttenskap.

Tror det kom en måne.

Så gikk hun aleine videre.

Sånn blei vi sammen, Cecilie og jeg.

Mandag stod jeg i giv akt på teppet hos rektor. Det lukta tobakk der inne, småsur pipe. På veggen var det bilder av alle rektorene før Sandpapiret, de ligna på hverandre. Jeg kunne ikke helt få øynene bort fra barten under Sandpapirets nese, som ryggen på et pinnsvin. Han satt bak det svære bordet hvor det lå ark og blyanter og mapper på rekke og rad. Han så på meg, lenge, altfor lenge, så kom den tørre, knasende stemmen ut under barten.

— Dette er alvorlig, sa han.

Jeg hørte.

Han reiste seg, gikk rundt meg, stansa rett bak meg, blei stående der. Jeg stirret på den tomme stolen hans. Jeg lurte på hva han hadde sagt hvis jeg satte meg der.

Sandpapiret sa:

— Kim Karlsen. Du var beruset. Du brøt deg inn på naturfag-magasinet.

Lytta.

Pusten mot nakken. Den tomme stolen. Angsten som skulle komme for seint.

— Har du noe å si til ditt forsvar?

— Nei, sa jeg.

Det blei stille bak meg, så kom han til syne igjen på plassen sin, så på meg med grått blikk og jeg følte meg plutselig ikke helt fordømt, det var noe forsonende i måten han løfta hånden på.

— Godt, sa han og la til rette et ark. Du kommer i hvert fall ikke med utflukter.

Han bladde gjennom noen papirer, tok seg god tid. Jeg hørte en skrivemaskin tikke utenfor. I skolegården gikk folk og frøys.

Sandpapiret så opp.

— Jeg kunne utvist deg i fjorten dager, sa han. Men det vil jeg ikke.

Likevel et hjerte av gull. God på bunnen. Barten bedrar.

— Du skal ikke få fjorten dager til å se på olympiaden, sa Sandpapiret.

Jeg smilte. Jeg begynte nesten å like ham. Jeg tror jeg likte ham litt.

— Jeg er ikke interessert i sport, sa jeg.

— Men jeg har skrevet et brev til foreldrene dine, sa han.

Jeg begynte å mislike ham igjen.

Sandpapiret pekte på døra. Jeg gikk dit.

— Jeg vil ikke ha noe mer bråk og unoter med deg, sa han fra plassen sin. Er det forstått?

— Ja, sa jeg.

— Skjønner du alvoret?

— Ja, sa jeg.

Jeg trykket ned dørhåndtaket. Hånden min var glatt av svette.

297

— Er det den eneste jakken du har å gå i? sa han plutselig.

Nå likte jeg ham ikke i det hele tatt. Eller jeg syntes litt synd på ham. Med den grå dressen sin, det grå slipset, den grå barten. Han var latterlig.

— Nei, sa jeg. Men denne liker jeg best. Har arva den etter oldefaren min.

Jeg tenkte jeg skulle fortelle om steinen, men lot det være.

Sandpapiret begynte på en setning, men fullførte den ikke.

— Vi vil gjerne holde vår skole . . .

Han avbrøyt seg selv med en brå håndbevegelse.

— Du kan gå, skurret han.

Og jeg gikk.

I friminuttet kom Peder og Sleipe-Leif luskende bort til meg, grønne i trynene, med hovne glugger.

— Har Sandpapiret sendt ut pressemelding, eller? spurte Sleipe-Leif, klamra seg til hoffhumoren sin.

— Skrevet lesebrev til muttern og fattern, parerte jeg kjapt.

Peder strøyk fingrene gjennom den tette sveisen.

— Du sa ikke . . . du sa ikke noe om spriten, vel?

Jeg blei ikke forbanna, men hadde likevel ikke trudd det, at de hadde trudd det om meg.

— Kødder, sa jeg og det ringte inn.

Var ikke Karlsen på Taket lenger. Var Skjelettet på Soiré. Hele skolen visste det allerede. Dvergene på real gikk i sirkel utenom meg. Redaktøren av skoleavisa ville lage intervju med meg, lærerne hørte meg i hver jævla time, og tre dager etter kom brevet, jeg blei kalt inn i stua, mor satt i sofaen med ansiktet fullt av gråt og far stod med arket i hånden og rista over hele kroppen.

Og ennå var ikke angsten der.

Far hadde ikke kontroll over stemmen.

— Hva skal dette bety! Hva har du gjort! Hvordan kunne du gjøre dette mot oss!

Mot dem?

— Det hadde vel ikke noe med dere å gjøre, vel, sa jeg.

Far brølte enda høyere.

— Er du frekk også!

Hånden hans glødet, mors gråt steig som flo sjø, far senka armen.

Jeg skjønte jeg måtte lyve for å få dem til å forstå.

— Det var et veddemål, sa jeg. Jeg vant.

— Du var full!

— Alle var fulle, sa jeg. Det skal ikke gjenta seg.

Det syntes jeg lød ganske proft.

— Nei det skal være sikkert og visst! skreik far.

Mor snufset i sofaen, tørket øynene med håndbaken og så på meg.

— Veddemål, sa hun. Vant du?

— Ja.

— Hva da?

— En jente.

Det gikk over stokk og stein. Muttern og fattern var stokken. De var litt ville etter det brevet fra Sandpapiret. Det gjaldt å bevege seg stille i dørene en stund. Jeg gikk med tweedjakke og gråbukser en hel måned, og stemninga steig litt da jeg kom hjem med en M+ i engelsk, jeg var spesialist på Magna Carta, var bare såvidt Sfinxen ikke snuste seg fram til fuskelappene under servelaten. Og steinen var Cecilie. På skolen var hun den samme, satt tre plasser foran meg med stive nakkemuskler og snakka ikke til meg i skolegården. Men hun hadde kyssa den råtne, stinkende munnen min uten å nøle og det hendte vi traff hverandre etter skoletid, gikk et stykke sammen, lenger og lenger gikk vi, noen ganger fulgte jeg henne helt til Olav Kyrres plass, men der gikk grensen for en hedning som meg.

Ola sleit med matten, skrumpa over logaritmene og rotfyllingene, som et inntørka misjonærhue i svarteste jungelen. Han var bedre til å skrive brev, postbudet i Trondhjem hadde det travelt den vinteren. Gunnar og Sidsel vanka sammen, når de ikke leste lekser, flinke sånn. Sidsel gikk på naturfaglinja på Fagerborg, men skjønte ikke at jeg hadde turt å ta i det skjelettet. Plast, sa jeg. Joa. Svære tider. Evang stilte i gymnassamfunnet og viste oss hvordan hasj lukta. Rabalder. Bare Seb som var litt på knærne. Musikalsk forvirra som en neger i Telemark. Satt på rommet sitt og peste i munnspillet og visste ikke helt om han skulle satse på Mayall eller Doors. Beatles var ikke noe å gjøre med, ikke for én mann med munnspill, og The Snafus var over og ut. Dessuten hengte han seg opp på Mothers og Invention og Vanilla Fudge, satt med beina og hue i kryss og var forvirra og prøvde å meditere, men det gikk ikke med alt det bråket som var i stua, faren var nemlig på perm og smellene gikk som kastanjetter.

— Jeg fløtter, sukka Seb. Holder på sånn hele tida.

Det hørtes ikke bra ut.

— Muttern gleder seg som faen til han kommer hjem. Og når han kommer hjem, blir'e bare støy og spetakkel. Kank'e bo i et sånt hus.

— Spell Doors, sa jeg.

Seb spilte Doors.

Strange Days.

Det var det det var.

Han roa seg litt ned.

— Største siden Pepper, sa han. *When the Music's over.* Hør den nervegitaren og det sjeleorgelet! Og den bukstemmen!

Vi lytta med nedslått blikk. Stillheten etterpå var som et brak, selv i stua var det pause.

Seb retta seg opp.

— Skreiv et dikt i fransktimen i går, sa han og bretta ut et ark. Skar'u høre, eller? Inspirert av Walrus.

— Les i vei, sa jeg.

Seb leste mens svetten begynte å piple:

Har du klatret opp Rådhuset mens du tenker som en gift-spyttende kobra og ler deg ihjel?

Sitter på toppen av en flaggstang, tror at hodet er skrudd fast i himmelen.

Dør hele tida, prøver å finne glosene, men du har glemt å lese, greier ikke se gjennom veggen foran hjernen.

Vi skal alle dø, vi skal alle dø en dag!

Stirrer på butikkvinduene hvor druesukker flyter over plast-sjelene.

Rotter og flaggermus flyr ut av øynene og syre renner fra dine døde ører.

Vi bare smiler, vi skal alle smile en dag!

Skjermbildet løper etter deg, skyggen snur foran speilet, plutselig ligger du i en haug av dyr, men du kan ikke se vennene dine, du roper men stemmen er utenlandsk.

De har gått, vi skal alle gå en dag!

Møter underjordiske vesener, begraver deg selv i en stein, plasthjertene slår 380 slag i minuttet, pasientene dør som vakre spyfluer mens slalåmskiene raser gjennom skogen som høvlete elger.

300

Du er alene, vi er alle alene en dag!
Kunstig reklame ødelegger dine tanker, blodgiverne står i kø
på trikkeholdeplassene, du hører skrikene når hjernepolitiet
kommer og arresterer de uskyldige.
Vi er alle i fengsel, vi kommer alle i fengsel en dag!

Jeg tenkte meg godt om. Kjeftesmellene begynte å dure i stua. Seb
bretta sammen arket.

— Handler egentlig om Guri, sa han.
— Skjønte det, sa jeg.
— Hvis jeg ordner litt på rytmen, oversetter til engelsk og legger
inn noen strøkne rim, kunne vi kjøre en blues på'n. Du synger. Jeg
på munnspill og fot!

Han blåste en moll på tannorgelet.

— Seb and Kim Bluesbeaters, sa jeg.
— Ja, jøss!
— Går vel godt an å synge blues på norsk, sa jeg.
— Joa. Klart det går an.

Klart det gikk an. Seb, musikalsk forvirra og skakkjørt, han landa
opp med bluesen tilslutt likevel. Det var ennå vinter og Guri hadde
månedskort i Kleiva, og Slalåmsvein begynte å arbeide seg alvorlig
inn på Sebs beitemarker. Seb var litt ulykkelig.

— Åssen går'e med Cecilie? spurte han.

Jeg så fort opp. Seb skjønte det meste.

— Veit ikke helt, sa jeg.
— Hun er tøff.
— Ja, sa jeg.
— Tålmodighet, sa han, var liksom vismannen fra Observato-
riet, klappa meg på hue og la Mayalls *Broken Wings* på tallerke-
nen.

Joa, jeg var tålmodig. Vi fortsatte å møtes, Cecilie og jeg, som om
det var noe hemmelig mellom oss, noe forbudt og farlig. Og på en
eller annen måte tiltrakk det meg. Mørkets gjerninger, folketomme
gater, portrom, strandpromenaden en sur ettermiddag, eller midt på
en bro. Og en dag vi hadde luska rundt ved Bislett, jeg bar ranselen
til Cecilie og vi var på vei sørover, gikk i de trange gatene hvor det
var stille og ganske ensomt, da møtte vi Gåsen. Han kom mot oss,
og først så jeg ikke hvem det var, visste bare at det var noe kjent,
magen blei uggen, som om jeg blei tatt på fersk gjerning. Så

301

oppdaga jeg at det var Gåsen, i blå poplinsfrakk knappa helt opp og skinnlue med selører knytta under haken.

Han stansa. Blikket var rolig og blått under ullkanten.

— Goddag, Christian, sa jeg.

Han så rett på meg, rett i pupillen. Det svei.

— Lenge siden sist, sa han, som om vi var pensjonister.

— Tida går, sa jeg klokt. Åssen er'e på KG?

— Fint, sa han. Jeg har funnet min vei.

Det blei en pause. Cecilie så nysgjerrig på oss.

— Høres bra ut, sa jeg.

— Og det kan jeg takke deg for, sa han.

— Hva sa du? sa jeg forskrekka.

— Du ledet meg inn på den riktige veien, sa han. Du var Guds redskap.

Hadde ikke noe å stille opp der. Men blikket hans var rolig nå, selv om det svei litt, som et fisketomt vann. Ingen vak, ingen vind.

— Jeg må gå, sa han blidt og gikk.

— Hvem var det? spurte Cecilie etter en stund.

— Kompis fra realskolen og folkeskolen.

— Hva har du gjort med ham? fortsatte hun, alvorlig som bare det.

Jeg prøvde å le.

— Jeg har god innflytelse på folk, sa jeg. Hørte du ikke det. Jeg er Guds redskap.

Jeg tok Cecilies hånd. Jeg tenkte på skriftstedet i testamentet, jeg kunne det utenat, jeg kan det utenat: Hvad nytter det, mine brødre, om en sier han har tro, når han ikke har gjerninger? Kan vel troen frelse ham?

Jeg visste at et veldig dragsug ville komme, en damper skulle gli gjennom hue mitt og månen skulle suge havet til seg som en ørn tømmer et egg.

Cecilie sa:

— Du lyver for mye, Kim.

Snøen lå lenge den vinteren. Seb var ulykkelig, spilte blues dønn aleine, etter Mjøen hadde lukta på gullet i Grenoble var det ingen som fikk Guri og Slalåmsvein bort fra portene. Cecilie og jeg gikk skiturer i Nordmarka om søndagene, jeg jaga etter henne i sporet, hun gikk for å pine seg selv, eller meg, var så vidt jeg greide skrelle appelsinen når vi kom til Kikut.

Lukta av buljong og blåsvix.

Vi satt i sola som begynte å varme.

Det dryppet fra taket.

Vi måtte ta av oss anorakkene og genserne.

Jeg sa det like så godt:

— Er vi sammen, eller?

Følte meg passe stut. Skulle gjerne vært han pilkeren midt ute på Bjørnsjøen som stod og dro i ingenting.

Cecilie lo, sjelden lyd fra henne.

— Klart vi er.

Og så lente hun hodet mot skulderen min og jeg la en arm bak henne, og et sånt øyeblikk var verdt ganske mange blundere, skandaler, trusselbrev og vanvittige foreldre.

Jo, vi blei modigere og modigere. Cecilie mykna liksom opp, sakte, som etter en lang nedfrysning. Sola kom høyere på himmelen hver dag. Lyset blei sterkere. Det risla og rant rundt oss. Men jeg våga meg ikke ut til Slottet på Bygdøy, det kom ikke på tale, Alexander den Store ville pælme meg ut som et søppelspann. Men vi gikk på kino, satt i de blå salene med varme, fuktige hender. Vi så *Bonnie and Clyde,* Cecilie klemte hånden min ihjel, men jeg greide ikke helt det med film, bare satt der og skjønte ikke hvorfor folk skreik og hylte og hoppa i setene, det jo bare juks. Ingen greide lure meg etter Sound of Music. Når vi gikk hjemover etterpå, kunne hun snakke og snakke om filmene, jeg prøvde å følge med og svare og si noe, men det hele var liksom så uvirkelig, som om vi snakka om skygger, snakka til skyggene våre, akkurat som den mannen som hadde gått løs på det bildet med en øks, et bilde! Det var ikke til å tro. Det var ikke til å forstå.

Etter sjuern på Colosseum en kveld foreslo jeg en svipp innom Valka, jeg hadde tynt noen tiere og kunne spandere hva som helst. Vi fant en ledig bås og det var ganske tett stemning og grå røyk og latter i det mørke lokalet. Jeg skimta noen kjente tryner fra skjermen, dulta Cecilie i siden og nikka diskret, der satt Heide Steen og Wesenlund, vi holdt på å flire oss ihjæl, det var ganske svært å sitte i samme lokale som Wesensteen, akkurat som å være med i et program. Cecilie ville ha cola, jeg bestilte en øl. Cecilie så litt surt på meg.

— Jeg vil ikke være sammen med deg hvis du drikker, sa hun.

Jeg hadde drukket to ganger.

— Brennevin er noe annet, sa jeg.

Varene kom på bordet. Jeg likte munnen til Cecilie når hun drakk av glasset.

Jeg rulla røyk.

— Skal ikke røre medisinene til Leif mer, sa jeg.

Cecilie begynte å sludre om filmen og det kjeda meg. Det betydde ingenting det som foregikk på lerretet. Jeg ville snakke om Cecilie, om oss. Men hun ville snakke om film.

Jeg avbrøyt henne.

— Er fattern din sinna fremdeles? spurte jeg.

Hun så litt forvirra ut med det samme, så stivna ansiktet, falt tilbake til de harde trekkene som skremte meg.

— Vet ikke, sa hun uinteressert.

— Trur du han hiver meg ut hvis jeg kommer?

Hun bare heiste på skuldrene, som om det var dønn uvesentlig om jeg blei slept på trynet ut eller ikke.

Jeg drakk øl. Hjertet klorte i brystet. Noen lo hysterisk ved et bord.

— Jeg hater foreldrene mine, sa hun plutselig.

Og akkurat da kom onkel Hubert inn, han stod midt på golvet og myste til alle kanter og nikka, hadde vært der før, det var sikkert.

— Hater? fikk jeg bare sagt, før Hubert var over oss, mjuk i blikket av øl, den svære frakken hang som en presenning rundt ham.

— Kim, sa han. Det var en overraskelse.

Han så på Cecilie. Han så på meg. Jeg begynte å bli passe skjælven.

— Det er onkelen min, Hubert, forklarte jeg, og var svett i brasken. Og det er Cecilie.

Jeg pekte i alle retninger.

— Jeg setter meg her, sa Hubert og satte seg. Det blei en liten pause. Cecilies ord brant i hue mitt. Hate?

— Vi har vært på kino, snakka jeg. Jævla ålreit.

Cecilie smilte.

— Han likte den ikke i det hele tatt. Kim hater å gå på kino.

Så hadde hun skjønt det. Jeg prøvde å le.

Hubert gurglet litt.

— Si din mening, Kim. Ikke vær redd.

— Var en drittfilm, sa jeg. Alle filmer er like.

Ny pause. Glassene var tomme. Hubert spanderte. Jeg måtte på dass, det kneip stygt, var ikke til å unngå, men jeg kvia meg for å la Cecilie være aleine med Hubert, om han fikk et lite anfall og begynte å helle øl over henne? Men jeg måtte på dass, ålte

304

meg ut og mens jeg stod der og spruta, slo en annen tanke ned i meg: Om han begynte å plapre om Nina? Fikk panikk og sprengte på, rekylen stod ut i rommet, kava inn i tåkeheimen og der satt Cecilie og lo uhemma med brukket nakke, jeg lurte på hva det var Hubert hadde sagt eller gjort som kunne få henne til å le sånn.

Pressa meg ned.

— Jeg fortalte om farfar som spiste sov i ro-kulene, hikstet Hubert.

Jeg drakk og lo. Alt var ålreit.

Men det stakk litt likevel, det med Nina, plutselig huske henne sånn, ha dårlig samvittighet. Men hadde kanskje ikke hun tura rundt med Jesper Pølsemaker? Dessuten hadde jeg allerede glemt henne.

Så fortalte Hubert om Paris, om restaurantene og barene, om varme netter, farger, frukt, trær som lener seg mot en elv, grønne bokkasser og en kvinne som het Henny. Det rykka litt i skuldrene hans, men det ga seg, minnene var så sterke og tydelige, han var der med hue og var nesten lykkelig.

— Når kommer Henny tilbake? drista jeg meg til å spørre.

Hubert svarte ikke. Hubert sa:

— Når jeg får penger, skal jeg reise dit og bosette meg der.

Hubert drømte.

— Hvor skal du få pengene fra? lurte jeg.

Han blei litt forlegen.

— Jeg tipper, sa han. Og kjøper lodd. Hver eneste måned. Det er trekning i morgen.

Vi skålte på at Hubert skulle vinne.

Cecilie så på klokka og måtte gå.

Hubert blei sittende, med bokken og den digre frakken og rødt halstørkle, og et fjernt blikk som stirra gjennom veggen og tvers over Majorstua og Europa.

— Var *det* onkelen din! sa Cecilie da vi venta på bussen.

Jeg nikket.

— Ham likte jeg, sa hun blidt.

— Det er en ålreit onkel, sa jeg.

— Ligner han på faren din?

— De er ikke eneggete tvillinger, sa jeg.

Jeg kom på det hun hadde sagt.

— Hater du foreldrene dine? sa jeg stille.

Cecilie så på klokka.

305

— Nå sitter han og tar tiden, sa hun bare.

Jeg blei litt redd.

— Veit han at du er sammen med meg?

Cecilie så rett på meg.

— Jeg sier jeg er sammen med Kåre, sa hun, rett ut.

Jeg punkterte.

— Kåre? Redaktøren!

Hun nikket.

Bussen kom glidende inn foran oss.

— Han vil forresten intervjue deg til skoleavisen, sa hun fort, hoppet opp på stigtrinnet og bussen braste mot Bygdøy, mens jeg stod igjen som et flatt dekk, pælma i grøften.

Men på vei hjemover fikk jeg fram lappesakene. Egentlig var det Kåre som var taperen, Kåre, med millimeterskill og runde briller, 2. gym og kleshengerskuldre, intellektuell silke fra Ullern, kvasi med kviser. Det var han som satt igjen med skammen, det var han som var gissel for våre hemmelige møter.

Jeg følte meg ganske ovenpå.

Det verste var at det blei noe av det intervjuet. Fredagen etter kom Kåre Redaktør subbende over til meg i siste friminutt og spurte om jeg var villig til å stille opp som elevportrett i skoleavisa. Klart jeg var det. Jeg møtte opp i redaksjonslokalet etter skoletid, øverste etasje, trangt med skråtak, tomflasker, skrivemaskin og ark overalt. Slåpen Gunnar hadde krangla med på soireen satt på en kasse og myste, layoutsjef, fingra med et letraset, fotografen var en kis fra tredje, han gliste og dro lyserød tyggegummi ut av kjeften med jevne mellomrom. Redaktøren satt ved det eneste bordet med blyant bak øret og skjerm rundt skallen. Alle hadde bretta opp skjorteermene. Det var redaksjonen i Vill Vest.

Jeg fikk en cola, de satte fram stol, tente røyk for meg, svære greier, opplag 600.

— Vi går rett på sak, sa Kåre og kvessa pennen.

— Fyr løs, sa jeg.

— Født når og hvor.

— 51. Josefinesgate.

Han målte meg opp og ned.

— Spesielle kjennetegn? Klumpfot eller pukkelrygg?

— Halter på den ene armen, sa jeg like kvikt.

Kåre skreiv.

306

— Hobbier?

— Samler på elefanter.

— Hvilket fag liker du best.

— Håndarbeid.

Fotografen flirte.

— Mannen er vittig.

— Hvilken danseskole har du gått på? fortsatte Kåre.

Jeg ante uråd.

— Ingen kommentar, sa jeg diplomatisk.

— Skal vi ringe efter advokaten, eller? gliste Slåpen.

Fotografen knipsa litt.

— Favorittforfatter.

— John Lennon, Jim Morrison og Snorre.

— Hva ville du gjort som rektor en dag?

— Utvist alle lærerne.

— Drømmekvinnen?

Kåre tok av seg brillene og klødde seg over neseryggen.

— Er ikke sanndrømt, sa jeg.

— Oj oj oj, kom det fra fotografen. Mannen er i støtet.

Kåre satte på seg brillene.

— Støtter du USA i Vietnam?

— Nei.

— Forklar.

— Imperialisme, sa jeg. Et folk må selv få bestemme uten innblanding utenfra.

Svært.

Slåpen reiste seg, kjørte nesten skallen i taket.

— Kan vi trykke det juget der, eller, boss?

Kåre så opp.

— Dette er en demokratisk avis i et demokratisk land. Alle må få si sin mening.

De andre nikka. Fotografen peila meg inn.

— Støtter du NATO?

— Ikke så lenge NATO støtter USA i Vietnam.

Jøss. Logikk.

— Favorittgruppe?

— Beatles.

— Det går hårdnakkete rykter om at du har klatret opp på taket på et visst hus på Bygdøy. Kommentar?

— Ingen kommentar.

— Advokaten er på vei, flirte Slåpen og spratt en cola.

— Synes du langt hår er pent?

— Særlig under armene.

— Hvorfor går du med skolens styggeste jakke?

— Godtar ikke spørsmålet.

— Jøss, sa fotografen. Proft portrett.

Mer var det ikke, jo, de måtte knipse flere bilder, og fotografen fikk overtalt meg til å kle av meg på overkroppen, alle blei fotografert sånn når de blei intervjua i Vill Vest, unntatt damene selvsagt, hes latter. Jeg stod lent mot veggen og spente musklene og blitzen feide over meg, forfra og bakfra.

— Jeg vil lese gjennom intervjuet, sa jeg til Kåre.

— Umulig, sa han. Går i trykken i kveld. Stol på oss.

Han stirra på meg, og selv om han var ganske vennlig og slo vitser og greier, så tror jeg at han hata meg litt, og det tror jeg at jeg også hadde gjort hvis jeg hadde vært ham. Jeg hadde en stygg følelse av at han pønska på noe småsleipt, men jeg fant ikke ut av hva. Og dessuten, jeg var ganske høy på pæra, intervju med bilde og greier, jeg durte ned trappa og fant Cecilie på Dagmar, vi rakk en napoleonskake og jeg fortalte alt jeg hadde sagt, så måtte hun hjem, Alexander den Store venta, pina dø, jeg trur nesten at våren er i anmarsj, sa jeg til Cecilie.

Det var den slett ikke. Det var det jeg visste. Kåre Red. var ute på faenskap og han fikk det til også, men han stelte istand litt mer trøbbel enn han hadde regna med. Jeg var selvsagt den siste som fikk se skoleavisa, kom svett og mørbanka fra gymtimen, og allerede på terskelen til klasserommet skjønte jeg at noe var i gjære, noe stort. Alle stod bøyd over hver sitt Vill Vest, det blei trampeklapp da jeg ankom. Jeg nappa til meg et hefte og bladde. Kåre Red. hadde gått grundig til verks. Det var bilde av meg forfra og bakfra og på ryggen hadde Slåpen, layoutsjefen, montert en modellflypropell. Ganske fiffig. Og ikke nok med det. De hadde fletta inn et skjelett også og skrevet under: *Kim Karlsens venninne i København*. Hva inni hælvete! Jeg fikk øye på Cecilie, hun stod ved tavla, en hvit, iskald silhuett. Jeg leste. Intervjuet var greit nok. Men på lederplass hadde Kåre fra Ullern tatt avstand fra de rabulistiske synspunktene mine, jeg var mer forvirret enn korrupt, skreiv han, min skakkjørte hjerne skyldtes formodentlig at jeg i lengre tid hadde hatt fast følge med en pike i København, og København var som kjent sentrum for verdens ondskap og umoral, i hvert fall i Skandinavia. Jeg så på Cecilie. Svart tavle. Hvitt ansikt. Sfinxen hadde skrevet noe som ikke var tørka bort: *Jeg tenker, altså er jeg.* Jeg fløy på dør og fant Ola på vandring med matteboka. Jeg vrei ham rundt.

— Ola, sa jeg helt rolig. Hva i huleste hælvete har'u sagt til Kåre Kødd?

Han var dypt i en ligning.

— Sagt til hvem d-d-da?

— Har'u sett skoleavisa?

Han rista på skolten.

Jeg bladde opp for ham. Han begynte å skjønne.

— Han ville bare ha noen p-p-personlige informasjoner, stotra Ola.

— Akkurat, ja. Og så fortalte du om Nina?

— V-v-var'e så gæærnt det, á?

Det ringte inn. Det var en tung vei å gå. Seb møtte meg utenfor døra.

— Jeg fraråder injuriesak, hviska han. La redaksjonen drukne i sin egen drit!

Cecilies ansikt var granitt, øynene malte meg til sand, og et lite ubetydelig fnys blåste meg ut på viddene og bort for bestandig.

Sleipe-Leif og Peder gratulerte meg på det hjerteligste, Peder med en skadefro strekk i kinnene.

Og jeg måtte gudhjelpemeg brette opp skjorta enda en gang for å vise at jeg ikke hadde propell.

Cecilie snudde seg vekk i avsky.

Det var fransk med Madame Mysen, en tynn pariserloff med blå negler og ørnenese. Hun oversatte Sfinxens ord: *Je pense, donc je suis.*

Etter nøyaktig ti minutter blei jeg halt ned til rektor. Der stod Kåre også. Brillene hans dugga. Han så ikke på meg.

Sandpapiret satt bak bordet og bladde energisk i Vill Vest. Lurte på om han gredde barten sin. Eller om den bare vokste sånn. Jeg strøk fingeren under nesa mi. Mjuke dun. Fjær.

Sandpapiret så opp.

— Som redaktør av skoleavisen bør du vite hva presseetikk er, skarret han så det rista i rommet.

Svetten rant av Kåre.

— Og du, Kim Karlsen, du burde visst å tie om denne skjelett-affæren! Jeg trodde virkelig du hadde forstått det!

Kåre tok ordet.

— Det er min skyld, rektor. Karlsen visste ikke om det.

Skvært. Kåre var idealist. Han sendte et skrått blikk over til meg.

Sandpapiret bladde og rista på hue. Kåre hadde satsa for høyt. Det endte med at han måtte gå av som redaktør i unåde og elevrådet skulle velge ny. Jeg mista Cecilie i unåde, men ingen valgte noen ny til meg.

Jeg hadde ikke sjans for fem øre å komme i nærheten av henne, hun sklei unna igjen, overså meg, men så meg likevel. Jeg kunne bare ha det så godt, med kjæresten min i København. Jeg prøvde å bruke Seb som mellommann, men han visste ikke passordet, han heller. Gunnar mente Kåre var den sleipeste kødd som hadde trådt i to sko, hva om vi lagde en anti-Kåre-løpeseddel og dreit ham ut for bestandig. Ola var ulykkelig, sa at han aldri mer skulle uttale seg til pressen, det var i hvert fall sikkert. Peder og Sleipe-Leif kom på offensiven igjen, men Cecilie virka uinntagelig for alle, som en bunkers.

Seb og jeg hang sammen, litt ulykkelige, vi fortalte hverandre gang på gang hvor ulykkelige vi var og blei mer og mer forpinte. Vi satt hos meg og spilte Doors. Vi satt hos Seb og spilte Bob Dylan og Mothers of Invention. *Freak out*. Seb plukka fram noen ark med tekster på. Han mente han var godt igang med en knallsterk blues, for dette var tida for blues.

Han leste første og hittil eneste vers, mens han hosta litt i munnspillet innimellom.

Jeg blei født nedi Vika,
det er alt jeg veit.
Muttern skura trapper
og fattern sleit
førti år på fabrikken
så la han seg ned.
Direktøren ga'n diplom
og Presten lyste fred,
De ha'kke peil,
nei, nei, nei, de ha'kke peil.
De ha'kke peil
og det e'kke min feil.

— Muttern din skurer vel ikke trapper, sa jeg. Og fattern din er jo
på sjøen!

Seb så lenge på meg, rista på hue.

— Når'u skriver, må'ru juge også, sa han. Akkurat som Gåsen
den gangen, da han skreiv om sjølmordet på Bygdøy.

— Joa, sa jeg. Klart det. Gjelder bare å juge bra nok.

— Veit vel du, flirte Seb. — Som er den beste av oss til å juge.

Så spilte vi Seargent Pepper og da blei jeg litt fra meg, for Nina
var i de rillene, og da var Cecilie der også, som en negasjon, et
fravær, og vi ramla inn i hver vår depp og sa ikke noe på flere timer.
Da sa Seb:

— Jeg sloss for Guri en gang. Husker'u det?

— Klart jeg gjør. Åssen går'e med bestemora di, forresten?

— Ålreit. Hun dukker opp når fattern er ute.

Vi spilte A Day in the Life om igjen.

— Framgang med Cecilie, eller? spurte Seb.

— Jeg er en råtten pølse på hennes tallerken, sa jeg.

— Jøss, sa Seb. Den der skal jeg bruke.

Han skreiv så det spruta i en liten bok. Så tok han munnspillet,
slengte håret bort fra panna og durte i vei.

Jeg er en råtten pølse på hennes tallerken.
Jeg er en råtten pølse på hennes tallerken.

Han stansa brått.

— Hva rimer på tallerken?

— Snerken, sa jeg.

— Jøss.

Han blåste opp en septim.

Og når'a får kakao så er jeg bare snerken.

Vi dro den omigjen, og jeg sang. Jeg tok skikkelig sats, brølte ut
all lungemosen. Seb var rød i fleisen og hamra med søkkelesten. Seb
and Kim Bluesbrølers.

— Vi må lage flere vers, sa han etterpå.

— Om silkeslalåm, sa jeg.

— Og sleipe skoleavisredaktører og råtne jenter.

Nå skulle de få. Nå var ingen trygge.

— Hoder skal rulle, sa Seb profetisk.

311

Det var den dagen jeg så Kåre åle seg inn på Cecilie og trekke igang en samtale som varte et helt friminutt, at jeg bestemte meg for å skrive brev til Nina. Jeg hadde fått fire og sendt null. Jeg satt på rommet mitt hele kvelden og skreiv mens jeg tenkte på Cecilie og Kåre; barndomsvenner, gamlekjærester, sikkert det de var, hun visste at jeg så dem. Jeg skreiv brev til Nina. Om skolen som var gørr, om hun hadde hørt Doors, om det var mange hippier i København. Skreiv så det suste. Men nevnte ingenting om hvorfor jeg ikke hadde svart før nå.

Bretta det sammen og stakk det i konvolutten. Da var muttern på døra.

— Gjør du lekser? spurte hun.

— Ja, sa jeg.

Det gikk på enstavelsesord.

Muttern lista seg inn og satte seg bak meg.

— Du er vel ikke lei deg fremdeles for det brevet fra rektor, Kim? sa hun, og jeg var dønn glad i henne da, men kunne faen ikke vise det, greide ikke.

— Nei, sa jeg.

— Vi har glemt det nå, sa hun.

Gode ord.

Jeg snodde brevet under en bok.

— Den piken . . . den piken du . . . snakket om, hvem er det?

Ville gjerne prate jeg også, få ut noe av verken, men det var hengelås på kjeften, klype på strupehodet. Jeg harka og bar meg. Kunne jo ikke fortelle hele historien om skoleavisa heller, tvert imot, jeg håpa desperat på at de aldri skulle komme over siste nummer av Vill Vest, da tror jeg fattern ville abdisert på dagen. Sånn blei det, det blei ikke noen samtale, som om vi ikke kunne snakke til hverandre mer, og de eneste forståelige lydene for menneskelige ører kom fra fattern som satt i stua og skreik:

— Nå skal han klippe seg. Nå *skal* han klippe seg!

— Jesus hadde langt hår, sa jeg.

Neste dag sendte jeg brevet til Nina.

April kom med ny Beatles-single. Jeg rusla opp til Bygdøy Allé og kjøpte den hos Radionette. De var kommet ganske langt på det nye bygget nedenfor Gimle hvor supermarkedet skulle være. Jeg gikk hjem og spilte platen i fred og ro. Var sånn passe begeistra. *Lady Madonna*. Joa. Det holdt. Jeg slo på luren til Seb og avspilte den

312

over nettet. Han var sånn passe begeistra, sto ikke i taket, men låten holdt, proft arbeid, hvileplate, må ha lov til det. Pianoet svinger. Vi diskuterte litt fram og tilbake om det var Paul eller Ringo som sang. Det var Paul, kanskje han var forkjøla. Surt klima i England om vinteren. Ellers? Seb var igang med noen nye tekster. Han hadde lånt Jan Erik Vold på biblioteket.

— Snøen smelter, sa jeg. Kan'ke stå slalåm i Kleiva nå.

Seb pusta tungt i røret.

— Er'u blitt metereolog, eller? Hørt om vannski? Sniken har landsted på Hankø med femti hester. Nobody loves you when you down and out.

Han var stille en stund.

— Hva rimer på Hankø? spurte han tilslutt.

— Dø, sa jeg.

— Jeg b'yner å gi faen, sa han.

— Brød, sa jeg.

— Høres bedre ut.

Vi la på. Jeg tok noen omganger på rillene. Baksida. *The inner Light.* Jeg blei litt deppa, en sånn tirsdag til ingen nytte, småskitten, kjedelig, en av de dagene man kunne hoppa over, latt bli igjen, et grått høl i tida. En tirsdag i april 1968. Med rester til middag og et par finter over bordet om hår og klær, slappe de også. Lekser. Engelsk. Fransk. Passé simple. Kipling. If. Norsk. Sagaer. Skitne vinduer, småsur lukt fra Frognerkilen, ømme ballesteiner, umulig å konsentrere seg om noe. Ligge på sofaen, se i taket. Ikke mye å se på. Merkelig så stille Jensenius er. En dør smeller et sted. En bil bråbremser. Men ingenting angår meg, en gørr tirsdag, april 1968.

Da ringte det på døra, men jeg gadd ikke manøvrere skrotten, var sikkert bare en selger som skulle prakke på muttern mer Tupperware. Jeg hørte at noen kom inn, og like etter knakka det på fengselsporten. Jeg vippa på høykant. Der stod Cecilie. Cecilie. Det var utrolig. At en sånn tirsdag kunne komme med Cecilie. Muttern stod i kulissene og myste, fattern var framme med hue han også, jeg fikk døra ganske kvikt i lås og ante ikke hva jeg skulle si.

— Cecilie, sa jeg.

Hun så seg om, som om hun var kommet for å leie rommet. Så på platene. Bøkene. Klærne på golvet. Tøflene, de idiotiske tøflene mine, ligna to andunger med rød kule på nebbet.

Jeg tassa barbeint, hadde høl på strømpa. Måtte klippe neglene snart. Flau affære.

313

Si noe.

— Er'u sulten?

Hun lo ganske stille og satte seg.

— Han har forklart alt sammen, sa hun og så opp på meg.

— Forklart hva?

— Om deg, og den piken i København, at det har vært slutt lenge.

— Hvem da?

— Hva?

— Hvem har forklart hva?

— Ola, vel!

— Ola?

Jeg satte meg ved siden av henne i sofaen.

— Det var jo liksom hans skyld, sa hun. Men nå har han forklart det hele.

Hun så på meg. Mild.

— Ola, sa jeg bare.

Hun lo igjen.

— Det tok ganske lang tid, men det virket!

Ola, min Ola! Ned som en skinnfell og opp som en løve! Vi fingra litt på hverandre, endte opp i et ganske strøkent kyss. Hun slapp meg brått, lente seg bakover og rydda opp i ansiktet.

— Det var råttent gjort av Kåre, sa hun.

Jeg følte at tida var inne til å være skvær overfor fienden, hadde råd til det nå.

— Han tok hvertfall skylda selv, sa jeg. Det med skjelettet.

Hun nikket.

— Jeg trodde du lurte meg, sa hun rett fram.

— Klart ikke, stamma jeg og var frampå med en hånd.

— Det er forbi for lenge siden, altså, sa hun uten å se på meg.

— Ja, sa jeg og kom plutselig på det brevet jeg hadde sendt og blei litt febrilsk i magesekken.

— Ja, gjentok jeg, som om ordene kunne forandre noe som helst.

Cecilie så på meg.

— Løgn og uærlighet er det verste jeg vet, sa hun alvorlig.

— Men du juger til foreldrene dine, ymta jeg forsiktig.

Hun lo kort.

— Det er ikke det samme. Det har jeg alltid gjort. Det er best for dem.

Alltid gjort. Ny sving på magehjulet. Hadde vel jugd om flere før

314

meg, en hel bråte, jeg skal til Kåre, jeg skal til Kåre, og så gått et helt annet sted, til hemmelige møter, bakerste rad på en kino, i en avsidesliggende park på andre kanten av byen. Jeg begynte å ta på henne, hendene løp løpsk, hun trakk seg unna med en latter.

— Ja, sa jeg og ante ikke hva jeg sa ja til.

— Er vi venner igjen, da, sa hun, enkelt som bare det.

Venner.

— Ja, sa jeg enda en gang og lente meg over henne.

Etterpå spilte jeg den nye Beatles-platen for henne. Hun lytta litt uinteressert, fortalte om en sanger som nesten var enda bedre enn Simon and Garfunkel, Leonard Cohen het han. Hadde aldri hørt om ham. Hun kunne noen av grepene på gitaren.

Jeg spilte platen om igjen. Det var et helt alminnelig brev jeg sendte, kunne vel ikke være noe farlig det, som et postkort man sender ti venner og familie i ferien, et livstegn, en værmelding, kunne vel ikke gjøre noe det.

Jeg roa meg ned.

— Lady Madonna, sa jeg.

— Hva?

Jeg lå i fanget hennes.

— Lady Madonna, sa jeg. Du er min Lady Madonna.

Syntes det hørtes flott ut. Men jeg veit ikke helt om hun likte det.

Hun var stille en stund, så ned på ansiktet mitt.

Strøk meg over øyebrynene.

— Du er søt, sa hun.

Veit ikke helt om jeg likte det.

— Lady Madonna, gjentok jeg.

Så kom hun med munnen sin og håret falt ned over meg som en tynn, nyvaska gardin.

Våren braka løs verre enn noen gang før. Jeg kjøpte tjue eksport til Jensenius og han holdt en sabla konsert til langt utpå natta, da måtte purken komme og stagge ham. Etter det blei Jensenius stille. Men sola fortsatte, reiv opp vinteren med rota, og syklene og orkestrene tøt ut i gatene som dyr fra hiene. Og Cecilie og jeg holdt koken, med hemmelige, forbudte møter, i lumre, disige vårkvelder som likevel ikke var så varme som man trodde, som krevde nærhet og pågangsmot. Det hendte hun kom oppom meg, helt plutselig, uten varsel, og en kveld var jeg ute hos henne på Bygdøy.

Alexander den Store og frue var på åpningen av en utstilling i Messehallen og Slottet var ledig. Vi satt i hammocken i hagen, gynga og drakk appelsinjuice. Jeg titta opp på taket, fikk spader i knærne, var brattere enn unnarennet i Holmenkollen. Ellers var ikke hagen så verst heller, gresset var stussa med neglesaks og plenen på størrelse med en golfbane. Epletrærne stod som hvite sjokk i horisonten og en ny spader hengte seg på. Epler. Hadde ikke hørt noe fra Nina etter jeg sendte det brevet, ikke så rart forresten, det var et ganske idiotisk brev. Cecilie fortalte om gartneren som het Carlsberg. Han hadde *grønne fingre*, sa Cecilie. Carlsberg er dansk øl, sa jeg. Det skulle jeg selvfølgelig ikke sagt. Cecilie blei snurt og reiste seg brått fra hammocken. Så måtte jeg igang med opplivningsforsøkene og etter en halvtime var alt som regel ålreit igjen. Det var ganske rart, for egentlig ville hun høre om denne Nina, som hun sa, hun kunne be meg fortelle om henne, hun var nysgjerrig og redd på samme tid, og jeg fortalte, men det gjaldt ikke å fortelle for mye, bli ivrig, vanskelige greier, hårfin balanse, verre enn å spasere på taket hennes. Men denne kvelden ville hun ikke høre om Nina. Først skulle vi lese gjennom noen lekser sammen, og etterpå kunne vi spille plater. Stø kveld. Vi la oss i gresset med engelsk og franskbøkene og hørte hverandre i gloser.

— Hva synes du om Victoria? spurte hun etter en stund.

— Gørr, sa jeg.

Hun så skuffet ut.

— Jeg synes den er skjønn, sa hun opp mot himmelen.

— Hadde ikke trudd Sfinxen skulle velge en sånn sviske, sa jeg sta.

— Skulle gjerne kjent Møllersønnen, sukket Cecilie.

— De gjør'e jo litt vanskeligere enn nødvendig, gjør de ikke, sa jeg, og tok meg i det, følte meg passe dum. Dessuten er'e bare en bok, la jeg til.

Cecilie lå og drømte litt, vårmørket var på vei, en lys sky glei fort over himmelen.

— Jeg henter platespilleren, sa hun og løp inn.

Hun tok med gitaren også. Og Leonard Cohen. Hun fikk ikke nok av Leonard Cohen. Og hele tida stirra hun på bildet av den mørke, tragiske typen som hadde den sjeleressonansen jentene stod i kø for.

Jeg var sur.

— Liker du ikke Leonard heller? spurte Cecilie litt oppgitt.

På fornavn.

— Sviske, sa jeg. Samme sviska hele tiden.

Hun snudde ryggen til meg og spilte andre siden. Jeg hørte ikke forskjell.

— Du liker jo bare Beatles du, sa hun.

— Stemmer, sa jeg.

Jeg var i det hjørnet.

Vi sa ikke mer. Da platen var slutt, la hun gitaren i fanget og fingra litt på strengene. Jeg likte henne bedre da, ja, jeg likte henne nesten aller best da, når hun forsøkte å spille gitar, for gitar kunne hun ikke spille, og det var litt deilig, å se henne gjøre noe hun ikke kunne forlengs og baklengs.

Hun slo over strengene med neglene, flyttet venstrehånden i radbrekkende posisjoner, fingrene sprikte til alle kanter og presset strengene på plass. Men når det gjaldt fingre, hadde ikke jeg mye jeg skulle sagt, pekefingeren min pekte ut i verden som et vanskapt spørsmålstegn og jeg var glad for at Cecilie ikke spurte om den.

Så begynte hun å synge på engelsk.

Det lød litt hjelpeløst.

Elsket henne da.

Da hun var ferdig, så hun tomt ut i luften, som om hun lytta etter et ekko.

Jeg tok på henne.

— Det var fint, sa jeg.

— Du lyver, sa hun.

— Jeg mener det! Det var fint!

— Du lyver, sa hun og fortsatte å spille og synge, Suzanne, og jeg likte virkelig den låten når Cecilie sang den, rags and feathers from salvation army, det var noe der som skubbet i hjertet.

Bak oss lå det enorme Slottet, hagen strakte seg til alle kanter, himmelen beveget seg sakte over oss og det lukta nyklippet gress. Cecilie satt med Levin-gitaren og spilte viser, og det var litt merkelig det der, at Cecilie, uforsonlige Cecilie, likte så godt de sangene. Ikke Bob Dylan, men Donovan, ikke Barry McGuire, men Cohen, ikke John Mayall, men Simon and Garfunkel. Hun spilte hele repertoiret sitt, det var fem sanger. Donna Donna, Catch the Wind, Suzanne, April og Yesterday. Da hun var ferdig og det egentlig var litt kaldt, smøyg jeg meg inntil henne og overtok gitarens plass. Men da peip det i porten og skritt knaste oppover grusgangen. Cecilie klorte meg gjennom skjorta, så redd blei hun,

317

vi satt musestille, det var for seint å rømme likevel. Men det var ikke foreldra hennes, det var en gammel gubbe med stråhatt og vide bukser som blafra i den mjuke vinden.

Cecilie pusta lettet ut.

— Det er bare Carlsberg, hviska hun.

Han fikk øye på oss og kom over plenen med forsiktige skritt, som om det gjorde gresset vondt.

— Hei, sa Cecilie.

Han stansa, tok av den gule stråhatten og bøyde seg dypt.

— Godkveld, frøken Almer, sa han stille og ydmykt.

Han nikka kort til meg, jeg så på fingrene hans, de var ikke grønne, de var brune, tynne, elegante, nesten negerhender.

— Jeg må ha glemt pipen min på kjøkkenet, forklarte han litt sjenert.

Cecilie blei med ham inn. De kom snart ut igjen, Carlsberg forsvant med et nytt dypt bukk og snodde seg nesten lydløst bort.

— Der fikk jeg en støkk, sa Cecilie og satte seg hos meg.

Jeg var stum.

— Han sier ingenting, fortsatte hun. Carlsberg er lojal.

Hun lo litt. Jeg syntes ikke det var noe moro.

Hun kyssa meg fort.

— Du må gå nå, sa hun.

Gikk langs Frognerkilen, hørte jazz fra Club 7, det skvulpa rundt båtene, en motorsykkel rusa opp. Fikk ikke Carlsberg bort fra netthinnen, ydmyk, bukkende, en meter avstand: Frøken Almer! Det var nesten uhyggelig. Jeg strevde med å huske grepene i stedet, særlig de klossete fingrene som hele tida tok galt og slo skeivt. Det var sånn jeg måtte huske henne.

Stig blei russ og fikk skrudd den røde lua ned på manken, skreiv *Mao* på skjermen og på russekortet hans stod det: *Norge ut av Vietnam*. Var ikke alle som skjønte den, vi fikk ett hver og lo passe lavt. Det var klart at Stig ikke var russ for å få knute på dusken, russefeiring var noe borgerlig skvip for Åsens døtre og sønner. Stig var med for å infiltrere. Og 17. mai blei han og tre andre langhåra banditter fra Katta pælma vannrett ut av russetoget da de rulla ut en svær transparent foran den amerikanske ambassaden: USA = MORDERSTAT. Ølflaskene hagla, rasende fedre med studenterlua på toppen av skallen og dusken nagla fast på vattskuldrene, knytta nevene og skreik og spytta, men Stig var bra fornøyd, vellykka aksjon. Overraskelsesmomentet hadde virka. Sjokket satt som et etsende negativ på borgerskapets skrukkete netthinne. Vi hadde audiens på rommet hans, Bob Dylan skurra i bakgrunnen, og Stig satt i lotusstilling på divanen mens vi lå strødd på golvet. Ting er i gjære, sa Stig. Det braker løs snart, sa Stig. Før sommeren kommer, er ikke verden lenger som den var. Paris, sa Stig. Der var det ikke bare sølekasting på ambassader, men barrikader, våpen, strategi og spontanitet! Der hadde de ikke bare Finn Gustavsen, men Sartre og Cohn-Bendit. Arbeiderne og studentene stod sammen. de Gaulle kunne bare grave seg ned i jorda som den råtne muldvarpen han var. Vi satt andektige og lytta. Det hørtes svært ut. Det sprer seg, sa Stig. I dag Paris. I morgen Oslo. Eller iovermorgen. Han så litt trøtt ut. Men han var glad for at han fikk oppleve en sånn tid. Ikke sant, kamerater? Dagsrevy-fanfaren lød i stua og vi buldra inn, rakk å se den skeive globusen snurre rundt. Faren satt dukknakka i sofaen, svarte poser under øynene, grått, vissent hår. Han hadde svære planer om å utvide butikken sin, ta opp kampen, slå seg innover i kjelleren, lage marked i gårdsrommet, bygge i høyden, planene var digre. Men ingen banker ville låne ham penger når de hørte at sjappa lå like ved der Bonus skulle komme. Det var Gunnar som hadde fortalt det en kveld. Og jeg tenkte på fattern, at fattern kunne vel låne penger og det spurte jeg om en dag. Da forklarte fattern meg en hel historie om lønnsomhet og sikkerhet, om å se realitetene i øynene og ikke strekke seg lenger enn pleddet rakk. Jeg skjønte lite og ingenting, men jeg skjønte at noe var gæernt, ettertrykkelig gæernt. Men nå stod vi foran tv'en med gluggene på vidt gap. Dramaet som foregikk på skjermen, så ikke ut til å angå kolonialhandler Holt. Men vi bøyde oss fram og stirra: *Paris.* Urolige, hoppende bilder, som om kameramannen løp, blei jaga. Det hele foregikk på en svær plass, av og til skimta vi en fontene i bakgrunnen, noen dyr som spydde ut vann. Folk sprang til alle kanter, det måtte brenne et sted for det var masse røyk og de fleste gjemte ansiktene i lommetørklær. Kommentatorstemmen fortalte rolig om sammenstøtene mellom studenter og politi. Og arbeidere! ropte Stig. En ny ladning purk blei sluppet ut av en vogn, de hadde glassvisir, svære skjold og lange batonger. De slo vilt om seg, dundra løs på alle de kom i nærheten av, som om det hele var en vanvittig lek, men det var ikke lek, det var ekkel virkelighet som materialiserte seg i de tusenvis av punkter tv-skjermen består av: Blodet som fosser fra skallene, folk som besvimer, folk som skriker

319

i blind redsel, blodet som fosser over ansiktene, og køllene som slo og slo, og da så jeg det, slo på Hennys hode.

Det var et sånt øyeblikk da man brått og ubønnhørlig blir deltager, ikke iakttager, tilfeldighetenes røde tråder vever deg inn en ny virkelighet, som å ta et steg til siden, som å forlate en drøm, som å se seg i speilet uten å kjenne igjen bildet. Jeg så Henny bli maltraktert av køllene, hun holdt hendene opp for å beskytte seg, men det hjalp ikke, de hamra løs, og tilslutt holdt hun seg bare for ørene og skreik, som om hun ikke kunne orke å høre sitt eget, sønderrivende skrik. Så var hun plutselig borte fra skjermen, men bildene fortsatte å rulle i meg.

Jeg løp alt jeg kunne til Marienlyst. Det hadde begynt å regne, et loddrett, stille regn som fikk den varme asfalten til å dampe og dufte, og syrinene skinte som blanke kupler. Jeg storma gjennom det fredelige regnet, gjennom de søvnige gatene, og fant Hubert i en ynkelig forfatning. Han hadde også sett det, det var ingen tvil, det var Henny de hadde mishandla.

— Jeg må dra dit! ropte Hubert. Jeg må dra dit!

Han travet opp og ned på golvet, tråkket på rammer, sparka bort ark og lerreter og ukeblader. Han var grå i trynet, øynene var stappa av redsel, lengsel og harme.

Jeg forsøkte å roe ham ned, følte meg med ett så jævla voksen, satt der og skulle berolige onkelen min.

— Du kan jo forsøke å ringe, sa jeg.

— Jeg *har* ringt! skreik han. — Kommer ikke igjennom. Det er umulig å ringe til Paris. Jeg har ringt til ambassaden. Jeg må dra dit!

Han falt utmatta ned i en stol.

— Du *så* det, stønnet han.

— Ja.

Han gjemte ansiktet i hendene.

— De *knuste* henne! Hodet hennes. Nesen. Munnen.

Han reiste seg, satte seg, reiste seg.

— Hubert, sa jeg. Hun har sikkert mange venner i Paris. Hun får hjelp. Hun kommer på sykehus.

Han satte seg.

— Hun blir helt fin igjen, fortsatte jeg. Det så sikkert jævligere ut enn det var, sa jeg og trodde det ikke selv.

Hubert bare stirra på meg.

— Og når hun er bra nok, så ringer hun til deg. Hjelper ikke om du drar dit nå.

— Nei, sa han. Jo, sa han.

Jeg henta to bokk på kjøkkenet.

Vi drakk hver vår flaske.

— Takk, sa Hubert. Takk for at du kom, Kim.

Vi satt en stund og kjente den søte, tunge smaken av øl sile gjennom kroppen.

— Det ordner seg, sa jeg.

— Det er det verste jeg har sett, sa han.

— Samme her.

Jeg henta to bokk til. Angsten kom som skarpe stikk, som om noen kastet med piler og jeg var målskiven.

— Hvordan går det med Cecilie? spurte Hubert.

— Fint, sa jeg og visste ikke lenger om jeg trodde på noe av det jeg sa.

Det nærma seg eksamen og verden begynte å ligne seg. Stig var utmatta etter infiltrasjonen, det hadde gått hardt for seg, nå lå han med hovne øyelokk og venta på militærpolitiet. Klart han hadde nekta. de Gaulle tok rotta på Paris, og Cecilie og jeg pugga sammen. Vi satt hos meg, eller på en benk i Frognerparken, når været var stødig. Hun var ikke særlig interessert i det som hadde skjedd i Paris, men hun var god i fransk og lærte meg noen knep. Jeg fortalte ikke om Henny. Hubert hadde ennå ikke hørt noe fra henne. Cecilie var mest interessert i gitaren sin, snakket om de nye grepene hun hadde lært seg, dim og septimer, hun fulgte gitarkurset i Det Nye. Hun hadde kjøpt lp'en til Young Norwegians. Jeg preika litt om det bandet vi hadde tenkt å starte en gang, The Snafus. Og på skolen var det samme kjøret, der var Cecilie fjern og likegyldig overfor meg, og Peder og Sleipe-Leif snokte og pønska på hva som egentlig var på ferde, men ingen prøvde blåse mer liv i Karlsen på Taket og Skjelettet på Soiré. Jeg hadde beina på bakken.

En kveld satt vi hos meg og pugga tysk, gomla brødskiver og spytta ut konjunktiv og dativ og faens regler. Cecilie hørte meg i preposisjonene og ville ikke gi seg før de satt. Det tok ganske lang tid og det var så mye annet jeg heller ville gjøre. Ute dalte regnet, mildt, litt kokende, til å gå naken i, tenkte jeg, og øya mine fór over Cecilie, blei litt ukonsentrert og bomma stygt på kjønnene og fikk ingenting til å stemme. Cecilie blei litt oppgitt, titta gjennom platebunken min, men fant ikke noe særlig som interesserte henne. Hun likte tidlig Beatles, særlig balladene til Paul, som hun kalte det.

Hun hadde jo Yesterday på repertoiret. Men hun likte ikke I'm the Walrus og Lucy in the Sky. Det nytta ikke hvor mye jeg enn prøvde. Jeg slo meg like så godt til ro med visene hennes, og den kvelden sang hun for meg uten gitar. Hun satt på sovesofaen min, i rød bluse, med konsentrert ansikt, og sang for meg mens hun tappa takten på franskboka. Sound of Silence. Jeg sa jeg syntes det var fint, men det trodde hun ikke på i det hele tatt og sang den for meg én gang til. Det gjorde meg rolig og glad. Det var sånn det skulle være.

Etterpå skjedde det. Fullt hus. Jeg skulle følge henne et stykke på vei, utover strandpromenaden, det var et bra regn å følge jenter hjem i. Jeg skrubba ned trappene foran henne og åpna den tunge porten, og akkurat da, mens Cecilie fremdeles stod inne i portrommets mørke og jeg skritta ut på fortauet og kjente de første dråpene i håret, da kom Nina. Nina kom stormende mot meg, med den samme lange kjolen klistra til den magre kroppen, håret ned i ansiktet og et svært hvitt smil. Hun kom med armene på vid vegg og kasta seg rundt meg og var overalt.

— Takk for brevet! sang hun i øret mitt og stemmen hennes lød litt dansk.

I det samme kom Cecilie ut av porten. Nina hang rundt meg, så oppdaga hun Cecilie, armene hennes slapp meg sakte. De så på hverandre, målte hverandre, ordløst, men likevel uten å misforstå. Jeg fikk ikke engang tenkt ut noe å si, jeg fikk ikke engang løfta en finger, før de gikk hver sin vei, og jeg blei stående igjen i det kalde, rivende regnet, til jeg var søkkvåt, forkjølet, dødssyk. Forlatt, tenkte jeg, ordet smakte rått og kvalmt. Jeg prøvde å rulle en røyk, men tobakken og papiret fløyt bort. Det bare fortsatte å regne, jeg stod der, og hjertet mitt vrengte seg som en gammel, svart paraply.

Det blei stille rundt meg, som om jeg levde i et lydisolert rom, med en brennende sol midt i taket. Hadde slutta å regne. Det var slutten på alt. Cecilie tok på seg rustningen og jeg var luft og poteter for henne, en latterlig møll. Ryggen hennes var bratt som Lofotveggen og like kald. Jeg måtte lese aleine til eksamen, det gikk skeis og jeg ga faen i eksamen. Sleipe-Leif og Peder var framme med hornene, mens jeg slo panna i en glassvegg hver gang jeg prøvde å nærme meg. Men jeg fulgte med i hver bevegelse, og den dagen Sleipe-Leif og Peder hadde lange diskusjoner med Cecilie i store fri og jeg stod ved vannfontenen og så at visse avtaler blei inngått og latterdørene slått på vidt gap, da greide jeg ikke mer. Da sa det pling i bollen og etter skoletid fulgte jeg etter dem. Jeg fulgte rett og slett etter dem, hundre meter avstand, jeg smøyg meg fra portrom til portrom, gjemte meg bak biler og lyktestolper og gamle damer, som i en luguber detektime, for jeg var syk i brystet og visste knapt hva jeg gjorde. De gikk langt. De gikk gjennom Frognerparken, Peder og Cecilie ved siden av hverandre, tett, Sleipe-Leif trippa rundt dem som den siklende skjødehunden han var. Jeg hoppa fra busk til busk. De endte opp på Heggeli, der Peder bodde, gikk inn en hvit port og blei borte. Jeg satte meg ned og venta. Jeg venta en time. Jeg var syk i magen. Så kom de ut. Peder hadde med seg en bag med racketer. Alle lo. Jeg krøyp sammen. Jeg fulgte etter dem. Til tennisbanene på Madserud. De forsvant inn i klubbhuset og etter et kvarter kom Peder og Leif ut i hvite kortbukser og lommene bulende av tennisballer. De spratt og lo mens de venta på Cecilie. Hun kom ti minutter seinere, i hvit, stram trøye, og hvitt skjørt like stort som et frimerke. Sleipe-Leif og Peder måpte med de dumme trynene sine, store, dumme ansikter. Jeg sank sammen bak nypebusken. De vandra ut på en ledig bane, Peder passa godt på å stramme de brune lårene så musklene skinte i sola, mens dvaske Leif prøvde å skjule vommen og dilta etter med tunga på tørk.

Peder justerte nettet. Peder slo noen server. Rød sand hvirvla opp i det gule, steikende lyset. De begynte å spille. Sleipe-Leif var ballgutt. Ballen gikk fram og tilbake i slappe buer. Jeg hørte Cecilie puste tungt. Jeg spiste en nype. Peder briefa med backhanden. En smash fikk Cecilie til å skrike litt. Peder lo. Cecilie servet. Kastet ballen i været og strakte seg etter den, strakte seg ut i rommet som om hun skulle treffe en planet, det korte skjørtet krøyp opp og trusa kom til syne, de smale hoftene, det varte nesten en time, hun halte seg ut, halte tida ut, Sleipe-Leif måtte pusse brillene, Peders racket stod avventende ut i lufta, han skalv, så slo Cecilie og det var et serveess.

Jeg spiste en nype til. Det var Leifs tur til å prøve seg. Peder satt på benken og tørka svetten av trynet. Jeg begynte å bli ganske øm i ryggstolpen, skifta stilling. Da så Cecilie rett på meg, gjennom buskens tynne bladverk, gjennom de oransje nypene, rett på meg, og det var ikke forbauselse å spore i blikket hennes, hun hadde visst det hele tida at jeg lå der på lur. Hun holdt øya mine fast mens hun returnerte Leifs ball, så slapp hun meg, som man plukker en fisk av kroker, slengte meg uti igjen. Uspiselig. Jeg pakka sammen ranselen

323

og sneik meg bort, fra det røde støvet, slagene og Cecilies hvite skjørt. Fornedrelsen var et faktum.

Den natta drømte jeg om lyder. Stillheten var brutt i mitt lydisolat, og jeg lengta tilbake til stillheten. Jeg drømte om lyder, de var nære, helt inne i øret, og jeg våkna med et skrik, et skrik som selv Cecilie måtte ha hørt, i hvert fall satt mor der da jeg åpna øynene, og hun hadde lagt en kald klut på pannen min. Jeg drømte om tenniskampen, om lyden når racketen treffer ballen, den dumpe, litt tørre lyden når tennisballen blir slått flat mot de stramme strengene, som et hjerteslag. Like etterpå drømte jeg om Paris, om plassen der alle menneskene løp om hverandre, hvor politiet slo løs som om de var enda reddere enn dem de slo etter. Jeg drømte om lydene, lyden av køller som treffer hodeskaller, noe som brister, og deretter den lydløse eksplosjonen av blod som mørklegger verden.

Jeg drømte om køller og tennisslag.

Eksamen gikk med et skrik. Ola hadde med seg skolens største matpakke, han hadde rissa inn formlene i geitosten. Det gikk, og en høyspent dag stod vi der litt øre i huene og var ferdig med første året på gymnaset.

— Hva gjør vi nå? sa Gunnar.

— Går hvertfall ikke på Studenten! sa Seb.

Vi pælma kladdene i nærmeste spann og åkte hjem med penalene. Muttern ga meg femti kroner i premie og ringte til fattern for å fortelle at sønnen hadde tatt første steget mot himmelen. De andre håva inn en pen sum de også, og så toga vi nedover Drammensveien og fikk pressa til oss et bord på Pernille.

Vi bestilte en runde øl og la Teddyen midt på duken. Gunnar justerte parasollen. Damen kom med glassene. Vi drakk ut og bestilte nye med det samme. Vi var tørste.

— Endelig, sa Seb.

Det kunne vi skrive under på.

— Bare to år igjen, sa Gunnar.

— Hold kjeft, sa vi.

Ølet kom.

— Er s-s-sulten, sa Ola.

Vi bestilte fire rekesmørbrød.

Det krydde av folk. De gikk i kø mellom bordene. Langs Karl Johan satt gamlingene og svetta under trærne. Ølet la seg som en blå grotte i bakhue.

324

Rekene kom.

Vi bestilte nye øl.

Vi spiste opp rekene og damen med hvitt forkle kom med brettet fullt av øl.

Vi tente hver vår røyk og blåste fire ringer som la seg midt over bordet som et hemmelig signal.

— Silkested, sa Seb. — Bare blazer og KNS.

Han pekte bakover med en diskret tommel.

— Jeg hører Kåres strupelyder helt hit, fortsatte han. — Og Sleipe-Leifs kondis.

Jeg strakte hals. De satt nederst i hjørnet, femten-tjue stykker rundt et bord. Kåre, Peder, Sleipe-Leif, Slåpen. En hel gjeng med hvite skjorter og Ky-merker og trekkopplatter. Og Cecilie.

— Åssen går'e egentlig med Cecilie? spurte Gunnar.

— Hva trur'u? Jævla bra! Vi har bestemt oss for å sitte ved hvert vårt bord og bare møtes i helgene.

— Kutt ut den, á.

— Det går på ræva, sa jeg. Det gikk på ræva.

Jeg fortalte om Nina som hadde kommet.

— Det er blues, sa Seb. Det er reinspikka blues, mann. I got two women, nobody loves me anymore.

Han dro opp munnspillet og sugde ut et hyl.

De lytta ved de andre bordene. Selv Rullern-gjengen i hjørnet holdt kjeft. Seb stakk tuten i lomma og drakk ølet.

— Over og ut med Guri også. Ha'kke noe å stille opp mot vannski. Avskjed på grått papir.

Vi bestilte mer øl og tok et raskt oversyn over finansene. Det holdt.

Ølet kom.

— Men dere er nyforelska og lykkelige, flirte Seb og så på Gunnar og Ola.

— Skal til T-t-trondhjem i juli.

— Avtale med Sidsel om to timer, sa Gunnar.

Vi drakk øl og så på menneskene, en strøm forbi oss i alle fasonger, alle farger, alle lukter. Brune jentelår, krøllete dressjakker, skrikende unger med softis i hele trynet, ølmager, parfyme, svette-lukt. Vi drakk i skyggen under parasollen og var ferdige med første året på gymnaset.

Da vi hadde drukket ut, sa Ola:

— M-m-må pisse, sa han.

Vi hadde blære alle mann.

Seb lente seg over bordet og hviska:

— Vi går i *parken*, gutter!

Vi strødde bak en busk og luska opp trappen til berget. Det var ganske mange sjeler der, de satt i klynger på det gule, opptråkkede gresset. Noen vandra omkring og myste, andre stod rett opp og ned og stirra med smale blikk, som om de venta på noe stort. De hadde langt, fett hår, lengre enn Stig, bukser med sleng og frynser, lange kjortler og pannebånd og gusten hud. Det var som å komme på en fest hvor man ikke kjenner en kjeft. Vi følte oss omtrent som fire utsendinger fra Frelsesarméen juniorlag, smøyg oss ned ved en avskalla stamme og pelte i gresset.

— Hva gjør v-v-vi nå? hviska Ola.

— Slapp av, sa Seb. Vi venter.

Hundre meter nede satt Cecilie med pokertrynene og seilerbøgen. Her satt vi med beina i kors blant de som hadde vendt ryggen til alt, bada i Spikersuppa, pissa på slottet og dreit på purken.

Det suste i hue av alt ølet.

Nå var vi her.

En helmager type kom bort til oss og bøyde seg ned. Øya satt tett, han hadde nesten bare ett øye, langt, smalt og gult. Han tukla litt med skinnpungen som hang i beltet.

— Fred være med dere, folkens, messa han med en underlig stemme.

Vi satt stille som mus, som om verten endelig hadde forbarma seg over oss og sagt at vi kunne bli.

Kyklopen snakka lavt.

— Vårens vibrasjoner, sa han. Kjenner under føttene at det gror. Det kiler, folkens.

Han gikk barbeint. Han begynte å fnise litt.

Vi fniste vi også.

Han bøyde seg enda nærmere. Det lukta søtt av ansiktet hans.

— Det er *dette* som er drømmen, veit dere. Fins ikke no' virkelighet. Men vi drømmer ikke, heller. Vi *er* i drømmen. Skjønner? Skjønner dere den? Det er noen andre som *drømmer* oss. Skjønner?

— Skjønner, sa Seb.

Fyren la seg på kne.

— Det er stramt, hviska han. Men jeg har to ferdigrulla rever, marokkanske, garantert bra. Stempla hos David-Andersen.

Han fikk en hostekule og rulla tre ganger rundt i gresset.

Han kom seg på høykant igjen, stakk fingrene i skinnpungen og fiska opp to tynne pinner.

— Femti spenn, hviska han.

Vi så på hverandre. Seb trakk fram noen tiere og ga ham.

Han la sigarettene i Sebs hånd, reiste seg sakte og begynte å gå bort fra oss mens pengene forsvant ned i bukselinningen.

Og idet Seb tente sigaretten, hørte jeg fyren rope høyt: Siri! Og en like radmager jente, med tynt, fett hår, reiste seg fra en klynge og gikk bort til ham. Hun plystra og en hund kom subbende, et beinrangel av en elghund, skabbete og lyserød, pelsen var nesten helt borte og ribbeina stakk ut som en vanvittig harpe.

Selgeren pekte mot oss og jenta snudde seg.

Seb trakk det første draget, lukket munnen og lot røyken bli i lungene.

Han sendte blåsen videre til meg.

De tre skjelettene vandra oppover mot slottet.

Siri. Hunden.

Jeg sa ingenting. Jeg tenkte på gnomen ved Daltjuven: Hvem skal dø denne gangen.

Så dro jeg alt jeg kunne, svelget den sviende dampen mens det silte fra øynene.

Gunnar patta litt, slapp røyken ut gjennom nesa. Ola trakk og brølte.

Etterpå satt vi stille, rett opp og ned, og venta. En båndspiller blei satt på like bak oss. Jefferson Airplane.

Seb fyrte opp neste blås. Den gikk runden. Musikken blei sterkere og sterkere bak oss, var som om den kom fra alle kanter, som om trærne var fulle av høyttalere.

— M-m-merker ingenting, jeg, sa Ola.

Vi satt en stund til. Jeg kunne nesten ikke holde ut musikken lenger. Det braka inni hue, som om jeg hadde verdens største høretelefoner klistra til ørene.

— Tåler ikke den musikken! ropte jeg alt jeg kunne for å overdøve. Jeg ber'em om å dempe den!

De andre så rart på meg.

— Hæ? sa Ola.

— Musikken, for faen! Jeg hører jo nesten ikke hvar'u sier!

Seb klappa meg på skulderen.

327

— De har slått av musikken for lenge siden, sa han. De har gått. Jeg snudde meg. Det satt ingen der.

Like etterpå reiste Gunnar og Ola seg på likt, stavra bort til et tre og spydde grønt. De kom sjanglende tilbake med svetten som et skittent bånd rundt panna.

— Jeg stikker, snøvla Gunnar og prøvde å finne klokka. Han stod og dro i buksebeinet.

Ola fulgte etter ham.

Hadde lyst til å gå jeg også, men blei sittende. En vanvittig tanke hadde hukt seg fast i hjernebarken. At det var Cecilies skyld at jeg satt der og var sløy og utafor, at jeg gjorde det på grunn av henne. Nå kunne hun ha det så godt, med seilersønnene og råtne rentenister og backhander.

Viljen rant ut av ryggmargen som vann fra en åpen kran.

Seb fyrte opp sneipen.

— Åssen føler'u deg? spurte han.

— Veit ikke. Tung. Slapp.

Seb la seg bakover i gresset.

— Nirvana, sa han. Vi er på vei til Nirvana.

Jeg dro gloen mot ansiktet til det brant og spytta ut restene. Det slo i lungene, en uregelmessig rytme. Jeg la hånden på hjertet, men fant det ikke.

Det kom en psykedelisk gjeng og satte seg sammen med oss. De svidde noe tobakk på sølvpapir og fylte det i en chillum og fyrte løs som pyromaner. Seb fikk pipa, la hendene over munnstykket sånn som de gjorde og sugde. Svetten la seg over ansiktet hans som et flak. Jeg prøvde jeg også, det svidde nedover brystet, jeg gispa etter luft. Noen flirte og dunka meg i ryggen. Jeg knappa opp skjorta for å se om det var brennmerker på huden. Noen la en hånd på magen og lukten av røkelse kilte som et strå i nesa. Jeg begynte å le. Og jeg klarte ikke å stoppe. Jeg lo som jeg aldri før hadde ledd. Og de andre lo rundt meg, jeg satt i en konsert av latter, et mageorkester, en munnsymfoni, jeg lo høyere og høyere, og mens jeg lo, hørte jeg latteren eksplodere overalt, som utlagte miner, jeg lå og vrei meg i gresset og da oppdaga jeg at alle satt med lukket munn og så på meg, jeg var den eneste som lo. Jeg holdt opp å le.

Piken med røkelsen bøyde seg over meg.

— Du kilte meg i nesa, sa jeg.

Hånden hennes lå på magen min som et kaldt skjell.

— Skjorten din er stygg, sa hun.

Jeg reiv av meg skjorta og heiv den opp i treet.

— Buksene dine er også stygge, sa hun.

Jeg halte av meg buksene og pælma dem avsted.

En ny pipe kom forbi meg og etter det husker jeg null og niks, til jeg våkna og det var tusmørkt og jeg frøys. Et stykke borte brant fire stearinlys. Røkelsen hang igjen i lufta. Noen spilte gitar. Jeg hørte Seb spille munnspill.

Jeg skjønte ikke hvorfor jeg bare hadde badebukse på meg. Og semskete sko. Hue mitt arbeidet kolossalt. Det gjorde vondt i nakken og brystet. Så slo det ned i meg, sakte og nådeløst. Nina. Klart jeg måtte dra til Nina. Jeg hadde ikke tid til å si morna. Jeg styrta oppover plenen, forbi gardistene, forbi storøyde kveldspromenører med pudler og giraffer i bånd. Hadde de aldri sett et menneske i badebukse før? Jeg begynte å lure. Endene stod i gresset som ovale statuer, jeg jaga over Briskeby, Urra, min gamle skole, forbi sjappa som hadde fått ny eier, forbi Mannen på Trappa, ned Bondebakken, rundt hjørnet hvor epletrærne lyste elektrisk, forbi en fontene som rant i natta som en mild blodstyrtning.

Jeg fant Tidemandsgate, jeg fant huset, løp inn gangen og ringte på.

Det varte og det rakk. Jeg ringte på én gang til. Endelig hørte jeg føtter, døra fór opp og en smoking med glinsende bryst stirra ut på meg.

— Nina, sa jeg bare. Nina.

Det kom flere til syne. Øynene deres var så rare, som uslipte smykker.

Jeg strakte meg på tå.

— Nina! ropte jeg. Jeg må snakke med Nina!

— Det bor ingen De kjenner her! Kom Dem vekk!

Jeg fikk en fot innenfor.

— Nina, sa jeg.

— Kom Dem vekk! brølte den forreste mannen.

Jeg blei illsint.

— Dere prøver å gjemme henne! skreik jeg. Jeg veit at hun er her! Nina! Nina!

Jeg blei tatt hånd om. De dytta meg ut på fortauet. Jeg kjente et kne i nyrene og de brakk armen bak ryggen. Jeg syntes jeg hørte at de lo.

— Nina, sa jeg spakt, der jeg stod i den mørke gata mens smokingene gikk bannende inn porten.

329

Jeg begynte å gå igjen. Jeg blei syk og spydde i hestealléen i Gyldenløvesgate. Det rant ut av meg som fra en flodhest. Nina, hulket jeg. Cecilie. Da hørte jeg at det regnet et stykke borte. Jeg var avsindig tørst og løp mot regnet. Det var fontenen, den gode gamle fontenen som stod og spruta i mørket. Jeg kunne gråte av glede. Hvis jeg skulle til Cecilie, måtte jeg ha et bad først. Det var innlysende. Jeg hoppet over kanten og landa med et brak i det lunkne vannet som rakk meg til lårene. Jeg la på svøm, svømte rett inn i fontenens regn, som en ensom ørret. Der reiste jeg meg opp, så mot den svarte himmelen og lot fossen dynke meg.

Plutselig var det masse mennesker der. De stod langs kanten og så på meg. Like etter kom en bil med blått lys på taket. To konstabler konfererte med mengden og så henvendte de seg til meg.

— Kom hit, sa den ene.

Jeg ville ikke dit.

— Det er slutt med leken nå, sa den andre.

— Du forstyrrer de som sover, sa den første.

— Kom nå, sa den andre.

Jeg kom ikke.

Konstablene vandra langs kanten. Men jeg stod i fontenens sentrum og de nådde meg ikke. Det var lys i alle vinduene nå. Jeg innbilte meg at jeg hørte orgelet fra Gåsens rom. Det var fullt av mennesker overalt. Jeg stod midt i fontenen og konstablene kretsa rundt meg.

Så mista de tålmodigheten. Den største av dem vrengte av seg uniformen og jumpa uti. Det blei en del plask og rabalder før han fikk kloa i meg og halte meg i land. Jeg ble båret vannrett inn i bilen og plassert i baksetet.

— Nå er moroa over, sa den påkledde.

— Hvor bor du? spurte livredderen.

Jeg tenkte meg om.

— Bygdøy, sa jeg.

Og så sa jeg adressen til Cecilie.

De blei litt mildere da, da de hørte hvor jeg bodde.

— Du har kanskje vært russ? sa sjåføren.

— Ja, sa jeg. Fikk sensuren i dag. To meget og to S.

— Faderullan, sa den andre som hadde kledd på seg.

— Tålte ikke spriten, sa jeg. Men jeg er fin nå. Takk for hjelpen.

— Nytter ikke å holde på sånn, vet du.

— Klart ikke, sa jeg.

— Hvor har du gjort av klærne dine? spurte sjåføren.

— Glemt dem hos en jente, sa jeg.

De humra litt til hverandre, og så gikk det i hundre ut til Bygdøy. Slottet lå med lys i de nederste vinduene. En vannspreder slo med jevne mellomrom.

Jeg gikk den lange veien med en konstabel på hver side. De ringte på. Jeg var rolig som en død lemen. Døra blei åpnet.

Konstablene hilste til lua.

— Sønnen Deres er blitt grepet i litt gateuorden, så vi måtte nok bringe ham hjem.

Cecilies far stod på terskelen og måpte.

— En preseterist må jo få feire litt, men det går grenser, sa den andre.

De hilste til lua enda en gang, bukka og forsvant nedover singelen.

Først da blei jeg redd.

Cecilies far stod og måpte.

Politibilen starta med et hvin.

— Er du gal, sa han bare.

Jeg stod i underbuksa og frøys.

— Det er en misforståelse, prøvde jeg.

— Du har fem sekunder på deg!

— Jeg falt i et basseng. Jeg ville snakke med Cecilie.

Hadde ikke sjans.

Cecilies far telte. Han var kommet til tre.

På fire snudde jeg og løp.

Dagen etter kom Henny hjem fra Paris.

Veit ikke helt om jeg hadde håpet på regn. Skyene hang som mørke tavler over Nesodden og måkene tegna hvit skrift gjennom lufta. Men det begynte ikke å regne. Jeg svømte sakte mot land, med tunge tak, dyppet trynet i bølgene og så med rennende øyne at Henny satt på berget, i grønn militærjakke og en svær bandasje rundt hue. Hun var bleik og hard i ansiktet.

Jeg halte meg over tangen og satte meg ved siden av henne.

— Ta på deg, ellers blir du forkjølet, sa hun.

— Haster ikke.

331

Hun tørka meg på ryggen med håndkleet, la det over skuldrene mine.

— Fint at dere kom ut hit, sa jeg. Blir litt kjedelig i lengden.

Hun bøyde seg ned, med haken mellom knærne, så utover det mørke vannet.

— Tror du det blir regn? spurte hun.

— Veit ikke. Kanskje.

Jeg tok på meg skjorta, lirka fram to sigaretter.

— Fikk passe sjokk da jeg så deg på tv, sa jeg. Så jævlig ut.

Henny smilte smalt.

— Det var verre i virkeligheten.

— Er'e slutt nå? Jeg mener, det e'kke noe bråk i Paris lenger nå?

Henny så på meg.

— Det har såvidt begynt, Kim. Dette var bare en prøve. For å vise vår styrke. Det skjer det samme over hele Europa. Og i Statene.

Hun så utover vannet igjen, retta litt på bandasjen. Jeg pekte mot Bygdøy.

— Kjenner ei jente der, sa jeg. Men foreldra hennes liker meg visst ikke. Faren pælmer meg ut hver gang jeg kommer.

Henny lo.

— Liker *hun* deg?

— E'kke helt sikker.

— Tror ikke foreldrene dine liker meg så veldig godt heller, sa hun plutselig.

Jeg fomla med sneipen, brant meg på fingrene.

— Skal du tilbake til Paris? spurte jeg fort.

— Ja. Etter ferien. Skal dele atelier med en fransk jente på Montparnasse.

Jøss. Det hørtes flott ut.

— Blir Hubert med, da?

Hun rista forsiktig på hue.

— Tror ikke det. Bare hvis han vinner i pengelotteriet, la hun til med et smil.

Skyene lente seg over oss. Måkene skreik med gule, skinnende nebb. En makrellstim fossa midtfjords.

— Hva er'e egentlig med Hubert? spurte jeg. — Når han gjør alle de sprø tingene.

Henny var lenge stille.

— Han blir nervøs, sa hun til slutt. Han passer ikke inn her. Akkurat som meg. Borgerligheten tar knekken på ham. Når han er i Paris, er han helt fin. Det er ikke meningen at Hubert skal gå her og tegne alt det juggelet til ukebladene!

Tenkte en stund over det.

— Hvis han vinner i pengelotteriet, skal dere gifte dere da? spurte jeg og følte meg plutselig passe stut.

Henny lo.

— Nei. Vi er bare venner. Gode venner.

Hun brukte ordet så rart. Venner. Ikke sånn som Seb og Gunnar og Ola og jeg var venner. En slags mellomting. Ikke kjærester. Ikke kamerater. Noe midt imellom. Hverken eller.

Jeg kom på at Cecilie også hadde brukt det ordet.

— Venner, gjentok jeg.

— Jeg fryser, sa Henny og reiste seg sakte.

Vi gikk forbi det gamle skuret, og jeg visste ikke helt om jeg håpet det skulle begynne å regne. Det begynte ikke å regne. Vi gikk forbi skuret, det falleferdige, stinkende skuret, hvor navn og hjerter var risset inn i malingen og ord var skrevet som var tydeligere enn måkenes japanske skrift på himmelen.

Og sånn gikk jeg hjem fra sommeren, enda en sommer i mitt liv. Nå er varmen borte, det stiger kulde fra bildene jeg tegner. Dioramaet er forvandlet til en speilsal, et redselskabinett. Det er ikke lenger døde, tørre innsekter jeg ser, men lemlestede, ydmykede, døende mennesker. Det er ikke lenger en Chaplin-film som går baklengs gjennom hodet, men kalde, klare bilder, blåst opp på veggene rundt meg. Piken fra Vietnam, hun skriker lydløst. Den unge gutten med hjertet skåret ut i en trekant. My Lai. Et spebarn fra Biafra med magen spent som en tromme, en oldings ansikt og øyne fulle av fluer. Nyfødt, dødfødt. En arm tett med nålestikk og en blodåre som velter ut under huden. Jeg skriver, og det verker i stingene som renner selvlysende over hånden, det verker i min skamklipte skalle som ikke vil gro: Bildene. De angår meg ikke. Ordene skinner av løgn, liksom hånden min. Jeg kan ikke lyve så langt. Bildene vokser på veggene rundt meg. Og slik som den gangen, da jeg så Henny bli mishandlet på tv, tvinges jeg til å ta del i bildene. Bildene raser over meg, slik en fotograf i krigssonen er nødt til å delta i sitt motiv. Det er ikke lenger Beatles-bilder på veggene. Hånden min kan snart ikke styre denne skriften.

I dag slo jeg på radioen for første gang siden jeg kom hit. De snakket om en vulkan på Island og en by som var lagt i aske. De

333

snakket om 500 sjøfugler som hadde omkommet på et oljeflak. De sa at Arbeidernes Kommunistiske Parti var stiftet i Oslo. Jeg slo av. Det skremte meg å høre stemmer. Etterpå stod jeg ved vinduet og så ut gjennom gløttet mellom lemmene. Vinteren skar i øynene. Snøen lå jevn, uten spor av mennesker.

Det måtte ha vært mor som var her, mor.

Jeg gikk tilbake til bordet og arkene, fremdeles blendet.

Det er urolig her inne. Bildene rører på seg.

Om tre måneder er det vår.

Jeg får dårlig tid.

Gjerdet måtte brekke tilslutt. Menneskemassen velta i en vill bølge, en politihest fikk spader, stampa jernskoene mot brolegningen og steila med et frådende vrinsk over de vettskremte folka som prøvde å komme seg unna. Samtidig gikk en folkevogn amok, den hoppa fram og tilbake midt i mengden, bak rattet satt en svett garbardin-frakk med panna på hornet. Panikken var total.

Og i den overgrodde hagen lå den russiske ambassaden mørklagt og låst.

Vi pressa oss inntil husveggen på hjørnet, dette var det største slaget på Skillebekk siden krampekrigen i 62. Men etterhvert roa gemyttene seg. De som lå strødd langs gjerdet kom seg på beina, folkevognen lirka seg bortover Drammensveien og politihesten stod og dreit i Fredrik Stangs gate.

— Se hvem som kommer der, hviska Seb.

Der kom Peder og Sleipe-Leif med Kåre og redaksjonen på slep. De gliste bredt over slipsene.

— Heisan, heisan, flirte Sleipe-Leif. Er det her raddisene gjemmer seg.

Vi holdt kjeft, følte oss ganske på defensiven. Murveggen var kald og ruglete bak oss.

Peder pelte ut en tyggegummi, lot den henge på pekefingeren.

— Og dere har vært i Sovjet i sommerferien? Ser litt bleike ut.

Gapskratten bredte seg bakover i rekkene. Peder var billig i dag. Kunne koste på seg det. Folk kjøpte hva som helst.

Sleipe-Leif tok over.

— Dere som er for Hanoi og Vietcong og sosialisme, dere skulle vel gjerne bodd i Tsjekkoslovakia nå. Hva?

Gunnar gikk et skritt fram.

— Du misforstår. Det har'u alltid gjort, du og alle de jævla

334

hundeguttene. Vi fordømmer invasjonen i Tsjekkoslovakia like mye som deg og alle andre. Ha det klart. Greit? Vi e'kke for Sovjet. Det e'kke sosialisme det som er i Sovjet nå. Vi støtter revolusjonen i 1917, vi støtter Lenins lære, men etter Stalin er Sovjet blitt en sosialimperialistisk supermakt!

Jøss. Vi var like svimeslåtte som Sleipe-Leif. Peder stakk peke-fingeren i kjeften.

— Blitt flink til å prate, hviska han mellom tenna, og så trakk de seg unna med æren halvveis i behold og glisene på halv stang.

— Har'u vært i Sovjet i sommer, eller? flirte Ola.

— Så dere det, hveste Gunnar. Hundeguttene var dritfornøyde. De er glade for at Sovjet invaderte Tsjekkoslovakia. Akkurat hva de trengte. Dette er lykkedagen deres.

Gunnar overgikk seg selv. Vi måtte bare melde pass, dunka ut hver vår røyk, og mens vi dampa ferdig, spredde mengden seg, trikkeskinnene på Drammensveien kom til syne, og i et av vinduene i den russiske ambassaden blei en gardin trukket forsiktig til side og et søvnig tryne speida ut.

— Sikkert bare stand in, sa Ola. Akkurat som Rolling Stones på Viking.

Vi stakk hjem til Gunnar. I stua gikk faren i sirkel og pønska ut nye utspill mot supermarkedet som skulle åpne i Bygdøy Allé om tre måneder. Hele butikken hans var overklistra med til-budsplakater. Ukas pris på gulrøtter var ti øre kiloen. Poteter ga han bort.

— Du tok rotta på dem én gang for alle, sa Seb.

— Har lest endel i sommer, mumla Gunnar.

— Froskene blei rumpetroll på stedet, smalt Ola og tente en sneip i vinduskarmen.

Det banka på døra og Stig bøyde seg inn. Han hadde forandra seg ganske grundig i løpet av sommeren. Klippa håret, grodd skjegg. Og på cordjakka hadde han en stim av merker. Vi titta nærmere og Stig skøyt brystet fram. FNL. Mao. Lenin.

— Krapylene koser seg, sa han. — Beste som kunne hendt dem. Men ikke bli forvirra. Vi kjemper mot begge supermaktene. Glem ikke dialektikken!

Han slengte en singel inn i rommet.

— Beatles er over og ut, sa han. Gjørmete forside. Revisjonistisk bakside.

Så smalt døra igjen etter ham.

335

— Stig har vært på Tromøya, sa Gunnar og skotta litt forlegent på oss. Sufs sommerleir.

Og midt på golvet lå den nye Beatles-platen. Vi samla oss rundt spilleren. Gunnar la skiva på hølet. Jeg måtte se nærmere på den. *Apple.* Var et eple på plata. Jeg måtte ut av vinduet litt for å lufte meg. Det knaket i magen. Skulle jeg ikke kunne spille en eneste Beatles-plate heretter uten å få slengt et eple i trynet.

Hadde ikke hørt noe mer fra Nina.

Var den lengste singelen vi hadde vært borti. Tok minst et kvarter. *Hey Jude.* Den satt, den bygde seg opp til et sabla skrik. Det lå et kjempebrøl og venta på de innerste rillene og da var den slutt. Jeg likte den. Det var noe av det beste.

Ingen sa noe. Gunnar snudde tallerkenen. *Revolution.* John sang. Åtte utbrettsører flagra i rommet. Fire bankende hjerner. Stiften glei gjennom sirklene. John Lennon sang passe rolig om Revolution. Gunnars panne blei lav og ruglete som en utblåst enrader. Ola tappa takten med en Teddy.

Etterpå var det stille, eneste vi hørte var farens skritt i stua.

— Revisjonistisk, hviska Gunnar. Verre enn Gustavsen.

Vi var tause enda en stund. Det hadde begynt å regne.

Jeg kremta.

— Paris var bare begynnelsen, sa jeg. Det er nå det begynner å skje!

De andre nikka litt usikkert. Vi spilte begge sidene om igjen.

Jeg tenkte på epler.

— Liker ikke Yoko Ono, sa Ola. Tror hun kommer til å lage kluss.

— E'kke sammen med Sidsel mer, sa Gunnar plutselig og stirra ut av vinduet. Skar seg i sommer. Var uenige om alt. Nytta liksom ikke.

— Over og ut med Guri for godt også, mumla Seb. Slalåmsniken skrudde hue tre ganger rundt på henne.

Det blei liksom for mye på én gang. Sovjet og Tsjekkoslovakia. Gunnar og Sidsel. Seb og Guri. John Lennon og Yoko Ono. Beatles og revolusjonen. Jeg tenkte på Cecilie som hadde gjort vakuum av meg igjen og Nina som løp med armer og bein bortover Svolder-gate den råtne kvelden i juni.

— Åssen går'e med Kirsten, á? spurte jeg. Var Trondhjem bra?

Ola var et smil.

— Går så det gnistrer, flirte han og tok en trommesolo med resten av Teddyene.

Da oppdaga vi det plutselig, ikke før nå, at noe var definitivt forandra, noe var blitt annerledes, som det aldri hadde vært før.

Vi stirra på Ola.

— Ola, sa Gunnar og lente seg mot ham. Du stammer ikke!

Han bøyde hue i en rød sky.

— Nei, sa han. Jeg stammer ikke.

— Men åssen skjedde det! ropte vi.

Ola trakk pusten.

— Jeg var altså i Trondhjem i sommer, sa han. Hos Kirsten. Og så våkna jeg en morgen og så stamma jeg ikke mer.

— Du våkna bare?

— Ja. Altså. Det var Kirsten som egentlig oppdaga det. Hun lå ved siden av meg og ...

— Vi skjønner! brølte vi. Vi har det!

Og så klemte vi rundt Ola og var sammensveisa, nesten som i gamle dager, som før revolusjonen.

Harald fikk Sonja. Bob Beamon hoppa som en giraff i tynnlufta i Mexico og Black Power knytta kølsvarte never mot den lyseblå himmelen. Frigg ramla ned i 2. divisjon og onkel Hubert blei refusert på Høstutstillinga, etter det fordobla han innsatsen i pengelotteriet. Det ulma på Manglerud skole, lærerne var like ved å bli pælma ut og FNL-flagget blei heist til topps i skolegården. Stig luska rundt med løpesedler under armen og et mystisk blikk, hadde visst en finger med overalt den høsten. Og vi dro til den kinesiske ambassaden og fikk hvert vårt Mao-merke av en trillrund kineser i folkedress. Kunne ikke ta hensyn til at John Lennon ikke fiksa Chairman Mao på slaget. Vi fikk med oss Maos røde også, en hendig liten bok, ikke stort større enn testamentet vi fikk av Father Mckenzie til konfirmasjonen. Det var bilde av Mao sjøl først, under et syltynt silkepapir. Han hadde en vorte på haka som irriterte meg voldsomt. Og skriftstedet denne gangen var lettere å huske utenat: *Arbeidere i alle land, foren dere!* Det blei endel buing på skolen, men Cecilie gadd ikke snu seg. Peder og Sleipe-Leif døpte meg Kim il sung på stedet, den slo ganske bra an. Men Cecilie var døv og blind for hele mitt vesen. Hun hadde begynt å vanke på Dolphin, og det var kommet endel visergutter inn i bildet, de kunne over førti grep, hadde skjegg og hybler og henta henne på skolen hver fredag.

337

Sånn var den høsten, en invasjon, en olympiade, en revolusjon, et langt regn som frøys til snø og pakka november inn i hvite omslag, akkurat som den nye Beatles-lp'en, et dobbeltalbum, *The Beatles*, hvitt, nakent, med fire bilder av John, George, Ringo og Paul på innsiden. Vi satt hos Seb og lytta rolig på de fire sidene. Faren var dratt på sjøen igjen og det var passe stille i stua. Vi patta på Peterson-pipene og lytta, så på hverandre, bretta ut tekstene og nikka sakte. *Yer blues* låt passe surt, stod til humøret. *Don't pass me by* fikk Ola til å rødme, hoppa over den i stillhet. Jeg hata *Obladi Oblada*, men digga *Black Bird*, tenkte på de svarte nevene da, som fløy til værs i Mexico. Gunnar syntes teksten på *Back in the USSR* var på kanten, man fleipa ikke med sosialimperialismen.

Vi skrapte ut pipene, åpna vinduet, snøen seilte i svære flak, det var tidlig vinter det året.

Satt en stund i kulda uten å si noe.

Stappa pipene igjen.

Seb sa:

— Er liksom ikke Beatles. *Låter* ikke som Beatles. Jeg mener, de har liksom bare laga hver sine låter.

Vi tygde på det. Seb hadde rett. Det låt ikke som Beatles.

Fotografiene på innsiden. Ett av hver. Retusjerte. De så gamle og litt sløve ut.

Ola måtte gå, hadde privatundervisning i matte, lå syltynt an. Gunnar dro like etter, måtte hjelpe fattern sin å pusse opp i kolonialen. Han trudde ennå han kunne måle seg med supermarkedet.

Seb og jeg blei sittende igjen, hørte på et par spor. *Happiness is a Warm Gun*, jo, måtte bare innrømme, sterk melding. Og gitarsoloen på *While My Guitar Gently Weeps*, den grein. Det var lyspunkter. Ellers så det ganske mørkt ut.

Noen kom, noen pratet i stua. Seb blei svart i blikket og knytta nevene.

Så braste døra opp og et feitt tryne titta inn og gliste med gull i gebisset.

— Hallo, Sebastian. Skulle bare be deg dempe musikken litt.

Seb løfta hue, stirra hatefullt på ham.

— Lær deg å banke på først, sa han bare.

Gliset visna.

— Hva sa du?

338

— Hørte'ru. *Bank på* ...
Døra sklei igjen. Seb ...
— Faen ta den kødden, ...
— Er'n ofte her? spurte j...
— Når fattern er ute. Han ...
til å skille seg, sa han tilslutt. ...
seg.
Det lød litt utrolig, jeg tenkte ...
Skilsmisse. Ordet fantes ikke.
— Jeg kommer i hvert fall ikke ti... ...ølet
flytter inn, sa Seb.
Vi fyrte opp krumpipene og Seb dro fr... ...eg ikke hadde
sett før, var et svært bilde av en ganske slit... ...ger, ligna nesten på
en kukake, og mellom øya hadde han et svært arr.
— Little Water, hviska Seb. Fattern sendte den fra Statene.
Confersin' The Blues. Speller munnspill som en guru. Han kan spelle
med *nesa!*
Seb la den på tallerkenen og satte volum på maks. Det skurra
stygt først. Så kom noen knallharde trommestøt, en bass drønte
inn og et munnspill vrengte rommet og sandblåste hjernene våre.
It'ain't right. Og jøss som det svingte og svei. Seb var framme med
harpa og la på noen tut, jeg kasta meg på med noen hese ynk og
vi blåste ikke lenger alt en lang marsj, vi blåste alt en lang, sur
blues.
Greide ikke trekke i pipa engang etterpå.
— Fyren heter egentlig Walter Jacobs, stønna Seb. Døde for et
år siden.
En idé begynte å grave høl i hjernebarken min. Det var en god
idé. Jeg skulle synge Cecilie tilbake. Og Seb skulle spille.
Jeg satte meg opp.
— Du veit, sa jeg. Du veit at Cecilie flyr med viserguttene, ikke
sant. Kan'ke vi stille opp på Dolphin med en raspa blues og spelle
Young Norwegians i senk?
Seb så lenge på meg, krumma et svakt flir og sugde et hyl ut av
hendene.
— Ålreit. Det er det blues handler om. Damer. Damer og spenn.

Vi øvde ganske intenst en uke og en dag slo vi til. *Walter og
Jacobsen*. Jeg kunne tekstene utenat og strupen var sår som en sag
etter all skrikinga. Jeg hadde sjekka at Cecilie var på Dolphin den

339

...elspenn. Men på Drammensveien be-
...ge nerver. Tenna slo, kunne ikke spille
...a slo, sa han. Han hadde en femtilapp på seg og
...kedelisk lik ved Undergrunnen som hadde ferdigrulla
...illigsalg. Seb mente han ikke kunne stå ute i kulda og
...ke, følelsene i fingra og leppene visna helt bort. Så vi rulla innom
Kaffistova i Rosenkrantzgate, kjøpte et glass melk og hvit lapskaus
på deling og så satt vi der. Seb fyrte opp, dro med lukkede øyne,
jeg fikk et drag, svelga, ga røyken tilbake. Vi blei sittende til
Kaffistova ikke lenger var Kaffistova, men en stinkende bule i
Chicago eller New Orleans. Seb la ut om alle drømmene sine. Vi
blei sittende til musikken fra høyttalerne i taket ikke lenger
spilte Ole Ellefsæter, men en dunkende blues som slo mellom-
golvet i filler, til de askegrå oldingene med knirkende aviser var
svette negre som bada i øl og whisky etter et døgn i slakteriene
eller på bomullsmarkene. Da gikk vi, Walter og Jacobsen, til
Dolphin.

Jeg spotta Cecilie med en gang. Hun satt i et hjørne, lysene på
bordet fikk ansiktet hennes til å skinne gult. En skjeggpryd var over
henne med halve kroppen. En jente med fett, langt hår og sandaler
sang en vise. Ellers var det dryppstille og tusmørkt. Det lukta
gulrotsaft og dampende klær.

Vi pressa oss ned på to ledige stoler like ved døra. Visen som
jenta sang hadde mange vers. Seb rakk å bli nervøs igjen, glemte
at han var neger, fargen rant av ham som skokrem. Jeg var
glassklar og stødig. Jenta sang ut, fikk ekstrem applaus og gikk
rødmende ned til et bord og satte seg. Så reiste sjefvisergutten seg
og sa at det foreløpig var pause inntil Hege Tunaal skulle synge,
men hvis noen hadde noe på hjertet var det bare å komme fram
med det.

Vi hadde noe på hjertet.

Jeg fikk Seb med meg bort til rydningen hvor jenta hadde
stått.

Jeg så at Cecilie så oss. Hun gapte av forbauselse og så litt dum
ut.

Jeg skoggerlo inni meg.

Praten minka i lokalet og snart var det dønn stille. Noen spredte
klapp skvatt som fugler opp fra snøen.

Seb rota fram munnspillet, gjemte det i hendene og trakk
pusten flere ganger. Jeg begynte å trampe takten med botforen.

340

Seb blåste et hyl ut mellom de skjelvende fingrene og jeg begynte
å brøle.

> Hadde ei jente. Hu hadde ski.
> Hadde ei jente. Hu hadde ski.
> Jeg gikk på kladder. Hu hadde gli.

> Slalåmsvein stod og venta i heisen.
> Slalåmsvein stod og venta i heisen.
> Ordna på safen og smørte inn sveisen.

> Hadde ei jente. Hu ga meg på båten.
> Hadde ei jente. Hu ga meg på båten.
> Jeg likte henne. Men ikke måten.

Etterpå var det lenge stille. Så begynte skilpaddene å klappe. Men
da var vi allerede igang med neste nummer. Seb var bare ett stort
munnspill og jeg var en botfor og et skrik.

> Jeg er en råtten pølse på hennes tallerken.
> Jeg er en råtten pølse på hennes tallerken.
> Og når á får kakao så er jeg bare snerken.

> Jeg bor i telt, men hun bor i villa.
> Jeg bor i telt, men hun bor i villa.
> Hu har diamanter, men jeg har bare dilla.

> Ingen skjønner noenting, men jeg skjønner alt.
> Ingen skjønner noenting, men jeg skjønner alt.
> Hu trudde jeg var sukker, så var jeg bare salt.

Jeg så på Cecilie. Hun stirra på stearinen som rant over duken og
stivna i et rødt mønster. Jeg hørte ikke at noen klappa, men jeg så
hendene som slo mot hverandre. Seb var allerede på vei ut. Jeg løp
etter ham, noen prøvde å stoppe oss, men vi hadde gjort vårt. Vi
ramla ned de bratte trappene og ut i den iskalde, bitende, glefsende
vinteren som frøys oss i senk.

Da så jeg det. Det var fullt av gravsteiner rett utenfor.

— Er'e kirkegård her, eller! flirte jeg og fikk latterkrampa.

Seb hadde ennå ikke funnet pusten.

— Steinhoggeri, ditt hue, peste han.

Og så spydde jeg, hvit lapskaus og melk, spydde over en av støttene hvor det ennå ikke var navn hogget inn, en som stod og venta på et menneske og en grav.

Det var første og siste opptreden med Walter og Jacobsen.

Dagen etter snakka Cecilie til meg. I store fri kom hun over til skuret hvor jeg stod og pugga fransk, bleik og kvalm, frøys som en hund i losjakka mi.

— Hvordan gikk det på engelskprøven? begynte hun.

Hadde nesten glemt hvordan stemmen hennes låt.

— G, stotra jeg. Glemte fuskelappen.

Hun målte meg opp og ned, smilte forsiktig, var så vidt nær med hånden sin.

— Er du syk? spurte hun bare.

Jeg svarte ikke. Var ikke helt klar over hvor dette bar hen. Best å holde lav profil.

— Seb var flink til å spille munnspill, fortsatte hun.

Hun holdt meg fast med blikket og lo litt.

— Men du sang fælt!

Kvalmen skjøt opp fra magen og stanget som en harpun mot ganen.

— Gjorde jeg? sa jeg, svelget all dritten uten å blunke.

Hun nikket. Ørene mine var iskalde. Hun hadde lue. En pygmé blei tatt av Skinke for snøballkasting.

— Grusomt, sa Cecilie og la seg plutselig inntil meg, uten et ord, blei stående sånn til det ringte.

Jeg gikk strake veien hjem etter siste time. Nå skulle jeg be Jensenius lære meg noen skikkelige triks, han skulle værsågod få lage sølvgutt av brølapen min. Jeg tror jeg hadde feber. Jeg hadde Cecilies avtrykk mot kroppen. Jeg løp nedover Gabelsgate. Jeg frøys og hadde feber. Men i Svoldergate var det fullt oppstyr og blålys utenfor oppgangen. Det stod folk og strakte seg på tå, titta og hviska. Jeg gikk bort dit, en tung redsel hang fra hjertet. Da hørte jeg det, ikke et hyl, ikke et skrik, men et langt ul, slik en hval roper midt i Atlanterhavet og skyter en søyle av luft og vann opp mot himmelen. Det kom inne fra trappen. Så blei det stille, bare skritt som beveget seg sakte nedover trinnene.

De kom med ham spent fast på en båre. Han lå med vidåpne

342

øyne, blikket streifet mitt, trakk i meg som en magnet. De måtte være fem for å bære ham.

Så skjøv de Jensenius inn i bilen og starta.

Jeg løp opp. Mor stod ved vinduet.

— Hva har skjedd! ropte jeg. Hva har de gjort med Jensenius!

— Han kunne ikke bo alene lenger, Kim. De har tatt ham med på hjem. Han får det godt nå, Kim.

Jensenius var borte.

Cecilie tilbake.

Kvelden før satt far i stua som om ingenting skulle hende. Han satt med kryssordene og en tenksom mine mildt over ansiktet. Mor strikket. På forsiden av Nå var det bilde av John Lennon og Yoko Ono, kliss nakne, med rompa til.

Far merka vel at jeg så på ham, hevet blikket. Strikkepinnene stanset.

— Et annet ord for forandring? lurte han.

— Revolusjon, sa jeg.

— Revolusjon, gjentok han, telte på fingrene, bøyde seg over rutene igjen, og mor fortsatte å strikke, som om ingenting skulle hende.

Dagen etter blei Bonus åpnet i Bygdøy Allé, Nixon blei valgt til president og far kom hjem fra banken i politibil. Tre mann fulgte med ham, to i uniform, den siste i lang, grå kappe, med stikkende øyne og posekinn. Far så på mor og meg, og sa med en stemme jeg ikke kjente igjen, og som han selv liksom ikke kunne tro på.

— Ranet. Banken ble ranet i dag.

Etterforskeren prøvde å muntre opp far litt.

— Vi tok ransmennene på Homansbyen Postkontor innen 24 timer. Byen er hermetisk lukket. De kommer seg ikke unna, vær sikker.

— Det var vel bare én, sa far med den samme stemmen.

— Inne i banken, ja. Han hadde sannsynligvis medhjelpere uten-for.

Etterforskeren satte seg rett overfor far, stakk hodet nært ansiktet hans mens han bladde i en slaskete blokk.

— Prøv å huske etter. Detaljer, noe som du synes er uvesentlig. Alt er av interesse.

Far hvilte seg i hendene, snakket mellom fingrene.

— Jeg har fortalt alt. Han kom inn på mitt kontor. Truet med å skyte hvis jeg ikke ga ham pengene.

343

— Du *så* ikke våpenet?

— Nei. Far tok hendene bort fra ansiktet. Jeg hadde ikke noe valg! ropte han. Jeg hadde ikke noe valg!

Det var stille en stund. Fars rop drønte i ørene mine. Mor gråt.

— 300 000, mumlet etterforskeren. Usedvanlig mye.

— Det er utbetalingsdag i dag, sa far trett. Fredag. Det er vanlig at vi har så mye.

— Du *så* ikke våpenet, fortsatte etterforskeren. Men du følte deg *truet?*

Det virka som far hadde vært gjennom de samme spørsmålene flere ganger før.

— Ja. Han mente det. Mente det han sa. Å skyte. — Far hevet stemmen. Det er min plikt å tenke på de ansatte. Først og fremst de ansatte!

Etterforskeren nikket. Kinnene duvet.

— Det er helt korrekt, Karlsen. Helt korrekt.

— Han virket, begynte far, stirret ned på golvet, — som om han angret seg.

— Ja?

— Han virket,. — far så en annen vei, — han virket, litt gal.

— Gal?

— Ja. Jeg mener. Unormal. Det er jo en uvanlig . . . situasjon, men han virket . . . gal.

Etterforskeren blei ivrig, bladde over på et nytt ark i blokken.

— Kunne han være påvirket av narkotika?

Far bare ristet på hue.

— Jeg vet ikke. Mulig.

Telefonen ringte. Mor skulle til å ta den, men konstabelen kom henne i forkjøpet, som om han bodde der.

Han lyttet og la på.

— Det er klart, sjef. Billedarkivene.

Etterforskeren reiste seg. Far blei sittende.

— Du får bli med en tur ned til Victoria igjen. Se om du kan kjenne igjen noen ansikter.

— Jeg har jo sagt at jeg ikke så ansiktet hans! Det var dekket av et skjerf. Og luen var trukket ned i pannen.

— Man vet alltid mer enn man tror, sa etterforskeren.

Far så skremt opp på ham, hendene falt ned mot golvet som to lodd.

— Hva?

— Vi må gå nå, sa etterforskeren utålmodig, og far fulgte etter ham som en søvngjenger.

Det var reportasje i Dagsrevyen. En av kassererne blei intervjuet. Han hadde lagt merke til ransmannen fra han kom inn døren, han hadde en uvane nemlig, kassereren triumferte: Han kastet med hodet hele tiden. Tydelig nervøs. Det er sånt vi bankfolk legger merke til, sa han. Dessuten var det ikke så kaldt ute at det var nødvendig å surre skjerfet rundt hele ansiktet. Blitzen lynte rundt kassereren. Etterpå kom far forbi skjermen. Han så en annen vei. Ved siden av ham gikk etterforskeren. Det var bedre den gangen far og jeg var i Dagsrevyen sammen, i søndre på Bislett. Det virka så uendelig lenge siden.

Far var ikke hjemme før over midnatt. Han snakka ikke til oss. Han gikk rett inn på soveværelset og la seg. Dagen etter stod han ikke opp og ville ikke lese avisene. Mor ringte til legen. Han kom med stetoskop og pilleglass, var lenge inne hos far og snakka lavt med mor etterpå. En av bankdirektørene kom også, trøsta mor og sa at far hadde gjort det eneste riktige: bevart roen. Hubert ringte. Men far stod ikke opp. Far blei liggende.

CARRY THAT WEIGHT

69

Første trekning i januar vant onkel Hubert det store loddet og reiste til Paris. Far hadde ennå ikke stått opp. Ranerne var ennå ikke tatt, og avisene skreiv ikke mer om det. Samme dag Hubert ringte og sa han hadde vunnet og var på vei til Frankrike, fortalte mor det til far. En time seinere stod han i stua, i pyjamasen, tynn, grå, med svarte skjeggstubber som en skygge over det herjede ansiktet. Øynene var syke og væskende, de stirra på oss og han sa ingenting. Det var første gang jeg så ham siden den historiske dagen, da Bonus blei åpnet, og Nixon blei president. Jeg kjente ham nesten ikke igjen, og det virka som om han heller ikke helt visste hvem vi var. Jeg var vettaskremt. Han bare så på mor og meg med de syke øynene sine, som om vi var fremmede mennesker på et eller annet øde pensjonat. Så sank han ned i stolen sin, tok bladet som lå på det lille bordet ved siden av, det hadde ligget der siden den dagen, med bilde av John Lennon og Yoko Ono utenpå. Han bladde opp på kryssordene, fortsatte der han hadde sluppet, holdt kulepennen, med bankens navn på, som om det var et anker han klamra seg til.

Men far var ikke helt borte for oss. Han kom seg i klærne, dressen hang svær rundt ham, så tynn var han blitt. Han barberte seg, men fikk ikke bort skyggen som lente seg over ham. Han begynte på jobben igjen, gikk til banken en kald morgen og kom hjem med blomster fra personalet. Mor satte buketten i vann og den stod i tre uker. Far løste nye kryssord, legen var innom en dag og de snakket vennlig sammen. Far var på vei oppover, sakte, fra den vonde drømmen han hadde hatt siden ifjor. Men skyggen kunne han ikke barbere bort. Den var grodd fast og han greide aldri å fylle dressen helt.

Han begynte å ligne seg så smått, men det var noe som var rart. Han brydde seg liksom ikke om noenting lenger. Han nevnte ikke håret mitt, han sa ingenting om jeg kom for seint hjem, han spurte ikke om hvordan det gikk på skolen. Han nevnte ikke engang Hubert, som hadde reist til Paris for å bli.

Men om det gikk sakte med far, så gikk det raskere nedover med fattern til Gunnar. Bonus lyste som et tivoli i Bygdøy Allé, med åtte kassaapparater, selvbetjening og tilbud på alle varer året rundt. Kolonialhandler Holt var i ferd med å gi opp kampen. Kundene forsvant, én etter én, bare de eldste blei igjen, de som kjøpte minst og hadde best tid. Det var akkurat som hos faren til Ola, til ham kom·bare de som var skallet for å klippe seg.

En kveld vi satt hos Gunnar og hørte faren trave fram og tilbake i stua, kom Stig inn og slo seg ned. Han holdt på med filosofi på Blindern og snakka plent over huene på oss.

— Fattern er borger, ålreit, men han er småborger, og han utbytter ingen, vel, sa Stig og så oss i øya alle mann.

Vi lytta.

— Må skille mellom småborgerne og monopolkapitalen, ikke sant. Bonus tar knekken på småborgerne. Bonus er monopolkapitalen. Det e'kke bare fattern som må lide. Småbutikkene går dukken over hele linja. Snart er'e bare supermarkedet igjen. Og hva skjer da? Da kjører de prisene opp som reine faen! Trur dere det er tilfeldig, eller? Irma. Bonus. Domus. Lokker med lave priser. Knuser småsjappene. Og så tar de knekken på kundene etterpå. Soleklart, eller?

Vi lytta.

— Det viser hvor kampen står, gutter! Mot monopolkapitalen! Vi kjenner'e på kroppen, ikke sant!

Stig reiste seg i full lengde, dro i skjegget og myste ned på oss.

— Fattern e'kke fienden. Fattern er en av ofra. Det er arbeiderklassen og småborgerne som må lide!

Han forsvant ut døra og var borte.

— Han har rett, sa Gunnar.

Vi tygde ganske lenge på det. Det virka sånn. Han hadde rett. Men det var billigere øl hos Bonus.

Men med Cecilie og meg stod det på stedet hvil. Jeg syntes det var ålreit. Cecilie var holdepunktet mitt utover den vinteren, og det fryda meg at Sleipe-Leif og Peder og Kåre og resten av bøgen gikk på lut og legesprit. Vi møttes om kveldene, et eller annet sted, for jeg ville ikke ta henne med hjem til meg, ikke med fattern i den formen. Og hos henne var det utelukka, jeg var lyst i bann og kunne aldri krysse Olav Kyrres plass. Vi gikk i gatene, de snøtunge gatene, var på en kino hvor jeg kjeda hjernen av meg, men fikk holde henne i hånden og det var nok. Det var på stedet hvil og jeg var fornøyd. Men noen ganger hendte det at jeg blei redd. Hun hadde kutta ut Dolphin, snakka ikke mer om gitargrep og nevnte ikke rabalderet som Seb og jeg hadde laga på viserguttkontoret. Akkurat som om hun var lei av en leke, kasta den bort, som et bortskjemt barn som får alt det peker på. Sånn tenkte jeg i mine ondeste stunder. Det var ikke så ofte. Men når det stod på, tenkte jeg at jeg var et sånt leketøy, som hun kunne pælme når som helst. Likevel var jeg glad, vi var sammen om kveldene, satt på benker, gikk på ski, så at snøen smelta og sola blei sterkere, hørte det dryppe og sildre. Det var på stedet hvil med Cecilie og meg, helt til grevlingene kom.

Det begynte med søppelspannene. Hver morgen var de velta og bøsset lå strødd utover. De første som blei tatt til avhør av rasende vaktmestre var pygmeene. Men de kunne sverge på at de ikke hadde rørt søpla, hva inni granskauen skulle de gjort det for, tida var forbi da man kunne finne smykker og frimerker i spannene, og ingen gadd samle på ølkorker lenger. Men dunkene blei endevendt hver natt og etter en stund blei det satt ut vakter i bakgårdene. Meldingen kom som et sjokk. Det var like før Skillebekk blei avfolka. Udyr var observert. Ryktene grodde i snøsmeltinga. Det kunne være alt fra rotte til bjørn. Det blei ikke prata om annet, i butikkene, på trikkeholdeplassen, folk stansa hverandre på gata, folk som aldri hadde snakka sammen før, teorier blei lufta, alle pønska på hva slags vesen det var som hadde hjemsøkt Skillebekk. Selv fattern spissa ører. Rykteflommen velta videre, dinosauruser og krokodiller, intet var unevnt, inntil en årvåken jeger i Gabelsgate kunne legge fakta på bordet: grevling. Det var grevling i gjære.

Det var begynnelsen på våren, eller slutten på vinteren. Snøen rant i skitne strømmer nedover gatene, skiene blei satt i kjelleren, sykkelkjeder blei smurt, botforene lagt vekk og nye sko brakt i hus. Jakten på grevlingen var igang. Den rota ikke i søppelet mer, var blitt skremt til hiet, men den måtte finnes. Det var ikke riktig at det var en grevling på Skillebekk.

En kveld kom Cecilie til meg, det hadde vært den varmeste dagen hittil det året, en elv av en dag, og gatene var fulle av jegere. Jeg ville jage jeg også.

— Vi skal ut og finne grevlingen, sa jeg.

Cecilie så snålt på meg.

— Grevling?

— Akkurat!

Hun fulgte etter meg ut. Vi gikk oppover Gabelsgate. Folk stod og myste i portrom, krøyp langs hekker, klatra i trær. Cecilie var ved siden av meg.

— En grevling? gjentok hun.

— Nemlig!

— Hvordan har en grevling kommet seg hit? Midt i byen!

Det var et spørsmål som hadde opptatt mange. Noen mente den var kommet svømmende inn Oslofjorden. De dummeste holdt på at den var kommet gjennom kloakken. Jegeren i Gabelsgate sa den hadde kommet om høsten, fra Nordmarka, og funnet seg et hi et eller annet sted og sovet der hele vinteren.

— Samma åssen den har kommet hit, sa jeg. Saken er at den er her. Vi må finne den.

Vi trampa over Drammensveien og jeg visste hvor vi skulle lete. Vi skulle lete i Robsahmhagen, mellom Gabelsgate og Niels Juels gate, der det gamle trehuset med stabbur og stall lå. Var det grevling, var den der.

Vi møtte jegeren. Han kom ut fra en port og så ganske vill ut, gikk som om han hadde bly mellom tærne og det var nesten det han hadde.

— Har du funnet noe? spurte jeg.

— Vi er på sporet, sa han. Avføring er observert. Hundene har fått teften.

Han dro etter seg et kobbel med bikkjer, han var ikke den eneste, det snusa hunder overalt, de slepte tunga langs bakken og virra med stive haler.

Han så på føttene mine.

— Man går ikke på grevlingjakt i spasersko, sa han hånlig.

Jeg hadde de nye bootsene på meg, semska, spisse, passe høye hæler, jernbeslag, gikk ikke et skritt uten dem.

Han pekte på beina sine.

— Ser du! Gummistøvler! Med koks i! Biter grevlingen, biter de til det knaser i knokler, gutt! Derfor koksen. Den slipper taket så snart den hører lyden av koksen!

Han kasta et foraktelig blikk på bootsene mine og vralta nedover gata med kobbelet pesende etter seg.

Jeg visste veien til Robsahmhagen og skulle finne grevlingen først.

Vi sneik oss gjennom et par hager, klatra over et gjerde, og så stod vi der, i den råtne, rennende snøen, midt i reservatet, midt i Oslo, en liten bakkekam, svære trær, det digre trehuset, stallen og stabburet.

— Hvor er vi? hviska Cecilie, som om vi var på et hellig sted.

— Grevlingen må være her, mumla jeg inn i øret hennes, det lukta godt, måtte gå litt over henne. hun vrei seg unna og smilte.

— Hva skal du gjøre hvis du finner den?

Det hadde jeg ikke tenkt på.

— Kom, sa jeg.

Vi lista oss på kryss og tvers, ingen så oss fra huset, vi så ingenting heller. Mørket begynte å sige gjennom lufta, vi blei litt usynlige for hverandre og jeg tente lommelykten.

Cecilie stod i lyset.

— Er den farlig? spurte hun.

Jeg visste ikke mye om grevlinger.

— Farlig! En grevling! Den e'kke større enn en frosk!

Jeg lyste rundt meg. Snø, brunt gress, trær, kvister. Vi stod helt stille og lytta. Hørte bare trikken på Drammensveien.

Da kom jeg til å lyse på en nettingport som var revet opp og en trapp som førte rett ned i jorda.

Cecilie tok meg i armen og pekte.

— Den er sikkert der, sa hun.

Jeg lyste et annet sted, traff et gjerde.

Hun styrte hånden min mot porten igjen.

— Den må være der, gjentok hun og dro meg med.

Vi stansa ved det gamle tilfluktsrommet.

— Du må gå ned der, sa hun.

— Grevlinger bor ikke i hus, prøvde jeg. De bygger hi.

Cecilie så på meg.

— Du går først, sa hun.

Jeg prøvde å holde lommelykten stille, måtte bruke begge hender. Jeg lyste ned trappa. Den var bratt. Nederst stod en dør halvåpen.

— Fort deg, da! sa Cecilie utålmodig.

Visste hun ikke, visste hun ikke at det var ingen på hele Frogner som hadde våga seg ned dit. Noen hadde kommet til porten. De hadde aldri blitt som før igjen. Selv ikke under krampekrigen, om man var omringa på alle kanter, var det noen som hadde turt å gjemme seg der. De sa det lå en tysker der nede, en tysker som gjemte seg der da krigen var over.

Jeg lyste ned trinnene.

Cecilie dytta meg.

Jeg begynte å gå. Trinnene hoppa foran meg i lyskjeglen. Cecilie kom like bak. Jeg stansa ved den halvåpne jerndøra.

— Gå videre, sa Cecilie.

Jeg åpnet døra. Den knirket fælt. Jeg lyste inn. Strålene traff en vegg med hull i, kulehull, en plankestabel, en kasse, en ny dør.

Cecilie puffet meg. Jeg fortsatte. Det var stille, som om verden over oss ikke eksisterte lenger. Jeg tviholdt på lykten, stansa ved neste dør.

Jeg holdt pusten. Jeg holdt pusten og hjertet buldra inni meg. Blodårene slo i hånden, banket i halsgropen. Angsten spylte gjennom meg, rød og sviende.

Cecilie stod rett bak meg.

Jeg lyste inn i det neste rommet.

Jeg gikk inn.

Cecilie blei stående.

Jeg kjente lukten med det samme. En ram stank som klorte i nesa. Hånden min gikk løpsk, lyset sveiva rundt og da jeg endelig fikk lykten på plass, så jeg rett i øya på en rasende grevling. Den lå langs golvet, stakk det spisse trynet mot meg, knurra svakt, som en sjuk hund. Jeg stod låst fast, den ekle stanken slo mot meg, så begynte jeg å trekke meg bakover, sakte, men jeg traff ikke døra, jeg rygga rett i veggen og blei stående klistra til den klamme muren.

Jeg lyste på grevlingen.

Den kom glidende mot meg, som om den ikke hadde føtter. Den viste fram tennene, rødt og hvitt, jeg glei sidelengs langs veggen, snubla i noe, skreik, men fikk ikke fram en lyd. Grevlingen krabba nærmere, stanken blei strammere og strammere. Jeg var låst i et hjørne. Ryggen rant av meg. Redselen kom nedenfra, som et gap. Jeg var i et hjørne. Grevlingen kom nærmere, svart, hvit, med busten som antenner ut fra hvert kinn. Jeg lyste på den, jeg turde ikke annet, turde ikke la den bli der i mørket, la meg bli i mørket. Vi lyste på hverandre. Så styrte den rett mot meg, den skrapte langs golvet, jeg pressa meg opp i hjørnet, kjente rommets ru og klamme vinkel mot skuldrene og bakhue. Den krabba mot beina mine, stanken reiv i øya, så stansa den plutselig. Den stansa og la den ekle kjeften på plass og strøk snuten over føttene mine. Jeg stod klint i et hjørne med en grevling som lukta på meg. Den snuste og lukta i en evighet, det spisse, ekle trynet, jeg syntes det smilte, det gliste, og så snudde hele grevlingen rompa til og satte seg rett oppå bootsene mine, gnudde vel og lenge, blei aldri ferdig. Jeg skalv, lyste på det gale dyret som gnei seg rein på de strøkne bootsene mine. Så krabba den fornøyd over i et annet hjørne hvor det peip og sikla. Jeg lyste etter den, på golvet, oppå noen kvister og blader, lå det fire skinnløse skrotter med lyserøde huer og igjenklistra glugger. Jeg blei stående. Lukten skar opp i nesa som en sur søyle. Så hørte jeg Cecilies stemme, hun ropte til meg et sted i mørket. Jeg lyste og gikk etter lyden.

Vi kravla opp trappene.

— Du fant den, sa Cecilie.

Jeg klatra over gjerdet, hørte Cecilie bak meg. Jeg løp ut til Gabelsgate. Cecilie tok meg igjen.

— Du fant den, lo hun.

Jeg lyste rett på henne.

Jeg hadde nesten ikke pust.

— Du er en dritt, sa jeg.

Øynene hennes blei rare i lyskastet.

— Du er en dritt! ropte jeg.

Hun så rett på meg, hun skjønte ikke hva jeg sa.

Jeg hadde blod i halsen, det gulpa opp, surt og grått. Jeg snakka visst ikke reint.

— Jeg e'kke noe leketøy! skreik jeg. Du kan ikke få meg til å gjøre hva som helst! Skjønner'u det!

Jeg gikk nedover Gabelsgate. Hun kom etter. Det hamra i ørene, det var som om panna blei for liten, for stram. Jeg stansa igjen og lyste på henne.

— Jeg e'kke tjeneren din! hylte jeg.

Cecilie stod stille. Lommelykten skalv. Jeg hadde vondt helt ut i hånden, helt ut i den radbrukne fingeren min.

— Hva har du gjort med den? spurte hun bare og rørte ved meg.

Og før jeg fikk svart, var jeg omringa av rasende hunder. De kom fra alle kanter, med lysende, onde øyne og siklende gap, de knurra og stønna og knaste med tennene og stritta med pelsen. Da blei det for mye, jeg løp, men de kom etter meg, en hær av hunder, og til slutt var de over meg. De bjeffa rundt føttene mine, beit i læret, halte og dro, til slutt fikk jeg lirka av meg den ene bootsen og pælma den over et gjerde. Hundene lå etter den i lufta med et brøl.

Oppe i gata stod Cecilie.

Jeg hinka hjem.

Dagen etter fikk jeg bootsen tilbake. Cecilie hadde den med på skolen. Hun hadde lappa den sammen og impregnert den.

— Nesten like fin som før, smilte hun.

Det var den slett ikke. Den ligna en kjeks som var tygd på og spytta ut.

Hun ga meg bootsen og jeg stod der i skolegården og følte meg som en åndssvak skomaker.

Cecilie bare lo.

— Jeg er ikke sint på deg, sa hun.

Jeg så forskrekket på henne. *Hun* sint? På *meg?* Forstod det ikke.

Hun plukka bort noe tobakkbøss fra jakka mi. Peder og Sleipe-Leif stod ved fontenen og skulte og skjønte niks.

— Ikke tenk mer på det, sa hun. Jeg er ikke sint.

En mengde tanker rulla gjennom hue, men først og fremst var Carlsberg der: Avstanden, underdanigheten, lojaliteten, den barberte gressplenen, de lange, svarte fingrene.

Hun hadde målbundet meg.

— Skal du ikke prøve den! maste hun.

Jeg vippa av meg aurlandsskoa og stakk foten i bootsen. Passa ikke i det hele tatt.

Hun lo oppgitt.

— Galt ben, jo!

Jeg pressa tærne på plass, det knaka i stortåen.

— Akkurat, sa jeg. Akkurat.

Etter grevlingen kunne selvfølgelig ingenting bli som før igjen. Bootsen min stod innerst i skapet, sønderbitt og skamfert, ubruke-lig, som en bortgjemt skam stod den der i mørket og jeg måtte trekke i aurlandssko resten av den våren og følte meg passe plattfot. Men Cecilie kom på skolen med de tynne leggene i røde, høyhæla sko, som om hun ville ydmyke meg enda mer, hun vippa rundt som en vadefugl i vannskorpa, alle froskene sikla i sivet og jeg, jeg, plaska etter henne med svømmeføtter og snorkel og for trang dykkerdrakt, det begynte å bli knapt med surstoff også, men jeg fulgte etter, det så nesten ut til å more henne, skjønte ikke alt som foregikk den våren. Muttern lurte fælt på hva som hadde skjedd med støvlene mine, jeg sa jeg hadde snubla i et piggtrådgjerde da vi var på jakt, det var umulig å begynne på hele den historien, om tyskeren som gjemte seg i tilfluktsrommet i 1945, hun ville aldri tro meg. Men jeg dro eventyret for bestefar på gamlehjemmet en ettermiddag jeg var der aleine med en pose appelsiner. Han humra innbitt i tre kvarter og fortalte at grevlingbusten blei brukt til barberkoster i gamledager. Han strøyk seg over den ru haka og nikka lenge. Fantes ikke sånne koster lenger. Grevling var det beste. Men jeg hadde elektrisk barbermaskin og null skjegg.

En dag ville Cecilie ha meg med til byen etter skoletid, hun skulle kjøpe klær. Det var april, snøen var vekk, det lukta svakt av vår, grønske.

Cecilie holdt meg i armen.

— Hvordan gikk det med grevlingene? spurte hun, rett ut, som om ingenting hadde hendt.

— De blei plassert i en dyrehage på Sørlandet et sted, svarte jeg surt.

Vi gikk forbi den amerikanske ambassaden. Jeg spytta tre ganger på fortauet.

— Gris, sa Cecilie.

På Universitetsplassen stansa vi. Noen hadde slått opp et digert telt der og det var ikke speidere. Vi kikka nærmere. Det var tjukt av folk. En ekkel lyd låste seg fast i øret, som et oppspida hjerte, hamra og slo i ett sett. Det var telleapparatet ved inngangen. For hvert slag tikka et tall videre. Med lysende bokstaver stod det: *Jordens befolkning har økt med 100 054 mennesker siden idag kl. 9.00.* Mens vi leste, hadde det blitt 43 flere. Vi så på hverandre. Jøss. Vi gikk inn i teltet.

Det var svære fotografier på alle veggene, om forurensning, befolkningseksplosjon, biler, motorveier, fabrikker og kaffeplantasjer. Vi gikk tause og myste, det var ikke særlig oppmuntrende. Vi levde på en tidsinnstilt bombe. Vi levde i en kloakk. Vi dreit i vår egen mat. Vi gravde våre egne graver. Den jorda vi hadde arva og som vi skulle være så sabla takknemlige for, var bare en skitten tennisball, slått ut av spill i første sett. Det var nye bilder til mitt mørkerom, til mitt redselskabinett. Fotografiene brant en sterkere pessimisme inn i øya mine enn den optimistiske teksten prøvde å si. Det stod at vi kunne gjøre noe med situasjonen, med krisa. Det hele var et politisk spørsmål, et spørsmål om økonomi, fordeling, makt, profitt, om solidaritet. Hele tida hørte jeg hamringen fra telleapparatet, nye hjerteslag hvert sekund, flere ganger i sekundet, som blei lagt til klodens skrikende kor.

Cecilie vinka meg over til en annen vegg. Der var det oversikt over prevensjonsmidler. Det ligna bestikket til en svær middag. Kondomer, spiraler, pessarer, p-piller. Jeg kjente diskret på baklomma, på lommeboka mi, der hadde jeg mine Rubin Extra, rosa,

357

kjøpt en eller annen gang i begynnelsen av steinalderen, bestilt til Nordahl Rolfsen og aldri betalt. Dusinet var ennå fullt.

Det var født 48 246 mennesker mens vi hadde vært der. Gardemusikken kom nedover Karl Johan og overdøva hjerteslagene.

— Har du lyst til å få barn noen gang? spurte Cecilie.

— Nei, sa jeg, hørte mitt eget hjerte slå i øret. Aldri.

Det var en rar vår. Den kom uten Jensenius. Det mangla noe den våren, det var som en vår uten fugler. Første mai var rundt hjørnet og Stig gikk hardt på hver enkelt av oss, det var oppmøte til Rød Front-toget utenfor Lysverket 14.30, hovedparolene var *Nei til moms, Bekjemp LO-ledelsens klassesamarbeidpolitikk, NATO ut av Norge, Full støtte til det seirende vietnamesiske folk!* Gunnar skulle stille, klart, Ola måtte lese matte, Seb lovte å komme han også, men det var ikke helt lett å vite hva Seb fant på, det skar seg liksom litt for Seb den våren, etter at foreldra hans blei skilt. Han la munnspillet på hylla, det var bare Doors nå, *Waiting for the Sun,* gjorde ikke annet enn å sitere Jim Morrison, kom skev i et par timer og skulka over en lav sko. Seb ga faen den våren. Men han skulle prøve å komme. Joa. Hvis han slapp inn. Seb flirte under den syltynne barten. Stig tok meg i forhør. Men det var litt vanskelig, for jeg hadde nemlig fått en innbydelse, jeg var temmelig forvirra, en innbydelse fra Cecilie, skulle spise middag hos henne første mai. Jeg sa til Stig at jeg skulle satse på å komme, men da første mai opprant og Internasjonalen runga fra Solli plass, da vandra jeg utover mot Bygdøy i nypressa cord, tweedjakke og lurte på hva faen dette var for noe.

Cecilie stod ved porten da jeg kom. Håret hang i en løs knute i nakken. Det var nok for meg. Jeg glemte parolene på stedet. Jeg kunne bite i gresset om hun ba meg om det. Jeg halte meg bort til henne mens jeg speida etter Alexander den Store.

— Hei, sa Cecilie og delte ut klem.

— Er'e bare oss? lurte jeg forsiktig.

— Mor og far venter inne.

— Hæ? Er'e din idé, eller?

Hun bare trakk på skuldrene.

Vi spaserte over golfbanen, Cecilie holdt meg i hånden. Jeg kunne trenge det. Mora kom ut på verandaen i annen etasje og vinka ned til oss. Faren dukka plutselig opp bak en skyvedør.

Vi gikk mot ham. Han stod med hånden klar. Cecilie slapp meg og jeg grep den. Han krystet meg vennlig.

— Hyggelig du kunne komme, Kim Karlsen, sa han.

Jeg mumla og stamma og nå kom mora ut også, i staskjole og smykker på alle nakne hudområder, mangla bare dronningspennen i håret. Hun strålte i et hvitt smil og reiv meg løs fra faren.

— Der er du jo endelig, sa hun.

Jeg skjønte null komma null. Jeg var våt i strømpene.

— Og nå kan dere unge spasere litt i hagen mens far skifter, sa hun og skjøv oss ut på den grønne vidda.

Vi trakk over mot epletrærne. Jeg tente en røyk.

— Hva faen betyr dette? hviska jeg.

Cecilie gikk noen skritt unna. Hun svarte ikke.

Jeg stansa henne.

— Har'e tørna helt for dem, eller! Husker de ikke hvem jeg er!

Hun bare rista på hue, som om hun skjønte like lite selv, og knuten i nakken løsna og falt som en elv nedover ryggen.

Og akkurat da kunne jeg banne på at jeg hørte skrittene som trampa på brolegningen bortover Drammensveien og parolene som blei hylt mot himmelen, for klokka var halv fire og der var avgang fra Solli plass.

En bjelle ringte ved Slottet. Middagen var klar.

Det var dekket på i den enorme stua. Jeg blei smått forvirra av alle glassene og knivene og gaflene, skrådde et tørt øye over på Cecilie for å se hvor hun begynte. Faren hadde fått på seg seilerjakka og et silketørkle. Han klappa i hendene og dobbeltdørene nederst i rommet gikk opp og to svartkledde serveringsdamer kom inn med rykende fat og grønne hvitvinsflasker. Det var rekecocktail og ørret og isbombér. Skulle vi gifte oss? Alexander den Store satt ved bordenden og titta fornøyd på klokka og da samtlige ur i stua slo fire, hevet han glasset og sa med et bredt, hjertelig smil:

— Ja, og så har det toget gått. Skål!

Det var helt innlysende at han var blitt gal. Faren til Cecilie var blitt gal.

Det blei dratt igang en drøy samtale. Mora ville høre litt om skolen og jeg svarte i hytt og vær. Cecilie var ikke særlig hjelpsom. Stemmen min lød hul og rungende i det svære rommet. Serveringsdamen stod like bak meg med en ny flaske klar. Jeg hadde et bein mellom tenna som stakk ut i munnviken, fikk det ikke løs, det kilte enormt. Jeg drakk hvitvin og hosta i servietten. Replikkene blei halt over bordet, faren skuffa i seg ørret og virka nærmest uinteressert i hva som foregikk. Mora så litt brydd ut og jeg roste maten og sa

359

at fisken smakte enda bedre enn den regnbueørreten jeg hadde fanga for egen hånd i Lille Åklungen for et lysår siden.

Faren tente en svær sigar og våkna til live.

— Flue? sa han.

Jeg stirra gjennom tåkebankene som velta mot meg.

— Hva?

— Flue, gjentok han.

Jeg måtte være veldig forsiktig, ikke si noe som kunne irritere ham. Jeg tenkte meg febrilsk om, svetten rant under håret, snippen var våt i nakken.

— Mygg, sa jeg. Det var masse mygg.

Han pusta lufta rein mellom oss med et eneste snøft.

— Flue! brølte han av latter. Tok du den på flue!

Rødmen steig opp fra brystet. Cecilie kniste, fikk et spark av mora under bordet, jeg så det, jeg hata alle.

— Spinner, sa jeg.

Samtalen døde bort over isbombene. Serveringsdamene gikk rundt som om de var trukket opp og styrt ut på gulvet. Jeg blei redd. Jeg skimta Carlsberg i dobbeltdøra, de lange, mørke fingrene hans. Jeg var vettaskremt.

— Hva har du tenkt å gjøre efter artium? spurte mora.

— Er ikke helt sikker, svarte jeg tydelig. Kanskje studere språk.

— Det er det som er feilen med dere unge, brøt faren inn og pusta ut alle lysene på bordet i et jafs. Dere ser ikke *fremover*. Dere har ikke *perspektiver!* Jeg startet med to tomme hender!

Han viste dem fram. Han var svett på innsiden og livslinjen strakte seg langt ut på pekefingeren. Jeg blei deprimert.

— Har du noen hobbier? fortsatte han og klasket nevene i bordet.

Hue mitt var en bisverm. Svarene fløy i alle retninger. Jeg fanga det første og beste.

— Frimerker, sa jeg.

Han nikka anerkjennende.

— Det er bra. Det er *investering!*

Så var det plutselig over. Han reiste seg brått. Like etterpå stod vi på terrassen og kjente kveldsvinden komme med en sær kulde fra fjorden. Det var første mai 1969. Cecilie og mora måtte inn og hente mer klær. Jeg blei stående aleine med faren. Han ga meg en sigar og tente. Vi stod i hver vår tåke uten å si noe. Ute på gresset var Carlsberg igang med å stikke bøyler ned i jorda. Han så sur og fornærmet ut.

Og så spilte vi crocket. Jeg tapte. Det sørga faren til Cecilie for. Han forfulgte kulen min og slo meg milevidt unna hver gang han hadde sjansen. Jeg stod nærmest for meg selv i et hjørne av hagen og slo og slo med den idiotiske kølla på den latterlige gule kula.

— Forholdene er like for alle! brølte faren oppmuntrende over til meg.

Jeg syntes jeg hørte ropene fra Stortorget.

Jeg slo og slo og traff aldri pinnen.

Da jeg hadde tapt fem ganger på rad, gikk mora og faren inn og Cecilie og jeg blei stående i det grønne, fuktige mørket.

Jeg tente en røyk da de var bak lås og slå.

— Er'e du som har fiksa dette her, eller? spurte jeg rett ut.

Cecilie begynte å gå.

— Det var fars idé.

— Men hva er meningen, á? Jeg ga meg ikke. Jeg begrep ingenting.

— Kanskje å være hyggelig.

Jeg løp etter henne.

— Syntes du sa en gang at du hata foreldrene dine. Sa du ikke det?

Hun bare trakk på skuldrene. Jeg blei passe irritert.

— Og hva mente han med at toget har gått? Er'n blitt sprø, eller!

Cecilie svarte ikke.

Da gikk det plutselig opp for meg, hele sammenhengen, jeg stansa, måtte trekke pusten. Han var ikke gal. Han var slu. Han hadde lurt meg trill rundt og tilbake igjen. Han hadde vært redd for at jeg skulle trekke med meg Cecilie i første mai-toget. Derfor hadde han fått meg ut hit. Vi var under kontroll. Jøss, at jeg kunne være så inni hampen stutdum.

Jeg gikk bort til Cecilie som stod med ryggen til. Jeg sa ingenting. Det fikk hun finne ut selv. Jeg fletta håret hennes og blei fylt av en ømhet jeg bare hadde kjent én gang før, da Fred var død. Jeg var sår inni meg, et langt, sviende skrubbsår tvers gjennom meg. Jeg la hendene over brystene hennes. Hun skjøv meg sakte vekk.

— Jeg må gå, sa jeg.

Hun blei stående.

Jeg gikk forbi Carlsberg som trakk bøylene opp av jorda og glattet over gresset med negerhendene sine.

361

Jeg dro oppom Gunnar. Der var det fullt nervekjør. Stig satt med igjenklistra øye og banna. Seb lå i sofaen og sov. Gunnar prøvde å forklare meg hva som hadde skjedd. Det gikk i rykk og napp. Jeg fikk ikke så mye ut av det. Men de hadde ihvertfall vært på *Et sted å være* og så hadde de visst okkupert et hus. Purken hadde kommet og gått berserk. Gunnar var i fistel. Jeg fikk en øl i lanken og pekte på Seb.

— Dønn stein, sa Gunnar. Ser ikke land.

Det ringte på døra og Ola kom. Han hadde matteboka under armen og så bleik og sliten ut. Stig holdt hånden over blåøyet mens han stirra vilt på oss med det andre.

— Hvor faen har dere vært mens vi sloss mot klassepurken! stønna han.

— Privatundervisning, sa Ola spakt.

— Ålreit, ålreit. Men hvor var *du!*

Han pekte på meg.

— Bygdøy, sa jeg.

— På første mai! Hvem faen trur du du er!

— Infiltrasjon, sa jeg og prøvde å le.

Like etter våkna Seb. Han stakk det uryddige hue opp av søvnen og så begynte han å grine. Han grein som en unge og lot det flomme.

— Faen! sa Gunnar og gikk ut på kjøkkenet.

Jeg satte meg ytterst på sofaen og Seb lente seg mot skulderen min og hulket.

— Det ordner seg, sa jeg, og strøk ham gjennom det feite håret. Det ordner seg.

Ola fylte i badekaret, vi fikk ham ut dit og kledde av ham, la skrotten i det varme vannet. Han gråt fremdeles. Jeg pøste skum oppi. Seb klarna sakte og ba om en øl. Stig satte på Dylan og Gunnar leste høyt fra alle løpesedlene han hadde fått.

Så kledde vi på Seb, og Ola og jeg fulgte ham hjem. Der venta bestemora og vi mintes en annen gang Seb blei lempa opp trappen, med hue under armen og hjertet på skeive.

Sånn kom våren. Men den mangla liksom noe. Onkel Hubert. Jensenius. Fugler. Sommerens løfte.

Far gikk rundt i sin skyggeverden, taus, lukka, knappet inne bak dressen. Men noen ganger knep jeg ham når han trodde at ingen så ham, da stod han med knytta never og det skar en

362

smerte over ansiktet hans som fikk meg til å holde meg for øya. Han heiv etter pusten og krøket seg sammen. Jeg blei livredd da, rygga lydløst tilbake til rommet mitt, for det minna meg om Gåsen, da det tørna for Gåsen. Mor blei mer og mer sliten, jeg kunne se at hysteriet vokste i henne der hun stelte rundt ham som om han var et lite barn, når han kom hjem fra banken, om morgenen, når han satt stum ved frokostbordet og ikke leste avisen engang. Mor fikk rynker rundt munnen som hun prøvde gjemme. Hun så plutselig gammel ut. Jeg lengta etter den tida da fattern kjefta og smelte og ropte på barbereren og maste om hva jeg skulle gjøre etter artium og hva jeg gjorde om kveldene. Men fattern var stengt med sju segl, og hadde katastrofens skygge over panna.

Farfar levde på Hjemmet. Han hadde fått skjegg.

Mormor kjøpte ny undulat. Hun broderte et nytt natteppe til den og la det gamle nederst i en skuff.

Cecilie og jeg leste til eksamen og hørte hverandre i gloser. Hun hadde ennå ikke skjønt at faren hennes hadde lurt oss trill rundt.

Vi snakka ikke mer om grevlinger.

Det tårna opp skyer. De kom fra alle kanter, fløt opp på himmelen, slik blenderen på et kamera lukker seg over motivet. Sånn er bildet fra våren 1969: Uklart, for lite lys, slurvete framkalling. Seb og Gunnar og Ola og jeg sitter på Strandpromenaden, hutrer rundt hver vår pilsflaske. Eksamen er forbi. Ola har strøket. Vi andre greide oss på håret. Vestheim skal nedlegges og til høsten blir vi spredd for alle vinder. Ola gidder faen ikke gå andre om igjen, skal prøve å finne seg jobb. Seb har kommet inn siste året på Forsøksgym. Gunnar har søkt på Katta og jeg skal begynne på Frogner. Vi trekker opp en ny runde øl og har så vidt fingre til å tenne sneipene. Det er en svær kjeft bak oss som blåser mot ryggene våre.

Toget braste forbi.

Vi mumla litt om de siste Beatles-platene. *Get Back* og *The Ballad of John and Yoko.*

Nesoddbåten skumma utover i det fjerne.

Jeg så for meg en sommer med forkjølelse og uendelige dager.

Sightseeingen harka mot Bygdøy.

— Skal prøve å skaffe hybel til høsten, hviska Seb. Bor faen ikke i hus med den feite fascisten.

Som om noe rakna, som om underlaget blei revet vekk, som om noen dreiv gjøn med oss, en kaldblodig jævel.

— Hele det kapitalistiske systemet er råttent, sa Gunnar høyt.
Kunne vi skrive under på. Vi lirka opp ny øl og frøys enda mer.
— Vi prøver å komme inn på Club 7, foreslo Seb.
Måtte bare drikke opp pilsen først, og pisse.
Da merka vi det. Det var ikke til å tro. Det begynte å snø. Det snødde. I juni. Svære klumper datt ned og smelta mot asfalten. Vi reiste oss og stirra målløse opp i himmelen. Det snødde.
— Det hagler, hviska Gunnar.
— Det snør! ropte Seb. Visst faen snør det!
Vi virra rundt hverandre. Bilene på Sjølystveien sklei sammen i en kjempe-kjedekollisjon. Drammenstoget sporte av. Kongeskipet gikk på grunn og flyene styrta over Nesodden.
Så stod det et spyd av sol gjennom bildet og luften smelta.
Vi skygga for øynene.
Stormen dreiv forbi, for denne gang.
Men det lå i lufta, som en kulde vi ikke kunne løpe fra: Kaos, skilsmisser, hysteri.
Vi kom ikke inn på Club 7 engang.

Den søndagen Eagle sank mot Stillhetens Hav dro mor og far inn til byen for å være med på en bankfest, og de skulle ikke komme igjen før dagen etter. Fattern hadde manna seg opp og sola hadde lagt et gyldent lag over ansiktet hans, men øynene var de samme, de stirra forbi alt, han holdt seg for seg sjøl og hans tale var ja og nei. Muttern var litt på styr, jeg fant en halvtom rødvinsflaske i skapet da de var dratt, drakk resten selv og rusla ned til bryggen, satte meg på en pæl og tente en røyk. Sommerens lyder lød dempet rundt meg: En snekke midtfjords, en pjokk som fiska hvitting, sangen fra et snøre. Noen som stupte, latteren. En måke som kretsa høyt i det lyseblå og peila inn en stim. Jeg satt sånn og kjente ensomheten gli langs kroppen som seig tang. Da bestemte jeg meg, og det forundrer meg alltid, at det går så fort å bestemme seg, at det er så lett, som et ras gjennom hue, som om tida ikke virker lenger. Jeg bestemte meg altså og dro bort til Fritjof på Signalen og fant ham i skuret hvor han banka ferdig en splitterny sluk.
— Sjelden kar å se, smilte han.
Kunne innrømme det. Det var Fritjof som hadde lært meg å kaste med boks, svingen over hue' og tommelen på snøret som på avtrekkeren på en seksløper. Ingen slo Fritjof, kunne stille opp med åpen abu og glassfiberstang og møresild, hjalp ikke det, når

Fritjof kom med boksen og slukene sine. Kasta lengst. Fikk mest.

Han viste meg vidunderet, en skrudd jernbit, sølvmalt, med en rød stripe i fartsretninga.

Fritjof var fornøyd.

— Har'u mista slukene dine, nå, flirte han.

— Niks. — Gravde litt i grusen. — Kan jeg få låne telefonen din, eller?

Han fulgte meg inn i stua, stod der og pussa og filte mens jeg slo nummeret.

Og Cecilie var hjemme.

Etterpå stirra Fritjof på meg, smilte skeivt i det mørkebrune ansiktet.

— Foreldrene dine dro med seksbåten, sa han. Blir de borte lenge, mon tro?

— Til i morra kveld.

Han dundra neven i ryggen min.

— Lykke til, gutt! Jeg vet ingenting. Jeg har hverken hørt eller sett noe som helst!

Vi gikk ut på trammen.

— Skylder deg en krone, sa jeg.

— Glem det, sa Fritjof.

Jeg rusla tilbake til brygga, langs nettinggjerdet og hekken, tenkte på alle de kveldene jeg hadde lekt gjemsel her, tenkte på Cecilie, tenkte på de underjordiske gangene, det som var igjen av Signalen Hotel, tenkte på Cecilie.

Jeg hørte Fritjof file og synge.

Jeg snudde meg og vinka.

Cecilie kom etter tre kvarter. Hun kom rasende gjennom sommer-lydene i en hundre-hesters racerbåt og skjena inntil brygga.

— Hvor kan jeg fortøye? ropte hun opp til meg.

Jeg dirigerte henne bort til berget hvor det var trapp ned. Hun hoppa i land og snørte fast skipet. Vi kyssa hverandre og holdt på å falle i sjøen. Cecilie var i godt humør, jøss, det lukta saltvann av håret hennes og hun hadde røde negler.

— Trudde ikke du var hjemme nå, hviska jeg.

— Mor og far er i Italia. De kommer hjem i overmorgen.

Hjertet hakka under t-trøya. Vi hadde et døgn på oss.

Og Eagle var på vei mot Stillhetens Hav.

Vi gikk hånd i hånd opp til Huset. Sommeren var et springbrett på alle kanter. Lufta var full av fugler, humlene durte i rosehekken og ekornene smatta i trærne.

Cecilie ville se alt, jeg fulgte henne fra rom til rom, vi gikk gjennom frukthagen og smakte på eplekartene og den sure rabarbraen, plukka en neve markjordbær ved brønnen og matet hverandre. Og sommeren lukket seg vennlig rundt oss, et gjennomsiktig, levende mørke. Det skumma rundt baugen på et skip.

Jeg skar brødskiver og pøste på med appelsinmarmelade. Vi satte oss på altanen med lunken melk og Kuréren mellom oss på bordet.

— Tok du ikke med gitaren? sa jeg.

— Hysj! hviska Cecilie.

Stemmene i radioen snakka fort og oppglødd. Klokka var snart ni. Eagle kunne lande når som helst.

Snoren slo mot flaggstanga. Den svære steinen lå delt på midten, svart og knudrete.

— Håper velkomstkomitéen er klar, sa jeg.

Cecilie satt bøyd over radioen.

— At de tør, mumla hun og skrudde opp volumet.

Jeg gikk ned i kjelleren og henta mer melk. Da jeg kom opp, hadde Eagle landa. Cecilie klappet i hendene. Jeg tente en røyk og så mot himmelen. Fikk ikke øye på månen.

— De har greid det! ropte Cecilie og slengte seg rundt halsen min.

Det var en rar stund. Mennesker på månen. Cecilie her. Jeg holdt henne fast og hadde hjertet i gropen, greide ikke svelge.

Det begynte å bli kjølig. Jeg henta ulltepper som vi kunne pakke oss inn i. Timene glei vekk i mørket. Vi sa ingenting. Radioen snakka. Det var ikke lenge til Armstrong skulle ut av Ørnen. Selv fuglene satt stille. Vi varma hverandre med nervøse hender.

Klokka tolv gikk jeg inn for å lete etter mer rødvin. Jeg fant ingenting. Muttern måtte ha gjemt flaskene godt. Jeg fant ikke dongene heller, jeg var sikker på at de lå i lommeboka, klart de lå der, men lommeboka var tom.

Da jeg kom ut på altanen igjen, var månen synlig. Den hang bleik på himmelen, som om den var festa med en knappenål.

Radioen preika opphisset.

— Vi kommer vel til å se hverandre selv om du b'yner på Ullern, sa jeg.

Cecilie svarte ikke.

Jeg gikk inn én gang til og lette etter Rubin-Extraen. De var ikke i lommeboka. Jeg kjente etter i lommene. Jeg fant dem ikke.

Cecilie satt bøyd over radioen. Det var like før. Håret hennes blei lysere i mørket og det lå rundt ansiktet som to kronblad, syntes jeg. Jeg strøk en finger gjennom det og månen skinte i øynene hennes. Et dyr pusta i mørket utenfor oss.

— Jeg er glad i deg, hviska jeg, visste ikke helt om jeg hadde sagt det før, eller om jeg mente det.

Det var bare minutter om å gjøre. Det var sekunder. Klokka var halv fire, en sommernatt 1969. Det begynte å lysne.

— Jeg er glad i deg også, sa Cecilie, med øret festa til radioen og hånden på antennen.

Jeg gikk inn enda en gang, løp opp på rommet mitt og lette febrilsk gjennom bøker og plater og klær. De var borte.

Da ropte Cecilie, og jeg forta meg ut til henne. Eagles dør var åpen og Armstrong var på vei ned trappa. Vi satt med øret inntil radioen, i ett vått, djupt kyss. Det var utrolig. Så knaka det fælt i membranene og en snøvlete amerikansk stemme skurra over oss. Jeg fikk ikke med meg hva han sa. Så var det noen som klappa og Cecilies tunge slikket meg rundt munnen.

— Kom, sa hun.

Jeg fulgte etter henne. Hun gikk med høye, langsomme skritt gjennom det våte gresset, som om hun gikk i et lufttomt landskap, med svaiende, seige, lekende bevegelser. Håret hennes liksom trossa tyngdekraften, bølga opp og ned i sakte, gnistrende buer. Jeg løp etter henne, men greide ikke ta henne igjen. Det var merkelig, enda så sakte hun beveget seg, dansende, jeg greide ikke ta henne igjen.

Cecilie strakte armene i været og lo.

Det lukta sevje fra bjørketrærne.

Jeg stansa andpusten. Jeg tenkte, uten at jeg egentlig skjønte det: Nå kommer vi ikke lenger. Cecilie og jeg. Nå kommer vi ikke høyere.

Men jeg skulle i hvert fall ta henne igjen. Hun gikk der oppe i sakte film. Fuglene stod i alle trær og sang, det var morgen allerede og en kattunge sprang over singelen.

Jeg skulle ta henne igjen.

Da ropte mor. Jeg snudde meg sakte, uendelig sakte, så mor og far komme opp hagegangen. Jeg lukket øynene og åpnet dem igjen.

Mor stod like ved meg.

— Har du ikke lagt deg? sa hun.

— Har hørt på radioen, hviska jeg. Trodde ikke dere kom før i morgen.

— Far ville hjem, sukket mor. Vi har kjørt i Saaben ut hit.

Så oppdaga hun Cecilie. Cecilie stod under plommetreet.

Jeg begynte å forklare, og før jeg var ferdig, hadde Cecilie også kommet ned til oss.

Far merka ingenting. Han bare tusla rundt Huset og blei borte.

Mor så på oss begge. Jeg syntes det var merkelig at alt gikk glatt på månen, mens de minste ting skar seg på kloden.

— Du kan sove på divanen i stuen, sa mor til Cecilie og gikk inn for å finne sengetøy.

— Faen i innerste huleste helvete, sa jeg.

Cecilie tok hodet mitt mellom hendene.

— Faen i innerste svarte helvetes rasshøl, sa jeg.

Hun lo og stoppet munnen min mot sin.

Lå der bråvåken mens rommet blei lyst og noen skjærer skratta utenfor vinduet. Jeg hørte mors stemme, hun hviska hysterisk, men far sov vel, for han svarte ikke. Til slutt blei mor stille også. Da lista jeg meg ned trappen og inn i stua. Det lå ingen der. Cecilie var ikke der. Jeg fikk helt panikk, fant olabukse og turnsko og styrta ut. Hun var ikke i frukthagen heller. Jeg løp ned til brygga. Racerbåten var vekk. Fritjof skotta bort på meg, han stod på kanten og svingte snøret over skolten i svære sirkler, slapp, og sluken rulla ut på fjorden.

Jeg tusla over til ham.

— Dro for en halv time siden, sa han. Holdt på å kappe av sena mi.

Jeg satte meg ved siden av ham og bomma en rullings.

— Morran er finest, sa Fritjof. Ingenting er som morran. Før seks. Klokka seks starter støyen.

— Bra landing i natt, sa jeg.

Han så ned på meg, sveivde sluken opp.

— Hvilken?

— Månen.

368

— Å, den. Han kasta ut. Bryr meg ikke om sånt. Ha'kke noe der å gjøre.

Så blei Fritjof taus, lot sluken synke, snurra rykkvis inn, stansa, dro, holdt armen stille, røkka, og der satt den.

Fritjof smilte fornøyd, hvilte den brune hånden på det stramme snøret.

— Det er nå det vanskeligste kommer, veit du, prata han. Alle kan få napp, men det er ikke alle som får'n opp.

Han dro forsiktig, ga ut mer snøre.

— Først må du lære den å kjenne, måle styrken dens, gjennomskue knepene.

Han lot fisken gå, den svømte ikke utover, men på tvers.

— Ingen er like, skjønner'u. De har sine metoder, alle sammen. Noen går rett mot bånn, andre går opp, noen blir med til man trur den sitter og røsker seg av i siste liten. Men én ting er likt. Det er alltid kamp. Ikke sant? Alltid kamp.

Fritjof holdt boksen fast i høyre hånd, begynte å sveive sakte inn, kjente etter med ørsmå rykk, lytta på snøret, lot det gli mellom tommelen og pekefingeren.

— Den har tapt allerede, sa han og så nesten trist ut.

Han sveivde inn, med store, sørgmodige bevegelser.

Så kom den opp av vannet, en blank, skinnende makrell, nesten en sverdfisk. Fritjof halte den forsiktig over bryggekanten og idet han brakk nakken på den og det mørkerøde, tjukke blodet fløt ut på hendene hans, kom sola forbi åsen, bak oss, og skinte i fiskens døde, tomme øyne.

Første dag på skolen og jeg greide å komme for seint, trudde jeg hadde flust tid og tusla bortom fontenen, satt der på kanten og røyka og lot noen minner av forskjellig kaliber dunke gjennom hue, lurte på om et brev snart ville være på sin plass, et brev til Nina.

Jeg likte lyden av det stødige vannet som falt bak meg. Jeg burde skrive et brev, behøvde ikke være så langt. Kunne skrive noe om fontener. En spurv dansa rundt føttene mine og var ikke redd i det hele tatt. Dessuten var jeg ikke farlig. Lurte på om fattern noen gang ville bli som før igjen. Lurte på hvordan det var på Forsøksgym og Katta og Ullern, eller på jobben til Ola, han hadde begynt som pikkolo på Norum, lurte på hvordan hele denne høsten kom til å bli. Da ringte klokkene nederst i Gyldenløvesgate og de lød surt. Jeg spurta nedover alléen og vaktmesteren måtte vise meg veien til klasserommet. Jeg var sistemann og alle stirra nysgjerrig på meg, og forstanderen, en høysåte med amerikanske briller, tok meg tørt i hånden og pekte på pulten min. Pulsen lå jevnt på 150 og alle stirra hatsk på den fremmede som hadde brutt seg inn. Jeg sank ned på den altfor høye stolen og da oppdaga jeg ham, Jørgen, han satt ved vindusrekka, bada i sol, med håret som en glorie over hue og var fjern og transparent. Jeg hadde plass rett foran ham, snudde meg fort, glad for å se et kjent tryne.

— Fin fest hos Sidsel den gangen, hviska jeg.

Dama slo pekestokken i kateteret og møtet begynte.

I friminuttet kom Jørgen bort til meg, tok hånden min og var helt skikk og bruk.

— Kjente deg ikke igjen med det samme, sa han. Takk for sist.

— Ålreit klasse, eller?

Han trakk på skuldrene.

— Hvordan går det med syngingen? spurte han.

— Dårlig, flirte jeg. Stemmen holder ikke.

— Har du lyst til å være med i teatergruppa?

Det hadde jeg i hvert fall ikke.

— Hva skal dere spille? spurte jeg.

— Krig og fred av Tolstoj, sa Jørgen.

Det ringte og vi rusla opp til klasserommet. Jørgen gikk bort til vasken og skyllet hendene. En flokk jenter jeg aldri hadde sett før målte meg opp og ned.

— Er det du som slo ned Frognergjengen? sa den ene.

Jeg trodde ikke mine egne ører.

— Og som danset med skjelettet på soireen!

Før jeg fikk sagt et kvekk, var de på vei inn døra og en ny gal lærer kom med sjumilsstøvler og stoppeklokke.

Jørgen tok armen min og dytta meg inn i klasserommet. Resten av timen kjente jeg at alle blikkene nagla seg til kroppen min.

Jørgen heiv en lapp over til meg. Jeg hørte noen av jentene fnise.

— Husk teatergruppa, stod det på lappen.

Jeg hadde allerede en helt klar formening om hvordan den høsten ville bli.

Om kvelden ringte Cecilie og sa at hun hadde to billetter til premieren på *Himmel og helvete*. Og så satt vi der, i det blå mørket på Klingenberg, mens Lillebjørn Nilsen slepte seg over lerretet.

Cecilie måtte absolutt klype meg i armen hver gang et tryne dukka opp som hun kjente, og det var ganske ofte, for halve Oslo vest var statister. Jeg var øm i hele armen da spetakkelet var over og vi stod og venta på Bygdøy-bussen.

— Lillebjørn var fantastisk, sa Cecilie.

Jeg fyrte en sneip.

— Verste smørja jeg har sett, sa jeg. Rekker vi en øl på Pernille, eller?

— Jeg må hjem.

— Åssen er'e på Ullern?

— Bra, sa hun og stirra forbi meg. Og på Frogner?

— Bra, sa jeg og knipsa sneipen ut i trikkesporet.

— Drar du på Pernille? spurte Cecilie og øynene hennes hang noen sekunder fast ved meg. Så glapp de.

— Tar en tur oppom Seb, sa jeg.

Vi lagde en skrøpelig klem og hun hoppet opp på stigtrinnet, nølte litt, men snudde seg ikke.

Blei stående å se etter den bussen. Den spydde ut svart eksos som løste seg opp i den mjuke, svale seinsommerlufta. Var ganske lenge til jeg skulle se Cecilie igjen, nesten to år, og et eller annet sted i kroppen visste jeg det, visste godt at det var over og ut.

Seb hadde flytta hjemmefra da feitebossen lirka seg inn i Observatoriegata for godt. Bestemora hadde ordna med en hybel, i Munchsgate, like ved Forsøksgym, den bestemora fiksa alt, var ikke maken til bestemor på denne siden av eventyret.

Det hang et par hundre postkasser ved inngangen og på en av dem stod det Seb, bare Seb. Alle postkassene var grønne, unntatt Sebs, den var svart og rød. Og ikke bare det. Det var bare jentenavn der. Seb var eneste hankjønn i buret. Jeg tok heisen opp til sjette og fikk følge med ei trinn jente som smilte med øra og stirra uhemmet på meg.

— Skal du til han nye som har flytta inn? spurte hun.

— Skal til Seb, sa jeg.

Hun bare fortsatte å smile og jumpa av i femte.

— Ha det, sa hun.

— Ha det, sa jeg, gitterdøra sklei igjen og heisen fortsatte, jeg begynte å misunne Seb noe alvorlig.

Korridoren var skittengul med hybeldører på rekke og rad nedover. Det lukta en selsom blanding mat, som å stikke hue i en ransel full av gamle matpakker en solskinnsdag. Var ikke vanskelig å finne Sebs rom, hadde malt døra i psykedeliske farger, dessuten var det bare å gå etter lyden. Han spilte *Soft parade* på fullt øre. Døra var ikke låst og det nytta ikke banke på. Jeg strena rett inn og der satt en ganske diffus gjeng og blåste i lotusstilling, med peppermyntete i krus og boller og Jim Morrisons vokal som en stålkam gjennom tåka.

Jeg dunka ned ved siden av Seb. Han ga meg blåsen.

— Vært på Himmel og helvete, flirte jeg.

— Borgerlig skvip, sa han. Alkohol er farligere. Har'u noen gang sett noen som blir aggressive av skitt, eller?

En midtskillkis som het Pelle bøyde seg fram og preika nasalt.

— En halv million mennesker, og ikke en jævla slåsskamp. Ikke en jævla slåsskamp!

— Hvor da, sa du? ropte jeg.

— Woodstock, din sinke. Kjenner ei skreppe som har en fetter som var der. Det var Peace and Love, man! En halv million!

Han drakk te mens han stirra på meg over koppen.

Jeg snudde meg mot Seb.

— Slutt med Cecilie, sa jeg.

— Drømte om Guri en natt, hviska han. Drømte om den aborten. At det var meg hun aborterte.

Han tok imot en chillum og folda hendene over den.

— Har'u kutta ut munnspillet helt, eller? spurte jeg.

Han sugde og lukka øya.

— Hør den. *Hør* den, å! Sharman's blues.

Han datt inn i en flir og blei sittende sånn til stiften skrapa ut. Pelle og resten av følget reiste seg som ustø kalver.

— Tar en tur i parken, sa Pelle. Blir'u med?

— Kuler'n, sa Seb.

De strente ut og Seb snudde plata, la seg bakover på madrassen. Jeg åpna vinduet og fikk byen midt i fleisen, så over alle hustakene, lurte på hvor mange ensomme mennesker det fantes der, hvor mange gærne, skeive, dumme, forvirra, forbanna mennesker som levde i den kokende byen. Musikken hamra meg mør bakfra, jeg stod midt i skuddlinja, husket en gang vi gikk i gatene og lengta inn, satte seg liksom en deppa due på hue mitt.

— Har egentlig gått fort, sa jeg.

— Hva da?

— Tida.

Seb reiste seg opp og rista på håret.

— Tida gå'kke, sa han. Tida bare *er* der. Klokker er for materialister og strebere.

Han viste meg det tynne, nakne håndleddet sitt.

— Gjelder å leve *nå*, sa han. Nytter ikke å mimre. Nytter ikke å planlegge. Det er *nå* det handler om.

Det banka på døra og Gunnar kom inn. Han hadde en bunke løpesedler under armen og ramla over til vinduet for å få frisk atmosfære.

— Faens skitt dere damper, sa han surt.

— Den oksygenen du peser inn der er full av bly og radioaktivt gørr, sa Seb og pekte mot himmelen. Du kreperer av kreft hvis du fortsetter.

— Klar over det, sa Gunnar rolig. Men jeg ha'kke noe valg, har jeg vel. Puste må jeg, ikke sant. Men skitten velger man sjøl.

Seb stønna og satte seg på en krakk.

— Det holder, Gunnar. Jeg flytta på hybel for å få fred.

Vi kokte mer vann og mørket fløt over byen, liksom teen trakk i krusene våre.

— Liker ikke postkassa di, sa Gunnar.

— Ingen sosialisme uten frihet. Ingen frihet uten sosialisme, deklamerte Seb.

Gunnar pelte opp en fersk stensil.

— Det er rasjonaliseringa kampen går på nå. Skolebyråkratene vil innføre fem-dagersuke. Og hvem faen tjener på det? Det gjør Staten og monopolkapitalen. Elevene taper. Elevene og lærerne.

Seb hadde ikke sukker. Teen lå besk i munnhulen. Han tente en rød lampe.

— Noen som har snakka med Ola, eller? spurte jeg.

— Bytta om alle koffertene til et amerikansk reiseselskap i går, flirte Gunnar. Bra revolusjonær praksis!

— Med vilje, eller? hiksta Seb.

— Samma det, vel. Handling er handling!

Og like etterpå kom han, ganske sliten, med en favn øl. Vi jekka opp og skålte for sommeren som var over og høsten som var igang.

— Slåss med værelsespikene? spurte jeg og pekte på et skrubbsår han hadde i panna.

— Fy faen, peste Ola. Heisen stod i dag, så jeg måtte bære opp og ned trappene. En sånn styrtbratt vindeltrapp med jerntrinn.

373

Tryna med fem kofferter fra Kuwait. Rulla ned to etasjer. Sjeiken var helt på styr. Trua med å skru igjen oljeledningene. Hadde kofferten full av pornoblader. Lå strødd. Faen, hang i en tynn tråd der.

Vi skrudde opp resten av ølet og Seb satte på Waiting for the Sun.

Og jeg veit ikke om vi visste det, at vi satt der og skålte for noe som var ved å gå mot sin slutt, noe som starta en eller annen gang og som allerede var ved begynnelsen til veis ende. At Beatles skulle oppløses, at Jim Morrison skulle dø, at vi en gang skulle lete etter hverandre over hele Europa.

Vi skålte i lunkent øl mens det åpne vinduet kom med beskjeder fra Oslo City, og en villere verden utenfor som stod på sprang i klodens blå, hissende lys.

Jeg skreiv brev til Nina. Den høsten minna meg om Revolver. Det brygga opp til storm. Jeg tenkte på Fred og den transsibirske jernbanen. Døden kom igjen den høsten, først til mormor. Hun sovna i sengen sin i september. Jeg hadde aldri vært i begravelse før. Da kisten sank ned i golvet, kom jeg på noe jeg hadde lest i Illustrerte Klassikere for tusen år siden, at når sjømenn døde ombord på skipet, blei de gravlagt i havet. Veit ikke hvorfor jeg tenkte på akkurat det. Jeg tenkte på Fred. Og på Dragen. Nå var mormor borte. Ute lå en vind og rasla i de tunge granene, sveipte langsomt over bakken og løfta noen gule, skinnende blader, slapp dem igjen. Det brygga opp til storm.

Mor gråt ikke, hun gikk rundt i en skjør stillhet som kunne briste når som helst, et vannspeil, et eggeskall. Far var i sin verden, lukket inne i en uløselig kryssord. Vi overtok mormors undulat. Den blei plassert på rommet mitt, men jeg orka ikke ha den grønne skapningen hos meg om natta. Den sang og flaksa inni buret sitt, hakka på husken, og jeg så det vesle hjertet slå under fjøra. Jeg drømte ikke mer om å fly. Jeg bar den inn til fattern en kveld, og et øyeblikk var det likesom han våkna, det var meg, hans sønn, jeg kom med en fugl til ham. Han smilte, tok imot buret, stakk en finger inn som Pym straks hakka høl i. Fra den dagen var far fortapt. Han glemte kryssordene, han glemte oss, han glemte alt det han hadde glemt. Fra nå av var det bare ham og Pym. Han eksperimenterte med frøblandinger, kjøpte nytt bur, snekra husker og hus, pussa nebbet, serverte kjeks, han stod på pinne døgnet

374

rundt for den undulaten. Og mor gikk omkring i sin bristende stillhet og betrakta det hele, som om vi var naturkatastrofer hun ikke kunne gjøre noe med.

Så brast det en dag og høststormen begynte å tetne til. Jeg blei kalt inn på teppet i stua, far satt med nesa i sprinklene og muttern med nesa i et lommetørkle.

— Driver du med narkotika? hulka hun.

— Narkotika? Klart jeg ikke gjør. Åssen det?

— Røyker du hasjisj? fortsatte hun, tørka de våte kinnene sine.

— Har u tørna helt, eller? ropte jeg.

Mor så på far, men far fulgte ikke med, og så viste det seg at hun hadde lest en vanvittig artikkel om narkotika i Nå, og der stod det lista opp alle symptomene på narkomani, det var ganske sprø greier, men etter Himmel og helvete var folk ganske hysteriske. Jeg måtte preike ganske lenge og innstendig for å få muttern på rett kjøl, og det slo meg at det var første gang på flere år at vi snakka sammen. Undulaten rensa neglene til fattern, det var hans nyeste triks, og jeg prøvde å overbevise muttern om at hun hadde ingenting å være redd for.

— Behøver ikke være narkoman selv om jeg peller meg i nesa av og til, sa jeg rolig.

Mor bare så på meg. Det klødde plutselig i begge borene, men jeg turde ikke stikke opp fingeren, hun ville bare tro det verste.

— Det står her, sa hun og klappet på bladet. Narkomane snyter seg ofte og har såre neser.

— Alle peller seg i nesa, vel!

Hun bøyde seg nærmere og skjøv øyelokket mitt opp.

— Jeg syns øynene dine er røde, sa hun skrekkslagen.

— Er bare litt trøtt, sa jeg.

Mor blei hysterisk.

— Det står også her! Tretthet. Uopplagthet. Kim, hva er det som foregår på hybelen til Sebastian!

— Ingenting, sa jeg. Vi speller plater og drikker te og preiker.

— Er det ikke mange narkomane på Forsøksgym?

Jeg orka ikke svare. Den hadde vi vært gjennom før. Muttern så for seg Forsøksgym som en indisk opiumsbule. Fattern etterligna Pyms strupelyder. Mor trakk pusten.

— Det lukter så rart av deg, sa hun.

— Hvis det lukter rart her, så er det fra den dyrehagen der! ropte jeg og reiste meg tvert.

Far snudde seg.

— Ikke snakk så høyt. Pym blir redd.

Jeg trur mor kunne flydd på ham. Hun holdt seg fast i sofaen.

— Du går så mye på do, sa hun plutselig.

Jeg begynte å le. Kunne ikke annet enn å le. Latteren kom som et lokomotiv.

— Bø'kke være narkoman selv om jeg driter, vel!

— Kim!

Mor hadde reist seg også.

Jeg gikk ut i entréen og vridde på meg militærjakka jeg hadde kjøpt på Urras Skolekorps' loppemarked.

— Hvor skal du? sa mor.

— Ut en tur.

Hun kom helt inntil meg, og først nå så jeg at hun var redd, dønn redd, hendene skalv og pulsen slo i halsgropen som en løpsk metronom.

— Stol på meg, sa jeg støtt.

Jeg gikk, hørte gråt og fuglesang bak meg. Ute la vinden seg rundt leggene og varsla større styrke, storm.

Jeg stakk oppom Norum og hilste på Ola. Pikkolouniformen var bedre enn korpsdrakta, burgunder med gullspenner og flat lue. Kunne speile seg i skoa hans. Han fikk smugla meg inn på kjøkkenet hvor en stødig jente serverte kringle og kaffe til oss.

Ola sukket fornøyd og lente seg over bordet med smuler i ansiktet.

— Skal på kino med á på lørdag, hviska han. Heter Vigdis.

— Jøss. Verden e'kke stor. Hun bor i etasjen under Seb.

Ola flakka med øynene og nyven vokste over nesa som en kommunal grøft.

— Gjør á det? sa han bare.

— Åssen går'e med Kirsten, á?

Ola kasta ville blikk til alle kanter.

— Hysj, for faen!

Vigdis kom tilbake med kaffekanna, knipsa støv av Olas skulder. Han sank sammen under vekten av fingrene hennes, jeg var alvorlig redd for at han skulle begynne å stamme igjen. Vigdis så på meg, smilte, kjente meg ikke igjen.

— Noe nytt om 23? spurte hun med latter bak ordene.

Ola rista på skolten og flirte skrått han også.

Så gikk Vigdis over til grytene. En skokk stuepiker velta inn. Vi tusla opp til resepsjonen.

— Hva er 23? spurte jeg.

— Et rom, flirte Ola. Et par fra Fredrikstad. Bryllupsreise. Ha'kke vært utafor døra på fire døgn.

Det ringte i en bjelle og Ola måtte trå til, en fullstappa drosje med feite tyskere.

— Kommer'u til Seb i kveld? spurte jeg.

— Ha'kke tid, peste Ola, med fire skinnkofferter i grepet og en garderobesekk over skuldrene.

— Hils Vigdis, sa jeg og tusla ned mot byen.

Seb var ikke hjemme. Jeg dro opp på skolen og fant ham på forminga. Han ligna en fullblods indianer, hadde malt seg i trynet og bundet håret i fletter.

— Vær hilset, røde rev, messa han og svingte penselen i lufta.

To jenter holdt på ved dreiebenken, det spruta leire og vann, en gammel tass satt og spikka på en stubbe.

— Røyksignalene er oppfatta, gule fare, sa jeg.

— Sterkt! brekte Seb. Sterkt!

Vi karra oss ned til fritidsrommet hvor bridgegjengen var på kjøret. Seb pøste kald te i to grumsete krus.

— Ingen vei tilbake, flirte han. Stod i Rolling Stone. Beatles er oppløst.

Teen lå sur under tunga.

— Kommer ny lp om noen uker, sa jeg.

— Jøss da. Alt er på bånd. Men det bli'kke noe mer. — Han skylte ned skvipet. — Og bra er det. Må slutte mens man er på høyden. Skulle kutta ut etter Seargent Pepper. Stjernebegravelse. Enig, grønne ørn?

— Sett noe til Gunnar, eller? spurte jeg.

Seb dro et flir og rulla en eventyr.

— Travel mann. Blitt høvding på Katta.

Jeg stappa en Macbarens.

— Pamp, sa jeg. Det liker Gunnar.

— Stig var her i går og holdt foredrag om anarkismen. Sterk melding.

— Jøss. Har'n forandra kurs, eller?

— Kom på tvers av linja. Er bekymra over lillebror'n sin nå. Stalin har blod i barten.

Seb blåste fire ringer til værs.

— Gunnar veit hva han gjør, sa jeg.

— Og Gud tilgir ham ikke, flirte Seb og skrumpa sneipen.

377

Pelle kom inn og var på hæla. Likte ikke Pelle, hadde et drag i blikket som det ikke gikk an å få tak på. Han hadde svarte negler og urein hud. Han snakka forbi meg.

— Stevne i parken, hviska han til Seb.

Jeg vandra sammen med dem bort til Slottet. Jeg tenkte på muttern og fikk en uggen følelse i panna. Det stod noen klynger under trærne, svarte, tynne skygger. Vinden dro gjennom det nakne landskapet. En fyrstikk lyste opp et gult tryne. Pelle gikk bort til en fyr som stod aleine ved en busk.

— Godtebutikken er åpen i kveld, hviska Seb, malingen brant i ansiktet hans.

— Skitt?

Seb humra.

— Peanøtter, sa han. Peanøtter. Reiser ikke til Bogstad når'u kan få gratistur til Katmandu.

Pelle kom tilbake med lukket hånd. Han nikka til Seb og de begynte å gå ned trappene. Jeg blei stående. Seb snudde seg.

— Kommer'u eller? ropte han.

Jeg tenkte meg om. Vinden løp i trærne og lagde en ekkel, tørr lyd.

— Må stikke, sa jeg.

Seb og Pelle forsvant. Jeg blei stående i den forvitra parken. Bakken var knudrete og hard. Luften sleit i håret. Jeg så lysene nedover Karl Johan, neonreklamene, Freia, Idun, Odd Fellow. Bak meg lyste fyrstikkene som stakkato bål. Jeg visste allerede at denne høsten hadde kommet skeivt ut, vi var kommet skeivt ut, jeg visste det og hva faen kunne jeg gjøre med det.

Jeg dro hjem og skreiv enda et brev til Nina.

Alle mødre elsket Jørgen, unntatt mora hans. Det var sær stemning hjemme hos ham, i den mørke leiligheten i Jacob Aallsgate, en tung, dyster vibrasjon, som om hele huset ruga på en hemmelighet som aldri måtte slippe ut. Det lukta møll og underslag, dørene knirka og gardinene var alltid trukket for. Midt i den håpløsheten gikk Jørgens mor fram og tilbake, med stikkende øyne og hvite, knyttede never og filttøfler. Faren var handelsreisende i toilettsaker, han var nesten aldri hjemme. Første gang jeg var der, var den lørdagen det var klassefest hos Beate, men jeg hadde bestemt meg én gang for alle at jeg skulle ligge lavt i terrenget det året, ikke risikere nye fasadeklatringer

378

og dødsdanser, så jeg gikk ikke på det stevnet, og det gjorde ikke Jørgen heller, istedet satt vi hos ham og knerta en jordbærlikør og blei passe brisne og spilte Mothers of Invention. Mora hans så hatefullt på meg da jeg kom, tok ikke lanken min engang, målte meg bare opp og ned som om jeg kom rett fra laboratoriet og var radioaktiv. Nå tassa hun utenfor døra og slapp små ynk og sukk ut av den snurpete munnen, jøss, det var ganske harde dager hjemme hos meg, med muttern på høygear og fattern som gikk i frø, men dette her var verre, Jørgen burde pelle seg vekk før han blei miljøskadd. Og det sa jeg til ham.

— Det går over, smilte Jørgen.

— Det skal du ikke være for sikker på, sa jeg. Eneste løsningen er å komme seg unna i tide.

— Høres ut som om du har tenkt å stikke av selv, sa Jørgen muntert.

— Etter artium. Bli'kke et sekund til etter artium.

Jørgen lo og lente seg bakover, så stramma han munnen og blei sittende og se i taket.

— En dag innser de det, hvisket han. En dag kommer de til å skjønne det.

— Skjønne hva da? spurte jeg og skjenka opp mer brus.

Jørgen svarte ikke. Han lukket øya og trakk pusten dypt. Bak ham hang en svær plakat av Rudolf Nurejev. Han hadde ikke så langt hår likevel. Han svingte seg opp på tå og balla bulte ut som en kål under trikoten. Jørgen satt i lyset fra den blå lampa på skrivebordet, og for første gang så jeg hvor pen han var, ansiktets linjer var reine og grafiske, kinnbeina lignet en ønskekvist, de smale kinnene lå i skygge, som om han hadde sminka seg, jeg fikk ikke blikket bort fra ansiktet hans, og jeg skjønte hvorfor jentene hadde blitt sure da de hørte at Jørgen ikke skulle komme på klassefesten.

Jørgen merka vel at jeg så på ham. Jeg sølte vin på buksa mi. Han tørka det av med lommetørkleet sitt. Utenfor glei mora gjennom de mørke gangene.

— Hvorfor ville du ikke på festen? spurte Jørgen.

Jeg tente en røyk. Det var en snål kveld. Når han spurte sånn, så visste jeg at jeg kom til å legge alle kortene på bordet, det virka liksom så lett å være ærlig mot Jørgen, i huset med den mørke og grusomme hemmeligheten var ærlighet ingen sak.

— Pleier å drite meg ut i fylla, sa jeg. Sier bare klikk og så mister jeg oversikt totalt. Er liksom ikke meg sjøl lenger. E'kke jeg som bestemmer. Det er ganske plagsomt.

— Skjer det bare når du er full?

— Verst da, hvertfall. Får små anfall i nykter tilstand også. Særlig om natta. Pleide å skrike før. Skreik så jeg ikke kunne preike dagen etter.

— Jeg pleier å bli redd noen ganger, sa Jørgen rolig. Helt plutselig. Dønn redd. Og jeg vet at det er ingenting å være redd for. Jeg vet det, men likevel er jeg vettaskremt. Varer et par timer. Så går det over.

— Høres jævlig ut, sa jeg.

— Den festen hos Sidsel den gangen, fortsatte han, da du jaget Frognergjengen. Da var jeg sikker på at hvis du ble kameraten min, så ville jeg aldri bli redd mer.

Jeg holdt hånden opp, pekefingeren var et misfoster, en svett krøll med negl på.

— Det var denne som ordna det, lo jeg. De hadde brukket den noen uker før og jeg hadde pælma en stein i hue på en av dem.

Jørgen så litt forvirra på meg, så lo han, og fylte rødt i glassene.

— Jeg er ihvertfall trygg nå, Kim. Har ikke vært redd siden du begynte i klassen.

— Hvorfor gikk ikke *du* på festen? spurte jeg.

— Kjeder meg. Sånne fester kjeder meg.

Jeg måtte strø og sneik meg ut i redselskabinettet. Mora var der med det samme, smilet mitt smitta ikke, hun bare stod der, holdt meg i sjakk med sin putrende mistenksomhet og skjebnesvangre hemmelighet.

— Do? snøvla jeg og hun pekte på døra ved siden av meg. Hun var uten språk og stemme, øya hennes var døde, det var noe hun hadde sett som hadde brent opp det blikket.

Jeg gikk på do og slapp blæra løs. Etterpå møtte jeg trynet mitt i speilet. Det var bleikt og usunt. Men håret var nyvaska og sprakte rundt skallen som svarte elektriske tråder. Jeg gredde meg og hørte det knitre i kammen, som om visjonene var på vei ut av brasken.

Jørgen satt i vinduskarmen og bladde i et rollehefte.

— Har du tenkt noe mer på teatergruppa? spurte han.

— Nei.

Han slengte arkene over til meg. *Krig og fred*.

— Vi har en rolle til deg, sa han ivrig.

— Meg? Niks. Hater teater. Var på Brand en gang med muttern og holdt på å få blodstyrtning.

Jørgen lo.

— Teateret er sannheten, sa han plutselig, helt alvorlig. Ikke sant, vi spiller for hverandre hele tiden, gjør oss til, juger, vi narrer hverandre og later som ingenting. Men på scenen, der er alle klar over sine roller, det er bare på scenen vi virkelig er *ærlige*.

— Forrige gang sa du at du ville bli skuespiller fordi du kjeda deg.

— Det kjeder meg å lyve, sa Jørgen. Det kjeder meg å snakke forbi hverandre. — Han så fort på meg. — Og du ville bli sanger!

— Fordi jeg ville overdøve alt pisspratet, lo jeg.

Jørgen satte seg ved siden av meg.

— Vi trenger én rolle til, sa han og bladde i manuskriptet. Budbringeren. Vi trenger en kraftig røst!

— Hvor mange replikker? spurte jeg.

— Én, sa Jørgen.

— Skal tenke på det, sa jeg.

Da jeg tusla hjemover den kvelden og vinden feide over Vestkant-torget og månen fór forbi himmelen som en fotball, da tenkte jeg at Jørgen, Jørgen var mitt holdepunkt i tida som skulle komme, Jørgen var ankeret, Jørgen var stormens sentrum: Sirkelen av ro midt i alt kaoset.

Gunnar kom oppom en kveld og hadde som vanlig et lass løpesedler med seg. Han smugla dem inn på rommet mitt og begynte å sortere. *Nei til rasjonaliseringa* måtte jeg dele ut dagen etter. Lefsa fra Sol-Kom om juget om tilbaketrekning av amerikanske soldater hasta det ikke sånn med, holdt om jeg fikk dem ut lørdagen i store fri.

Gunnar snakka fort og stakkato, hadde ikke tid til en kopp te engang. Var på vei til møte i Elevutvalget.

Jeg begynte å svette så smått under knærne.

— Er'e ikke no'n andre som kan dele ut? spurte jeg forsiktig.

Gunnar hogg blikket i meg som en harpun.

— Mener'u med det?

— Jeg står for innholdet, enig som fa'n, men jeg fikser ikke helt det å stå på torget og holde tale.

Gunnar stokka stensilbunkene.

381

— Ha'kke inntrykk av at det er det du er reddest for, sa han bare.

— Åssen da?

— Syns du har brølt på torget ganske mange ganger, fortsatte han. — På Soireen. På Dolphin.

— Akkurat. Derfor hadde jeg tenkt å ligge litt smult i farvannet dette året. Kjøre isi løp.

Gunnars blikk vek ikke.

— Den holdninga er ganske skummel. Greit nok at du ikke vil drite på draget mer, men politisk arbeid er vel for faen ikke det samme.

— Ha'kke sagt det heller, men du stiller deg midt i spotlighten likevel. Gjør'u ikke.

— Spotlight, ja. Ska'kke du være med i teatergruppa også?

Han hadde meg.

— Joa. Én replikk.

— Og så vil du ikke dele ut løpesedler?

— Ha'kke sagt jeg ikke vil.

— Hva er'e du sier for no' å? Trur'u den revolusjonære bevegelsen kan ta sånne smålige hensyn, eller? Det er monopolkapitalen som tjener på det kjøret der. Deler'u ut eller deler'u ikke ut?

— Kom med dem, din jævel.

Han bladde opp hundre av hver og gliste.

— Bra, kamerat Kim. Du får ny forsyning neste måned.

Jeg la løpesedlene i den skuffen jeg gjemte pornofilmer i gamle dager og Gunnar var allerede på vei ut. Da kom det en vanvittig lyd fra stua. Han stansa og så på meg.

— Det er bare Pym, sa jeg.

— Pym?

— Undulaten til fattern.

Han hadde nemlig fått den til å plystre på oppfordring nå. Han mante pipene ut av det grønne kreket ved å kvitre selv. Noen ganger lurte jeg på hvem som egentlig hadde overtaket, om det kanskje var Pym som fikk far til å synge. Det begynte å gå på nervene løs.

Vi stod en stund og hørte, Gunnar og jeg. Nå var det far som plystra.

— De har'e ikke greit for tida, foreldra våre, hviska Gunnar.

Jeg rista på hue.

— Fattern er like ved å gi opp sjappa. Og muttern har meldt seg inn i en kristelig syforening.

Da oppdaga jeg at Gunnar prøvde å gro skjegg.

— Kan godt få låne gressklipperen min, flirte jeg og dro i haka hans.

Han rødma og fikk fart på seg. I entréen stod muttern og stirra på merkene på jakka hans. Det var hele galleriet, Marx, Engels, Lenin, Mao, Ho Chi Minh, FNL. Gunnar skøyt brystet fram og durte ut.

Muttern holdt meg igjen.

— Er Gunnar blitt Suf? sa hun.

Det lød så komisk, hun uttalte *Suf* som om det var en kjønnssykdom, verre enn syfilis, uhelbredelig og smittsom i generasjoner framover. Jeg tror hun hadde lyst til å vaske munnen med terpentin når hun hadde sagt det. *Suf* . Leppene hennes var like ved å sprekke.

— Hva ler du av? ropte hun.

— Ingenting.

— Du svarte ikke! Er Gunnar . . . Suf?

Hun gned håndbaken over munnen.

— Veit ikke, sa jeg.

— Er du?

Pym og far sang i kor.

— *Er* du! gjentok mor og hørtes litt gal ut.

— Nei, sa jeg.

— De driver med våpentrening, ikke sant! I Nordmarka! De har våpenlagre!

— Veit vel ikke jeg, vel.

— De sa det på fjernsynet!

— Trur du alt de sier på den boksen, ligger'u tynt an.

Jeg tok raskeste vei mot rommet.

Mor kom settende etter.

— Er du nervøs for tiden, Kim?

— Nervøs? Åssen da?

— Det går så fort, jeg har lagt merke til det lenge nå. Du går . . . som om det var noen efter deg!

— Slapp av nå, á, muttern. Er vel ingen som følger etter meg, vel!

— Er du sikker på at du ikke driver med narkotika!

— Har'u lest det et sted også nå. At narkomane går fort. Hæ?

— Svar meg ærlig, Kim!

— Jeg er nettopp blitt valgt inn i det øverste sovjet og har vært sprøytenarkoman i ni år.

383

Jeg smalt døra bak meg. Mor reiv den opp.

— Du får ikke snakke slik til meg, Kim! Du får ikke!

— Og du ligger unna lommeboka mi! Heretter skal jeg ha preventivene mine i fred!

Ansiktet hennes falt sammen, hun mista liksom all kraft, trakk døra langsomt igjen.

Så løp hun inn i stua og jeg hørte gråt og far og Pym i en eneste mølje.

Det var tider.

Etter den klassefesten jeg ikke var på var det ganske mange som skulte surt på meg, jeg blei helt overnervøs i systemet, kunne ikke gå i fred et skritt, kjente blikkene som sugekopper over hele legemet. Et frikvarter kom Beate diltende bort til meg, stod der med det syrlige smilet sitt og myste meg i senk.

— Synd du ikke kunne komme på klassefesten, sa hun.

— Ja, sa jeg og stirra over henne. Der borte ved søppelkassene stod en klynge og flirte og tiska.

— Du er jo så morsom på fest, er du ikke? fortsatte Beate.

Jeg ante krise og begynte å se meg om etter en utvei.

— Falske rykter, sa jeg.

— Det stod jo i avisen, kurret hun.

— Redaktøren fikk sparken, parerte jeg.

— Men du og Jørgen hadde det vel hyggelig sammen?

Stemmen min satt fast i sluket. Beate kasta håret bakover.

— Der kommer han forresten. Jeg skal ikke forstyrre.

Hun vrikka tilbake til kretsen, de blei stående å se på Jørgen og meg.

— Hva faen mente kjerringa med det! sa jeg.

— Ingenting å bry seg om, mumla Jørgen. Kan du replikken din, eller?

— Napoleon kommer! Trur hun er sur på meg, jeg. Åffer er Beate så jævla sur på meg, å?

— Du må legge mer følelse i ordene, Kim. Du må få publikum til å skjelve!

Det ringte inn og vi rusla opp til klassen. Det blei mistenkelig stille da vi ankom, det gikk et pust nedover rekkene. Jørgen fant plassen sin, fjern, overbærende, overlegen. Jeg stansa, stirra på tavla. Der stod Dick, en brande fra Smestad, smal mellom øya, han hadde tegna et solid hjerte og skrevet to navn inni. Jørgen + Kim. Det falt noe varmt og vondt ned i magen, det svei i skallen. Latteren eksploderte og Dick stod der, flirte stolt, latteren skylte over meg, seig og sur, som muggen sirup, vått sukker, jeg måtte kjempe meg løs fra latterlavaen som velta ut av de røde, gapende, siklende kjeftene.

— Stryk det ut, sa jeg.

Det blei brått stille i klassen.

Dick skreiv enda mer på tavla: La stå!

Latteren brøyt løs på nytt, jeg var ved å drukne i den latteren, gispa etter luft og visste at jeg var i ferd med å miste kontrollen.

Dick var på vei mot pulten sin. Jeg stansa ham. Han skulte ned på meg. Så spytta jeg ham rett i trynet, en grønn, seig praktklyse.

Det blei stille igjen. Det kom en forbauset lyd fra Dick, han løfta hendene.

Da slo jeg. Jeg slo med en kraft jeg ikke ante hvor kom fra. Armen min var en bombe, en kanon, neven min var en jernkule, og Dick knakk på midten som loff. Jeg klorte tak i nakkeskinnet hans, halte ham opp til tavla og tørka den av med trynet og håret hans.

Det var stumt i rommet.

Det jóg blod og vind gjennom meg.

Jeg slapp Dick og satte meg. Jørgen var hvit og ubevegelig. Ingen så på meg.

Klasseforstanderen braste inn mens Dick krabba over golvet. Jeg måtte holde meg fast i stolen. Dragsuget var like ved å hale meg ut av vinduet.

— Hva skjer her! plystra Klausen.

Ingen svarte. Stillheten var dobbel. Dick halte seg opp på stolen. Klausen tappa med pekestokken og så begynte hun å snakke om samsvarsbøyning.

Så lå jeg ikke lenger lavt i terrenget, jeg var synlig som en rosemalt monolitt. Men merkelig nok blei jeg ikke plaga mer, de sendte sugekoppene sine andre steder nå, Jørgen og jeg fikk gå i fred. Jeg fikk gå i fred som en spedalsk: Alle unngår ham. Alle veit hvor han er. Bare Jørgen ville vite av meg. Han nevnte ikke tegninga på tavla med et ord.

Sånn gikk det til at jeg mista motet. Rett og slett, jeg mista motet og fikk meg ikke til å stå ved porten og dele ut løpesedler, det var som å stille seg i skuddlinja, jeg makta det ikke. Jeg jugde

Gunnar rett i fleisen og tok imot flere løpesedler om rasjonalise-
ringa i skolen, moms, klassesamarbeid, Vietnam, bunken vokste i
skuffen, samvittigheten grodde i magen, jeg hadde den samme
følelsen som den gangen jeg ikke spiste matpakkene muttern
smørte og de este i ranselen, grønne og stinkende. Jeg fikk meg ikke
til å kaste løpesedlene heller. Jeg utsatte det én dag hver dag. Jeg
gikk snart og vassa i løpesedler og jeg hadde ikke fått noe svar fra
Nina, det eneste brevet jeg hadde fått var fra militæret, jeg var
innkalt til sesjon i april neste år.

Muttern blei helt fyr og flamme da hun hørte jeg skulle være
med i teatergruppa. Hun forandra seg momentant, som om hun
bare sa knips og bestemte seg for å stole på meg i framtida, nevnte
ikke Suf og narkotika med en stavelse, snakka bare teater og hun
sa noe lignende det Jørgen hadde sagt, at teateret var sannheten.
Skjønte ikke helt det der, men var letta over at muttern hadde slått
seg til ro og ikke fikk nervesammenbrudd hver gang jeg gikk på
dass eller pelte meg i nesa. Men den sannheten de snakka om, den
fikk ikke jeg øye på. Noen ganger lå jeg om natta og tenkte på hva
sannhet er for noe, jeg gjorde det, og jeg prøvde liste opp noen
eksempler. Dick er en dritt. Men det syntes sikkert ikke Beate. Hun
syntes sikkert at det var jeg som var en dritt. Beatles er klodens
største band. Men det var i hvert fall ikke muttern og fattern enig
i. Jeg krølla tankene sammen: Jeg er meg. Hjernegrauten kokte i
skallen. Hvem faen var jeg? Hvem var jeg i andres øyne. Jørgens?
Gunnars? Var jeg like mange som det fantes øyne? Ninas?

Sovna ikke slike netter.

Det var mange slike netter.

Og jeg fant ikke sannheten i teatergruppa heller, det var i hvert
fall sikkert. Vi øvde i gymsalen hver torsdag. Instruktøren var en
voldsom dame med en brystkasse som stod ut i rommet som
alpene, hun het Minni. Hun forklarte oss innstendig at *Krig og fred*
angikk menneskene i dag, selv om det var skrevet i forrige århundre.
Tolstoj var forut for sin tid, liksom alle store kunstnere. Som
bakgrunnsmusikk hadde hun valgt Jan Johanssons *Jazz på ryska*,
hun var like ved å gå i kne av sin egen idé: Det ville gi publikum
en pekepinn om at stykket også handler om vår egen tid, ikke sant?
Jeg foreslo at vi skulle kjøre bilder fra Krigsspillet på et svært lerret
i bakgrunnen, men det gikk ikke igjennom, tvert imot, det var en
ussel idé. Man måtte ikke skremme publikum, støte dem fra seg, det
var en balansegang, en balansegang mellom krig og fred, mellom

utøverne og publikum, som Minni ordla det. Det lød flott. Og jeg søkte etter sannheten, men fant den ikke. Tolstojs mursteinsroman var høvla ned til en énakter. Jørgen spilte en fyr som het Pierre. Motspilleren var en jente fra 2. gym, Astrid, hun skulle blåse liv i Natasja. Ellers var det ni andre med, pluss meg, budbringeren, med én skjebnesvanger replikk. I Tolstojs roman var det godt og vel 500 personer.

Men vi gleda oss alle til å få kostymene fra Nasjonalteatret.

Det var kjør hos Seb og jeg orka ikke henge på. Det satt en passe lummer gjeng der nede og røyka blås og drakk te, det surkla i vannpiper og peip i chillumer, og røkelsen duva i rommet som spyet fra skorsteinen på en parfymefabrikk. Jeg slang innom noen kvelder, men sa adjø ganske kvikt, veit ikke helt hva det var, kjeda meg der, de satt med hver sin rus og øyna ikke hverandre, gravde bare lodotter ut av navla, flirte mystisk, rulla med øynene. Det var solorace i huene, egotrip på pakketur. Men én kveld hadde Seb børsta Slottsparken av golvet, det var den store kvelden, det lå an til å bli den største kvelden på mange år. Gunnar var der, uten løpesedler, Ola var der, blei ikke sur selv om vi kalte ham Pikkola. Og Seb var nykter og nyskurt. Vi var der alle mann og på asjetten lå den nye Beatles-lp'en, *Abbey Road*. Vi sendte coveret rundt, studerte det nøye, strøyk over det med fingertuppene. Stillheten var stappa med heit forventning, det var nå eller aldri. Så pelte vi fram øra, Seb satte igang maskinen og vi sa ikke et ord på 46 minutter og tjue sekunder. Da lå vi avsvidde på golvet og stirra mot himmelen med lukkede øyne, og hver for oss, hver for oss tenkte vi på hvor mange år, hvor mange lp'er vi hadde ligget sånn, det raste et helt århundre gjennom hue, et lass med kalendre blafra i hjertet. Vi var slitne og lykkelige. Så fikk vi fyr på snaddene, Capstan tåkela rommet og smellene begynte å gå i kjeften på hverandre. De to låtene til Seb var det beste han hadde gjort, han hadde overgått seg sjøl, hosta opp to perler fra muslingen, melodiene satt som sølvspiraler i øregangene. Gunnar svingte blodig på *I want you* og var passe sugen på *Come together*. Selv Ola hadde snekra sammen et kutt som var på høyden, *Octopus' Garden*, han lå på ryggen med et stolt smil tvinna rundt hue.

— Jeg skal i marinen likavæl! ropte han. Jeg skal i marinen!

Og jeg elska sangen på *Oh darling!*, det var like før stemmen sprakk, men den sprakk ikke, den lå og dirra mot det umulige, på grensen, på grensen. Og på *Because* var alle stemmene fletta sammen, den koringa var det største vi hadde hørt, Beach Boys og Sølvguttene kunne bare pakke sammen strupehodene og begynne å steppe istedet. Vi la på en ny omgang og sa ikke et ord på 46 minutter og tjue sekunder. Så spilte vi andre sida enda en runde, og det var ingen tvil. Det var det beste. Det var ikke nødvendig å si noe. Det var det beste. Det var Beatles. Vi skjøv alle ureine tanker ned i kjelleren, om oppløsning, om krangling, og vi hissa oss opp til ekstrem optimisme: Dette var bare begynnelsen. En ny tidsregning stod for døra: fra 28 oktober, 1969, en dyp, kald kveld, mellom høst og vinter. Vi begynte å snakke om The Snafus igjen, kanskje det ikke var for seint likevel, visst faen var det ikke for seint. Når vi hadde svømt gjennom artium, kunne vi ta en rask jobb og skaffe gryn til instrumenter og forsterkere. Ola var jo allerede igang. Fy faen. Seb hadde en bunke med tekster liggende. Inni hampen. Sånn snakka vi, vi løfta hverandre opp og holdt hverandre der, vi hadde hybel i himmelen, det var seint på kvelden og sola skinte rundt oss, vi svømte i lys og musikk og vibrasjonene var mjuke som kattungers poter.

Så knakka det på døra og nedturen begynte. Pelle og gjengen braste inn med blodige tryner og spjærede jakker. De stod og svaia og var helt ute av kurs.

— Pinken rydda parken, stønna Pelle. Fy faen. Gikk helt berserk. Må ha spist fluesopp til midda'n.

Sjefen hadde talt og de sank ned på golvet. Det drøssa jord fra håret og klærne deres.

— Tok med seg minst tjue, hviska en kritthvit spjæling.

— Hadde dere noe på dere, eller? spurte Seb nervøst.

Pelle flirte smalt og halte opp en globoideske.

— Gudene er med meg. Jeg søkte ly hos Camilla Collett. Sa jeg var sønnesønnen.

Han la eska på bordet og folket stimla rundt den, lå på kne som om det var et fordømt alter. Gunnar så sur ut, Ola prøvde å sette på skiva.

Pelle pekte på coveret med en overgrodd finger.

— Juks, blåste han. Abbey Road er reinspikka junk.

Han rota med boksen og fikk opp lokket.

Nå hadde Pelle Pott gått for langt.

— Hva mener'u med det? ville jeg vite, og det ganske kvikt.

Han myste på meg og vridde geipen som en oppvaskklut.

388

— Paul McCartney er dau, sa han. Han e'kke med på plata i det hele tatt.

Jeg trudde ikke mine egne ører. De frøys til is. De falt av. Ola og Gunnar krøyp nærmere.

— Død? Når da?

— Fire år siden. Bilulykke.

— Fire år! Var'n ikke med på Seargent Pepper heller da. Eller Revolver! Kom ned på jorda, á, din flygende hollender!

Pelle rulla med gluggene og holdt en pille i været.

— Har en fetter i Statene som kjenner ei skreppe i Midtvesten.

— Forrige gang var'e skreppa som hadde en fetter! brølte jeg.

Pelle avbrøt meg.

— Har stått i avisene, småen. Han døde i en bilulykke i 65. Så fikk de tak i en kis som ligna på gubben og satte inn ham istedet.

— Og som kunne synge akkurat som Paul også! Er'u klin idiot eller!

— Det fikser gutta, i studio, veit du, din kålrabi. Forvrenging og greier.

Pelles ro gikk meg på nervene. Jeg så på ham at han hadde sparesset i ræva.

Han la coveret foran seg på golvet.

— Se her, á, mister. McCartney er keivhendt, ikke sant. Trur'u keivhendte holder røyken i høyre hånd, eller? Og McCartney gå'kke i takt med de andre. Hæ? Gjør'n vel? Og følg med nå, broder. Han er *barbeint*. Og det er gammalt tegn på at man er dau. Helt fra vikingtida, mann.

Pelle så triumferende rundt seg. Øya mine brant som tørris. Fikk ikke fram et ord.

Pelle knipsa.

— Og se på klærne. John er kledd i hvitt, som en prest. Ringo er dressa i svart, sørgeklær. Og George går i arbeidsklær, han er graver'n.

Pelle rulla en pille i hånden.

— Og ser'u den folkevogna der. Se godt på nummerskiltet, mann. *28 IF.* Svart på gult. Paul hadde vært 28 hvis han hadde levd. Hæ?

Jeg måtte gå til motangrep.

— Åffer viser de det akkurat nå, á? stamma jeg. Når'e er fire år siden!

— Fordi Beatles er over og ut likavæl. Beatles er oppløst, mann. Har'u ikke fått det inn i hue, eller?

Jeg kunne kvælt Pelle på stedet, dratt av ham det breie skinnbeltet han briefa med og hengt ham i taklampa.

— Dessuten, fortsatte han. Dessuten er'e ikke første gang de viser'e sånn.

Han lirka fram Seargent Pepper fra platebunken, bretta den opp og pekte.

— Ser'u det merket på Pauls skulder, eller. OPD. Kan du engelsk? For det betyr Officaly Pronounced Dead.

Jeg sank sammen. Snadda var kald. Húet var en forblåst vidde. Blodet krøyp gjennom kroppen som meitemark.

Pelle flirte.

— Trur vi trenger litt hjerneføde, folkens.

— Hva er'e for no'? mumla Seb.

— Amfetamin, hviska Pelle. Gjør deg klar og opplagt døgnet rundt.

Han svelga en selv, de andre indianerne gumla etterhvert, Seb prøvde, Ola ville ikke ha, Gunnar bare glodde olmt på Pelle og snudde seg bort, jeg tok en kapsel og skylla den fort ned med dødt øl.

Etterpå var det lenge stille i rommet.

På golvet lå dødsannonsene.

Etter en stund gikk Gunnar. Ola fulgte etter ham. Jeg reiste meg, og det var akkurat som om hue blei igjen der nede, jeg måtte løfte det opp, men jeg fikk det ikke på plass.

Jeg løp etter Gunnar og Ola. De venta i heisen. Det var speil på den ene veggen. Jeg så meg selv trå inn i jernrommet. Gunnar trykka på første og etterhvert som vi sank, fløyt jeg utover veggen, rant til alle kanter, blei borte fra speilets matte overflate.

Angsten hogg i meg som en sløv øks.

— Er jeg her? spurte jeg.

Gunnar og Ola bare stirra på meg.

— Er jeg her! skreik jeg.

Gunnar dro meg ut på gata. Den kalde vinden knadde trynet og ga angsten luft under vingene. Jeg begynte å løpe. De kom etter og holdt meg igjen.

— Du er faen meg et brød! freste Gunnar nær øret mitt. Åffer måtte'ru ete den fordømte pilla!

Ola så nervøs ut, ihvertfall sto han ikke stille, han løp rundt meg.

— Spy, sa Gunnar. Spy! for faen!

Jeg stakk fingeren i halsen og gulpa opp øl og te. Jeg prøvde en gang til, magesyren svidde mot ganen.

Gunnar dunka meg på ryggen. Jeg sank ned langs lyktestolpa. De halte meg opp igjen.

Jeg gikk mellom dem hjem.

— Må få slutt på det kjøret hos Seb, sa Gunnar hele tida. Pelle er en reaksjonær køddefaen!

Byen og vinden feide langs huden min, alt omkring meg virka så nært, så tydelig. Det var som å våkne, vi nærma oss Skillebekk og kloden kom mot meg med en ny klarhet, som om jeg kunne gjennomskue alt. Det hjalp visst å spy, tenkte jeg. Som om hue var blitt vaska, øynene skurt. Jeg blei nesten religiøs. Alt kjentes så sterkt, som om volumet i verden var skrudd opp og noen hadde stilt bildet skarpere inn. Jøss.

Vi stansa på Solli.

— Åssen føler'u deg, ditt svin? spurte Gunnar.

— Fin. Helt bra.

Jeg tok rundt dem, klemte dem hardt.

Så vandra jeg hjem aleine. Fattern satt i stua med Pym. Han ville lære Pym å snakke.

— Hvordan gikk det i teatergruppen i dag? spurte mor.

— Supert, sa jeg.

Jeg orka ikke kveldsmat og la meg. Klokkene tikka overalt, jeg hørte mors og fars armbåndsur også. De hakka tida i stykker, jeg måtte holde meg for øra, gravde meg ned i puta, surra dynen rundt skallen.

Men lydene blei bare sterkere og sterkere.

Og jeg blei mer og mer våken.

Jeg følte meg som en gammel, søvnløs madrass, hvor fjærene spratt ut, én etter én, og sang med en rusten, skjærende lyd. Jeg løp rundt meg selv, rundt en svær, ubegripelig tomhet: søvnløshet. I gymtimene fløy jeg over bukken, men midt i svevet glemte jeg hva jeg holdt på med og ramla overskrevs ned på læret. Så klatra jeg opp i tauene som en vettaskremt ape, men når jeg kjørte hue i taket, glemte jeg hvor jeg var og sklei ned og brant huden tvert av hendene. Jeg var søvnløs og i konstant aktivitet. Jeg leste lekser som aldri før, men når jeg hadde snodd meg gjennom en halv side historie, huska jeg plutselig ingenting, var helt blank, og så begynte jeg på en ny bok, og sånn gikk det. Fjærene spratt ut overalt, av

391

øya, øra, nesa, munnen, rusten, skjærende musikk som holdt meg
våken, lysvåken, natt etter natt. Jeg sovna ikke engang i timene.
Livet raste av gårde på 78, og en natt jeg lå med tyngden av hele
kloden mot kroppen, en stinkende, svett, motbydelig klode, da
huska jeg den drømmen jeg hadde hatt sommeren 65, da
muttern hadde stelt istand karneval og hun hadde stått naken
og redd her på det kalde golvet. Jeg drømte at jeg var død. At
jeg lå i en kiste og kjente at jeg sank. Jeg skjøv kloden til side
og velta ut av sengen, drivvåt, rusten, med angsten som en
spinner i hjertet. Jeg begynte å lete etter flere tegn, og jeg sank
dypere og dypere inn i uvirkeligheten, som lå som et skittent
laken klint rundt meg.

Jeg spilte gjennom alle Beatles-platene jeg hadde, og det var alle.
Jeg tråla dem på langs og på tvers, skreiv tekstene og finkjemma
dem, studerte coverne under frimerkelupa, klistra opp et helt album
med bilder av Paul før og etter 65. Jeg leta og jeg fant. Jeg stod i
en rasende elv med silen og fant spikre til kista. På Seargent Pepper
stod Paul med ryggen til. Og en keivhendt bassgitar var lagt på en
grav. Et bilvrak styrta i flammer. En prest holdt en velsignende hånd
over ham. På Magical mystery tour hadde George, John og Ringo
røde nelliker på jakka, men Paul hadde en svart. På Revolver var
Paul den eneste som var fotografert bare i profil. *One and one and
one is three*, sang John på *Come together*. Én var borte. Det mangla én.
Jeg stod timesvis foran speilet og granska trynet mitt. Jeg hadde
bilder av Paul McCartney overalt. Sånn gikk den høsten. Barfrosten
dunka gjennom gatene og det trakk fra vinduet. Svetten frøys til
isflak på huden, langsomt krøyp kulda gjennom hele meg og fryste
meg ned.

Gunnar stakk oppom på lynvisitter og avleverte flere løpesedler.
Bunkene vokste i skuffen, jeg hadde snart ikke plass til flere. En
kveld han var på vei ut som en strikkmotor til et eller annet møte,
stansa jeg ham.

— Åssen går'e med Seb? spurte jeg, kunne nesten ikke snakke,
hakka tenner som en pingvin.

— Står visst på. Er'u forkjøla eller?

— Eter'n mer av de pillene?

— Veit da faen hva han driver med. Men jeg veit ihvertfall at han
bør bremse, og det ganske snart. Pelle er et svin.

Gunnar var på vei mot døra igjen. Jeg knaka etter ham.

— Trur'u de var farlige, de kapslene, eller?

Han greip fatt i blikket mitt.

— Det e'kke akkurat saltpastiller!

Vi smilte over til hverandre, fort.

— Samler'u på autografer ennå? spurte jeg.

— Gir meg ikke før jeg har Maos, sa Gunnar.

Vi stod litt og skrapa, tenkte på Ifa og pornoblader.

— Kan få autografen til Lin Pio, flirte jeg.

— Har'n, ditt svin, skrålte Gunnar. Lurer ikke meg én gang til!

Han la hånden på skulderen min, trakk den fort til seg, som om han frøys.

— Du tåler jo ikke sprit engang, Kim. Gi fa'n i det guffet der. Lover'u det?

Jeg så på Gunnar.

— Ja, sa jeg.

— Del ut løpesedlene før lørda'n! ropte han og var på vei.

Jeg hadde ikke ro på meg, jeg var like travel som Gunnar, men Gunnar fikk utretta ting, han sveiva stensiler og hadde et mål, jeg drønte bare i sirkel, jeg var en karusell rundt speilet, søvnløsheten, platespilleren og angsten. I frikvarterene greide jeg ikke stå stille, maste oppover Gyldenløvesgate, prøvde finne hvile ved fontenen, ved den igjenspikra, frosne fontenen. En dag kom Jørgen mens jeg satt der.

— Du skulker teaterprøvene, sa han stille.

— Dårlig tid, sa jeg.

Han ruska gjennom håret mitt og flirte.

— Du må komme neste gang, sa han, plutselig alvorlig igjen. Da skal vi lese gjennom hele stykket.

Jeg tente en røyk og begynte å preike.

— Har skrevet brev til ei jente, sa jeg. Nina. Hun heter Nina. Var sammen med henne for noen år siden. Men hu ha'kke svart. Men hun har sendt masse brev til meg som jeg ikke har svart på. Trur'u det er hevn, eller?

Jørgen fikk et sørgmodig drag over ansiktet, en skygge som langsomt løste seg opp.

— Jeg skal til England i juleferien, sa han.

— Bra, sa jeg. Liverpool?

— London.

Han tvinna fingrene og lente seg mot meg.

— Gruer meg litt, sa han:

— Hun kan vel svare, for faen. Har skrevet *fire* brev!

— Det går an å være glad og trist på én gang, sa Jørgen.

— Ja, sa jeg. Klart det. Det er det det hele går ut på.

— Er du glad i Nina?

— Ja.

— Hun skriver sikkert. Når du er glad i henne.

— Skal du til England? spurte jeg.

— Ja, sa Jørgen, hørtes nesten trist ut.

— Napoleon kommer! ropte jeg.

Det ringte inn og vi løp tilbake til krittet og den våte svampen.

En fredag skulka jeg de to siste timene og raste ned til Forsøksgym. Jeg hadde finlest tekstene på *White Album* og linja i *Green Onion* stod på tvers gjennom hjernen: *The Walrus was Paul.* Jeg hadde bladd gjennom alle leksikonene på Deichman og funnet ut at hvalrossen var et gammelt dødssymbol. Jeg var bunnfrossen. Jeg var full av fossiler og størkna energi. Det eneste levende i meg var angsten. Jeg spurta ned til Akersgata og fant Seb på fellesrommet. En jente stod foran ham og skreik.

— Du er en drittsekk! En forbanna drittsekk!

Seb prøvde å roe henne ned. Jenta slo nevene i pianoet og svingte sjalet rundt halsen.

— Det er *du* som ødelegger! raste hun. Du ødelegger for hele skolen!

— Jeg gjør hva jeg vil, sa Seb.

— Ikke her! Her er du en del av fellesskapet. Og når du trekker blås inn her, så ødelegger du for alle oss andre. Skjønner'u ikke det! Det er akkurat sånne som deg KUD og Bondevik er ute etter!

Jenta tro om og storma ut av rommet. Seb blei stående ved pianoet som ennå klang etter den sure, bitende akkorden.

Han fikk øye på meg og trålte over golvet.

— Store vandal, snerra han. Skal vi ta et slag flipper?

Jeg fikk ham ned ved et sølete bord. En platespiller dunka Led Zeppelin i etasjen over. Seb rulla en slaskete pinne.

— Stressa, eller? sa han og tente. Tobakken freste inn mot leppene.

— Hvem var den jenta?

— Sjefssalamanderen, flirte Seb.

Hun stod der plutselig igjen, rød i ansiktet, pekte på Seb med knytta neve. Men stemmen hennes var rolig og omstendelig.

— Vi har vedtatt på allmannamøtet at det skal være rusfritt på skolen vår, Seb. Det veit du godt. Om du går i parken og doper deg ned og myrder hjernecellene dine, så får det bli din sak, sjøl om det er jævla dumt av deg. Men det du gjør *her,* angår oss alle. Fatter du det, Seb?

Seb rødma litt bak skjeggfjona, kom et skjær over den gustne huden, han tvang blikket opp til henne.

— Du har rett, Unni. Du har alltid rett, for faen.

Hun smilte, neven hennes smelta og hun røska Seb gjennom håret, ga ham en klem og smatt bort.

— Skvær dame, sa jeg.

— Unni er sjefen her, sa Seb og bøyde seg over bordet. Er'e noe på gang, eller? Premierenerver? Sitter som en jo-jo på setet.

Begynte å prate.

— Det han Pellekisen sa den kvelden, om at Paul er død, døde for fire år siden, var'e bare bløff, eller hva faen var'e for noe? .

Seb folda ut king size-fliret og latteren pipla ut mellom tenna.

— Kom ikke hit og fortell at du har gått dønn på den rabarbraen, du også, gamle Kim!

Jeg svingte ut fliret jeg også og krølla fingrene sammen som matpapir.

— Klart ikke, syntes bare det var passe sprøtt.

— Og så har'u sitti hjemme og funnet Pauls dødsannonse på hver jævla skive siden Help. Hæ?

Jeg trakk på skuldrene.

— Ikke akkurat. Har myst litt. Ganske merkelige saker.

— Egen komité her nede som har trålt gjennom hele samlinga. Nå har de funnet ut at George må være død også. De skal begynne på John i neste uke. De mest beinharde mener at Ringo er den eneste som er født.

— Du trur'e ikke, du, altså?

— Gi nå fa'n, á, Kim. Trur'u de kan hoste opp en kæll, heve trynet hans og vri om stemmen? Bare reklame, mann. Penger i boksen. Du *trudde* vel ikke på det!

Jeg lo høyt.

— Er'ru gæern!

Et bollekinn stakk inn av døra og spotta Seb.

— Kommer'u i norsktimen?

— Var der forrige uke.

— Bjørneboe stiller kanskje, jo, din sinkeblære!

Seb ramla opp og var på vei ut.

— Blir'u med? ropte han til meg.

Jeg fløy etter. I korridoren var veggene overmalt med psykede-liske figurer, det var noe annet enn slakterkorridorene på Vestheim og Frogner.

— Ha'kke tid, sa jeg.

Seb stansa.

— Stikker'u nedom en kveld?

— Den pillen, begynte jeg. Den pillen Pelle hadde med. Har'u kommet ned, eller?

Seb stirra på meg, myste nærmere, vrengte opp øyelokket mitt og undersøkte pupillene.

— Kommet ned? sa han bare.

— Har hatt det ganske stritt siste uka, mumla jeg.

Han så lenge på meg.

— Snakker'u om pilla til Pelle?

— Akkurat. Har vært på tripp i ett strekk.

Han svelga latteren.

— Var jo bare kinin, jo, mann. Pelle bløffa bare. Var *kinin*. Får'e på apoteket. Uten resept.

Seb sprinta bortover gangen og det smalt i en dør. Det gikk passe rundt for meg. Fire jenter med hendene fulle av våt leire, kom fnisende mot meg. De kunne knadd meg til hva som helst. De kunne laget tekopp og krukke og lysestake av meg, putta meg i ovnen og brent meg inn i evigheten. Jeg så i øya deres at de hadde lyst til det. De kom mot meg med rennende fingre, krumme, klare til angrep.

— Napoleon kommer! ropte jeg og løp hjem, redd, forbanna, klin forbanna og redd.

Muttern stod i entréen da jeg velta inn.

— Jørgen har ringt, sa hun før jeg fikk av meg kamuflasjedrakta. Han sa du ikke måtte glemme teaterprøvene i dag.

— Veit det, sa jeg. Jeg veit det!

— Er du nervøs for premieren?

— Det e'kke premiere før etter jul, jo!

— Du må snakke tydeligere når du står på scenen, Kim.

— Jeg ska'kke stå på scenen. Den megga har funnet ut at jeg skal stå nedi salen og rope replikken.

Jeg satte kurs mot rommet. Muttern var etter meg.

— Det er kommet brev til deg, sa hun.

Blodet silte fra skallens grå himmel. Det blei for mye på én dag. Jeg var like ved å synke i kne.

— Brev, gispa jeg.
— Det ligger på bordet ditt.

Jeg slepte meg inn. Det lå ved siden av bøkene mine, en svær, tjukk konvolutt med danske frimerker på. Navnet mitt var skrevet med maskin. Jeg visste allerede at noe var gæernt. Blodet koagulerte og la skorper i kjeften.

Jeg fikk den opp.

Ut datt alle brevene mine. Det var mange. De var ikke åpna. Til slutt fant jeg et maskinskrevet ark. Øverst i hjørnet stod det trykt: *Den Kongelige Danske Ambassade. København.* Nederst stod farens navn. Jeg leste det sakte. Det var ikke langt. Han skreiv at Nina hadde reist utenlands tidlig på sommeren, til Paris, sammen med noen venner. Hun var ennå ikke kommet hjem. De hadde fått et brev fra Tyrkia, hvor hun skreiv at hun hadde tenkt seg mot Østen, kanskje Afghanistan. Det var to måneder siden. De hadde ikke hørt noe mer fra henne. De skulle be henne skrive til meg når hun kom hjem, eller fikk vite hvor hun var.

Jeg satt på golvet. Den visne villvinen klorte mot ruta. Når jeg lukket øya, så jeg henne for meg, tynn, smilende, tenner som skinte bak røde, store lepper. Jeg så Nina for meg og nå var hun et eller annet sted i verden og ingen visste hvor hun var.

Jeg lukket øya enda en gang, vinden ristet i ruta, jeg hadde allerede glemt hvordan han så ut, Paul McCartney, jeg visste at den tida var over, Beatles var allerede oppløst, saken var klar, jeg skulle aldri mer stå foran speilet, slakke øyelokkene, bue brynene og late som jeg var keivhendt. Det var forbi. Det var forbi.

Jeg åpna øya og kjente at jeg var trøtt, trøtt gjennom hele meg, som om jeg ikke hadde sovet et helt liv, trøtt gjennom marg og bein.

Muttern vekka meg. Hun satt på huk med forskrekket blikk og rista meg våken.

— Sover du på golvet! Er du syk, Kim?

Jeg brakk opp. Brevene. Jeg samla dem sammen og trakk ut en skuff. Det var ikke plass, stappfullt av løpesedler. Jeg stua dem ned i en annen.

Pym og far snakket i stua. Mor satt der ved siden av meg.

— Du må skynde deg, sa hun. Teaterprøvene begynner syv!

Det var et merkelig vær ute, himmelen var liksom farga av et fremmed lys, luften virka eksplosiv, den skalv i det blå, underlige overlyset. Av og til sveipte et vinddrag gjennom gatene med et hyl etter seg, som et jetfly. Så var det stille igjen, det var som å krype gjennom en kanon mens lunta brant.

Jeg var sistemann i gymsalen, og Minni med muggene begynte å kjefte på meg med det samme jeg viste fleisen i døra.

— Synes du det er riktig at hele ensemblet skal være nødt til å vente på deg! ropte hun.

— Nei, sa jeg og denne dagen begynte å vokse meg alvorlig over hue.

— Tør jeg spørre om du akter å komme til premieren?

— Skal prøve, sa jeg.

Hun strakte hendene ut og smilte spydig.

— Nå ble jeg virkelig lettet, Kim Karlsen.

Og så var vi i gang. Hun avbrøt ved omtrent annenhver replikk, streka opp skrittene på golvet, dirigerte, artikulerte, stønna, strøk, la til, ropte, kjefta, gråt. Et par jenter brøyt sammen og løp hylende mot garderoben, det tror jeg forresten var noe de hadde sett på film. De blei lokka inn med smiger og cola, og så var det å starte forfra. Jeg brølte replikken min på rett sted ihvertfall, men megga var ikke fornøyd med tonefallet, jeg måtte leve meg inn i hele det russiske folkets historie, krigens redsler, Sibirs kulde og mødrenes angst; seklers lidelse skulle være komprimert i mine to ord. Da jeg hadde brølt *Napoleon kommer!* 23 ganger ga jeg jamnt faen, tok jakka mi og labba ut. De regna vel med at jeg skulle vende tilbake, så ensemblet tok det lungt. Men jeg kom ikke tilbake. Jeg gikk ut i gatene og nå hadde vinden slitt seg løs for alvor, den hamra gjennom byen, jeg blei slengt regelrett inn i porten igjen, krabba ut på alle fire og kom meg så vidt på beina. Det svei i øya, det ulte i øra, jeg stramma magemusklene, holdt meg for trynet og dukka inn i vinden.

Jeg brukte minst en halvtime opp til fontenen. Der la jeg meg i ly av muren og fikk fyr på en røyk etter seksten fyrstikker. Det var ikke et menneske å se, bare en puddel blåste forbi meg, som et svart nøste. Trærne i alléen blei pressa mot bakken. Gatelyktene svingte i alle retninger, kasta skinnet vilt omkring, som en sørpa fyr med lommelykt. Det singla i en rute et sted. Luften var et eneste svært hyl av vind.

Jeg halte meg opp og stavra videre, jeg snubla og blei blåst inn på en plen, klamra meg fast i gresset, krabba et stykke, fant fotfeste og kom meg på høykant. En avis fløy mellom trærne som en forhistorisk fugl. Jeg karra meg over til alléen og sleit meg fra stamme til stamme. Klokka var over halvti da jeg stod i Tide-mandsgate. Jeg ropte navnet hennes, men vinden kvalte all lyd. Jeg skreik igjen, men ingen kunne høre det, jeg hørte det ikke selv, kjente bare at halsen blei raspa opp og at det banka ømt i trommehinnene.

Jeg sank ned på fortauet, en vindkule rulla meg rundt. Jeg fikk nesten ikke puste, lå med åpen kjeft og gispa. Et tre ramla tvers over gata, knuste et plankegjerde. Noe seilte forbi meg og smalt i en vegg. Takstein. Taksteinene rant av husene. En splint traff meg i panna og jeg kjente noe vått renne over neseryggen. Jeg tvang meg opp, beskyttet ansiktet med armene, skulle til å gå mot vinden, da så jeg ham komme, Jørgen kom gjennom stormen, med hendene i lomma, plystrende, som om ingenting var hendt, som om ingenting hendte. Han gikk på tvers av vinden uten besvær, jumpa over treet og løp det siste stykket bort til meg.

— Tenkte jeg fant deg her et sted, sa han bare.

En takstein snitta forbi ham.

— Forsiktig! brølte jeg og dro ham til side.

— Det var her Nina bodde, ikke sant? sa han og så inn på den svære trevillaen som lå mørk i den overgrodde hagen.

— Verste været jeg har vært borti! ropte jeg. Trur strømmen har gått over hele byen!

Jørgen så på meg.

— Du kommer tilbake, ikke sant? Til teatergruppa.

Jeg nikka og kjente at vinden var like ved å rive ut øya.

Han la en hånd på skulderen min, snakka gjennom stormen som om den ikke beit på ham.

— Du kommer alltid tilbake, du, Kim. Ikke sant?

Det svei under øyelokkene, jeg kunne ikke se klart lenger. Hue mitt falt framover, og jeg lente panna mot Jørgens bryst. Han la hånden over nakken min og holdt meg fast. Så kjente jeg kinnet hans mot mitt, munnen hans, jeg la armen rundt ham, vi stod midt i stormen og jeg gråt mot Jørgens bryst.

LET IT BE

vår/sommer 70

Den russiske vadmelsuniformen klødde over hele skrotten, var verre enn å bade i nypelus. Svetten drønte nedover ryggen, hjertet hakka og nervene begynte å gå i floke. Jeg satt mo aleine i garderoben og venta på stikkordet, for Minni med muggene hadde selvfølgelig funnet ut at jeg skulle komme inn *bak* publikum, løpe opp midtgangen, brøle mitt skjebnesvangre budskap og forsvinne rundt scenen. Jeg hørte Jørgen snakke der inne i salen, stemmen hans var klar og tydelig og publikum var bomstille. Så svarte Natasja, den overlegne sossen, jeg hørte det knitre i silke. Jeg kikka i nøkkelhølet, så alle de stive bakhuene som satt vagla opp på rad og rekke. Det blei mørkt på scenen, noen snubla, så kom spotten på igjen og da stod Napoleon i lyssirkelen, en bleikfeit fyr med blasst blikk, hadde fått rollen fordi han var skolens minste, 1.59. Han stod med hånden på brøstet og med den vanvittige hatten som et skip langs skolten, og i bakgrunnen spilte Jan Johansson *Pråmdragarnas sång på Volga*. Jeg satte meg på benken igjen. Nervene tøt ut. Heldigvis hadde jeg tatt med meg noen arbeidsøl. Jeg jekka opp en eksport og drakk. Det hjalp ikke. Jeg tømte en til. Det var ennå lenge til jeg skulle inn. Jeg åpna den tredje og begynte å komme i lage. Nervene hang i ro. Bare vadmelen klødde. Så måtte jeg pisse. Ølet hadde bare bobla litt opp i hue, resten gikk rett i blæra. Jeg hadde god tid og lunta ut til dassen. Der fikk jeg en kjempejobb med å kneppe opp den russiske buksesmekken, var minst tjue metallknapper som måtte lirkes ut, og verre var det å få den igjen, mye verre. Panikken la seg over meg. Jeg knappa og reiv, det klødde under huden, i skrittet, de tunge lærstøvlene var av bly. Jeg fikk endelig smekken på plass og raste tilbake til garderoben, stansa, hørte ingenting, ingen sa noe der inne, gikk bare et lite sus, en hul mumling langs benkeradene. Jeg titta i hølet. Der stod hele truppen og venta, skotta nervøst på hverandre, venta, venta på meg, hjertet mitt hoppa

403

som en laks i gulpet, så trakk jeg pusten, grep fatt i sabelen og reiv opp døra.

Siden husker jeg ikke så mye, men jeg måtte ha gjort et visst inntrykk, for hele salen skreik i kor og det var tilløp til panikk på de bakerste radene. Jeg brølte min grusomme beskjed og kom meg i skjul bak scenen. Terje, lysmesteren, mata meg med øl, mente hardnakket at replikken min måtte ha gitt utslag på seismografen i Bergen, og at jeg allerede hadde sikra meg Oscar for beste mannlige birolle.

— Det er film, det, ditt brød, ropte jeg stille.
— Samma det, Igor. Elistatuetten får'u hvertfall!

Så spilte Jan Johansson *Kvällar i Moskvas förstäder* og det blei mørkt i gymsalen, og sceneslavene skulle bære inn den rosa sofaen, gikk på trynet i en ledning, kom seg videre og ramla tilbake. Lyset tona opp, Pierre snakka om sin store kjærlighet og Natasja grein, og folk i salen begynte å snufse også, særlig én, det måtte være muttern, det var sikkert, jeg krympa over ølet. Og så var det hele over, lyset sank over Pierres skrott, stillheten varte noen sekunder, så brakte det løs en øredøvende applaus, og vi kasta oss rundt halsen på hverandre, liket fikk snodd seg ned fra divanen før lyset kom på igjen, og etterpå stod vi på scenen, på rad og rekke, hånd i hånd, mens trampeklappen buldra mot oss og blitzen lynte fra verdenspressen. Jeg fikk øye på muttern, på første rad, hun strålte, hadde ikke sett henne sånn siden Brand. Og bakerst satt Seb og Gunnar og Ola og flirte og peip. Vi måtte inn fem ganger før kosakkene ga seg.

Og etterpå var det premierefest hos Minni, i en svær kåk i Bygdøy Allé. Jeg prøvde å ligge lavt i skogen, tråkka forsiktig rundt med blyloddene og langpilsen og konsentrerte meg, akkurat som jeg bare fortsatte i en ny rolle, jeg passa på hva jeg sa, passa på tankene mine, *tenkte* på tankene mine, det var sprøtt, men jeg var livredd for å slå kollbøtte og få spader. Så kvelden glei rolig unna, noen sovna i et hjørne, Natasja hviska noe i øret mitt som jeg ikke hørte, men hun fniste voldsomt og forsvant inn i et annet rom med den svære, sprakende kjolen, som om hun gikk inn i et maleri fra forrige århundre. Jeg så Minni presse Pierre opp mot veggen, så snudde hun brått og blei borte. Jeg satte meg i en stol og fant en halvfull øl, tente en sneip og stirra på Pierre som fremdeles stod klistra til veggen. Så smilte han og kom bort til meg.

Hadde nesten ikke snakka med Jørgen siden den kvelden med

stormen, og Jørgen hadde liksom forandra seg siden juleferien, da han var i England. Nå satte han seg på armlenet, la en hånd på skulderen min. Ville gjerne preike med ham nå.

— Gikk bra, sa jeg.

Han nikket. Noen klunka på et piano.

— Du kommer til å bli proff, sa jeg.

Han svarte ikke, gnei hånden over skulderen min.

— Åssen var'e egentlig i London? spurte jeg.

Han så seg fort omkring, som om han var redd for at noen skulle lytte.

— Fint, sa han fort. Topp.

Han satt sånn en stund, så ned på meg.

— Fått en kjæreste der, hviska han.

Jeg boksa ham bløtt i magen.

— Sterkt! sa jeg. Åssen ser hun ut?

Øya hans sveipte sørgmodig over meg, så reiste han seg og gikk inn i andre rom. Jeg blei sittende med tomflaska og følte meg plutselig kvalm.

Noen ville ha meg til å synge. Jeg nekta. Jentene ba på sine knær. Jeg nekta plent. Napoleon ville ha meg til å klatre opp på taket, var bare å ta takrenna rett opp fra altanen. Jeg begynte å bli skjelven. De ville ha meg til å gjøre ting. Jeg velta en lampe og gikk på dass, låste døra og lente panna mot de kjølige veggflisene. Da hørte jeg en lyd bak meg av bølger og sommer. Jeg snudde meg sakte. Badekaret var fullt av vann og skum. Så oppdaga jeg henne, Minni, hun lå der rett ut med et bredt smil og lukkede øyne, brystene fløt omkring som badeballer. Hun hadde ikke drukna. Hun snakka til meg.

— Du er god venn av Jørgen, du Kim, er du ikke?

Jeg fikla med låsen, den hadde skåret seg. Vadmelet krympa og kløddte.

— Joa, sa jeg. Vi er kompiser.

Det plaska, hun løfta en arm opp av skummet.

— Kom hit, sa hun.

Jeg kom ikke.

Hun åpnet øya og skrudde dem fast på meg.

— Kom, sa hun.

Jeg gjorde som instruktøren sa. Hun greip hånden min og holdt den fast. Så dro hun den ned mot seg, og hun var sterk, jeg kjente det lunkne vannet over fingrene, jeg kjente den bløte huden, hun dro meg videre, presset hånden min mellom beina.

405

Så slapp hun.

Jeg tok armen sakte opp. Uniformen var blitt våt og tung.

Hun smilte.

— Du skulle hatt en større rolle, Kim. Jeg oppdaget det i kveld Du skulle hatt . . . en større rolle.

Jeg pelte meg ganske kvikt ut. Jeg var livredd. Jeg pissa i vasken på kjøkkenet og krøka meg inn i stuene. En jazzlåt svaia langsomt på maskinen, i sofaen satt mørke par. Det freste i klær. Jeg drakk av en flaske, det brant, vodka, og idet jeg bestemte meg for å gå, var Natasja bak meg.

— Leter du etter Pierre? hviska hun.

— Hadde tenkt meg hjem, sa jeg.

— Han har gått for lenge siden, mumla hun nært.

Jeg fant en sofa. Hun kom etter, sank ned ved siden av meg.

— Armen din er helt våt, sa hun.

— Mista røyken i en ølflaske, sa jeg.

Hun fniste og lente seg nærmere.

— Du er ikke så gæern som alle sier, sa hun.

Jeg røska meg løs og tumla ut på golvet.

— Hvem sier det? peste jeg.

Hun så litt ulykkelig ut.

— Ingen, stammet hun. Ingen.

Jeg gikk. I Bygdøy Allé lyste vinduene hos Bonus grelt som i et horehus. Jeg ville ikke hjem. Jeg stampa meg vei gjennom snøen til Norum Hotel og ringte på klokka. Ola hadde nattvakt tre ganger i uka. Han åpna og stirra på meg med hovent blikk. Så kjente han omsider budbringeren igjen og vinka meg inn.

— Klokka er tre, gjespa han.

— Har'u en øl?

Ola tusla ned i kjelleren og henta to pils. Bak skranken hadde han slått ut feltsenga. Vi satte oss i salongen. Han lirka en Kamel ut av automaten.

— Verste jeg har sett, sa han.

— Hva da?

— Støkket, din ape! Eneste gang jeg var våken var da du storma inn.

Jeg humra i vadmelen, tente et nytt dyr.

— Åssen går'e med Vigdis? spurte jeg.

Og Ola så seg omkring, redd for å bli knepet på fersk gjerning, midt på natta, i et sovende hotell, med Kirsten i Trondhjem.

— Ålreit, hviska han. Ålreit. Men det er Kirsten som er dama mi. Det er klare linjer.

— Bra, sa jeg. Klare linjer. Det sier Gunnar også.

Vi satt tause en stund. Jeg kjente at jeg var full. Ingenting stod tille. Angsten tørna over meg, uten at det var noe å være redd for, angsten kom på forskudd nå, og jeg visste ikke hva det var jeg skulle betale.

Jeg klorte sneipen i askebegeret.

— Må legge meg nedpå, sa Ola. I forgårs glemte jeg å vekke en nder som skulle med fly til Madrid. Han forsøkte å brenne meg levende.

— Hva trur'u . . . hva trur'u egentlig det kommer til å bli av oss? sa jeg sakte.

Ola så forbauset på meg, lukka det ene øye, smilte i den andre munnviken.

— Mener'u med det?

— Åssen kommer det til å gå med oss?

Han smilte på andre sida også.

— Fint, sa Ola. Hva ellers?

Det durte på sentralbordet og en lampe blinka rødt. Ola tusla bort til disken og tok røret. Det var en amerikansk agent som ville ha cola.

Og jeg rota meg ut i snøen igjen. Det var blikkstille i byen. Jeg stod midt i Bygdøy Allé, i russisk uniform og høye, svarte støvler, rakk sabelen, brølte, løp mot Bonus og gikk på trynet i en fonn.

Gunnar var oppom med flere løpesedler, smugla dem med seg på snedige måter, inni aviser, blader, i bæreposer fra Bonus, i plate-covere, i det hele tatt var Gunnar blitt ganske snedig av seg, snedig oppglødd og mistenksom. Han gikk og kikka seg over skulderen hele tida, snakka sjelden eller aldri i telefonen. Men han virka fornøyd, i alt det politiske hatet som dampa av ham fantes det en rein og klar lykke, politikken var Gunnars badstu, jeg trur Gunnar var lykkelig. Han tilbrakte kveldene på møter i Ytre Vest, gikk på sufs studiesirkel, stod på FNL-stands og var med i Elevutvalget. Når han kom oppom, var det for å avlevere løpesedler, og denne gangen dreide det seg om amerikanernes planer i Laos. Jeg hadde snart ikke plass til flere løpesedler. Skuffen var full. Jeg blei søvnløs på stedet og tenkte på alle løpesedlene jeg ikke hadde delt ut.

Han ålte seg inn på rommet mitt, forsikra seg om at døra var låst, dro for gardinene og halte opp en bunke pakka inn i matpapir.

— Helst i morra, hviska han, som om det lå en Sipo under senga med telelinse og båndopptager.

— Ålreit, sa jeg, og følte meg råtten, å juge med kjeften var én sak, å juge i handling, det var verre, selv jeg skjønte det.

Gunnar blei sittende et kvarter, da måtte han videre, skulle skrive en artikkel til skoleavisa om femdagers-uka og sjølmelding.

— Åssen går'e med Stig? spurte jeg.

Han ville ikke snakke om det.

— Husker'u Cecilie fra Vestheim? sa han i stedet og reiste seg. Jeg så tomt på ham. Om jeg huska Cecilie?

— Trur det, sa jeg.

— Går på samme studiesirkel som meg. Er blitt redaktør i skoleavisa på Ullern.

— Cecilie?

Han trakk opp ei blekke og viste meg Ulke Hulke. Redaktør: Cecilie Ahlsen.

— Går'a på studiesirkel også?

Gunnar nikka og bladde opp i avisa.

— Står en bra artikkel om Suf og Mao her, sa han. Og NGS. Faen meg beste skoleavisa i byen.

Så måtte han gå. Og Gunnar gikk ikke den vanlige veien. Han tok kjøkkentrappa og klatra over gjerdet i bakgården. Han svingte seg ned på tørkestativet og blei borte.

Den natta hadde jeg feber. Cecilie. Cecilie redaktør. Cecilie på studiesirkel. Det gikk rundt for meg. Og i skuffen brant løpesedlene.

Tre dager seinere kom Gunnar tilbake. Han var smal mellom øya og hadde med seg 10 eks av Klassekampen, rulla inn i Aftenposten.

— Kan du tenke deg å selge Klassekampen på Frogner? spurte han.

Jeg dro på det, jeg dro langt på det, jeg hadde ikke plass til mer, var som om alt hadde låst seg, det vokste meg over hue.

Plutselig greip han skjorta mi og dro meg nærmere.

— Du ha'kke delt ut en jævla løpeseddel, freste han. — Hæ? Har'u vel!

Han slapp meg og jeg sank ned på sovesofaen, torpedert. Jeg skulle til å snakke, men Gunnar ga meg ikke tid.

— Hvor har'u dem?

Jeg trakk ut tredje skuff. Den satt nesten fast. Gunnar sopte løpesedlene ned i bagen sin. Vietnam. Kiruna-streiken. Femdagers-uke. Rasjonaliseringa. KUD. Laos.

— Og du trudde du kunne greie å lure oss!

— Forsøkte ikke å lure noen, prøvde jeg.

— Ånei. Hva kaller'u det da? Lagerarbeid?

— Er enig i det som står på dem, fikk meg bare ikke til å dele dem ut.

Det lød matt. Jeg var ferdig.

— Det er liksom det som er vitsen med løpesedler, veit du. Hvis du bare ville *lese* dem, så trengte du ikke femti av hver! Hæ!

Var ikke noe å si til det. Jeg var en idiot. Jeg tok imot kjeften. Gunnar rydda skuffen min tom.

— Er'u forbanna på meg? spurte jeg spakt.

— Det er *folket* som er forbanna på deg, sa Gunnar. *Folket* er *skuffa* over deg.

Og da han gikk, sa jeg det som gjorde meg til fullkommen lakei, som for alltid gjorde meg til spott og spe.

— Ikke si noe til Cecilie, sa jeg.

Det gikk plutselig opp for oss at artium nærma seg. Men jeg greide ikke helt å konsentrere meg den våren, greide ikke det, med tanken på Nina, at ingen visste hvor Nina var, med tanken på Cecilie, red. Cecilie på sirkel, hodet mitt var for smalt for en slik tanke, jeg hadde ikke plass til den, om hun hadde gifta seg med Kåre Kødd eller stilt opp i mixed double med Peder i Norgesmesterskapet, jeg skulle ikke ha sagt noe. Men nå. Hue mitt hadde ikke kapasitet. Cecilie og Nina. Noen ganger drømte jeg at Nina løp over en ørken. Det var en lydløs drøm, og jeg kunne se på ansiktet hennes at hun var døden nær av tørst. Det hendte jeg måtte stå opp selv og drikke vann slike netter. Og Jørgen glei liksom unna meg, så ikke mye til ham. Og fadesen med Gunnar. Det svei i øya når jeg tenkte på det. Jeg var ydmyket og pulverisert. Jeg gikk og lengta etter Den Store Revolusjonære Bedriften, noe som kunne gjenreise meg, oppreise meg, reinvaske meg. Det Store Offer. Jeg drømte om svære ting, ikke sånt småplukk som å spille keeper på landslaget når Norge leder 1-0 over Sverige på Ullevål og svenskene får straffe og jeg ligger som en skrudd banan i vinkelen og fisker ballen ned med pekefingeren. Niks. Jeg drømte at jeg dreiv i land i Vietnam, blei soldat i FNL og leda det endelige og avgjørende slaget mot amerikanerne. Sånn drømte jeg. Eller at jeg kidnappa Nixon og fikk ham til å innrømme at han var en imperialistisk og fascistisk rotte, hvorpå han uten vilkår skreiv under på kapitulasjonspapirene. Sånn drømte jeg. Men sjansene kom aldri, selv om jeg gjorde mitt beste på sesjonen, men det blei liksom ikke regna med, for Gunnar skulle ikke nekte likevel.

Kvelden før satt jeg på hybelen hos Seb, det var bare oss to, og Jim Morrison, han hviska i bakgrunnen, på bordet lå 160 Teddy, tre hjemmetappa hvitvin stod på golvet og i lomma hadde Seb et saftig fiks.

— Men inni hælvete, brølte jeg. Ska'kke Gunnar nekte likavæl! Seb rista på hue.

— Ny linje. Gutta skal på skauen. Jobbe innenfra.

Jeg tente en Teddy. Fingrene var mørkegule allerede, den heslige pekefingeren var brunaktig og det lukta surt av den.

— By'ner å bli sår i halsen, stønna jeg.

Seb skjenka opp vinen, den var ganske grumsete og smakte sand.

— Nytter ikke *late* som man skjælver på henda, sa han. De e'ke helt brød selv om de er generaler.

Jeg så på hånden min. Den rysta litt. Det var ikke nok. Vi hadde holdt på sånn hver kveld i ti dager. Jeg var svimmel i skolten. Seb så ut som om han hadde gulsott og migrene og dobbeltsidig lungebetennelse.

— Lettere å ta på seg dameundertøy, snøvla han. Da dimmer'u på sekundet.

— Ikke fa'n. Ikke fa'n. Sier heller jeg er sengevæter.

Seb tvang vinen ned med et gulp, øya sprikte i trynet.

— Holder ikke, peste han. De tar'ei med på mo'n for å se om det stemmer. Følger'ei på toget også. For å se om du pisser.

Vi satt tause en stund. Seb kjørte *Unknown Soldier*. Jeg tenkte på Gunnar som skulle inn likevel. Jeg drakk vinen og kjente meg kvalm og tom.

— Gunnar har forandra seg, sa jeg.

— Syns du? Syns ikke jeg. Han er som han alltid har vært.

Han skifta over til *Morrison Hotel*. Jeg pissa i vasken. Seb ordna vannpipa.

— Møtte Guri i forrige uke, sa han.

— Åssen gikk det, å?

— Gikk og gikk. Stod bare og måpte og hadde null å preike om. Ganske sprøtt, hva?

— Sammen med han slalåmsvein ennå, eller?

— Veit da fa'n. Spørte ikke. Krøsser ikke meg, forresten. Men det er ganske sprøtt at det ikke går an å preike med folk, hæ?

— Joa.

— Og når folk preiker, så preiker de bare overflatisk piss. Været og melkepriser og TV. Muttern for eksempel. Etter at han pjoltergjøken smatt inn i buret, er'e bare blitt plast og fjernsyn. Sitter der med drinken og peanøtter og blir passe brisne, fytte faen.

— Hørt noe fra fattern din, eller?

— Har'u sett Easy Rider? Stjernefilm. Ferdig med svenneprøven skal jeg fikse en sånn flat motorsykkel og dure sørover. Har'u ikke sett'n, eller?

— Niks. Orker ikke mer kino. Verste jeg veit. Blei overfôra da jeg var sammen med Cecilie.

Seb tente på vannpipa, sugde, og det surkla omtrent som når man stikker langstøvler i en myr. Han sendte orgelet til meg og så satt vi en stund og kjente etter.

— Cecilie er visst blitt ml'er, sa jeg.

Seb flirte, dro en gul finger gjennom den lyse barten som hang tynn ned i munnvikene.

— Kan ha sommerleir på Bygdøy i år, hosta han.

Så satt vi og surkla mens Morrison sang *I'm a Spy in the House of Love*. Vi skylte ned med hvitvin etterhvert. Magen kjentes som en tørketrommel, en rusten tørketrommel i et nedlagt vaskeri i et fuktig og muggen kjeller. Sånn følte jeg meg. Det var kvelden før vi skulle på sesjon.

— Trur'u vi greier det?

— Jøss da, sa Seb, reiste seg, vakla, skrudde ned igjen.

— Sikker?

— Må'kke b'yne å klusse nå, veit du. Ikke ta med håndkle. Ikke ta med innkallelsen. Svar gæernt på alle spørsmåla. Be om å få komme til psykologen med én gang. Greit som faen i banken, Kim.

— Trur'u de kommer til å tru oss?

Seb sperra øynene opp.

— *Tru?* Saken er at de ikke vil *ha* oss!

— Når'u juger, lønner det å holde seg til sannheten, sa jeg plutselig.

Seb sa ikke mer den neste timen. Vi fyrte opp pipa og drakk opp vinen.

Så sa han:
— Det har'u faen meg rett i.

Jeg sjangla hjem ved totida. Byen var kjølig og grå. Gatene strakte seg ut, fikk et annet skjær over seg nå som menneskene ikke var i dem, nesten som om himmelen klemte mot asfalten. Jeg var aleine i gatene og tanken slo meg at jeg kunne vekke hele byen med et skrik, gi full hals og se lysene komme på i vindu etter vindu, høre rullgardiner fare opp, dører som smeller, menn som kjefter, kraner som renner. Det kunne jeg ha gjort. Jeg kunne ha skreket hele denne byen i live. Jeg gjorde det ikke. Jeg fant Svoldergate i stedet, lista meg inn, mor og far hadde lagt seg for lengst, men mor sov ikke, jeg hørte at hun vrei på seg der inne, jeg hørte øynene hennes stirre i mørket.

Jeg la meg ikke. Jeg åpna vinduet og røyka opp resten av Teddyene. Jeg så på hendene mine. De var gulbrune, skitne, de skalv. Kunne jeg stukket en piperenser fra øre til øre, ville man oppdaget at sjela mi var svart og sausete. Håret hang fett ned i ansiktet. Klokka fire spydde jeg ned på fortauet. Klokka fem steig lyset opp på den andre siden av byen, et gult blaff, eller hvitt, det trakk opp bak Ekeberg og lente seg over himmelen. Jeg stod i vinduet mitt og så, og det slo meg at jeg aldri hadde sett noe lignende. Dagen kom som en gjennomsiktig, lysende vifte og blåste natta sakte bort. Det møre hue mitt var helt overveldet. Men sånn var det vel hver morgen.

Jeg gikk opp på loftet og henta fatterns folkegassmaske. Så gikk jeg ut. Det var tre timer til jeg skulle være på Akershus.

Jeg satte meg ved Strandpromenaden, spente på meg maska. Det var vanskelig å puste i den. Jeg speila meg i vannet. Jeg ligna en vannskapt maursluker. Jeg satt slik og kjente etter angsten. Men jeg var tom. Jeg tenkte på den gangen jeg hadde stått på taket hos Cecilie, dansa med skjelettet, sloss med grevlingen. Angsten kom ikke. Først da blei jeg redd. Jeg spydde det siste som var i magen, det var grått.

Trafikken økte bak meg.
Kranene svingte langs himmelen.
Jeg kom et kvarter for seint. En grønnkledd gjøk sleit av meg maska og dytta meg inn på et rom hvor det blei kjørt en film, og ved siden av lerretet stod en cutting med pekestokk og preika om utdanningsmulighetene i forsvaret, og bildene viste fram en slesk

412

gjeng som satt på kontor eller vrei på radarer eller mekka på jetfly. Så blei lyset tent og jeg fikk øye på Seb. Han ligna et dårlig gjenferd. Bak ham satt Gunnar og Ola. De bare rista på hue.

Så fikk vi utdelt en bunke ark med spørsmål og kryss. Det var ganske sprøtt. Bil A kjører fra Drammen klokka fire og Bil B kjører fra Oslo klokka fem. Bil A holder femti kilometer i timen. Bil B kjører i 60. Når møtes de. De kræsjer i Sandvika, skreiv jeg i margen. Og så var det figurer som skulle passe sammen, assosiasjonstester og andre glupe greier. Inspeksjon. Hva forbinder du med det? Undersøkelse? Forhør? Tortur? Jeg tippa borteseier. Jeg tippa borteseier på hele rekka, det så reint og pent ut. Kan du svømme? Nei. Hobbier? Blei jeg aldri ferdig med det? Nei. Jeg la arket til side og tente en røyk. En svett gorilla var over meg og halte pinna ut av ansiktet mitt. Det blei endel rabalder, så jaga de oss ut på gangen. En general spurte hvor håndkleet og innkallelsen min var. Jeg viste ham folkegassmaska. Han skar tenner. Gnistene slo mot meg. Gunnar og Ola forsvant nedover korridoren. Skyggen av Seb falt inn på et rom. Jeg blei dytta inn en annen dør. Der stod det minst tjue dvaske skrotter fra før. Jeg greip fatt i en som var påkledd, han rygga bakover av ånden min.

— Jeg må til psykologen! hviska jeg. Jeg må til psykologen!

Han roa meg ned og ga meg et vennlig klapp, jeg blei helt bløt inni meg, det fantes mennesker her også. Han målte meg opp og ned og så virkelig bekymra ut. Så blei jeg fulgt ut igjen og fikk beskjed om å vente. Jeg røyka fire rullings på rappen. Røyken svei i øya. Tårene silte. Gubben kom tilbake, han var sikkert ikke mer enn fenrik, kanskje bare menig, kanskje det var vaktmesteren, men han var snill.

— Gråter du? spurte han.

— Ja, sa jeg.

— Kom, sa han og tok meg vennlig i armen.

Jeg blei brakt til et svært kontor hvor det satt en høyt dekorert brande bak et skrivebord. Jeg sneik meg ned i en stol og stirra i golvet.

— Hva er det med deg? spurte han, og stemmen var forbausende mjuk, hadde venta meg et elektrisk bor, men dette var barnetime.

Jeg greide ikke svare.

Generalen bøyde seg over det blankpussa bordet.

— Du røyker for mye, konstaterte han.

En lang stillhet fulgte. Jeg begynte å klø i hodebunnen. Jeg klødde meg, jeg grafset som en ørn. Han bare så på meg.

— Dette går nok bra, sa han. Dette er bare en formalitet.

Døra gikk opp og fenriken min viste meg vei til venteværelset hos legen. Det stod tre stykker der fra før i hver sitt hjørne. Jeg satte meg midt på golvet.

Et kvarter seinere blei jeg halt inn. Legen mønstra meg med kalde øyne.

— Bruker du hasj? spurte han.

Jeg svarte ikke.

Han kjente på pulsen, klemte meg over nyrene. Så skreiv han en lapp og ga den til meg.

— Gi den til psykologen, sa han og ropte et nytt navn i diktafonen.

Fenriken fulgte meg videre. Jeg leste på lappen. *Stoffproblemer*, stod det. *Sterke nevrotiske trekk*. Jøss. Jeg begynte å bli nervøs for alvor. Jeg merka meg det, akkurat der, i den sure korridoren, med den blide fenriken ved siden av meg, at nå lot jeg ikke som lenger, nå var det ramme alvor, det var en terskel jeg hadde gått over, fra mitt rom til deres rom, jeg ville ut av det rommet, ut av det fortest mulig.

— Dette går nok bra, sa fenriken.

Psykologen var ganske ung og ivrig. Han leste lappen og stirra på meg. Jeg så forbi ham. En fugl kræsja mot vinduet. Han tok seg god tid, gikk rundt i rommet, ordna på skolissene sine, retta på et bilde, stilte seg bak meg, satte seg endelig.

— Når er du født? spurte han.

Jeg begynte å snakke, det gjorde vondt i halsen.

— 51. Høstjevndøgn. Akkurat mellom Jomfruen og Vekten. I noen horoskoper står det at jeg er Jomfru. Andre steder står det at jeg er Vekt. Jeg er født på høstjevndøgn, skjønner du. Det er helt jævlig.

Stillheten hang som et ekko i rommet. Så begynte krymperen å kneppe med neglene.

— Fortell litt mer om deg selv, sa han.

Og stemmen min fortsatte, som om den var et ras, et skred, kroppen min snakka over meg. Jeg fortalte om taket hos Cecilie, skjelettet, grevlingen, at jeg var en fugl før, at jeg kunne fly om natta, jeg fortalte om angsten som åpna seg som et knivstikk inni meg, jeg fortalte at jeg striblødde da purken slo ned demonstrantene i Paris, at jeg skreik hver natt, jeg fortalte at jeg var skyldig i et bankran.

414

Psykologen satt med en kulepenn mellom fingrene. Han skreiv noe på et ark. Det knitra. Plutselig stansa han, pusta på skriften, klødde seg i armhulen.

— Er det noe du vil spørre meg om? sa han.

— Hvorfor knepper du negler? spurte jeg.

Blikket hans hogg lynraskt i panna mi, jeg angra med det samme. Så fortsatte han å skrive, pusta igjen, brettet arket sammen og stakk det i en konvolutt som han slikket med en grå tunge.

Så langa han ut et smil.

— Fordi jeg blir gal av å sitte her, sa han.

Han fulgte meg bort til døra og ga meg brevet. Jeg bukka og skrapte.

— Gi det til legen du var hos, sa han og skjøv meg ut.

Fenriken var på pletten og fulgte meg ned igjen. Jeg begynte å bli sliten. Jeg la merke til at det var knotter på gelenderet, akkurat som på skolen. Så kunne ikke generalene skli nedover. Jeg tenkte jeg skulle si det til fenriken, men lot være, trur det var lurt.

I etasjen under var det fullt av folk. Jeg så etter Seb og Ola og Gunnar, de var ikke der. Men helt bortest stod Jørgen. En grønnkledd jævel kom og tok ham med seg.

Så var jeg hos legen igjen. Det tok aldri slutt. Han stod med ryggen til og leste brevet fra psykologen. Han snudde seg brått, folda arket sammen over pekefingeren, som en seddel.

— Har du dårlig mage? spurte han.

— Ja, sa jeg.

Han nikket flere ganger, skulte bort på meg, jeg holdt hendene over magen. Så tok han vernepliktsboka og skreiv, jeg kunne lese det på hue: UD. UDSF. Jeg spurte hva det betydde. Udyktig, betydde det. Udyktig i sivilforsvaret, til og med. Udyktig var mitt mellomnavn heretter. Og ennå var jeg ikke ferdig. Jeg fikk vernepliktsboka og tjeneren min fulgte meg til generalen på ny. Jeg ga ham boka, han bladde sakte gjennom den, reiste seg, øynene hans var triste, triste, og han kom rundt bordet.

— Ja, ja, sa han. Han sa det. Ja, ja.

Nå stod angsten som en bråttsjø gjennom meg og klaska mot hjertets røde klippe. Jeg var ved å gå i golvet. Han holdt meg oppe med en stålhånd.

— Det er dette med nervene som er verst, sa han sørgmodig. Nervene vet vi liksom ikke helt hva er.

Han nærmest bar meg mot døra og åpna den.

— Lykke til, hørte jeg i nakken. Lykke til, Kim Karlsen!

Jeg blei stående i korridoren. Det lukta klor. Fenriken kom bort til meg, med folkegassmaska, stakk den i hånden min.

— Du kan gå nå, sa han og gikk.

Det lukta klor. Så tusla jeg ut. Og midt i solskinnet, midt i lettelsen, stakk det en rasende tanke inn: brevet. Brevet som psykologen hadde skrevet. Hva stod det i det? Hva stod det der som gjorde at jeg slapp på flekken. Jeg hadde jo bare fortalt sannheten. Hva stod det i det brevet?

Jeg gikk hjem gjennom den råtne byen. Muttern var over meg før jeg fikk ut nøkkelen. Spørsmålene stod i kø. Hun strøyk en hånd over det skitne håret mitt og så redd ut.

— Hvor har du vært? stammet hun.

— Sesjon.

— I natt! I morges!

Hånden hennes ristet.

— Hos Seb, sa jeg. Gikk før dere stod opp i morges.

Hun kom etter. Pym sang i stua.

— Når skal du ut? spurte hun.

— De ville ikke ha meg.

Jeg viste henne fingeren min.

— Trur du man kan skyte med en sånn krok?

Jeg styrta inn på rommet og sovna som en bjørn.

Jeg blei vekka av Seb. Plutselig stod han der med årets breieste glis. Muttern vokta i bakgrunnen. Jeg fikk døra i smekk og Seb var over styr.

— Åssen gikk det! terpa han. Åssen gikk det!

— Gikk til slutt, sa jeg. Men det tok jævla lang tid.

Han slo seg ned på sovesofaen og boksa i madrassen.

— Gunnar blei stridende A. Og Ola skal i marinen!

Vi flirte vel og lenge. Seb strakte seg ut og vippa en halv vin ut fra ermet. Kunne gå til sirkus med den der. Vi drakk hver vår slurk.

— Åssen fiksa *du* det? spurte jeg.

Han lo og tappa meg på panna med en mørkegul finger.

— Fulgte bare rådet ditt, sa han. Om å juge og holde seg til sannheten. Sa at jeg var dønn frisk og gleda meg som en ørn til å komme i militæret. De trudde meg faen ikke. Blei sparka rett ut etter fem minutter. Trudde faen ikke på meg!

Den Store Revolusjonære Bedriften lot vente på seg. Jeg var en

416

overflødig eike i Historiens Hjul. Det var ikke bruk for meg. Det virka nesten som om Gunnar hadde glemt løpesedlene i skuffen min, for Hjulet rulla jo videre likevel. Det rulla gjennom Norge våren 70 og pløyde spor overalt. Arbeiderne streika. Trikken stod. Arbeiderne streika på Norgas. Purken dunka opp streikevaktene. Arbeiderne fortsatte å streike. Gunnar gikk med bøsse og skrangla. Jeg la på to tiere. Skulle bare mangle, sa Gunnar. 22. april, på Lenins hundreårsdag, blei kampen krona med seier. Historiens Hjul rulla mot målsnøret, og jeg var bare en rusten og overflødig eike.

Men første mai skulle jeg ikke stå på sidelinja med lua i lanken. Jeg troppa opp på Grønlands Torg ti minutter før avgang og fant Gunnar med en svær plakat som vaia i vinden. NEI TIL FEM-DAGERS-UKE! Han gliste da han så meg, ba meg holde parolen og forsvant i mengden. Det måtte være flere tusen. Jeg stod midt på Grønlands Torg, i en heksegryte, og sjangla med plakaten som vinden reiv og sleit i. Noen begynte å synge Internasjonalen, et annet sted ropte et kor: USA UT AV VIETNAM! Bak meg skrangla det i bøsser. Foran meg stod en jente med en skrikende unge på armen. En megafon skurra gjennom eteren. Det blei bevegelse i massen. Jeg tviholdt på plakaten og så etter Gunnar. Han var borte. Jeg stod midt i strømmen av mennesker som beveget seg sakte og målbevisst og fant plassene sine. Gunnar var vekk. Ikke så jeg Seb heller. Vinden holdt på å slå meg overende. En fyr med rødt armbind sa jeg måtte pelle meg over til skoleseksjonen. Han pekte bakover i toget. Jeg sjangla lydig den veien. Jeg hørte musikk. Noen klappa i hendene. En tungvekter med hengebart holdt et svært bilde av Stalin i været. Jeg sleit meg videre. De forreste hadde allerede begynt å gå. Jeg gikk feil vei. Så blei jeg halt inn i rekkene og fikk plass ved siden av en fyr som bar et portrett av Mao på stranden.

Gunnar var ikke der heller. En jente ba meg stå stille. Og så vandra vi. Ropene fra de forskjellige seksjonene blanda seg sammen, gikk opp i en høyere enhet, et rop som samla alle paroler og tanker under ett, revolusjonens esperanto, akkurat som orkestrene på søttende mai. Dette lød enda flottere. Jeg blei med på ropene, hørte ikke min egen stemme, jeg ropte alt jeg kunne sammen med de andre og hørte ikke min egen stemme.

Da skjedde det noe. Det var akkurat da vi var på vei ut fra torget. Purken stod manngard og pressa en sprikende bande opp på fortauet. De hoia og skreik og vifta med røde og svarte flagg. En av dem kom seg igjennom, løp over gata med en svær plakat over hue: STALIN=MORDER. Det var Stig. Det var Stig i farta. To vakter kasta seg etter ham, slengte ham i bakken og reiv plakaten i filler. Så halte purken bort restene av Stig. Gemyttene var i kok. Rødfront-vaktene måtte stå i geledd med snuten for å holde anarkistene unna. Jeg fikk øye på Seb også. Så var vi forbi. Jeg skjønte niks. Jeg stakk plakatstanga i hendene på en fyr bak meg, hoppa ut av rekkene og løp framover i toget. Jeg måtte finne Gunnar. Jeg syntes jeg så Cecilie, men var ikke sikker, jeg løp videre, var snart forrest, ved flaggborgen. Det stod tjukt med folk langs fortauet. Ropene gjalla i Storgata, blei kasta fram og tilbake mellom husveggene. Jeg fant Gunnar i anti-imperialist-seksjonen.

— Hvor faen blei det av deg? peste jeg.

— Måtte ta over her. Hvor har'u gjort av plakaten?

— Gitt den til en kis. Så'ru hva som skjedde, eller?

— Skjedde hva?

— Anarkistene blei jaga. Purken pælma dem bort. Sammen med vaktene. Purken og vaktene!

— E'kke for anarkister dette toget her.

— Var jo Stig, jo! Og Seb! Seb og bruttern din!

Gunnar så rett fram. Jeg var sjuende mann i rekka og lagde utakt.

— Revolusjonen e'kke no' teselskap, sa Gunnar.

Jeg blei bare stående. Toget velta mot meg. Så skubba noen meg ut. Jeg begynte å gå tilbake igjen, jeg småløp, tilbake igjen, svingte ned mot torget. De bakerste passerte meg og torget var tomt. En rød fane stod lent mot en stolpe, gjenglemt. Det knaste i sand under skoene. Det var ingen mennesker på torget. Løpesedler og pølsepapir dansa i vinden. Jeg stod midt på Grønlands Torg og så meg om til alle kanter.

Fire studenter blei meia ned på Kent University. Jeg husker bildet av jenta som synker gråtende ned ved siden av et blodig lik. Det er arr på øya mine. Jeg husker faren til Gunnar, løperen, som plutselig stod i grønnsakavdelingen på Bonus, med blå frakk og navnskilt på brystet. Han måtte gi opp kolonialen sin. Jeg husker han stod der den dagen jeg kom for å bunkre øl da artium var over. Jeg orka ikke møte blikket hans, bråsnudde, og så i speilet over kjøttdisken en lutrygget, slått mann som veide sitroner og poteter og tomater. Jeg skynda meg ut med ølkassa og gøyv løs på den sviren jeg hadde sett fram til i tolv år, for artium var over og slusene var åpne. Jo, jeg

418

husker artium også, en svett affære, en klam begravelse i gymsalen hvor vi satt spredd utover det nybona golvet. Lærerne lista seg rundt i svarte dresser og pressa slips, og pensjonistvaktene som fulgte oss helt inn på lokket, de satt der med sine knitrende sko og sukkertøy pakka inn i matpapir, ett for ett, jeg husker alt det. Og så fikk jeg skrive om Nansen igjen, og denne gangen blanda jeg ikke sammen Nansen og Schweitzer, jeg skreiv om det Nansen hadde skrevet om å bo i by, og det var ganske sprøtt. *Mennesker i kasser* het oppgaven, og Nansen sammenligna menneskene med dyr som lever i kasser, sover i kasser, eter i kasser, veit ikke helt om jeg fikk med meg poenget. Og han skreiv om sånne selskaper hvor mennesker bare sitter i store felleskasser og drikker seg snyden. «Det kalles visst fest,» skreiv Nansen, og jeg tilføyde at når vi dør ender vi opp i en ny kasse, men tvilte ærlig talt på om det var noe særlig bedre på Nordpolen, skreiv jeg på nynorsk og var måtelig fornøyd. Og jeg skreiv om et dikt av André Bjerke i hovedmål, *De voksnes fest,* da tenkte jeg på opera i radioen, den jeg alltid hørte for flere år siden, da det bare var opera i radioen, når jeg lå med døra på gløtt og krumme ører og det var en verden der ute som begynte å leve etter at jeg hadde lagt meg, noe mystisk, noe som skulle holdes skjult for meg. Nå visste jeg at det bare var bløff. Og det skreiv jeg. Og på engelsken tippa jeg riktig. Jeg hadde Magna Carta i miniatyr under Kvikklunsj-papiret, og vi fikk Magna Carta. Jeg kom opp i historie muntlig og blei hørt i Napoleonskrigene. Jeg avslutta med replikken min, *Napoleon kommer!* og endte på en stø M. Og så raste jeg ned til Bonus og møtte faren til Gunnar, lot som jeg ikke så ham og skynda meg ut med ølkassa og følte meg omtrent like svær som Armstrong da han landa på den grønne osten.

Gunnar så jeg ikke så mye til, møtte ham søttende mai på Drammensveien hvor han delte ut løpesedler mot russefeiringa, han spurte ikke om jeg ville hjelpe ham. Ola jobba dobbeltskift for å legge opp penger til marinen, en natt var jeg innom ham på hotellet for å ta døgnets første eller siste pils, da oppdaga jeg plutselig et sørgmodig drag i det runde ansiktet hans.

— Skal prøve å ta artium til neste år, hviska han og så bort.

— Åssen går'e med Vigdis? lurte jeg, idioten.

Han la hånden over munnen.

— Niks Vigdis. *Kirsten.*

Jeg nikka lenge og vel.

— Veit du at Vigdis bor i samme oppgang som Seb, eller?

Han fikk en stygg leamus tvers over panna.

— Selv om jeg plapra om Nina til Kåre Kødd den gangen, b'øver vel ikke du lage kål nå!

— Slapp av, roa jeg ham ned. Slapp av. Jeg aner ikke hvem Vigdis er. Har aldri hørt om henne.

Ola snodde et smil ut av munnen og sank ned på campingsenga bak disken. Jeg lente meg over.

— Er'a ålreit, eller? hviska jeg.

Ola flirte skeivt, vi klinka flaske og drakk.

— Åssen er'e å være russ? mumla han.

— Veit ikke, sa jeg. Ha'kke merka så mye til det.

Så sovna Ola på sin post. Jeg gikk ut i mainatta og tenkte på alt som var forbi.

Seb måtte opp i alle muntlige fag på Forsøksgym, og han fløyt igjennom på Buddhas rygg, miraklenes tid var ikke forbi. Jeg lå på hybelen hans og svetta meg gjennom de varme dagene, drakk øl og te og hadde ingen planer. Jeg tenkte mest på Nina, og når jeg drømte om henne, drømte jeg alltid at der i verden hun befant seg var det vinter nå, og natt når det var dag her, i Oslo, i juni, 1970.

En morgen spurte jeg Seb:

— Er'e sikkert at du skal til sjøs?

Han prøvde å klø bort sola som stakk inn av vinduet og landa på navlen hans.

— Jepp. Venter bare på brev fra fattern. Hvor jeg skal møte'n.

— Ålreit at jeg låner kåken mens du er borte?

— Klart det, mann. Klart det.

Han strakte ut hånden og fant en halvfull eksport.

— Har på følelsen, mumla han. Har på følelsen at noe kommer til å skje.

Og vi delte slanten og en ny dag var igang.

Noen dager før sensuren falt stakk jeg hjemom for å få mat i systemet og avlegge generell rapport. Muttern gikk på nåler og lurte på hvor jeg holdt til for tida, og fattern satt i stua med Pym på skulderen. Jeg sovna litt inne på rommet mitt, og blei vekka av telefonen. Det var Jørgen som ringte. Vi avtalte å gjøre en øl på Herregårdskroa. Så bar det ut igjen. Muttern løp etter meg med en nystrøken skjorte og bukser med press, men den tida var forbi. Jeg gikk som jeg var, det hadde jeg gjort i tre uker.

Jørgen satt ved det bordet som har lengst sol. Han satt lent mot den gule muren, med et gult, skummende glass foran seg, det var en verden i appelsinlys. Men snart ville sola synke over åsen og tørne rød, blodappelsin. Jørgen vinka til meg.

Jeg fanga en øl jeg også, vi skålte, myste på blazerne som satt strødd, gjessene som vagga nedover gresset, hørte det monotone fallet fra fossen gjennom stemmekoret, visste ikke helt hva vi skulle si, var lenge siden Jørgen og jeg hadde prata sammen, var liksom kommet en sperre.

— Åssen er formen? spurte jeg.

— Joa. Bra.

— Var'u i Danmark?

Han rista på hue.

— Har ikke vært med på noe særlig. Og du?

— Alternativ feiring, flirte jeg. Holder meg langt unna Kroa.

Vi bestilte nye glass og sola smøyg seg bak en grein. En sliten russegjeng, med skrukkete dresser og grønnruss i trynet vagga gjennom landskapet. Vi fikk ølet og drakk i stillhet.

— Hva skal du gjøre nå? spurte Jørgen omsider.

— Veit ikke. Prøve å få meg sommerjobb. Skaffe meg noen spenn. Og du, å? Militæret?

— Nei. Jeg slapp.

— Sterkt! Gjorde jeg også! Sa jeg var sprø. Åssen fiksa du det, å?

— Sa det som det var, svarte Jørgen.

Ølet kjentes dovent mot ganen. Jeg begynte visst å bli mett. Jeg begynte visst å gå lei. Jeg var trøtt på kryss og tvers. Jeg bestilte en ny halvliter.

— Drar til England når sensuren har falt, sa Jørgen. Hvis jeg står.

— Klart du står! Skal du være der hele sommeren, eller?

— Jeg skal bo der. I London.

Det var en sperre mellom oss, en bom. Vi drakk ut ølene. Folk begynte å gå. Vi tusla vi også. Vi stansa på broen og så ned i vannet. Det lukta kloakk. Vi fortsatte. Jeg hadde ikke noen andre steder å gå, slo likså godt følge med Jørgen et stykke.

— Fikk du lyst på mer teater etter *Krig og fred?*

Jeg lo.

— Niks. Scenen e'kke stedet for meg.

— Skal søke på en teaterskole i London. Der hvor kjæresten min går.

Monolitten raga til værs, jeg syntes plutselig den så selvlysende ut i tusmørket. På hvite benker satt par og lekte, det var urolig bak trær og busker, det dampa av hele parken, det var nesten ikke til å puste der.

Vi kryssa over til Hundejordet og var plutselig aleine. Jeg måtte pisse og stilte meg ved en stolpe. Jørgen stod bak meg og skrapte i singelen.

— Kommer du og besøker meg i London?

— Jøss da. Hvis jeg er på de kantene en dag.

— Skal sende deg adressen.

Vi subba videre. Og da var vi ikke aleine mer. De kom bakfra, vi bråsnudde og de stilte seg i en sirkel rundt oss. Det var sju-åtte stykker, og jeg kjente igjen noen av ansiktene, fra en annen gang jeg gikk over Hundejordet og det var vinter.

Jeg viste fram fingeren min, men den virka ikke.

— Jævla rævslikker! freste en av dem og tok tak i Jørgen. Skitne bakpuler!

Jørgen stod med åpen munn, med hendene langs siden. Fyren lappa til ham. Jørgen reagerte ikke, stirra framfor seg med tørre, redselsslagne øyne. En annen kis dulta til meg. Ansiktene deres lyste. De hadde hundeøyne.

— Og du stiller i kombinert, småen. Hva liker'u best, langrenn eller hopp?

Jeg smalt til ham, enda jeg visste det var nytteløst. Jeg fikk et kne i ryggen og en hånd med ringer skrapte over nesa mi.

Jørgen prøvde å løpe. De fanga ham opp som en hummer i rusen. Han slo vilt rundt seg, bare slo, til alle kanter, sikta ikke, traff ikke, han var som en vindmølle. De lo og sparka ham fram og tilbake. Da hørte jeg en ekkel lyd, sjefen stod plutselig med en springkniv i hånden, bladet smalt ut, langt, smalt, spisst. De andre trakk seg litt unna. Jørgen stod gråtende og holdt seg for ørene. Jeg fikk ikke reagert før det hadde skjedd. Blodet spruta fra Jørgens ansikt og kinnet åpna seg som et keisersnitt. Så fikk jeg en jernskalle og kyssa gresset.

Noen røska i meg. Noen snuste på meg og klynka. Jeg fikk hakka opp øynene og stirra rett inn i et svart puddeltryne. Over meg stod en gammel mann og rista på hue. Så stakk han i meg med stokken. Jeg velta rundt og fikk øye på Jørgen. Han lå på magen, med armene ut i gresset, urørlig.

— Legevakta, snøvla jeg. Ring til sjukehuset!

Jeg krøyp på alle fire bort til Jørgen, snudde ham forsiktig. Ansiktet var spjæra fra tinningen til haka. Hånden min blei klissvåt. Ut av buksesmekken hans velta det blod.

Det lukta nyvaska og reint på Sebs hybel. Bestemora hadde vært der og brøsja opp, pælma alle mugne skalker og tømt spannene. Sensuren hadde falt. Vi sto. Ola hadde fått lønn og feriepenger og stilte med Upperten og bokk. Den nye Beatles-skiva lå i vinduskarmen. *Let it be*. Men den var ikke ny, den var spilt inn lenge før *Abbey Road*, den var over et år gammel.

Vi skålte rundt.

— Åssen går'e med nesa di? spurte Gunnar.

— Kjenner'n er der, sa jeg, følte forsiktig med hånden, det skar gjennom hue som en krumsabel.

— Åffer fløy de på han Jørgen med kniv, å? lurte Seb.

— Veit da fa'n, sa jeg.

Jeg hadde vært på sjukehuset for å besøke ham, men jeg fikk ikke slippe inn. Jeg fikk ikke slippe inn. Jørgen slapp ikke noen inn. Mora stod utenfor og gråt. Han hadde sydd 51 sting. Jeg måtte gå igjen. Jeg fikk ikke slippe inn til Jørgen.

Seb satte på Morrison Hotel. Vi blanda lunkent vann i whiskyen. Vi sa ikke så mye. Det var som om vi visste det, det var den siste kvelden vi skulle være sammen på lenge.

— Når skal du dra? spurte jeg Seb omsider.

— Når jeg får brev fra fattern.

— Hva skal du gjøre når vi har dratt vår kos, å? spurte Gunnar.

Jeg trakk på det, jeg ante ikke.

— B'yne å studere eller noe sånt.

— Skal vi ikke spelle Let it be, å? sa Ola.

Vi trakk opp noen øl, orka ikke gå helt ut på gangen for å pisse, strødde i vasken etter tur.

— Hva skal bruttern din gjøre i sommer? spurte Seb.

— Til Mardøla, sa Gunnar. Skulle dratt dit sjøl hvis jeg kunne.

— Jævla bra foredrag han holdt om anarkismen, forresten. Må vel være enig i mye av det han sier, vel?

— Joa. Noe. Men hovedsaken er feil. Dere tror monopolkapitalistene er snille gutter som vil gi fra seg produksjonsmidlene frivillig.

— Det e'kke sant, brøyt Seb inn. Vi bare mener at den sosialismen dere står for er faen så autoritær. Hæ? Folk må få bestemme sjæl. Hva gjorde Stalin, á? Banka inn trynet på alle som var uenige. Hvor mange var'e han gravde ned, Gunnar? Ti millioner eller tredve millioner?

— Stalin hadde gode og dårlige sider, sa Gunnar. Og hvor mange russere var'e som falt i kampen mot nazismen, á. Hadder'e ikke vært for Stalin, hadde vi ligget i ovnene hele gjengen nå. Hæ?

Men det var ikke kvelden for konfrontasjoner. Vi drakk stille og tok det kuli. Vi snakka ikke om første mai, da Stig og Seb blei pælma ut av toget. Vi satt og mimra og blei litt sentimentale og flirte i glassene.

— Sett på Beatles-plata, á! sa Ola.

— Vigdis spurte etter deg en dag, sa Seb.

Ola trakk seg sammen og ligna en brisen okse.

— Skal vi hente henne, eller? foreslo jeg.

— Ikke kødd, á, gutter! ropte Ola. Ikke kødd, á! Jeg kan'ke noe for at Kirsten bor helt i Trondhjem, vel. Skal besøke henne når jeg får perm!

Vi klappa ham på ryggen og serverte bokk og upper. Han roa seg ned. Så var vi stille lenge, for det var en merkelig kveld.

— Fattern måtte gi opp sjappa si, sa Gunnar plutselig. Jobber i Bonus.

Han sa ikke mer enn det. Jeg fortalte ikke at jeg hadde sett ham. Gunnar blanda en røddig drink og drakk på styrten.

— Har'u hørt soloalbumet til McCartney, eller? spurte Seb.

Jeg rista på hue.

— Og du som trudde han var dau!

— Gjorde jeg vel for faen ikke!

Seb flirte og lente seg mot veggen.

— Visst pokker trudder'u det. Du var helt på tuppa.

Ola og Gunnar skratta lavt.

— Trudder'u det, eller?

— Er vel ikke helt johan, vel. Klart jeg ikke trudde Paul McCartney var dau!

De ga seg med det. Timene brant ned. Det blei mørkt, men aldri helt mørkt. Seb lukka vinduet.

— Fattern maser om at jeg skal ta artium, sa Ola. Ettårig. Trur dere det går, eller?

Klart det gikk. Ingenting var umulig. Så snakka vi litt om alt maset om hva vi skulle bli for noe, alle planene som blei lagt for

424

oss, vi skulle jo bli bankdirektører, butikksjefer, hotelleiere og skipsredere, hvis foreldra våre var sanndrømte.

Vi flirte lavt og skålte for framtida.

— Sett på Let it be før vi sovner, á, sa Ola.

Men så sovna vi likevel, alle fire, i hvert vårt hjørne, mens rommet blei blått og byen stilna under oss og rusen la seg til ro i bakhue og det vaka gullfisk fra de røde øynene våre. Sånn sovna vi, den siste kvelden, den siste natta, på lenge.

Vi blei vekka av hamring og styr. Det var Seb som hadde henta posten. Det var kommet brev fra fattern hans. Han stod rett opp og ned mellom flaskefôret og leste høyt, mens vi løsna flokene i håret, svelgde den dårlige ånden og myste etter sneiper og slanter. Seb skulle møte fattern sin i Bordeaux, der lå han med Bolero og lossa. Det var bare å pakke skipssekken. Seb var blank i trynet av fryd. Så snudde han arket, blei plutselig dønn seriøs i oppsynet, satte seg på golvet og stirra på hver og en av oss.

— Hør her, á, gutter. *Hør* her! Fattern skriver om *Dragen!*

Vi var bråvåkne og bøyde oss nærmere.

— Fattern skriver om Dragen! Jøss! Hør her, á! Dragen var ombord på ei skute som gikk nedover langs Sør-Amerika. Fy faen. Og så var'e en kødd av en amerikansk styrmann som dreit ut trynet til Dragen hele tida. Og veit dere hva Dragen gjorde! Dragen stakk'n ned med kniv. Stakk'n rett ned og drepte sniken. Og så hoppa han dønn overbord! Dragen stupte midt i blåmyra og blei borte!

— Drukna vel da? hviska Ola.

Seb blei stille.

— Skriver at det er mye hai i farvannet der. Er vel blitt spist opp av en haijævel.

Vi tenkte på den søttendemaien da kinaputten hadde fyrt av i kjeften på Dragen. Vi sa ikke et kvekk på lenge. Da sa Gunnar:

— Lurer på om den autografen til Mick Jagger var ekte.

Og så dro de av gårde, sjømannen og soldatene, mens jeg blei stående igjen i den heite, stinkende byen, hvor asfalten smelta under føttene, juni 1970, da kinosalene var de eneste svale rom og ølet aldri blei kaldt nok.

Jeg fløtta sakene mine ned til Seb, det vil si noen plater, noen bøker, et skift. Muttern spurte om jeg kom til Nesodden, tvilte på det, og hun grein litt da drosja fór, jeg satt i baksetet med sovepose og pappesker, trilla bort fra Svoldergate, lett som ingenting. Jeg kjøpte en kald kylling og hvitvin til kvelden, feira stunden for meg sjøl, holdt på å klatre ned til Vigdis, men ombestemte meg, denne kvelden var min. Jeg hengte plaggene i skapet, satte platene på plass, stilte bøkene langs veggen, *Maos Røde, Anarkistisk Lesebok, Det Nye Testamente, Kykelipi,* og *Victoria,* visste ikke helt hvorfor jeg hadde pelt med akkurat den, måtte være en feit feiltagelse, fikk den av mormor julen 65, gammel utgave, lukta litt bibel av den når jeg kjente etter. *En kjærlighedshistorie* stod det utenpå, og innenfor permen var det en rusten tegning av en fyr som satt med bøyd nakke og grein mens det regna blomster og blod over ham, passe kliss, jeg hadde ikke lest den engang. Så åpna boka seg plutselig på et bestemt sted og ut falt en blomst, en blomst, en flatpressa, rød valmue, jeg var sikker på at jeg hadde kasta den, den datt ned på golvet og knustes, den knustes til støv, så tørr var den. Jeg samla sammen restene så godt jeg kunne, la dem i en kopp, og jeg var sikker på at hvis jeg lagde te i den koppen nå, så ville det stige en ånd ut i rommet, og drakk jeg den, ville jeg komme dit Nina var.

Jeg var litt fortumla da jeg våkna neste morgen, våkna aleine, av varme og svette, på egen hybel, for første gang. Jeg fikk vinduet opp og hørte rådhusklokka slå elleve. Det var en fryd og en glede. Jeg var fri. Jeg satte i et kjempebrøl, ut over byen, et brøl av brunst og faenskap. Da spratt det opp et vindu under meg og en jente titta ut. Det var Vigdis i heisen.

— Hei, sa hun.
— Takk som byr, sa jeg.
Hun lo og så opp på meg.
— Er det du som bor der nå?
— Jepp. Gamle Seb er dratt til sjøs.
— Er Ola i militæret?
— Madla. Yellow Submarine.
Så trakk vi oss inn hver til vårt og et problem meldte seg med uant styrke. Penger. Jeg hadde ikke penger til frokost. Jeg grubla dypt over en kaffe. Da jeg hadde grubla ferdig, gikk jeg ut og fant en telefonkiosk og ringte til Parkvesenet. Jeg kunne begynne dagen etter.

Sånn blei jeg gartner. Jeg planta tulipaner på St. Hanshaugen og drakk lunkent øl på Friluften. Jeg vanna gresset i Frognerparken og kasta frisbee med en sløy gjeng som frista med krukke og rev. Det var dager på slak snor. Jeg var på nikk med all boms og friks i hele Oslo. Men en morgen blei jeg sendt opp til Slottsparken med hakke og greip for å snu jord. Sola rant som en knust plomme over den lyseblå, blinde himmelen, det var vindstille og livet gikk i sakte film. Jeg grov og vendte en halvtimes tid, da syntes jeg det fikk være nok, knøyt skjorta rundt hue og satte meg bak et tre. Jeg måtte ha sovna. For da jeg våkna, stod Pelle der og gliste med småsvina bak seg. Det var blitt liv i parken, folk lå på kryss og tvers i det svidde gresset, en platespiller spilte Fleetwood Mac med solslyng, en tynn gitar konkurrerte med et par døsige fugler, fredsrøyken steig til værs.

— Horisontale kommunearbeider, flirte Pelle. Har'u spenn til overs?

Vanskelig å nekte på en sånn dag, selv om Pelle var en rå kødd. Jeg rulla ut noen tiere, og de jabba over til en annen gjeng. Der blei de sittende og blåse mot himmelen. Jeg lukket blikket for å lade opp til en ny omgang med greipet. Da var Pelle der igjen, med en rykende stikke gjemt mellom fingrene.

— Har'u glemt matpakka, eller? hveste han og stakk hånden fram.

Og jeg tok imot, røyka marokkansk rev, i lunsjpausen, i Slottsparken, sommeren søtti.

Var vel egentlig da min karrière som gartner allerede var over. Jeg drøya blomsterbedet, døste inn igjen og drømte om Afghanistan og Nina, og da jeg blei vekka for tredje gang, da var det for godt. Det var vilt oppstyr. Pinken hadde stilt med tre svartemarjer og løp rundt med batonger og siklende schæfere. Plutselig stirra jeg rett inn i et varmt, rødt glefs, og jeg kom meg ganske svint på beina. En purkefaen slo etter meg med ståpikken sin. Jeg løp over til blomsterbedet og løfta greipet. Han kom jumpende etter med kjøteren i stram line.

— Jeg jobber her! ropte jeg.

De heiv folk inn i marjene. Jeg så Pelle få en batong over øret og rakk å se blodet som skvatt ut av nesa hans, før et udyr satte enna i buksebeinet mitt og halte av en flenge.

Jeg svingte greipet over meg.

— Jeg er gartner! hylte jeg.

Det var plutselig en bråte rundt meg. De stod i halvsirkel og nærma seg sakte. Jeg holdt greipet foran meg og rygga mot en busk. Schæferen lå flat langs bakken og sikkelet blinka i sollyset. Så var de over meg, og mer husker jeg ikke før jeg lå på magen i svartemarja, med armene låst på ryggen. Golvet slo mot trynet, vi kjørte.

— Han trua med greipet, sa en stemme.

— Han? Er'u sikker på at det ikke er ei jente?

Jeg blei vridd rundt, og en støvel knaste mellom beina. Jeg skreik, men lyden blei kvalt av spyet som velta opp. Jeg så blod. Jeg så bare blod. Øya mine var røde ballonger.

— Gutt, flirte fyren. Trur det er gutt, gett.

— Prøvde å drepe oss med høygaffel'n, ikke sant? sa en annen. Jævla farlig fyr.

Jeg fikk et tupp i ribbeina, så stod noen på ryggen min og pressa fjeset mitt mot bilgolvet som humpa og spratt. Veit ikke hvor lang tid det tok før kjerra stansa. Jeg blei halt opp, og et rasende hue kom veldig nær mitt, spyttet suste mens han brølte.

— Du slepper lett unna, din langhåra homo. Vi kunne meldt deg for politivold.

— Jeg er gartner, sa jeg spakt. I Park- og Idrettsvesenet.

Han hørte ikke på det øret.

— Og du var i besittelse av hasj! ropte han.

— Ikke faen! sa jeg.

Han smilte. Purken smilte, men ikke hjertelig.

— Joda, sussebassen. Vi fant dette på deg, vi.

Han viste fram en mørkebrun plate.

— Ikke sant, gutter, at vi fant denne på frøkna vår?

De andre var helt enige.

— Men vi skal la det gå for denne gangen. Vi skal bare gi deg en lærepenge.

Det blei humring og knegging rundt meg. Så blei jeg tviholdt bakfra og purkesvinet trylla fram en saks. De gule, stinkende tenna hans løp i vann. Fire svette hender vrei skallen min på plass. Og så skamklipte han meg på kryss og tvers. Jeg skreik, jeg hylte, men det hjalp ikke, håret mitt fløy i bilrommet, og de gliste breiere og breiere.

— Nå ser han fin ut, jodla snutkødden. Hadde rett likevel. Var visst en gutt.

— Din ostekuk! hylte jeg og gugga en dyp klyse rett i fleisen på ham, den rant nedover kinnet, gul og tjukk.

Nå blei det liv, de gøyv løs på meg fra alle kanter, til slutt merka jeg ikke lenger slagene og sparkene, jeg var utenfor den maltrakterte kroppen min og smertene var bare en drøm.

Så blei døra slått opp og jeg rulla ut, hørte det brøle i en motor og så svartemarja rase bortover en skogsvei mellom høye trær. Jeg lå på en vei midt i en skog og jeg ante ikke hvilken. Var det Kongsskogen eller Norwegian Wood? Det var ingen av delene. Jeg blei liggende på bakken til sjelen hadde funnet sin plass i legemet. Smertene kasta seg over meg på ny og jeg grein ned i den tørre jorda, svidde og bitre tårer.

Jeg prøvde å gå, gå den veien purkesvina hadde kjørt. Beina visna under meg som gress. Jeg måtte hvile på en stein. Sola lignet stivna eggerøre. Skogen duva svimmelt. Jeg sendte beina mine videre. De bar meg et stykke. Da fikk jeg øye på en elv, krabba ned til kanten og stakk hue under vann.

Da jeg kom opp igjen, var det noen som ropte til meg.

— Hei, din nisse! Du skremmer fisken!

Jeg så meg omkring. Midt ute i stryket stod en fluefisker med vadestøvler og lua full av kroker.

— Hvor er jeg? ropte jeg tilbake.

— Ser du ikke at jeg fisker, ditt troll! Kom deg vekk!

— Hvor er jeg? gjentok jeg.

— Er du helt idiot! Du er i Åborbekken.

Han fikk visst napp, sleit med den svære stanga og det lange snøret, banna og svor, til slutt stod han der basta og bundet i en kjempefloke med en kvisthaug på kroken.

— Det er din skyld! skreik han. Det gikk fint helt til du kom! Din gnom!

— Hvor er veien til byen? spurte jeg forsiktig.

Han kunne ikke peke, så han måtte nikke. Han nikka østover, eller sør, reiv og sleit i snøret, mens vannet fossa over støvleskaftene. Jeg lirka meg opp til skogsveien og fortsatte.

Jeg gikk i flere timer og så ikke et menneske. Da kom jeg til et svært vann, først trudde jeg det var havet, men så kjente jeg at det var ferskt, jeg var ved en innsjø i Norge og begynte å gå langs bredden. Og mens jeg gikk der, mør og utmatta, blå og radbrukket, begynte jeg å hate alle parker i Oslo, parker førte bare katastrofer med seg, parkene forfulgte meg, helt siden jeg gikk på skiskole i Frognerparken hadde parkene vært etter meg. Jeg skulle aldri gå i parker mer. Jeg skulle be formannen om å få jobbe på kirkegårder i stedet, det passa meg bedre, det skulle jeg spørre om. Da fikk jeg plutselig en steinhard kule rett i panna og holdt på å ta full telling. Samtidig hørte jeg et brøl, det kom ikke fra meg, og et stykke unna, bak en sandbanke, stod en merkelig type i rutete bukser og reiv seg i håret. Ved siden av ham stod en tass med en trillebag full av køller.

— Se'rei litt for, á, ditt hue! ropte jeg.

Han sank ned på kne og begynte å slite i gresset.

Så visste jeg selvfølgelig hvor jeg var.

— Er'e Bogstad Golfbane! sa jeg letta.

Da reiste mannen seg mens knokene hvitna rundt kølla.

— Hvor tror du egentlig du er, din formidable gjøk, Sirkus?
Tivoli? Tror du, tror du jeg *prøvde* å treffe deg, hva? Tror du jeg
siktet? Er du gal? Si meg, er du gal!

— Må være litt forsiktig med den kula, sa jeg bare. Kunne knus
brasken.

Han bytta kølle og prøvde å slå meg. Jeg måtte løpe. Han kom
etter, han ropte hele tida noe om det attende hullet. Jeg reiv ned e
par flagg i farta og kom meg ut en port og inn i en smekker villavei
Der satte jeg meg i rennesteinen og kjente etter, ny bule var på gang
i panna. Jeg var et forfulgt menneske. Men nå visste jeg iallfal
omtrent hvor jeg var. Jeg rota litt på kryss og tvers, så fant· je
retninga, vandra over Røa, forbi Njårdhallen, over Majorstua, re
inn i byen mens sola tente skogene i vest og lyset slapp mørket inn
Og jeg møtte Vigdis i heisen igjen, hun ropte forskrekka da hun s
meg, jeg orka ikke møte blikket mitt i speilet på veggen.

Vi steig mot femte.

— Hva har skjedd med deg! utbrøt hun.

— For langt å fortelle. Du vil aldri tro det.

Jeg blei med henne inn på hybelen. Det var et stødig rom me
broderier på veggene, fotografi av foreldrene i bokhylla og appel
siner i en fletta kurv på bordet, likte meg der og da.

Hun lappa meg sammen med plaster og gasbind. Vigdis' hende
var tjukke og røde og lette som fjær.

— Håret ditt, lo hun. Hva har du gjort med det fine håret ditt!

Jeg skulte bort på et speil. Det var ingenting å le av. Jeg så verr
ut enn Ola den gangen faren hans gikk amok med saksen. Ol
hadde vært elegant i forhold til meg. Jeg var en merket mann.

— Kan jeg ta en appelsin? spurte jeg.

— Så mange du vil, smilte Vigdis og rydda av operasjonsbordet

Da skjedde det noe merkelig. Men jeg blei ikke så forbauset, fo
hele denne dagen hadde ikke vært på min side likevel. Jeg skrell
appelsinen, og så var det ingenting inni. Den var tom. Jeg skrella o
skrella og appelsinen var tom. Jeg sa ingenting til Vigdis, jeg bar
la skallet på en asjett og tørka meg om munnen.

Vigdis snudde seg.

— Det gikk fort, sa hun.

— Appelsiner er min spesialitet, sa jeg.

— Kan godt ta en til.

— Spiser bare én om dagen.

Jeg reiste meg og tok et skritt mot døra. Da holdt Vigdis plutselig en hel flaske gin foran seg.

— Vil du ha en drink? smilte hun lurt.

Og for én gangs skyld var jeg fornuftig, for det stod ikke skrevet noe sted at denne dagen ikke kunne by på flere katastrofer. Jeg svelget tungt og talte Roma midt imot.

— Nei takk, sa jeg. En annen gang. En annen gang.

Og så fikk jeg skyven, da jeg møtte opp dagen etter fikk jeg kjempeskrape og de ville ikke låne øre og tid til historien min. Jeg hadde forlatt redskapene og stukket av midt i arbeidstida, jeg var et utskudd, det var bare å se i speilet, det var ingenting å diskutere. Jeg fikk skyven og lønna mi, tre hundringser som brant i lomma, stod midt i Oslo og lurte på hva faen jeg skulle finne på nå. Jeg gikk på Pernille. Seinere ringte jeg til Jørgen. Mora tok telefonen og svarte med ullen røst at Jørgen hadde reist til London for to dager siden. Hun visste ikke når han kom hjem. Hun la på røret med et smell. Dagen etter var jeg blakk igjen.

Jeg lå på madrassen med kuppel og slagside. Hjernecellene klumpa seg sammen som klebrig ris. Men så var det et av kornene som var sprekere enn de andre, og sendte ut en genial beskjed: Gå i banken og tøm bankboka di. Jeg bada under springen og trava bort til St. Olavsgate, til banken hvor far var filialsjef, banken som en gang blei robba av en raner som aldri blei tatt. Det var mange år siden jeg hadde vært der, men lukta var den samme, mynt og nybona golv, og lydene, knitringa av sedler, som om det brant et lite bål der inne hele tida. Og det var mørkt, jeg var nesten blind da jeg kom inn fra det hvite lyset utenfor, inn i det knitrende, reinslige mørket. Før satt far ved skranken, jeg husker at han alltid var nøye med å klippe neglene hver morgen. Nå hadde han kontor innerst i lokalet. En dame fulgte meg dit. Far blei ikke forbausa da han så meg. Han så bare vennlig og litt trøtt ut, den sløvheten var nesten verre enn alt, han bemerka ikke klærne mine, eller håret, han så ikke på den vanvittige frisyren min engang.

— Er det deg, sa han bare.

— Åssen er'e på Nesodden? spurte jeg.

— Fint. Men det blir dårlig med epler i år.

— Ripsen, á?

— Jeg tror det blir bra med rips. Og stikkelsbær. Men plommene ser slett ikke bra ut.

Kontoret var tett og knugende, veggene var mørke, på skrivebordet lå det ark i permer, i sirlige bunker. Far så opp på meg, hvilte haken mot hendene.

— Hva gjør du? spurte jeg.

Far smilte.

— Ingenting.

Jeg lo litt, det slo meg at det var han som skulle spurt det spørsmålet og jeg som skulle svart sånn.

— Jeg trenger penger, sa jeg. Tenkte jeg kunne ta ut dem på bankboka mi.

Far nikka og reiste seg.

— Det skulle vel gå, sa han bare.

Og så gikk han og snakka med en kasserer og et kvarter seinere stod jeg på gata med 860 kroner i baklomma og verden lå åpen som en svingdør foran meg, ihvertfall Oslo. Jeg hamstra hvitvin på polet og bar stoffet hjem til hybelen. Men der venta en ny overraskelse, det lå en vakker regning til Seb i postkassa, han hadde ikke betalt husleia på ti måneder. Jeg blei kasta ut om tre dager hvis ikke penga var betalt innen da. Det var bare å punge ut, og når alt kom til alt hadde jeg 78 kroner igjen. Jeg lurte på om jeg skulle ta første båt til Nesodden, men jeg stod heroisk imot. Og sånn gikk den sommeren, jeg var blakk og levde på skalker og lunkent vann, men en dag møtte jeg Vigdis i heisen igjen, hun så hvordan det var fatt og tok seg av meg, fôra meg med tjukk grønnsaksuppe og kefir og vafler. Vigdis tok seg av meg resten av sommeren, holdt liv i meg av en eller annen grunn, og jeg fant ut at Den Store Revolusjonære Bedrift ikke var beregna på sånne som meg, jeg var ikke snekra for sånne oppgaver. Jeg fant det ut en kveld jeg lente meg mett mot vinduskarmen etter å ha spist tredve av Vigdis' vafler, det var Dragen som hadde gjort det, det var Dragen som hadde begått Den Store Revolusjonære Bedrift, jeg så ham for meg svømme i det frådende vannet, med kniven mellom tenna og haier på alle kanter. Dragen, tenkte jeg, du har hevna Fred, du har hevna Jørgen. Dragen, hevneren!

GOLDEN SLUMBERS

høst/vinter 70-71

Da jeg stod på aulatrappen med Borgerbrevet i hånden, kjente jeg at høsten allerede var begynt, selv om sola hang over Nationaltheatret og rasla ned gjennom trærne, det var vel indian summer, sånn som far hadde sagt en gang vi skulle hente epler, det var september og jeg tenkte at snart spikrer de vel igjen fontenen. Jeg stod på aulatrappen mens folk rant forbi meg. Jeg så ingen kjente. Noen hadde svarte luer. Noen gikk i bunad eller dress. Noen stilte i dongery, sånn som jeg. Jeg myste etter kjente, men så ingen. Jeg lurte på hva jeg skulle gjøre nå. Jeg gikk ned trappene og over til benken hvor mor og far satt. De trøkka meg i hånden og var stolte, måtte holde det stive diplomet med rødt stempel etter tur. Mor skulte på klesdrakten min, men sa ingenting. Hun sa:

— Skal du fortsette å bo nede på den hybelen, Kim?

— Hadde tenkt det.

— Men kommer ikke Sebastian tilbake snart.

— Veit ikke.

— Du greier deg fint alene?

— Jøss da.

Samtalen gikk i stå, vi smilte til hverandre, men plutselig våkna far, som om han fant sitt gamle jeg bak dressen.

— Og du er sikker på at du har valgt riktig fag? spurte han høyt og tydelig.

— Trur det. Men jeg må jo ta forberedende først i allefall.

— Filosofi, sa mor sakte. Hva blir man da?

Vi stod og skrapte litt igjen, så trakk far fram en blank hundrings, rett fra pressa i Norges Bank.

— Fest med måte, sa han og røska meg litt i skulderen.

— Jøss da, smilte jeg. Jøss da.

Stod der med den glatte seddelen mens mor og far gikk arm i arm bort under trærne, visste ikke helt hva jeg skulle ta meg til,

435

satte meg på benken og fyrte opp en røyk. En jente kom forbi og delte ut en løpeseddel mot EEC, like etterpå kom det en fyr fra Akmed og ga meg en annen. Jeg stappa dem i lomma, så meg omkring, ingen kjente. Så tok jeg banen opp til Blindern, subba litt rundt i bokhandelen, så på noen pensumbøker, følte meg temmelig matt. Det var bedre i platesjappa, selvbetjening, kunne høre så mye plater jeg ville. Jeg kjørte gjennom noen jazzsaker, Davis, Coltrane, Mingus, men fikk det ikke helt til å svinge. Jeg tusla over til Frederikke, kjøpte en giftig kaffe og satte meg aleine ved et bord i den svære låva. Det var ingen kjente der. Jeg røyka for mye, og måtte på dass. I etasjen under var det en hel rad med stands. De kasta seg over meg, stappa meg full av papir. Jeg fant dassen omsider, der stod det en fyr og han begynte å preike med én gang, spurte om jeg var medlem i Folkebevegelsen eller Akmed. Jeg svingte ut igjen, løp forbi standsene og kom ut mellom de røde høyblokkene. Det lå folk og slanga seg i gresset, jeg gikk forbi dem, sakte, men kjente ikke en kjeft. Jeg satte kurs mot byen igjen, over Tørtberg, noen småpjokker spilte fotball, i blå og hvite drakter, blei stående litt og se på dem, på sidelinja stod Åge, jo, det var Åge, hadde lagt seg litt ut, men det var Åge, kjente igjen ropene hans. Lærkula virka så komisk svær mellom de tynne beina. Jeg subba videre, humra litt, og så var jeg på Karl Johan igjen. Hva gjør jeg nå? tenkte jeg. Jeg gikk på Pernille og tok årets siste. Glasset var kaldt mellom hendene. Da oppdaga jeg det. Jeg hadde mista Borgerbrevet. Måtte ha glemt det i platesjappa, gadd ikke dra opp dit nå. Jeg satt til det blei kjølig i ryggen. Det var ingen kjente på Pernille den dagen. Jeg rusla litt rundt igjen, ned til brygga og så Nesoddbåten bakke ut og snu. På vei opp igjen stansa jeg ved Klingenberg, svær kø og høg stemning. *Woodstock*. Hadde ikke annet å gjøre, stilte meg opp, og så satt jeg i salen, mørket falt og bildene og musikken angrep sansene mine. Snart var hele rommet opplyst av lightere, det flamma opp langs benkeradene og den tjukke, søte eimen fløyt gjennom luften. Sidemannen dulta til meg og overrakte en glødende sneip. Jeg tok imot. Det var fire bilder på én gang på lerretet. Jeg fikk en chillum bakfra. Noen vakter gikk opp og ned langs sidene og klødde seg i hue. En jente ga meg en pastill. Country Joe sang. Regnet. Regnet i Woodstock. Det glemmer jeg aldri. Så var det over og vi tusla ut i gatene. Jeg kjente etter i lommene. Jeg var blakk. Mørket kom fra asfalten og jeg likte ikke filmen som kjørte over himmelen, likte ikke de bildene i det hele

436

tatt. Jeg løp hjem, til Munchsgate. Heisen skjøv meg opp. Jeg stod med ryggen mot speilet. Jeg gikk av i femte og ringte på hos Vigdis. Hun var hjemme og hun slapp meg inn. Så husker jeg bare at jeg våkna på det knøttlille badet hennes, i underbuksa, hue var et steinbrudd. Jeg kreka meg opp og da jeg så speilet, skreik jeg, jeg skreik, for tvers over ansiktet gikk en blodig stripe, ansiktet mitt var delt i to, var spjæra opp, jeg skreik, og da stod Vigdis der, naken og lubben, med tunge bryster som rørte ved ryggen min.

— Du er rar, sa hun bare.

Jeg fomla over ansiktet mitt, skrudde på springen og bøyde meg ned. Jeg måtte gni jævlig hardt, det gikk ikke helt bort, en mørk skygge blei igjen over trynet.

— Du skylder meg tre ting, sa Vigdis.

Jeg så på oss i speilet.

— Hva da?

— En flaske gin.

Jeg nikka forsiktig. Kunne ikke protestere der.

— En leppestift.

Det tomme hylsteret lå på golvet. Vi så på hverandre i speilet.

— Og det tredje? spurte jeg.

Vigdis strøyk fingeren langs ryggraden min.

— Det vil jeg ikke si.

Hun skulle på jobb og jeg skulle hjem. Jeg reiste en etasje opp, snubla inn på rommet, spydde i papirkurven og stupte ned i madrassen, som en timeter, en timeter ned i et tomt basseng, og sov i ni måneder.

DEL 3

COME TOGETHER

sommer 71

Det var overveldende. Det var tusenvis, titusenvis, hadde aldri sett så mange mennesker på ett sted før. Vi stod på Yongstorget, det var begynnelsen av juni og høy ettermiddag, og Gunnar og Ola hadde dimma.

— Nå tar vi rotta på borgerskapet! brølte Gunnar gjennom støyen av trampende føtter, klappende hender, slagord, knitrende mikrofoner, skranglende bøsser, musikk og vind.

Jeg bare smilte tilbake. Det strømmet folk til fra alle kanter, vi blei pakka sammen, tettere og tettere, var som å være på et enormt dansegolv hvor alle dansa med alle.

— Hvor er Seb? skreik Ola opp i øret mitt.

Jeg trakk på skuldrene. Jeg ante ikke hvor Seb var.

— Er'n ikke kommet hjem ennå, eller?

Gunnar så forskrekket ut.

Jeg rista på hue, for det var umulig å preike i det kaoset. Svære plakater og transparenter og norske flagg blei løfta over massene. DETTE TOGET GÅR IKKE TIL BRUSSEL. EEC BETYR ØKTE LEVEOMKOSTNINGER! NEI TIL EEC — JA TIL DESENTRA-LISERING. Og så begynte de forreste å bevege seg mot Karl Johan og Rådhusplassen, og fra de første gikk til de siste kom seg av gårde tok det minst fire timer, skulle trudd at noen vandra i ring, men det var det ikke, det var folket som hadde gått mann av huse og inntatt gatene, i juni, i Oslo, i 1971.

Og byen var grønn og rød, lukta syrin og eksos, sol og knytta never.

På Rådhusplassen blei det enda trangere. Det var rigga opp talerstol på et lasteplan og de norske flaggene slo mot himmelen. Vi stod omtrent midt i massen og det trøkka på bakfra. Ola blei bleikere og bleikere. Han seig liksom sammen og nærma seg stygt brosteinsnivå.

443

Jeg halte ham opp.

— Dårlig, eller?

Han vrengte øya og svetten seilte over panna.

— Klausen, hviska han. Klausen kommer.

Han begynte å gulpe og vi fikk baksa ham ut, kom oss i sikkerhet over ved Nationaltheatret.

— Åssen greide'ru deg i ubåt når'u ikke klarer å stå på Rådhusplassen engang, á? flirte jeg.

Ola var på vei til hektene igjen.

— Greide're ikke heller, stønna han. Holdt på spolere en hel NATO-øvelse. Blei kokk på Madla istedet.

Vi flirte lenge og vel og tusla bort til Saras Telt, bestilte en runde og følte hverandre litt på hornene. Det var lenge siden sist, vi så etter forandringer, om vi var de samme som før.

— Har'u ikke hørt en dritt fra Seb, eller? spurte Gunnar.

— Niks. Null.

Jeg hadde ikke hørt noe fra Nina heller, ikke fra Jørgen engang. Muttern skulle omadressere posten hvis det kom noe, men postkassa hadde vært like jævla tom hver eneste morgen, en svart brønn, ikke et livstegn, ikke så mye som et glorete kort.

— Pussig, mumla Gunnar, så bekymra ut, drakk, rulla en Petterøes. Har'u snakka med mora hans, á?

— Niks.

— Hva har'u egentlig gjort dette året? spurte Ola, han var i fin form igjen.

Jeg trakk på det.

— Ikke noe særlig. Sovet.

— Har'u ikke tatt forberedende?

— Gikk ikke opp.

En ny runde blei båret til bordet. Vi klinka og drakk.

— Rart at Seb ikke har gitt lyd fra seg, gjentok Gunnar.

— Har jo ikke akkurat hatt skrivekløe dere heller, skøyt jeg inn. Og hadde dere ikke perm i det hele tatt, eller?

De blei litt bløte og jeg angra med det samme. Ola hadde vær hos Kirsten i alle permene, Gunnar hadde jobba i et lag i Bodø.

Jeg lo det bort.

— Blei jo litt stusslig her, uten dere, sa jeg og svingte glasset.

Gunnar så rett på meg, blikket hans nølte ikke en millimeter.

— Det var dårlig gjort av oss, Kim. Jævla dårlig. Vi tar sjølkritikk på det. Men nå er vi her, i alle fall. Men det e'kke Seb.

444

Mer fikk han ikke sagt før Stig ramla ned ved bordet vårt med en bunke Gateavisa over armen.

— Vær hilset, frender. Og her sitter dere og forgifter dere frivillig?

Han knipsa på ølglassene.

— Og du også, broder. Trudde ml'erne hadde front mot alkoholen?

— Fylla, sa Gunnar. Fylla kjemper vi mot. Men arbeidera kan vel for faen ta seg en øl en varm sommerkveld. Ikke sant?

Stig skygga for øya og myste omkring.

— Arbeidera? Hvor da, sa du?

— Har'u gått i toget? spurte jeg, for å lette litt på lokket.

— Klart det, gutter. Han slo Gunnar på ryggen. Synd du ikke kunne være med, broder?

Gunnar snudde seg sakte mot ham.

— Jeg var vel med, for faen.

— Var du? Trudde Akmed syntes Folkebevegelsen var noe borgerlig kjør, jeg. Trudde Akmed hadde sine egne paroler.

Han reiste seg før Gunnar fikk tatt til motmæle, strakte ut armene som om han var paven og skulle velsigne oss.

— Stikk innom Hjelmsgate en dag, gutter. Bokkafé og biodynamisk mat. Ser dere!

Han skrubba over til et annet bord. Gunnar sa ikke noe på de neste tre kvarterene. Da sa han:

— Pokker heller! Vi må finne ut hva som er skjedd med Seb!

Jeg luska aleine hjem seinere på kvelden. Postkassa var tom nå også. Jeg tok heisen til femte og ringte på hos Vigdis. En fremmed jente åpna, og da så jeg at det stod et annet navn på døra også. Vigdis hadde flytta for lenge siden, flere måneder, hun så litt rart på meg. Så fikk jeg ikke gitt henne det jeg skyldte likevel. Jeg klatra opp siste etasjen og låste meg inn. Det så ikke ut. Jeg måtte rydde. Det var på tide. Jeg åpna vinduet. Jeg tømte den stinkende papirkorga, sopte klærne inn i skapet, satte bøkene på plass, stilte platene på høykant, blåste støv av stiften, tømte ut sur melk, pælma steinharde, grønne skalker, vaska, gjorde det reint, Seb skulle få en bra velkomst, når han kom, og kom han ikke, skulle vi dra for å finne ham, visst faen skulle vi det.

Dagen etter stakk vi oppom mora, og hun bekrefta vår frykt. Seb hadde aldri kommet fram til Bordeaux. Faren hadde venta og venta, til slutt måtte han dra uten Seb. Noe hadde skåret seg for Seb på veien. Han hadde sendt ett eneste kort, like etter nyttår, fra Amsterdam, skreiv at han skulle til Paris og hadde det bra. Mora så ulykkelig og redd ut.

— Og hvordan går det med dere? prøvde hun å smile, mønstra oss én etter én.

— Joa, det rusler og går, skrapte vi og trakk over mot entréen.

— Si fra hvis dere hører noe! ba hun og klemte hendene sammen.

Det regna ute, så vi holdt rådsmøte på Krølle. Situasjonen var kritisk. Vi måtte dra til Paris og lete etter Seb.

— Vi haiker ned, sa jeg. Går på et par dager. Banna bein.

— Jeg er blakk, sa Ola.

— Var en kis i militæret som pleide å ta sommerjobb i Majorstua Transportbyrå, sa Gunnar. Trenger flust med folk hele sommern.

— Og når vi kommer til Paris, kan jeg låne spenn av onkelen min!

Vi snakka fram og tilbake om alt som kunne ha skjedd med Seb, det var ikke lite, vi klumpa oss sammen rundt bordet, hviska, frøys, det hasta nå, vi hadde ikke en dag å miste.

Mandag morgen stilte vi opp i Aslakveien på Røa sammen med en bøling andre som oste sprit og rulla rødmix med skjelvende, gule fingre. En fyr med skyggelue, Kæppen, skreiv opp navna våre, og så var det opprop og hjelpemennene subba ut etter sjåførene, Gunnar fikk jobb, Ola fikk jobb, og endelig blei navnet mitt ropt opp også, jeg blei sendt ned på lageret etter seks stropper og bar dem opp til en Bedford hvor det venta fem brander med hårete armer. Jeg fikk lettere spader. Jeg var satt på pianobilen. De måtte ha forveksla meg og Gunnar. De målte meg med kalde flir og veksla raske øyekast. Låra mine var tynnere enn overarmen til sjåføren. Jeg greide så vidt å holde stroppene.

— Sleng dem inn i transitten, brumma en fyr, og sett deg på dem.

Jeg gjorde som han sa. De andre flirte. Så kjørte vi. Det humpa og spratt grundig, minte meg plutselig om marja, begynte å kaldsvette. Jeg titta ut av det skitne vinduet, rett bak kom Bedforden. Vi kjørte mot Majorstua, stansa i Slemdalsveien, utafor Mayong. De andre tura inn for å ete frokost. De hadde glemt meg. De lot meg sitte i den trange, stinkende transitten. Jeg reiv og sleit i døra, men den ville ikke opp. Jeg var en innestengt hund og hata dem. Så kom endelig en av karene og låste opp. Jeg velta ut og fråtsa i oksygen. Han slo meg på ryggen og lo rått.

— Sorry, kamerat. Vi glemte bagasjen.

Bak vinduet satt muskelgjengen og humra over karbonadene. Jeg skulle ønske Seb var hjemme. Jeg fikk plass ved bordet deres og hadde bare kroner til en kaffe.

Jeg rulla febrilsk på en røyk.

— Du veit at det egentlig er påbudt med hårnett i denna jobben, sa en bunt og stramma tatoveringene. Så du ikke får håret i stroppen. Verre enn å få pikken på kroken, det!

Latteren løsna rundt bordet, og jeg lo sammen med dem, hadde endelig fått mekka ihop røyken.

— Er'e piano vi skal bære, eller? spurte jeg, før latteren hadde lagt seg.

Den stilna kvikt og alle så på meg. De rista på hver sitt breie hue.

— Niks. Niks piano.

Jeg blei ganske letta og overmodig.

— Konsertflygel, sa sjåføren.

Det skulle opp i storsalen i Chateau Neuf, betongkassa som hadde maltraktert Tørtberg. Beina var skrudd av, så var det velta, pakka inn i presenning og surra fast på en jernramme med seks stroppehøl i. Hele greia veide et halv tonn. Vi var seks mann. Eller fem og en kvart.

Jeg fikk ikke til knuten på stroppen og måtte få hjelp, de himla med øya, og jeg følte meg omtrent som den gangen fattern stod bak meg og knøyt slipset mitt. Så justerte vi høyden, stakk krokene i høla og på signal fra bossen reiste vi oss. Det var som å få pressa ryggsøylen ned i det ene beinet. Blodet sa farvel til hue og jeg vakla svimmel inn døra, bort til trappene med hele kloden på krok. Der stansa vi og satte ned. Stroppen svei i nakken og over skuldrene, knuten skar inn i nyra.

— Du går forrest, sa bossen og pekte på meg. Justér med Kalle.

Kalle var han med tatoveringene og overarmene. Jeg tok av meg stroppen, løsna knuten, målte med lengden hans. Han stod bare og stirra på meg.

— Hva faen er'e du driver på med, å! brølte han.

— Justerer, sa jeg spakt.

— Men inni svarteste hårete helvete, du må'kke ta a'rei stroppen når'u skal justere!

— Nei?

— Er vi like høye, eller!

— Du er nok høyere enn meg, sa jeg.

447

— Akkurat, smarten. Da må jo den jævla stroppen din være kortere enn min hvis vi skal bære plant, hæ!

Rødmen blei trædd nedover hue som en trang, varm hjelm. Jeg fikk stroppen ganske kvikt på meg, så senka og løfta vi helt til krokene hang like høyt. Jeg fikk trøbbel med knuten igjen, men turde ikke spørre om hjelp, greide omsider å snøre den sammen og den kjentes passe solid.

Så tok vi tak, løfta på likt og begynte å klatre opp trinnene. Det var tyngre enn å løfte seg sjøl. Det var som om hjertet blei pressa ned i magen, hjernen blei sugd inn i kjeften. Men så skjedde det noe, midt i trappa til første avsats begynte det å bli lettere, akkurat som om jeg var blitt vant med tyngden, at den ikke gjorde meg noe lenger. Det var et mirakel. Jeg følte meg lett, uhyggelig lett, fikk lyst til å plystre, slå en vits, det var som å sveve. Men Kalle blei bare rødere og rødere i trynet, svetten pøste ut av panna hans, øya var smale og grumsete og munnen vridd til en avsindig gjeip.

— Sett ned! hylte han og vi fikk vippa flygelet inn på avsatsen. Han lente seg mot presenninga og heiv etter pusten, hvinte som en sekkepipe. Jeg kjente ingenting og smilte til de andre.

Så reiste Kalle seg, hekta av kroken, kom rasende rundt til meg og målte med stroppen min. Den var minst ti centimeter lengre enn hans.

— Prøver'u å være morsom, eller! hveste han. Skal liksom gi meg hele tyngda, hæ!

— Va'kke meninga det, stotra jeg.

Han så på knuten, så på meg.

— Du kan vel for faen ikke bruke kjerringknute når'u bærer flygel!

De andre stønna og bar seg, klaska hendene mot panna.

— Hele greia kunne tippa, din gjøk!

Så måtte han knyte slipset mitt igjen og vi bar flygelet det siste stykket, opp til storsalen, jeg bar til jeg grein, jeg følte meg som en dverg da vi endelig satte ned, jeg hadde gnagsår på ryggen og vann i knærne, jeg var mørbanka, vridd og skamfull.

Etterpå kom Kalle bort til meg, spanderte en ferdigrøyk, klappa meg på skulderen. Så kjørte de meg opp til Bruket igjen og der blei jeg satt til å stable kartonger på lageret.

Halv fire var Gunnar og Ola tilbake også, vi leverte timelappene i kassa og fikk lønna, tok banen til byen og det var vanskelig å komme seg over Majorstua med så tunge lommer. Vi fant et bord på Gamle Major.

— Ikke faen om jeg fortsetter i den drittjobben, sa jeg. Blei satt på pianobilen og driti loddrett ut.

— Så får'u bedre bil i morra, da veit du. Ola og jeg hadde kremjobber.

— Holdt på å brekke søyla under det jævla flygelet. Skulle faen meg hatt med knebeskyttere! Ikke pokker om jeg stiller i morra!

— Er'e fordi flygelet var tungt eller at gutta dreit deg ut du ikke vil fortsette? spurte Gunnar.

— Et sånt løft til, så greier hvertfall ikke jeg å kreke meg til Paris.

Stemninga var ganske amper, Gunnar hissa seg opp også, la seg over bordet og feide ølglassene til side.

— Saken med deg, Kim, er at du er feig. Du har alltid gjort sprø ting, men når'e kommer til støkket er'u feig og nærtagen. Du kan klatre på taket og danse med skjeletter, men tåler ikke at en gammal arbeider flirer av deg når'u ikke greier knyte ei løkke!

Var det Gunnar som sa det? Husker ikke helt, det kan være det samme. I alle fall stilte jeg dagen etter, klart jeg gjorde, og blei satt til å tømme en smekker villa på Persbråten, og det vanka øl og overtid. Det var Gunnars forslag at vi bare skulle ta ut de grunkene vi trengte for å overleve, sånn at vi ikke soste bort reisekassa på Gamle Major. Som sagt så gjort. Vi var hjælpemenn og åkte på kryss og tvers over hele Østlandet, blei lommekjent med hver jævla kafé og kolonial i Oslo og omegn, akkurat som vi en gang hadde kjent hver gressmatte og fotballbane, og seinere hver eneste park. Ola møtte igjen typen han hadde fått haik med fra Slemmestad den skjebnesvangre dagen, og gjensynet var hjertelig, han blei fast på den bilen. Gunnar overtok plassen min på pianokjerra og jeg fløtta og bar, pakka ned sure truser og gammel oppvask, sleit med frysere som var stappfulle av mat som smelta og stinka i varmen, stabla bøker, rulla tepper, åpna skap og trakk ut skuffer, jeg titta bak fasaden på halve Norge og jeg likte ikke helt det jeg så, jeg så støv og skitt og en bråte ubrukelige ting. Vi kom til folk som skulle fløtte fra hverandre, de sloss om hver jævla asjett og teskje, jeg så hat, jeg så kjærlighet, et bilde under en pute som noen hadde glemt, en lapp mellom bøkene, og når vi hadde tømt en leilighet, visste jeg alt om de som hadde bodd der, det fantes ingen hemmeligheter mer. Vi fløtta fra lærergutthjemmet i Bogstadveien, bar stinkende madrasser med runkeflekker ned fra fjerdeetasje og kjørte alt på søppeldynga ved Skui. Jeg husker jeg stod der, det var en heit dag, sola bakte, jeg stod der i sandaler på den råtne fyllinga og lempa drit mens kjempefluer, svære som helikoptre, braste rundt skolten, knallhvite måker kretsa og skreik og glinsende rotter løp på kryss og tvers. Den dagen måtte jeg innom Gamle Major, samma hva.

Men så fikk jeg kremjobben en dag, fløtekrem, vi skulle tømme Dukkehjemmet på Nationaltheatret, forestillinga skulle på turné. Vi durte ned, sjåfør og to hjelpemenn og parkerte ved Pernille, vandra inn i det skumle huset, bak scenen, hvor det stod stabla kulisser og hang tråder og tau og greier. Vaktmesteren viste oss hva som skulle med. Det var bare å starte, og vi bar, og da gikk det opp for meg, én gang for alle, at film og teater, bøker og dikt, bare er juks. Det er bare musikk som ikke narrer, som ikke gir seg ut for annet enn det det er. Musikk. Alt det andre er tomt, løgn. Vi tok stroppetak på et piano, dro til og det fór dønn til værs, veide ikke mer enn noen kilo. Vaktmesteren gliste og åpna lokket. Det var ingenting inni. Innmaten var skrapa ut. Når Helmer spilte på scenen, var det bare et lydbånd som gikk. Vi bar det ut på lille-fingeren og folka på Pernille reiste seg fra bordene og stirra på oss med kuleblikk. Vi kom ut av bakdøra fra Nationaltheatret og fikk stående applaus, tre fløttemenn, som bar pianoer, kakkelovner og kister på strak arm. Skulle ønske at muttern så meg da.

Sånn gikk dagene, de rant fint av gårde, jeg sov av meg selv om nettene, med trøtte muskler, sov godt, smørte matpakke og ble henta i Pilestredet hver morgen klokka sju. Dagene gikk svalt og en kveld jeg rusla hjemover, i møkkete arbeidsklær og med træler i hendene, møtte jeg Cecilie i Grensen. Jeg kjente henne ikke igjen med det samme, hun var kortklippa og rank, måtte spa i hukommelsen, så visste jeg det, selvsagt, det var Cecilie.

— Hei, sa vi.

Hun så anerkjennende på meg, jeg fiska opp en minisneip fra lomma og tente.

— Arbeider du? spurte hun.

— Jepp. Transporten. Hva driver du med, å?

Hun fortalte at hun hadde tatt realartiumtillegg og skulle studere medisin på Island fra høsten av.

— Island?

— I Reykjavik. Kom ikke inn her.

— Langt dit, sa jeg, for å si noe. Og sabla kaldt, er'e ikke?

Hun lo.

— Kan jo komme og besøke meg, sa hun.

Og så skreiv Cecilie opp adressen i en notisbok og reiv ut arket.
Og vi gikk hver til vårt.

Pengene hopa seg opp i kassen. Men en dag spurte Kæppen om
Gunnar hadde lappen. Det hadde Gunnar, og han trengte ikke
klasse 2 på Bedforden. Og så blei Ola og jeg hjælpemenn og vi
skulle flytte en NATO-general fra Kolsås til Blommenholm. Vi
jubla, satt alle tre og heia og huja og drønte mot NATOs
hovedkvarter. Gjøken bodde i et rekkehus, det var smul pensjonist-
jobb, og den stribusta grisen serverte tollfri Tuborg på trappa
klokka tolv, preika med skeiv aksent og var overvennlig. Gunnar
gikk rundt og myste etter hemmelige papirer og våpen, men det
eneste vi fant var en pen bunke pornoblader og et arsenal forsegla
whisky. Han vinka oss smørblid av gårde da vi dro mot Blommen-
holm og var desperat skvær.

— Jævla imperialistrotte, snerra Gunnar da vi kjørte mot Sand-
vika. Har sikkert vært i Vietnam!

— Gubben var jo grei, sa Ola.

— Doper oss med øl på formidda'n! Fa'n å jobbe for sånt svin!

Gunnar tro på gassen og svingte inn mot Blommenholm. Så var
det at vi nærma oss en jernbaneundergang. Gunnar saktna farten.

— Kommer vi under den? spurte han og stansa helt.

Den så ikke særlig høy ut. Vi gikk ut og tok en titt på bilen og
krøyp opp igjen.

— Trur det går, sa jeg.

— Tru'kke jeg, sa Gunnar.

— Kanskje, sa Ola.

— Er'e andre veier vi kan kjøre, eller? sa Gunnar.

— Går fint det der, sa jeg.

— Trur du det går, Ola?

— Joa.

— Går som smør, sa jeg.

Gunnar ga gass og vi raste mot undergangen. Så hørte vi at det
skrapa stygt mot taket, vi skvatt framover i setet og generalens
møblement knaka infernalsk bak oss. Vi stod dønn stille.

Gunnar så bleikt på oss.

— Det gikk ikke, sa han bare.

Vi fikk snodd oss ut og tok ulykken i øyesyn. Bedforden stod
limt fast. Det var ikke mulig å rikke den. Vi stod bom fast med
lasten til NATO.

451

Vi klødde oss i hue.

— Hva om vi peller ut lasten? sa Ola.

— Da blir kjerra enda høyere, din gjøk! brølte Gunnar.

— Var jo bare et forslag, megla jeg. Dessuten, NATO er en råtten pakt!

Vi stod en stund til og stirra på fadesen. Det hopa seg opp en pen kø bak oss.

Det var bare én ting å gjøre. Vi fant en kolonial hundre meter unna og ringte til Bruket. En halvtime seinere kom de med sandpapir og lirkesjåfør. Vi måtte krype inn på lasset for å gi tyngde på hjula. Det lød ikke pent da Bedforden jekka ut. Og Kæppen var ikke særlig blid. Men det gjorde ikke så mye. Det var slutten av juli, vi hadde tjent nok gryn og NATOs aggressive imperialisme var satt tre timer tilbake. Vi hadde jobba nok i bransjen.

Vi fikk lønna og raste innom Gamle Major. Vi var stinne. Over den første og siste halvliteren sa Gunnar:

— Bra aksjon vi hadde i dag! Folkekrigen er starta! Og i morra drar vi!

Vi skålte, drakk ut og gikk hjem og pakka gymposene.

Jeg var ikke det eneste dyret på Place St.-Michel. Folka lå strødd som om Parken var gravd opp og fløtta til Paris. Jeg følte meg hjemme, satt sliten og lykkelig på bassengkanten og myste gjennom eksos og duer og sol, regna ikke med å se Gunnar og Ola på noen dager, minst. Jeg hadde hatt griseflaks. Vi stilte på Mosseveien klokka sju torsdag morgen. Etter tre kvarter skrensa en Opel med et fett ektepar, de skulle til København, men hadde bare plass til to. Det blei Gunnar og Ola som tok den drosjen.

— Vi møtes på Place St.-Michel! ropte jeg og vinka dem av gårde.

— Sistemann spanderer vin! brølte Ola.

De forsvant i horisonten og jeg venta i flere timer, men bilene kjørte i svære buer utenom meg og tommelen begynte å bli sliten. Var kanskje riktig som Gunnar hadde sagt, at jeg skulle ha klippa meg, ingen som gidder pelle opp langhåra vrak, flirte han. Ikke faen, ikke faen om noen jævla vannkjemmede privatbilister skulle bestemme frisyren min. Så jeg stod der på Mosseveien, tida gikk og bilene drønte forbi, Gunnar og Ola var vel snart i Göteborg nå. Da kom den, som et gullskip rett ned fra himmelen, semien fra Bruket, jeg hoia og vinka, toget skrubba og jeg løp etter. Det var Robert.

skvær type, men streber på sin hals. Jeg hoppa opp i kahytten, for han hadde visst sabla dårlig tid, ga full rulle og vi var på vei.

— Hvor skar'u hen? mumla Robert da vi passerte sideveien til Drøbak, var ikke den mest pratsomme sorten.

— Paris, sa jeg.

— Flaks for deg.

— Hvor skal du?

— Paris, sa Robbern.

Og da vi kom til Svinesund, snudde han seg mot meg og sa en lang setning:

— Og nå har'u én jobb å gjøre, skjønner'u det? Du skal holde meg våken. Oppfatta? Jeg skal ta rekorden til Paris. Matisens er på 34 timer.

Og så prøvde jeg å holde Robbern våken resten av veien. Vi kryssa Sverige, på ferja drakk Robbern fjorten kaffe og to akevitt. Vi kløyva Danmark og mørket la seg over åkrene. Vi raste ned i Tyskland. På en rasteplass syd for Hamburg sov vi i to timer. Robbern hadde tre vekkerklokker med, de smalt i øra på rekke og rad, og så seilte vi videre, på autostradaen, om natta, i kahytten langt over veien, i mørket, med alle lysene langt under oss. Hver gang jeg dorma av, fikk jeg Robberns albue i siden og en bøtte kjeft. I Belgia steig sola over slamhaugene, i Frankrike fylte vi tanken. Jeg stirra etter Eiffeltårnet, men det første jeg så av Paris, var svære klynger med bølgeblikkskur, rønner, kasser, søppel, slum, det bodde mennesker der, så var vi forbi og Eiffeltårnet kom til syne i den blå disen, langt unna, som en forvitra fontene. Svetten rant av meg. Jeg var i Paris. Robbern stod på pedalen og gliste. Han bråstansa ved første postkontor og sendte telegram til Bruket. 30 timer blank. Han trengte ikke hjelp til lossinga, så han kjørte meg strakt til Place St.-Michel, de knøttsmå franske bilene skvatt unna da vi kom drønnende ned de åletrange gatene, og klokka fem, fredag, satt jeg på kanten, myste på menneskene, og en vill tanke ramla ned i hue, at plutselig skulle Seb dukke opp. Seb og Henny og Hubert. Veit ikke hvor lenge jeg satt sånn, men det blei ihvertfall mørkt og jeg fikk hjemlengsel. Lysene på bakken overtok. Jeg kjente liksom den svære byen presse mot brystet, kroppen var ennå i bevegelse, lysene fra restaurantene, sjappene, vinduene, bilene, raste mot meg, passerte, forsvant bak meg med røde, rennende øyne, i vill fart. Jeg var skrubbsulten, men visste ikke hvor jeg kunne få tak i mat. Jeg kunne dra til Hennys adresse, men jeg måtte vente på Gunnar og

Ola. Jeg satt der på bassengkanten, de vingekledde løvene spydde brunt vann. Seinen rant et eller annet sted i nærheten, noen folk spilte gitar, fløyte, noen sang. Plassen var full av folk, svære vinflasker blei sendt rundt, en purkebil trilla sakte forbi, jeg fikk litt feber, tenkte på Henny den gangen. Det var snart natt, jeg var sulten, aleine i Paris. Da kom det en jente og satte seg ved siden av meg, stirra på meg med brune strumaøyne.

— Er du ny her? spurte hun på amerikansk.

— Kom for noen timer siden.

Hun lirka opp vin og pariserloff og en stinkende ost fra skulderveska si, gnagde og drakk, sendte det over til meg, jeg gjorde som henne. Så tente hun en røyk som vi delte. Jeg fortalte at jeg var norsk. Det var det sterkeste jeg hadde smakt. Hun lo og masserte ryggen min. Jeg bælma vin. Siden gikk timene som ild. Jeg var i Paris og hadde glemt sovepose. Joy, hun kalte seg det, rulla ut sin og inviterte meg nedi. Jeg gravde fram de to grumsete automat-bildene og viste henne, spurte om hun hadde sett noen som ligna. Hun rista på hue og sovna. Jeg blei liggende våken, i soveposen til en spida amerikansk jente, midt i Paris, og stirra på bildene av Seb og Nina. Det var så latterlig lenge siden de var tatt, og en tanke hogg til som en rasende hummer i hjertet, at hvis vi fant dem, så ville de ikke se sånn ut, ville ikke kjenne dem igjen, ville vi ikke kjenne hverandre.

Joy sov og det var trangt. På ett tidspunkt var byen dønn stille, noen sekunder, så begynte ti millioner mennesker å røre på seg. Jeg ålte meg ut av sekken, frøys, halte på en genser. Det var vin igjen i flasken, jeg drakk halvparten. Det sildra vann i rennesteinene. Blåkledde negrer og arabere feide fortauene. Kaféene åpna, bord og stoler blei båret ut, sola sneik seg over et hus og traff meg i nakken. Jeg tok av meg genseren. Dyrene på Place St.-Michel våkna. En jente sang Blowing in the Wind. Joy rulla sammen senga.

— Ha det, sa hun bare.

— Hvor skal du?

— Middelhavet, sa hun og begynte å gå i den retninga.

Klokka ti kom Gunnar og Ola. Forbauselsen var stor da de så meg. Så klamra vi oss til hverandre og dansa i ring.

— Hva i hælvete gjør *du* her, å! ropte Gunnar. Tatt fly, eller?

— Robbern fra Bruket pelte meg opp, fortalte jeg. Åssen gikk det med dere, å?

De stønna begge to.

454

— Han fisen i Opeln var helt dust, beretta Ola. Skulle til Køben, og så landa vi i Stockholm. Sa det til'n hele tida. Kjører feil, mister, men han hørte ikke på det øret. Og så endte vi i Stockholm, var så vidt han ikke braste rett inn på ferja til Finland.

— Og ikke nok med det, tok Gunnar over. Den feite kona syntes Stockholm så bedre ut enn København og så blei de der og vi måtte haike videre og kom ikke til Køben før i går.

— Og så tok vi toget, sa Ola.

Jeg boksa dem i magen etter tur.

— Slå dere ned! sa jeg. Og dere skylder meg vin!

Gunnar tørka svetten og tok overblikket.

— Kan vel for faen ikke bo her, vel.

— Har'u noe bedre forslag?

— Finnes vel et hotell i nærheten!

— Er'u helt stinn av gryn, eller?

— Sa'ru ikke at du kunne låne penger av onkeln din, á?

— Klart, sa jeg. Vi finner et hotell.

Vi fant et ved Place Odéon. Rommet kosta åtte francs på hver og lå i sjette etasje. Ola blei skyssa ut for å bunkre vin og kom stormende tilbake med favnen full. Han skrudde opp, tok en durabel slurk, virra med hue, skreik, og stupte mot vasken. Vi lukta på stoffet, svei i borene.

— Har jo kjøpt eddik, din snile! flirte jeg.

— Eddik?

Ola var pergament i synet og sank ned på senga.

— *Vinaigre*, leste jeg for ham. *Vinaigre!*

Så måtte jeg som hadde språklinja ut og bytte fôret og bar hjem en korg med vin de table. Vi åpna vinduet, svingte flaskene over Paris, hadde et gløtt ned til Nôtre Dame, drakk med glupske hjerter.

Så sovna vi alle tre, butt i butt i den bløte senga, våkna av at regnet stod inn på golvet. Jeg fikk igjen vinduet, åpna en ny flaske vin.

— Nå må vi finne Seb, sa jeg.

Vi starta med noen øl på en bar rett overfor hotellet, Le Ronsard. Det hadde slutta å regne og det steig et karneval av lukter opp fra markedsbodene ved siden av. Svære kvinnfo\` ropte i kjeften på hverandre og gliste med råtne tannstubber, skabbete hunder sneik seg langs fortauet, smellfeite spurver trilla rundt som oppblåste tennisballer, et flipperspill durte bak oss, men aller mest husker jeg lukta av jordbær, svære, glinsende, knallrøde jordbær, de minna meg så jævla om Nina, jeg måtte over og kjøpe noen, fikk snøvla til meg en kurv og delte med de andre, jordbær, vin, øl.

Og så vandra vi Paris på kryss og tvers, snoka i Latinerkvarteret, spiste tunisiske rundstykker og holdt på å svi av gommen, rusla langs Seinen, snakka med noen hollandske friks, hadde ikke møtt noen nordmenn, så på de gamle gubbene som fiska i den brune elva mens svarte lektere og glorete turistprammer sklei forbi, vi var ute på Pont Neuf, men Seb var ikke der heller, bare en utblåst gjeng som satt og sløva under kastanjetrærne og sørgepilene, vi holdt vakt ved Place St.-Michel, én gang syntes jeg at jeg så Jørgen også, det var solslyng på nervene.

Vi kom stuptrøtte hjem til hotellet hver kveld, eller natt, og avslutta med mørkt øl på Le Ronsard.

— Skal du ikke besøke onkeln din snart? lurte Gunnar.

Jeg grudde meg og utsatte det. Jeg grudde meg som faen.

— Joa, sa jeg.

Jeg gikk til disken og henta en runde.

— Ganske skeivt opplegg, egentlig, sa Gunnar.

— Åssen da? mumla Ola.

— At vi tror vi kan finne Seb i denne maurtua her. Når det faen ikke er sikkert at han *er* her engang!

Vi blei deppa og trakk over til hotellet, sovna hodestups sammen med de knatrende kakerlakkene.

Men neste dag var vi igang igjen. Vi lette i Luxembourghagen, vi inntok høyrebredd og vandra på Champs-Elysées, så bare soss og sjapper, vi klatra opp trappene til Sacré-Cœur, bare japanere, skrubba rundt på Pigalle, horer og liveshow og helsleske innpiskere, vi fant veien tilbake til Seinen igjen, sløva langs de grønne bokkassene. Det gikk mer og mer opp for oss at vi hadde bomma, bomma totalt. Ola mente det var på tide vi begynte å ta metroen, han hadde gnagsår på knærne, men Gunnar holdt på at vi kunne vel for faen ikke lete etter Seb under jorda.

— Jeg er ihvertfall skrubb, klaga Ola.

Vi fant en guffen restaurant i en sidegate og bestilte croque monsieur og øl.

— Men hva i helvete *lever'n* av! sa Gunnar.

— Veit da fa'n. Finner seg vel en jobb iblant.

Men ingen av oss trudde noe særlig på det. Maten kom på bordet, tre svidde loff med ost og skinke. Det lukta småsurt, men

456

det var sikkert bare fra det råtne vannet i rennesteinen. Kelneren knipsa en sneip rett over huene våre, og vi gøyv løs. Det smakte faktisk godt. Vi skrapa opp smitt og smule og vurderte om vi skulle stå på en omgang til. Da kjente jeg noe som gnei og gnudde langs beina, jeg løfta opp duken og stirra rett i hvitøyet på det styggeste dyret jeg noen gang har sett. Jeg velta tvert av stolen, Gunnar og Ola fór opp, og bastarden kom fram, en vanvittig, skabbete krysning, puddel bak og ulv foran. Den jumpa over meg og trakk den ru, sure tunga over trynet mitt, jeg hørte noen brøle av latter og det kunne umulig være Gunnar og Ola. Da fikk jeg øye på pikken, den stod ut mellom bakbeina, rød og stiv og tynn, siklet rant ned på meg og den jukka som en gal mot buksa mi. Gunnar kom til unnsetning og fikk halt den vekk, jeg kom meg på høykant, men bastarden ga seg ikke, den byksa over meg og stanga forlabbene mot trøya mi. Jeg sparka alt jeg kunne, det knaste mot treskoa, det skinnløse udyret rulla rundt og krabba inn i restauranten med buken langs golvet. Da var det noe annet som angrep meg, jeg kjente en svett og hårete hånd i nakken, vrei meg rundt, det var kelneren, han kjefta meg huden full og spyttet stod i alle retninger. Men da fikk det være nok. Gunnar kom med løftekranene sine, heiste tassen opp og sendte ham vannrett inn til baren. Og så løp vi, fra regning og hylende svartsmusker. Vi stansa ikke før vi var på Le Ronsard, der sank vi ned ved stambordet og fortjente øl som aldri før.

— Det er hundegalskap i Frankrike, sa Gunnar.

Ølet satt i strupen.

— Hæ?

— Lærte om det i militæret. Hvis du har et åpent sår eller en rift og kommer i nærheten av en hund med hundegalskap, kan du bli smitta.

— Men faen heller! Trur'u kjøtern hadde hundegalskap?

— Veit ikke, sa Gunnar alvorlig.

Jeg begynte å få panikk, følte meg skitten og spedalsk, kjente den sure dyrestanken, leita febrilsk etter sår, fant et rift på hånden, men det var nesten grodd, det begynte å klø overalt, jeg klødde, lus, skabb, jeg hadde fått alt på en gang.

— Åssen virker hundegalskap? spurte Ola.

— Blir tørst, forklarte Gunnar. Drita tørst, men så tør'u ikke drikke for du er redd for å drukne i det du drikker. Til slutt er'u redd for å drukne i spyttet ditt. Og så dør'u.

Jeg bøyde meg over bordet og prøvde ta det med ro.

— Hvis man er tørst og drikker som faen, da har man ikke hundegalskap altså?

— Akkurat, sa Gunnar.

Jeg gikk bort til bardisken og begynte å drikke. Det rant ned. Jeg drakk til kranene var tomme på Le Ronsard. Da leide Gunnar og Ola meg over til hotellet, jeg husker jeg drømte jeg var en herreløs hund.

Jeg våkna aleine neste morgen med en kuppel større enn Sofiakirken. Det var langt på dag og bråket fra trafikken i Boulevard St. Germain steig opp de seks etasjene og hamra på vinduet og øyelokkene. Jeg var tørst. Jeg har aldri vært så tørst før, ikke bare i kjeften, men i hele meg, et tørt, sviende sluk fra sjela til fotbladene. Jeg krabba bort til vasken, fikk skrudd på krana og husket med det samme advarselen mot å drikke vannet i Paris. Men det var ikke noe annet å drikke på rommet, jeg var avsindig, så jeg stakk hue under, svelga, spydde, redselen kom med sugekoppene sine, kakerlakkene flirte, en vill tanke la seg rundt halsen og stramma til, at ingen ville merke det om jeg blei forvandla til hund her og nå, ingen ville prøve å stanse meg om jeg tassa ned trappene med skabbete pels og siklende lepper, de ville bare sparke meg på hue ut, og jeg ville være en av Paris' hunder. Jeg prøvde en gang til, og etter noen gulp fikk jeg det ned, jeg drakk og drakk det sure kloakkvannet, jeg fant balansen igjen, hue begynte å funke, jeg satte meg rett ned på golvet og tenkte at dette går bra, holdt meg forsiktig på magen og banna på at dette gikk glatt. Så spydde jeg. Jeg spydde i en bue opp i vasken, vann og bløte pommes frites, jeg var en fontene. Etterpå fant jeg lappen fra Gunnar og Ola. *Møtes på Ronsard fire.*

Kelnerne klappa da jeg kom. Jeg hadde tenkt å kjøre lavt på Vichy, men de serverte svære øl før jeg fikk fram en glose og de nekta å ta betaling, stirra bare andektig på meg, det var like før de ba om autografen. Jeg drakk ølet og det satt.

— Åssen er formen? spurte Gunnar.

— Skral. Fått pels på ryggen og armene vokser.

Vi humra litt i all stillhet. Så sa Ola:

— Finner aldri Seb her. Sjøl om han er her. Når vi leter ett sted, er han et annet. Vi går sikkert bare rundt hverandre hele tida.

Vi tenkte over det. Ola hadde rett. Det var århundrets mest

mislykkede leteaksjon. Jeg hadde de to automatbildene i baklomma og alt virka så latterlig. Selv ikke utsikten til markedet satte meg i stemning. Jeg så en svær mark i jordbærkassa.

— Og nå må'ru faen meg hoste fram den onkel'n din, maste Gunnar. Vi b'yner å bli blakke.

Jeg var klar over det.

— Vi fløtter over til Le Metro, sa jeg. Blir nervøs av å sitte her. Kelnerne stirrer høl i pappen.

Vi tusla over til det andre hjørnet, stilte oss ved disken og fikk tre glass breddfulle av hvitvin, kelneren gliste med en gul sneip mellom fortenna, helte på en dæsj til, det blei topp, og vi måtte bøye oss fram og supe som pattedyr.

— Fransk humor, sa Gunnar.

Vi begynte å gå sure. Første dagen ville vi flirt oss skakke og bedt om fulle glass. Det var på tide å dra hjem. Jeg måtte besøke Hubert og Henny.

Da hørte vi det, gjennom bråket og skravlinga i baren, gjennom trafikkens vegg, en blues, en raspa blues, et hylende munnspill, en torturert ulv, det kom fra jorda, fra metrostasjonen rett utafor, det stilna rundt oss, trafikken saktna og vi hørte det tydeligere og tydeligere. Vi stirra på hverandre, tinntallerkner, så storma vi ut, brøyta oss vei og skøyt ned trappene til stasjonen. Der bråstansa vi. Vi trudde ikke våre egne øyne. Seb stod lent opp mot de skittengule flisene, ved siden av det grønne metrokartet, i vinden fra korridorene, i en sky av pisslukt, han var ikke til å kjenne igjen, vi kunne bare så vidt skimte gamle Seb, et sted, langt borte. Og han trudde ikke sine øyne heller, hvis de var hans fremdeles, munnspillet falt fra kjeften og leppene hans var fulle av sår.

— Dere her? stotra han.

— Er'e ikke Frognertrikken som går her, á? sa Ola, hva skulle vi gjort uten Ola.

Vi fikk fram noen flir. Og så begynte Seb å grine, snudde seg bort og dunka skallen mot veggen, mens de få tilhørerne plukka opp myntene sine og luska vekk.

Vi fikk Seb opp på hotellrommet og la ham i senga. Han skalv som en flamme, til slutt måtte vi holde ham, Seb var i floke, akkurat som det lange feite håret og det tynne skitne skjegget.

— Hvor har'u tinga dine? spurte Gunnar saklig.

Seb pekte på den lille, grønne skulderveska si.

Så sa han, lå stiv i senga og venta på neste krampe:

— Gutter, jeg må ha, jeg veit hvor dere kan få tak i . . . et skudd. Vi blei ikke så overraska, men likevel var det for jævlig å høre det. Gunnar var kritt i trynet, jumpa over Seb og rista ham som en fyrstikk som ikke vil slukne.

— Din jævla drittsekk! Ikke be oss om sånt! Hører'u det! Hører'u!

Så skrelte Gunnar av ham trøya og oppover armene så vi sjømannens tatoveringer, ikke et anker og et hjerte, men et mønster av brune nålestikk.

Vi helte brennevin i Seb for å roe ham ned. Skitten svette oste ut av ham. Vi stakk en røyk mellom de såre leppene og tente på, halte ham litt opp og støtta ham mot veggen.

— Hva har hendt? hviska jeg.

Og så fortalte Seb sin historie, det gikk i rykk og napp, det gikk en hel Calva og to pakker Gaulois. Seb satt med bøyd hue og spasmer og fortalte.

Det hadde skåret seg allerede på danskebåten. Der møtte han et dopa kjei fra Tåsen som skulle til *Isle of Wight*. Det kunne ikke Seb motstå, for kjeiet sa at Jim Morrison in person skulle velsigne horden. Seb slo følge med jenta, de haika til Calais, tok ferja over og fant den forblåste øya og der var det et par hundre tusen innblåste indianere fra før.

Seb tok en pause. Vi satt med svette pupiller og øra i full beredskap.

— Var . . . var Jim Morrison der, eller? fikk jeg fram.

Seb nikka, det falt aske ned i senga.

— Han var der. Dritings og høg med apostelskjegg og direkte kontakt med gudene. Runka mikken så det spruta. Største jeg har hørt, gutter.

Bare minnene gjorde ham utmatta. Vi skjenka fôr og tente proviant.

— Fortsett, hviska Ola.

Da slaget var over på Isle of Wight, var det en uke til Seb skulle møte fattern sin i Bordeaux. Kjeiet fra Tåsen fikk overbevist ham om at han rakk en svipp innom Amsterdam, lå jo rett over elva, så Seb blei med en multinasjonal flippegjeng til tulipanenes by, og der skar det seg for alvor. Dagene gikk, men det merka ikke Seb, og første gang han hadde et nyktert gløtt, var det høst. Tåsendyret var over og ut og han befant seg i ei rønne ved en råtten kanal sammen med en tjue andre forvirra junkere.

— Verste jeg har vært med på, gutter. Hue var helt blåst. Båten var gått. Jeg var blakk og satt limt i Amsterdam. Hva faen gjør man da, á, gutter?

— Går til ambassaden, sa Gunnar saklig.

— Stiller barbeint med kanonøyne og sil på kontoret til ambassadøren, lurt opplegg, kasjott neste stopp.

— Men hva gjorde'ru, á? hviska Ola.

Seb dro ikke til ambassaden. Han rappa et munnspill og spelte blues i Amsterdams gater. Mynter kom inn, men Seb kom seg hverken videre eller hjem. Det var for slitsomt å gå nykter. Seb var hekta. Han blei i Amsterdam til nyttår.

— Veit du hvem jeg støtte på en dag, Kim? sa han plutselig. Nina.

— Nina?

Jeg sank sammen, kjente brått eplesmaken fra brennevinet, essensen, eplets blod.

— Nina?

— Jøss da. Nina fra Vestheim.

Det var stille i rommet. Det var mørkt mot vinduet. Duene kurra på gesimsen.

— Åssen var'e med henne? spurte jeg sakte.

— Hva trur'u? Hu var på kjøret. Akkurat som alle andre.

Seb stirra tomt gjennom røyken.

— Trudde hun var i Afghanistan, sa jeg.

Seb lo lavt, en hes, hakkende latter.

— Det sier alle. Det sier alle som er på tuppa, det sier alle de utblåste, oppspiste blodrunkerne.

Han gjemte ansiktet i hendene og rista. Jeg var stiv av skrekk. Angsten lamma meg, var en giftig pil i ryggen, greide ikke grine engang.

Seb så opp.

— Men de kommer seg aldri dit, skjønner'u. Hu hadde vært i Paris. Kom seg ikke lenger. Måtte hjem til kanalene.

Jeg spydde i vasken, epleblodet fossa ut og spruta opp i ansiktet. Ingen sa noe. Jeg orka ikke spørre mer.

— Hu blei borte for meg, fortsatte Seb. Og så dro jeg til Paris. Tok med munnspillet og kom meg ned til Paris.

— Hvor faen har'u vært, á? Har lett overalt, jo!

Seb sneipa røyken, brant seg på fingra, merka det visst ikke.

— I sommer har jeg vært på kirkegården, sa han. Père Lachaise.

— Hæ? På en kirkegård?

461

— Ved Jims grav.
— Jim?
— Jim Morrison.
Så slukna Seb. Vi våka over ham. Han var tynn som en spiker og rusten. Selv ikke kakerlakkene la merke til ham. De krabba over taket. Og ute steig sola gjennom Paris' blå luft.

Jeg dro til Henny mens Gunnar og Ola passa på Seb. Jeg var for trøtt og fyllesjuk til å grue meg. Jeg ga lappen med adressen på til en drosjesjåfør og han kjørte meg til Rue de la grande Chaumiere på Montparnasse. Jeg husket en annen gang jeg satt i en drosje, i en fremmed by, på vei til en jente. Jeg var klin rolig. Jeg var dum nok til å tro at etter alt som var hendt, kunne det ikke bli verre.

Jeg rota litt opp og ned den lille stubben før jeg fant nummeret, en svær grønn dør med glass og gitter, og det var slått opp en marmorplate hvor det stod i gullskrift: *Ateliers*. Under døra var det dytta inn tre lange brød. Men døra var låst og det stod ingen navn der. Rett ved siden av var det en liten boksjappe med kunstbøker og reproduksjoner i vinduet. Innenfor stod en knøl og kikka nysgjerrig ut på meg. Jeg gikk inn til ham, greide å stave fram på fransk noe om en norsk pike, pekte på adresselappen og han strålte opp i det videste smilet jeg har sett, hendene dansa over hue og han nikka i ett sett og skravla masse gresk. Men jeg trur han spurte om jeg også var norsk og det sa jeg ja til og da blei han enda villere. Han begynte å rote rundt i en stappa skuff og fant fram et kort som han dytta inn i nevene mine. Jeg så på det og en sløv kniv blei vridd rundt i hjertet tre ganger: Munch. *Piken og Døden*. Så fulgte han meg ut, trykka på knappen i tredje etasje, åpna porten og vinka meg av gårde.

Jeg slepte meg opp de tre avsatsene og ringte på. Det tok lang tid før noen kom, lang nok tid til at jeg kunne ha stukket av for lengst. Men jeg stod der da Henny åpna, halvnaken. Så var hun rundt halsen min og halte meg inn, gikk litt på avstand og betrakta meg nøye. Hun var blitt tjukkere, var kommet en mjukhet over henne, dyne, hun var enda penere.

— Vekka deg vel ikke, sa jeg.
— Jo, lo Henny.
Hun stod sånn og så på meg, i det svære rommet med digert vindu og masse grønne planter som slanga seg over vegger og tak.
— Du har forandret deg, sa hun.

En dør gikk opp, jeg venta å se Hubert. Men det kom en jente ut fra soverommet, hun duva naken over golvet og omfavna Henny og de kyssa hverandre djupt og lenge, rett der, foran meg. Jeg snudde meg sakte og brennende bort.

— Dette er Francoise, sa Henny omsider. Og det er Kim.

Francoise kyssa meg på kinnet fjorten ganger og trakk seg over i et hjørne.

Jeg måtte snakke.

— Hvor er Hubert? spurte jeg.

Henny fant en stol og tente en røyk.

— Hubert bor på Ile de Ré, sa hun. En øy ved Atlanterhavskysten.

Jeg sank ned på en stol jeg også. Tømmermennene gjorde jobben sin. Det var barhogst. De var igang med å kviste og skrelle av bark.

— Jeg må ha tak i ham. Er'e langt dit?

— Må ta toget til La Rochelle og ferje derfra, tegna Henny.

Jeg fortalte om Seb. Jeg forklarte at vi trengte spenn til togbillettene hjem.

— Bli med på Coupole! sa Henny.

Francoise og Henny forsvant inn på soverommet og blei borte ganske lenge, jeg satt der i drivhuset og svetta, tankene styrta rundt, så kom de endelig, og vi spaserte over til Coupole, en hangar av en restaurant, og straks vi hadde satt oss, var det fullt rundt bordet av småsleske typer med vann i håret og dobbeltspente krøllete dresser og hvite sko. Francoise og Henny bestilte egg og te, jeg tok en demi og alle sviskene skulle hilse på meg og snakke rett inn i øret mitt. Så prata Henny masse på fransk, og snilene la hver sin seddel på bordet og klappa meg på skulderen og jeg syntes ikke lenger de var så snilete, har egentlig aldri kunnet bedømme folk, er egentlig passe teit.

— Francoise og jeg er blakke, skjønner du, sa Henny og skjøv pengene over til meg.

Jeg blei litt flau og drakk opp ølet.

— Kan godt haike, sa jeg.

— Ta pengene, insisterte hun. Og hils til Hubert.

Hun skreiv opp adressen hans og forklarte meg hvor jernbanestasjonen lå. Tre kvarter seinere satt jeg på toget vestover, i en kupé full av sovende franskmenn. Jeg måtte bare sitte helt stille og la tankene synke, men hue mitt var en søppelkasse og jeg greide ikke

463

tømme den. Istedet sovna jeg også, og det var kanskje det beste som kunne skje. Men klokka tolv blei jeg vekka av et sabla leven, de andre passasjerene i båsen trakk opp vinflasker, glefsa blodrøde tomater, åt skinke og kyllinger, la råtten ost i fanget, jeg kom meg ut i korridoren, dro ned vinduet og lot vinden dobbeltrense hue. Landsbyer. Åkrer. Vinmarker. Over en elv kasta jeg plutselig ut bildene jeg hadde i baklomma.

Jeg fikk trålt meg videre fra La Rochelle med buss og ferje og landa på Ile de Ré da det var mørkt. Der måtte jeg ta ny buss og jumpa av i Le Flotte en halv time seinere, en knøttliten havn hvor kulingen stod rett inn fra Atlanteren. Jeg hørte fiskeskøyter sjangle i bølgene og så lysene fra to barer. Jeg gikk inn i den ene og viste fram adressen. De visste godt hvor det var, jeg fikk attpåtil en gratis øl, og så blei jeg fulgt av en pjokk det siste stykket. Han stansa utenfor en port, pekte inn og gikk sin vei. En gammel kone kom ut og så nærmere på meg. Jeg viste henne lappen og sa Norvège. Hun klappa i hendene og dytta meg inn på et gårdsrom, og der var det en lav murbygning med veranda rundt.

— Ybær! skrålte hun. Møsjø Ybær!

Og så kom han ut, lente seg over gelenderet og titta ned på oss. Jeg løp opp trappa. Hubert stod der i slåbrok med belte og så ikke særlig overraska ut. Han hadde skjegg.

— Du har gjemt deg godt, sa jeg.

Han la hendene på skuldrene mine.

— Kom inn, sa han lavt.

Det var et ganske ødslig rom. Midt på golvet stod et bord. I hjørnet lå en bunke blindrammer. Veggene var nakne.

I det grelle lyset så jeg angsten. Etter så lang tid var jeg plutselig uforberedt.

— Det var dårlig gjort, sa jeg.

— Det er billig å leve her, Kim. Jeg kan leve her resten av livet.

Han gikk ut på kjøkkenet og pøste blåskjell i en kasserolle. Han stod med ryggen til meg. Jeg hørte havet slå.

— Får du malt noe her? spurte jeg.

Hubert svarte ikke. Han helte hvitvin over skjellene, hakka løk og drakk en slurk. Han stod med ryggen til. Jeg fikk øye på et bilde, forestilte en mann med en blodig bandasje rundt hele hodet. Jeg kjente dampen fra vinen og skjellene.

— Det var dårlig gjort, gjentok jeg.

— Har faren din tilgitt meg?

464

Stemmen låt som en av mors gamle plater.

— Ja, sa jeg.

Vi satt oppe resten av natta, spiste blåskjell og drakk hvitvin. Hubert fortalte at *La Flotte* betyr havet, og da han var litt full, sa han at blåskjell, *moule*, betyr fitte. Jeg orka ikke mer blåskjell.

— Skal hilse fra Henny, sa jeg.

Hubert reiste seg og henta en ny flaske.

— Vi passet ikke sammen, sa han stille.

— Jeg trenger penger, sa jeg. Fire togbilletter til Oslo.

Så drakk vi *Prince Hubert de Polignac* og på ny steig sola opp, som om ingenting hadde hendt, vi gikk ut på verandaen og hørte skøytene dunke ut, hørte havet og vinden og menneskene.

— De fikk en hai i forrige uke, sa Hubert. En hai.

Han fulgte meg til bussholdeplassen ved havna. Det var marked og liv. Vi var matte og ensomme.

Bussen kom. En måke stod skrikende over oss. Det lukta fisk og salt og tang.

— Har du nok penger? spurte Hubert.

— Det holder, sa jeg.

— Du må hilse.

— Syns du skulle komme hjem snart, sa jeg. Du kan trygt komme hjem nå.

Han tok hånden min og den ville ikke slippe. Han rista meg og skjegget skalv. Han kunne ikke slippe og øya hans var fulle av saltvann. Sjåføren tuta. Han slapp ikke. Alle ansiktene i bussen stirra ut på oss. Så måtte jeg rive meg løs.

Jeg satte meg bakerst og så onkel Hubert stå der på den tomme stasjonen, og like fort som tankene mine drønte gjennom et helt liv, forsvant han bak master og måker.

På *Hôtel Odéon* var det full panikk. Seb hadde stukket av. Han gikk på dass og kom ikke tilbake. Det var 24 timer siden.

— Måtte vel følge'n, vel, ropte jeg.

— Vi er vel for faen ikke barnepiker, din skolt! Og hvor i hælvete har *du* vært, á!

Ola kom imellom.

— Må'kke krangle nå, gutter. Må faen ikke krangle nå.

Og så satt vi på Le Ronsard igjen og var like langt. Det gikk mot kveld og Paris blunka og brølte mot oss og freste dårlig ånde rett i trynene våre. Hvis jeg begynte å telle mennesker, ville jeg blitt gal.

465

De stampa forbi, rekke på rekke, de stod i svære klynger på alle hjørner, de fylte butikker, biler, hus, barer, de var overalt, jeg kom til å tenke på den gangen jeg lekte gjemsel på Nesodden, jeg hadde funnet et strøkent sted, i et lite søkk, bak en busk, jeg lå der på magen, lukket øya, trudde jeg blei enda mer usynlig da. Så kjente jeg det klø oppover beina, og jeg oppdaga at jeg lå midt i en maursti, de velta over meg, jeg turde ikke røre en finger, jeg lå på stedet hvil, mens maurene dekka meg, og jeg tenkte på, den gangen jeg lå der, på hoggormen jeg hadde sett, den døde hoggormen i maurtua ved gjerdet, mens noen langt borte telte sakte til hundre.

Gunnar bretta ut kartet på bordet. Seb var hekta. Seb hadde dratt for å få et fiks. En jente spilte *Light my fire* på jukeboksen. Da visste jeg det.

— Kirkegården, sa jeg. Graven til Morrison.

Vi fant Père Lachaise på kartet og fikk tak i en drosje.

— Hvis vi finner'n, tar vi toget ikveld, sa jeg.

Père Lachaise var en hel by, en forblåst ruin, hvor villkatter løp mellom gravene, og det var ikke bare smålige steinstøtter, det var hus, statuer, trapper, templer, søyler, jeg blei helt sjuk av å være der, det var den andre sida av Paris, dødsriket, bare en drosjetur vekk fra strømmen av mennesker.

Vi lette på kryss og tvers, så gamle svartkledde koner stå tause mellom trærne, hørte kattene som skreik, så visne blomster og knuste glassmalerier, kjente lukta av råttent løv og kjellere, vi gikk beina av oss, blei redd for å gå oss vill, stod midt i den vanvittige labyrinten. Ola var grå og stum, Gunnar stirra tomt, vinden rev gjennom oss, tunge skyer la seg langs himmelen og de første dråpene falt idet det tordna. Da hørte vi noe annet også, mellom gravene et stykke unna, elektrisk piano, bass, trommer, torden, regn og så Jims stemme. *Riders on the Storm*. Vi løp den veien. *Morrison Hotel* stod det skrevet på en vegg, vi fulgte pilen under, hørte musikken tydeligere, ekkoet, regnet, tordenen, klatra forbi noen svære støtter, og der, rundt en lurvete jordflekk, satt det strødd en bande friks og en av dem var Seb.

Vi blei helt lamslått av høytideligheten og satte oss stille ved siden av ham. En mørkhåra, bleik jente klamra seg til kassettspilleren og grein lydløst. På en treplate stod det *Douglas Morrison James*. Opp av jorda stakk en vinflaske med en blomst i. Rundt grava et bånd av muslingskjell.

— Vi må stikke, hviska jeg til Seb. Vi tar toget i kveld.

Han reiste seg uten et ord og fulgte etter oss, gjorde ikke motstand, det var liksom en svær, uvirkelig ro over ham, øya skinte under den feite midtskillen. Vi dro tilbake til hotellet og henta tingene våre, tok metroen til Gare du Nord og jeg kjøpte fire billetter til Oslo over København. Toget gikk fem på elleve, det var enda et par timer til. Vi hamstra øl i buffeten og satte oss til å vente.

Da begynte Seb å snakke. Han snakka sakte og tydelig, som om han var redd for at vi ikke skulle forstå ham, som om han var en prest og den svære ankomsthallen var kirken hans.

— Jim er ikke død, sa Seb. Jim er ikke død.

Vi bøyde oss nærmere.

— E'kke Jim død?

— Han bare later som han er død. Han har dratt sin kos. Til Afrika for å leve med sin nye sjel. Det er den gamle sjela hans som er begravd på Père Lachaise.

— Hva snakker'u om? lurte Gunnar.

— Ingen har sett liket, fortsatte Seb. Pamela var med på hele greia.

— Pamela?

— Dama hans. Traff dem på *Rock'n Roll Circus* og var på kjøret med Jim en uke. Han sa han skulle reise snart.

Plutselig blei Seb nervøs, kasta skrå blikk til alle kanter og vinka oss nærmere.

— Dette er hemmelighet, gutter. Ikke et ord til de andre, hæ? FBI er etter'n!

Vi drakk ølet og toget vårt kom på tavla.

— Hva har'u egentlig i skulderveska di? spurte Gunnar.

Seb trakk den til seg og svarte ikke. Det var tjue minutter til avgang. Gunnar ga seg ikke. Han brakk løs skuldertaska og åpna den. Der lå det sprøyte og en fyrstikkeske.

— Så du hadde liksom tenkt å ta med dette drittet hjem, hæ?

— Faen gutter, jeg må ha et fiks før vi drar!

Gunnar holdt skulderveska og stirra mørkt på ham.

— Nei, sa Gunnar. Vi kaster detta i dass!

Han reiste seg. Seb byksa etter. Han skreik.

— Gunnar! For faen! Du dreper meg!

— Ikke jeg, men detta! sa Gunnar og pekte på den grønne veska.

— Det e'kke kinaputter og knallperler du diler med nå! ropte Seb, plutselig dønn klar.

467

Men Gunnar gikk ned til dassene. Seb trudde ikke sine egne øyne.

— Han gjør'e, sa han bare, lavt, ut i lufta. Han gjør'e.

Jeg kjøpte tre flasker brennevin over gata og vi heiv oss på toget i siste sekund. Så dunka vi ut fra Paris, på vei hjem alle fire, gjennom stinkende Europa, som la seg som grå skitt på huden.

SENTIMENTAL JOURNEY

høst 71

Høsten gikk av stabelen. Gunnar begynte på Blindern og fikk seg hybel på Sogn. Seb roa seg ned på melk og honning hos bestemora si. Jeg fylte tjue, fikk studielån, kjøpte bøkene til forberedende og fortsatte å bo i Munchsgate. Ola blei boende hos foreldra sine på Solli og kom inn på Bjørknes. Alt så ut til å gå smult og smertefritt, inntil telegrammet fra Trondhjem. Det gjorde kort prosess på Olas framtidsplaner. Kirsten var i fjerde måned og en hedersmann løp ikke fra ansvaret. Ola kjøpte ringer og togbillett og kvelden han skulle reise, mekka jeg til et aldri så lite utdrikningslag i suiten i Munchsgate. Studielånet var ennå varmt, så jeg diska opp med et tonn reker, champagne, hvitvin, øl og gin. Og så satt vi der, og det var trått å dra stemninga igang. Vi helte innpå, og Seb som hadde vært nykter siden Paris, så ut til få en kjempesprekk. Jeg bar rekeskallet ut i søppelsjakta og da jeg kom tilbake satt Ola og grein. Han røyka og drakk og grein og prøvde å snakke samtidig.

— Faen heller, gutter, hørte vi. Faen heller! Nå som vi endelig var samla!

— Slapp av, sa Gunnar. Du ska'kke til Alaska.

Ola gråt enda høyere.

— Va'kke sånn jeg hadde tenkt meg det, hulka han. Kommet inn på Bjørknes og greier. Faen!

Gunnar røska i ham med en mild og bestemt hånd.

— Hør her, á, brudgom. Du kan vel ta artium i Trondheim også. Og så får'u bo sammen med Kirsten. Har'u ikke alltid ønska det, á?

Ola tørka tårene og smilte. Jeg skjenka en garva drink til ham.

— Hva faen skulle jeg gjort uten dere, gutter!

Vi hamra ham på skulderen og Ola vaia med skolten.

— Håper'e blir en gutt, hviska han.

Laget tok seg opp. Ola så ut som om han allerede var blitt far til fire, skylte ned drinkene i høyt tempo, kry som en hane. Så skifta han plutselig ansikt, krøyp sammen, blikket sank skremt inn i hue.

— Tenk om det ikke er min unge, pusta han.

— Nå får'u jaggu meg skjerpe'rei! ropte Gunnar. Den der later vi som vi ikke hørte.

Ola regna desperat på fingrene, telte og telte, og med et lite sukk og en lynrask trommesolo på flaskefôret dalte han letta mot golvet.

— Juni, juli, august, september, sang han. Det måtte være den morran . . .

— Spar oss for detaljene, flirte jeg og blanda en motorsag til ham.

Seb hadde ikke akkurat vært talatrengt, men nå ymta han frampå, trakk opp en tjukk svart bok fra lomma.

— Siden vi ikke får være med på bryllupet, syns jeg vi skulle ta en liten prøvevielse her, sa han.

Seb satt gudhjelpe meg med bibelen i fanget og bladde.

— Har'e tørna helt, eller! ropte Gunnar.

Seb hørte ikke etter.

— Reis deg, sa han til Ola. Og så kan Kim være Kirsten.

— Han skal vel for faen ikke gifte seg i Nidarosdomen!

Gunnar var himmelfallen.

— Desto viktigere at vi foretar denne symbolske vielsen, sa Seb rolig.

Enten var han klin kanon, eller så kødda han over evne. Men vi var med på kjøret, det var ikke oss det stod på.

Gunnar satt sjokka i hjørnet, mens Ola og jeg sjangla side ved side og Seb leste sakte og tydelig fra et eller annet kapitel i svarteboka, så lovte vi i gode og onde dager, fomla med ringene, fikk latterkula og rulla over golvet.

Seb holdt maska og vi brølte enda mer. Men Gunnar syntes visst ikke det var særlig morsomt. Han reiv Maos lille røde ut av hylla og leste seg svett fra *Våg å kjempe våg å vinne*. Ola og jeg stabla oss på høykant, skjenka sprit og hiksta i kor. Seremonien var over, prestene klappa sammen bøkene og så begynte Ola å grine igjen, og denne gangen virka han utrøstelig. Dagene med gutta var forbi, nå var det bleie, gjeld og svigermor og kjeft. Aldri mer The Snafus, aldri mer samling rundt rillene og ville trommesoloer. Vi snufsa litt alle mann. Så sovna han.

Vi frakta Ola og kofferten til Østbanen i en trillebår vi fant i bakgården, bar ham inn på toget og hengte en plakat rundt halsen hans. *Silent homecoming.* Så gikk toget. Det hosta ut fra stasjonen, forbi Freds vindu, og vi vinka, som om det var nødvendig, stod der med de tomme hendene våre, vinka.

WORKING CLASS HERO

høst 71

Så ikke så mye til Gunnar etter han flytta på studentbyen, og det var ganske stille rundt meg, nå som Ola hadde dratt og Seb var munk hos bestemora si. Jeg fløyt innom et par forelesninger i logikk, men fikk aldri med meg poengene. En dag var det kjempe-rabalder under Frederikke, stod en rabiat klynge der og fekta kollektivt med nevene og skreik i kjeften på hverandre, og midt i bølingen stod Gunnar og brølte. Jeg sneik meg borttil, det var standsen for støttekomitéen for de streikende flylederne. — Syns kanskje ikke at flyverne tjener nok, hæ! smalt en fyr i bordet. Vil vel gå med bøssa om bossene i Aftenposten streiker også, dere, hva! Jeg trur Gunnar stod på tå, ihvertfall virka han høyere enn jeg kunne huske han var. — Vi støtter lønnskampen! Lønnskampen retter seg mot den kapitalistiske staten! — De fordømte flylederne skulle heller gi no'n tusenlapper til de lavtlønte! — Er'e liksom enkeltfolk som skal jamne ut klasseforskjella i detta landet! Åssen politikk er det, á! Sånn gikk det nesten en time, så løp folk avgårde, Gunnar satte seg svett og blid bak bordet og skrangla med bøssen.

Så fikk han øye på meg.

— Lenge siden sist, sa jeg og la på en femmer.

— Trur'u brudgommen har kommet fram, eller? flirte han.

— Ha'kke hørt no'n etterlysning.

Vi rulla hver vår Petterøes.

— Åssen går'e med forberedende? spurte jeg.

— Smått stell. Få'kke tid til forelesningene. Men jeg får låne notatene av ei jente i leiligheten. Med deg, á?

Joa, jeg nikka, gikk bra det.

— Stikker'u nedom en dag, eller? lurte jeg.

— Skal prøve. Skal prøve. Har jævla mye å gjøre.

En uke seinere var han på tråden.

— Du har å stille på Universitetsplassen klokka tre! ropte han.

— Jøss da. Skjer'e noe der, eller?

— Nå må'ru skjerpe deg! Regjeringa prøver å rive Universitetet. Katastrofebudsjett. Holder så vidt til eksamensvakter.

Men da jeg kom på Universitetsplassen litt før tre, var det dønn tomt der. Jeg sjekka uret, oppdaga at sekundviseren stod. Jeg spurta nedover Johan, med novembers kalde regn midt i fleisen. Klokka over den glorete Freia-reklamen var halv fem. Ved regjeringsbygget var det heller ikke folk. Jeg frøys, tenkte på den gangen jeg hadde svindla med Gunnars løpesedler. Jeg stampa i bakken, greide nesten ikke fyre en sneip. Jeg tok veien rundt hjørnet og gikk inn på Stortorgets. Der fikk jeg øye på ham, for seint til at jeg kunne åle meg umerkelig ut. Han stirra rett på meg, jeg dilta bort til bordet hvor han satt sammen med noen typer jeg ikke kjente.

— Er'e plass, eller?

Gunnar så opp på meg, de andre fortsatte en hard diskusjon. Det var plass på benken. Jeg pressa meg ned.

— Kunne visst ikke komme likevel, sa Gunnar flatt.

Jeg tenkte jeg skulle hoste opp en dryg fortelling om syk mor eller illebefinnende i Munchsgate, men lot være, gadd liksom ikke. Jeg banka på uret.

— Stoppet, sa jeg.

Gunnar smalt inn i diskusjonen, jeg fikk en halvliter. Da jeg var ferdig med den, reiste de andre seg og trampa ut. Gunnar blei sittende. Vi satt rett overfor hverandre, sa ikke noe på en stund.

Da sa Gunnar:

— Vi har tatt på oss en oppgave, ikke sant? Vi skal rykke opp hele jævelskapen med rota. Vi driter i reformer og storting. Vi hater kapitalismen. Vi forakter sosialdemokratiet, som har bedratt arbeiderne. Vi avskyr de herskendes svada og gjennomskuer den. To tredjedeler av verdens folk lever i sult og undertrykkelse. Derfor trur vi ikke på løfter, vi trur ikke på ord. Vi setter *handling* først.

Han hvilte seg på en slurk, men tok ikke bort blikket.

— Og hvor faen står du, Kim! Du kan'ke la være å velge side. Uansett hva du gjør, så velger du side! Sånn som du kjører nå, så er'u løpegutt for Bratteli og Nixon.

Jeg husker ikke helt hva jeg svarte, men jeg trur Gunnar var fornøyd med det. I alle fall bestilte han en runde til og lente seg over den sølete duken.

— Vi kommer fra småborgerskapet, ålreit, men også de lider under kapitalismens åk. Vi må lære av arbeiderklassen, stille oss i deres tjeneste.

— Farfar'n min var slusk, sa jeg.

— Og så blei han funksjonær, ja! Det er idealet i sosialdemokratiet. E'kke fint nok å være arbeider. Du er en sinke hvis du er arbeider.

Vi drakk. Gunnar fortsatte å preike.

— Foreldra våre har fått lide under kapitalismen, ikke sant. Fattern blei knust av monopolkapitalen og må selge råtne poteter på Bonus. Og fattern din blei ofra i banken, så høyresida kunne sverte de revolusjonære enda mer!

Skjønte ikke.

— Åssen da?

— Er vel klart det, mann. Så'ru ikke hva de borgerlige avisene skreiv etterpå! Ung narkoman raner bank. Hardere straffer. Mer purk. Mer overvåking. De ser på oss som forbrytere, Kim! Hadde kanskje ikke banken hemmelige lister over Suferne, hæ!

— Du trur vel ikke at ranet . . . at ranet var fingert?

— Visst pokker var'e det! Hvis det hadde vært et narkovrak, ville han blitt tatt på flekken. Byen var hermetisk lukka. *Ingen* blei tatt! Og så kunne borgerpressa slå seg løs og hyle opp om den jævla ungdommen og flere og større fengsler. Fy faen! Det stinker, Kim.

Visste ikke helt hva jeg skulle si og hvor jeg skulle se. Jeg rulla en røyk.

— Sett noe til Seb? spurte jeg.

— Niks. Likte ikke det prestekjøret hans, forresten.

— Var jo bare fleip!

— E'kke så sikker på det. Fyren har anlegg.

Vi blei avbrutt av ei jente som kom bort til Gunnar. Hun hadde rød regnfrakk og stappfull skulderveske, bøyde seg ned og kyssa Gunnar fort.

— Merete, sa han da han blei fri. Bor i leiligheten på Sogn.

— Kim, sa jeg og løfta glasset.

Gunnar begynte å rydde sammen tingene sine.

— Han står på vippen, sa han og det var visst meg han mente. Men han er litt treig. Trenger et realt spark i ræva.

Merete tok et skritt nærmere, jeg var redd hun skulle tuppe løs. I stedet knytta hun neven.

479

— Aldri for seint, smilte hun. Du er velkommen!

Så gikk de. Skulle på møte i Akmed. Jeg blei sittende over det sure askebegeret, og mens jeg prøvde å få klokka til å gå igjen, greip jeg meg i å lengte etter at noe skulle skje, hva som helst, noe svært og vilt.

Sekundviseren begynte å sirkle.

MY SWEET LORD

høst 71

En kveld i midten av november troppa Seb opp. Han så ganske groggy ut, men var nykter og stø. Han satte bagen fra seg og pusta tungt. Seb var tilbake i Munchsgate.

Jeg kokte noen liter te, og vi snakka litt forbi hverandre, fant ikke tonen med det samme. Sebs ansikt var smalt og alvorlig, og jeg skulle til å ta fram en kald krukke, men skjønte at det kunne bære skeivt av sted. Seb stod ved vinduet og svetta.

— Skal prøve å finne ny hybel, sa jeg. Kanskje jeg får plass på Sogn.

Han snudde seg fort.

— E'kke no' vits i det vel. Kan fint bo her. Vi to.

— Mener'u det?

— Klart jeg mener det. Må faen ikke fløtte, Kim.

Vi stod der og smilte, så vidt, Seb med det svarte vinduet bak seg, byen og barfrosten. Jeg gikk skrittet bort til ham, tok rundt ham.

— Skal gå bra dette her, ikke sant? mumla jeg.

Jeg så at tatoveringene på armen hans nesten var viska ut.

Seb redde madrassen og jeg rulla ut soveposen langs den andre veggen. Han sovna før jeg fikk slukket lyset. Jeg lå våken til langt ut på kvisten. Da våkna Seb, kledde på seg og rusla stille ut. Han kom ikke tilbake før seint på kvelden og sa ikke hvor han hadde vært. Og jeg spurte ikke heller.

En ting var sikkert. Det var ikke mye igjen av gamle Sebastian. Jeg ville snakke om Paris, om kjøret hans, om Jim Morrison, om Nina, men Seb hadde liksom slått en strek over alt der der, nevnte det ikke med et ord. Han bare lå på madrassen og var dyp, grubla, eller så var han ute, hadde ikke peil på hva han dreiv med. Atmosfæren begynte å bli farlig tung i Munchsgate. Jeg var redd for at han hadde sprukket, og etter hard overveielse foretok jeg en rask

razzia gjennom sakene hans en dag han var ute gud veit hvor. Jeg
fant ikke stoff. Jeg fant en bunke lapper skrevet av Moses David
Det var altså sånn det stod til. Jeg gikk ut og kjøpte en rød flaske
og satte meg til å vente på Seb, mens jeg leste gjennom Davids
brev. Nedtellinga til dommedag var allerede begynt. Jorda ville være
pulver innen nyttår. Klokka var ti da han kom. Da var flaska tom
og jeg gadd ikke skjule at jeg hadde funnet jesussertifikatene hans

— Hvor har'u fått tak i dette sølet her, å!

— Av en kis, sa Seb og satte seg på madrassen.

— Kom ikke og fortell at du er blitt religiøs, hæ!

Han satt lenge stille, bretta midtskillen bak øra, hvilte seg mo
hendene. Han svarte ikke.

— Du som tok rotta på konfirmasjonspresten! Hva!

Jeg forsøkte desperat å mane fram storhetstida, men Seb reagert
ikke. Jeg blei faktisk redd. Så begynte han å snakke.

— Jeg har lært, sa Seb lavt. Jeg har prøvd spriten og blåsen og
sprøyta, men ikke funnet det jeg søkte etter. Nå er jeg på vei. Jeg
er på vei, Kim.

— Hvor i hælvete er'u på vei hen!

— Vi må ha et holdepunkt, fortsatte han. Alle mennesker må ha
et holdepunkt, et lys, en mening.

— Akkurat det står'e på de lappene! brølte jeg.

— Ellers blir vi bare tomme skall og livet et bortkastet sekund
Gunnar går *sin* vei, Kim. Ola har familie og venter barn. Men du
Kim, du virrer fremdeles omkring uten å vite hva du vil med live
ditt.

Jeg trudde ikke mine egne ører. Så kjente jeg at blodet hamr
like under huden, jeg kunne se det, blodet mitt. Jeg prøvde å snakk
så rolig jeg bare kunne, stemmen strøyk som sandpapir over tunga

— Du venter ikke på Jesus, sa jeg. Du leter ikke etter Jesus. De
er Jim Morrison du venter på. Du er høg ennå, Seb. Du har fae
ikke kommet ned ennå. Øya dine er grumsete som surkål, Seb. Du
veit ikke hva du sier.

— Kanskje er jeg blind, sa Seb like forbanna rolig. Derfor har jeg
lagt skjebnen min i Hans hender. Han vil føre meg fram.

Der krøyp jeg ned i soveposen, og da jeg våkna hadde Seb gått
igjen. Ved siden av madrassen lå den gamle, svarte bibelen.

Jeg lagde frokost og det var ikke svære greiene. En ny dag l
foran meg, men jeg hadde ikke blanke ark og fargestifter. Jeg
prøvde å lese, men var for urolig, bladde hvileløst i Schjelderup

psykologibok. Jeg karra meg gjennom et avsnitt om Kretchmers typeteori og måtte flire, kunne ikke annet, prøvde å plassere oss i båsene, det var passe vilt. Ola var pykniker, opplagt, og Gunnar var atlet, Seb hørte klart til de leptosome, og jeg, jeg var dysplastiker, blant de som har en eller annen guffen kroppslig abnormitet. Jeg blei kvalm av den krøkete fingeren som fulgte linjene, og stakk den vekk. Det var ikke mer å flire av. Dagen var grå og keitete, en rastløs bunke timer. Jeg huska en annen dag, en tirsdag det også, sløv og treig som denne, men den hadde snudd seg, brått til hamrende glede, tirsdagen i dag kunne aldri komme med noe sånt, den var og blei tirsdag, umulig, dødfødt.

Jeg tok en tur ut. Der var det ikke særlig bedre. Byen var sur. Trærne på Karl Johan stod som fugleskremsler i en asfaltert hage. Folk gikk med bøyd nakke og stanga mot vind og dyrtid. Frikerne hutra rundt i afghanpelsene sine. Afghanistan! Frelsesarméen sang av hjertets lyst ved Nationaltheatret. En jesustripper stod dønn stille rett opp og ned, med en svær plakat: Verden går under om 39 dager. Jeg kjøpte en kaffe i Frokostkjelleren, og det som Gunnar og Seb hadde sagt til meg, det gnagde på hjertet. Jeg måtte sitte der og manne meg opp, jeg sa til meg selv, at jeg ennå ikke var fortapt, det var bare å ta et skritt, i en eller annen retning, og jeg kunne være der Seb og Gunnar var, det var bare å si et ord, ordet. Men noe i kroppen, i hendene, i beina, i brystet, butta imot. Det var ikke så enkelt. Jeg tok feil. Jeg måtte begynne et sted. Her. Nå. Jeg stumpa neipen og gikk strakt hjem til Munchsgate for å få orden og skikk på livet mitt. Der møtte jeg muren. Seb satt på divanen, ved siden av en innhul fyr med pannebånd og kappe. Han snudde seg sakte mot meg og sa:

— Gud velsigne deg, Kim.

Jeg kjente ham ikke igjen med det samme, den lodne typen av en jususfrik, så steig han fram, han kom mot meg som et fotografi og blei tydelig. Det var Gåsen.

— Christian? hviska jeg.

— Kan godt kalle meg Gåsen.

Gåsen blei der utover kvelden og fortalte at han hadde bodd en stund i et kollektiv som Children of God hadde ved Göteborg. Men nå var han sendt til Oslo for å hente sjelene der. Da fikk jeg øye på soveposen hans. Jeg så på Seb.

— Det er ålreit at Gåsen blir her, ikke sant? sa han.

Jeg hadde ikke noe jeg skulle sagt.

485

Og Gåsen blei. Om dagen var de ute med lappene sine. Om kvelden satt de ved stearinlyset og bladde i bibelen. Mat måtte jeg kjøpe, for de var raka fant begge to. Men den morgenen Gåsen prøvde å gjøre ytterligere innhogg i det døende studielånet mitt, da kokte det over for Kim Karlsen.

— Mener'u at jeg skal gi gryn til den mafiaen din, hæ?

— Du trenger ikke penger, sa han bare.

— Regner med at billettprisene blir ganske høye på dommedag, sa jeg. 32 døgn til nå, ikke sant?

Det beit ikke. Ingenting beit på Gåsen. Han var den store ro. Han bare satte de blanke øya på meg og reklamerte for evigheten.

Jeg prøvde en annen vri.

— Du trenger ikke penger, nei. Du som snylter på andre. Går her som en hellig parasitt og sender regninga til meg.

Beit ikke.

— Jeg deler min tro med deg, smilte han.

Jeg skjønte det. Vi var én for mange.

Jeg måtte bare komme meg unna. Men jeg orka ikke dra hjem til Svolder, var så jævla lenge siden jeg hadde vært der, hadde ikke motet til å svare på alle spørsmålene. Det var den natta jeg blei låst inne på Palassteatret jeg bestemte meg. Jeg skulle besøke Cecilie på Island.

Jeg hadde gått ute en hel kveld, prøvde å være minst mulig Munchsgate. Ved tolvtida kom jeg nedover Karl Johan, skulle pisse og stakk inn porten til Palassteatret og strødde der. Midt i stråle hørte jeg et gitter som smalt mot bakken, pakka sammen og løp ut Kom ikke langt. Jeg var stengt inne og Karl Johan var tom. Jeg ropte, halte i sprinklene, men ingen kunne høre meg og porten stoc fast. Panikken kom, ryggraden var en lunte som freste opp mo hjernen. Så tvang jeg meg til å tenke klart. Og mens jeg gjorde det kom snøen der ute, svære hvite flak falt sakte mot gata og det ble hvitt. Jeg tenkte klart og kaldt, så på filmreklamen. Det va femforestilling neste dag. *Donald Duck i ville Vesten*. Lenger enn de kunne jeg altså ikke bli sittende fast. Enda en gang reiv jeg nettingen, skreik. Det nytta ikke. Jeg var sperra inne. Jeg tente der siste røyken, begynte å fryse. Det gule pisset var stivna til e Norgeskart. Så fikk jeg øye på en sprekk i døra inn til kinoen, jeg dytta forsiktig på håndtaket og den glei opp. Jeg blei stående pulsen var en vill hest, så gikk jeg inn, i den tomme salen, satte mej midt på, hvilte beina over setet foran, stirra på det svarte lerretet. Og

486

sakte begynte bildene å bevege seg der framme, alle bildene jeg har lagra og som jeg ikke slipper unna. Det lukta svette og mjuk sjokolade, parfyme og klær. Jeg hørte pusten fra et fulltallig publikum. Slik satt jeg hele den natta, i Palassteatrets tomme blå rom, film etter film rulla over lerretet, og jeg bestemte meg for å dra til Cecilie, hun hadde bedt meg, jeg hadde adressen.

WILD LIFE

høst/vinter 71

Jeg hadde gjort det. Jeg hadde reist til Island. Flyet stupte mot himmelen, verden velta utenfor vinduet og Nesodden falt forbi. Så opphørte tida, en boble sprakk i hue, jeg raste over Norge, gjennom den glassklare, skinnende vinterlufta, noen meter fra sola. Nordsjøen kom til syne, jeg så en oljeplattform, Færøyene var under meg, så tetna det til og før jeg fikk tømt drinken og i det hele tatt summa meg, sank jeg i rykk og napp mot Keflavik, landa med et brak på rullebanen mens kastevindene dundra i skroget. Jeg strispøy i en pose, en flyvertinne fulgte meg smilende ut mellom isbreene, og seinere brukte bussen lengre tid inn til Reykjavik enn flyet hadde tatt til Island.

Jeg blei satt av ved en stengt bensinstasjon og natta hadde lagt seg over hovedstaden. Vinden slo som en slosshanske rett i fleisen og noe som ligna på sludd og singel traff bakhue. Jeg så meg om etter folk, men alle på Island hadde visst lagt seg. Jeg tok en knert av flyflaska, begynte å gå i en eller annen retning. Jeg prøvde å holde meg til noe som ligna et fortau, men vinden ville en annen vei, jeg blei pressa ut på et bløtt jorde og til slutt stod jeg midt i ødemarka, til knes i søle, og det eneste jeg hadde var en flaske, en tannbørste, returbillett og Cecilies adresse.

Jeg tok noen støyter og sleit meg videre. Det surkla i bootsene. Så var jeg plutselig på noe som måtte være en fotballbane, grus, jeg skimta to goal. Jeg dribla vinden og kom meg opp på en vei. Der fikk jeg endelig øye på mennesker, løp etter dem og viste fram lappen. Det var to par og de pekte i fire forskjellige retninger før de bestemte seg og sendte meg nordover, mot vinden, med haglet sidelengs og en krypende angst i hælene.

Klokka var masse over midnatt da jeg endelig fant Cecilies gate og nummer. Hun bodde i annen etasje. Oppgangen var grønn og lukta gamle egg. Jeg ringte på og det tok lang tid før hun kom. Så

491

åpna hun, i slåbrok, søvndopa og sur. Og i det samme hun satte øynene på meg og de vida seg sakte ut og munnen blei et tomt hull i ansiktet, da skjønte jeg at dette måtte være omtrent det dummeste jeg overhodet hadde funnet på.

— Kim, sa hun bare, lavt, vettaskremt.

— Jeg var på disse kanter, prøvde jeg.

Så blei vi stående der, på hver vår side av terskelen, stumme, forvirra, hun som en søvnig gallionsfigur, jeg som et dryppende myrtroll.

— Du får komme inn da, sa hun endelig, jeg halte av meg de igjengrodde bootsene og kom inn på sokkelesten.

Cecilie var praktisk og effektiv. Hun lånte meg tørre klær og hengte mitt til tørk på badet. Jeg skjenka en dram og satte meg i den spartanske stua, et par plakater på veggene, EEC, NATO, en smal bokhylle med feite bind, smuler på bordet etter aftens, en islandsk avis, en radio.

— Hva har du gjort med støvlene dine! ropte Cecilie.

Jeg sank litt sammen. Husket hun ikke det engang. Grevlingen. Jeg skulle aldri vært her. Jeg var en misforståelse.

— Gikk meg vill i en myr, sa jeg.

Etter en stund kom hun inn og satte seg, trakk slåbroken igjen og hadde gule tøfler. Hun så lenge på meg, jeg gravde etter noe å si:

— Hvordan går det i Norge? spurte hun først.

— Joa. Gunnar har flytta til Sogn, Ola har gifta seg i Trondheim og Seb er blitt Children of God. Ellers går'e bra.

— Og du da?

— Jeg? Jeg er den samma gamle idioten. Prøver å studere.

— Du har slutta å jobbe?

— Var bare sommerjobb.

— Og nå har du brukt studielånet ditt for å komme hit?

— Akkurat.

— For å besøke meg?

— Ja.

— Bare det?

Jeg begynte å få vondt i hue. Det måtte være flyturen. Proppene var ikke ute.

— Tenkte jeg kunne kjøpe noen julegaver samtidig, sa jeg.

Endelig smilte hun og ga meg en klem.

— Ska'kke du ha en dram også? sa jeg fort.

Cecilie reiste seg.

— Det er en viktig forelesning i morgen tidlig, som jeg *må* gå på.

— Klart det.

— Men etterpå kan vi kjøre en tur. Du har lyst til å se Geysir, ikke sant?

— Joa.

Cecilie henta et pledd til meg og jeg fikk ligge på sofaen. Jeg sovna ikke, for jeg fløy, akkurat som i min grønne barndom, jeg var i svevet, måtte holde meg fast i putene. Og hele tida kjente jeg en merkelig lukt, brente fyrstikker, svidd, det måtte være hjulene som var ødelagt, det kom til å bli buklanding, jeg hadde mista kontakten med tårnet, katastrofen var nær.

Jeg våkna som et vrak og på bordet lå en rask lapp: *Hjemme tolv. Cecilie.* Jeg stavra ut på badet for å rette opp skadene, men da jeg kom i nærheten av vannet, holdt jeg på å ta full tørn. Enten hadde kloakken gått i filler, eller så hadde jeg århundrets ånde. Jeg prøvde springen på kjøkkenet, men den var like råtten. Det var den samme lukta jeg hadde kjent i natt, svidd gummi, svovel, jeg stod på en vulkan, det var like før lavaen velta opp som rykende rød graut, det rista under føttene. Jeg fant en flaske øl i kjøleskapet, Skallargrimsson, måtte være kraftig mjød. Smakte død lager, lå som et søkke i magen. Jeg måtte ut på badet igjen og strø, tvang litt vann under armene, kledde på meg de tørre klærne. Og mens jeg stod der i den sviende svovellukta, tok nysgjerrigheten overhånd. Jeg titta i skapet hennes over vasken, ekstra tannbørste, en au de cologne, jeg skulle kjøpt noe på flyet, faen, tamponger, gitarstrenger, jeg blei grepet av en svær lengsel, så svær at jeg måtte hoste opp Skallargrimsson. Etterpå fikk jeg dårlig samvittighet, lukket skapdøra forsiktig. Selvsagt var det ikke strenger, det var tanntråd. Men gitaren hennes stod inne på soveværelset, det så jeg i gløttet. Jeg gikk ikke inn dit. Jeg satte meg ved vinduet og venta. Det var en time til tolv. Først regna det. Så blei det grått opphold før sola skinte for full mugge. Så blåste det opp, et lass med sludd blei sluppet løs, regnet tok over, vinden la seg innpå og skjøv skyene vekk, en orkankule slengte et par søppelspann gjennom gata, så blei det stille og plutselig var hele sola der. Så kom Cecilie. Hun seilte opp i en strøken Landrover og harka med hornet. Jeg styrta ned og klappa panseret.

— Vi drar nå, sa Cecilie, så rekker vi hjem før det blir mørkt.

— Prima kjerre, sa jeg og kunne ikke dy meg. Alexander den Store som har strødd i potten, eller?

— Du kan godt gå hvis du vil! snerra Cecilie og ga full pinne.
Jeg spurta etter. Hun stansa på hjørnet.
— Va'kke sånn ment, flirte jeg.
Hun slapp meg inn, tok en u-sving med et hyl og drønte av sted.
— Overklassen har utnytta arbeiderne i århundrer, ikke sant. Og
når overklassepappaen min vil kjøpe en Landrover til meg, så sier
jeg ja og utnytter *ham!* Men han kan ikke kjøpe *meg,* hvis det er det
du tror.
— Klart ikke. Smakte forresten helt fotsopp av vannet hos deg.
— Samme overalt. Vannet i Reykjavik er sånn.
— Trudde jeg var kommet i nederste helvete. Svovelen reiv i
nesa.
— Det er dit vi skal, sa Cecilie.
— Hvor?
— Til Helvete.
Hun sparka pedalene og det tok ikke lang tid å legge byen bak
oss. På en høyde stod et svært spetakkel, en uferdig kirke, reisverket
ligna skjelettet til en dinosaurus. Så var vi i ørkenen og langt borte
skimta jeg snøhvite fjellplatåer og skinnende breer. Jeg så en butt
hest gå ute på de mugne markene og lete etter fôr. Det begynte å
regne igjen.
— Meteorologene må være passe frustrerte her, sa jeg.
— Bare det ikke kommer snø, sa Cecilie. Da kan vi bli sittende
fast på fjellovergangen. Folk har snødd inne i bilene sine der.
— Er'e ikke noe i Reykjavik som er spennende å se på, prøvde
jeg.
Men Cecilie bare fortsatte. Jeg tente en røyk. Det slutta å regne
En saueflokk sprang skremt bort fra veien. Vinden reiv i den høye
bilen. Vi kom til et merkelig landskap, knudrete, rødaktig, bølgende
former, som et forsteina hav, og det var akkurat det det var.
Cecilie kjørte inn til veikanten og stansa.
— Det er lava etter et utbrudd, fortalte hun. — Ser du hva de
ligner på?
— Forsteina hav, sa jeg.
— Månelandskap. De amerikanske astronautene trente her før de
dro til månen første gang.
Jeg så på henne. Hun bare sa det, som om ingenting hadde hendt
— Er'e sant? hviska jeg.
Jeg åpna døra og ville ut. Cecilie stansa meg.
— Du kan ikke gå der i de bootsene! lo hun.

Hun fiska opp et par solide vernesko fra baksetet og jeg skifta. Så trava jeg ut, men Cecilie ville ikke være med. Hun satt i bilen, mens jeg gikk på månen, aleine, med det tunge fottøyet, måtte gå sakte, forsiktig, balansere på de spisse steinene, det lukta svovel og det steig røyk opp fra bakken, jeg stavra over månen og verdensrommet var stumt og fullt av vind.

— Du er barnslig, lo Cecilie da vi kjørte videre.

— Jeg er turist, sa jeg.

Vi klatra opp mot fjellovergangen og durte over det hvite platået. Jeg trodde det begynte å snø og fikk spader, men det var bare sno som piska fronten. Cecilie tviholdt på rattet og nåla tok telling på 130. Hun snerra, viste tenner, vrei seg på gassen, lirka ut flere hester, smalt med pisken, jeg klarte ikke ta en støyt, flaska skrangla mot gebisset.

— Snør vel ikke inne selv om du slakker av litt! ropte jeg.

Men hun bare trakk ut de siste kreftene og vindusviskerne gikk berserk på frontruta. Det er bare jeg som tar feil, tenkte jeg. Jeg har satt på feil hastighet. Jeg har satt en lp på 45. Sånn har det vært den siste tida. Det går for fort. Så sank vi mot havhøyde. Cecilie snudde seg mot meg og smilte stolt. En sval vind smøyg over bilen. Jeg rulla ned vinduet. Føn. Plutselig sol. Det lukta salt. Jeg så havet. Bakken var grønn og rulla opp mot fjellet som strake tepper. Det putra og røyk fra varmekildene. Ved gårdene lå svære drivhus. To hester løp over et jorde. En liten hvit kirke stod ramma inn av et steingjerde.

Cecilie slengte roveren inn på en ny vei og asfalten blei til grus. Den brungrå vidda fløyt mot en fjellkjede i øst. Jeg hadde ennå ikke sett et tre.

— Når man bor på Island, vet man hva imperialisme er, begynte Cecilie.

Jeg så på noen svære kampesteiner som lå strødd nedover en skråning. En kølsvart fugl seilte gjennom lufta med et dyr i de gule klørne.

— Regjeringa sier hele tida at de skal avvikle basen, men saken er at de gjør Island mer og mer avhengig av den. Arbeidsplasser, valutainntekter, de ligger på kne for USA!

Vi kjørte over en elv som kom med grønt vann. En tåkebanke rulla mot oss og en stund kunne jeg ikke se en meter.

— Vet du at amerikanerne har egne radio- og tv-programmer her! Og de blir sendt ut til det islandske folket! Det er rein hjernevask!

Da vi var ute i klart vær igjen, bråstansa Cecilie og hoppet ut. Jeg
fulgte etter henne.

— Er vi framme?

Hun rista på hue.

— Kom, sa hun.

Vi klatra opp en bakke. Lufta var kald og syrlig. Så var vi på
toppen. Lungene trakk seg sammen med et gisp. Blodet gjemte seg
under knærne. Jeg stirra rett ned i en vulkan, et krater, flere hundre
meter svært, langt der nede fløyt gråhvite isflak på det brune vannet
som et knust øye.

Jeg lista meg bakover. Cecilie lo.

— Den er ikke farlig. Den er død for lengst.

Jeg våga meg frampå igjen, kasta en stein alt jeg kunne, hørte
ikke at den falt.

— Tenk på de kreftene, var det eneste jeg fikk sagt.

— Ja. En dag våkner den kanskje igjen. Akkurat som folket.

— Syntes du sa den var død for lengst, jeg.

Hun begynte å gå tilbake til bilen. Jeg måtte pisse. Jeg strødde
dønn i juvet. Det ga meg en viss følelse av overtak.

Jeg løp ned til Cecilie.

— Du *er* virkelig turist, sa hun. Alle mannfolk skal på død og liv
pisse ned i krateret. Du skulle sett da det var en amerikansk
turistbuss her!

Hun lo veldig høyt. Jeg blei sur. Vi kjørte en times tid. Det var
ikke vei lenger, bare to hjulspor. Snøen lå spredd i skitne klyser.
Tåka stengte for utsikten. Jeg frøys.

Så var vi der. Vi gikk ut og stanken slo mot meg. Svovel. Jeg
måtte gjemme nesa, var like ved å spy igjen. Jeg gikk etter Cecilie
inn på området. Jorda var rød og brun, det surkla og kokte i dype
revner, dampen snørte seg rundt beina. Jeg begynte å miste stedsan-
sen. Det var som å spasere gjennom en drøm, sammen med en som
var klin våken. Det skalv rundt meg. Da hørte jeg et brak og noen
meter unna stod en blank søyle rett til værs, den blei stående sånn
ti sekunder, tjue sekunder, et halvt minutt, en brølende stang av
kokende vann, så falt den sakte og blei vekk i et høl. Jeg var
lamslått, kreka meg forsiktig nærmere. Kloden pusta, små bobler
putra langs kanten, vannet steig, blåste seg opp som en glassklokke,
en gjennomsiktig hinne, foster, puls, det banka, det banka, så
eksploderte den og fontenen spruta til værs igjen. Jeg løp bort til
Cecilie.

496

— Verste jeg har sett, hviska jeg.

— Det er ikke Geysir, sa hun. Det er Strokkur. Geysir er der oppe, men spruter nesten aldri mer.

Hun pekte mot en dampende høyde bak oss.

— Strokkur er bare lillebroren, smilte hun. Eneste måten å få Geysir til å sprute er å tømme grønnsåpe oppi.

— Hæ?

— Pleier å gjøre det når det er masse turister her. Det øker trykket.

— Er sånt dere lærer på universitetet, altså. Klyster!

Cecilie lo.

— Kom hit, vinka hun og jeg gikk sammen med henne bort til en pytt.

— Det er nedgangen til Helvete, sa hun.

Den lille dammen lå blikkstille, grønn, jeg kjente med fingrene, brant meg.

— Helvete?

Jeg skjønte ikke hva hun mente.

— Ser du ikke nedgangen? smilte Cecilie.

Da så jeg det. Under den rolige flaten var et svart hull, et sluk, rett ned i jorda, inn i jorda.

— De kasta folk ned der i gamledager, fortalte hun.

Jeg begynte å svette.

— Og ingen . . . ingen veit hvor dypt det er.

— Nei.

Jeg stod der og stirra helvete i hvitøyet da det eksploderte bak oss, jeg holdt på å tryne i hølet og fikk et hardt svovelkyss i nakken. Vi bråsnudde og en ufattelig fontene reiste seg mot himmelen, en vannrakett, den steig og steig, det tok aldri slutt. Strokkur var bare en saftpose i forhold, det regna varmt ned over oss, jeg brakk nakken for å få med meg slutten, femti meter, hundre meter, tviholdt seg der med en kraft som slo meg rett i bakken. Cecilie halte meg opp og dansa rundt meg.

— Det er Geysir! skrålte hun. Det er Geysir!

Jeg blei med på dansen, og en stund, mens den var på sitt høyeste, var vi nær hverandre, en gammel, hemmelig fortrolighet blei pusta på. Så forsvant Geysir ned i jorda, og varmen og svovelen var alt som var tilbake.

— Den har ikke virket på flere år, sa Cecilie utmatta. Den sprutet for oss, Kim!

Jeg turde ikke tenne en røyk, var redd hele landet skulle gå i lufta.

— Noen i helvete må ha trykka på knappen, sa jeg.

Det var på hjemturen det skjedde. Vi hadde bare kjørt et kvarter da forhjula plutselig gravde seg ned i gjørma og vi tuppa framover som en løpsk radiobil med kortslutning. Cecilie prøvde å rygge, men da satt bakhjula fast. Cecilie prøvde å svinge. Da sank vi enda dypere. Cecilie prøvde alt. Selv dét hjalp ikke. Jeg trodde Landroveren kunne kjøre under vann. Det var ikke sant. Kjerra stod med gjørme til terskelen. Cecilie begynte å bli hysterisk. Hun kommanderte meg til å dytte, men jeg likte ikke å være skvettlapp. Hjula spant dypere og dypere. Jeg så meg omkring. Det flate landskapet forsvant inn i grå tåke. En isvind klappa meg på ryggen og lo. Jeg begynte å bli hysterisk.

— Vi må vente i bilen, sa jeg. Så fryser vi hvertfall ikke ihjæl.

— Vente! Cecilie ropte. Vente på hvem da! Julenissen!

— På folk.

— Det kommer ingen denne veien på minst en uke! Vet du ikke at det er julaften i overmorgen!

Jeg visste faktisk ikke det. Men det ville hun aldri tro.

— Joa, sa jeg. Klart jeg veit det.

— Og du hadde kanskje tenkt å feire jul på Island? Da får du ønsket ditt oppfylt! Er det ikke hyggelig her!

— Blir litt vanskelig å finne juletre, sa jeg og skulle være morsom.

Cecilie ravet ut av bilen. Og jeg etter.

— Jeg skal hjem i morgen, sa jeg. Lille julaften. Skal ikke du hjem?

— Nei!

Hun gråt så vidt. Jeg ville trøste, men det var visst ikke mye trøst i meg.

— Hvis folk ikke finner oss, så må vi finne dem, sa jeg saklig.

Og av en eller annen grunn fulgte hun etter meg. Vi traska langs de buklete hjulsporene og ingen av oss kunne huske at vi hadde sett noe hus på veien hit.

Vi måtte ha rota rundt minst en time og var like ved å segne. Vinden jaga oss fra alle kanter. Sikten blei trangere og trangere. Da fikk Cecilie øye på noe i veikanten, ligna et fuglehus for havørner. Men det var en postkasse. Nytt mot blei henta, og vi tok av fra sporene og fulgte et tråkk rett inn i tåka og ødet. Vi traska ganske lenge der også, hånd i hånd, for det var ikke det koseligste landskapet å gå tur i dagen før lille julaften. Og i det samme vi fikk øye på gården, en smal murkasse og to fjøsgreier, byksa det fram en rasende buhund som sirkla oss inn med slepen knurring. Vi stod på stedet hvil mens kjøteren beit seg nærmere. Endelig kom det en gubbe ut på trammen, og han brølte: *Seppi!* Og dermed la bøllen seg flat, logra med svansen og sjefen sjøl kom vaggende ned til oss med trynet fullt av grått skjegg og en lurvete hårkrans rundt den knudrete månen.

Han sa tre ord på islandsk og jeg regna med at han presenterte seg, så jeg butta fram neven og ropte Kim Karlsen. Da flirte han bredt, spytta skrått og ramponerte skulderen min.

— Gisle Tormodstad!

Cecilie tok over, og det var underlig å høre henne snakke islandsk, som om hun var litt full, eller jeg, jeg var på strak vei ut av virkeligheten, jeg bare lot tingene skje, og det passa meg egentlig bra. Vi fulgte etter Gisle og Seppi opp til våningen, og der trylla han fram en eldgammel jeep under en presenning, og etter mye om og men og spark fikk han rull på hjula, og så durte vi av gårde over den glisne sletta og fant roveren begravd i gjørme.

Vi mekka til med tau og kjettinger og Gisle lirka den fram, nydelig som en flis fra fingeren. Cecilie bukka og skrapte på islandsk, og så sa Gisle en kort setning.

— Han ber oss på kaffe, oversatte Cecilie.

Gisles hus var smalt, med rom på rekke og rad. Vi slo oss ned i det første, det var hustrig der, murvegger, rått. Seppi begynte å like meg og varma beina mine. I bokhylla stod svære, slitte skinnbind med gullskrift på ryggen. Gisle kom med dynamittkaffe og brennevin, en blank flaske med svart etikett.

— Svartedøden, hviska Cecilie.

Gisle skjenka og vi drakk, det reiv i røret. Gisle skjenka på ny. Tårene stod i Cecilies øyne. Vinden skalla mot ruten. Gisle snudde seg sakte, så ut. Etterpå sa han en kort setning. Cecilie blei hvit i kinnene og tørka tårene.

— Hva er det? spurte jeg.

— Vi må bli her. Han sier det blir snøstorm. At vi ikke kan kjøre over fjellet nå.

— Sa han alt det på den korte tida?

Gisle sa en setning til.

— Du må hjelpe ham med å få sauene i hus, oversatte Cecilie.

499

Jeg traska etter Gisle og Seppi over moen og ned i et søkke hvor det brekte på alle kanter. Vinden blåste ørevoksen ut og jeg greide så vidt holde meg på beina. Gisle gikk stødig som en elefant. Seppi blei helt vill da den fikk teften av sauene, løp i svære sirkler og samla dem sammen til de stod tett som en genser. Da trylla Gisle fram to raggete hester som så passe slitne ut, slengte seg oppå den ene og jeg skjønte at jeg skulle gjøre det samme. Jeg regna med å bli hivd rakt av, men dyret var lettere å entre enn en damerokk med ballongdekk. Jeg lot vinden feie håret, greip tak i manen og så red vi hjem, på hver vår side av flokken, mens Seppi sprang i sirkler og fikk med seg nølerne. Cecilie stod på trammen da vi kom, med telelinse, knipsa løs, jeg ga blakken et hypp med verneskoa, noe skjedde, og så lå jeg på trynet mellom sauene. De trampa over meg, dro meg med, jeg stirra inn i matte, tørre øyne, kjente den rammen sure stanken fra den klisne ulla, og det blei mye skrik. Jeg hørte Gisles latter, hestenes vrinsk og Seppis knurring, krabba på høykant og Cecilie fikk meg i hus mens Gisle tok seg av dyrene.

Jeg måtte ha tre runder svartedød før jeg var meg selv. Så kom Gisle og Seppi. Han sa tre ord. Cecilie smilte og så på meg.

— Han spør om du er dansk, sa hun syrlig og spolte filmen tilbake.

Jeg rista lenge på hue.

Det begynte å snø.

Seppi la seg ved beina mine igjen og slikket skoa reine. Ellers skjedde ingenting. Det blei mørkt utenfor. Stormen tok i huset. Gisle så på oss, nikket mot flaska. Jeg tok en sup og sendte den til ham. Han drakk uten å flytte blikket. Øynene var langsomme og dype. Seppi la seg i et hjørne og sovna med det ene øret på stilk. Cecilie tok på seg mer klær. Så henta Gisle mat. Han la en svært kjøttstykke midt på bordet og jeg huska at jeg ikke hadde spist siden jeg kom til Island. Cecilie snudde seg bort og så sju ut. Da så jeg hva det var. Det var et sauehode. Øynene var der. Gisle skar av et stykke og ga meg. Jeg la det forsiktig i munnen og tygget lenge. Det smakte gymsko. Han skar av ett til. Jeg to det. Han så på meg mens jeg spiste. Jeg ville si noe. Jeg hadde tungen i hjernen. Jeg husket det som Sfinxen hadde meisla inn barken i annen gym.

Jeg kvad:

Døyr fe,
døyr frendar,
døyr sjølv det same.
Eg veit eitt
som aldri døyr,
dom om daudan kvar.

Et vakkert smil skjøt ut i Gisles ansikt. Han ga meg flaska, trampa over til bokhylla og trakk fram et svært bind. *Egils Soga* stod det på ryggen. Og så leste han høyt for oss resten av kvelden, sakte, med klar, barnslig røst. Jeg skjønte ingenting og hadde skjønt alt.

Gisle la seg tidlig. Han fulgte oss opp til et rom i annen etasje og gikk sin vei. Det stod en smal seng langs veggen. Vi hørte stormen. Cecilie satte seg i hjørnet. Jeg la meg på senga. Cecilie blei sittende. Vi kjente stormen.

— Skal du ikke legge deg, sa jeg. Plass til to her.

Hun svarte ikke. Teppet under meg var stivt som kaktus og det lukta sau.

— Er'u ikke trøtt?

Hun svarte ikke. Hun bare så med avsky på den skitne senga. Og da fór det en faen i meg.

— Hvis du skal kjempe for arbeiderklassen, må'ru faen meg tåle sove i sengene deres, sa jeg.

Hun møtte ikke blikket mitt, hun bare reiste seg, la seg sammen med meg med ryggen på tvers.

Jeg la en hånd over hodet hennes.

— Jeg har mensen, hviska hun.

Og sånn lå vi, til lyset spidda oss og Seppi gjødde som en hane.

Cecilie ville ikke ha frokost. Gisle stod på trammen da vi kjørte, ut i det hvite landet. Seppi løp etter bilen og bjeffa. Vi kunne se Hekla i øst. Stormen var over. Det var øde og stille. Motor. Vi kjørte de to timene til Reykjavik uten å si et ord. Da hun parkerte utenfor oppgangen, sa hun:

— Vi rekker flyet hvis vi forter oss.

— Skal du også hjem?

— Nei.

Hun løp opp og henta småtingene mine og jeg tok på meg bootsene. Og så dro vi videre, ut av byen igjen, inn i den amerikanske sonen, forbi soldater med maskingeværene klare. Cecilie rulla ned vinduet og spytta.

— Når kommer du til Norge? spurte jeg.

— Til sommern. Kanskje.

Vi nærma oss flyplassen, og jeg tenkte på en gammel film v. hadde sett sammen, svart hvit. Avskjed under vingen, i mystisk tåke

Jeg gikk ut av bilen og fikk en klem gjennom vinduet.

— Har du billetten din?

— Ja. Du bø'kke vente til flyet har letta. Jeg kommer meg nok med. Vær sikker.

Plutselig kjørte hun. Jeg blei stående i en sky av eksos og snø En buss med amerikanske soldater trilla forbi. Et jagerfly strøyk langs hodebunnen.

Jeg trampa inn i transitthallen, bort til baren. Der lo de høyt holdt seg for nesa og pekte vekk. En julesang blei spilt fra er høyttaler. Jeg fant en butikk med souvenirer.

Først begynte hun å gråte, klamra rundt meg og hulket, så rygg hun bakover med snøftende nese og spørsmålene stod så tett at je måtte ha kølapp.

— Hva er det det lukter av deg?

— Tror det er sau, sa jeg og satte fra meg gymposen i entréen Far var i stua og pynta juletreet, nikka kort til meg, som om je bare hadde vært nede og henta posten. Pym satt på stjernen.

— Hvor har du vært? ropte mor.

— Island.

— Island! Hva har du gjort på Island? Hvorfor sier du ikke fr til oss! Har du glemt oss fullstendig! I sommer sa du helle ingenting da du dro til Frankrike! Hva er det som går av deg!

Jeg var like ved å snu i døra, men jeg var blakk, og fra kjøkkene kjente jeg duften av ribbe og sju sorter.

Far kom ut med bomull i håret og glitter nedover skjorta.

— Hvor har du vært hen, sa du? spurte han.

— Kaldt land på seks bokstaver.

— Men hva har du gjort der! skreik mor. Hva har du å gjøre p Island!

— Besøkte Cecilie. Hun studerer i Reykjavik. Har kanskje tenk å begynne der, jeg også. Geologi.

Stemninga bråsnudde. Framtida skinte i alle øyne og mor va rundt meg igjen.

— Men du kunne vel sagt fra, Kim. Vi har vært så redde for deg Du må love aldri å reise noe sted uten å si fra.

— Ja.

— Lover du det?

— Jeg lover, mor.

Jeg blei desinfisert i karet, så fikk jeg en forsmak på julematen og stupte dødstrøtt ned i nystrøkne lakener, lå der og hørte toget langs kilen og trikken på Drammensveien, fant fram Kuréren og skrudde meg over Europa, men batteriene var tomme, lå der og telte sauer, på gutteværelset, natt til julaften 71.

Det var haugevis av varmegrader da vi traska over til farfar på hjemmet. Noen måtte ha tatt feil av dagen. Termometeret vippa på ti pluss. Vinteren var ikke som den hadde vært. Julenissen gikk i bastskjørt.

— Indian winter, sa jeg.

Vi lo sammen alle tre, en familie, på vei gjennom de våte, varme julegatene.

— Du kunne godt ha klippet deg, sa mor gemyttlig og lugga meg.

— Jeg *har* klippa meg. I forfjor.

Det var stas. Men innimellom følte jeg meg som en linedanser, staven vippa og det skalv i snoren. Det kunne umulig vare dette her. Jeg bestemte meg for å holde ut til neste år.

Farfar satt ved vinduet som vanlig, han hadde skrumpa inn, blitt olding, var så tynn i ansiktet at han ikke fikk plass til gebisset. Det lå i et vannglass på nattbordet og geipte. Men farfar lo, virka ikke som humøret var tynnslitt. Han strakte seg fram og fant et bilde i skuffen og skulle vise meg. Han snakka litt ureint, omtrent som å høre Gisle. Men jeg fikk med meg det meste. Det var bilde av anleggssluskene på Dovrebanen, 1920. Farfar stod midt i gjengen, med bart og glimt i øya. I bakgrunnen tronte Snøhetta.

Farfar vifta bort mutterns appelsiner.

— Jeg har vært på Island, ropte jeg.

— Island! Med båt?

— Fly!

— De har ikke tog på Island?

— Nei, ikke trær heller.

— Svillene, sa farfar. Svillene.

Han vinka meg nærmere.

— De har båret trær ut og inn her hele uken, Kim. Blir det krig?

— Neida. De bare måler takhøyden.

Farfar nikket lenge og vel. Så fikk han gavene. Han blei veldig forbauset. Jeg hadde kjøpt et krus med bilde av Geysir på. Han satte det fra seg i karmen og så på oss.

— Jeg har ikke fødselsdag!

— Det er julaften, forklarte mor.

Han så på oss. Øynene hadde sunket djupt inn i skallen. Han pekte mot døra.

— Når jeg skal ut av den porten, da skal det bli leven!

Og så lo han, han gapskrattet, ristet, tårene silte.

Mor og far gikk på firer'n i Frogner kirke, mens jeg dro hjem og drakk Svartedøden. Presangene lå under treet. Jeg smugleste på lappene. Hubert hadde ikke sendt noe. Ikke Nina. Jeg sank ned på golvet og i det samme kom det musikk fra leiligheten over, det støkk i meg og jeg husket med ett alle jeg savna. Det var den nye familien som hadde flytta inn, et sprukkent barnekor som sang *Deilig er Jorden*.

Mor og far kom fra kirken og da vi spiste måtte jeg fortelle fra Island. Jeg fortalte alt jeg kunne, om vulkaner og lava, varmekilder og Geysir.

— Og du har tenkt deg å studere geologi der, lurte far.

— Joa, sa jeg. Må jo være stedet for det.

— Du studerer ikke filosofi lenger?

Det begynte å bli trøblete, jeg mista balansen og måtte klamre meg til tauet. Og plutselig spurte mor:

— Besøkte du Hubert i sommer?

— Nei.

— Jeg kan ikke skjønne hvorfor han ikke gir lyd fra seg!

Far satt bøyd over tallerkenen. Den var tom. Stillheten hogg i oss som en harpun.

Mor gikk ut på kjøkkenet for å fylle fatet.

Far og jeg så på hverandre.

— Jeg sa du hadde tilgitt ham, sa jeg lavt. Jeg ba ham komme hjem.

Far fortsatte å se på meg.

— Syns det var flott gjort av deg, sa jeg.

Pym landa på skulderen hans, den grønne kråka, far smilte kort og muttern kom med mer mat.

Etterpå åpna vi presangene. Til far hadde jeg kjøpt en naturtro modellsau. Jeg trur Pym blei sjalu, den flaksa vilt rundt i romme

504

og ga seg ikke før far la fra seg den hårete treklossen i papirhaugen. Mor fikk en asjett med Hekla på. Jeg fikk ikke mikrofon, men nye ski. Og så tona julaften ut, med det glade budskap, mens romjula kom med kladdeføre og bomber. Jeg sleit meg innover i marka og amerikanerne slapp gavene sine over Vietnam, englene blei svidd, jesusbarnet møtte verden i et råttent tilfluktsrom. Mor serverte kaker og far løste kryssord. En kveld, da jeg kunne høre eksplosjonene og skrikene like ved, tok jeg en titt i et av bladene hans. Kryssordene var løst, men det stod ingen ord der, bare bokstaver, han hadde bare kludra bokstaver i hytt og vær i rutene. Vi var aleine i stua og han så en annen vei.

— Ikke tenk mer på det, sa jeg fortvila. Det er over nå!

Veit ikke om han hørte meg. Det dryssa nåler fra treet allerede.

— Jeg beundrer deg, fattern! sa jeg fort, og mente det. Jeg beundrer deg!

Mor kom med sju sorter og 30. desember kom meldingen om at bombingen skulle innstilles. Det nye året lå på sprang. Det var tid for forsetter. Jeg hadde ingen. Jeg hadde ikke gjort noe galt.

REVOLUTION 9

vinter/vår/sommer 72

Jeg holdt ut hjemme til februar. Redet blei for trangt. Det var enten Pym eller meg. Det blei meg. Da Nixon dro til Kina, pakka jeg gymposen og rusla opp til Blindern. Til min store forbauselse lå det et studielån og venta på meg, fire Ibsen og grunnstipend. Jeg gikk i platesjappa, hørte på noen heavy saker, men fant ikke foten, kjøpte en skive med Little Walter i stedet, tok en øl i låven og telte på fingra. Så drosja jeg ned til Munchsgate.

Det var ikke Seb som åpna. Det var ei jente. Det var Guri.

— Jøss, sa jeg. Eneste jeg sa.

— Hei, Kim. Kom inn, da!

Jeg gjorde det, tok en titt, forandring hadde skjedd. Det var ro og orden, lukt av te og såpe, pledd over madrassen, grønne planter i karmen, to nyvaska pyjamaser til tørk på en snor.

— Jøss, sa jeg. Hvor er Seb?

— Han kommer snart. Er ute og kjøper middag.

Jeg satte meg. Guri fylte vann i kjelen. Jeg blei helt glad av å se på henne, hun så så sterk ut, trivdes liksom så jævla bra i kroppen sin.

Hun kom meg i forkjøpet:

— Jeg bor her, sa hun.

— Flott.

Hun så på gymposen min.

— Hvordan går det med deg?

— Framover. Og du?

— Begynt på juss.

— Jøss. Flott.

Vannet kokte og Guri doserte bladene vitenskapelig. Det var stille mens teen trakk. Jeg funderte på hva jeg skulle gjøre nå.

— Strøkne planter, sa jeg og pekte på karmen. Pynter opp.

— Det er Seb sine, smilte hun. Hans nye hobby.

509

Hun skjenka teen, gyldenbrun, satte seg overfor meg. Jeg begynte å peile meg inn.

— Åssen går'e med Sidsel?

— Tror hun har tatt sekretærlinja.

Teen lå som en glødende fersken i munnen.

— Har'u hørt noe fra Nina?

Guri satte fra seg koppen.

— Hun har kommet hjem nå, sa hun lavt, og teen rant over hendene mine, brennende. — Til Danmark. Hun er på ... på avvenning.

— Hvor ... hvor hadde hun vært?

— Faren fant henne i Afghanistan. Gjennom ambassaden ... han jobber jo i ambassaden, veit du.

Jeg måtte sette fra meg koppen. Hendene mine var skoldet.

— Så hun kom seg dit, altså, mumla jeg.

Døra smalt opp og der stod Seb med en svær torsk på armen. Han så ned på meg og brølte ut et kjempeglis.

— Vært ute og pilka, eller? prøvde jeg, men stemmen hang liksom igjen, var floke på båndene.

Han slengte fisken i kummen og satte seg overskrevs på en stol og så sabla fornøyd og nybarbert ut.

— Trudder'u hadde tryna i en vulkan! Åssen var'e på Island, å?

— Ålreit. Kanskje jeg b'yner å studere der. Geologi. Må jo være stedet.

— Hørt om Nina, forresten? — Han titta på Guri. — Jævla dritt, men hu greier seg, Kim. Går fint som faen. Et par nyktre måneder og hu er glatt som ei barnerompe.

Seb var i slag, hadde ikke sett ham sånn siden den dagen han dro til sjøs. Håpa seilasen blei bedre denne gangen.

— Hvor blei det av Gåsen? spurte jeg.

Seb flirte og så litt vekk.

— Var et blindspor det der, Kim. Joa, du veit, han trudde dommedag skulle komme, gikk og telte og kryssa av på kalenderen og greier. Da det var én dag igjen, lå'n på kne hele natta og mumla vilt. Nevnte deg også, forresten. Og gubben i sjappa. Ganske slitsom natt. Og da morran kom, krøyp'n bort til vinduet og titta forsiktig ut. Veit da fa'n hva han hadde venta å se. Svært høl, kanskje. Men der ute var alt som det skulle være. Og så blei han styrtforbanna. Gikk dønn i spinn, pakka sekken og dro. Ha'kke sett'n siden.

Vi humra litt og Guri skjenka mer te.

— Og så kom jeg, sa hun. Møtte Seb på by'n nyttårsaften. De kyssa hverandre ganske lenge. Det var på tide å bakke.

Jeg tok fram skiva og ga den til Seb. Han lyste opp.

— *Hate To See You Go!* Jøss. Little Walter!

— Behold den, sa jeg og stod ved døra.

— Takk, Kim. Jævla ålreit. Kom ned en kveld, så kjører vi noen riller.

Guri så på meg.

— Hvis du hører noe fra Nina . . . eller skriver til henne, så hils fra meg, sa jeg.

— Ja.

— Hils fra meg. Gjør'u det?

— Ja, Kim.

Jeg tassa ned til Gjestgiveriet og la lunkne omslag på tankene. Veit ikke helt hva jeg følte, var tom, dønn uvirksom, som den vulkanen jeg hadde pissa i. Det blei for mye for meg, til slutt blei det for mye for meg, dørvakta halte meg ut, preika generelt kødd om langhåra bavianer. Stortorget var et mørkt høl med stillas rundt. Kulda vrengte porene. Jeg tok drosje opp til Gunnar på Sogn. Han blei mildt overraska og dro meg inn på hybelen, tolv kvadratmeter, lampe, sovesofa og bøker.

— Lenge siden sist, kamerat. Åssen går'e med deg, å?

— Det er det som er saken, Gunnar. Trur'u jeg kan bo her en stund, eller?

Han innkalte straks til allmannamøte på kjøkkenet og det dukka opp fire til, to kiser og to jenter, en av dem var Merete, som jeg hadde truffet før. Gunnar la fram situasjonen, og det var ålreit at jeg slo meg ned i gangen, såfremt jeg tok min tørn med vaskinga, betalte femti spenn til felleskassa og passa meg som en høk for oldfrua. Enstemmig vedtatt. De andre forsvant inn på rommene sine, Gunnar og Merete blei. Gunnar tok fram en langpils og skjenka, enda det bare var onsdag, og Merete viste meg vaskelista. Jeg følte meg allerede hjemme. Mao hang over kjøkkenbordet, skjønte aldri hvorfor han ikke fikk bort den ekle vorta.

— Driver'u med nå? spurte jeg.

— Statsvitenskap. Og du?

— Skal prøve å hale iland forberedende. Begynner kanskje å studere i Reykjavik, forresten. Geologi.

— Kan godt få låne filosofinotatene mine, sa Merete.

— Jævla gemt.

Så la vi oss. Like etter ringte fem vekkerklokker. Jeg var student.

Og sånn ramla den vinteren av kalenderen. Jeg satt på rommet til Gunnar og leste mens han var på Blindern. Merete hadde dynga meg ned med permer, og jeg satt med lynende klart hode og tok notater av notatene, telte linjer og skreiv klokkeslett i margen. Jeg kokte spaghetti og vaska og skurte. Det gikk fint. Eneste jeg ikke likte var utsikten. Over Sognsveien, bak kolonihagene, over den grønne, hvitflekkete skogen, så jeg spiret på Gaustad og den høye skorsteinen.

Dro for gardinene.

En dag kom det melding fra Trondheim. Ola hadde fått en sønn og de skulle kalle ham Rikard. Det syntes vi var rørende og måtte en svipp ned på restauranten og knekke en øl, enda det var midt i uka. Ellers dro vi i Samfunnet om lørdagene, og jeg greide aldri gå inn i den bunkersen uten å tenke på stropper, rødma ved den tanken. Satt bakerst, øverst, med en pils, og kjente vekten av konsertflygler, mens de myrda hverandre på talestolen. Etterpå gikk vi hjem gjennom den kalde knitrende natta, Gunnar og Merete og jeg, over Tørtberg, Gunnar snakka om debatten, skjelte ut anarkistene, han snakka hele veien, forbi Blindern, over Ringveien, snakka om bruttern sin som bodde på jordbrukskollektiv i Gudbrandsdalen, nekta å bruke traktor, forurensa potetene, avsporing av folket kamp, mente Gunnar foraktelig, han snakka om folkeavstemning i september, at Bratteli allerede hadde sluppet steinen på egen fot, Gunnar blei borte i en sky av frostrøyk, han snakka om utålmodigheten, revolusjonen, Gunnar og Merete, jeg følte meg litt til overs, et svin på skogen, en kjepp i hjulet.

Pleide å få låne senga til Gunnar når vi kom hjem sånne kvelder. Og om søndagene dro jeg nedom muttern og fattern hvis jeg hadde tid og ikke måtte lese, håva inn steiken og stakk. De hadde fått farge-tv og så Ashton, snakka bare om Ashton, selv fattern lurte på hvordan det ville gå med Ashton. Jeg sa takk for meg etter å ha sett to minutter på de glorete trynene. De merka visst ikke at jeg gikk. Jeg slamra med døra. Noen ganger gikk jeg ned til Munchsgate men ombestemte meg, blei stående en stund, og trava den lange veien opp til Sogn, sakte.

Det gikk fint. Jeg leste notatene til Merete og tok notater, var gjennom pensum, la penger i felleskassa og gjemte meg for oldfrua. Eneste jeg ikke likte var utsikten. Spiret. Skorsteinen.

Dro for gardinene.

Vinteren tinte, påske, verden smelta. Det var noe med Gunnar. Han gikk rundt grøten. Jeg var grøten. Han og Merete. De hadde møter, det kom folk, én og én, gikk én og én seinere på kvelden. Gunnar spurte ikke om jeg ville være med, nevnte det ikke med et ord. Men han pønska på noe, at han skulle gi meg en sjanse til. Den kom dagen før første mai.

— Blir'u med på arbeidsfest i kveld? spurte han.

— Arbeidsfest?

— Skal snekre og male litt til i morra. Og sluke no'n pils. Ytre Vest.

— Veit ikke om jeg får tid. Må lese noen kapitler.

Tok ham tjue sekunder å overbevise meg. Og klokka sju troppa vi opp i villaen ved Ekely, utstyrt med planker og pensler. Arbeidet var allerede igang. De forskjellige seksjonene hadde okkupert hver sitt rom. Gunnar og Merete forsvant ned i kjelleren, jeg blei stående i den tredje verden. Ei jente ga meg en hammer og jeg slo. Seinere var det lapskaus og pils. Jeg merka det inni meg, at jeg blei sugd med, av stemninga, optimismen, fellesskapet, faenskapet, kampen, gløden, lykken, det var et sug, jeg kjente det, blei dratt med, jeg trur ansiktet mitt skinte, for Gunnar og Merete lo til meg. En fyr stod på en ølkasse og leste *En lesende arbeiders spørsmål*, ei jente slo an en akkord og alle sang Fløtt deg EEC, du står i veien for sola, veggene bulte ut, hjertet mitt var under høytrykk, taket løfta seg, varmen, samholdet, det gikk visst litt over styr for meg, jeg krabba opp på et bord og forsamlinga dyssa seg ned.

— Kamerater! ropte jeg. Jeg har nettopp vært på Island og skal hilse fra våre kamerater der. Folket kjemper mot den amerikanske basen, hjernevaskinga og undertrykkelsen. Den reaksjonære regjeringa har mista maska! De gjør knefall for USA og binder Island til den verdensomspennende amerikanske imperialismen. De gjør Island avhengig av USA, tvinger islandske arbeidere til å arbeide for amerikanerne, men kampen har bare såvidt begynt! Og det er den samme kampen som vi kjemper mot EEC! En dag var jeg langt ute på landet og møtte en bonde som het Gisle. Han leste for meg fra Kapitalen og ba meg hilse hjem til det norske folket. Vår kamp er deres kamp. Deres kamp er vår kamp!

Jeg var like ved å besvime. Svetten drønte, så brøyt jubelen løs, jeg falt ned fra bordet og blei tatt imot av armer og favner, mjuke kinn og knyttede never.

Det var over midnatt da limgruppa hadde rørt ferdig, fem bøtter med mel og vann. Plakatene blei smurt inn og rulla sammen med aviser, og laget blei delt inn i ni par som skulle dekke Oslo Vest. Jeg blei betrodd Skillebekk og omegn, farlig distrikt, krydde av purkebiler som snokte rundt ambassadene, det krevde en lomme-kjent mann. Gunnar nikka anerkjennende, og sammen med en rødhåra snelle trava jeg ut i den milde mainatta med fem poser *Nei til salg av Norge.* Vi sykla forbi Hoff og opp til Bygdøy Allé, parkerte ved Thomas Heftyesgate og fortsatte videre til fots.

— Hvor skal vi begynne? spurte Rødhette.

Jeg stansa utenfor Bonus.

— Her, sa jeg.

Jeg rulla ut plakatene og klistra vinduet fullt. Det var et sabla søl. Jeg hadde lim overalt. Men etterpå så det flott ut. Det var ikke plass til et tilbud. De ville bruke år på å pirke dem bort.

— Vi kan ikke bruke alle her, hviska Rødhette.

— Riktig, sa jeg.

Vi arbeida oss nedover mot Skillebekk, fra lyktestolpe til lykte-stolpe, Rødhette var kald og systematisk. Vi kryssa Drammensveien, Rødhette ville ut mot den russiske ambassaden, jeg fikk henne med til Svolder. Der klistra jeg opp hver eneste stolpe og port, det kribla stygt da jeg så fatterns Saab. Så dro vi opp til trikkelinja igjen.

— Viktig område, hviska jeg til Rødhette. Mange som står på vippen her. Jeg veit det. Har vokst opp her.

-— Småborgerne er stae, sa hun.

Vi hadde tre poser igjen og limte oss utover Drammensveien. Rødhette hadde bra tek. Hun greide å få opp plakatene uten å søle en dråpe. Jeg så ut som en tube. Karlsens Lim. Men det gikk bra. Helt til vi så purkebilen gli ned Fredrik Stangsgate og svinge mot venstre.

Rødhette tok kommandoen.

— Vi splitter! ropte hun og var borte som en rød vind.

Jeg bråsnudde og løp med posene på slep, kasta meg oppover Gabelsgate, kjente den sure pusten av snut i nakken, fikk noia og beina var som hjul under meg. Sirener. Det skreik i en sving. Jeg svidde inn i en bakgård, jumpa over et gjerde og var på landet. Det brune gresset var vått. Lysegrønne trær i det svale mørket. Stabbu-ret. Stallen. Jeg hørte bremser og revers og bildører som blei slått i. Jeg hadde ikke noe valg. Jeg fomla bort til tilfluktsrommet og lista meg ned, ikke helt, halvveis, satte meg i trappa. Jeg hørte stemmer. Jeg lytta etter hunder, holdt pusten. Veit ikke hvor lang tid jeg satt der. Jeg hørte ingenting, bare min egen stakkato puls. Trappa var mørk og kald. Jeg syntes jeg så øyne der nede, nederst i mørket. Jeg greide ikke reise meg. Jeg satt i en smørje av lim og plakater og aviser. Jeg syntes noe beveget seg. Jeg syntes jeg hørte lyden av en port som glei i lås. Jeg ropte. Stemmen gikk i sikk sakk mellom de mugne veggene, som om det stod en rad av mennesker og skreik tilbake til meg. Jeg ropte, jeg anropte alle makter, jeg ropte til grevlingen og Mao, til Jesus og Marx, til Lenin og mor og far, jeg ropte i redsel der jeg satt i limet, men det var ingen bønn, det var ingen bønn.

Det var utpå kvisten da jeg kom meg opp til Sogn. Gunnar og Merete satt oppe og venta på meg, hadde dekka svært frokostbord i gangen. De blei overglade, trudde jeg satt hekta i kasjotten i tredjegradsforhør. Så begynte de å le. Og da jeg så meg i speilet skjønte jeg hvorfor. Jeg var en vandrende plakatsøyle. De andre blei vekka av latteren, og han som studerte kunsthistorie mente jeg ligna en kubistisk collageskulptur og ville sende meg inn til høstutstillinga. Jeg fikk av meg fillene og tok på meg de eneste og reineste klærne jeg hadde igjen. Så pakka jeg gymposen og tok bøkene under armen.
— Stikker nå, sa jeg.
— Blir'u ikke til frokost?
— Tru'kke det.
Bordet var fullt av norske og røde flagg.
— Fin tale du holdt om Island, sa Merete.
Gunnar kom bort til meg.
— Ser'ei snart, sa han. Lykke til med eksamen!
Så tok han meg i hånden.
— Det skulle du ikke gjort, sa jeg.
Han så litt rart på meg. Så skjønte han det. Vi var limt fast. Vi dro og dro, vi halte fra alle kanter, men det hjalp ikke.
— Bra lim de lager i Ytre Vest, flirte Gunnar, og vi måtte ut under springen.
Så forlot jeg Sogn Studentby. Det var vår og en mjuk lukt av parfyme svaia i luften. Fra vinduene hang svære røde flagg og det var musikk alle steder.

Hos Seb var alt snudd opp ned igjen. Det tok ham tre kvarter å krabbe fra madrassen til døra, og der stod han på skeive, to meter med flekkete underbukse og fuglebryst. Jeg var litt letta.

515

— Faen til tid å komme på, á!

Vi sopte inn og Seb fikk løs vinduet. Det var ikke grønne planter i karmen lenger. Det hang ikke pyjamaser til tørk.

— Hvor er Guri?

Han lodda ned på madrassen og fyrte en tjukk sneip.

— She's gone and left me, sukka Seb.

— Syntes det så passe smør ut da jeg var her sist.

— Akkurat, smarten. Husker'u den botaniske hagen min i karmen, eller? Vel, Guri trudde det var svibler og løk og greier, men så fant hun ut en dag at det var solid hamp fra høyslettene. Kjøpte'rem av en kis i parken ved juletider. Hun reiv med seg hele avlinga og stakk sin kos.

— Dyrka'ru hasj på karmen!

— Jøssda. Hadde oljefyret på full guffe og venta bare på vårsola. Sydvendt vindu. Reine drivhuset, Kim.

— Du er passe sprø.

— Men faen, á, Kim. Folk brenner sjæl, ikke sant?

Han satte over kaffevann, ga meg sneipen og gravde seg ned i en haug med klær.

— Har'u fløtta fra Sogn, eller? hørte jeg.

— Jepp. Blei for masete. Tenkte jeg kunne bli her og lese fram til eksamen.

Han kom opp med en frynsete dongeri og utvaska trøye.

— Liker ikke det eksamenskjøret ditt, Kim. Er blitt helt horisontal i øya, jo! Men bare bli her. Så lenge du vil!

Vi drakk pulverkaffe. Det smakte sopp.

— Har'u ei krukke? spurte jeg.

— God idé, professor. Vi stikker opp til bestemuttern. Hun har kjellern full av baljer etter bestefattern.

Hun bodde ved Sankthanshaugen og spiste frokost da vi kom. Det lukta rista brød og marmelade. Hun klemte oss begge og ville lage snurring til Seb da hun så hvor tynn han var blitt, men Seb kom til saken.

— Kan'ke vi få låne no'n saftflasker av deg, bestemutter. Første mai og butikkene er stengt.

Hun så lurt på ham, blunka med rynkede øyelokk og henta kjellernøkkelen.

— Ikke ta så mye solbærsaft, da, gutter, for det har jeg så lite av.

Det var høk over høk. Vi trilla ned i bånn og låste oss inn i boden. Den ene langveggen var dekka av flasker som lå i hver sitt høl.

516

— Bestefattern samla, og bestemuttern drikker'em, flirte Seb. Skvær ordning. Greier ikke bælme alt dette før hun dauer.

Vi tok med oss ti hvitvin og en strøken konjakk. Bestemora kom med noen generelle formaninger da vi leverte nøkkelen, men hun kunne være trygg på oss, vi skulle ikke søle. Og så traska vi nedover igjen, forbi Katta og Frelsern og det var kommet folk i gatene. Janitsjarorkestrene lød rundt hjørnet og vi fikk opp farta. Ved Forsøksgym var det fullt kjør, transparenter ut av vinduene og dønn karneval. Vi dytta ned en kork og spanderte en sup på pygmeene og religionslæreren. Så jabba vi hjem og satte fôret i kjøleren.

Vi starta på konjakken for å få solid planke.

— Ska'ru gå i toget? spurte jeg.

— Niks. Er kasta ut før. Skal opp i Hjelmsgate.

— Veit du åssen det går med Nina? spurte jeg fort.

— Trur'e går bedre. Men hu var langt nede. Lenger enn meg.

— Hun kom seg til Afghanistan, sa jeg stille.

— Gjorde det.

Vi åpna en kald hvit og byen kokte under oss.

— Fattern har kommet hjem, sa Seb. Bor hos muttern.

Vi holdt kjeft en stund, tenkte over sakene.

— Hørt noe fra Ola? spurte jeg.

Seb flirte og la seg flat.

— Rikard vokser. Blei født tre uker for seint, veit du. Hadde pannelugg og fortenner da'n endelig kom!

Vi flirte lenge og sank i vinen.

— Må besøke ham, sa jeg. Faen heller, vi drar til Trondhjem. Etter eksamen!

— Strøkent påfunn! Vi overrasker familien Jensen med et lynangrep fra bygeriljaen!

Vi skålte og dro opp en ny.

— Men hva faen lærer'u på det mosegrodde universitetet, å?

— At vi er kommet til det orale stadiet. Preiker og drekker.

Plutselig blei jeg så inni hampen trøtt. Seb forsvant i tåka, hue mitt var helt forlatt. Han bøyde seg fram og rista i meg.

— Kamerat Kim! Nå skal vi på by'n!

— Tru'kke jeg orker, mumla jeg.

Og det er det siste jeg husker før han kom tilbake igjen og det var blitt en ny dag.

Han halte meg opp fra søvnen.

— Vi'kke si du har dorma siden jeg så deg sist!

517

Jeg visste ikke hvor jeg var, jeg var alle steder, i alle rom jeg visste om, og det satt mennesker i hvert av dem og prøvde å få meg våken. Jeg fikk endelig øye på Seb.

— Har'e skjedd noe, eller? mumla jeg.

— Hele by'n var på beina, Kim! Var såvidt ståplass. Vi arrangerte pilkast på Universitetsplassen. Med Stalin som blink! Jøss, for et kjør.

Han strakte seg ut på madrassen mens jeg var på vei opp.

— Møtte forresten Stig. Vi er buden til gården. Når drar vi?

— Etter eksamen.

— Er'u helt hekta på det stoffet, eller!

Så var det Sebs tur til å sovne, og jeg satte meg til å lese. Det var en bra ordning. Vi kom aldri inn i samme rytme. Når jeg sov, var Seb på kjøret et eller annet sted i Oslo og omegn. Når han sov, satt jeg over bøkene, og en morgen midt i mai var det endelig eksamen. Nervene var rolige som mors garnnøster og hjernen var i høyeste beredskap. Seb kom akkurat inn døra med ni mugger vin han hadde henta hos bestemora, ønska meg lykke til og besvimte på madrassen. Jeg vandra gjennom det vektløse regnet opp til Blindern, fant gymsalen og fikk plass ved ribbeveggen. Rundt meg satt frynsete bunter med muskelknuter i panna. Jeg var Buddha. Jeg var vinden og havet. Jeg la nyspissa blyanter, viskelær og kulepenn foran meg. Jeg kunne det på fingrene, bortsett fra én, den krokete, heslige, den var mitt eneste hull. Så smalt det i en dør, et sykt pust gikk gjennom rommet, og pensjonistene slepte seg over golvet og delte ut oppgavene. Men før jeg rakk å lese dem, kom det en ny gubbe og skulle se studiekortet mitt. Det fikk han. Jeg leste videre. Det så lett ut. Det så latterlig lett ut. Her var ikke blyant nødvendig. Jeg grep etter kulepennen og kjente en hånd på skulderen.

— Du står ikke på listen, hviska gubben inn i øret mitt.

— Hvilken liste?

— Eksamenslisten. Har du meldt deg opp?

— Meldt meg opp?

Jeg måtte bli med bort til formannen ved katetret. Der blei saken raskt og nådeløst avgjort. Jeg hadde ikke meldt meg opp til eksamen. Det var bare å beklage. Kim Karlsen måtte gi seg etter fire minutter. Alle stirra på meg. Jeg gadd ikke hente blyantene mine. Jeg gikk på Frederikke og kjøpte en øl. Det var den fingerens skyld. Jeg hata den fingeren, slo den i bordet, hadde lyst til å tråkke på den, tygge den i stykker, rive den av. Tre jenter i hjørnet så på meg. Jeg skyndte meg ut, løp ned til Munchsgate og vekka Seb.

— Åssen gikk det? surkla han.

— Blei kasta ut. Hadde glemt å melde meg opp.

Han kom seg på høykant og fliret spjæra trynet.

— Sterkt, Kim. Sterkt. Beste som kunne hendt. Dette må feires! Han halte hvitvinen ut av kjøleskapet og skjenka i halvlitersglass.

— Etterpå drar vi på brygga og kjøper reker og legger oss under trærne på Akershus, hæ! Høres det bra ut eller, Kim!

— Og i morra drar vi til Ola!

— Akkurat.

Men vi kom oss ikke avgårde dagen etter, vi fikk ikke ut fingeren før det var midten av juni, men da stod vi på Trondheimsveien en heit morgen med tomlene på geledd og passe øre i skolten. Gunnar kunne ikke bli med, skulle på agitasjonstur nedover Sørlandet, til gjengjeld hadde han utstyrt oss med et putetrekk fullt av løpesedler og foldere.

— Merkelig, sa jeg til Seb. Syns liksom den siste tida, siste halvåret, bare har sklidd unna. Ha'kke fått tid til å tenke meg om.

— Sånn var'e i Amsterdam, da jeg var på kjøret. Ny tidsalder. Blunka med høyre øye og det hadde gått ei uke.

— Blir faen meg nervøs av dette! Mister liksom kontrollen.

— Kul ned nå, Kim. Vi er på ferie.

Bilene raste forbi oss opp mot Sinsenkrysset. Byen lå i dis. Fjorden var som et blått golv. Nesoddlandet var en grønn skråning mot himmelen.

— Sikker på vi ikke skal ringe og si fra at vi kommer, sa jeg.

— Gi beng, å! Blir bare orging og panikk. Gutten har *familie!* Glem ikke det.

En forkjøla kjerre skrensa inn på fortauet foran oss og døra fløy opp.

— Hopp inn, gutter! Jeg er på vei til jobben.

Vi slengte oss inn i baksetet og fyren passerte Gjelleråsen før vi fikk igjen døra.

— Og dere skal til Trondheim? Tenkte meg det. Når dere stod på Trondheimsveien. Haha. Møtte en type som stod i Stavangergata og haika engang. Du er helt på jordet, sa jeg. Og bak mål.

Vi lo passe høflig og han mønstra oss i speilet.

— Skjønte dere den? spurte han.

Vi lo enda høyere og den brylkjemma halvfeitingen foretok en rabiat forbikjøring og slengte bilen inn mellom en buss og en trailer med et sekunds margin.

— Går som oftest bra, gliste han, og Seb fikk fram en feit rullings og vi fyrte løs.

— Kjenner ikke den tobakken der, gutter. Nytt merke?

— Pakistansk mentol, sa Seb.

— Det er det jeg sier, disse fremmedarbeiderne sniker seg inn overalt. Hva er galt med Teddy, gutter? Si meg det? Kan ikke gå gjennom byen uten å støte på en horde buskmenn. Skal fortelle dere noe, gutter. Var i Lillesand i forrige uke og støtte på en araber som snakket pære sørlandsk! Hva tar dere for den? Få smake, forresten?

Han bare lente seg bakover og greip blåsen ut av lufta, sugde, inhalerte og hosta vilt over rattet. Bilen skjente over i venstre bane, han brølte, fant høyre fil med et skrik.

— Slem smak, harka han. Mentol, sa dere? Der ser dere! Kaller det mentol og så er det rein lort. Esellort. Jeg kjenner den der. Og når vi blir medlem av EEC, kommer degosen til å invadere landet med jukset sitt. Hva tror dere spanjoler og italienere vet om såpe og parfyme og sminke? Ingenting, gutter. Men de selger søppelet sitt billig og ødelegger for oss seriøse. Katastrofe, blir det. Kommer til å lukte svette over hele Norge. Enig?

— Er'u selger? spurte jeg.

— Du tok den. Jeg gjør kvinnene vakre. *Pedersens Penal*. Det er meg. Parfyme, pinsett og pudder. Pluss pluss. Det er meg. Har dere mer av den røyken, forresten. Er tom for tobakk.

Seb ga ham en stikke og han dampa løs, rulla ned vinduet og duva plystrende i 120. Mjøsa lå til venstre. Klokka på dasjbordet gikk like fort som speedometeret. Vi nærma oss fjellet. Han heiste opp vinduet. Jeg så på ansiktet hans. Det var blitt svart siden vi forlot Oslo. Han fikla fram en barbermaskin fra hanskerommet og freste over trynet.

— Batteri, gliste han. Det er også noe damene liker. Særlig de enslige. Dere skjønner?

Seb hadde sovna. Øya til Pedersen hang ut av skolten. Veien var hans. Han bare tuta og drønte forbi når det var bil i sporet. Det gikk på håret. Timer og kilometrene stupte bak oss. Jeg så skjegget gro i Pedersens ansikt, jeg *så* det, de svarte stubbene falt ut av ansiktet og han durte maskinen over haka mens han kjørte i sikksakk gjennom Norge og traff Trondheim midt i navlen og bråbremsa. Seb våkna med et hikst.

— Det var det, gutter.

Vi stod midt på en bro. Nidarosdomen kasta skygge over oss.

520

Vi takka for turen og fikk åpna døren. Han stansa meg med en glatt hånd.

— Ingen kan si at Pedersen er smålig, snøvla han.

Og så henta han opp to pakker fra en kasse i forsetet og ga oss.

— Pedersens Penal, sa han. Vær så god. Dere ser helt jævlige ut.

Vi stod på broen over elva og så ham kjøre videre i skumringen. Det lukta svidd bryl. Ved første kryss smalt det. Det kom en purkebil fra høyre og Pedersen ga gass. Uniformene omringa bilen og halte en huiende Pedersen ut.

— Trur vi stikker, sa Seb.

Det gjorde vi. Vi løp til vi fant en park. Der satte vi oss på en benk og åpna hvert vårt penal. Seb fikk latterkikk og begynte å pudre det gustne trynet sitt.

— Må sjaine oss opp! brekte han.

Og vi så ganske lekre ut da vi ringte på hos familien Jensen. Øyensverte, pudder, leppestift, parfyme og hårspray. Plutselig stod Ola i døra og måpte. Vi var mennene fra månen. Vi kasta oss rundt ham og fikk ham i golvet. Han kjempa seg løs og velta mot veggen.

— Hvem er det, Ola? hørte vi fra stua, måtte være viven.

Ola fikk ikke fram et kvekk. Vi svingte døra på vidt gap og der satt tre mennesker i salongen med lampetter og broderier på veggen og kringle og kaffe på bordet. De fikk visst munnen ut av ledd. De stivna som skulpturer over koppene. Ola kom bak oss og fekta med armene.

— Dette er S-s-seb og K-k-kim fra Oslo, forklarte han febrilsk og pekte til alle kanter. Og det er K-k-kirsten og f-f-foreldrene hennes.

— Hvor er Rikard? skrålte Seb.

Vi slapp inn på soverommet og der lå en lubben skrott i en kurv, og i det samme jeg fikk se ham, det lyserøde sovende hodet, var jeg klar og gjennomsiktig som glass og en diamant skar angsten i kryss og tvers over meg.

— Han er fin, hviska jeg. Jøss, han er fin.

Jeg la en finger på panna hans og Rikard begynte å skrike. Kirsten kom stormende og løfta ham opp, vugga stille og mjukt, jeg svelgde og svelgde, Ola stod der stolt og skremt og visste ikke hva han skulle gjøre. Kirsten knappa opp blusa og Rikard grep etter puppene.

— Trur vi går inn i s-s-stua, sa Ola lavt.

Det var der det skar seg. Hver gang mora eller faren åpna

521

munnen, begynte Seb å brøle. Han satt tvikroka i stolen og spytta kringle. Stemninga var overspent. Ola knuste en kopp mellom fingra. Til slutt rulla Seb rundt på filtteppet, holdt seg på magen og skratta mot taket mens pudderet spratt fra trynet hans. Jeg tørka bort sminken med svetten og Kirsten kom inn med stram mine. Ola satt som et skjell i sofaen.

Jeg måtte ordne opp.

— Vi kommer fra karneval, lo jeg spakt. Universitetet i Oslo. Når semesteret er slutt. Det er derfor vi, det er derfor vi . . . er sånn.

Merka plutselig at jeg ikke fikk det til, at jeg ikke kunne juge. De trudde ikke på meg. Jeg fikk den gapskrattende Seb opp fra golvet og slepte ham til døra. Ola kom etter og vi stod aleine i entréen.

— Beklager, sa jeg lavt. Beklager. Håper vi ikke har ødelagt noe.

— Skulle s-s-sagt fra.

Ola så til siden.

— Misunner deg, sa jeg. Unge og greier.

— Hva gjør d-d-dere nå?

— Kommer oss hjem. Skal hilse fra Gunnar.

Jeg ga ham putevaret med løpesedlene. Seb var på høykant og lente seg over Ola.

— Godt du bare har b'ynt å stamme igjen, flirte han.. Den trøndersken tar dønn knekken på latternervene! Har'u noen gang hørt en araber som snakker sørlandsk, eller?

Jeg balanserte ham ut i oppgangen og røska i Ola.

— Hils Rikard, sa jeg. Om femten år speller han trommer i The Snafus!

Ola sa ingenting, men i øya hans leste jeg en hel bok. Jeg skubba Seb ned trappene og hørte barneskrik da vi tro ut i den edru juninatta.

— Faen heller! Måtter'u kødde akkurat nå! Når svigerforeldra var der!

— Kan'ke for det, Kim. Blei for sterkt.

— Drittsekk! ropte jeg opp i trynet hans. Drittsekk!

Vi hadde ikke mer i Trondhjem å gjøre. Jeg hadde penger ti togbillett hjem. Det gikk klokka ti og vi rakk det.

— Blir'u med til Stig? spurte Seb da vi stod i korridoren og s lysene drønne forbi som stjerneskudd.

— Niks.

— Men faen heller, å! Du e'kke forbanna, vel.

Jeg lente panna mot vinduet og kjente det riste. Jeg pressa hardere. Skjøtene smalt inn i skallen.

— Skal til Nesodden, sa jeg.

Seb hoppa av i Oppdal. Jeg reiste videre til Oslo. Jeg så Freds mor stå i vinduet. Jeg hadde morgendogg i øya.

Munchsgate var varmen uutholdelig. Byen våkna som en gidda-laus løve. Jeg var blakk. Jeg hadde ikke penger til Nesoddbåten ingang. Jeg la meg på madrassen og tenkte gjennom tingene. Seinere gikk jeg ut. Sola hang høyt. Oppe i gata, utenfor bakeriet, spilte noen smårollinger fotball. Jeg løp bort til dem, nappa ballen til meg og skulle vise dem noen triks. De blei dritsure og dribla meg rill rundt og ropte etter meg. Jeg subba bort. Jeg måtte skaffe gryn ør jeg kunne dra. Jeg hadde en plan. Jeg rusla hjem til Svolder og åste meg inn. Lukten av ferie. Gardiner som filtrerer lyset. Støvet. Pleddene over møblene. Jeg henta alle Beatles-lp-ene, putta dem i en pose og skyndte meg ut. Gata var tom. En vind blåste sand forbi. En måke skreik bak meg. Jeg dro ned til sjappa i Skippergata og viste den gamle, griske heksen hva jeg hadde å tilby. Hun lirka ut skivene med knoklete fingre, myste over dem, blåste.

— De er slitt, hviska hun. Riper. Flekker.

Jeg svarte ikke.

— Nitti kroner, sa hun fort.

Hun hadde allerede pengene klare. Jeg tok sedlene og løp ut, blei stående noen sekunder, timer, så gikk jeg oppover Karl Johan. Samvittigheten begynte å brenne i bakhue. Jeg hadde solgt meg. Det var et ledig bord på Saras. Jeg bestilte øl, rulla sammen to tiere og stakk dem i baklomma, så var jeg sikker på at jeg kom meg med båten. Jeg behøvde ikke dra før i kveld. Jeg så etter kjente. Jeg drakk ølet og gikk ut på Karl Johan igjen. Menneskene velta mot meg, som skrå, fallende søyler, svartkledde i varmen, med hvite, svøvete ansikter. Jeg kom meg opp til Studenterlunden. Der var det plutselig noen som stakk en løpeseddel i nevene på meg. Det var Peder og Sleipe-Leif. SIER DU NEI TIL FELLESSKAPET? stod det på en svær plakat. Jeg kasta papiret fra meg og løp videre, råstansa. Der satt jo alle sammen, på de gule benkene, under trærne, med det grønne overlyset som lydløst regn gjennom lufta. Innvollene kom opp i munnen. Der satt Nina, med en sprøyte i armen, der satt Fred, dryppende våt, tynnere enn noensinne, der satt Dragen, med det søndersprengte ansiktet og en blodig oppspist

523

arm. Og Jørgen, feit, tynnhåra, med et blått snitt over kinnet, døde øyne. Jeg løp alt jeg kunne. Jeg hørte en bil bremse vilt. I parken var det tomt. Jeg lå på kne i gresset og spydde. Slottet blei pussa opp. Stillaser. Jeg satte meg i skyggen av et tre. En gardist vekka meg og ba meg pelle meg unna. Jeg gikk sakte ned til Karl Johan igjen. Det satt ingen på benkene. Det grønne lyset var blitt mørkere. Parasollene på Pernille ligna digre fluesopp. Da kom de mot meg igjen, menneskemassen, skrå, segnende søyler. Jeg bråsnudde, sleit meg løs, spurta over til Club 7. Stengt. Jeg måtte ned til brygga. Klokkene slo i Rådhustårnet. Jeg rusla bortover betonggraven, stansa, så meg omkring, fikk ikke øye på himmelen. Jeg huska gamle Vika og kjente brått en stålkrampe i ryggen. Jeg skreik, jeg skreik, det var skriket jeg hadde venta på, det var kommet tilbake, jeg skreik, og vinduene knustes rundt meg, jeg stod i et ras av glass, og i hvert skår så jeg skinnet av en rød solnedgang.

LOVE ME DO

sommer/høst 72

Jeg våkna langsomt av en smerte som jóg opp armen og satte seg brystet. En hvitkledd kvinne la en klut på pannen min. Langt borte var en annen dame, som ligna mor. Hun kom mot meg, bøyde seg over senga.

— Gjør det vondt, Kim? hørte jeg svakt.

— Hvor er jeg?

Den hvitkledde løfta hånden min forsiktig og la den over dynen. Det var derfra smertene kom. Bandasjer. Mor var der fremdeles.

— Hva har skjedd? hviska jeg.

— Du slo istykker et utstillingsvindu, sa hun lavt. De måtte sy jeg på Legevakten.

Jeg fikk et glass vann. Sykesøsteren støttet hodet mitt med en kraftig, mjuk neve.

Rommet var smalt, med nakne, lysegrønne vegger. I et skap ved døra hang klær. Tweedjakka mi. Konfirmasjonsdressen.

Jeg så på mor.

— Hvor er jeg?

Hun snudde seg vekk.

— Gaustad.

Jeg kjente lukten av terpentin og sovna igjen.

Neste gang jeg våkna, var det flere mennesker der, far var kommet, mor, den hvitkledde, og en liten mørk mann som satt på en stol ved senga. Han hadde hånden innenfor jakka, ansiktet hans kom nærmere, brennende øyne, glinsende, svart hår. Det var Napoleon. Jeg skreik. Jeg hørte masse stemmer og mor var over meg og fortalte eventyr. Legen telte pulsslagene mine og den hvitkledde kom med et glass. Far stod med ryggen til. Tror det var sol i vinduet. Jeg hørte en fugl.

— Hvorfor er jeg her?

— Nå skal du hvile, Kim, sa den lille mannen. Du er her for å hvile ut, og vi skal hjelpe deg alle sammen. Forstår du det?

Da var det noe annet. Jeg merka det, det var noe med hodet mitt. De hadde gjort noe med hodet mitt. Jeg kjente etter med den friske hånden. Klin barbus. Glatt. Følte forhøyningen der skallen har vokst sammen.

— Hva har dere gjort med meg! ropte jeg. Hva har dere gjort med meg!

— Vi skal snakke sammen senere, Kim, sa den lille legen. Nå er du for trett.

Sykesøsteren bretta opp armen min og menneskene forsvant. Jeg var bitteliten og satt i et nøkkelhull. På den ene siden av døra var det klin mørkt. På den andre trilla en hvit sol over golvet.

Jeg hørte lyden av nøkler.

Mor var hos meg nesten hver dag. Håret mitt ville ikke vokse. Ba henne ta med en lue. Den kalde korridoren utenfor rommet. Skrittene. Matsalen med alle de grå ansiktene og de smakløse skitne middagene. Jeg greide ikke spise. Piller om morgenen. Om kvelden. Besøksrommet med den gamle radioen, ukebladene og blikkaskebegeret. De besøkende som satt stive og knuget om sin redsel og avsky. Noen som gikk amok. Isolatet. De dempede skrikene. En gutt som kasta seg ut av vinduet. Blødende på den brune bakken. Badekarene, grønne, avskrapet emalje. Kle av seg mens de hvitkledde tappa vann og spøkte. Stå der med innhul skrott til spott og spe. Nekta å ta av meg topplua. Nekta plent. De likte godt. Dodøra jeg ikke fikk låse. Døra til rommet som blei låst utenfra. Utsikten: En mørk granskog like ved. Andre siden: Hovedbygningen. Rett fram, over gjerdet og over veien: Et jorde og en rydning, grønn, åpen, solstenket.

Mor:

— Hvordan går det med deg, Kim?

Jeg så på henne. Hun gjorde seg sterk. Jeg fant ikke antydning av svakhet i øynene hennes.

— Snakker du med doktor Vang? fortsatte hun.

Napoleon. Jeg kalte ham Nappe. I mitt kremerte sinn. Jeg måtte opp på kontoret hans i den andre fløyen hver tredje dag.

— Hvordan liker du deg her? spurte han alltid, som om det var et høyfjellshotell.

Svarte aldri.

Han blei fort utålmodig. Det var en travel liten mann.

— Du er lite samarbeidsvillig, Karlsen, sa han og var like blid. Du snakker ikke med din mor heller.

Blei mer og mer sikker på at han hadde parykk. Den lå klint til hue og skillen var en lodden strek.

Han reiste seg alltid først.

Turde ikke si noe. Greide ikke juge lenger.

Pleierne var skvære folk. De diskuterte EEC og det hendte at en av de eldste gærningene stod på en stol og skreik at EEC var dyret i Åpenbaringen og Romatraktaten var antikrists dagsorden og dommedags vind suste allerede i ørene. Det blei spetakkel. Satt for det meste på rommet. Der var det stille. Så ut av vinduet. Sommer. Hadde bare én tanke: Skal jeg alltid være her. Visste ikke hvorfor jeg var der.

Noen ganger så jeg på tv. Klokka. Den hvite sekundviseren som dreide rundt. Hendte jeg lukket øynene og drømte et eller annet, tok tida på drømmen, og når jeg åpna øynene, hadde det bare gått et halvt minutt, og jeg kunne banne på jeg hadde sittet der i flere timer. En fjomp som la kabal hele dagen, Idioten, av alle ting, fikk den aldri til å gå opp, blei nærgående.

— Ikke la deg lure av fjernsynet her, hviska han og stokket fort, så seg nervøst omkring. Har du sett på Sportsrevyen? Når det er reprise på et mål? Da redder alltid keeperne. I reprisen!

Gikk til rommet. Natta kom alltid umerkelig. Skillet mellom søvn og dag blei langsomt tørka ut av en pliktoppfyllende, unådig ordensmann.

Mor:

— Hvorfor sier du ingenting, Kim? Vi kunne da snakke sammen før?

— Kunne vi?

Det holdt hardt nå, hun stramma alle muskler i ansiktet, men i øynene var ikke svakhet, bare sorg.

— Hva galt har vi gjort! utbrøt hun.

Hun klamra seg til armen min resten av besøkstida.

— Savner Nesodden, sa jeg. Lengter til Nesodden.

Nappe ville ha meg til å snakke. Han gikk rundt meg med hendene på ryggen og var litt patetisk. Det lukta svette på rommet hans. I

529

det mørke blikket hans så jeg en annen og farligere Napoleon enn den han ga seg ut for.

Holdt kjeft.

Hadde ikke matlyst og blei tynnere og tynnere. En lege kom og tok stingene på hånden. Arrene gikk på kryss og tvers. Den radbrukkede fingeren var verst. Utover kvelden forsvant bedøvelsen, kokte bort. Det var godt å kjenne en smerte. Så kom de med aftens. Pillene. Klorpromazin. Fentiazin. Jeg husker ikke alle kjælenavnene de hadde. Husker ikke alt de sa. Men alt var til mitt eget beste, sa de alltid.

Mor:

— Onkel Hubert har kommet hjem!

Skjønte ikke at hun orket drikke den kaffen.

— Han har fått antatt et bilde på Høstutstillingen!

Jeg snudde meg mot vinduet.

— Tror du forbrytelser lønner seg?

Hun blei redd med det samme.

— Du har vel ikke gjort noe galt, Kim?

— Hvorfor er jeg her?

— De vil hjelpe deg, Kim. Du er snart frisk igjen. Du kommer snart ut.

— Blir det mange epler i år?

— Ja, sa mor.

Søvn.

En dag fikk jeg være med på tur. Vi var en sjaber gjeng som lunta oppover mot Sognsvann, forbi jordene. To pleiere gikk foran og bak horden. Sommeren var i siste fase. Matt. Utslitt. Måtte være august. Beina var tunge å få med. Vi slepte oss langs veien. Da så jeg dem plutselig. De kom mot oss. Fire gutter med stenger over skuldrene og svære fiskevesker. De saktna farten og var stille da vi passerte dem. Jeg snudde meg. De hviska sammen og så etter oss.

Den kvelden fikk jeg ikke sove.

Det blåste opp, rasla langs vinduet.

Skygger på veggen. Prosesjoner.

Et sted i nærheten spilte noen på sag.

Dagen etter var det besøk til meg. Gunnar og Seb satt i besøksrommet og kjederøyka. Jeg gikk inn til dem med lua trukket godt ned. De prøvde ikke rive den av.

Satte meg på en vaklende stol.

De var dritnervøse og visste ikke hva de skulle si.

— Åssen var'e hos Stig? spurte jeg.

Seb var brunbarka og hadde fått armmuskler.

— Ålreit, hviska han. Gravd i jorda. Skal fløtte dit til høsten. Kan få låne hybeln, sa han fort.

— Tru'kke jeg trenger'n.

Vi gikk inn på rommet.

— Har lett etter deg over hele by'n, sa Gunnar. Muttern din sa du var her. Trudde det faen ikke, vi!

Sa ikke noe på lenge. De rulla og røyka.

— Hva er'e som har hendt? spurte Seb og så i golvet.

— Veit ikke. Har fått hundegalskap.

Forsøkte å le. Lød dårlig. Turde ikke se meg i øynene.

— Hva gjør de med deg? spurte Gunnar plutselig.

— Doper meg.

— Fa-en! Gunnar bråreiste seg og stod ved vinduet. Faen! Spytt ut det gørret! Spytt det rett i trynet på dem!

— Hører dere de ropene, sa jeg.

De blei stille, lytta. Skrik. Som om noen skreik med demper over kjeften.

— Isolatet, sa jeg.

Besøkstida over. Jeg fulgte dem til utgangen.

— Va'kke George som spelte solo'n på While my Guitar gently weeps, sa jeg. Var Clapton.

Seb så litt rart på meg, nikka. Så måtte de gå.

Satt musestille resten av dagen.

Regn.

Mor:

— Jeg ville bli skuespillerinne en gang. Jeg tok timer, har jeg fortalt deg det, Kim?

— Hvorfor fortsatte du ikke?

— Det er ikke alltid livet blir slik man hadde tenkt seg det. Det må du lære også.

Lua klødde i pannen. Tok den av. Mor kunne godt se meg sånn. Hun strøk hånden over den blanke skallen og smilte.

— Kan jeg stole på deg? spurte jeg.

— Ja, sa mor. Alltid.

— Uansett?

— Ja, Kim. Uansett.

Regn. Piller. Vann.

Nappe ville snakke med meg igjen. Jeg satt på rommet hans. Jeg så på håret hans.

— Det er synd å si, Kim, men du er ikke behandlingsmotivert, som vi kaller det. Du vil gjerne slutte med medisinene, ikke sant? Men det går jo ikke når du ikke vil samarbeide på andre måter.

Han bladde i noen papirer på bordet.

— Og vi kan ikke holde deg her i evigheter heller, kan vi?

Jeg tenkte på de senile gjenferdene i spisesalen, som ikke lenger hadde noen alder.

— Hvor lang er én evighet? spurte jeg.

Han så fort opp, forbauset over å høre stemmen min.

— Når du finner på disse tingene dine, Kim, har du drukket eller røykt da? Eller er det du selv som bestemmer å gjøre det, av egen vilje, egen fri vilje?

Jeg fikk ikke igjen munnen. Napoleon stirra på meg.

— Jeg har god tid i dag. Ta den tiden du trenger, Kim.

— Hvilke ting?

— Det vet du godt. Skjelettet, for eksempel.

Mor måtte ha fortalt det. Mor. Nå kunne jeg ikke stole på noen. Jeg holdt kjeften. Jeg skulle aldri åpne den mer.

Nappe venta.

Så kunne han ikke vente lenger.

— Har du noen form for skyldfølelse angående ranet i din fars bank?

Jeg hadde feber, samtidig var jeg klar, klar og slu og observant som en jaga indianer.

Jeg så det. Brevet jeg egenhendig hadde båret da jeg var på sesjon.

Det lå åpna på Napoleons bord.

Først blei jeg glad. Muttern hadde ikke sladra.

Så bestemte jeg meg. Jeg bøyde meg fram, som om jeg ville si ham noe fortrolig, Nappe så forventningsfull ut. Men i stedet sopte jeg leselampa hans i golvet, reiv til meg brevet og sprang mot døra. Han kom etter nedover trappene, jeg prøvde å lese mens jeg løp, men jeg var for svak, jeg hadde ikke krefter, jeg blei grepet bakfra, slo rundt meg med venstrehånden, rakk å se parykken falle før jeg selv falt, avsindig fort, ned i et hvitt billedløst mørke.

Seinsommersol. Tydelig, glassklar luft. Telle barnåler på en mils avstand.

Mor:

— Jeg har strikket en ny lue til deg.

Jeg prøvde den. Den var bra. Mjuk. Svart.

— Takk.

— Skal hilse fra far.

— Hvorfor kommer han ikke?

— Du må ikke gjøre sånt mer, mot doktor Vang.

— Hva veit dere om meg?

Hun puttet den gamle lua i vesken.

— Er det ikke på tide at vi blir mer kjent med hverandre? sa hun sakte.

Rare ord.

— Jo, sa jeg.

Klokke som ringte.

Greide ikke følge med i dagene. Greide ikke følge med i nettene. En rad med klinkekuler. Utsikten fra vinduet. Det måtte gå mot høst. Glass. Et gult blad.

Så husker jeg en dag likevel. Glemmer aldri.

Det var besøk til meg på rommet.

Nina.

Hun satt på stolen med store, tunge øyne, tynn, skrapet, lang, svart kjole. Munn.

Satte meg på senga, gjemte ansiktet i hendene, kjente for første gang på lenge at jeg levde.

Hun satte seg ved siden av meg.

— Kim, sa hun, var nær med en skulder.

— Når kom du? spurte jeg. Til Oslo?

— I går.

— I går?

— Ja. Skal bli her nå. Vi bor i Tidemandsgate. Husker du?

Jeg holdt for øynene.

— Er du frisk nå? hviska jeg.

— Tror det. Det er over. Det er andre ting å leve for. Ikke sant, Kim?

— Jo. Men ikke her.

— Du kommer snart ut.

Vi fikla oss inn i hverandre, på en eller annen måte, de tynne

533

kroppene våre, jeg lente meg over henne, hun var under meg, gråt eller lo. Jeg trakk opp kjolen hennes og hun holdt meg så hardt rundt nakken.

— Vær forsiktig, sa hun, ba hun.

— Ikke vær redd, mumla jeg. Ikke vær redd. Hadde kusma.

Det gikk så fort. Vi var to slipesteiner som gnei mot hverandre, hun hjalp meg på plass, det gjorde vondt og hun gråt, så rant vi over, og i det samme jeg kjente en sår smerte sprute fra pikken, gikk døra opp, jeg vrei hue bakover og brølte, og der stod Cecilie, lamslått, på terskelen, Cecilie, hun bråsnudde og blei borte, som en drøm og en vekkerklokke.

Jeg velta rundt, falt, krabba over golvet. Nina var stum, gråt lydløst, trakk på seg klærne. En pleier kom trampende inn. Jeg hørte flere fottrinn. Så husker jeg bare at jeg var i et snøras, hunder gjødde, jeg kjente stokker som traff meg overalt på kroppen, men ingen gravde der jeg lå.

Den hvitkledde kom med et fotografi til meg en morgen, da jeg var oppe, da jeg var funnet.

Det var av meg. Jeg lå i en flokk av sauer og sparka med armer og bein.

Nye dager. Gamle dager. Esende netter.

Jeg fikk lov til å gå tur på området. Et øye i hvert vindu. Kaldt. En tid hadde forsvunnet. Håret hadde ikke grodd. Jeg så skorsteinen på nært hold. Gjerdet. Jeg fulgte en sti, nedover, det kom noen mot meg, en svær skikkelse, et langsomt berg. Jeg ville snu, men det var for seint. Tankene begynte å surre, utskilte seg, én etter én, et felt av rasende lys.

Han stod rett foran meg.

Han skygga for all utsikt. Han var større enn noensinne.

— Jensenius, sa jeg, og tok av meg lua.

Blikket hans falt ned på skallen min.

Han åpna munnen, men det kom ingen lyd. Øynene var dammer av gammel angst. Tunga lå diger og ubevegelig over leppene. Han rista.

Jensenius var stum.

Han pekte over skulderen, mot hovedbygningen.

Det grønne spiret.

Så fant han fram en blyantstubb og et papir, skreiv, ga det til meg, snudde sakte rundt og vralta tilbake.

Jeg leste på lappen.

Kom deg unna. Før det er for sent.

Den kvelden begynte jeg å lure unna medisinene. Jeg var redselsslagen. Jeg var klar. Jeg var livredd og farlig.

September.

Jomfruens tegn. Jeg var Vekten.

Mor:

— Kim, du må samarbeide med dem. Du må bli frisk for oss.

— Jeg kan stole på deg, mor?

— Ja, Kim. Selvsagt kan du det. Men hvorfor vil du ikke snakke med doktor Vang? Han vil jo bare hjelpe deg.

— Åssen bilde har Hubert malt til Høstutstillinga?

Mor lo litt.

— Et blåskjell.

Jeg tygga på en røyk.

— Mor, kan ikke du ta med masse ark og noe å skrive med en dag?

Hun så forbauset på meg.

— Selvfølgelig. Hva skal du med det?

— Og en konvolutt og frimerke.

Gule blader i kast gjennom lufta.

Satt hos Napoleon. Parykken var upåklagelig. Han så på lua mi og smilte skadefro.

— Ville du heller vært i fengsel? spurte han plutselig.

— Ja, sa jeg.

Samtale over.

Da jeg kom ned, satt Gunnar på besøksrommet og dampa.

— Vi går på rommet, sa jeg.

Korridoren.

Jeg lukket døra og lyttet.

Gunnar så på meg.

— Siste gallup viser 43 prosent mot og 36 for, sa han.

Jeg satte meg ved vinduet og tente en røyk.

— Du veit at det er akkurat ti år siden Beatles spelte inn *Love me do?* sa jeg. — 11. september 62.

— Faen. Var vi så små!

Gunnar kvikna liksom til, løste opp musklene.

— Husker'u den autografen jeg prakka på deg den høsten?

— Saltpastiller. Jævla svin! Men du greide faen ikke lure meg med kamerat Lin Piao!

Vi flirte litt. Jeg tenkte på løpesedlene i skuffen.

— Husker'u det porrbladet Stig hadde med fra Køben?

— Da'n hadde spelt håndball, ja.

— Akkurat.

Gunnar virka glad, at det gikk an å preike sånn med meg, jøss.

— Svinske greier, humra han.

— Og husker'u at jeg snodde deg ut av den blemma på dassen, hæ?

— Glemmer ikke det, Kim.

— At du tok meg i handa, at du lovte meg å stille når jeg var i trøbbel?

— Klart det, Kim. Gunnar glemmer ikke sånt.

Jeg falt plutselig ned foran ham, knytta nevene og slo dem i golvet, holdt opp, lytta.

— Du må få meg ut herfra! Du må få meg ut herfra, Gunnar!

Indian summer.

Jeg satt på rommet og venta.

Lunkent matgørr på en tallerken. Alle snakket om mordene i München.

Våkne netter.

Mor:

— Hva skal du med alt dette papiret?

Jeg la det i bagen min i skapet.

— Konvolutten og frimerket? spurte jeg.

Hun ga meg det også, og kulepennene.

— Skal du skrive brev til Nina? Hun har vært her, ikke sant?

I går tok jeg lemmene fra vinduene. Lyset brøt gjennom Huset som en bølge. Det lå døde insekter i karmene. Jeg var blendet, tumla rundt med hendene for ansiktet. Våren kom mot meg fra alle kanter. Mai. Alt var gjennomsiktig. Arkene skinte. Skriften forsvant i sviende sol. Jeg krøyp ut på altanen. Øynene vente seg til lyset, som om jeg hadde vært blind lenge og langsomt kom til syne. Fjorden var full av båter. Seil. Et cruiseskip. En snekke. Da hørte jeg lyden. Noen var der. Jeg reiste meg forsiktig opp. Hun satt på steinen som oldefar hadde båret helt fra brygga. Overskrevs på begge de knudrete, svarte delene, med en svær mage som bulte ut under den blomstrete kjolen.

Nina så på meg.

— Hei, Kim! ropte hun og vinka sakte.

Så sprang hun forsiktig og lett mot porten.

Jeg ville løpe etter, men var kraftløs.

Hun snudde seg og smilte, holdt over den digre magen sin.

Jeg veiva med den skadeskutte hånden.

— Venter på deg! ropte hun.

Og så forsvant hun nedover den bratte veien.

Bak meg stod epletrærne i hvit blomst.

Det var valgkvelden.

25. september 1972. Jeg hadde fylt 21 år.

Jeg satt på rommet. En oppskjørta pleier braste inn og fekta med armene.

— Neistemmene raser på! brølte han. Lars Jakob henger med nebbet allerede!

Forsvant like fort. Hørte lyden fra tv'n. Klapping. Hurrarop. Overdøva isolatet.

Så ut av vinduet. Snart natt. Senga. De nakne veggene.

Den hvitkledde kom med aftens. Hun satte pillebrettet på bordet og la hånden på skulderen min.

— Det blir visst ja, likevel, Kim. Stemmene fra byene kommer inn nå.

— Får jeg slippe i kveld, ba jeg. Jeg fikk ikke stemme. Jeg skulle stemt nei.

Hun var utålmodig og spent.

Lyden fra tv-sendinga.

— Det er jobben min, sa hun fort.

— Gå og se på boksen, sa jeg. Jeg greier å ete aleine.

Hun ga meg en klem og forta seg ut.

Hørte låsen i døra.

Jeg knuste pillene og strødde dem under senga.

Hørte brølene og stønnene fra rommet hvor hvitsnippene satt foran apparatet.

Det var urolig.

Vinden utenfor. Skygger på veggene.

Så var hun der igjen.

— Har du ikke lagt deg?

Jeg satte meg på senga. Hun henta det tomme brettet.

— Bratteli har vært på skjermen. Det blir ja.

Jeg la meg strak og hun lista seg ut. Nøkkelen. Låsen. Skritt.

Våkna av forsiktige bank. Jeg så meg omkring i mørket. Det fortsatte. Vinduet. Jeg gløtta mellom gardinene, så Gunnars tryne i lyset fra en lommelykt. Jeg vifta med hånden og han slukket den. Jeg kledde på meg. Tok fram bagen med skrivesakene og brevet. Forundra meg at det var så lett å få opp vinduet, mens døra var låst fra utsida. Jeg ålte meg over karmen og Gunnar tok imot meg. Vi løp krumbøyde over den våte bakken, klatra over gjerdet, for det var ikke høl i gjerdet på Gaustad, og der, i veikanten, venta en Volvo PV med motoren i gang.

Gunnar dytta meg inn, Ola satte klampen i bånn og vi raste gjennom svingene.

Seb satt i forsetet og sendte en hvitvin bakover.

Jeg var på gråten.

— Faen heller, gutter, Faen! Fikk ikke sagt mer.

— Vi vant! skreik Gunnar i øret mitt. Vi vant!

— Hæ?

Ola satt som en keeper over rattet.

— Kjørte fra Trondhjem da pila stod på ja. Seks timer. Rekord!

— Nei?

— Ja!

Det var fullt oppstyr i kjerra, Seb spilte gladblues på harpa, Gunnar sang, vi braste mot byen og norske flagg blei heist ut i vinden. En sinke med Europa-merke på bakruta lå i vår fil, Ola raste på utsida og pressa ham ned i grøfta, vi stakk huene ut og viste ham tre strake fingre og en skeiv.

— Stikk den i ræva, ditt blåbær! brølte Seb og vi var forbi for lenge siden.

Ola parkerte midt på Karl Johan. Universitetsplassen var stappa av folk. De dansa og hoppa rundt med flagg og flasker og fyrverkeri. En lysning skrådde over himmelen og vi kasta oss inn i dansen, elleville, lykkelige og gale. Vi slo hjul og var verdens seiersherrer.

Så snudde jeg ryggen til gleden og kaoset og gikk fra dem, posta brevet til mor ved Continental og fortsatte ned til brygga. Rådhustårnet slo seks slag. Snart kom den første båten inn fra Nesodden.

Jeg blei stående på dekk utover.